신세대 실용
고사성어 대사전

도서
출판 예가

머리말

　우리의 실생활에서 가장 유구하고 필요한 말들은 아마도 고사(故事)나 성어(成語)에 적용되지 않은 것이 없을 만큼 이 책은 교훈적이고도 삶을 풍요롭게 하는 보석과 같은 것이다. 그래서 자신의 지혜와 인성을 갖추려는 사람들이 많은 책이 있음에도 불구하고 이 책을 가장 먼저 선택하는 이유가 여기에 있고 고사나 성어가 강연이나 연설 등은 물론이거니와 학생들의 시험에도 번번이 출제되는 이유가 이 책의 중요성을 간접 증명하는 것임을 인정하지 않을 수 없다.

　필자는 교육학을 전공한 사람으로서 그동안 청소년선도사업을 벌여왔는데 청소년을 선도할 때마다 고사성어를 활용해서 좋은 결과를 얻었던 것이 주지할 수 없는 사실이다.

　이 책은 남녀노소를 가리지 않고 폭넓은 독자층을 형성하고 있는데 그 이유도 고사나 성어가 주는 함축적 의미가 삶의 절대적 가치로 인간의 인간됨을 만드는 데 완벽함을 갖춘 총서(叢書)로 등장했기 때문이다. 군이 일독을 권하지 않아도 독자 스스로 찾는 책 중에서 가장 앞자리를 차지하는 책이 이 책이기 때문에 많은 말이 필요하지 않지만 군이 한마디 덧붙이자면 이제껏 나온 고사성어에 관한 그 어떤 책들과는 비교할 수 없을 정도로 총망라시켜서 고사성어에 관한 내용을 그야말로 대백과의 기능으로 살렸다는 점이고, 내용에 관한 설명도 어린 나이의 독자나 나이많은 독자나 누구나 쉽게 이해하고 재미를 느끼면서 읽도록 현대적 설명을 도입했으며 중요한 내용은 '출전(出典) 알아보기'를 통해 설명함으로써 이해의 정도를 드높였다는 점을 내세우고 싶다. 또한 부록으로 한자성어(漢字成語)를 실어 책의 가치와 효용성을 더욱 높인 점이 독자들에게 당당하게 다가설 수 있다는 자부심의 발걸음을 주었으므로 이 책을 만들기 위해 애썼던 그동안의 힘듦도 풍요로운 결실을 앞둔 농부의 마음과 비견된다. 아주 뜻깊은 책으로서 독자들과의 만남을 기대한다.

엮은이 올림

차 례

고사성어

ㄱ	7
ㄴ	90
ㄷ	108
ㅁ	143
ㅂ	183
ㅅ	237
ㅇ	299
ㅈ	425
ㅊ	476
ㅋ	516
ㅌ	518
ㅍ	531
ㅎ	549

부록 한자성어

ㄱ	593
ㄴ	607
ㄷ	611
ㅁ	617
ㅂ	622
ㅅ	628
ㅇ	638
ㅈ	655
ㅊ	662
ㅌ	667
ㅍ	669
ㅎ	671

ㄱ

⬤ 가계야치(家鷄野雉)

집안에서 기르는 닭과 산의 꿩이란 뜻으로, 자기 집의 것은 하찮게 여기고 남의 집 것만 좋게 여긴다는 비유로 쓰임.

⬤ 가담항설(街談巷說)

길거리나 마을에 떠도는 이야기들이나 근거 없이 나도는 말들로서 가(街)는 도시 중심의 번화가, 항(巷)은 골목의 거리를 뜻하는 한자이다. 여기에 말, 이야기라는 뜻을 지닌 담(談)자와 설(說)자가 각각 결합한 것이니, 가담(街談)이나 항설(巷說) 모두 거리에서 주고받는 말이나 이야기를 가리킨다.

⬤ 가담항어(街談巷語)

한 마디로 세상의 뜬소문, 그러니까 길거리나 뒷골목에서 떠도는 별볼일 없는 뜬소문을 말한다. 원전을 보면 '가담항어' 앞에 '소설가자류(小說家者流)'라는 말이 나오는데, 여기서 소설이라는 말은 지금 우리가 쓰고 있는 뜻과는 달리, 원래 '별볼일 없는 이야기' '뜬소문'이라는 뜻이며, 벼슬아치들이 민간에서 채집하여 기록한 것을 말한다.

● 가렴주구(苛斂誅求)
백성들에게 세금을 가혹하게 거두어들이는 것을 말한다. '가렴'은 가혹한 세금의 징수를 가리키는 뜻이며 '주구'는 백성의 재물을 함부로 빼앗는다는 뜻으로 쓰이는데 동의복합의 어구이다.

● 가불가위일관(可不可爲一貫)
시비(是非)나 선악은 인위적 세속적 가치 기준에 지나지 않으며, 사람이 가지고 있는 마음의 자유를 빼앗는 것을 말한다. 여기서 '일관'은 하나로 이어진 길을 뜻하는데 삶과 죽음, 시와 비는 또한 선과 악 따위는 같은 연속이자 같은 판단이며 다만 그 이름으로 구별되고 있는 데에 지나지 않는다고 정의한다. 그 이름에 의한 구별이 종래는 속박이 된다.

● 가빈사양처(家貧思良妻)
집안이 궁핍해지면 살림을 알뜰하게 꾸려 줄 아내의 힘이 필요하다는 것을 말하는 것으로서, 어려운 일이 닥치면 그것을 도와주는 사람이 나타남을 바라는 것을 말한다.

● 가빈친로, 불택록이사(家貧親老, 不擇祿而仕)
어려운 처지에 놓여 있을 때에는 무슨 일이라도 한다. 가난하고 부모가 늙고 병들었으면 돈이 많고 적음에 상관치 않고 어떠한 일이라도 해서 부모를 공양한다.

● **가빈친애산, 신병교유파**(家貧親愛散, 身病交遊罷)

이 말은 인정이 메마르고 천박하다는 뜻이다. 집안이 궁핍해
지면 가까이 있던 사람들도 모두 등을 돌리고 병이 들면 친하던
친구들도 모두 떠나가 버린다.

● **가여낙성**(可與樂成)

함께 일의 성공을 즐길 수 있음을 말함.

● **가여마자비리족야, 이치천리**(假輿馬者非利足也, 而致千
里)

수레나 말의 힘을 빌리는 사람은 다리가 강해지는 것은 아니
나 천리나 되는 먼길을 갈 수가 있다. 사람도 태어났을 때는
별다른 차이가 나질 않지만 점차 학문을 닦음으로 해서 얼마든
지 군자가 될 수 있음을 말한다. 여기서 '여마(輿馬)'는 수레와
말을 뜻하며, 가(假)는 빌린다, 이(利)는 빠르다. '치천리(致千
里)'는 먼길을 달려간다는 뜻으로 해석된다.

● **가유폐소, 향지천금**(家有弊掃, 享之千金)

사람으로서 지나치리만치 자만심이 강하고 자신의 결점을 모
르는 법이라는 것의 비유. 여기서 '폐소(弊掃)'는 쓸모가 없는
비, '향(享)'은 누리다. 대단하다라는 뜻으로서 자기 집의 낡은
빗자루를 대단하게 값이 많이 나간다는 것으로 안다는 뜻으로
해석된다.

● **가인박명**(佳人薄命)

여자의 용모가 너무 아름다우면 운명이 기박하다는 뜻이다.

'가인(佳人)'은 아름다운 여성, 미인을 말한다. '박명(薄命)'은 박복한 운명을 말하는 것으로서 미인은 단명한다는 말의 속된 용법이다.

⊖ 가정맹어호(苛政猛於虎)

가혹한 정치는 호랑이보다 더 사납다는 뜻으로, 가혹한 정치는 백성들에게 있어 호랑이에게 잡혀 먹히는 고통보다 더 무섭다는 말이다.

출전(出典) 알아 보기

⊖ 가정맹어호(苛政猛於虎)

춘추 시대(春秋時代) 말엽, 공자(孔子 : B. C 551~479)의 고국인 노(魯)나라에서는 조정의 실세인 대부(大夫) 계손자(季孫子)의 가렴 주구로 인해 백성들이 몹시 시달리고 있었다.

어느 날, 공자가 수레를 타고 제자들과 태산(泰山) 기슭을 지나가고 있을 때 부인의 애절한 울음소리가 들려 왔다. 그 소리가 하도 구슬퍼 일행이 발길을 멈추고 살펴보자 길가의 풀숲에 무덤 셋이 보였고, 부인은 그 앞에서 울고 있었다. 자비심이 많은 공자는 제자인 자로(子路)에게 그 연유를 알아보라고 일렀다. 자로가 부인에게 다가가서 물었다.

"부인, 무슨 일로 그렇게 슬피 우십니까?"

부인은 깜짝 놀라 고개를 들더니 이윽고 이렇게 대답했다.

"여기는 아주 무서운 곳이랍니다. 수년 전에 저희 시아버님이 호랑이에게 화를 당하시더니 작년에는 남편이, 그리고 이번에는 자식까지 호랑이한테 잡혀 먹혔답니다."

"그러면, 왜 이곳을 떠나지 않으십니까?"

"하지만, 여기서 살면 세금을 혹독하게 징수당하거나 못된 벼슬아치에게 재물을 빼앗기는 일은 없으니까요."

자로에게 이 말을 전해들은 공자는 제자들에게 이렇게 말했다.

"잘들 기억해 두어라. '가혹한 정치는 호랑이보다 더 무섭다(苛政猛於虎)'는 것을……."

● 가찬(加餐)

몸을 소중하게 살피는 것과 양생(養生)하는 것으로서 식사를 충분히 해 영양을 취하고, 몸을 잘 돌보는 것을 가리킨다. 여기에서 '찬(餐)'은 식사 또는 음식물, 또 건강을 축복하는 것으로서 편지의 인사말로도 쓰이는데 흔히 '가찬을 기원합니다'라고 쓴다.

● 가필(呵筆)

엄동설한에 붓끝이 얼은 것을 숨으로 불어서 녹인 다음에 글씨를 쓰는 것을 말한다.

● 각자위정(各自爲政)

사람이 각자 자기 멋대로 행동하며 전체와의 조화나 협력을 생각하지 않으면 그 결과가 뻔하다.

● 각주구검(刻舟求劍)

칼을 강물에 떨어뜨리자 뱃전에 표시를 했다가 나중에 그 칼을 찾으려 한다는 뜻으로, 어리석어 시세에 어둡거나 완고함의 비유이기도 하고 구습에 얽매어 임기응변의 조치를 취하지 못하는 것으로 세상이 변한 것을 모르고 옛날 그대로의 방식을 계속 고집하는 어리석음에 비유하기도 한다.

출전(出典) 알아 보기

● 각주구검(刻舟求劍)

전국시대(戰國時代). 초(楚)나라의 한 젊은이가 양자강을 건너기 위해 배를 탔다. 배가 강 한복판에 이르렀을 때 그만 실수하여 손에 들고 있던 칼을 강물에 떨어뜨리고 말았다. '아뿔싸, 이를 어쩐다?' 젊은이는 허둥지둥 허리춤에서 단검을 빼 들고 칼을 떨어뜨린 그 뱃전에다 표시를 했다. 이윽고 배가 나루터에 닿자 그는 곧 옷을 벗어 던지고 표시를 한 뱃전 밑의 강물 속으로 뛰어들었다. 그러나 칼이 그 밑에 있을 리가 없었다.

● 간간악악(侃侃諤諤)

성격이 아주 강직하여 권력에 대해서도 두려움 없이 올바른 이야기를 당당하게 말하는 것을 말한다. 시비나 선악을 직언하는 것, 또 원래의 뜻에서는 벗어나지만, 많은 사람들이 시끄럽게 논의를 한다든지 갑론을박 논쟁이 끊이지 않는 형용으로도 쓰인다. 여기서 '간간'은 논어의 간간여에 출전을 두고 온화하다는 뜻으로 풀이한다. '악악'은 사기(史記)에 나오는 말인데 서슴없이 올바른 말을 직언하는 것을 가리킨다.

● 간국지기(幹國之器)

나라를 다스리는 재능을 가진 사람이란 뜻으로서 국정을 담당할 수 있는 그릇이라는 뜻이다. 여기서 '간'은 주관하다, 담당하다의 뜻을 가지고 있으며 '기'는 인물된 그릇임을 설명한다.

● 간뇌도지(肝腦塗地)

간과 뇌가 흙과 범벅이 되다란 뜻으로 전란(戰亂)중의 참혹한 죽음을 형용한 말이다. 지구 곳곳에서 일어나는 전쟁 속에서 인간들이 겪어야 하는 죽음의 모습은 바로 이러한 것이리라.

● 간담상조(肝膽相照)

서로 간과 쓸개를 꺼내 보인다는 뜻으로서 곧 상호간에 진심을 터놓고 격의 없이 사귀는 것이나 마음이 잘 맞는 절친한 사이를 말한다.

● 간담초월(肝膽楚越)

마음이 맞지 않으면 간장과 담낭처럼 몸 안에 있고 서로 관계가 있더라도 초나라와 월나라처럼 서로 등지고 만다. 관점에 따라서는 서로 전혀 다르고, 가까운 것이라도 멀리 보인다는 비유이다. 간담이란 것은 간장과 담낭을 말하는 것으로서, 사람의 몸 속에서 서로 가까이에 있다. 또한 '초월'이란 초나라와 월나라 두 나라를 지칭하는 것으로서 서로 떨어져 있다. 시점을 어디에 두고 있느냐에 따라 가깝고 비슷한 것도 멀게 보이고 소원한 것도 동일하게 보이는 것을 말한다.

● 간발이즐(簡髮而櫛)

본디의 목적에서 벗어나 형편없는 일에 얽매이는 것을 말한다. 여기에서 '간'은 선(選)과 같다는 것으로서 머리를 빗는 데에 한 올씩 골라서 빗는 데서 나온 말이다. 힘이 많이 들고 효과가 적은 일에 신경을 쓰이는 경우에도 이 말이 쓰인다.

● 간불용발(間不容髮)

상황이 긴박하여 시간의 틈이 없는 것을 말한다. 머리카락 하나도 집어넣을 틈이 없다는 데서, 상황이 긴박함을 말한다. 우리가 흔히 사용하는 '간발의 차'라는 말은 잘못 쓰인 말이다.

● 간어제초(間於齊楚)

강한 제(齊)나라와 초(楚)나라 사이에(於) 끼임(間). 즉, 약한 자는 강한 자들 사이에 끼어 괴로움을 받을 때 당당히 겨루든지 아니면 미련을 버리고 떠나야지 눈치만 보며 비굴하게 살아선 안 된다는 말이다.

● 간장막야(干將莫耶)

명검도 사람의 손길이 가야 빛나듯이 사람의 성품도 원래는 악하므로 노력을 기울여야 선하게 될 수 있다는 의미이다.

14

● 간장막야(干將莫耶)

오(吳)나라에 간장(干將)이라는 대장간의 명장(明匠)이 있었다. 어느 해 왕인 합려(闔閭)가 그에게 두 자루의 명검을 만들 것을 명령했다. 그는 정선한 청동을 모아서 주조를 하기 시작했다. 그러나 이 청동은 이상하게도 3년이 지나도 녹지 않았다. 그러자 그의 아내 막야(莫耶)가 머리카락과 손톱을 잘라 청동을 녹이는 노에 넣고 어린 소녀 3백명이 풍구를 불어 청동을 녹여 마침내 명검을 만드는데 성공했다. 그래서 한 자루의 칼에는 간장(干將), 또다른 한 자루에는 막야(莫耶)라는 이름이 붙게 되었다.

● 갈구이상(葛屨履霜)

인색하다는 뜻으로서 구두쇠를 가리킨다. '갈구'는 칡넝쿨로 삼은 신인데, 주로 여름에 신는 신발로 사용된다. 그런데 그런 신발을 추운 엄동설한에도 신는다는 데서, 지나치게 검약하는 것을 빗댄 말이다.

● 갈망(渴望)

강렬하게 희망하는 것으로 목이 마를 적에 물을 애타게 찾듯이 애타게 바라는 것.

● 갈불음도천수(渴不飮盜泉水)

아무리 가난하게 살더라도 결코 부정한 짓을 저질러선 안 된다는 비유에서 나온 말이다. 공자가 도천(盜泉)이라는 이름을 가진 샘의 물은 아무리 목이 말라도 마시지 않을 것이며 악목(惡木·악이라는 이름을 가진 나무)의 그늘에서는 아무리 더워도 결코 쉬지 않는다는 데서 유래된 말이다. 도천에 샘물이 없는 것도 아니고, 악목에도 가지가 없는 것은 아니지만 공자가 절의를 지키기 위해서 그랬다는 고사에서 나온 것으로 알려져 있다.

● 갈심생진(渴心生塵)

사람을 방문하여 만나지 못함을 이름. 우물의 물을 푸려는데, 새끼가 없어서 푸지 못하는 것처럼 갈증만 더 나서 마음에 먼지가 낀다는 것.

● 갈택분수(竭澤焚藪)

눈앞의 욕심에만 사로잡혀 있으면 훗날 커다란 손해를 입게 된다는 비유이다. 연못의 물을 모두 퍼내고 물고기를 잡거나 산의 숲을 전부 불태워 짐승을 잡는다면 당장은 많은 물고기와 짐승을 잡을 수는 있지만 다음 해부터는 아무 것도 잡을 수 없어 결국 손해라는 것이다.

● 갈자이음(渴者易飮)

목이 마른 자는 나쁜 물이라도 가리지 않고서 먹으며 만족을 한다는 말.

☻ 감당애(甘棠愛)

감당나무(팥배나무)를 사랑한다는 것으로, 정치를 잘하는 자를 사모하는 정을 나타낸다. 감당나무는 배나무와 비슷하지만 크기 면에서는 작고, 2월에 흰 꽃이 피어 배보다 작은 열매가 열리며 서리가 내릴 때쯤 먹을 수 있다.

☻ 감정선갈(甘井先竭)

'감정'은 물맛이 좋은 우물이란 뜻으로서 물맛이 좋은 우물은 사람들이 많이 몰려 이용하기 때문에 우물이 금방 말라 버린다. 그러니까 뛰어난 재능이 있는 사람이나 지력이 있음을 남에게 드러내놓고 자랑하는 사람은 곧 남에게 이용당하므로, 그 결과 몸을 망치기 쉽다는 것을 비유해서 한 말이다.

☻ 감정지와(坎井之蛙)

우물 안 개구리란 뜻으로, 견문이 좁은 사람을 일컬음.

☻ 강개심회(慷慨心懷)

의롭지 못한 것을 보고 의분을 느껴 슬퍼하고 한탄하는 마음.

☻ 강남지귤, 위강북지지(江南之橘, 爲江北之枳)

나무를 옮겨 심을 때에는 그 나무가 가지고 있는 성질을 잘 알고 심어야지 그렇지 않으면 말라죽게 된다. 우리에게 흔히 양자강이라 일컬어지는 장강(長江)의 남쪽에 있는 귤나무를 장강의 북쪽에 심으면 꽃도 열매도 없어져 결국 탱자가 되고 마는데 이렇듯 사람은 자신의 처지에 따라서 성질이 달라진다는 것을 비유한 말이다.

● 강노지말(强弩之末)

힘찬 활에서 튕겨나온 화살도 마지막에는 힘이 떨어져 비단조차 구멍을 뚫지 못한다는 뜻으로 아무리 강한 힘도 마지막에는 결국 쇠퇴하고 만다는 의미이다. '강노'는 틀로 된 강한 석궁(石弓)을 말한다.

● 강랑재진(江郎才盡)

강랑의 재주가 다했다는 말로, 학문상에 있어 한 차례 두각을 나타낸 후 퇴보하는 것을 뜻한다. 그러니까 성공을 거두었다고 해서 노력을 게을리 하면 끝내 실패를 하게 된다는 이야기이다.

● 강안여자(强顔女子)

얼굴이 강한 여자라는 말로, 수치심을 모르는 여자라는 뜻이다. '강안(强顔)'은 '후안(厚顔)', '철면피(鐵面皮)'는 낯가죽이 두껍다는 말이다.

출전(出典) 알아 보기

● 강안여자(强顔女子)

제나라에 한 여자가 있었다. 그녀는 이 세상에 둘도 없을 만큼 추녀였으므로, 사람들은 그녀를 '무염녀(無鹽女; 無鹽은 지명)'라고 불렀다. 그녀의 모양새는 이러했다. 절구 머리에 퀭하니 들어간 눈, 남자 같은 골격, 들창코, 성년 남자처럼 목젖이

나와 있는 두꺼운 목, 숱이 적은 머리털, 허리는 굽고 가슴은 돌출 되었으며, 피부는 옻칠을 한 것과 같았다.

그녀는 나이 서른이 되도록 아내로 사가는 사람이 없어 혼자 살고 있었다. 어느 날 그녀는 짧은 갈 옷을 입고 직접 선왕(宣王)이 있는 곳으로 가서 한번 만나보기를 원하여 알자(謁者)에게 이렇게 말했다.

"저는 제나라에서는 팔리지 않는 여자입니다. 군왕의 성스러운 덕에 대해 들었습니다. 원컨대 후궁으로 들어가 사마문(司馬門) 밖에서 살 수 있도록 해주십시오. 왕께서는 허락하실 것입니다."

알자는 그녀의 이 말을 선왕에게 보고했다. 선왕은 마침 첨대에서 술을 마시고 있었는데, 왕의 주위에 있던 사람들 가운데 웃지 않는 자가 없었다. 선왕은 좌우를 둘러보며 이렇게 말했다.

"이 자는 천하에서 가장 뻔뻔스런 여자이다."

⊖ 강유겸전(剛柔兼全)

성품이 부드러우면서도 단단함.

⊖ 강의목눌근인(剛毅木訥近仁)

의지가 확고하고 어떤 일에 직면하더라도 결코 당황하지 않으며 가식이 없고 말수가 적은 사람이 가장 이상적인 인물이다. 이 말은 공자가 말한 것에 기인한다.

공자가 말하기를, "의지가 강하고 과단성이 있으며, 가식이 없고 말수가 적은 사람은 이상적인 도덕, 인(仁)에 가장 근접된 마음을 가진 사람이다."

● 강정(扛鼎)
아주 무거운 세 발 달린 솥을 가볍게 들어올린다는 데서 대단히 힘이 센 것을 말한다. 다른 뜻도 있는데 문장이 뛰어났을 때 이것을 칭찬하는 뜻도 있다. 여기서 '정'은 금속으로 만든 세 발 달린 솥을 뜻하고 있으며, '강'은 두 손으로 들어올린다는 것을 말한다.

● 개과천선(改過遷善)
지난 허물을 고치고 착하게 됨.

● 개권유익(開卷有益)
책을 읽으면 유익하다는 뜻으로 독서를 권장하는 말.

● 개관사정(蓋棺事定)
사람이란 관의 뚜껑을 덮고 난 뒤에야 안다는 것으로 죽고 난 뒤에야 그 사람에 대한 올바른 평가를 할 수 있다는 말. '개관'은 관의 뚜껑을 덮는다는 것으로, 죽는다는 뜻이다.

● 개문읍도(開門揖盜)
일부러 문을 열어 놓고 도둑을 청한다는 뜻으로 스스로 화를 불러들인다는 말.

● 개물성무(開物成務)
점(占)을 쳐서 길흉을 미리 알고, 그 점에 의해서 자신의 사업

20

을 시작하는 것. 여기서 '물'은 사람, '무'는 사업의 뜻이 담겨 있다. 바로 주역의 정의와 효용을 설명한 말이다.

이 말에 대하여 공자가 말한 것을 인용하면, "도대체 역(易)이란 무엇인가. 본디 역이란 점에 의하여 길(吉)을 알고 흉을 피하는 지혜를 열어 주어 사업을 성공으로 이끌기 위함이다. 천하의 길은 모두 역 속에 포함되어 있다. 역이란 바로 그런 것이다."

⬛ 개역(改易)

교체하고 변경하는 것을 말한다. 관직에서 물러나게 하고 다른 사람으로 교체하는 것을 말함.

⬛ 개운견일(開雲見日)

느닷없이 눈앞이 훤해지고 전망이 밝게 보이는 것을 말함.

⬛ 개주생기슬(介冑生蟣蝨)

전쟁으로 인해 혼란이 오랫동안 계속되는 것을 말한다. 갑옷을 하도 오래 입고 있어서 이가 생길 정도라는 뜻으로서 그만큼 전쟁이 오랫동안 계속되는 비유로 쓰인다. 여기서 '개주'는 투구와 갑옷이란 뜻이며 '기슬'은 서캐와 이를 뜻한다.

⬛ 개찬(改竄)

시(詩)나 문장의 자구를 고치는 것을 뜻한다. 오늘날에는 정당하지 않게 고친다는 뜻으로 쓰이고 있는데 여기서 '찬'은 고쳐서 바꾼다는 뜻이다.

● **객성범어좌**(客星犯御座)

반역자인 신하가 임금의 자리를 노리는 것을 말한다.

● **거경지신**(巨卿之信)

거경의 신의라는 말로, 굳은 약속을 의미한다.

출전(出典) 알아 보기

● 거경지신(巨卿之信)

범식(范式)의 자는 거경(巨卿)이고, 산양(山陽) 금향(金鄕) 사람이다. 일명 범(氾)이라고도 한다. 그는 어려서부터 태학(太學)에서 학문을 하는 제생(諸生)이 되었다. 그 곳에서 여남(汝南)출신의 장소와 친구가 되었다.

장소의 자는 원백(元伯)이다. 어느 날 두 사람은 함께 고향으로 돌아가는 이야기를 하게 되었다. 범식이 장소에게 말했다.

"2년 후에 돌아갈 때에는 먼저 자네 양친에게 절하고서 자네를 보겠어."

그리고는 기일을 약속했다.

그 약속한 날이 다가오자 장소는 어머니에게 그를 위해 음식을 준비해 줄 것을 부탁했다. 이에 장소의 어머니는 이렇게 말했다.

"2년간 천 리나 되는 먼 곳에 떨어져 있으면서 약속을 하였으니, 어찌 서로 약속을 지킬 수 있다고 하겠느냐?"

그러자 그는 말했다.

"거경은 신의가 있는 선비입니다. 반드시 약속을 어기지 않을 것입니다."

어머니가 말했다.

"그렇다면 당연히 술을 준비해야지."

그 날이 되자, 거경은 정말로 약속한 날짜에 도착했는데, 먼저 당에 올라 원백의 양친에게 절을 하고 나와 술을 마시고, 한껏 회포를 푼 후에 헤어졌다.

● 거관유독(去官留犢)

벼슬의 자리에 올라 있는 사람은 청렴결백해야 한다는 것이다. 여기서 '독'은 송아지를 가리키는데 벼슬을 하고 있을 때 낳은 송아지조차도 물러날 때에는 가지고 가지 않는다는 뜻이다.

● 거기지엽, 절기본근(去其枝葉, 絶其本根)

사물의 원인이 되고 있는, 그 가장 밑동이 되는 것을 제거하는 것을 말한다. 진나라의 평공(平公)이 전란을 피하는 데에는 어찌하면 좋은가고 양필(陽畢)에게 물었을 때 그가 한 말이다. "사물의 원인이란 것은 우뚝 솟은 고목과 같은 것이다. 지엽(枝葉)이 자라면 밑동은 더욱 굵어진다. 이래선 세상의 혼란은 언제까지나 그치지 않고 계속 된다. 그러나 지금 도끼를 가져와 가지와 잎을 쳐내고 그 밑동을 잘라 버린다면 얼마간은 평화를 유지할 수 있을 것이다."

● 거수고액(擧手叩額)

손을 들고 이마를 땅에 대며 사례하고 기뻐함.

23

● 거안사위(居安思危)

평화가 유지되고 있을 때일지라도 재난에 대비해 준비를 게을리 하지 않으면 안 된다. 재난에 대한 준비가 미리 되어 있으면 재난을 능히 물리칠 수 있다.

● 거여홍모, 취약습유(擧如鴻毛, 取若拾遺)

'홍(鴻)'은 기러기와 비슷한 큰 물새를 말한다. 이 새의 털은 가볍고 부드러운데서 이 말이 유래한 것으로서 깃털을 들거나 땅에 떨어져 있는 것을 줍는 것처럼 간단하다는 뜻으로서 손쉬운 일에 대한 비유이다.

● 거이기(居移氣)

환경이 사람의 마음의 상태를 결정한다는 것의 비유를 말함.

● 거일반삼(擧 一反三)

하나를 들어 세 가지를 돌이킨다는 말로, 스승으로부터 하나를 배우면 다른 것까지도 유추해서 아는 것을 비유한다.

● 거자불추 내자불거(去者不追 來者不拒)

가는 사람 붙들지 말고 오는 사람은 물리치지도 않는다는 뜻.

출전(出典) 알아 보기

● 거자불추 내자불거(去者不追 來者不拒)

맹자가 등(藤)나라의 상궁(上宮)에 묵고 있을 때였다. 맹자는 가는 곳마다 대단한 환영을 받았으며 또 그의 가르침을 받고자 많은 사람들이 맹자를 찾아왔다. 그런데 맹자가 묵고 있는 여관의 일꾼이 미투리를 삼다가 창틀 위에 올려놓고 맹자 일행이 방을 차지하여 들어가고 그의 가르침을 받고자 한 사람들도 다 돌아간 다음 다시 신을 삼고자 창가로 가보았으나 신이 보이지 않았다. 그 사람은 누군가가 그 신을 훔쳐갔다고 생각하고 막 소리를 지르며 다른 사람들도 그렇게 생각하고 그 중 한 명이 맹자에게 항의를 하였다.

이 말을 듣고 맹자는, "나를 따라온 사람이 그 신을 훔치기 위해 왔단 말인가?"라고 묻자 그는 대답했다.

"아닙니다. 선생님께서 사람을 대하는 것은 가는 사람을 붙들지도 않고 오는 사람을 물리치지도 않으며(去者不追 來者不拒) 배우고자 하는 마음을 가진 자는 받을 뿐입니다."

● 거재두량(車載斗量)
수레에 싣고 말(斗)로 된다는 뜻으로 물건이나 인재 등이 많아 귀하지 않음의 비유.

● 건곤일척(乾坤一擲)
하늘과 땅을 걸고 한 번 주사위를 던진다는 뜻이다. 곧 운명과

25

흥망을 걸고 단판걸이로 승부나 성패를 겨루거나 흥하든 망하든 운명을 하늘에 맡기고 결행함의 비유.

⬬ **건차**(巾車)

'건'은 천이나 잡목(雜木)으로 덮는다는 뜻으로서 천으로 덮은 수레, 포장수레를 말한다.

⬬ **걸신**(乞身)

자리에서 물러날 것을 청하는 것. 출사(出仕)한다는 것은 몸을 주군에게 맡기는 것이므로, '걸신'한다는 것은 자리에서 물러나겠다는 뜻을 표하는 것이 된다.

⬬ **걸화불약취수**(乞火不若取燧)

남에게 의지하지 않고 노력의 결과 얻은 것이 더 확실하다. 사물은 근본을 받들지 아니하면 아무 쓸모가 없다는 비유이다. 여기에서 '걸화'는 불씨를 청하여 얻는 것이며 '수(燧)'는 부싯돌을 가리킨다.

⬬ **검려지기**(黔驢之技)

당나귀의 뒷발질. 서투른 짓거리를 말함

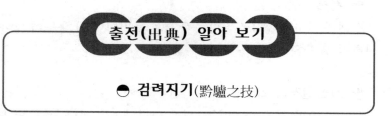

출전(出典) 알아 보기

⬬ **검려지기**(黔驢之技)

26

옛날 검(黔) 땅에는 당나귀가 없었다. 그런데 호기심이 많은 어떤 사람이 당나귀 한 마리를 배로 실어 왔다. 그런데 이 사람은 당나귀를 어떻게 다루어야 하는지, 또 무엇에 써야 하는지 모르기 때문에 산 속에 놓아먹이며 방치해 두었다.

어느 날 산 속을 어슬렁거리던 호랑이 한 마리가 이 당나귀를 보게 되었다. 호랑이는 지금까지 당나귀를 본 일이 없었으므로, 신수(神獸 : 신령한 짐승)라 생각하고는 숲속에 몸을 숨기고 가만히 동정을 살폈다. 얼마 후 호랑이는 슬슬 주위를 살피며 숲에서 나와 당나귀에게 접근했다. 그러나 아직도 이것이 무엇인지 도무지 알 수 없었다. 그때 당나귀가 갑자기 소리 높여 울었다. 그 소리를 들은 호랑이는 '이건 분명 나를 잡아먹으려는 것이다.' 생각하고 황급히 도망을 쳤다.

며칠이 지나자 그 우는 소리에도 익숙해지고 아무래도 무서운 동물은 아닌 듯했다. 호랑이는 당나귀의 주위를 서성거려 보았으나 당나귀는 아무 반응이 없었다. 용기가 생긴 호랑이는 당나귀의 본성을 시험해 보려고 일부러 덤벼들어 보았다. 그러자 당나귀는 화가 나서 호랑이에게 뒷발질을 하였다.

이 서투른 동작 하나로 당나귀는 그만 자신의 기량을 폭로하고 말았다. "뭐야, 요 정도야." 호랑이는 좋아하며 당나귀에게 덤벼들어 순식간에 잡아먹어 버렸다.

☻ 걸해골(乞骸骨)

해골을 빈다는 뜻으로, 늙은 재상(宰相)이 나이가 많아 조정에 나오지 못하게 될 때 임금에게 그만두기를 주청함을 이루는 말.

● 걸견폐요(桀犬吠堯)

개는 주인만을 알고 그 이외의 사람에게는 사정을 두지 않았다는 뜻이다.

● 격강천리(隔江千里)

강을 사이에 두고 서로 떨어져 있어서 왕래가 불편함이 천리 길이나 서로 떨어져 있음과 다름없음을 이르는 말.

● 격물치지(格物致知)

사물의 이치를 연구하여 후천적인 지식을 명확히 한다는 주자(朱子)의 설이 있고 낱낱의 사물에 존재하는 마음을 바로잡고 선천적인 양지(良知)를 갈고 닦는다는 왕양명(王陽明)의 설이 있다.

● 격설(鴃舌)

'격'은 때까치를 말하는 것으로서 시끄럽기만 하고 뜻이 전혀 통하지 않는 말의 비유이다.

● 격화소양(隔靴搔痒)

어딘가 모르게 불만스럽고, 성에 차지 않는 것을 말하는 것으로서 발등이 가려운데 신발 위를 긁는 것처럼 충분히 의도가 달성되지 않아 답답함을 느끼는 것이다.

● 견갑이병(堅甲利兵)

'견갑'은 투구와 갑옷을 말하고 '이병'은 예리한 무기를 말하는 것으로서 강한 군사력을 말한다.

28

● 견강부회(牽强附會)

'견강'도 '부회'도 전부 억지로 끌어다 붙이는 것으로서 자기에게 유리하도록 억지로 갖다 붙이는 것을 말한다.

● 견개지사(狷介之士)

절대로 남과 서로 용납하지 않는 사람을 말한다.

● 견기(見幾)

'기(幾)'는 조짐, 징조, 길흉이 형체가 되어 나타나려고 하는 희미한 움직임으로 뛰어난 인물은 선견지명이 있어서 길흉의 조짐을 보면 즉각 행동으로 옮겨, 굼뜨게 쓸데없는 시간을 허비하지 않으므로, 재난을 미연에 방지할 수 있다는 비유로 선견지명이 있는 것을 말한다.

● 견란이구시야(見卵而求時夜)

달걀을 보고 당장에 그것이 닭이 되어 홰를 치며 새벽에 울 것을 바라고 새를 잡는 탄알을 보고서 그 자리에서 새를 구워먹을 생각부터 한다. 경솔한 판단을 할 때나 너무 급히 모든 일을 서두를 때 이 표현을 쓴다.

● 견마곡격(肩摩轂擊)

길거리가 혼잡하다는 것의 비유. '견마'는 사람의 어깨와 어깨가 서로 닿는 것이고 '곡격'은 수레의 바퀴와 바퀴가 서로 부딪치는 것을 말한다. 이렇듯 길거리에서 사람의 어깨와 어깨가 부딪치고 수레바퀴와 수레바퀴가 서로 부딪칠 정도로 혼잡함을 비유한 것이다.

● 견마심(犬馬心)

개나 말이 주인에 대해서 나타내는 복종심이라든가 충성심을 나타내는 말로서 군주에 대한 충성심을 겸손하게 일컫는 말이다.

● 견마지치(犬馬之齒)

개나 말처럼 보람 없이 헛되게 먹은 나이란 뜻으로, 자기의 나이를 낮추어 일컫는 말.

● 견백동이(堅白同異)

억지로 펴는 논리를 말한다. 말하자면 궤변이다. '견백동이'란 전국시대에 공손룡(公孫龍)이 주창한 개념이다. 그러니까 돌을 눈으로 그냥 보면 희다는 것을 알 수는 있지만 단단하다는 것까지는 알 수 없다. 돌을 손으로 만져 보면 단단하다는 것은 알 수 있지만 색은 알 수 없다. 이렇게 보면 '흰 돌'과 '단단한 돌'이라는 개념은 제각기 성립하지만, 양자는 전혀 별개의 것이다. 그러므로 세상에는 단단하고 흰 돌이라는 개념은 동시에는 존재하지 않는다는 논법을 말한다.

● 견벽불출(堅壁不出)

굳건한 성벽으로 둘러싸인 속에서 나오지 아니함. 곧 안전한 곳에 들어앉아서 남의 침범으로부터 몸을 피신함.

● 견사수지장단(見蛇首知長短)

한 가지를 보고 전체를 짐작하는 것을 말한다. 뱀의 목이 한 자인 것을 보면 그 뱀의 길이를 알 수 있고 코끼리의 이빨을 보면 그 몸의 크고 작음을 알 수 있다는 이야기이다.

● **견아상제**(犬牙相制)

국경이 개의 이빨처럼 들쭉날쭉 서로 얽혀 있어, 서로 대립을 하고 있는 것. 지리적인 경계나 사물의 형편이 서로 복잡하게 서로 얽혀 있을 때를 말한다.

● **견위치명**(見危致命)

군주나 국가가 위험에 처했을 때 목숨을 내던지고서 충성을 다함.

● **견토방견**(見兎放犬)

실패하고 나서 후회하더라도 아직 때는 늦지 않으며 이미 늦은 것 같지만 아직 늦은 것이 아니다. 일이 일어나는 것을 기다려서 대처를 해도 늦지 않다는 것이다.

● **견토지쟁**(犬兎之爭)

개와 토끼의 다툼이란 뜻으로서 곧 양자의 다툼에 제삼자가 힘들이지 않고 이(利)를 봄에 비유. 횡재함의 비유. 또한 쓸데없는 다툼의 비유.

● **견현사제**(見賢思齊)

뛰어난 인물을 만나 자신도 그 인물과 같이 되고 싶다고 생각하는 것. 공자가 말하기를, "뛰어난 인물을 만나거든 자신도 그와 같이 되고 싶다는 마음을 가질 것이며, 형편없는 인물을 만나거든 자신은 그렇지 않은가 하고 반성하라."

● 결려재인경(結廬在人境)

은자처럼 사람이 없는 심산유곡에 사는 것이 아니라, 보통 사람들이 사는 세상에서 사는 것을 말한다.

● 결발부부(結髮夫婦)

처녀와 총각이 혼인한 부부.

● 결승지치(結繩之治)

상고(上古)시대는 새끼를 매어, 그 매는 방식으로 뜻을 나타내어 서로 의사소통을 했다는 데서 아직 문자가 없었던 무렵의 정치를 말한다.

● 결초보은(結草報恩)

풀을 맺어 은혜에 보답한다는 뜻으로, 죽어서 까지라도 은혜를 잊지 않고 갚음.

출전(出典) 알아 보기

● 결초보은(結草報恩)

좌전에 실린 바에 의하면 결초는 위과의 고사에서 나온 말이다. 진나라 때 위무자라는 사람이 있었는데 평소에 그는 아들 위과를 보고 아비가 죽은 뒤에 아기를 낳아 보지 못한 서모를 개가시켜 잘 살도록 하라고 항상 일러 왔다. 그러다가 무자가 병이 들어 위독하게 되자 다시 과에게 명령하길, "내가 죽거든 너의 서모도 나를 따라 같이 죽게 하여 합장을 시켜야 된다"고 하였다.

그 후 무자가 죽게 되자 위과는 그의 아비 무자가 병이 깊었을 때 분부한 명령은 제 정신에서 한 말이 아니라고 생각하고는 무자가 생존 시에 누누히 분부하던 뜻을 따라 서모를 살려주어 다른 곳으로 시집을 가게 했다.

그 뒤 진(秦)나라와 晉(진)나라가 싸움이 벌어져 위과가 군대를 거느리고 전장에 나와 결전을 벌이게 되었다. 그런데 이상하게도 싸움터에서 한 노인이 땅에서 무성하게 자라난 풀들을 잡아매어 온 들판에 매듭을 만들어 놓았던 것이다. 그리하여 진(秦)나라 말들이 그 풀 매듭에 걸려 쓰러지자 말에 타고 있던 진나라 병졸들은 여지없이 말 위에서 떨어져 땅에 나뒹굴었다. 위과는 이 때를 틈타 사나운 맹수와 같이 군대를 이끌고 총 공격을 하여 싸움을 순조롭게 승리로 이끌고 적장 도회를 사로잡았다.

그날 밤 위과는 꿈속의 싸움터에서 풀을 맺던 그 노인을 만났는데 자칭 개가한 서모의 아버지라 하면서 자기 딸을 죽여 합장시키지 않고 살려 시집보낸 은혜에 보답하기 위하여 위과를 싸움에서 승리토록 했다고 말했다.

● **경개여고**(傾蓋如故)

만난 지 얼마 되지 않았음에도 오래 전에 만난 친구처럼 스스럼없이 친해지는 것.

● 경거망동(輕擧妄動)
선후 상황을 살피지 않고 경솔한 행동을 취하는 것.

● 경국(傾國)
본래는 나라를 기울여 위태롭게 한다는 뜻이었으나, '경국지색(傾國之色)'과 함께 나라를 뒤집어엎을 만한 절세미인을 지칭하기도 한다.

● 경국지대업(經國之大業)
나라를 다스리는 큰 사업이라는 말로, 문학을 중시해서 말한다.

● 경국지색(傾國之色)
임금이 혹하여 국정을 게을리 함으로써 나라를 위태롭게 할 정도의 뛰어난 미녀를 일컫는 말.

● 경락과신(輕諾寡信)
어떤 일에서든 가볍게 승낙을 하는 사람은 믿을 수 없다는 것.

● 경박탕자(輕薄蕩子)
언행이 방정맞고 방탕한 사내를 이름.

● 경세도량(經世度量)
세상을 잘 다스릴 수 있는 품성.

34

● **경시호탈**(輕施好奪)

자기 것을 남에게 잘 주는 사람은 무턱대고 남의 것을 잘 탐냄.

● **경신읍귀**(驚神泣鬼)

매우 비장한 문사(文辭)는 귀신을 감동시킨다는 말.

● **경원**(敬遠)

존경하되 멀리함. 공경하되 가까이하지 않음. 논어에 나오는 '공경은 하지만 굳이 접근하지 않는다'는 뜻인데 오늘날에는 주로 '상대방을 존경하는 척하면서 내심으로는 경멸한다'는 뜻으로 쓰인다.

● **경위천지**(經緯天地)

공로가 아주 뛰어남.

● **계견상문**(鷄犬相聞)

닭이나 개의 울음소리가 서로 들릴 정도로 가까운 거리를 말한다.

● **계고지력**(稽古之力)

'계고'는 옛일을 상고한다는 뜻으로, 옛날의 일을 배우고 익히는 것을 말한다.

● **계구우후**(鷄口牛後)

닭의 부리가 될지언정 쇠꼬리는 되지 말라는 뜻. 곧 큰 집단의 말석보다는 작은 집단의 우두머리가 낫다는 말.

● 계란유골(鷄卵有骨)

계란에도 뼈가 있다. 계란이 곯아 있다. 운수가 나쁜 사람의
일은 모처럼 좋은 기회가 와도 무엇하나 뜻대로 되는 일이 없을
때를 가리킴.

● 계륵(鷄肋)

먹자니 먹을 것이 별로 없고 버리자니 아까운 닭갈비란 뜻.
곧 쓸모는 별로 없으나 버리기는 아까운 사물의 비유와 닭갈비
처럼 몸이 몹시 허약함에 비유한다.

● 계명구도(鷄鳴拘盜)

닭의 울음소리를 잘 내는 사람과 개 흉내를 잘 내는 좀도둑이
라는 뜻. 곧 선비가 배워서는 안 될 천한 기능을 가진 사람.
천한 기능을 가진 사람도 때로는 쓸모가 있음의 비유.

● 계옥지간(桂玉之艱)

물가고에 의한 생활고의 비유로서 타국에 있으면서 향목인
계수나무보다도 비싼 장작, 옥보다도 비싼 식량으로 사는 고통
을 빗대서 말한다. 또한 물가가 높은 도시에서 고학하는 뜻으로
도 쓰인다.

● 계찰괘검(季札掛劍)

계찰이 칼을 걸어 놓다. 마음속으로 한번 작정한 약속을 끝까
지 지킨다는 뜻으로서 신의를 중히 여긴다는 뜻

🔴 계찰괘검(季札掛劍)

춘추시대 오(吳)나라에 계찰(季札)이라는 사람이 있었다. 그는 오나라의 왕 수몽(壽夢)의 막내아들이었다. 그가 처음으로 사신이 되어 여행하던 중 서(徐)나라에 들른 적이 있었다. 그때 서나라의 왕은 계찰의 검을 가지고 싶었으나 차마 말을 할 수가 없었다.

한편 계찰은 속으로 짐작은 했지만, 그때는 사신으로 여행하는 중이라 검을 줄 수가 없었다. 그 후 일을 마치고 돌아오는 길에 서나라에 당도하고 보니 서나라의 왕은 이미 세상을 뜬 후였다. 그래서 그 보검을 풀어 서나라 왕의 무덤 옆에 있는 나무에 걸어 놓고 떠났다. 수행원이 이상히 여겨 물었다.

"서나라의 왕은 이미 세상을 떠났습니다. 그런데 무슨 연유로 검을 저렇게 걸어 두는 것입니까?"

"나는 처음부터 그 검을 그에게 주려고 마음에 정해 두고 있었다. 그렇게 마음을 먹었었는데 어떻게 상대가 세상을 떠났다고 해서 자신의 마음을 거스를 수가 있겠는가. 한번 마음먹은 것은 어떤 일이 있어도 지켜야 되는 것이다."

🔴 계포일락(季布一諾)

계포가 승낙한 한마디의 말이란 뜻으로 한번 약속을 하면 반드시 지킨다는 의미이다.

● 고굉지신(股肱之臣)

다리와 팔뚝에 비길 만큼 군주가 가장 믿을 만한 신하, 임금이 가장 신임하는 중신(重臣)을 말함. '고굉'은 수족이란 뜻이다.

● 고구무대고즉불기(故舊無大故則不棄)

오래된 친구나 부하는 소중하게 대해야 한다는 뜻.

● 고금지비(鼓琴之悲)

절친한 친구와 사별했을 때의 커다란 슬픔. '고금'은 거문고를 탄다는 뜻이다.

● 고량자제(膏粱子弟)

부귀한 집에서 태어나서 고생을 모르고 자란 젊은이.

● 고로여생(孤露餘生)

어려서 부모를 잃은 사람을 말함.

● 고목사회(槁木死灰)

생기가 없고 의욕이 없어 보이는 모습. '고목'은 마른나무를 말하고 '사회'는 불기가 사라진 재를 말함.

● 고무(鼓舞)

'고무'는 북을 치며 춤을 춘다는 뜻으로서 북돋우며 용기를 갖게 하고 힘을 내게 함을 말함.

⊖ 고복격양(鼓腹擊壤)

배를 두드리고 발을 구르며 흥겨워한다는 뜻으로, 태평 성대를 형용하여 이르는 말.

⊖ 고삭지희양(告朔之餼羊)

허례에 지나지 않은 일일지라도 해롭지 않은 일이라면 보존하는 편이 낫다는 것으로 형식뿐이고 내용이 없는 비유를 말한다. '고삭'은 매달 초에 제후(諸侯)가 조상의 사당에서 천자(天子)로부터 나누어 받아 간직하고 있던 달력을 꺼내는 그때의 의식을 말하고 '희양'은 희생으로 쓰이는 양을 말한다.

⊖ 고산유수(高山流水)

절묘하게 흐르는 음악을 말함.

⊖ 고성낙일(孤城落日)

외로운 성에 지는 해란 뜻으로, 세력이 다하여 의지할 데가 없는 외로운 처지를 비유한 말, 남의 도움이 없는 몹시 외로운 정상의 비유.

⊖ 고수생화(枯樹生花)

마른나무에 다시 꽃을 피우는 것, 혹은 늙은 사람이 생기를 다시 되찾는 것을 말하는데 여기서 화(花)는 '華'로도 쓰인다.

⊖ 고식(姑息)

일시적인 모면을 하기 위한 것이나 임시방편으로 적당하게 때우는 것을 말함. 또는 글자의 뜻대로 여자나 아이의 뜻으로도 쓰이기도 한다.

🥢 고양생제(枯楊生稊)
노인이 젊은 아내를 맞는 것을 말함. '고양'은 말라 가는 버드나무를 말하고 '제'는 나무의 그루터기에서 움튼 싹을 말한다.

🥢 고어지사(枯魚之肆)
마른 고기의 어물전이라는 말로, 매우 곤궁한 처지를 비유한다.

출전(出典) 알아 보기

🥢 고어지사(枯魚之肆)

장자(莊子)는 가정 형편이 매우 어려웠다. 하루는 식량이 떨어져 감하후라는 자에게 꾸러 갔다. 감하후는 말했다.

"알았습니다. 그러나 지금 저의 형편 역시 어렵습니다. 조세를 거둬들인 후에 은자 3백냥을 빌려드리겠습니다."

당장 먹을 것이 없는 장자는 그의 말에 화를 벌컥 내며 말했다.

"어제 나는 길을 가다가 길가의 마른 구덩이 속에 있는 물고기 한 마리를 보았습니다. 그 물고기는 나를 보고는, '저는 본래 동해에 있었는데 불행하게도 물이 말라 버린 구덩이에 떨어져 이렇게 죽어가게 되었습니다. 저에게 물 한 통만 가져다주어 구해 주십시오.'라고 했습니다. 그래서 나는 고개를 끄덕이며

'그렇게 하겠다. 나는 지금 남쪽의 여러 왕을 만나러 가는 길이다. 그 곳에는 물이 많으니 물을 가져와 너를 구해주겠다.'라고 했습니다. 그러자 물고기는 화를 내며 '그것이 가능합니까? 지금 저에게는 물 한 통만 있으면 살 수 있습니다. 그렇지만 당신이 서강(西江)의 물을 가져올 때까지 기다린다면 저는 이 곳에 없고 어물전에나 가야 찾을 수 있을 것입니다.'라고 말했습니다."

지금 당장 먹을 것이 없는 사람에게는 훗날의 금붙이보다는 밥한 그릇이 필요할 것이고, 물이 없어 죽어 가는 물고기에게는 훗날의 바닷속으로 돌아가는 것보다는 한 동이의 물이 긴급히 필요할 것이다.

🥟 고옥건령(高屋建瓴)

아래로 향하는 기세가 강한 것을 말하는데 '건령'은 동이에 가득 채운 물을 엎어 버린다는 뜻이다.

🥟 고와동산(高臥東山)

벼슬길에 나설 수 있음에도 불구하고 은둔한 채 나서지 않음의 비유.

🥟 고육지계(苦肉之計)

제 몸을 괴롭혀가면서까지, 자기를 희생하면서까지 어려운 상황에서 벗어나려고 하는 계책.

● 고이언타(顧而言他)

대답이 궁해졌을 때, 그 문제와는 전혀 관계가 없는 말을 하는 것. 문제의 초점을 비껴 가거나 말을 딴 데로 돌리는 것이나 거짓으로 꾸미는 것 등을 말함.

● 고인조박(古人糟粕)

옛 사람의 언어와 저서로서 현재까지 전해 내려오는 것. 참된 도(道)는 언어와 문장으로 전할 수 없으므로 현재 전하는 것은 술을 거르고 남은 찌꺼기에 불과하다는 뜻.

● 고인지조백(古人之糟魄)

학문이나 서적을 부정하는 말로서 옛날의 성인이 추구한 도(道)의 진수나, 사물의 심오한 진리는 말이나 책만으로는 전할 수 없으므로 남아 있는 말이나 책은 찌꺼기에 지나지 않는다는 노장(老莊) 특유의 견해를 말한다.

● 고장지신(股掌之臣)

가장 측근에 있는 믿을 수 있는 신하를 말함.

● 고주일척(孤注一擲)

노름꾼이 노름을 하면서 계속 잃을 때 최후에 나머지 돈을 다 걸고 모험을 하는 일을 말하는데, 전력을 기울여 어떤 일을 모험하는 것을 비유한다.

● 고지재고지재(沽之哉沽之哉)

애절하게 팔고 싶어하는 것을 말함. 또 벼슬할 뜻이 있음을 나타내기도 한다. '고'는 판다는 뜻으로, 자신을 팔아 벼슬할 뜻에 비유된다.

⬤ 고체(固蒂)
각오를 단단히 한다는 비유이다. 본래의 뜻은 근본을 굳힌다는 뜻으로 이것이 전하여 결심을 굳힌다는 뜻으로 쓰이게 되었다.

⬤ 고추부서(孤雛腐鼠)
외로운 병아리와 썩은 쥐라는 말로, 아무 가치가 없는 물건을 말함.

⬤ 고취(鼓吹)
'고취'는 북을 치고 피리를 분다는 뜻으로 견해와 사상을 활발히 주장하고 선전하는 것을 말함. 혹은 그것을 밝히는 것을 말함.

⬤ 고침단명(高枕短命)
베개를 높이 하고 자면 명이 짧아진다는 말.

⬤ 고침안면(高枕安眠)
베개를 높이 하여 편히 잘 잔다는 뜻. 곧 근심 없이 편히 잘 잠. 안심할 수 있는 상태의 비유.

⬤ 고태분요(刳胎焚夭)
폭군의 포악한 행위를 비유한 것으로서 학정이 매우 심한 것. 폭군이 임신부의 배를 갈라서 태아를 끄집어내 태아를 태워 죽이는 일.

🥟 고택지사(涸澤之蛇)
상대방을 이용함으로써 서로가 함께 쌍방이 이익을 얻는 것.
'고택'은 말라버린 연못을 말함.

🥟 고향난망(故鄕難忘)
고향은 언제나 그리운 것이며 잊을 수 없는 것이다.

🥟 고희(古稀)
일흔 살을 말함.

출전(出典) 알아 보기

🥟 고희(古稀)

　　나이 일흔이 된 것을 고희라고 쓰는데, 그 유래는 杜甫의 '人
生七十古來稀'라는 시구에서 비롯된 것으로 본다. 즉 사람이
일흔을 산 것은 예로부터 드물었으니 일흔을 산 것은 예부터
드문 일을 한 것이 되는 셈이다.
　　스무 살을 弱冠, 마흔을 不惑, 쉰 살을 知命, 예순을 耳順, 일
흔 일곱을 喜壽, 여든 여덟을 米壽, 아흔 아홉을 白壽라고 한다.
이중 不惑·知命·耳順은 논어에 나오는 공자의 말씀 중 "나는
마흔 살에 의심하지 않았고 쉰 살에 天命을 알았고 예순 살에
귀가 순하다고 한 것을 따온 것이다."

44

● 곡고화과(曲高和寡)

곡이 높으면 화답하는 사람이 적다는 뜻으로, 사람의 재능이 너무 높으면 따르는 무리들이 더욱 적어지는 것을 말한다.

● 곡굉지락(曲肱之樂)

물질을 추구하며 살기보다는, 정신을 중요시하며 사는 것이 더 낫다는 것을 말함.

● 곡기읍련(哭岐泣練)

사람은 환경에 따라서 선하게 되기도 하고 악하게 되기도 한다는 뜻으로서 전국시대의 학자 양자(楊子)가 양쪽으로 난 갈림길을 보고 울고 묵자(墨子)가 흰 실을 보고 울었다는 고사에서 나온 말이다. 갈림길은 어느 쪽으로 가느냐에 따라 커다란 차이가 나고, 흰 실은 물들이기에 따라서 어떤 색이 되느냐가 좌우된다. 그러니까 사람은 그 환경이나 습관에 따라 크게 좌우된다는 것을 깨닫고 울었던 것이다.

● 곡돌사신(曲突徙薪)

화재를 예방하기 위해서 굴뚝을 꼬불꼬불 구부리고 굴뚝 가까이에 있는 땔나무를 아궁이에서 멀리 떨어진 다른 곳으로 옮기는 것. 화근을 미리 치움으로써 재앙을 미연에 방지하다.

출전(出典) 알아 보기

● 곡돌사신(曲突徙薪)

길 가던 어떤 나그네가 한 집을 찾아 들어 하룻밤 신세를 지게 되었다. 나그네는 우연히 방밖을 내다보다가 그 집의 굴뚝이 너무 곧게 세워져 있어 이따금 불길이 새어 나오고 있는 걸 보게 되었다. 게다가 굴뚝 옆에는 땔나무가 잔뜩 쌓여 있었다. 그걸 보고 그냥 지나칠 수는 없었다. 나그네는 주인에게 이렇게 충고해 주었다.

"큰일 나겠소이다. 얼른 굴뚝을 구부리고 땔나무도 멀리 옮겨 놓으시오. 그렇지 않으면 큰불이 날지도 모르오."

그러나 주인은 나그네의 말을 귀담아 듣지 않았다. 아니나 다를까. 며칠 뒤 그 집에 불이 났다. 동네 사람들이 모여들어 주인을 구해내고 큰 피해 없이 불을 끌 수 있었다. 주인은 잔치를 베풀었다. 자신의 생명을 구해준 이웃 사람들의 노고에 대한 보답이었다. 손님들의 좌석도 불을 끌 때 힘쓴 정도에 따라 상석(上席)부터 차례로 배치했다. 그러나 이 자리에서는 처음에 굴뚝을 고치고 땔나무를 치우라고 말해준 나그네의 공로를 말하는 사람은 아무도 없었다. 잔치 판이 한창 무르익어 갈 때쯤 어떤 사람이 시 한 수를 썼는데 두 구절이 사람들의 눈길을 끌었다.

"굴뚝을 구부리고 땔나무를 옮기라고 권고한 사람의 은혜는 모르고 불에 덴 사람만 귀빈 대접을 받는구나.(曲突徙薪 無恩澤 焦頭爛額是上賓)"

이 고사는 두 가지 교훈을 담고 있다. 하나는 일의 근본을 잊어서는 안 된다는 것, 둘은 재해는 미연에 방지해야 한다는 것이다.

● 곡목구곡목(曲木求曲木)

인사(人事)에 있어 가장 중요한 일은 처음부터 직목(直木) 과 같은 인물을 쓰는 일. 그렇지 않고 곡목을 쓰면 그 다음 번에도 곡목을 쓰게 되어 부패의 고리가 점점 이어져 나라를 망하게 십상이라는 뜻.

● 곡수연(曲水宴)

'유상곡수'라고도 하는데 문인이 베푸는 아취있는 연회의 비유. 동진(東晉)의 왕희지가 난정에에 문인을 초대해서 연회를 베풀었는데, 구부구불하게 흘러가는 시냇물을 만들어 술잔을 띄우고, 잔이 자기 자리 앞에 흘러와 닿기 전에 시 한 편을 지어 술을 마시는 연회를 베풀었다는 고사에서 나왔다.

● 곡필(曲筆)

사실을 왜곡하여 기록함.

● 곡학아세(曲學阿世)

세상 풍조에 영합하는 학설을 주창하는 것으로서 진리를 굽히고 억지로 세상사람들의 마음에 들 만한 설을 내세우는 것을 말함.

● 곤산지하이옥지오(崑山之下以玉抵烏)

아무리 좋은 것일지라도 이것이 너무 많으면 가치가 떨어져 존중되지 않는다는 것. 여기서 '곤산'은 옛날 중국의 서쪽에 있다고 생각되었던 곤륜산이라는 영산을 말하는 것으로서, 옥(玉)이 많이 생산되었다고 한다.

● 골경지신(骨鯁之臣)

꿋꿋한 성품을 지니고 있으면서 군주의 잘못을 당당하게 간할 줄 아는 신하를 말함. '경'은 물고기의 뼈를 말함인데 간하는 말이 제대로 받아들여지기 어려운 것을, 생선뼈가 목에 걸려 넘어가지 않는 데에 비유한다.

● 골계(滑稽)

지식이 아주 많고, 또한 화술이 좋아 사람을 잘 구슬리는 힘을 지니고 있는 것. 혹은 재미있게 혹은 능숙하게 말이나 생각을 표현하는 것.

● 공곡공음(空谷跫音)

인적이 없는 조용한 골짜기에 들리는 사람의 발자국 소리. 혹은 외롭게 살고 있을 때 사람이 찾아오는 것을 말하기도 하고 반가운 소식을 듣는 것을 말하기도 한다. 여기서 '공음'은 발소리를 말한다.

● 공구도척구진애(孔丘盜跖俱塵埃)

사람이란 죽고 나면 아무 것도 할 수 없으므로 살아 있을 때에 인생을 즐기며 살아야 한다는 것.

● **공석불난묵돌불검**(孔席不暖墨突不黔)

세상을 위하여 많은 사람들을 위하여 밤낮으로 애쓰는 것. 또 단지 바쁘다는 데에도 이를 비유한다.

● **공성계**(空城計)

겉으로는 허세를 부리지만 사실은 준비가 전혀 없는 것을 비유한 말이다.

● **공성명수**(功成名遂)

성공하여 명성이 오름.

● **공수**(拱手)

팔짱을 끼고 아무런 일도 하지 않는 것을 말함. '공수'는 본래 절의 한 형태인데 두 손을 앞가슴에다 포개고 하는 절에서 전하여 손을 쓰지 않고 아무런 일도 하지 않는 것을 말한다.

● **공자천주**(孔子穿珠)

공자가 구슬을 꿴다는 말로, 자기보다 못한 사람에게 모르는 것을 묻는 것이 부끄러운 일이 아님을 가르쳐 주는 말이다.

출전(出典) 알아 보기

● **공자천주**(孔子穿珠)

이 고사는 조정사원에 나온다. 공자가 진나라를 지나갈 때 이런 일이 있었다. 공자는 어떤 사람에게 진기한 구슬을 얻었는데, 그 구멍이 아홉 구비나 되었다.

그는 이것을 실로 꿰려고 여러 가지 방법을 다 동원했지만 성공할 수 없었다. 문득 바느질을 하는 아낙네에게 그 방법을 물었다. 그 아낙은 이렇게 대답했다.

"깊이 생각해 보세요."

공자는 그 말대로 조용히 차근차근 생각을 해보았다.

잠시 후 공자는 그녀의 말의 의미를 깨닫고 무릎을 탁 쳤다. 그리고는 나무 아래로 왔다갔다하는 개미를 한 마리 붙잡아 그 허리에 실을 매었다. 그리고는 개미를 한쪽 구멍으로 밀어 넣고, 반대편 구멍에는 달콤한 꿀을 발라 놓았다. 그 개미는 꿀 냄새를 맡고 이쪽 구멍에서 저쪽 구멍으로 나왔다. 이리하여 구슬에 실을 꿸 수 있게 되었다.

공자는 배우는 일을 매우 중요시했으며, 배움에 있어서는 나이의 많고 적음이나 신분의 높고 낮음에 관계하지 않았다. 그가 "세사람이 길을 가면 반드시 나의 스승이 있다"라고 한 것 역시 그의 학문하는 태도를 잘 나타낸 말이다.

● 공전절후(空前絶後)

아주 희귀한 일에 비유하는 것으로서 이제까지에도 없었고 또 앞으로도 없을 것이라는 것.

● 공중누각(空中樓閣)

진실성이 없는, 혹은 비현실적인 이야기나 문장을 비유하는

말이다. 아무런 근거도 없는 일이나 가공의 일을 가리키는데
신기루를 말하기도 한다.

● 공평무사(公平無私)
사욕을 부릴 마음이 조금도 없는 것.

● 공행공반(空行空返)
행하는 것이 없으면 제게 돌아오는 소득도 없다.

● 공화(共和)
두 사람 이상이 화합하여 정무(政務)를 시행함.
오늘날에는 영어 Republic의 번역어로 쓰이는 이 말은 원래
소공(召公)과 주공(周公) 두 사람이 함께 나라를 다스린 것을
가리키는 '공화'란 말이 그 어원이다. <사기> '주본기(周本紀)'
에 나온다.

● 공휴일궤(功虧一簣)
'功이 한 삼태기로 허물어졌다'는 뜻으로 조금만 더 계속하면
목적을 달성할 수 있는 데까지 와서, 그만 중단했기 때문에 지금
까지 애쓴 것이 허사가 되고 만 것. 오랜 고생도 하나의 과실로
실패함의 비유로도 쓰인다.

● 과갈지친(瓜葛之親)
오이와 칡은 모두 덩굴풀인데서 친척 등과 같이 가까운 관계
를 말한다.

● **과목불망**(過目不忘)

한 번 본 것은 잊어버리지 않음.

● **과부추일영**(夸父追日影)

자신의 능력이나 재능을 알지 못하고 자기 능력과 재능 이상의 일을 하려는 것. 여기서 '과부'는 전설상에 등장하는 사람의 이름인데 항간에서는 동물의 이름이라고도 하는데 확실치 않다.

● **과유불급**(過猶不及)

정도를 지나침은 미치지 못하는 것과 같다는 뜻.

● **과이불개시위과의**(過而不改是謂過矣)

진정한 잘못은 잘못을 저지르고도 그것을 고치지 않으려 하는 것이다. 잘못을 저지른 것은 어쩔 수 없는 일이지만 그것이 잘못인 줄 깨달았으면 즉시 고쳐야 한다.

● **과전이하**(瓜田李下)

남에게 의심을 받을 만한 행동은 하지 말고 자신의 행동을 신중하게 하라는 뜻이다. 오이 밭에서 신발이 벗겨지더라도 오이 밭에서 신을 고쳐 신지 말고, 자두나무 아래서 갓을 고쳐 쓰지 말라는 뜻으로, 의심받을 짓은 처음부터 하지 말라는 말.

● **과즉물탄개**(過卽勿憚改)

허물이 있으면 고치기를 꺼리지 말라는 뜻으로, 어떤 잘못을 범했을 때는 그 즉시 바르게 고치는 일을 주저하지 말라는 의미이다.

52

● **관개상망**(冠蓋相望)

사신의 관(冠)과 수레의 덮개가 앞뒤로 멀리까지 이어져 있는 것이 바라보이는 모습에서, 사신의 수레가 끊임없이 이어져 가는 것을 말하는 것으로서 수레의 왕래가 심한 것.

● **관리도역**(冠履倒易)

본말이 전도되는 것을 말한다. 갓과 신발을 거꾸로 쓰고 신는다는 데에서, 사물의 질서나 가치가 뒤바뀌어 거꾸로 되는 것, 지위나 질서가 거꾸로 바뀌는 것을 말함.

● **관리부동장**(冠履不同藏)

사람에게는 제각기 그에 알맞은 지위나 신분이 있어 어진 사람과 어리석은 사람은 같은 지위에 앉지 않는다는 것을 말한다.

● **관수폐필가어수**(冠雖蔽必加於首)

갓은 비록 낡았더라도 머리에 쓰는 것이듯이 신분의 고하와 존비(尊卑)의 구별을 명확히 하라는 것으로 사물의 구별을 분명하게 하라는 것의 비유.

● **관슬지기**(貫蝨之技)

작은 이를 맞출 정도로 활쏘는 솜씨가 신묘한 경지를 말한다.

● **관저**(關雎)

금실이 좋은 부부 사이를 말한다.

● **관중규표**(管中窺豹)

대롱 속으로 표범을 엿본다는 말로, 시야가 매우 좁음을 뜻한다.

우리에게는 좌정관천(坐井觀天)이라는 성어가 더 많이 알려져 있다.

☒ 관태어환성(官怠於宦成)
벼슬아치가 벼슬에만 연연하면 태만해지기 쉬운 법이므로 초심의 마음을 잊어선 안 된다는 것을 말한다.

☒ 관포지교(管鮑之交)
관중(管仲)과 포숙아(鮑淑牙) 사이와 같은 사귐이란 뜻으로, 시세(時勢)를 떠나 친구를 위하는 두터운 우정을 일컫는 말.

출전(出典) 알아 보기

☒ 관포지교(管鮑之交)

춘추 시대 초엽, 제(濟)나라에 관중(?~B. C. 645)과 포숙아라는 두 관리가 있었다. 이들은 죽마고우로 둘도 없는 친구 사이였다. 관중이 공자(公子) 규(糾)의 측근(보좌관)으로, 포숙아가 규의 이복 동생인 소백(小白)의 측근으로 있을 때 공자의 아버지 양공(襄公)이 사촌 동생 공손무지(公孫無知)에게 시해되자(B. C. 686) 관중과 포숙아는 각각 공자와 함께 이웃 노나라와 거나라로 망명했다.

이듬해 공손무지가 살해되자 두 공자는 군위(君位)를 다투어

    귀국을 서둘렀고 관중과 포숙아는 본의 아니게 정적이 되었다. 관중은 한때 소백을 암살하려 했으나 그가 먼저 귀국하여 환공(桓公:B. C. 685~643)이라 일컫고 노나라에 공자 규의 처형과

    아울러 관중의 압송을 요구했다. 환공이 압송된 관중을 죽이려 하자 포숙아는 이렇게 진언했다.

    "전하, 제 한 나라만 다스리는 것으로 만족하신다면 신(臣)으로도 충분할 것이옵니다. 하오나 천하의 패자(霸者)가 되시려면 관중을 기용하시오소서."

    도량이 넓고 식견이 높은 환공은 신뢰하는 포숙아의 진언을 받아들여 관중을 대부(大夫)로 중용하고 정사를 맡겼다.

    이윽고 재상이 된 관중은 과연 대정치가다운 수완을 유감없이 발휘했다. '창고가 가득 차야 예절을 안다' '의식이 풍족해야 영욕을 안다'고 한 관중의 유명한 정치철학이 말해 주듯, 그는 국민 경제의 안정에 입각한 덕본주의(德本主義)의 선정을 베풀어 마침내 환공으로 하여금 춘추(春秋)의 첫 패자로 군림케 하였다. 이같은 정치적인 성공은 환공의 관용과 관중의 재능이 한데 어우러진 결과이긴 하지만 그 출발점은 역시 관중에 대한 포숙아의 변함없는 우정에 있었다. 그래서 관중은 훗날 포숙아에 대한 감사의 마음을 이렇게 술회하고 있다.

    "나는 젊어서 포숙아와 장사를 할 때 늘 이익금을 내가 더 많이 차지했었으나 그는 나를 욕심쟁이라고 말하지 않았다. 내가 가난하다는 걸 알고 있었기 때문이다. 또 그를 위해 한 사업이 실패하여 오히려 그를 궁지에 빠뜨린 일이 있었지만 나를 용렬하다고 여기지 않았다. 일에는 성패가 있다는 걸 알고 있었기 때문이다. 나는 또 벼슬길에 나갔다가는 물러나곤 했었지만 그는 나를 무능하다고 말하지 않았다. 내게 운이 따르고 있

지 않다는 걸 알고 있었기 때문이다. 어디 그뿐인가. 나는 싸움 터에서도 도망친 적이 한두 번이 아니었지만 그는 나를 겁쟁이 라고 말하지 않았다. 그는 내게 노모가 계시다는 걸 알고 있었 기 때문이다. 아무튼 '나를 낳아 준 분은 부모이지만 나를 알아 준 사람은 포숙아이다(生我者父母 知我者鮑淑牙).'"

● 괄목상대(刮目相對)
눈을 비비고 자세히 본다는 뜻. 곧 남의 학식이나 재주가 전에 비하여 딴 사람으로 볼만큼 부쩍 는 것을 경탄하여 이르는 말.

● 광세지도(曠世之度)
세상에 얽매이지 않고 세상을 내려다 볼 정도의 뛰어난 재능 과 역량을 가지고 있음을 말함.

● 광염만장(光炎萬丈)
시문(詩文)이나 논의 등의 내용이나 표현이 매우 뛰어나고 훌륭한 것을 말함.

● 광음여서수(光陰如逝水)
세월이 가는 것은 빛과 같이 빠르고 한 번 간 세월은 다시는 돌아오지 않는다는 것을 말함.
● 광음여시(光陰如矢)
세월은 화살같이 지나가고 다시 돌아오지 않음.

● 광일미구(曠日彌久)

오랫동안 쓸데없이 세월만 보낸다는 뜻. 그냥 긴 시간을 보냈다는 의미로도 쓰임.

● 광일지구(曠日持久)

오랫동안 버티어 견딤을 말함.

● 광채육리(光彩陸離)

빛이나 색채가 뒤섞여서 반짝이는 모습을 일컬음. '광채'는 반짝반짝 빛난다는 뜻이고 '육리'는 마구 뒤섞여 흩어진다는 뜻이다.

● 광풍제월(光風霽月)

맑은 날의 바람과 개인 날의 달이라는 말로, 사람의 심성이 맑고 깨끗하거나 그러한 사람을 비유한다.

● 광피사표(光被四表)

천자(天子)의 훌륭한 덕이 멀리 떨어진 땅에까지 미치는 것을 말함.

● 괘관(掛冠)

갓을 벗어 건다, 즉 관리와 관직을 버리고 사퇴하는 것을 의미한다. 옛날부터 중국에서는 관직에 있는 사람은 감투를 쓰게 되어 있었다. 감투를 벗어 건다는 것은 관직에서 물러난다는 뜻이 되었다.

● 교기소애자상노마(敎其所愛者相駑馬)

특별한 일을 알려는 것보다 일반적인, 보편적인 일을 익히는 편이 훨씬 응용하기 쉽고 실익이 있다. 좋아하는 사람에게는 당장에 유용한 것을 가르치고 싫어하는 사람에게는 쓸모 있는 것을 가르치지 않는다는 것의 비유이다.

● 교노승목(敎猱升木)

원숭이는 나무에 오르는 성품이 있어, 이를 잘 가르치면 더 잘 오른다는 뜻으로, 사람의 마음에 인의(仁義)가 있으므로 이를 가르치면 진전함을 이름.

● 교룡득수(蛟龍得水)

교룡이 물을 얻는다는 말로, 좋은 기회를 얻는 것을 비유한다.

● 교병필패(驕兵必敗)

자기 군대의 힘만 믿고 교만하여 적에게 위엄을 보이려는 군대는 끝내는 패하고 만다는 것의 비유이다. '교'는 우쭐하고 교만하다는 뜻.

● 교사자존(驕奢自尊)

교만하고 사치하며 스스로 높임.

● 교아절치(咬牙切齒)

몹시 분한 나머지 어금니를 악물고 갊.

⬤ 교언영색(巧言令色)

발라 맞추는 말과 알랑거리는 태도라는 뜻으로, 남의 환심을 사기 위해 아첨하는 교묘한 말과 보기 좋게 꾸미는 얼굴빛을 이르는 말.

⬤ 교왕과직(矯枉過直)

자기의 결점을 고치려다 장점까지 잃고 마는 것을 말함.

⬤ 교위불여졸성(巧僞不如拙誠)

비록 서투르기는 하나 정성이 담겨 있다면 겉만 번지르르하게 꾸미고 실속이 없는 것보다 훨씬 낫다.

⬤ 교자채신(敎子採薪)

자식에게 땔나무 캐오는 법을 가르치라는 뜻으로, 무슨 일이든 장기적인 안목을 갖고 근본적인 처방에 힘쓰라는 말이다.

출전(出典) 알아 보기

⬤ 교자채신(敎子採薪)

춘추시대 노나라의 어떤 아버지가 아들에게 하루는 땔나무를 해 오라고 하면서 한마디 물어보았다.

"너는 여기서 백 보 떨어진 곳에 가서 나무를 해오겠느냐? 아니면 힘이 들더라도 백 리 떨어진 곳에 가서 나무를 해 오겠느냐?"

말할 것도 없이 자식놈은 백 보 떨어진 곳으로 가겠다고 대답했다.

그러자 아버지는 이렇게 말했다.

"네가 가까운 곳으로 가서 나무를 해오겠다는 것은 이해가 되지만, 그 곳은 언제든지 해올 수 있다. 하지만 백 리 떨어진 곳에 있는 나무는 누가 가져갈지도 모르니, 그 곳의 땔감부터 가져와야 우리 집 근처의 땔감이 남아 있지 않겠니?"

아들은 아버지의 깊은 생각을 이해하고 먼 곳으로 땔나무를 하러 떠났다. 우리 나라 격언에도 물고기를 주기보다는 물고기 잡는 법을 가르치라는 말이 있다.

눈앞의 이익을 좇기보다는 원대한 계획에 입각한 치밀한 준비가 필요하다.

⬤ 교족이대(翹足而待)
발돋움을 하고서 기다릴 정도로 짧은 시간이라는 뜻으로 기회가 얼마 안 가서 온다는 말.

⬤ 교주고슬(膠柱鼓瑟)
기둥을 풀로 붙여 놓고 거문고를 탄다. 즉 어떤 규칙에 얽매여 변동을 모르는 것, 또는 고집불통을 비유하는 의미이다.

⬤ 교지불여졸속(巧遲不如拙速)
솜씨는 그다지 뛰어나지 않지만 열심히 노력하는 것이 솜씨가 뛰어나고 느린 것보다 훨씬 낫다.

60

● **교천언심**(交淺言深)

교제한 지는 얼마 안 되지만 서로 심중을 털어놓고 이야기함.

● **교취호탈**(巧取豪奪)

교묘한 수단으로 빼앗아 취한다는 뜻으로, 정당하지 않은 방법에 의해 남의 귀중한 물건을 가로채는 것을 비유한다.

● **교칠지심**(膠漆之心)

교(膠)와 옻칠(漆)처럼 끈끈한 사귐이란 뜻으로, 아주 친밀하여 떨어질 수 없는 교분(交分)을 이르는 말.

● **교토사양구팽**(狡兔死良狗烹)

교활한 토끼가 다 잡히고 나면 이번엔 충실한 사냥개가 잡아먹힌다는 것으로 쓸모가 없어지자 언제 그랬느냐는 듯 없애버린다는 의미이다.

● **교토삼굴**(狡兔三窟)

슬기로운 토끼가 살아 남을 수 있는 것은 숨을 굴을 셋이나 가지고 있기 때문이다. 즉 사람이 난관을 극복하는데 있어서 교묘한 재주를 가지고 있음을 비유한 말이다.

● **교학상장**(敎學相長)

가르치는 일과 배우는 일이 함께 되어야 자신의 학업이 성장한다는 뜻이다. 즉 스승과 제자는 한쪽은 가르치기만 하고 다른 한쪽은 배우기만 하는 상하 관계가 아니라 스승은 학생에게 가르침으로써 성장하고, 제자 역시 배움으로써 나아진다는 것이다.

● 구거작소(鳩居鵲巢)

아내가 남편의 집으로 들어가서 그 곳을 자신의 집으로 삼는다는 뜻으로도 쓰이는데 임시 거처라든가, 혹은 남의 지위를 탐내서 가로채는 것의 비유이다. 집을 잘 만들지 못하는 비둘기가 집을 잘 만드는 까치집에서 사는 것을 말한다.

● 구공(九功)

제왕이 베풀 수 있는 모든 선정을 가리킴.

● 구과불섬(救過不贍)

자신의 잘못이나 실패를 충분히 고치지 못함. 여기서 '불섬'이라 함은 부족하다, 충분하지 않다의 뜻이다.

● 구군양이공맹호(驅群羊而攻猛虎)

도저히 승산이 없는 것의 비유로서 약한 힘으로 도저히 이길수 없는 강한 것을 공격하는데 비유한다.

● 구궐심장(究厥心腸)

남의 마음을 속속들이 짐작하는 것을 말함.

● 구극(駒隙)

인생은 극히 잠시라는 것의 비유로서 시간이나 세월이 빠르게지나는 것에 대한 비유.

⊜ 구도어맹(求道於盲)

방법이 잘못되어 있어 어떤 일에도 아무런 효과를 미치지 못
한다는 것의 비유.

⊜ 구두선(口頭禪)

그러하지 못하면서도 말만으로 선(禪)의 득도를 이룬 것처럼
자랑하며 떠들어대는 것을 말함. 뿐만 아니라 실천을 하지 못하
면서 떠들어대는 학문을 말하기도 한다.

⊜ 구로지은(劬勞之恩)

자기를 낳아 길러주신 부모의 은혜.

⊜ 구마지심(狗馬之心)

개나 말이 주인을 위하여 충성을 다하는 모습을 신하의 군주
에 대한 충성심에 비유한 것으로 신하로서 군주에 대해 충성을
다하는 마음을 가리킨다.

⊜ 구맹주산(狗猛酒酸)

개가 사나우면 술이 시어진다. 한 나라에 간신배가 있으면
어진 신하가 모이지 않음을 말한다.

출전(出典) 알아 보기

⊜ 구맹주산(狗猛酒酸)

군주가 위협을 당하며 어질고 정치를 잘 하는 선비가 기용되지 못하는 이유에 대해 한비자(韓非子)는 한 가지 비유를 들어 설명하였다.

송(宋)나라 사람 중에 술을 파는 자가 있었다. 그는 술을 만드는 재주가 뛰어나고 손님들에게도 공손히 대접했으며 항상 양을 속이지 않고 정직하게 팔았다. 그럼에도 불구하고 다른 집보다 술이 잘 팔리지가 않았다. 이상하게 생각한 그는 마을 어른 양천에게 물어 보았다. 그랬더니 양천이 물었다.

"자네 집 개가 사나운가?"

"그렇습니다만, 개가 사납다고 술이 안 팔린다니 무슨 이유에서입니까?"

"사람들이 두려워하기 때문이지. 어떤 사람이 어린 자식을 시켜 호리병에 술을 받아 오라고 했는데 술집 개가 덤벼들어 그 아이를 물면 어쩌겠소. 그래서 술이 안 팔리고 맛은 점점 시큼해지는 거요."

이와 같이 나라를 잘 다스릴 수 있는 어진 신하가 아무리 옳은 정책을 군주께 아뢰고자 해도 조정안에 사나운 간신배가 떡 버티고 있으면 불가능함을 강조한 말이다.

● **구미속초**(狗尾續貂)

담비의 꼬리가 모자라 개꼬리를 잇는다는 뜻으로 훌륭한 것에 보잘 것 없는 것을 잇닿음. 관직을 함부로 남발하다시피 내리는 것을 비꼬는 말로 이용되기도 하며 또한 훌륭한 것에 대한 하찮은 게 이어지는 것의 비유이기도 하다. 여기서 '구미'는 개의 꼬리, '초'는 담비의 꼬리로 이것들로 장식한 감투를 뜻한다.

● **구밀복검**(口蜜腹劍)

입 속에는 꿀을 담고 뱃속에는 칼을 지녔다는 뜻으로, 말로는 친한 체 하지만 속으로는 은근(慇懃)히 해칠 생각을 품고 있음을 비유하여 이르는 말.

● **구분증닉**(救焚拯溺)

불에 타고 물에 빠진 사람을 구해낸다는 뜻으로, 남의 곤란과 재액을 구해 줌.

● **구상유취**(口尙乳臭)

입에서 젖비린내가 난다는 뜻으로 아직 나이가 어리다는 뜻이다. 또한 입에서 젖내가 날 만큼 언행이 유치함을 말하기도 함.

● **구설쟁**(口舌爭)

언쟁을 벌이며 입씨름을 벌이는 것.

● **구약현하**(口若懸河)

입에서 나오는 말이 경사가 급하여 쏜살같이 흐르는 강과 같다는 말로, 말을 끊지 않고 청산유수처럼 하는 것을 비유한다.

● **구연세월**(苟延歲月)

구차스런 세월을 보냄.

● **구우일모**(九牛一毛)

아홉 마리의 소의 털 중에서 뽑은 한 가닥의 (쇠)털이라는 뜻으로, 많은 것 중에 가장 적은 것의 비유.

● 구유밀복유검(口有蜜腹有劍)

입으로는 달콤한 말을 해발리면서 속으로는 상대방을 해치기 위해서 음흉한 마음을 먹고 있는 것.

● 구이지학(口耳之學)

남에게 들은 것을 새기지 않고 그대로 남에게 전하기만 할 뿐 조금도 제 것으로 만들지 못한 천박한 학문.

● 구인공휴일궤(九仞功虧一簣)

그 동안 쌓아올린 업적이나 노력도 한순간의 실수로 하루아침에 허사가 된다는 비유.

● 구인득인(救仁得仁)

인을 구하여 인을 얻었다는 말로, 자신이 원하거나 갈망하던 것을 얻었음을 뜻한다.

출전(出典) 알아 보기

● 구인득인(救仁得仁)

이 성어는 고죽군의 아들인 백이, 숙제와 연관된 이야기이다. 고죽군은 세상으로 떠나면서 왕위를 형보다는 지도력이 있다고 생각되는 동생 숙제에게 물려준다고 했다. 그렇지만 숙제는 장남인 형이 왕위를 계승해야 된다며 사양했고, 백이는 부친의 유언을 따르는 것이 자식된 자의 도리라며 그대로 궁궐을 나왔다. 이 사실을 알게 된 숙제 역시 그 나라를 떠났다. 그러던 어느 날, 백이와 숙제는 약속이나 한 듯이 희창이 노인들을 공경하는 덕있는 사람이라는 소문을 듣고 그를 섬기기 위해 찾아갔다. 그러나 이들 형제가 도착하기 전에 문왕은 죽고 아들 무왕이 그 뒤를 잇고 있었다. 무왕은 선왕의 유언에 따라 상나라 주왕을 토벌하려고 했다. 이 소식을 들은 백이와 숙제는 무왕을 만류하며 말했다.

"부친의 장례도 아직 치르지 않았는데 무기를 들고 전쟁을 하는 것은 아들된 자의 도리가 아닙니다. 게다가 지금 토벌하려는 사람은 황제입니다. 황제가 아무리 포학할지라도 모반을 하는 것은 신하된 자의 도리가 아닙니다. 토벌을 멈추시오."

그렇지만 무왕은 자신의 계획을 포기할 수 없었으므로 병사들에게 출정을 명했다. 그러자 백이와 숙제는 그 앞을 가로막았다. 무왕은 노여워하며 이들을 죽이라고 했다.

그때 마침 강태공이 나서 변호를 하여 두 사람은 석방되었다. 무왕은 출전하여 승리를 하였고, 백성들은 포학한 정치로부터 해방되어 기뻐했다.

그렇지만 백이와 숙제는 무왕의 행위를 비판하며 주나라 땅에서 나는 것은 그 무엇도 먹지 않겠다고 결심하고 수양산으로 들어가 고사리를 캐먹고 살다가 굶어 죽었다. 공자는 이들의 행동을 두고 이렇게 평가하고 있다.

"백이와 숙제는 다른 사람의 나쁜 점은 염두에 두지 않고 자신들이 인을 구하려고 하여 인을 얻었으니 무슨 원한이 있겠는가?"

● 구전지훼(求全之毀)
완전함을 추구하고 있었음에도 남에게 뜻하지 않던 비난을 받는 수가 있다.

● 구중슬(口中蝨)
아주 쉽게 상대를 물리칠 수 있다는 비유. 그러나 반대로 아주 위험한 처지에 놓여 있음에도 비유를 하곤 한다.

● 구충신필어효자지문(求忠臣必於孝子之門)
부모를 잘 받드는 사람은 군주에게도 충성을 다하는 사람이므로, 충성심이 있는 신하를 찾으려면 효자 중에서 찾아야 한다는 뜻.

● 구층지대기어누토(九層之臺起於累土)
하찮은 일일지라도 매우 중요시하라는 뜻으로 큰일도 작은 일부터 시작해야 한다는 비유이다.

● 구화지문(口禍之門)
입은 재앙을 불러들이는 문이라는 뜻.

● 구환분재(救患分災)
서로 협력을 해서 재난을 막는 것을 말함.

● 국군함구(國君含垢)
군주라면 권력을 휘두르는 것뿐만 아니라, 나라를 위해서는 참아내기 힘든 치욕도 참아야 할 줄 알아야 하며 또한 신하의 잘못도 용서할 줄 알아야 한다.

⊜ 국궁진췌(鞠躬盡瘁)
평생동안 신중한 마음과 조신함을 잃지 않고 계속 유지하는 것. 마음과 몸을 다 바쳐 나라에 충성을 다한다는 것. '국궁'은 허리를 굽혀서 절을 하는 것이고 '진췌'는 지쳐 병이 들 때까지 마음과 힘을 다한다는 뜻이다.

⊜ 국보간난(國步艱難)
나라의 운명이 내외치에 의해 어려움을 겪고 있다는 것.

⊜ 국사무쌍(國士無雙)
나라 안에 견줄 만한 자가 없는 인재라는 뜻.

⊜ 국사진췌(國事盡瘁)
몸이 쇠약해질 정도로 나라 일에 열중하는 것.

⊜ 국색(國色)
온 나라에서 으뜸가는 미인. 또 모란(牡丹)의 또 다른 이름으로도 쓰인다.

⊜ 국생(麴生)
술의 다른 명칭이다. 술은 누룩으로 만들기 때문에 '국생' 혹은 '국서생'이라고 하여 사람에 비유한다.

⬛ 국수(國手)

뛰어난 의사나 의사에 대한 경칭이다. 혹은 예술이나 기예에서 뛰어난 사람을 일컬어 이렇게 말하기도 한다.

⬛ 국천척지(跼天蹐地)

몸을 어디에다 둘지 모를 정도로 겁을 먹고 두려움에 떠는 것.

⬛ 국파산하재(國破山河在)

국토는 쪼개졌건만 산하는 그대로 있다는 말로, 전란으로 인해 피폐해진 모습을 나타낸다.

출전(出典) 알아 보기

⬛ 국파산하재(國破山河在)

이 말은 중국의 사회주의 시인으로 시성으로도 불리는 두보의 '춘망'시에 나온다. 당 숙종 지덕 원년(756년) 6월에 안녹산의 반란군이 당나라의 수도인 장안을 공격했다. 안녹산의 근거지는 북방 만리장성 부근의 범양 지역을 중심으로 했는데, 남쪽에 있는 장안과의 거리는 수천 킬로미터에 이른다. 반란군은 섬서성, 하남성, 산서성, 하북성, 산동성 등 다섯 성을 통과하면서 정치, 경제, 사회, 교통 등에 참혹한 피해를 끼치게 된다.

그들은 마치 용병 연합군과 같은 대세력을 갖고 있었기에,

당나라는 8년이라는 오랜 기간 동안 싸워야 했으며 이로 인해 국토는 피폐할 대로 피폐해졌다.

두보는 이런 엄청난 소식을 듣고 가족들을 부주의 강촌에 남겨둔 채 숙종에게 달려가다 반란군에게 붙잡혀 장안으로 압송되지만, 그의 관직이 말단이라는 이유로 힘든 감옥살이는 오래 하지 않고 곧 풀려나게 된다. 그 이듬해 3월, 두보는 이러한 시를 썼다.

나라는 망했으나 산하는 여전하고
도성에 봄이 오니 초목이 우거졌네
시세를 슬퍼하여 꽃에 눈물 뿌리고
이별 한스러워 새소리에 마음마저 놀란다
전란은 석 달이나 계속되니
집안 소식 만금에 값하는 것을
흰머리 긁을수록 더욱 짧아져
이제는 비녀도 꽂지 못하겠네

이 시에서 보여지듯 봄이라는 계절이 주는 생동적 이미지와 상반된 '흰머리'라는 죽음의 이미지와의 대조는 전쟁에 대한 환멸을 깔고 있다.

● **군계일학**(群鷄一鶴)

닭의 무리 속에 한 마리의 학이라는 뜻으로, 여러 평범한 사람들 가운데 뛰어난 한 사람이 섞여 있음을 이르는 말.

● **군군신신**(君君臣臣)

모든 사람들이 자신에게 어울리는 생활을 하며 산다는 것.

● **군맹무상**(群盲撫象)

여러 맹인이 코끼리를 어루만진다는 뜻으로 평범한 사람은 모든 사물을 자기 주관대로 그릇 판단하거나 그 일부밖에 파악하지 못함의 비유. 범인의 좁은 식견의 비유.

● **군상지언 장굴지청호**(君上之言 將掘地聽乎)

'임금의 말은 땅을 파고 들어가 들어야 하는가'라는 권력에 비굴하지 않는 꼿꼿함을 가리킬 때 쓰는 말이다. '재상의 말을 엎드려 들어야 한다면 임금의 말씀은 땅을 파고 들어가 들어야 하는가'라는 질문으로서, 고려시대 주열(朱悅)의 말이다. <고려사> 권106 '주열전(朱悅傳)'에 나온다.

● **군슬처곤중**(群蝨處褌中)

임시방편의 편안함을 추구하여 세상을 보내는 것. 자기 둘레의 좁은 범위에서 밖으로 벗어나지 않는 것.

● **군욕신사**(君辱臣死)

신하는 군주와 목숨을 함께 해야 한다는 것. 군주가 치욕을 당하면, 신하는 목숨을 버리고 그 치욕을 씻어야 한다는 것을 말함.

● **군의부전**(群蟻付羶)

개미의 무리가 양고기에 모여든다. 전(轉)하여, 많은 사람들이 이익을 찾아 몰려드는 데에 비유한다. 여기서 '전'은 양고기의 누린내를 말한다.

● 군이부당(群而不黨)
여럿이 모여서 화합하는 일은 있을지언정 이해관계 때문에 가까워지거나 당파를 만들거나 하지는 않는다는 말.

● 군자교절불출악성(君子交絶不出惡聲)
군자는 설사 교제관계가 끊어지더라도 결코 상대방을 비방하거나 헐뜯지 않는다.

● 군자구제기 소인구제인(君子求諸己 小人求諸人)
군자는 모든 일을 자기 자신에게 책임이 있다고 자신을 탓하지만, 소인은 무조건 남의 탓으로 책임을 전가한다.

● 군자무소쟁(君子無所爭)
군자는 절대로 남과 다투질 않는다.

● 군자부중즉불위(君子不重則不威)
군자는 엄숙하고 중후하지 않으면 위엄이 없다.

● 군자불기(君子不器)
군자는 그릇이 아니다. 곧 군자는 일정한 용도를 쓰이는 그릇과 같은 것이 아니라는 말로서 <논어> '위정(爲政)편'의 말이다. 그릇은 특정 용도에 국한되어 쓰이지만 군자는 한 가지 일에만 뛰어날 뿐만 아니라 전체를 바라보는 시야와 인격이 필요하다.

● 군자삼락(君子三樂)
군자에게는 세 가지 즐거움이 있다는 말.

● 군자성인지미(君子成人之美)
군자는 남에게 장점을 발견하면 그것을 도와서 완성을 시킨
다.

● 군자신기독(君子愼其獨)
군자는 남이 보지 않는 곳이라 할지라도 도리에 어긋나는 행
동은 절대로 하지 않는다.

● 군자욕눌어언이민어행(君子欲訥於言而敏於行)
군자는 입은 무거우나 행동은 결코 느리지 않다.

● 군자원포주(君子遠疱廚)
군자는 푸줏간과 부엌을 멀리해야 한다는 말로, 심성을 어질
고 바르게 하기 위해서는 무섭거나 잔인한 일을 하는 것을 해서
도 안되며 봐서도 안 된다는 뜻이다.

● 군자유어의 소인유어리(君子喩於義 小人喩於利)
군자는 일을 처리할 때 항상 정의를 기준으로 삼아 행동하고
소인은 이익을 행동의 기준으로 삼는다.

● 군자장자(君子長者)
사물의 도리를 분별할 줄 아는 사람.

● 군자지과여일월지식(君子之過如日月之食)

군자는 설령 잘못을 저질렀다 해도 얼른 이를 바로잡아 원래의 올바른 상태로 돌아간다는 것을 말한다.

● 군자지교담약수(君子之交淡若水)

군자의 사귐은 언제나 물처럼 담담하나 그 우정은 언제까지나 변하는 일이 없다.

● 군자치다능(君子恥多能)

군자는 하찮은 일 같은 것은 하지 못한다.

● 군자표변(君子豹變)

'표변'은 표범의 털이 가을이 되어 털갈이를 해서 문양이 선명해지는 것으로, 군자의 언행은 표범의 무늬처럼 선명하게 변한다는 뜻. 군자는 잘못을 깨달으면 곧바로 분명하게 고침을 비유하여 이르는 말로서 이것을 사람의 태도가 일변하는 데에 비유한다.

● 군자피삼단(君子避三端)

군자는 항상 매사에 신중함이 있고 내분이나 분쟁에 휘말릴 소지가 있는 곳에는 가까이 가질 않는다.

● 군주신수(君舟臣水)

백성을 위하고 사랑하는 것이 정치의 근본이라는 뜻이다. 백성은 군주를 돕는 자이지만 동시에 해를 주는 자이기도 하다. 그래서 군주는 백성을 위한 정치를 하라는 것이다.

● 군측(君側)

군주를 측근에서 모시는 신하.

● 굴신제천하(屈臣制天下)

신하에게 굽혀 천하를 다스린다는 말로, 자신보다 못한 아랫
사람에게 뜻을 굽혀 큰일을 성취한다는 뜻이다.

● 궁서설묘(窮鼠齧猫)

궁지에 몰린 쥐가 고양이를 문다는 것으로 약한 자가 강한
자에게 목숨을 걸고 필사적으로 대항함을 비유하여 이르는 말
이다.

● 궁원투림기가택목(窮猿投林豈暇擇木)

어려운 일에 직면해 있을 때에는 보수나 일의 종류를 가릴
여유가 없음을 비유한 말. 위험에 쫓겨 숲속으로 뛰어간 원숭이
가 나무의 좋고 나쁨을 가릴 경황이 없다는 뜻이다.

● 궁조입회(窮鳥入懷)

궁지에 몰린 사람이 도움을 청해 왔을 때에는 어떠한 사정이
있더라도 도와주어야 한다는 의미이다. 날아갈 곳을 잃은 새가
품속으로 날아 들어오면 가엾이 여겨 도와준다는 것으로서 사
람이 궁하면 적에게도 도움을 청한다는 말.

● 권권 복응(拳拳服膺)

'권권'은 소중하게 두 손으로 조심스레 드는 것을 말하며 '복
응'은 몸에 지니는 것을 말한다. 항상 유념하여 잊지 않는다는

비유이다.

☻ 권모술수(權謀術數)
목적을 위해서 상대방을 교묘한 방법으로 속아 넘기는 모략이나 술책.

☻ 권선징악(勸善懲惡)
착한 일을 권장하고 악한 일을 징계함.

☻ 권토중래(捲土重來)
흙먼지를 말아 일으키며 다시 쳐들어온다는 뜻으로, 한 번 실패한 사람이 세력을 회복해서 다시 공격(도전)해 온다는 말.

☻ 귀거래(歸去來)
벼슬에서 물러나 자연으로 돌아가 생활하는 것. 도연명이 벼슬자리에 있다가 유유자적한 생활로 생을 마감하고자 고향으로 돌아가려고 뜻을 굳혔을 때에 한 말이다.

☻ 귀마방우(歸馬放牛)
전쟁에 사용할 말과 소를 숲이나 들로 돌려보내어 다시 쟁기나 수레를 끌게 하는 것을 이르는 말이니, 전쟁이 끝나고 평화가 왔음을 의미함.

☻ 귀소소(鬼所笑)
귀신이 웃는다는 뜻으로 가난을 벗어나지 못하는 것을 비유하며 운명을 모르는 사람을 비웃어 이르는 말.

● 귀이천목(貴耳賤目)

글자 그대로 귀를 귀하게 여기고 눈을 천하게 여긴다는 뜻으로, 가까운 것을 나쁘게 여기고 먼 곳에 있는 것을 괜찮게 여기는 보통 사람들의 풍조를 가리킨다. 본래 이 말은 복고주의적 성향이 강한 중국인들에게 널리 알려진 것으로, '천금'과 같은 말로 쓰인다 <환자신론>에 이런 내용이 있다.

"세상 사람들은 옛 것을 귀하게 여기고, 지금 것을 비천하게 여긴다. 또 먼 곳의 소문은 귀하게 여기고, 가까운 데서 제 눈으로 본 것을 천한 것으로 여긴다."

● 귀주출호천방(貴珠出乎賤蚌)

뛰어난 인물은 빈천한 사람 가운데서 나온다는 말.

● 규구준승(規矩準繩)

모든 사물이나 행위의 표준과 법칙을 가리키는 것으로서 모범을 말한다.

● 규표일반(窺豹一斑)

전체 가운데 지극히 일부분밖에 파악하지 못하는 것. '일반'은 얼룩무늬 하나, 표범의 모피의 얼룩무늬 하나를 가리킨다.

● 귤화위지(橘化爲枳)

귤이 변하여 탱자가 되었다는 말로, 경우에 따라서 사람의 성질도 변함을 뜻한다.

● 극구발명(極口發明)

온갖 말을 다 동원하여 변명을 늘어 놓기에 바쁨.

● 극기복례(克己復禮)
과도한 욕망을 누르고 예절을 쫓도록 함.

논어 가운데서 仁에 관한 논의가 몹시 많다. 환언하면 공자께서는 인을 근본사상으로 삼고 있다 할 수 있다.

● 극천하이굴신(克天下以屈臣)
신하에 굴하고 천하에 이긴다는 뜻으로 체면을 버리고 신하의 의견에 따름으로써 목적을 달성함을 말한다.

● 극혈지신(隙穴之臣)
'극혈'은 틈새를 말하는 것으로서 군주를 해치려고 호시탐탐 노리고 있는 신하나 적에게 은밀하게 내통을 하고 있는 신하를 말한다.

● 근모이실모(謹毛而失貌)
하찮은 일에 매달리다가 큰일을 망쳐버리는 비유이기도 하고 사물의 올바른 도리를 벗어나지 않도록 잘 대처해 나가라는 것을 말함.

● 근자열원자래(近者說遠者來)
군주가 이상적인 정치를 펼치려면 먼저 가까운 주변의 사람들이 잘 따르도록 해야 한다. 이렇듯 가까운 주변의 사람들이 따르면 먼 곳에 있던 사람들도 자연히 따르게 된다는 뜻으로 어진 정사가 널리 두루두루 펼쳐지는 것.

⊜ 근화일일지영(槿花一日之榮)

잠시의 영화로 덧없음을 비유한다. 여기서 '근화'는 무궁화 꽃을 가리키는데 아침에 피었다가 저녁에 시든다.

⊜ 금곤복거(禽困覆車)

새도 위험에 빠지면 수레를 뒤엎는다 함이니, 약자도 살기 위하여 기를 쓰면 큰힘을 낸다는 것을 말함.

⊜ 금구무결(金甌無缺)

모든 사물이 완벽하게 갖추어졌음을 비유. 특히 군주의 지위가 확고하게 다져져 있어 다른 나라로부터 침략을 받은 적이 없는 것을 말함. 금으로 만든 단지처럼 완전하고 결점이 없음을 말함.

⊜ 금란지교(金蘭之交)

다정한 친구 사이의 정의(情義)나 교제(交際)가 단단한 쇠를 자를 정도로 강하고 우정의 아름다움은 난초의 향기와 같다는 것. 아주 친밀한 친구 사이를 이름.

⊜ 금리교태(衾裡嬌態)

이불 속에서의 요염한 태도를 말함.

⊜ 금미지취(金迷紙醉)

지극히 사치스런 생활을 말함.

☺ 금상첨화(錦上添花)

비단 위에 꽃을 더한다. 좋은 일에 겹쳐 또 좋은 일이 일어난다는 뜻이다.

출전(出典) 알아 보기

☺ 금상첨화(錦上添花)

강은 남원으로 흘러 언덕 서쪽으로 기우는데
바람엔 수정 빛이 있고 이슬에는 꽃의 화려함이 있네.
문 앞의 버드나무는 옛 도령의 집이요
우물가 오동나무는 전날 총지의 집이라.
좋은 초대받아 술잔을 거듭하니
아름다운 노래는 비단 위에 꽃을 더한다.
문득 무릉의 술과 안주의 객이 되니
내 근원에는 아직 붉은 노을이 적네.

☺ 금석지감(今昔之感)

'금석'은 지금과 옛날로서 사람의 감회가 지금이나 옛날이나 변함이 없다는 것을 비유. 또한 현재에서 지나간 날을 회고할 적에 그 시절의 처지나 지금의 처지의 변화를 생각하며 감회를 나타낼 때에도 쓰인다.

⊖ 금성옥진(金聲玉振)

지(知)와 덕(德)이 완벽하게 갖추어졌음을 의미함.

⊖ 금성탕지(金城湯池)

금으로 만들고 끓는 물의 연못이 있어 가까이 가지 못하는 매우 튼튼하고 견고한 성지. '금성'은 쇠로 만든 성, '탕지'는 끓는 물이 차 있는 성의 해자(垓字)이다.

출전(出典) 알아 보기

⊖ 금성탕지(金城湯池)

진나라의 2세 황제 원년에 진승등이 진나라에 반란하는 봉기를 일으킨 것을 신호로 각지에서 차례로 진나라에 반란을 하는 군대를 일으켰으며, 조나라의 옛 영토에서도 무신이라는 사람이 군대를 일으켜 무신군이라고 불렀다.

이때 범양에 있던 괴통이라는 변설가가 범양의 현령인 서공에게, 자기가 무신군을 만나서 "만일 범양을 공격하여 항복을 받고, 현령을 섣불리 취급한다면 여러 나라의 현령들은 그 항복이 헛수고임을 알고, 반드시 성을 굳게 지키려 할 것이니, 모두가(몹시 견고하고 끓는 물의 연못이 있어 가까이 가지 못하는 성)를 굳게 지켜 공격할 수 없겠지만 범양의 현령을 후하게 맞이하고, 모든 방면으로 사자를 보내면 그것을 보고 모두 싸우지 않고 항복할 것이다."라고 설복하겠다고 말했다. 그러면 무신군도 깨닫는 바가 있을 것이라는 것이었다.

서공은 그 방법에 따르기로 했다. 과연 괴통이 말한 대로 일이 잘 되어가, 범양 사람들은 서공이 덕이 있다고 말하고, 30여 개의 성이 무신군에게 항복했다. 금성은 몹시 견고한 성이란 의미를 나타내고 있으며, 관자나 한비자 등에도 보인다. 금성탕지라는 말은 여기에서 나왔다.

⬤ 금슬부조(琴瑟不調)

부부나 형제간의 사이가 나쁨을 비유. 또한 조화롭지 않다는 뜻에서 부패한 정치를 말하기도 한다.

⬤ 금슬상화(琴瑟相和)

부부나 형제간의 사이가 좋음을 비유. '금'은 작은 거문고로 줄이 적은 것, '슬'은 커다란 거문고로 줄이 많은 것으로 작은 거문고와 커다란 거문고가 서로 어울려 좋은 소리를 낸다는 뜻이다.

⬤ 금슬지락(琴瑟之樂)

부부가 서로 화락함.

⬤ 금심수구(錦心繡口)

시나 문장의 재능이 뛰어난 것을 칭송해서 하는 말로 아름다운 마음씨와 우아한 말을 가리킨다.

⬤ 금의야행(錦衣夜行)

비단옷을 입고 밤길을 간다는 뜻으로 곧 아무 보람없는 행동과 또한 입신 출세(立身出世)하여 고향으로 돌아가지 않음의 비유.

● 금환탄작(金丸彈雀)

황금의 탄환으로서 참새를 쏘는 것으로서, 소득이 별로 없는데 쓸데없는 낭비만 하는 것의 비유.

● 급급여율령(急急如律令)

도사나 무당들이 악귀를 쫓을 때에 쓰는 말로 당장에 물러가라고 외칠 때 쓰는 말. 혹은 정도로 돌아가라고 할 때도 이 말이 쓰인다.

● 기고상당(旗鼓相當)

서로간의 힘이 엇비슷한 것. 군사력이 비슷한 양군이 싸움을 벌이는 것.

● 기구지업(箕裘之業)

많은 신하를 두고서 세상을 떠난다는 뜻에서 임금의 죽음을 말한다.

● 기련현(夔憐蚿)

자기에게는 없는 일들을 남에게 있는 것을 보고 몹시 부러워하는 일. 여기서 '기'는 외다리를 가진 무서운 짐승을 말하고 '현'은 노래기를 말한다. 그러니까 외다리로 깡충깡충 뛰어다니는 짐승이 많은 다리를 가진 노래기를 부러워한다 하더라도 저마다 주어진 천분에 따르는 수밖에 없다는 뜻이다.

● **기린지쇠야노마선지**(騏驎之衰也駑馬先之)

기린이 쇠약해지면 둔한 말이 먼저 간다는 말로, 젊었을 때의 패기와 지혜는 나이가 먹으면서 감소해짐을 비유하고 있다.

● **기문지학**(記問之學)

학문의 뜻을 알지 못하고 무조건 외워서 물음에 답하기만 할 뿐인 얕고 조잡한 학문.

● **기복염거**(驥服鹽車)

하루에 천리를 달리는 준마가 헛되이 소금 수레를 끈다는 뜻으로 유능한 인재가 낮은 지위에 있거나 하찮은 일에 쓰임의 비유.

● **기사불밀즉해성**(幾事不密則害成)

일을 할 때에는 신중하고 조심성 있게 하라는 말.

● **기산지절**(箕山之節)

기산의 절개라는 말로, 굳은 절개나 자신의 신념에 충실한 것을 비유한다.

● **기성홍예**(氣成虹蜺)

의기가 양양한 모습을 비유해서 말함.

● **기소불욕물시어인**(己所不欲勿施於人)

남이 내게 해 주길 원하지 않는 일은 자신도 남에게 하지 않는다. 자기에게 싫은 일은 남도 싫은 일이므로 해서는 안 된다는 이야기다.

● **기양불감**(伎癢不堪)

재능이 있음에도 불구하고 그 재능을 다 펼치지 못해 안타까워하는 일.

● **기언유하한**(其言猶河漢)

두서없이 말하는 것을 말한다. '하한'은 은하수라고도 하고, 황하(黃河)라 하기도 하고 한수(漢水)라 하기도 하지만 확인할 길은 없고 여기서는 그저 흐르는 물처럼 끝없고 두서도 없음을 뜻한다.

● **기욕달이달인**(己欲達而達人)

자신이 무엇을 이루고자 한다면 먼저 남이 먼저 이루도록 하라. 언제나 자신을 남의 입장에 놓아두는 일이 중요하다.

● **기우불가급**(其愚不可及)

참된 슬기는 얼핏 보았을 때 어리석게 보이나 아무도 흉내낼 수 없음을 말한다.

● **기인지우**(杞人之憂)

쓸데없는 걱정이나 무익한 근심을 이르는 말.

● 기인지우(杞人之憂)

주왕조(周王朝) 시대, 기나라에 쓸데없는 군걱정을 하는 사람이 있었다. '만약 하늘이 무너지거나 땅이 꺼진다면 몸둘 곳이 없지 않은가?' 그는 이런 걱정을 하느라 밤에 잠도 못 이루고 음식도 제대로 먹지 못했다. 그러자 '저러다 죽지 않을까?' 걱정이 된 친구가 그에게 말했다.

"하늘은 (공)기가 쌓였을 뿐이야. 그래서 기가 없는 곳이 없지. 우리가 몸을 굴신(屈伸 : 굽힘과 펌)하고 호흡을 하는 것도 늘 하늘 안에서 하고 있다네. 그런데, 왜 하늘이 무너져 내린단 말인가?"

"하늘이 과연 기가 쌓인 것이라면 일월성신(日月星辰 : 해와 달과 별)이 떨어져 내릴 게 아닌가?"

"일월성신이란 것도 역시 쌓인 기 속에서 빛나고 있는 것일 뿐이야. 설령 떨어져 내린다 해도 다칠 염려는 없다네."

"그럼, 땅이 꺼지는 일은 없을까?"

"땅은 흙이 쌓였을 뿐이야. 그래서 사방에 흙이 없는 곳이 없지. 우리가 뛰고 구르는 것도 늘 땅 위에서 하고 있다네. 그런데 왜 땅이 꺼진단 말인가? 그러니 이젠 쓸데없는 군걱정은 하지 말게나."

이 말을 듣고서야 그는 비로소 마음을 놓았다고 한다.

⊜ 기자이위식(飢者易爲食)

굶주리고 있는 사람은 무엇이든 잘 먹는다는 데서, 어진 정치에 굶주리고 있는 백성들에게 어진 정치를 베풀면 쉽게 따라온다는 뜻이다.

⊜ 기조연구림(羈鳥戀舊林)

벼슬아치가 자신의 직무에서 벗어나고 싶다는 생각을 비유함. 또한 새장 속에 갇힌 새가 자유롭게 날아다니던 숲을 그리워하는 것.

⊜ 기학상양주(騎鶴上揚州)

부귀를 누리고 장수하며 권력 등을 거머쥐고 누릴 수 있는 욕망과 쾌락을 모두 향수 하려고 함의 비유이다.

⊜ 기호지세(騎虎之勢)

이미 시작된 일을 중도에서 그만 둘 수 없음을 비유한 말, 그러니까 한번 기세를 잡으면 그대로 밀고 나가라는 것이다.

⊜ 기화가거(奇貨可居)

진귀한 물건을 사 두었다가 훗날 큰 이익을 얻게 한다는 뜻. 곧 좋은 기회를 기다려 큰 이익을 얻음. 훗날 이용할 수 있는 사람을 돌봐 주며 기회가 오기를 기다림. 기회를 놓치지 않고 잡음.

⊜ 기회지형(棄灰之刑)

아주 무거운 형벌의 비유. '한비자'에서는 재를 버리는 데 대해서 형벌을 내린다는 것은 너무 심하다. 하지만 큰 죄는 작은 죄로부터 비롯되는 것이다. 쉽게 지킬 수 있는 규칙을 제대로 지키는 것이야말로 나라를 평화롭게 다스리는 기본이라고 말한다.

● 나작굴서(羅雀掘鼠)

그물로 참새를 잡고 땅을 파서 쥐를 잡는다는 뜻으로, 최악의 상태에 이르러 어찌할 방법이 없음을 비유적으로 나타낸다.

● 낙백(落魄)

이 땅에 떨어진다는 말로, 뜻을 얻지 못한 처지에 있는 사람을 뜻함.

● 낙불사촉(樂不思蜀)

즐거운 나머지 촉나라를 생각하지 않는다는 말로 반어적인 의미가 담겨 있는데, 본래 자신의 고국을 그리워하는 마음이 간절함을 숨기고 마냥 즐겁기만 하다는 말이었다. 그런데 오늘날에는 그 의미가 변하여 타향을 떠도는 나그네가 산수 유람하면서 고향이나 집을 생각지 않는 것을 가리키는 말로 쓰인다.

● 낙양부곽전(洛陽負郭田)

서울의 근교에 있어서 편리하고 기름진 땅을 말한다.

⊖ 낙양지귀(洛陽紙貴)

'낙양의 지가를 올리다'고 하는 뜻. 곧 저서가 호평을 받아 베스트 셀러가 됨을 이르는 말.

⊖ 낙월옥량지상(落月屋梁之想)

멀리 떨어져 있는 친구를 그리워하는 마음을 말한다.

⊖ 낙정하석(落井下石)

우물 아래에 돌을 떨어뜨린다는 뜻으로, 어려운 처지에 있는 사람을 도와주기는커녕 오히려 더 큰 재앙이 닥치도록 하는 것을 말한다.

출전(出典) 알아 보기

⊖ 낙정하석(落井下石)

이 성어는 당송 팔대가의 한 사람인 한유가 친구 유종원의 죽음을 애도하며 지은 묘비명 가운데 나온다.

아! 선비는 자신이 어려움에 처했을 때 비로소 그 지조를 알게 된다. 지금 어떤 사람들은 컴컴한 골목에 살면서 서로 사랑하고 술과 음식을 나누어 먹고 놀면서 즐겁게 웃으며, 자기의 심장이라도 꺼내 줄 것처럼 친구라고 칭하며, 하늘과 땅을 가리키며 죽음과 삶을 함께 할거라고 아주 간절하게 말한다.

그러나 머리털만큼이나 작은 이익이라도 있는 문제가 발생하면 서로 눈을 부릅뜨고 사람을 구분할 줄도 모른다. 당신이 만일 다른 사람에 의해 함정에 빠지게 되었다면, 당신을 구해주지 않을 뿐만 아니라 오히려 돌을 들어 당신에게 던지는 그런 사람이 매우 많다. 이처럼 개화되지 않아 금수와 같은 사람들은 어째서 직접 가서 일을 하지 않으면서 자기들의 행동이 옳다고 생각하는가?

한유는 유종원이 소인배들의 모함으로 기개를 펼치지 못하고 저승으로 간 것을 애도하는 마음에서 이 글을 지었다. 유종원은 어린 시절부터 총명하고 문장을 잘 쓰기로 명성이 자자했던 인물이다.

● 낙타인후(落他人後)
남보다 뒤쳐지고 뒤지고 지는 것을 말함.

● 난세지영웅(亂世之英雄)
세상이 어지러움을 틈타서 큰일을 이룩하는 큰 인물.

● 난신적자(亂臣賊子)
사회의 질서를 어지럽히는 악한 사람을 말한다. 나라를 어지럽히는 신하와 부모를 해치는 자식이라는 뜻이다.

● 난의포식(暖衣飽食)
따뜻한 옷에 음식을 배불리 먹음. 생활에 부자유스러움이 없음을 뜻함.

● 난익지은(卵翼之恩)

어미 새가 날개로 알을 품고 알을 부화시키듯이 자식을 애지 중지 키우는 것.

● 난정순장(蘭亭殉葬)

서화나 골동품을 깊이 사랑하고 좋아하는 것. 이 말은 당나라 의 태종이 왕희지가 쓴 '난정집서'를 아주 좋아한 나머지 자신이 죽은 다음 그것을 함께 묻게 했다는 고사에서 유래한다.

● 난중지난(難中之難)

어려운 가운데 더욱 큰 어려움이 생긴다는 말로서 매우 어려 운 처지를 이르는 말.

● 난지점수(蘭芷漸滫)

아무리 착한 사람일지라도 나쁜 사람과 사귀면 그도 따라서 나쁜 사람이 되고 만다는 뜻.

● 난형난제(難兄難弟)

형이 더 낫다고 하기도 어렵고 아우가 더 낫다고 하기도 어렵 다는 뜻으로, 우열을 가리기 어렵고 서로 비슷하여 분간하기 어려움.

● 날호수(捋虎鬚)

권력이 있는 사람의 곁에 다가서는 일. 혹은 권력 있는 사람의 노여움을 사는 뜻으로도 쓰인다.

● 남가일몽(南柯一夢)

남쪽 나뭇가지의 꿈이란 뜻. 곧, 덧없는 한때의 꿈. 인생의 덧없음의 비유.

● 남곽람우(南郭濫竽)

남곽이 함부로 우(대나무로 만든 악기로 피리의 일종이다)를 분다는 말로, 능력이 없는 사람이 능력이 있는 것처럼 속여 외람되이 높은 자리를 차지하는 것을 비유한다.

● 남귤북지(南橘北枳)

회수의 남쪽인 회남의 귤나무를 회수의 북쪽인 회북에 옮겨 심으면 탱자나무로 변해버린다는 뜻으로 사람은 환경에 따라 악하게도 되고 선하게도 된다는 것으로 처지가 달라짐에 따라 사람의 기질도 변한다는 뜻.

● 남녀유별(男女有別)

남자와 여자는 분별이 있음을 말함.

● 남만격설(南蠻鴃舌)

무슨 뜻인지 모를 시끄러운 말. 남방의 오랑캐가 쓰는 말은 때까치의 소리와 같다는 뜻으로 알아들을 수 없는 외국사람의 말을 멸시하여 이르는 말이다.

● 남면이청천하(南面而聽天下)

천자(天子) 또는 왕공(王公)의 자리에 올라 천하를 다스리는 것을 말함. '남면'은 남쪽으로 앉아서 북쪽으로 앉는 신하와 대면을 하는 것. 천자는 남쪽의 자리에, 신하는 북쪽의 자리에 앉는 것이 예(禮)의 제도였던 데서 천자나 왕위에 오르는 것을 말한다.

⊖ 남방지강(南方之强)
온순하고 사람을 충신으로 만드는 너른 마음과 인내를 갖춘 강인함을 말한다.

⊖ 남산지수(南山之壽)
장수를 축하드리는 말.

⊖ 남상(濫觴)
겨우 술잔(觴)에 넘칠(濫)정도로 적은 물이란 뜻으로, 사물의 시초나 근원을 이르는 말.

출전(出典) 알아 보기

⊖ 남상(濫觴)

공자의 제자에 자로(子路)라는 사람이 있었다. 그는 공자에게 사랑도 가장 많이 받았지만 꾸중도 누구보다 많이 듣던 제자였다. 어쨌든 그는 성질이 용맹하고 행동이 거친 탓에 무엇을 하든 남의 눈에 잘 띄었다.

어느 날 자로가 화려한 옷을 입고 나타나자 공자는 말했다.

"양자강은 사천(四川)땅 깊숙이 자리한 민산(岷山)에서 흘러 내리는 큰 강이다. 그러나 그 근원은 '겨우 술잔에 넘칠 정도(濫觴)'로 적은 양의 물이었다. 그런데 그것이 하류로 내려오면 물의 양도 많아지고 흐름도 빨라져서 배를 타지 않고는 강을 건널 수가 없고, 바람이라도 부는 날에는 배조차 띄울 수 없게 된다. 이는 모두 물의 양이 많아졌기 때문이니라."

공자는, 매사는 시초가 중요하며 시초가 나쁘면 갈수록 더 나빠진다는 것을 깨우쳐 주려 했던 것이다. 공자의 이 이야기를 들은 자로는 당장 집으로 돌아가서 옷을 갈아입었다고 한다.

[註] 양자강 : 티베트 고원의 북동부에서 발원하여 동중국해로 흘러 들어감. 장강(長江)이라고도 불림. 길이 5800Km.

민산 : 사천(四川) 청해(靑海) 두 성(省)의 경계인 산.

● 남선북마(南船北馬)

남쪽은 배로 북쪽은 말로 여기저기 바쁘게 뛰어다니는 것을 말함. 원래 그 사람이나 장소에 따라서 제각각 어울리는 방법이나 수단이 있다는 것을 말한다. 이는 중국 남방의 땅은 강이나 운하가 많으므로 배를 타고 다니고 북방은 산과 평야가 많으므로 말을 타고 다닌다는 데서 나온 말이다.

● 남원북철(南轅北轍)

수레의 긴 채는 남쪽으로 가고 바퀴는 북쪽으로 간다는 말로, 행동이 마음과 일치하지 않는 것을 가리킨다.

● 남전생옥(藍田生玉)

남전은 예로부터 아름다운 옥이 산출하듯이 명문에서 훌륭한 인물이 나온다는 뜻. 남전(藍田)은 산사성에 있는 산 이름으로 옥의 명산지. 남전이 예로부터 명옥(名玉)을 산출하듯 명문에서 훌륭한 인물이 나온다는 뜻이다.

● 남취(濫吹)

함부로 불다. 엉터리로 불다. 무능한 사람이 재능이 있는 체하거나 실력이 없는 사람이 높은 자리를 차지하고 있는 것

● 남풍불경(南風不競)

남방지역의 풍악은 미약하고 생기가 없다는 뜻으로 일반적으로 힘 또는 세력을 떨치지 못함을 비유하는 말로 사용된다.

● 남풍지훈(南風之薰)

천하가 잘 다스려져 평화가 유지되는 것. 또한 백성의 재산이 많아지고 잘 다스려지도록 바라는 노래를 말한다.

● 남화(南華)

상사의 비위를 거슬려 상사가 노여움을 가진 나머지 시험에 급제할 수 없음의 비유.

● 낭묘지기(廊廟之器)

재상이 될 만한 인재나 혹은 재능을 말한다. 여기에서 '낭묘'는 정전의 뜻으로 정사를 보는 곳을 말한다.

● 낭자야심(狼子野心)

이리 새끼는 아무리 길들여 기르려 해도 야수의 성질을 벗어나지 못한다. 본래 성질이 비뚤어진 사람은 아무리 은혜를 베풀어도 끝내는 배반한다는 비유로 쓰인다. 흉포한 사람의 마음은 교화하기 힘들다는 뜻이다.

● 낭중지추(囊中之錐)

주머니 속의 송곳이란 뜻으로, 재능이 뛰어난 사람은 숨어 있어도 남의 눈에 드러남의 비유.

● 낭패(狼狽)

다리 없는 두 마리의 이리가 처한 곤경. 조급한 나머지 다급하여 조치를 잘못함. '낭패'라는 말은 우리의 일상 생활 중에 자주 쓰이는 말이다. 어떤 일을 도모했을 때 잘 풀리지 않아 처지가 고약하게 꼬이는 경우에 사용한다.

● 내무원녀외무광부(內無怨女外無曠夫)

부부가 함께 살며, 혼자인 몸을 한탄하는 사람도 없고 나라가 평안한 것을 말함.

● 내성불구(內省不疚)

자신을 되돌아보고 아무리 반성을 해보아도 조금도 양심에 부끄러움이 없다는 것을 말함. 즉 마음이 결백함을 뜻한다.

● 내성외왕(內聖外王)

무위자연(無爲自然)의 도를 터득한 성인으로서의 덕과 그것을 밖으로 나타내 만물을 다스리는 제왕의 도를 말한다. 안으로는 성인, 밖으로는 제왕으로서의 덕을 겸비한 사람을 뜻한다.

● **내우외환**(內憂外患)
집안의 근심과 밖의 재난. 곧 근심·걱정 속에 사는 것을 뜻함.

● **내유외강**(內柔外剛)
겉으로 보기에는 강하게 보이지만 안으로는 고운 마음을 지닌 것.

● **내자가추**(來者可追)
미래의 일은 자신이 마음을 먹기에 따라 얼마든지 할 수 있다는 뜻이다.

● **내자불거**(來者不拒)
상대방의 의사를 존중하고 억지로 강요하지 않는 것. 또는 사람을 사귀면서 상대가 누구이든 가리지 않고 사귀는 것을 말함.

● **내정돌입**(內庭突入)
이 말은 안마당에 돌입한다는 뜻으로서, 남의 집에 주인의 허락없이 쑥 들어간다는 뜻임.

● **내조지공**(內助之功)
안에서 돕는 공. 아내가 가정에서 남편이 바깥일을 잘 할 수 있도록 도와주는 것. 요즘은 남편이 밖에서 충분한 활동을 하고 성공할 수 있도록 아내가 집밖에서 뒷받침해 준다는 뜻으로 쓰인다.

● 노기사천리(老驥思千里)
뛰어난 재능을 가지고 있으면서도, 나이가 들어 늙어 가도록 자신을 알아주는 사람이 없어 자신의 재능을 보일 기회가 없어 원통하게 여기는 것.

● 노마십가(駑馬十駕)
재능이 없는 사람일지라도 부단하게 노력을 멈추지 않으면 능력이 뛰어난 사람을 능히 따라갈 수 있다는 것. 여기에서 '노마'는 걸음이 느린 말을 가리키는 것으로서 흔히 재능이 없는 사람을 가리킨다.

● 노마지지(老馬之智)
늙은 말의 지혜란 뜻으로, 아무리 하찮은 것일지라도 저마다 장기나 장점을 지니고 있음을 이르는 말.

● 노반지교(魯般之巧)
손재주가 뛰어나서 무엇이든 잘 만드는 것.

● 노발충천(怒髮衝天)
화가 머리끝까지 올라 머리털이 하늘을 찌르듯이 곤두서 있다는 뜻. 원래는 '노발충관(怒髮衝冠)'으로, '머리털이 곤두서서 갓을 치켜올릴 정도로 화가 나있다'는 뜻이다.

● 노방생주(老蚌生珠)

만년(晚年)에 이르러 귀한 자식을 얻는 것. 또한 부자가 뛰어난 재능도 있고 뛰어난 학문도 갖추고 있음에 비유하기도 한다. 여기에서 '노방'은 늙은 씹조개의 뜻으로, 노인으로 해석한다.

● 노생상담(老生常譚)

늙은 서생이 하는 이야기. 새롭고 독특한 의견을 제시하지 않고 언제나 똑같은 상투적인 이야기를 할 때 사용함.

● 노승목(猱升木)

부질없는 일을 하는 것에 대한 비유. 가르칠 필요가 없는 사람에게 가르침을 주는 것. 원전에 보면 나무를 잘 타는 원숭이에게 나무를 타는 법을 가르쳐 주어 으시되도록 만들어 악으로 이끈다는 뜻이다.

● 노실색시(怒室色市)

방 안에서 화가 난 것을 가지고 거리에 나가 화풀이로 노여움을 보인다 함이니, 노여움을 다른 곳에다 푼다는 뜻임.

● 노안비슬(奴顔婢膝)

행동이 비굴하고 비루하게 남을 상대함에 비유.

● 노양지과(魯陽之戈)

기력이 약한 것을 되살려 냄의 비유로서 또한 세력이 왕성해짐을 비유하기도 한다.

🔵 노어지오(魯魚之誤)

글자가 비슷한 것을 잘못 베끼는 것. 일례로 '어(魚)'를 비슷한 '노(魯)'라 잘못 쓰고, 또 '허(虛)'를 '호(虎)'라 잘못 쓰는 것 같음을 말한다.

🔵 노이무공(勞而無功)

애는 썼으나 애를 쓴 보람이 없음. 수고만 하고 아무런 공이 없음.

출전(出典) 알아 보기

🔵 노이무공(勞而無功)

공자가 노(魯)나라에서 서쪽에 있는 위(衛)나라로 떠나기에 앞서 수제자 안연(顏淵)이 사금(師金)이란 벼슬을 하고 있는 사람에게 물었다.

"우리 선생님의 이번 여행길은 어떻겠습니까?"

사금은 이랬다.

"안타까운 일이지만 당신 선생은 아마 이번에 욕을 보실 겁니다."

"어째서 그렇습니까?"

다그쳐 묻는 안연에게 사금은 이렇게 말했다.

"당신 선생은 전에도 여러 나라에서 곤욕을 치렀지요. 송(宋)나라에서는 나무 그늘 밑에서 강론을 하다가 베어진 나무에 깔릴 뻔했고 위나라에서는 쫓겨나기도 했으며, 진(陳)나라와 채

102

(蔡)나라 사이의 들에서는 이레 동안이나 끼니를 굶어 거의 죽을 지경에 이르기도 했습니다."

사금은 잠깐 뜸을 들였다가 본론으로 들어갔다.

"물길을 가기 위해서는 배를 이용하는 것이 가장 적당하고, 육지를 가기 위해서는 수레를 쓰는 것이 가장 좋은 방법입니다. 물길을 가야 할 배를 육지에서 밀고 가려고 한다면 한평생이 걸려도 얼마 가지 못할 것입니다. 그런데 옛날과 이제의 차이는 물과 육지의 차이와 다름이 없고 주(周)나라와 노나라의 차이는 배와 수레의 차이가 아닙니까. 이제 주나라의 옛날 道를 오늘의 노나라에서 행하려고 하는 것은 마치 배를 육지에서 미는 것과 같아서 '애는 쓰나 공은 없고(勞而無功)' 또 그 몸에도 반드시 화가 미칠 것입니다. 당신 선생은 아직도 저 무한한 변전(變轉), 곧 끝없이 변동하는 道를 모르는 사람입니다. 그러니 안타깝지만 당신 선생은 곤란을 당할 것입니다."

● 노종심상기(怒從心上起)
마음 저 밑에서부터 화가 끝없이 치밀어 오르는 것.

● 녹록지배(碌碌之輩)
남들보다 두드러진 데가 없는 그저 평범한 인물을 말함. 여기에서 '녹록'은 자갈처럼 굴러다니는 흔해빠진 것을 나타내고 있다.

● 녹림(綠林)
푸른 숲이란 뜻이지만, 도둑 떼의 소굴을 일컫는 말.

⬓ 녹명지연(鹿鳴之宴)

군주가 군신과 빈객을 초대하여 연회를 베풀었을 때 '녹명'의 시를 노래했던 데에서 유래가 되었다. '녹명'은 먹이를 찾은 사슴이 울음소리를 내어 무리를 불러모은다는 뜻이다.

⬓ 녹엽성음(綠葉成陰)

초록빛 잎이 그늘을 만든다는 말로, 여자가 결혼하여 자녀가 많은 것을 비유적으로 나타낸다.

⬓ 녹의사자(綠衣使者)

푸른 옷을 입은 사자라는 말로, 앵무새의 다른 명칭이다.

⬓ 논공행상(論功行賞)

공적이 많고 적음에 따라 알맞은 상을 내림.

⬓ 논대공자불록소과(論大功者不錄小過)

위대한 공적을 기릴 때에는 사소한 잘못 같은 것은 따지지 않는다.

⬓ 농단(壟斷)

'농'은 흙을 수북하게 쌓아놓은 언덕의 뜻인데, '농단'의 글자를 그대로 풀이하면 깎아지른 듯이 솟아 있는 언덕의 뜻으로 이익을 독점할 때 이러한 표현을 쓴다.

⬓ 농락(籠絡)

남을 제 마음대로 이용함. 여기에서 '농'은 여러 가지의 것을 한데 엮어 하나로 한다는 뜻이다.

● **농와**(弄瓦)

여자가 태어남을 말한다. 고대 중국의 풍습에는 여자아이가 태어나면 바닥에 눕히고 배내옷을 입힌 다음 실패를 손에 쥐게 했다. 여자는 이렇듯 자신을 낮추고 바느질 등의 가사에 힘쓸 것을 바랐던 것이다.

● **농위정본**(農爲政本)

농사는 곧 정치의 근본이 되고 나라의 지반이 된다는 뜻이다.

● **농장**(弄璋)

남자가 태어남을 말한다. 군주를 알현할 때 정장을 입고서 옷에 두르는 장식. 그러니까 남자는 장차 벼슬에 오르기를 소망한 것이다.

● **농조연운**(籠鳥戀雲)

여기에서 '농조'는 새장 속에 갇혀 있는 새를 말하는데 새는 구름을 그리워하는 법, 곧 몸이 속박당한 사람은 그 속박에서 해방이 되어 자유를 갈망한다는 뜻이다.

● **뇌성대명**(雷聲大名)

세상에 높이 드러나 알려진 이름을 일컬음. 또는 타인의 성명을 높이어 이르는 말.

● **누경풍상**(累經風霜)

계속 연이어서 풍상을 겪는 것을 말함.

● 누고지재(螻蛄之才)

무엇이든 다 할 수 있어 다재다능해 보이지만 실재는 일을 함에 미숙하여 땅강아지과에 속하는 곤충인 반거들충이에 비유를 한다.

● 누란지위(累卵之危)

포개 놓은 알처럼 몹시 위태로운 형세를 말하는 것.

● 누항자락(陋巷自樂)

더러운 곳에서 천하게 살아도 스스로 만족하고 즐기며 사는 것을 말함.

● 눌언민행(訥言敏行)

말에는 더디고 행동에는 민첩하다는 뜻으로, 공자의 말에서 나왔다.

본래 유가에서는 배우는 사람의 자세로서 '눌언민행'해야만 스스로 가르침을 제대로 따를 수 있다는 것이다. 공자는 자신의 수제자로 칭송하던 안회를 "어기지 않는 것이 못난이 같다"고 하여 그의 실천 정신을 높이 평가했다.

요즈음이야 간혹 그런 경우가 있지만, 배우는 사람은 스승과 논쟁하거나 자신의 주장을 내세워 스승의 가르침과 대립해서는 안 된다는 것이 과거 성현들의 가르침이었다.

● 능곡지변(陵谷之變)

높은 언덕이 변하여 깊은 골짜기가 되고 골짜기는 변하여 언덕이 된다 함이니, 세상 일의 극심한 변천을 이름.

⊖ 능사필(能事畢)
할 수 있는 일을 모두 해버리고 또한 그 일을 마치는 것.

⊖ 능서불택필(能書不擇筆)
글씨를 잘 쓰는 사람은 붓을 가리지 않는다는 뜻. 곧 그림을 그리거나 글씨를 쓰는데 종이나 붓 따위의 재료 또는 도구를 가리는 사람이라면 서화의 달인이라고 할 수 없다는 말.

⊖ 능언지자미필능행(能言之者未必能行)
말주변이 좋은 사람이 결코 말에 대한 실천을 잘 하는 것은 아니라는 뜻.

⊖ 니취(泥醉)
술에 취해 진흙처럼 흐느적거린다는 뜻으로, 몹시 술에 취한 상태를 이르는 말.
니취라는 것은 일설에 '술 벌레'라고 한다. 뼈가 없는 이 벌레는 물을 만나면 활발히 움직인다는 속설이 있다. 그런 점에서 사람이 술에 취해 흐느적거리는 것을 술벌레가 몸에 들어가 작용한 것으로 나타낸다.

ㄷ

● 다기망양(多岐亡羊)

달아난 양을 찾는데 길이 여러 갈래로 갈려서 양을 잃었다는 뜻. 곧 학문의 길이 다방면으로 갈려 진리를 찾기 어려움의 비유. 방침이 많아 갈 바를 모름.

● 다다익선(多多益善)

많으면 많을 수록 좋다는 뜻.

● 다사제제(多士濟濟)

뛰어난 인재와 훌륭한 인물이 많다는 것의 형용.

● 다언삭궁(多言數窮)

말이 많은 수다는 흔히 막혀버리고 마는 법이다. 쓸데없는 말은 하지 말고 될수록 말을 아끼는 것이 좋다.

● 단간(斷簡)

토막토막 잘려진 서면이나 편지를 말함.

● 단금지계(斷金之契)

아주 가까운 우정이나 굳게 맺어진 약속의 비유이다. 뜻은 쇠를 잘라낼 정도로 단단하다는 것이다.

● 단기지계(斷機之戒)

베틀의 실을 끊은 훈계라는 뜻으로, 학업을 중도에 그만두는 것은 마치 짜던 베틀의 실을 끊어 버리는 것과 같이 아무런 이득이 없다는 말. 맹자가 어려운 학문을 닦는 도중에 학업을 그만두고 집으로 돌아오자 어머니가 짜고 있던 베의 날을 끊으며, 학문을 중도에 그만두는 것도 이와 같다고 중도에서 포기하는 잘못을 훈계하였다는 고사에서 생겨난 말이다.

● 단란조보(斷爛朝報)

단편적인 기사와 토막 나고 일관성이 떨어지는 틀에 박힌 기사만 실린 관보를 말한다.

● 단발문신(斷髮文身)

남방 오랑캐의 풍습인데 머리를 짧게 깎고 몸에는 입묵(入墨)을 한다는 것.

● 단병급(短兵急)

느닷없이 갑작스럽게. '단병'은 칼 따위의 길이가 짧은 무기를 말하고 '단병급'은 이러한 짧은 무기를 가지고 적의 방심을 틈타서 갑자기 공격한다는 것.

● 단사표음(簞食瓢飮)

도시락밥과 표주박 속의 국으로 구차하고 보잘 것 없는 음식, 또는 청빈한 생활을 비유하여 말함. 준말(簞瓢).

● 단이감행귀신피지(斷而敢行鬼神避之)

의지를 가지고서 일을 감행하면 어떠한 장해라 할지라도 능히 해낼 수가 있다는 뜻.

● 단장(斷腸)

창자가 끊어졌다는 뜻. 전하여, 창자가 끊어질 듯한 슬픔의 비유.

출전(出典) 알아 보기

● 단장(斷腸)

진(晉:東晉, 317~420) 나라의 환온(桓溫)이 촉(蜀) 땅을 정벌하기 위해 여러 척의 배에 군사를 나누어 싣고 양자강 중류의 협곡인 삼협(三峽)을 통과할 때 있었던 일이다.

환온의 부하 하나가 원숭이 새끼 한 마리를 붙잡아서 배에 실었다. 어미 원숭이가 뒤따라왔으나 물 때문에 배에는 오르지 못하고 강가에서 슬피 울부짖었다. 이윽고 배가 출발하자 어미 원숭이는 강가에 병풍처럼 펼쳐진 벼랑에도 아랑곳하지 않고 필사적으로 배를 쫓아왔다. 배는 100여 리쯤 나아간 뒤 강기슭에 닿았다. 어미 원숭이는 서슴없이 배에 뛰어올랐으나 그대로 죽고 말았다.

　그 어미 원숭이의 배를 갈라 보니 너무나 애통한 나머지 창자가 토막토막 끊어져 있었다. 이 사실을 안 환온은 크게 노하여 원숭이 새끼를 붙잡아 배에 실은 그 부하를 매질한 다음 내쫓아 버렸다고 한다.

☻ 단장취의(斷章取義)

문장가운데서 자신에게 유리한 문장만을 골라 문맥을 무시하고 그 부분만을 자기 멋대로 해석하고 인용을 하여 쓰는 것. 문장을 토막내서 그 부분의 내용을 이용하고 해석한다는 뜻이다.

☻ 단칠불문(丹漆不文)

붉은 옻칠을 한 물건은 굳이 무늬를 붙일 필요가 없을 정도로 본시가 아름답고 뛰어난 것은 별다른 장식이 필요치 않다는 것.

☻ 단표누공(簞瓢屢空)

가난하게 살면서도 그 가난에 만족을 하며 사는 것을 말함. 여기에서 '단'은 밥을 담는 대그릇을 말하고 '표'는 국을 담는 표주박을 말한다.

☻ 달다즉어요(獺多則魚擾)

수달이 많으면 물 속의 물고기는 안심하고 살 수 없다는 뜻으로, 벼슬아치가 법령을 많이 만들면 백성들은 마음 편히 살아갈 수 없다는 비유이다.

● 달인대관(達人大觀)

식견이 있고 분별력이 있는 사람은 사물을 올바르게 관찰할 수 있으며 올바른 판단을 내릴 수 있다.

● 달제어(獺祭魚)

수달이 잡아놓은 물고기들을 길게 펼쳐놓은 것을 말한다. 그 펼쳐놓은 모습이 마치 제사상을 차려놓은 것과 같다해서 '제어'라고 한다. 비유로 시문(詩文)을 짓거나 어떠한 공부를 하면서 많은 참고서를 펼쳐놓은 것을 말한다.

● 담여두대(膽如斗大)

배짱이 두둑해서 어떠한 일에는 꿈쩍도 하지 않는다는 것의 비유이다.

● 담욕대이심욕소(膽欲大而心欲小)

대담무쌍한 동시에 주도면밀하고 섬세한 마음을 가지고 있는 것이 이상적인 사람이다라는 뜻.

● 담하용이(談何容易)

무슨 일이든지 입으로 말하는 것은 쉽지만, 실제로 해보면 쉽지 않으므로 쉽게 입을 여는 짓은 삼가야 한다는 말.

● 답청(踏靑)

봄에 야외로 소풍을 나가는 것을 말함.

● 당국자미(當局者迷)

일을 맡은 책임자는 자신의 잘못을 알아차리기가 매우 어렵다
는 뜻.

● **당대발복**(當代發福)
부모를 좋은 땅에다 장사를 지내서 그 아들이 곧 부귀를 누리
게 됨을 이름.

● **당돌서시**(唐突西施)
당돌한 서시라는 뜻으로, 꺼리거나 어려워함이 없이 올 차고
다부진 서시라는 의미이다.

● **당동벌이**(黨同伐異)
일의 옳고 그름을 가리지 않고 같은 동아리끼리는 한 데 뭉쳐
서로 돕고 다른 동아리는 배격함. 여기에서 '당동'은 자기의 생각
이나 견해를 함께 하는 자와 동아리가 되는 것, '벌이'는 생각이
나 견해를 달리 하는 자를 공격하는 것을 말한다.

● **당랑거철**(螳螂拒轍)
사마귀(螳螂)가 앞발을 들고 수레바퀴를 가로막는다는 뜻.
미약한 제 분수도 모르고 강적에게 항거하거나 덤벼드는 무모
한 행동의 비유.

● **당랑박선**(螳螂搏蟬)
눈앞에 보이는 욕심에만 눈이 어두워 자신에게 닥치는 위험을
모르고 있다가 큰 재난을 만난다는 말.

● 당랑지부(螳螂之斧)

힘이 약한 자신은 생각질 않고 힘이 강한 상대에게 덤벼드는 것을 말함.

● 당랑포선(螳螂捕蟬)

눈앞의 욕심에만 눈이 어두워 덤비면 결국 큰 해를 입게 된다는 뜻.

● 당래물(儻來物)

생각지도 않은 뜻밖의 선물.

● 당로인(當路人)

중요한 부서에 앉아 있는 사람, 혹은 중요한 지위에 있는 사람을 일컫는다.

● 당인불양어사(當仁不讓於師)

인(仁)을 행하는 데는 스승이라도 문제가 될 것이 없다는 말.

● 대간사충(大姦似忠)

악한 사람이 본성을 숨기고 충신처럼 보이는 것을 말함.

● 대갈일성(大喝一聲)

호되게 꾸짖는 것이나 커다란 목소리로 고함을 치는 것.

● 대갱불화(大羹不和)

고유한 맛을 나타내는 것. 미식(美食)에 연연하질 않고 검소한

식사를 즐기는 것을 말함. 여기에서 '대갱'이란 말은 아무런 양념
도 없이 조리한 고깃국으로 그 본연의 참맛을 음미하는 것.

● 대공무사(大公無私)
매우 공평하여 사사로움이 없다는 뜻이다.

● 대교약졸(大巧若拙)
자연의 이치에 맞는 술수는 결코 잔재주를 부리지 않으므로
보통 사람에게는 치졸하게 보일지 모른다. 거기에서 정말 현명
한 사람은 자기의 재지(才智)를 자랑하지 않으므로 겉으로는
어리석게 보인다는 데에 비유.

● 대기만성(大器晩成)
큰그릇은 늦게 만들어진다는 뜻. 곧 크게 될 사람은 늦게 이루
어짐의 비유. 만년(晩年)이 되어 성공하는 일. 과거에 낙방한
선비를 위로하여 이르던 말.

출전(出典) 알아 보기

● 대기만성(大器晩成)

　삼국 시대, 위(魏)나라에 최염(崔琰)이란 풍채 좋은 유명한
장군이 있었다. 그러나 그의 사촌 동생인 최림(崔林)은 외모가
시원치 않아서인지 출세를 못 하고 일가 친척들로부터도 멸시

를 당했다. 하지만 최염만은 최림의 인물됨을 꿰뚫어 보고 이
렇게 말했다.

"큰 종(鐘)이나 솥은 그렇게 쉽사리 만들어지는 게 아니네.
그와 마찬가지로 큰 인물도 대성하기까지는 오랜 시간이 걸리
지. 너도 그처럼 '대기만성'하는 그런 형이야. 두고 보라고. 틀
림없이 큰 인물이 될 테니⋯⋯."

과연 그의 말대로 최림은 마침내 천자(天子)를 보좌하는 삼
공(三公) 중의 한 사람이 되었다.

⬤ 대기소용(大器小用)

적재적소가 아니라는 말. 그러니까 큰 인물을 하찮은 일에
기용하거나 재능이 뛰어난 인물을 재능보다 낮은 지위에 놓고
그 재능을 살리지 못하게 하는 것.

⬤ 대덕멸소원(大德滅小怨)

받은 은혜가 크면 어느 정도의 원한은 눈 녹듯이 사라지는
법이다.

⬤ 대동소이(大同小異)

작은 점에 차이가 조금 있을 뿐 대체적으로 같고 대차가 없는
것을 말한다.

⬤ 대례불사소양(大禮不辭小讓)

예절을 지키려면 작은 겸양 따위는 하지 않는다는 말.

● **대뢰지자미**(大牢之滋味)
산해진미로 차려진 진수성찬. 혹은 아주 훌륭한 맛을 말함.

● **대미필담**(大味必淡)
정말 훌륭한 맛은 반드시 담박하다는 말.

● **대변약눌**(大辯若訥)
정말 웅변(雄辯)인 사람은 오히려 어눌하게 보인다는 뜻이다.

● **대분망천**(戴盆望天)
동이를 이고 하늘을 바라보려고 한다는 뜻으로 한 번에 두 가지 일을 동시에 이룰 수 없다는 뜻. 또한 한 가지 일에 몰두한 나머지 다른 것을 돌아보지 않음의 비유.

● **대붕**(大鵬)
상상상(想像上)의 큰 새.

● **대상유입덕**(大上有立德)
사람에게 있어서 최고의 가치는 인격을 완성하여 세상을 구하는 일이라는 것. 여기에서 '대상'이라는 것은 가장 덕이 뛰어난 성인을 말함.

● **대성불입리이**(大聲不入里耳)
고상한 말은 속인에겐 이해가 잘 안 된다. 여기에서 '대성'은 고상한 음악이란 뜻이고, '이이'는 속인의 귀를 말한다.

● **대성출**(戴星出)

이른 아침에 집을 나서는 것, 혹은 일을 열심히 하는 것의 비유. 여기에서 '대'는 머리에다 무엇을 이는 것이라는 뜻으로 아직 머리 위에 별이 떠있는데 집을 나선다는 뜻이다.

● **대언불참**(大言不慙)

실천하지 못할 일을 말로만 떠들어 대고 부끄러운 생각조차 느끼질 못하는 것.

● **대우탄금**(對牛彈琴)

소에게 거문고 소리를 들려주는 것과 같이 어리석은 사람에게 도리를 가르쳐 주어도 조금도 이해하지 못하므로 헛수고라는 뜻임.

● **대우패독**(帶牛佩犢)

무술 따위보다도 농사가 더 중요하다는 의미이다.

● **대은은조시**(大隱隱朝市)

진정한 은자(隱者)는 산 속에 틀어박혀 있지 않고 세상사람들과 함께 어울려 산다는 것. 또 진정한 은자는 세상사람들과 함께 어울려 살아도 결코 속진(俗塵)에 물드는 법이 없다는 뜻으로도 쓰이고 있다.

● **대의멸친**(大義滅親)

대의를 위해서는 친족도 멸한다는 뜻으로, 국가나 사회의 대의를 위해서는 부모 형제의 정도 돌보지 않는다는 말.

● 대인군자(大仁君子)

인자하고 덕이 높은 사람을 말함.

● 대인부실기적자지심(大人不失其赤子之心)

덕이 높은 사람은 어떠한 일이 있어도 순진한 마음을 잃지 않는다는 것.

● 대인호변(大人虎變)

왕자가 국가의 제도나 법의 개혁을 하면 조리가 닿아서 면목이 일신한다. '대인'은 인격이 뛰어난 훌륭한 왕자를 일컬으며 '호변'은 호랑이 털의 무늬처럼 뚜렷하고 조리에 합당한 변화를 말한다. 전하여 말하면 인격이 날로 새롭게 되는 것을 뜻한다.

● 대자위동량(大者爲棟梁)

인물의 재능에 따라서 적재적소에 배치한다는 것의 비유이다. 목재 중에서 큰 것은 대들보로 쓰인다는 것.

● 대장불착(大匠不斵)

뛰어난 인물은 조사나 체험이 없어도 세상의 도리를 날카롭게 꿰뚫어 본다. 뛰어난 기량을 가진 사람은 자질구레한 일에 개의치 않는다.

● 대지여우(大智如愚)

진정한 지자(智者)는 약은 체를 하지 않으므로 겉으로 보기에는 어리석게 보일지라도 그렇지 않으며 아주 귀한 사람은 높은 지위에 있지 않더라도 번영을 이룬다.

● **대차무예**(大車無輗)

신의가 없는 사람은 세상에서 받아들이지 않는다. 여기에서 '대차'는 평지에서 소가 끄는 짐수레, '예'는 소달구지의 끌채 끝에 붙어 있는 멍에를 매는 가로막대를 가리킨다.

● **대춘지수**(大椿之壽)

장수를 축하하는 말.

● **대하성이연작상하**(大廈成而燕雀相賀)

어떤 사물이 전혀 생각지도 않은 곳에 뜻밖의 영향을 미치는 것에의 비유.

● **대하장전비일목소지**(大廈將顚非一木所支)

나라가 망해가고 있을 때에는 한 사람의 힘으론 어쩔 수 없으며 많은 사람들이 나쁜 방향으로 흘러가고 있을 때에는 한 사람의 힘으로는 어떻게 해 볼 방법이 없다는 데에 비유된다.

● **대한색구**(大寒索裘)

일이 터지고 난 다음에 대처를 하면 늦는다는 비유. 추위가 혹독해지고 난 다음에서야 부랴부랴 두터운 옷을 구한다는 것이다.

● **대행불고세근**(大行不顧細謹)

큰일을 이루고자 할 때에는 하찮은 일에 구애를 받을 필요가 없다.

● **대현긍즉소현절**(大絃緪卽小絃絶)

나라를 다스리는 데에는 유연성 있게 관용이 절대적으로 필요하며 혹독한 정치는 나라를 망치는 화근이 된다는 것.

● **대혹자종신불해**(大惑者終身不解)

마음에 커다란 미혹이 있는 사람은 미혹 자체를 알아차리지 못하고 평생 진리를 이해할 수가 없다.

● **덕불고**(德不孤)

덕이 있는 사람이나 인격을 갖춘 사람은 결코 고립되는 일이 없다. 반드시 따르는 사람이 있게 마련이다.

● **도견상부**(道見桑婦)

길에서 뽕나무를 보고 여자의 말을 한다는 뜻으로, 하고 싶은 대로 일시적인 이익을 구하려다가 결국에는 기존에 갖고 있던 것까지 모두 잃게 됨을 비유한다.

● **도견와계**(陶犬瓦鷄)

'도견'은 도기로 된 개를 말하며 '와계'는 질그릇으로 만든 닭을 말한다. 그러니까 개나 닭 모양을 하고 있지만 진짜와 똑같은 구실을 할 수 없다는 뜻이다.

● **도규가**(刀圭家)

'도규'는 약을 조제하는 수저를 가리키며 그것이 전하여 의사를 가리키는 뜻이 되었다.

⊖ 도남(圖南)

어느 다른 지역으로 가서 큰 사업을 시작하려고 하는 것을
이름.

출전(出典) 알아 보기

⊖ 도남(圖南)

"북해(北海)에 곤(鯤)이라는 고기가 있다. 그 크기는 몇 천 리
가 되는지 알 수 없다. 이 고기가 화해서 붕(鵬)이라는 새가 된
다. 붕새의 등은 그 길이가 몇 천리가 되는지 알 수 없다. 이
새가 한번 날아오르게 되면 그 날개는 하늘을 덮은 구름처럼
보인다. 이 새는 바다에 물결이 일기 시작하면 남쪽 바다로 옮
겨가려 한다. 남쪽 바다는 천연의 못이다."
　제해(齊諧)라는 것은 이상한 것들을 기록한 책이다. 그 책에
이렇게 씌어 있다. "붕새가 남해로 옮겨가려는 때는 날개가 물
위를 치는 것이 삼천리에 미치고, 회오리바람을 일으키며 날아
오르는 것이 구만리에 이른다. 여섯 달을 계속 난 다음에야 쉰
다"고 했다. 여기에서 "도남"이니 "붕정만리"니 "붕익"이니 하
는 말이 나오게 되었다.

⊖ 도동해이사(蹈東海而死)

어지러운 세상에 분개한 나머지 죽어버리는 것.

☻ 도로무공(徒勞無功)

노력에도 불구하고 아무런 보람이나 이익이 없음.

☻ 도로이목(道路以目)

불평불만을 겉으로 드러낼 수가 없기 때문에 눈으로 그 뜻을 전달하는 것.

☻ 도룡기(屠龍技)

용을 죽이는 재능이라는 말로, 세상에서 쓸모 없는 명기를 뜻한다.

☻ 도리불언 하자성혜(桃李不言下自成蹊)

복숭아와 자두는 꽃이 곱고 열매가 맛있어 찾아오는 사람이 많아 절로 길이 난다는 뜻으로 현인군자에게는 절로 사람들이 모이게 된다는 비유. 덕 있는 자는 잠자코 있어도 그 덕을 사모하여 사람들이 따른다는 뜻이다.

☻ 도말시서(塗抹詩書)

유아를 가리키는 또다른 이름이다. 여기에서 '도말'은 처바르다, 매대기치다라는 뜻이고, '시서'는 우리에게 너무나 잘 알려진 시경과 서경을 말한다. 유아는 유익한 책이라도 함부로 먹기도 하고 내치기도 한다는 뜻에서 전하여 유아를 가리키게 된 것이다.

☻ 도명자(盜名字)

왕이 될 수 없는 사람임에도 불구하고 마구 왕이라고 부르는 것. 소위 작위를 사칭하는 것.

● 도방고리(道傍苦李)
길가의 쓰디쓴 자두라는 말로 아무도 따는 사람이 없이 버림받음.

출전(出典) 알아 보기

● 도방고리(道傍苦李)

진(晉)나라의 왕융(王戎)이 일곱 살 때의 일이다. 그는 다른 아이들과 함께 놀고 있었다.

그때 길가의 자두나무에 가지가 휘어지게 많은 열매가 맺혀 있는 것을 보았다. 아이들은 그것을 따려고 앞을 다투어 달려갔다. 그런데 왕융 혼자만은 움직이려 들지 않았다. 그래서 지나가는 사람이 물었다.

"왜 너는 따러 가지 않느냐?"

"길가에 있는데, 저렇게 열매가 많이 매달려 있는 것은 틀림없이 써서 먹지 못할 자두임이 분명합니다."

아이들이 따보니 과연 왕융이 말한 대로 먹을 수 없는 자두였다.

[註]왕융:234~305년. 진(晉)의 정치가. 죽림칠현(竹林七賢)의 한 사람으로 노장 사상을 선호하고 유유자적하며 정치에는 관심을 두지 않았다.

124

☻ 도불과오녀문(盜不過五女門)

도둑도 딸이 다섯이나 있는 집에는 들어가서 물건을 훔치지 않는다. 이는 딸을 다섯이나 키우는 데에는 많은 돈이 들어 그 집엔 값나가는 물건이나 돈이 없다는 것이다.

☻ 도불습유(道不拾遺)

길에 떨어진 것을 줍지 않는다는 뜻.

곧 법이 엄격하게 시행되어 길바닥에 떨어진 물건을 줍는 자가 없을 만큼 나라가 잘 다스려졌다는 말로서, 형벌이 엄해서 백성들이 법을 어기지 않는 것을 가리킨다.

☻ 도비순설(徒費脣舌)

헛되이 입술과 혀만 수고롭게 한다 함이니, 아무런 보람이 없다는 말.

☻ 도삼이사(挑三李四)

복숭아가 꽃을 피어 열매가 열리려면 3년이 걸리지만, 오얏(자두)이 꽃을 피어 열매가 열리려면 4년이 걸린다는 말이다.

☻ 도설(掉舌)

언변이 아주 능란함을 가리켜 웅변을 말한다.

☻ 도소(屠蘇)

정월 초에 마시는 약주의 한 종류. 자양강장의 효과가 있는 몇 종류의 약초를 선별해 술에 담가서 만든다. 어원에 대해선 많은 이야기가 분분하지만 티벳어, 산스크리트어설이 유력한데 아무튼 건강을 위한 술이라는 뜻의 음역인 것만은 분명한 것 같다.

● **도소지양**(屠所之羊)

도살장으로 끌려 가는 양이라 함이니, 다 죽게 된 불행한 처지의 사람을 가리키는 말.

● **도수화**(蹈水火)

위험함을 알면서도 행하는 일. 혹은 곤란한 처지임을 알면서도 자기 스스로 들어감을 비유하기도 한다.

● **도시**(倒屣)

신발을 거꾸로 신는다는 말로, 대단히 반가워하는 것을 형용한 말이다.

● **도역유도**(盜亦有道)

도(道)와 인(仁)이라는 것은 성인(聖人), 현자(賢者)뿐만 아니라 사람들에게 저마다 나름으로 갖추어져 있는 법이란 뜻이다.

● **도외시**(度外視)

가욋것으로 보고 안중에 두지 않고 무시하는 것. 문제삼지 않고 불문에 붙이는 것.

● **도원결의**(桃園結義)

중국 촉(蜀)나라의 유비(劉備), 관우(關羽), 장비(張飛)가 일찍이 복숭아 동산에서 형제의 의를 맺었다는 고사에서 유래된

'의형제를 맺음'을 이르는 말.

출전(出典) 알아 보기

◑ 도원결의(桃園結義)

황건적의 봉기로 인해 한(漢)나라는 국정이 몹시 불안하게 되었다. 나라에서는 이 난을 진압하기 위해서 각 지방 장관에게 의용병을 모집하도록 지시를 내렸다. 유비가 살고 있는 유주(幽州) 탁현에서 의용병 모집의 방을 본 유비는 긴 한숨을 내쉬었다.

이 때 한 사나이가 유비에게 다가와 나라를 위해 싸울 생각은 않고 한숨만 쉬고 있다고 호통을 쳤다. 바로 그는 장비였는데 두 사람은 곧 마음이 통하여 서로 인사를 한 다음 가까운 주막으로 들어가 함께 나라 일에 대해 걱정하면서 의견을 교환하게 되었다.

얼마 후 이 주막에 기골이 장대한 사나이가 들어왔다. 그는 관우로서 세 사람은 곧 의기투합하여 나라를 위해 함께 일하기로 결심했다. 이렇게 하여 유비의 집 후원 넓은 복숭아나무 아래서 세 사람은 형제의 의를 맺게(桃園結義)된 것이다.

◑ 도원경(桃源境)

무릉도원처럼 속세를 떠난 아름답고 평화로운 곳.

출전(出典) 알아 보기

⊖ 도원경(桃源境)

　　진(晉)나라 태원연간(太元年間)에 무릉의 한 어부가 작은 배를 타고 강의 골짜기를 따라 올라가다 복숭아꽃이 만발한 숲(桃源)을 만났다.

　　이 어부는 꽃의 아름다움에 취해 계속 노를 저어 올라갔는데 숲이 끝나는 지점에 산이 가로막고 있었고 그 산 아래에는 자그마한 동굴이 있었다.

　　어부가 계속 동굴을 따라 안으로 들어가자 거기엔 넓은 땅이 펼쳐져 있었으며 바깥 세상과는 다른 또 다른 아름다운 세상이 펼쳐져 있었다.

　　그곳에 사는 사람들은 옛날 진(秦)나라의 난리를 피하여 이곳에 온 뒤 한번도 나간 적이 없어 외부 세계와는 완전히 단절된 생활을 해왔던 것이다. 어부는 마을 사람들로부터 환대 받았으며 며칠을 묵은 다음 돌아올 때는 길에 표시를 한 후 돌아왔다. 어부는 이 일을 태수에게 보고한 다음 후에 사람을 시켜 그곳을 찾아보게 하였지만 그곳을 다시 가 본 사람은 아무도 없었다고 한다.

⊖ 도원일모(道遠日暮)

해는 저물고 갈 길은 멀다는 뜻으로 틈이 없다, 바쁘다는 뜻으로 쓰인다.

⊖ 도원지기(道遠知驥)

천 리를 달리는 말의 기능은 먼 길을 간 연후에 비로소 세상에 알려짐을 이름.

● **도종엄이**(盜鐘掩耳)

종소리가 남에게 들릴 것이 두려워 자기 귀를 틀어막고 종을 훔친다는 뜻에서 얕은꾀를 부려 자기 스스로를 기만하는 일에도 비유된다.

● **도주의돈부**(陶朱依頓富)

도주공과 의돈의 부유함이라는 말로, 재물이 많은 부자를 뜻한다.

● **도청도설**(道聽塗說)

길에서 듣고 길에서 말한다는 뜻. 설들은 말을 곧바로 다른 사람에게 옮김. 길거리에 떠돌아다니는 뜬소문.

● **도출일원**(道出一原)

도리(道理)의 근원은 하나이어서 두 가지 길이 없음.

● **도탄지고**(塗炭之苦)

진구렁에 빠지고 숯불에 타는 듯한 고생.

● **도필리**(刀筆吏)

글자를 베끼기만 하는 낮은 직위의 벼슬아치를 말함. 여기에서 '도'는 창칼, '이'는 벼슬아치. 고대에는 아직 종이가 발명되기 이전이라 대나무나 나무 조각에다 글자를 적고, 만약 글자를 잘못 쓰게 되면 창칼로 긁어내어 지웠다고 한다. 당시 벼슬아치들이 창칼과 붓으로 일을 했던 데서 '도필리'라는 말이 생겨났다.

● 도행역시(倒行逆施)

거꾸로 행하고 거슬러 시행함. 곧 도리에 순종하지 않고 일을 행하며 상도(常道)를 벗어나서 일을 억지로·함을 뜻한다. 도리를 역행하여 사물을 행하는 것을 말함.

● 도회(韜晦)

재능이나 학문, 지위나 본연의 마음을 숨기고 겉으로 드러내지 않는 것.

● 독보천하(獨步天下)

세상에서 경쟁 상대가 없을 정도로 뛰어난 재능을 가진 것을 말함. 여기에서 '독보'는 홀로 걷는다는 뜻이다.

● 독서망양(讀書亡羊)

책을 읽다가 양을 잃어버린다는 뜻으로 다른 일에 정신이 뺏겨 중요한 일을 소홀히 하게 된다는 비유.

● 독서백편의자현(讀書百遍意自現)

아무리 어려운 책이라 할지라도 백번 되풀이해서 읽으면 저절로 그 뜻을 알게 된다는 뜻으로, 열심히 학문을 연마하다 보면 뜻하는 바가 저절로 이루어진다는 의미이다.

● 독서백편의자현(讀書百遍意自現)

후한 헌제 때 동우라는 학자가 있었다. 그는 유달리 학문하기를 좋아하여 어느 곳을 가든지 항상 책을 곁에 끼고 다니면서 공부를 하였다. 그의 이러한 행동은 어느새 헌제의 귀에까지 전해지게 되었다.

헌제 역시 학문에 많은 관심을 가지고 있었으므로 동우의 학자다운 면모에 반하여 그를 황문시랑으로 임명하고 경서를 가르치도록 했다. 동우의 명성이 서서히 알려지면서, 세간에는 그의 밑으로 들어와 제자가 되기를 열망하는 사람들이 많아졌다. 그러나 동우는 제자가 되기를 원한다고 해서 아무나 제자로 받아들이지는 않았다.

그는 항상 이렇게 말했다.

"먼저 책을 백 번 읽어라. 백 번 읽으면 그 의미를 저절로 알게 된다."

그렇지만 어떤 이는 동우의 말을 이해하면서도 볼멘소리로 했다.

"책을 백 번이나 읽을 만한 여유는 없습니다."

그러자 동우는 말했다.

"세 가지 여분을 갖고 해라."

"세 가지 여분이 무엇입니까?"

"세 가지 여분이란 겨울, 밤, 비오는 때를 말한다. 겨울은 한 해의 여분이고, 밤은 한 날의 여분이며, 비오는 때는 한 때의 여분이다. 그러니 이 여분을 이용하여 학문에 정진하면 된다."

지금은 비법이니 해법 혹은 왕도 등의 학습 방법론이 개발되어 독자들을 현혹하기조차 한다. 학문에는 왕도가 없다는 말이 새삼 설득력 있게 들린다.

⊖ 독서삼여(讀書三餘)
공부를 해야 하는, 그리고 가장 알맞은 여가는 세 가지가 있는데 그 세 가지란 겨울과 밤과 비올 때를 말한다.

⊖ 독서파만권(讀書破萬卷)
독서량이 아주 많은 것.

⊖ 독선기신(獨善其身)
남이야 어찌됐든 자기만 잘 되면 그만이라는 뜻.

⊖ 독숙공방(獨宿空房)
빈 방에서 홀로 잠 자니 외롭기가 그지 없다는 뜻.

⊖ 독안룡(獨眼龍)
애꾸눈의 용이란 뜻. 애꾸눈의 영웅 또는 용맹한 장수. 애꾸눈의 고덕(高德)한 사람. 이 말은 당나라 의종(懿宗) 때에 일어난 황소(黃巢)의 난을 평정하기 위해 출진했던 이극용(李克用 856~908)이 적을 크게 무찔러 혁혁한 공을 세웠다. 이극용은 외눈이었는데 그가 귀한 자리에 오르자 일컬어 '독안룡'이라고 했다.

⊖ 독장불명(獨掌不鳴)

맞서는 이가 없으면 싸움이 되지 않는다는 뜻.

● 독지지계(獨知之契)
미리 짐작하거나 혼자만 알고 있는 듯이 속단을 함. 자기 혼자만 이해하고 남에게는 알려주지 않는 것.

● 돈견(豚犬)
돼지와 개라는 말로, 어리석은 짓 혹은 불초한 자식을 비유하거나 자식의 겸칭으로도 사용된다.

● 돈견불엄두(豚肩不掩豆)
아주 검소함을 비유하는 말이다. 여기에서 '돈견'은 돼지의 어깨부위를 말하는데 주나라 때에는 돼지의 어깨부위의 고기를 제사상에 올렸다. '두'는 제사상에 사용하는 그릇의 하나로 나무로 만든 높은 그릇을 말한다. 제사상에 돼지 어깨부위의 고기를 조금 사용했다는 데에서 검소함을 비유한다.

● 돈제일주(豚蹄一酒)
돼지 발굽과 술 한 잔이라는 말로, 작은 물건으로도 많은 물건을 구하려고 하는 것을 비유한다.

● 돌돌괴사(咄咄怪事)
비명을 지를 정도로 놀라는 일. 여기에서 '돌돌'은 뜻밖의 일에 놀라 나오는 소리. 아니! 이런!과 같은 소리를 말함.

● 동가식서가숙(東家食西家宿)

동쪽에 가서 먹고 서쪽에 가서 잔다는 뜻으로 일정한 거처가 없이 떠돌아다니며 이 집 저 집에서 얻어먹고 지냄을 비유.

출전(出典) 알아 보기

⊖ 동가식서가숙(東家食西家宿)

옛날 중국의 제(齊)나라에 한 처녀가 살고 있었는데 어느 날 그녀에게 동쪽과 서쪽 두 곳에서 청혼이 들어왔다. 동쪽의 집 아들은 인물은 보잘것없이 흉하게 생겼으나 집이 매우 부유했고 서쪽의 아들은 인물은 출중한 미남이었으나 집이 매우 가난했다.

부모는 딸의 뜻을 물어보기 위해 다음과 같이 말했다.

"만일 동쪽의 총각에게 시집을 가고 싶으면 왼편 어깨의 옷을 벗고 서쪽의 총각에게 시집을 가고 싶으면 오른쪽 어깨의 옷을 벗어라."

그러자 망설이던 딸은 한꺼번에 양어깨의 옷을 벗어 버렸다. 부모가 놀라 그 연유를 묻자 "낮에는 동쪽 집에서 먹고 밤에는 서쪽 집에서 자고 싶어요(東家食西家宿)." 라고 말했다 한다.

⊖ 동가지구(東家之丘)

가까이에 있는 사람의 진가를 알기란 매우 어렵다는 뜻. 여기에서 '동가'는 동쪽의 이웃집, '구'는 공자의 이름을 말하는데 그러니까 공자의 옆집에 살면서도 공자의 진가를 모르고 '동쪽

옆집의 공자(丘)'라고 부르고 있다는 것.

⬬ 동곽리(東郭履)

동곽의 신발이라는 말로, 매우 가난함을 비유한다.

'동곽리'는 집안 형편이 매우 어려운 동곽 선생의 신이 닳고닳아 신의 윗면만 있고 밑면은 없어 발이 그대로 땅에 닿았다는 데서 나온 것으로 가난의 정도가 어떠했는지를 알게 해준다.

⬬ 동공이곡(同工異曲)

기술이나 재주는 같으나 그 곡조(취향)는 다르다. 곧 기교는 훌륭하나 그 내용이 서로 다르다는 말의 비유. 오늘날에는 이 말이 당초와는 달리 겉만 다를 뿐 내용은 똑같다는 의미로 경멸의 뜻을 담아 쓰이고 있다.

⬬ 동기상구(同氣相求)

서로 마음이 맞는 사람 끼리를 가리키기도 하며 마음이 맞는 사람은 서로를 알아보고서 모여든다는 것.

⬬ 동기진(同其塵)

세속에 물드는 것을 말한다. '화광동진(和光同塵)'이라는 뜻으로 자신의 지혜나 재능을 아주 겸손하게 낮추고 세상사람들과 함께 어울린다는 것을 말함.

⬬ 동도주(東道主)

길을 안내하는 사람을 비유하고 주인으로서 손님을 맞이하는 사람을 일컫는다. 동쪽으로 가는 사람을 주인이 손님을 접대하듯이 길을 안내하는 것.

⬤ 동량지기(棟梁之器)
큰일을 능히 해낼 수 있는 기량을 가진 사람. 여기에서 '동'은 집의 용마루 및 서까래를 걸치는 재목을 말하고 '양'은 집의 용마루를 받치는 대들보로 모두 집의 중요한 부분을 차지한다.

⬤ 동미상투(同美相妬)
비슷한 사람끼리는 서로 시샘을 한다.

⬤ 동방화촉(洞房花燭)
신혼의 첫날밤을 말함. 여기에서 '동방'은 원래 안채의 방이란 뜻인데 그것이 여성의 방, 신혼의 신방이란 뜻으로 변하였다. '화촉'은 화사한 등불이라는 뜻이다.

⬤ 동병상련(同病相憐)
같은 병을 앓는 사람끼리 서로 가엾게 여긴다는 뜻으로, 어려운 처지에 있는 사람끼리 서로 딱하게 여겨 동정하고 돕는다는 말.

⬤ 동상이몽(同床異夢)
같은 침상에서 서로 다른 꿈을 꾼다는 뜻으로, 겉으로는 같이 행동하면서 속으로는 각기 다른 생각을 함을 이르는 말. 일을 함께 하고 있으나 저마다 속마음은 다르다는 것의 비유.

⬤ 동서남북지인(東西南北之人)

사는 곳이 일정하지 않은 사람이나 각지를 유랑하는 사람. 혹은 나라를 위하여 동분서주하는 사람을 말하기도 한다.

⬤ 동성이속(同聲異俗)

사람은 주변환경이나 교육에 따라서 변화한다는 것의 비유이다. 사람의 본성은 같은데 교육이나 환경 등 후천적인 요인에 따라 차이가 난다는 것.

⬤ 동악상조(同惡相助)

나쁜 일을 하기 위해서라면 악인끼리는 서로 돕는다.

⬤ 동엽봉제(桐葉封弟)

장난 삼아 오동나무 잎으로 동생을 제후(諸侯)에 봉(封)한다는 뜻으로, 제후를 봉하는 일을 말함.

⬤ 동이불화(同而不和)

겉으로는 동의를 표시하면서도 내심은 그렇지 않음.

⬤ 동취(銅臭)

구리 냄새, 즉 동전 냄새라는 말로, 재산을 써서 관직을 얻는 사람이나 재물을 탐하는 사람을 가리킨다.

⬤ 동풍해동(東風解凍)

따뜻한 봄바람이 불어 겨우내 얼었던 얼음을 녹인다.

⬤ 동호지필(董狐之筆)

'동호의 직필(直筆)'이라는 뜻. 곧 정직한 기록. 기록을 맡은이가 직필하여 조금도 거리낌이 없음을 이름. 권세를 두려워하지 않고 사실을 그대로 적어 역사에 남기는 일.

● **두각**(頭角)
머리 끝. '두각을 나타내다(見頭角·현두각)'하면 많은 사람 중에서 학업이나 기예 등이 유달리 뛰어나게 나타내는 사람을 말함.

● **두남일인**(斗南一人)
천하에서 제일 가는 사람. 여기에서 '두남'은 북두칠성의 남쪽이라는 뜻. 북두칠성의 가장 북쪽에 위치하여, 하늘의 끝이라고 생각되고 있었다. 거기에서 제일 첫 번째의 인물, 천하에서 제일의 사람을 의미한다.

● **두동치활**(頭童齒豁)
늙어서 노인이 되는 것을 말함.

● **두발상지**(頭髮上指)
화가 치민 모습의 형용. 화가 치밀어 머리카락이 곤두서는 것.

● **두우륙**(杜郵戮)
충신이 죄없이 죽음을 당하는 것을 뜻한다.

● **두절사행**(斗折蛇行)

물의 흐름이나 길 등이 구불구불 굽어져 있는 형용. '두절'은 북두칠성이 꺾여져 있는 모습이며 '사행'은 뱀처럼 구불구불 구부러져 있는 모습.

● **두주불사**(斗酒不辭)

말술도 사양하지 아니한다. 곧 주량이 아주 대단함을 의미한다.

● **두찬**(杜撰)

저술(著述)한 것에 틀린 곳이 많아서 믿을 수 없는 것을 일컫는다.

● **득기소**(得其所)

어울리는 자리, 합당한 자리나 환경을 얻는 것을 말함.

● **득롱망촉**(得隴望蜀)

농을 얻고 나니 촉을 갖고 싶다는 뜻. 곧 인간의 욕심은 끝이 없음을 이르는 말. 또한 한 가지 소원을 이룬 다음 또다시 다른 소원을 이루고자 함을 비유하고 만족할 줄 모름을 비유한다.

● **득성죽어흉중**(得成竹於凶中)

미리 마음속에다 계획을 세워둠의 비유이다. '성죽'은 그림으로서 완성된 대나무. 대나무를 그릴 때 마디나 잎 등의 자질구레한 데에 얽매어 있으면 대나무 전체의 모습을 잃게 되므로 먼저 완성된 대나무의 모습을 마음속에 떠올리고 그러고 나서 붓을 든다는 데서 온 말.

● 득어망전(得魚忘筌)

물고기를 잡고 나면 통발을 잊어버린다는 뜻으로 목적을 이루면 그 때까지 수단으로 삼았던 사물은 무용지물이 됨을 이르는 말.

출전(出典) 알아 보기

● 득어망전(得魚忘筌)

가리는 고기를 잡기 위한 것이다 그러나 고기를 잡으면 가리는 잊고 만다 (筌者所以在魚, 得魚而忘筌). 말은 뜻을 나타내기 위한 것이다. 그러나 뜻을 나타낸 뒤에는 말을 잊고 만다. 나는 어떻게 하면 말을 잊는 사람을 만나 함께 이야기를 할 수 있을까? 하고 말을 잊는 사람과 이야기를 원하고 있다. 말을 잊는다는 것은, 말에 구애받지 않는다는 뜻이다. 시비와 선악 같은 것을 초월한 절대의 경지에 들어가 있는 사람을, 장자는 말을 잊은 사람으로 보고 있는 것이다. 여기서는 득어망전이, 말을 잊은 것과 같은 자연스럽고 모든 것을 초월한 좋은 뜻으로 쓰여지고 있다. 장자와 같이 반대의 입장에서 세상을 보는 사람으로서는 인간의 그러한 일면이 당연하고도 자연스런 것이 될 수도 있다. 그러나 장자가 보는 그 당연한 일면을 속된 우리들은 인간이 기회주의적인 모순성을 드러내고 있는 것으로 보고 있는 것이다. 하여간 좋던 나쁘던 인간이 득어망전의 공통성을 지니고 있는 것만은 사실이다.

● 득의양양(得意洋洋)

만족스런 듯 기뻐하는 모습을 말함.

● 등고필자비(登高必自卑)

모든 사물은 순서와 단계를 거쳐서 행해야 함을 말한다. 어떤 일이든 필요한 순서가 있게 마련이고 그것을 지키지 않고서는 할 수 없다. 높은 곳에 오르려면 낮은 계단서부터 하나씩 딛고 올라가야 한다.

● 등용문(登龍門)

용문에 오른다는 뜻. 곧 입신 출세
의 관문을 일컫는 말. 영달의 비유. 주요한 시험의 비유. 유력 자를 만나는 일.

출전(出典) 알아 보기

● 등용문(登龍門)

용문(龍門)은 황하(黃河) 상류의 산서성(山西省)과 섬서성(陝西省)의 경계에 있는 협곡의 이름인데 이곳을 흐르는 여울은 어찌나 세차고 빠른지 큰 물고기도 여간해서 거슬러 올라가지 못한다고 한다. 그러나 일단 오르기만 하면 그 물고기는 용이 된다는 전설이 있다. 따라서 '용문에 오른다'는 것은 극한의 난관을 돌파하고 약진의 기회를 얻는다는 말인데 중국에서는 진사(進士) 시험에 합격하는 것이 입신 출세의 제일보라는 뜻으로 '등용문'이라 했다.

● 등하(登遐)

죽어서 저승에 가는 것을 말함. 아득한 하늘로 올라가는 것. 또한 신선이 된다는 비유로도 쓰인다.

● 등화가친(燈火可親)

독서에 가장 알맞은 계절이 되었음을 비유하는 것으로서 계절은 가을을 말하는데 가을은 기후도 알맞고 밤도 길어 등불 밑에서 책을 읽는데 가장 좋다는 뜻.

● 등황귤록(橙黃橘錄)

초겨울의 경치를 비유한다. 여기에서 '등'은 등자, 일설에는 유자라고도 하는데 등자가 노랗게 물들고 귤이 파랗게 열리기 시작했다는 것이다.

ㅁ

● **마고소양**(麻姑搔痒)

'마고'라는 손톱 긴 선녀가 가려운 데를 긁어 준다는 말로, 일이 뜻대로 됨을 비유한다. 이 말은 '마고파양(麻姑爬痒)'과도 같은 의미이다. '마고'는 중국의 전설상의 선녀로서 손톱이 새의 발톱처럼 생겼다고 한다.

● **마부작침**(磨斧作針)

도끼를 갈아서 바늘을 만든다는 뜻. 곧 아무리 어려운 일이라도 참고 계속하면 언젠가는 반드시 성공함의 비유. 노력을 거듭해서 목적을 달성하는 것이나 끈기 있게 학문이나 일에 힘씀의 비유.

● **마생각**(馬生角)

말에 뿔이 나다, 곧 세상에 결코 있을 수 없는 것의 비유로 오두백(烏頭白)이라고도 함.

☻ 마식(馬食)

말처럼 밥을 많이 먹거나 말처럼 입을 식기에 대고 먹는 것을 가리킴.

☻ 마우금거(馬牛襟裾)

학식이 없음의 비유이다. 여기에서 '금거'는 깃과 옷자락으로 의복의 뜻. 말이나 소가 단지 옷을 걸쳤음에 지나지 않는다는 것. 예절을 모르는 사람을 가리키기도 한다.

☻ 마이동풍(馬耳東風)

말의 귀에 동풍(東風:春風)이 불어도 전혀 느끼지 못한다는 뜻. 곧 남의 말을 귀담아 듣지 않고 그대로 흘려 버림의 비유. 무슨 말을 들어도 전혀 느끼지 못함의 비유. 남의 일에 상관하지 않음을 비유한다.

☻ 마정방종(馬頂放踵)

천하를 위하여 힘을 아끼지 않고 동분서주하는 것.

☻ 마중봉(麻中蓬)

삼 가운데 자라는 쑥. 좋은 환경의 감화를 받아 자연히 품행이 바르고 곧게 된다는 비유로서 가르침을 받을만한 좋은 친구를 사귀어야 한다는 말. 이는 사람에게 있어 환경이 제일 중요함을 비유한 말이다.

☻ 마철저(磨鐵杵)

쇠로 만든 다듬이 방망이를 갈아서 침을 만들려 한다. 학문이나 일에 대해 꾸준히 참고 참으며 노력을 한다면 반드시 성공을 거둔다는 비유.

● 마혁과시(馬革裹尸)
말가죽으로 시체를 싼다는 뜻으로 전쟁터에 나가는 용장(勇將)의 각오를 비유한 말.

출전(出典) 알아 보기

● 마혁과시(馬革裹尸)

후한(後漢) 광무제 때의 명장 마원이 교지(交趾)와 남부지방 일대를 평정하고 수도로 귀환하자 많은 사람들이 그를 맞이했다. 그 중 지모가 뛰어나기로 유명한 맹익이 판에 박은 듯한 인사말을 하자 마원은 맹익에게 이렇게 말했다.

"옛날 노박덕(路搏德) 장군이 남월(南越)을 평정하여 큰공을 세우고도 작은 영토를 받는 데 불과 했는데 나는 큰공을 세우지 못했는데도 공에 비해 상이 너무 커 이 영광이 오래 지속될 수 있을지 두렵다. 지금 흉노와 오환(烏桓)이 북방을 위협하고 있으니 이들을 정벌해야 한다. 사나이는 마땅히 전장에서 죽어야 하고 말가죽으로 시체를 싸서 장사지낼 뿐이다(以馬革裹尸)."

● 막고야산(莫姑野山)

일설로는 "莫"이 "邈"과 같은 자로서 '멀다'는 뜻이 있다고 하여, '먼 고야산'이라고도 한다. 고야산은 늙지도 죽지도 않는 신선들이 사는 선경으로 전해오고 있다. 또 '막고야산'이라고 하여 북해 속에 신선이 사는 산을 뜻하기도 한다.

● 막역지우(莫逆之友)

서로 거리낌이 없는 친구. 의기투합하여 아주 친밀한 벗을 말함.

● 막천석지(幕天席地)

어떤 일에도 얽매이지 않는 웅대한 뜻을 말한다. 하늘을 천막으로 삼고 땅을 자리로 삼아 천지간에 살며 행동한다는 뜻에서 기력과 의지가 모두 호방하고 광대한 형용.

● 막현호은(莫見乎隱)

숨어 있는 것일수록 나타나기 쉽다는 뜻으로 감추려고 하면 오히려 들키기가 쉬운 법이라는 것.

● 만가(輓歌)

상여를 메고 갈 때 부르는 노래. 죽은 사람을 애도하는 노래를 말함.

146

출전(出典) 알아 보기

● 만가(輓歌)

한(漢)나라 고조 유방이 즉위하기 직전의 일이다. 한나라 창업 삼걸(三傑) 중 한 사람인 한신에게 급습 당한 제왕 전횡(田橫)은 그 분풀이로 유방이 보낸 세객(說客) 역이기를 삶아 죽여 버렸다. 이윽고 고조가 즉위하자 보복을 두려워 한 전횡은 500여 명의 부하와 함께 발해만(渤海灣)에 있는 지금의 전횡도(田橫島)로 도망갔다.

그 후 고조는 전횡이 반란을 일으킬까 우려하여 그를 용서하고 불렀다. 전횡은 일단 부름에 응했으나 낙양을 30여리 앞두고 스스로 목을 찔러 자결하고 말았다. 포로가 되어 고조를 섬기는 것이 부끄러웠기 때문이다. 전횡의 목을 고조에게 전한 두 부하를 비롯해서 섬에 남아있던 500여 명도 전횡의 절개를 경모하여 모두 순사(殉死)했다.

그 무렵, 전횡의 문인(門人)이 해로가(薤露歌) 호리곡(蒿里曲)이라는 두 장(章)의 상가(喪歌)를 지었는데 전횡이 자결하자 그 죽음을 애도하여 노래했다.

● 만리동풍(萬里同風)

온 천하에 같은 바람이 분다는 뜻으로 천하가 통일이 되어 풍속이 같고 태평하다는 말. 통일이 되어서 만리나 되는 먼 곳까지도 똑같은 풍습이 퍼지는 것.

☺ 만사일생(萬死一生)

만 번의 죽을 고비에서 살아난다는 말로, 요행히 살아나거나
겨우 죽음을 모면하는 것을 뜻한다.

☺ 만사휴의(萬事休矣)

모든 일이 끝장났다(가망 없다)는 뜻으로, 어떻게 달리 해볼
도리가 없다는 말.

☺ 만승지국(萬乘之國)

병거(兵車) 1만대를 출동시킬 정도의 대국을 말함. 큰 나라의
제후 혹은 천자를 뜻한다.

☺ 만인이심즉무일인지용(萬人異心則無一人之用)

아무리 숫자가 많더라도 저마다의 마음이 한데 모아지지 않고
흐트러져 있다면 한 사람의 힘만도 못하다는 것.

☺ 만전지책(萬全之策)

아주 안전하거나 완전한 계책. 조금의 허술함도 없는 완전한
대책.

☺ 만초손(滿招損)

가득한 것은 점점 줄어간다는 뜻으로 또 충분히 만족해 겸손
하질 않고 거만한 태도로 일관하는 자는 끝내 커다란 손실을
입을 것이라는 것.

☺ 만초유불가제(蔓草猶不可除)

훗날에 화근이 될 만한 일은 하루라도 빨리 처리하지 않으면
돌이킬 수 없는 결과를 초래한다는 비유. 여기에서 '만초'는 덩굴
풀을 말하는 것이나 또한 풀이 자라는 것도 가리킨다. 덩굴 풀도
그대로 자라게 놔두면 베어버리기 힘들게 된다는 것을 말함.

● **말세이구설치천하**(末世以口舌治天下)
말세에는 입으로 천하를 다스린다는 뜻. '옷을 드리우고 천하
를 다스린다'는 말로서, 곧 어지러운 세상에서는 천하가 자연스
럽게 다스려지지 못하고 금령이니 명령이니 하는 숱한 말로써
다스려진다는 것을 뜻하는 말이다.

● **망국지음**(亡國之音)
나라를 망치는 음악이란 뜻. 곧 음란하고 사치한 음악. 망한
나라의 음악. 애조(哀調)를 띤 음악.

● **망기**(忘機)
속념을 없애는 것과 속세의 일을 잊어버린다는 뜻.

● **망년지교**(忘年之交)
나이의 차를 초월한 친밀한 사귐을 말한다.

● **망루어탄주지어**(網漏於呑舟之魚)
큰 죄인이 법의 제재를 면하는 일이 없도록 한다. 큰 악인은
법망을 빠져나가는 수가 있으므로 놓치지 않도록 엄중히 경계
를 하여야 한다.

🌑 망매해갈(望梅解渴)

매실의 시디신 것을 상상해 침을 만들어 갈증을 풀다. 연상에 의해 일시적으로 욕망을 억제시키다. 매실(梅實)은 아주 시기 때문에 매실을 머리에 떠올리기만 해도 입안에 침이 괴어 갈증이 풀린다는 말.

출전(出典) 알아 보기

🌑 망매해갈(望梅解渴)

위(魏)나라의 조조(曹操) 군대가 행군을 하고 있었다. 때는 한여름이어서 무더운 날씨에 장병들은 몹시 지쳐 있었다. 게다가 갈증으로 목이 타는데 마실 물은 떨어진지 오래다. 그래도 참고 얼마를 더 행군했지만 그것도 한계가 있었다. 이제는 한 발짝도 나아가지 못할 만큼 모든 군사가 지치고 목말라 했다. 일대의 지리에 밝은 부하에게 물어봐도 샘은 한참 더 가야 있다고 했다.

조조는 당황하지 않을 수 없었다. 그러나 조조가 누구인가. 지모에 뛰어난 난세의 간웅(奸雄)이 아니던가. 선두에 섰던 조조는 문득 절묘한 계책을 생각해내고는 큰 소리로 외쳤다.

"모두들 힘을 내라. 조금만 더 참아라. 여기서 가까운 곳에 매화나무 숲이 있다. 거기엔 가지가 휘도록 매실이 주렁주렁 달려있다고 한다. 거기 가서 우리 모두 갈증을 풀어보자."

매실이란 말을 듣자마자 모든 장병들의 입안은 침으로 흥건해졌다. 그 시디신 매실을 연상하고도 침이 나오지 않을 장사는 없었던 것이다. 이렇게 하여 기운을 되찾은 장병들은 무더위에

땀을 뻘뻘 흘리면서도 질서정연하게 진군을 할 수 있었다.
'매실을 바라며 갈증을 잊는다.' 조조다운 발상이었다. 조조는
이런 술수를 써서 난세에 큰 자리를 차지할 수 있었던 것이다.

● 망문생의(望文生義)

자구(字句)의 뜻을 해석하는데 어떤 문맥에 놓인 한자의 의미
를 파악하지 않고 멋대로 이해를 하여 의미를 부회(附會)하는
것을 말함.

● 망양보뢰(亡羊補牢)

잘못을 뉘우치고 고치는 것. 또한 기회를 놓침의 뜻으로도
쓰인다. 그러니까 소잃고 외양간을 고치는 것과 같은 뜻으로
해석하면 된다.

● 망양지탄(望洋之歎)

넓은 바다를 보고 감탄한다는 뜻. 곧 남의 원대함에 감탄하고,
나의 미흡함을 부끄러워함의 비유. 제 힘이 미치지 못할 때 하는
탄식의 말이다.

● 망양흥탄(望洋興嘆)

실력이 모자라서 일이 제대로 이루어지지 않음을 한탄하는
것.

● 망우(忘憂)

술을 마시면 온갖 시름을 잊어버린다는 데에서 나온 말로 '망

우물'이라고도 한다.

● 망운지정(望雲之情)

자식이 객지에서 부모를 그리는 정. 당나라 적인걸(狄仁傑)이 타향에서 산에 올라가 고향쪽 하늘의 구름을 보고 부모를 생각했다는 고사에서 나온 말.

● 망자재배(芒刺在背)

'망자'는 가시. 가시를 등에 진다는 말로, 등뒤에 자기가 꺼리고 두려워하는 사람이 있어서 마음이 편안하지 않음을 일컫는다.

● 망진막급(望塵莫及)

먼지를 바라보고 미치지 못한다는 말로, 손에 넣지 못하는 것을 뜻한다.

출전(出典) 알아 보기

● 망진막급(望塵莫及)

남북조시대 때 송나라의 복양에 오경지라는 사람이 살고 있었다. 그는 학문이 깊고 덕망이 높은 사람이었다.

양주의 태수로 부임된 왕의공은 그에게 자신의 일을 보좌해 줄 것을 요청했다. 이때 오경지는 자신의 능력을 인정받는 것이 내심 기뻤으므로 서슴없이 그렇게 하기로 하였다.

그런데 훗날 왕의공이 업무상의 과실로 인해 처형을 당하는 일이 발생하였다. 이때 오경지는 적지 않은 충격을 받았다. 그는 자신에게는 다른 사람을 보좌할 만한 능력이 없다며 관직을 버리려고 하였다. 그런데 오흥태수로 임명된 왕곤이 오경지에게 공조자리를 맡아달라고 했다. 오경지는 왕곤에게 이렇게 말했다.

"저는 일에 대해서는 아는 것이 없습니다. 지난번 왕의공 태수가 저를 존중해 주어 바쁘게 뛰어다녔지만 한 일이 없습니다. 이런 저에게 관직을 맡아달라고 하는 것은 물고기를 나무 위에서 기르고, 새를 물 속에서 기르는 것과 같은 것입니다."

그리고는 인사도 없이 그 자리를 떠났다. 왕곤이 황급히 그를 뒤따라갔으나 흙먼지만 보일 뿐 따라갈 수가 없었다.

● 망진이배(望塵而拜)

지위나 권력이 있는 사람에게 아첨하는 것을 말함. 원래의 말뜻은 먼저 달려간 수레와 말이 일으킨 먼지를 보고 배례를 하는 것.

● 망형교(忘形交)

지위나 처지를 고려하지 않고 아주 친한 친구를 사귀게 됨을 말한다.

● 매교(賣交)

친구를 이용하여 자신은 이익을 얻은 반면 친구는 손해를 입게 되는 것.

● 매독환주(買櫝還珠)

겉으로 보이는 장식이나 아름다움에만 눈이 가고 내면은 살피지 않는 것. 존중해야 할 것을 존중하질 않고 존중하지 않아도 될 것을 존중하는 것.

● 매림지갈(梅林止渴)

매화나무 숲에서 갈증을 그쳤다는 말로, 대용품이라도 일시적으로는 소용이 있다는 뜻이며, 또 거짓 사실로 실제 욕망을 충족시키는 방법을 비유하는 데 사용한다.

● 매명(埋名)

이 세상에 이름을 남기지 않는 것, 세상에 알려짐이 없이 죽어가는 것. 육체와 함께 명성이나 이름도 땅속에 묻어 버리고 세상에 아무것도 남기지 않는 것.

● 매사마골(買死馬骨)

죽은 말의 뼈를 산다는 뜻으로, 귀중한 것을 손에 넣기 위해 먼저 공을 들이는 것을 말한다.

● 매연사목계(呆然似木鷄)

멍청하고 어리석은 것에 대한 비유. 혹은 놀라서 말문이 막힌 모습. 여기에서 '매'는 멍청한 것, '목계'는 나무로 조각한 닭. 나무로 조각한 닭은 아무런 표정도 반응도 없는 것을 비유하는데 원전엘 보면 신기(神技)에 도달한 경지를 어떠한 일에도 동하지 않는 목계에 비유하고 있다.

154

● 매처학자(梅妻鶴子)

매화 아내에 학 아들이라는 말로, 속세를 떠나 유유자적하게 생활하는 것을 비유한다.

출전(出典) 알아 보기

● 매처학자(梅妻鶴子)

송나라에 임포라는 자가 살았다. 임포는 평생 동안 장가도 들지 않고 고요한 가운데 고달픈 삶을 살아간 시인이다. 그는 영리를 구하지 않는 성격을 흠모하여 그의 시 또한 청고하면서 유정한 풍모를 드러내고 있다. 그는 시명으로 평가되는 것을 꺼려서 지은 시를 많이 버렸고 자신의 시가 후세에 전해질 것을 두려워한 나머지 기록하지도 않았다.

임포는 서호 근처의 고산에서 은둔 생활을 했는데, 자주 호수에 조각배를 띄워 근처 절에 가서 노닐었으며, 동자는 학이 나는 것을 보고 객이 온다는 것을 알았다고 한다.

임포는 아내와 자식이 없는 대신 자신이 머물고 있는 곳에 수많은 매화나무를 심어 놓고 학을 기르며 즐겁게 살았다.

그래서 사람들은 임포는 매화아내에 학 아들을 가지고 있다고 했다. 이 이후로 후세 사람들은 '매처학자'라는 말로써 풍류적인 생활을 하는 것을 비유하게 되었다.

● 맥구읍인(麥丘邑人)

맥구읍의 사람이라는 말로, 노인을 뜻한다.

● **맥상상**(陌上桑)

절개가 곧은 여자를 말한다. '맥상상'은 나부라는 여자가 자신의 절개를 노래한, 예로부터 전해져 오는 장편의 시(詩)의 제목이다.

● **맥수지탄**(麥秀之嘆)

나라를 잃은 것에 대한 한탄. 나라가 멸망하여 황폐한 모습을 한탄하는 것.

● **맥주**(麥舟)

보리 배라는 뜻인데, 물품을 주어 사람들의 상을 도와주는 것을 뜻한다.

● **맥추**(麥秋)

음력 4월인 초여름을 가리키는 또다른 이름. 보리가 결실 하는 철을 말한다.

● **맹랑**(孟浪)

두서가 없고 종잡을 수가 없는 것. 방랑의 뜻임.

● **맹모단기**(孟母斷機)

맹자의 어머니가 유학(遊學) 도중에 돌아온 맹자를 훈계하기 위해 베틀에 건 날실을 끊었다는 뜻으로, 학문을 중도에 그만두는 것은 짜고 있던 베의 날실을 끊어 버리는 것과 같다는 말.

● **맹모삼천**(孟母三遷)

맹자의 어머니가 맹자의 교육을 위해 가장 좋은 환경을 골라서 세 번 이사했다는 교사.

◓ 맹인할마(盲人瞎馬)
장님이 애꾸눈 말을 타고 다니다. 장님이 거리감각 없는 애꾸눈 말을 타고 달리는 것처럼 위험한 행동을 비유하는 말.

◓ 맹호재함정지중요미이구사(猛虎在檻穽之中搖尾而求食)
호걸도 자유를 잃으면 온순해지는 법이고 또한 무기력해지는 것을 말한다.

◓ 맹호지유예불약봉채지치석(猛虎之猶豫不若蜂蠆之致螫)
강한 힘이 있는 사람일지라도 망설이고 실행에 옮기지 못한다면 미약한 것만도 못함을 말한다. 여기에서 '봉채지치석'은 벌이나 전갈이 독침으로 쏘는 것을 말한다. 그러니까 강한 힘이 있는 것일지라도 그것을 사용하지 못하면 아무런 쓸모가 없는 것이고 힘이 약한 것일지라도 힘을 사용하면 효과가 있음의 비유이다.

◓ 면리침(綿裏針)
겉으로는 순한 듯이 보이는데 속으로는 해치려는 마음이 도사리고 있음에 비유.

◓ 면목(面目)
남을 대하는 낯. 체면. 면목이 없다, 면목이 서지 않는다 등으로 쓰여 부끄러워 얼굴을 들 수 없다는 뜻이 된다.

● 면벽구년(面壁九年)

고승(高僧) 달마(達磨)가 산 중에서 구 년간을 벽을 대하고 앉아 정신수양을 쌓아 마침내는 형태가 석중(石中)으로 들어갔다는 고사에서, 정성을 다하면 금석(金石)까지도 뚫을 수 있다는 비유.

● 면우(面友)

얼굴만 익히고 있을 정도의 그닥지 않은 친구를 말함.

● 면종후언(面從後言)

당사자 앞에서는 아첨을 일삼고 복종하듯이 따르는 것처럼 하다가 정작 뒤에 가서는 욕을 해대고 비난을 일삼는 것.

● 면피후(面皮厚)

낯가죽이 두꺼운 사람을 말함. 후안무치.

● 면호구(免虎口)

아주 위험한 상태에서 간신히 벗어나는 것을 말함. 여기에서 '호구'는 호랑이 입을 말하는 것으로서 위험한 곳을 가리킨다.

● 멸득심중화자량(滅得心中火自凉)

마음속의 잡념을 없애면 불이라도 저절로 시원하다는 뜻. 곧 잡념을 떠난 깨달음의 경지에 들어가면 고통을 느끼지 않는다는 말이다.

● 명경고현(明鏡高懸)

'높게 매달려 있는 맑은 거울'이라는 뜻으로. 이는 '시비를 분명하게 따져 판단하는 공정무사(公正無私)한 법관'을 비유한다.

출전(出典) 알아 보기

● 명경고현(明鏡高懸)

한(漢)나라 때의 괴담이나 전설, 일화 등을 수록한 서경잡기(西京雜記) 3권에는 진(秦)나라 때의 신기한 거울 이야기가 실려 있다.

진나라의 함양(咸陽)궁에 소장된 진귀한 보물들 가운데, 너비가 4척, 높이가 5척 9촌으로 앞뒷면이 모두 밝게 빛나는 거울이 하나 있었다. 사람이 그 앞에 서면 거울에는 거꾸로 선 모습이 나타나고, 가슴을 어루만지며 비춰보면 그 사람의 오장(五臟)이 나타났다. 몸에 병이 있는 사람이 비추면 환부가 나타났으며, 이 거울은 사람의 나쁜 마음까지도 비춰 보였다. 이 때문에 진시황은 이 거울을 이용하여 궁궐 안의 모든 사람들의 충성심을 비춰 보았다. 심장이나 쓸개가 급히 뛰는 사람을 발견하면, 진시황은 즉각 그를 체포하여 심문하고 처벌하였다. 그러나, 이 거울은 진나라 말기, 유방(劉邦)이 함양을 공격하던 혼란 속에서 그만 없어지고 말았다고 한다.

(註)'명경고현(明鏡高懸)'은 '진경고현(秦鏡高懸)'이라고도 하며 '높게 매달려 있는 맑은 거울'이라는 뜻이다. 이는 '시비를 분명하게 따져 판단하는 공정무사(公正無私)한 법관'을 비유한다.

● **명경지수**(明鏡止水)

물결이나 흐름이 없는 고요한 수면을 말하는데 사물의 있는 그대로의 모습을 비춰 내므로 사람들은 자연 그 주위에 모여들게 된다. 맑을 거울과 조용한 물이라는 뜻으로, 티없이 맑고 고요한 심경을 이르는 말.

● **명고이공**(鳴鼓而功)

사람의 잘못을 많은 사람이 있는 가운데서 소리내어 비판을 하고 공격함의 비유이다.

● **명교**(名敎)

유교의 또다른 이름.

● **명모호치**(明眸皓齒)

미인을 가리킴. 밝은 눈동자와 하얀 치아를 가진 아름다운 사람이라는 뜻.

● **명목장담**(明目張膽)

눈을 커다랗게 뜨고 배짱을 가지며 당당하게 처신을 하는 것.

● **명변**(明辯)

명쾌하게 말하는 것이나 언변이 뛰어난 것.

● **명성자심**(名聲藉甚)

명성이 세상에 널리 알려지는 것.

160

● **명세지웅**(命世之雄)

세상에 이름이 높게 알려진 것. 호걸, 영웅, 현인.

● **명세지재**(命世之材)

당대에 빼어나고 이름난 재능, 혹은 그 재능을 가진 사람을 말함.

● **명약관화**(明若觀火)

사물의 도리가 아주 명백한 것. 타고 있는 불이 선명하게 보이듯이 명백하게 사람의 마음이 보인다는 뜻.

● **명연의경**(命緣義輕)

정의를 위해서 버린다면 목숨조차도 아깝지 않다.

● **명재천**(命在天)

운명은 하늘이 정해준 것이므로 사람의 힘으로는 어쩔 수 없다는 뜻.

● **명족이찰추호지말**(明足以察秋毫之末)

보려고 노력만 하면 아무리 작은 것일지라도 보인다는 뜻.

● **명창정궤**(明窓淨几)

밝은 창과 깨끗한 책상을 말함.

● **명철보신**(明哲保身)

총명하고 사리에 밝아 모든 일을 빈틈없이 처리하여 자신을 잘 보전함. 도리에 따라서 행동을 하면 몸을 망치는 일이 없다는 뜻.

● 명하무허사(名下無虛士)
명성이 자자한 사람에게는 그에 준한 실력이 따르며 절대 헛소문이라는 것은 있을 수 없다.

● 모수자천(毛遂自薦)
스스로 자신을 천거하는 것을 말한다.

● 모순(矛盾)
앞뒤가 맞지 않는 것을 말함. 논리에 일관성이 없는 것을 말한다.

출전(出典) 알아 보기

● 모순(矛盾)

어느 날 초나라 장사꾼이 저잣거리에 방패(盾)와 창(矛)을 늘어놓고 팔고 있었다.

"자, 여기 이 방패를 보십시오. 이 방패는 어찌나 견고한지 제아무리 날카로운 창이라도 막아낼 수 있습니다."

이렇게 자랑한 다음 이번에는 창을 집어들고 외쳐댔다.

"자, 이 창을 보십시오. 이 창은 어찌나 날카로운지 꿰뚫지 못 하는 것이 없습니다."

그러자 구경꾼들 속에서 이런 질문이 튀어나왔다.
"그럼, 그 창으로 그 방패를 찌르면 어떻게 되는 거요?"
장사꾼은 대답을 못하고 서둘러 그 자리를 떠났다.

● 모야무지자(暮夜無知者)

뇌물을 비유한 표현이다. 여기에서 '모야'는 해가 저물었을 무렵, 또는 밤이 되면 어두워지고 그 속에서는 사물이 똑똑히 보이지 않아 아무도 모른다는 뜻.

● 모자부전(茅茨不翦)

검소한 생활, 검소한 집. 여기에서 '모자'는 띠라는 뜻으로 지붕에 매인 띠를 가지런히 자르지 않은 집이라는 뜻이다.

● 목강즉절(木强則折)

견고하리 만치 강한 것은 많은 적을 만들게 되지만 부드러운 것은 적을 만들지 않아 안전하다는 것. 강풍이 불면 강한 나무는 부러지지만 연한 나무는 잘 부러지지 않는다는 뜻.

● 목견호모이불견기첩(目見毫毛而不見其睫)

눈은 아주 미세한 먼지까지도 다 볼 수 있지만 눈에 붙어 있는 속눈썹은 볼 수가 없다는 뜻에서 남의 결점은 잘 보면서도 자신의 결점은 보지 못한다는 뜻이다.

● 목경(目耕)

독서나 학문에 힘쓰는 것을 말한다.

● 목경지환(木梗之患)
길을 가다가 죽어버려 고향으로 돌아갈 수 없다는 말.

● 목식이시(目食耳視)
음식물을 보기 좋게 차려서 맛은 상관없이 눈에만 들게 하고, 옷이 맞고 안 맞고는 신경 쓰지 않고 보기 좋게 입어서 칭찬하는 말을 들어 귀만 만족하려 한다. 겉치레만을 취하여 생활이 헛된 사치에 흐름을 한탄하는 말이다. 눈으로 먹고 귀로 본다는 것, 눈한테 먹게 하고 귀에게 보인다는 데서 나온 말이다.

● 목어(目語)
눈으로 말함.

● 목우유마(木牛流馬)
제갈량이 만들었다고 전해지는 군량을 운반하기 위해 쓰이던 수레. 소나 말의 모양을 하고 있으며 기계장치로 움직였다고 하나 확실한 것은 알 수가 없다.

● 목자진열(目眦盡裂)
눈꼬리가 찢어질 정도로 남을 노려본다는 것.

● 목첩지간(目睫之間)
눈과 눈썹 사이라는 뜻으로 시간이나 거리가 아주 가까운 것을 말함.

● 목탁(木鐸)

세상 사람들을 각성시키고, 가르쳐 인도하는 사람.

출전(出典) 알아 보기

● 목탁(木鐸)

목탁이라면 누구나 사찰에서 사용하는 불구(佛具) 정도로 알고 있지만 사실 중국에서는 불교가 전래되기 수 천년 전부터 목탁을 사용했다. 옛날에는 달력이 귀했으므로 백성들이 절기에 따른 농사일을 알기가 쉽지 않았다. 그래서 통치자는 그때 그때 해야 할 일을 백성들에게 알렸는데 이때 사용했던 것이 목탁이다. 그 일을 맡은 관리는 매년 봄만 되면 커다란 방울을 치면서 시내를 돌아다녔다. 그 소리를 듣고 사람이 모여들면 '봄이 왔으니 씨를 뿌려라'고 알렸던 것이다. 그런데 그 방울 속의 혀가 나무로 돼 있었으므로 목탁이라고 했다. 물론 쇠로 된 것은 금탁(金鐸)이라고 했는데 주로 군대 내에서 명령을 하달할 때 사용하였다.

후에 불교가 전래되고 절기도 어느 정도 익숙해지면서 목탁은 사찰에서만 사용되었는데 이 역시 식사나 염불 시간 등 공지 사항을 널리 알리기 위해서였다. 어느 경우든 목탁은 어떤 사실을 널리 알리는데 사용됐음을 알 수 있다.

여기에서 후에는 백성들을 교화, 인도하는 자를 목탁이라고 부르게 되었다. 그 대표적인 사람이 공자(孔子)였다.

● 목후이관(沐猴而冠)

목욕한 원숭이가 갓을 씀. 사람 행세를 못함. 표면은 근사하게 꾸몄지만 속은 난폭하고 사려가 모자람.

● 몰치(沒齒)

자기의 생애를 마치고 죽다. 여기서 '치'는 나이를 가리키며 '몰'은 다하다, 끝나다란 뜻이다.

● 몽중우점기몽(夢中又占其夢)

꿈을 꾸고 있으면서 다시 그 꿈을 생각하는 것. '장자(莊子)'를 보면 현실의 이 세상도 이 '꿈속에서의 꿈풀이'와 같은 것이며 인생은 꿈 그 자체라고 한다.

● 몽진(蒙塵)

머리에 티끌을 뒤집어쓴다는 뜻으로 나라에 난리가 있어 임금이 나라 밖으로 도주함을 말한다. 보통 때에 임금이 움직이면 길거리를 깨끗하게 치우고서 행차하는 것이지만 난과 같이 위급할 때에는 그럴 겨를이 없어 먼지를 뒤집어쓰고 달아난다 해서 이렇게 표현한 것이다.

● 묘시파리(眇視跛履)

애꾸가 환히 보려 하고 절름발이가 먼길을 걸으려 한다는 뜻으로 분수에 맞지 않은 일을 하면 오히려 화가 미친다는 말로 능력이 부족한 사람이 억지로 일을 맡으면 재앙이나 화를 초래하고 만다는 것. 여기에서 '묘'는 눈이 하나가 보이질 않는 것, '묘시'는 눈이 하나가 없는 사람이 잘 보려고 하는 것, '파'는 다리

가 불편한 사람을 말하며 '이'는 신발, '파리'는 다리가 불편한
사람이 멀리까지 가려고 한다는 것을 말함.

⊖ 묘이불수(苗而不秀)

젊어서 일찍 죽어버리는 것. 학문에 뜻을 두고 있으면서 성취
를 하지 못하고 포기하는 것.

⊖ 무가무불가(無可無不可)

가(可)도 불가(不可)도 없다. 원래는 '행동에 중용(中庸)을 지
켜 어긋남이 없다'는 뜻이나 '좋을 것도 나쁠 것도 없다'는 뜻으
로 더 많이 쓰인다.

⊖ 무간연(無間然)

결점을 찾아내려고 해도 결점을 찾을 수 없을 정도로 비난할
만한 여지가 없는 것.

⊖ 무계지언(無稽之言)

근거가 없는 엉터리의 말을 말함.

⊖ 무고지민(無告之民)

고아나 과부, 늙은이처럼 어려운 백성. 일가친척도 없고 고통
을 호소할 만한 의지할 상대도 없는 고독한 사람을 말한다.

⊖ 무구비어일인(無求備於一人)

한 인간에게 완전무결하기를 바라서는 절대 안 된다는 말.

● **무능출기우자**(毋能出其右者)

가장 뛰어난 사람을 일컬음. 고대 중국에서는 '우(右)'를 우위로 보고 존중하고 있었다. 그 이상의 우위를 차지하는 사람이 없다는 뜻.

● **무단**(武斷)

무력으로 누르고서 일을 결정해 버리는 것을 말함. 혹은 권력으로 자기 마음대로 행동하는 것.

● **무도인지단무설기지장**(無道人之短無說己之長)

남의 단점이나 자신의 장점은 절대 입에 담아서는 안 된다는 것.

● **무뢰**(無賴)

직업을 갖고 있지 않고 무의 도식하며 살아가는 사람.

● **무루지인**(無累之人)

어떤 일에도 관련을 가지지 않으며 모든 물욕에서 초월한 사람을 말한다.

● **무망지복**(無妄之福)

생각지도 않았는데 찾아온 행복이나 이익을 말함.

● **무망지인**(無妄之人)

어려운 처지에 놓여 있을 때 뜻하지 않게 달려와 도움을 주는 사람.

● **무문**(舞文)
형법을 멋대로 해석해서 남용하는 일.

● **무방지민**(無方之民)
일정한 규칙이나 습관을 갖고 있지 않은 백성을 말함.

● **무병자구**(無病自灸)
질병이 없는데 스스로 뜸질을 한다는 말로, 불필요한 노력을 하여 정력을 낭비하는 것을 뜻한다.

● **무사무편**(無私無偏)
공평하고 사심이 없는 것을 말함.

● **무산지몽**(巫山之夢)
무산에서 꾼 꿈. 즉 초나라 희왕이 고당관에 갔을 때 꿈속에서 무산의 여신과 혼인을 맺었다는 고사에서 유래한 남녀의 밀회를 일컫는 말.

● **무상이척우필수**(無喪而感憂必讎)
사람이 죽지도 않았는데 죽은 것처럼 슬픔에 잠겨 있으면 그와 같이 불행이 찾아올 것이라는 뜻에서 정당한 이유도 없이 일을 벌려 놓으면 좋지 않은 결과를 가져온다는 것.

● **무소조수족**(無所措手足)
안심하고서 생활할 수가 없는 상태를 말한다.

● 무송위귀(無訟爲貴)

사람들이 도의를 잘 지켜 송사(訟事)가 일어나지 않는 것. 송사가 일어나 송사를 잘 처리하는 것보다 미리 송사가 일어나지 않도록 하는 것이 정치의 이상이라는 것이다.

● 무시로(無施勞)

자기가 하기 힘든 일이나 하기 싫은 일은 남에게도 강요를 해서는 안 된다는 뜻.

● 무양(無恙)

병이 없다 또 탈이 없다라는 뜻으로 모든 일이 평안함을 뜻하는 말이다.

● 무완부(無完膚)

상대방을 완벽하리 만치 옴짝달싹 하지 못하게 하는 것. 또한 상처를 입지 않은 곳이 없을 정도로 무참하게 공격하는 것. 그리고 온전한 문장이 하나도 없을 정도로 고쳐버린 것을 말함.

● 무용지용(無用之用)

쓸모가 없는 것이 도리어 크게 쓰여진다는 말

● 무우불여기자(無友不如己者)

자신보다 못난 친구를 사귀지 말라는 뜻.

● 무위이민자화(無爲而民自和)

위정자가 덕을 지니고 있으면 하는 것이 없어도 백성들이 저절로 감화된다는 말이다.

● 무위이치(無爲而治)
위정자라도 인덕이 있으면 특별한 정치적 수완을 인위적으로 발휘하지 않더라도 유능한 인재로 인해 세상이 평화롭게 다스려진다는 것.

● 무위이화(無爲而化)
애써 공들이지 않아도 스스로 변하여 잘 이루어짐. 통치자들의 덕이 크면 클수록 백성들이 스스로 따라와서 잘 감화된다는 뜻.

● 무자식상팔자(無子息上八字)
자식이 없는 것이 가장 좋은 운명을 가진 자라는 뜻이다.

● 무장대소(撫掌大笑)
'무장'은 손뼉을 친다는 뜻으로 아주 기뻐하는 모양.

● 무적국외환(無適國外患)
아무런 걱정도 없고 남의 침략도 없이 평온하기만 하면 거기에 익숙해져서 끝내 나라도 국민도 망하게 된다는 것이다. 그러니까 침략도 없고 걱정거리가 없는 사람은 나태해져서 멸망한다는 뜻이다.

● 무진장(無盡藏)
아무리 퍼내어도 없어지지 않는다는 뜻으로서 불교에서는 넓고 무궁한 덕을 포용한 것을 뜻한다.

⊖ 무타(無它)
별일 없느냐는 인사말. 여기에서 '타'는 머리가 큰 뱀의 상형문자인데 독사를 가리킨다. 옛날에는 들과 산에 독사가 많아 이로 인한 피해가 심하여 안부를 묻는 인사로써 이 말이 사용되게 되었다.

⊖ 무하유지향(無何有之鄕)
있는 것이란 아무것도 없는 곳이라는 말로, 장자가 추구한 무위자연의 이상향을 뜻한다.

출전(出典) 알아 보기

⊖ 무하유지향(無何有之鄕)

혜자가 장자에게 말했다.

"내게 큰 나무가 있는데, 사람들은 그걸 가죽나무라고 하더군요. 줄기는 울퉁불퉁하여 먹줄을 칠 수가 없고, 가지는 비비 꼬여서 자를 댈 수가 없습니다. 길에 서 있지만 모두가 거들떠보지도 않습니다. 그런데 선생의 말은 이 나무와 같아 크기만 했지 쓸모가 없어 모두들 외면해 버립니다."

그러자 장자는 말했다.

"선생은 너구리나 살쾡이를 아실 테죠. 몸을 낮게 웅크리고서 놀러 나오는 닭이나 쥐를 노려, 높고 낮은 곳을 가리지 않고

이리 뛰고 저리 뛰다가 결국은 덫에 걸리거나 그물에 걸려서
죽지요. 그런데 검은 소는 크기가 하늘에 드리운 구름 같아 큰
일은 하지만 쥐는 잡을 수가 없습니다. 지금 선생에게 큰 나무
가 있는데 쓸모가 없어 걱정인 듯하오만, 어째서 아무것도 없
는 드넓은 들판에 심고 그 곁에서 마음 내키는 대로 한가로이
쉬고, 그 그늘에 유유히 누워 자 보지는 못합니까? 도끼에 찍
히는 일도 누가 해를 끼칠 일도 없을 게요. 그런데 쓸모가 없다
고 어찌 괴로워하겠습니까?"

● 무항산무항심(無恒産無恒心)

일정한 생업이나 재산이 없는 사람은 마음의 안정도 누리기
어렵다는 말로 경제적 여건은 사람의 마음에 커다란 영향을 끼
친다. 여기에서 '항산'은 일정한 생업을 말하며 '항심'은 사람이
지녀야 할 안정되고도 착한 마음을 말한다.

● 무후위대(無後爲大)

자손이 끊겨서 조상의 제사를 지낼 수 없는 사람은 불효 중에
서 가장 큰 불효라는 뜻이다.

● 묵돌불검(墨突不黔)

옛날 중국 묵자(墨子)라는 사람이 천하에 널리 유세(遊說)하
여 그 집의 굴뚝이 검어질 겨를이 없었다는 말에서, 분주하게
자주 왔다갔다한다는 뜻.

● 묵수(墨守)

묵자가 끝까지 성을 지킨다는 말로 자기의 의견 또는 소신을
굽힘이 없어 끝까지 지키는 것을 비유한 말.

● 묵자비염(墨子悲染)

묵자가 물들이는 것을 슬퍼한다는 말로, 사람은 습관에 따라 그 성품의 좋고 나쁨이 결정된다는 뜻이다.

출전(出典) 알아 보기

● 묵자비염(墨子悲染)

어느 날 묵자는 실을 물들이는 사람을 보고 탄식하여 말하였다.

"파랑으로 물들이면 파란색, 노랑으로 물들이면 노란 색, 이렇게 물감의 차이에 따라 빛깔도 변하여 다섯 번 들어가면 다섯 가지색이 되니 물들이는 일이란 참으로 조심해야 할 일이다."

그리고 나서 묵자는 물들이는 일이 결코 실에만 국한되는 일이 아님을 지적하고, 나라도 물들이는 방법에 따라 흥하기도 하고 망하기도 한다고 했다.

평소에 어떤 습관을 가지고 있느냐에 따라 성공이 좌우된다고 말한다. 그 이유는 큰 일이라 할 지라도 사소한 일에서 비롯되기 때문일 것이다.

● 묵적지수(墨翟之守)

'묵적의 지킴'이란 뜻. 곧 자기 의견이나 주장을 굽히지 않고 끝까지 지킴. 융통성이 없음의 비유.

● **문경지교**(刎頸之交)

목을 베어 줄 수 있을 정도로 절친한 사귐. 또 그런 벗.

● **문고불문금**(聞鼓不聞金)

앞으로 나아가는 것만 생각하지, 적당할 때에 물러날 줄을 모른다. 앞으로 전진만 할 뿐이지, 후퇴는 할 줄 모르는 것을 말함.

● **문과**(文過)

잘못을 저질렀을 때 이리저리 꾸며서 얼버무리는 것을 말함.

● **문맹주우양**(蚊虻走牛羊)

작은 조개가 커다란 조개를 누르는 것의 비유.

● **문맹지로**(蚊虻之勞)

아무런 쓸모가 없음의 비유. 하찮은 구실을 말한다.

● **문외가설작라**(門外可設雀羅)

문 밖에 새 그물을 쳐놓을 만큼 손님들의 발길이 끊어짐을 일컫는 말.

출전(出典) 알아 보기

● **문외가설작라**(門外可設雀羅)

175

한(漢)나라 때 급암과 정당시라는 관리가 있었다. 그들은 둘 다 관직에 임명되어 탁월한 능력을 보이곤 했으나 험난한 생애를 보내었다. 그들이 현직에 있을 때는 문전에 많은 손님들이 모였으나 좌천되면 뚝 끊기곤 했던 것이다.

이것을 보고 사마천은 한탄하면서 한무제 때의 적공(翟公)이야기를 기록했다.

적공이 정위가 되자 문 밖에는 손님들로 가득 찼으나 그가 관직에서 밀려나자 문 밖에 새 그물을 쳐 놓을 만큼 사람들의 발길이 끊겼다(門外可設雀羅). 그러나 적공이 다시 부임하게 되자 다시 많은 사람들이 찾아오기에 그는 세력에 아첨하고자 하는 자들을 비꼬아 이렇게 말했다.

"한번 죽고 삶에 사귐의 정을 알고 한번 가난하고 부유함에 사귐의 태도를 알며 한번 귀하고 천하게 됨에 사귐의 정을 볼 수 있다."

● 문인무행(文人無行)
문장가, 문인은 평소의 행실이 좋지 않다는 뜻이다.

● 문인상경(文人相輕)
문인은 자존심이 강하여 서로 가볍게 생각한다. 문장에는 여러 가지 장르가 있는데 문인은 저마다 자기가 갖고 있는 장점을 믿고 다른 사람의 단점을 왈가왈부하는 법이라는 것.

● 문일지십(聞一知十)
하나를 들으면 열을 안다는 뜻으로, 일부분을 듣고 다른 만사를 이해한다. 머리가 매우 좋다는 말.

176

● 문전성시(門前成市)

문 앞이 저자(市)를 이룬다는 뜻으로, 권세가나 부잣집 문 앞이 방문객으로 저자를 이루다시피 붐빈다는 말.

● 문전작라(門前雀羅)

앞에 새그물을 친다는 뜻으로, 권세를 잃거나 빈천(貧賤)해지면 문 앞(밖)에 새그물을 쳐 놓을 수 있을 정도로 방문객의 발길이 끊어진다는 말.

● 문정지경중(問鼎之輕重)

실력과 권위를 의심받는 것. 여기에서 '문경중'은 위정자나 권위자의 힘을 문제 삼을 때에 쓰는 말이다.

● 문진(文津)

학문에 대한 시작이나 단서를 찾아 가르침을 부탁하는 것. 여기에서 '진'은 강의 나루터를 말하는데 나루터의 위치를 묻는다는 뜻에서 전한 것이다.

● 문질빈빈(文質彬彬)

겉으로 드러난 훌륭함과 내면의 실질이 알맞게 조화를 이루고 있는 형용, 후천적으로 갖춘 교양과 타고난 좋은 인간성이 겸비되어 있는 형용.

● 문채(文彩)

훌륭한 문장, 조화가 잘 이루어진 음곡의 아름다움의 비유를 말하고 모습이나 자태의 뜻으로도 쓰인다.

● 문천뢰(聞天籟)

모든 생각을 놓은 편안한 상태에서 자연이 연주하는, 만물이 제각각 내는 소리를 모두 듣는 것.

● 문헌(文獻)

사물을 연구하는 데에 근거가 될 만한 문서나 서적자료를 말함.

● 문호지견(門戶之見)

정치나 학문 등의 파벌에 따른 견해를 말함.

● 물고(物故)

사람의 죽음을 나타내는 표현. 항간에는 그 사람의 물건이 주인을 잃어버리고 묵은 물건이 되었다는 것에 대해서 온 말이라고도 한다.

● 물극즉반(物極則反)

사물은 어느 정도까지 차면 그 다음은 본래로 돌아가는 법이다.

● 물무소불용(物無所不用)

하찮은 물건이라 할지라도 전부 쓸모가 없는 것이란 없다. 쓸데없거나 해가 되는 물건일지라도 어딘가에 쓸모가 있는 것이다.

● 물색(物色)

제물로 쓰는 동물의 털의 색.

● 물부충생(物腐蟲生)
내부에 약점이 생기면 곧 외부의 침입이 있게 된다는 뜻. 불건전한 사회와 부패한 정치는 곧 범죄와 비리(非理)의 무대인 것이다.

● 물위금일불학이유내일(勿謂今日不學而有來日)
학문은 지금 당장 배우지 않으면 안 된다. 당장 배우려 하지 않고 내일로 미루지 말라는 뜻이다.

● 물이악소이위지(勿以惡小而爲之)
나쁜 짓은 아무리 조금일지라도 해서는 안 되며, 좋은 일도 아무리 조금일지라도 하지 않아서는 안 된다.

● 물자유소의 재자유소시(物者有所宜 材者有所施)
사물에는 자기에 알맞은 용도가 있기 마련이고 사람에게도 자기에게 알맞은 일이 있다는 것을 말함.

● 물화(物化)
만물이 변화해서 다른 모습으로 나타나는 것.

● 물환성이(物換星移)
만물은 변하기 마련이고 세월은 흐르기 마련이다. 무상을 말한다.

⊖ 미대부도(尾大不掉)

윗사람이 힘이 약하고 아랫사람이 힘이 강하면 제대로 부릴 수 없다는 것. ·

⊖ 미망인(未亡人)

따라 죽지 못한 사람이라는 뜻으로 남편이 죽고 홀몸이 된 여자를 이르는 말.

⊖ 미봉(彌縫)

구석이나 잘못된 것을 그때그때 임시 변통으로 이리저리 주선해서 꾸며 댐.

⊖ 미생지신(尾生之信)

미생은 믿음이란 뜻. 약속을 굳게 지킴의 비유. 고지식하고 융통성이 없는 것에 대한 비유.

출전(出典) 알아 보기

⊖ 미생지신(尾生之信)

춘추 시대, 노(魯)나라에 미생(尾生:尾生高)이란 사람이 있었다. 그는 어떤 일이 있더라도 약속을 어기는 법이 없는 사나이였다.

어느 날 미생은 애인과 다리 밑에서 만나기로 약속했다. 그는 정시에 약속 장소에 나갔으나 웬일인지 그녀는 나타나지 않았다. 미생이 계속 그녀를 기다리고 있는데 갑자기 장대비가 쏟아져 개울물이 불어나기 시작했다. 그러나 미생은 약속 장소를 떠나지 않고 기다리다가 결국 교각(橋脚)을 끌어안은 채 익사하고 말았다.

전국 시대, 종횡가로 유명한 소진(蘇秦)은 연(燕)나라 소왕(昭王)을 설파할 때 신의 있는 사나이의 본보기로 미생의 이야기를 들었다.

그러나 같은 전국 시대를 살다간 장자의 견해는 그와 반대로 부정적이었다. 장자는 그의 우언(寓言)이 실려 있는《장자》〈도척편〉에서 근엄 그 자체인 공자와 대화를 나누는 유명한 도둑 도척의 입을 통해 미생을 이렇게 비평하고 있다.

"이런 인간은 책형(죄인을 기둥에 묶고 창으로 찔러 죽이던 형벌)당한 개나 물에 떠내려간 돼지 아니면 쪽박을 들고 빌어먹는 거지와 마찬가지다. 쓸데없는 명목에 구애되어 소중한 목숨을 소홀히하는 인간은 진정한 삶의 길을 모르는 놈이다."

● 미앙류(未央柳)

미인을 가리킨다. '유'는 버들잎으로 그것이 양귀비의 눈썹 같다 해서 미앙류는 미인을 가리키게 되었다.

● 미의연년(美意延年)

즐거운 마음으로 살면 장수할 수 있다는 것.

● 미인국(美人局)

결혼할 여자에게 자기 남편 이외의 남자와 간통을 시켜 그것을 꼬투리 잡아 상대방 남자로부터 금전을 갈취하는 행위를 말함.

● **미자불문로**(迷者不問路)

자신의 행동에 갈피를 잡지 못하는 사람은 남의 의견을 무시하고 자신의 능력을 과신하는 사람은 도리어 파멸을 자초하는 법이다. 길을 잃었다는 것은 길을 잃기 전, 길을 물어보지 않은 결과물이다.

● **미지록사수수**(未知鹿死誰手)

임금의 보위를 놓고 서로 다투는 것의 비유. 천하가 누구의 것이 될지 모르는 상황일 때 하는 말.

● **민가사유지 불가사지지**(民可使由之 不可使知之)

백성을 지도해서 따르게 할 수는 있어도 그 내용이나 도리를 설명해서 이해시킬 수는 없다는 것이다.

● **민생어삼**(民生於三)

사람이 이 세상에 살아 있을 수가 있는 것은 아버지와 스승, 군주의 덕이니 이들에게 충성하고 봉사를 해야한다는 뜻이다.

● **민위귀**(民爲貴)

국가에 있어서 가장 존귀한 것은 백성뿐이다.

● **민이식위천**(民以食爲天)

백성들에게 제일 중요한 것은 먹고사는 것. 임금된 자는 백성을 하늘 섬기듯 섬겨야 하고, 백성들의 하늘은 임금이 아니라 곧 식량임을 알아야 한다.

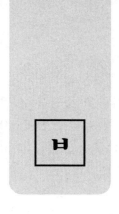

ㅂ

● **박면피**(剝面皮)

뻔뻔스러운 사람에게 창피를 주는 일. 여기에서 '면피'는 얼굴 가죽을 말하는데 얼굴 가죽이 두껍다고 해서 뻔뻔스러움을 말한다.

● **박문약례**(博文約禮)

많이 배워서 식견을 넓히고 배운 것을 사회질서 속에 적용시켜서 실행에 옮기는 것.

● **박우지맹불가이파기슬**(搏牛之蝱不可以破蟣蝨)

작은 것보다 큰 것을 이기기가 더 어렵다는 것의 비유. 외적을 격퇴시키기 보다 내부의 작은 적을 격퇴시키는 것이 더 어렵다는 것.

● **반간**(反間)

거짓으로 적국 사람이 되어 적정을 탐지하여 본국에 알리거나

또는 그 일을 하는 사람을 뜻한다. 이 밖에도 적국의 간첩을
역이용하여 적이 탐지한 책략과 반대가 되는 책략을 쓰는 것을
가리키기도 하고, 이간질을 뜻하기도 한다.

● **반골**(反骨)
뼈가 거꾸로 되어 있다는 말로, 모반을 뜻한다.

● **반근착절**(盤根錯節)
서린 뿌리와 얼크러진 마디라는 뜻으로, 얼크러져 해결하기
매우 어려운 사건의 비유.

● **반락**(般樂)
욕구에 따라서 크게 즐기는 것을 말함.

● **반룡부봉**(攀龍附鳳)
세력이 높은 사람에게 빌붙어서 입신출세를 도모하는 것.

● **반면식**(半面識)
이전에 한 번 만난 사람의 얼굴을 기억해 두는 것.

● **반문농부**(班門弄斧)
노반의 문 앞에서 도끼를 자랑한다는 뜻으로, 실력도 없으면
서 잘난 척 함.

● 반문농부(班門弄斧)

　춘추시대 노나라에 한 목수가 있었는데 성은 공수고 이름은 반이며 기술이 뛰어나 인기가 대단했다. 노국 사람이기 때문에 어떤 사람은 노반이라 불렀다. 그는 대들보나 기둥을 만드는데도 꽃을 새기고 문자를 파는 등 못하는 재주가 없었다. 따라서 도끼 씀이 귀신같고 기교가 신이 민망할 정도로 뛰어났다. 한 자루의 보통 도끼라도 그 손에서 움직이면 나무가 정교하고 곱게 하나의 기구로 다듬어져 누구도 그를 따를 자가 없어 일대 교장으로 명성을 떨쳤다.

　그 당시 젊은 목수가 하나 있었는데 조그만 솜씨를 갓 배웠음에도 안하무인격으로 항상 도끼와 수예 작품을 들고 다니며 허풍을 쳤다. 어느 날 그는 노반집 앞에 나타나서 큰 소리를 치며 자랑했다. 그의 수공예 작품을 꺼내들고 지나는 사람들 앞에서 자신의 재주를 자랑했다. 그의 기술이 정교함이 여차여차 하고 이런 작품들은 공저의 걸작이라고 자화자찬하면서 도끼를 꺼내어 현장에서 솜씨를 보이기도 했다. 이를 구경하던 그 지방 사람들이 그의 작품을 한 번 훑어보고는 다시 머리를 들어 그의 등뒤에 있는 노반집 대문을 쳐다보고는 모두들 미소를 지었다. 그중 한 사람이 더 참을 길이 없었던지 그 젊은 목수에게 말을 꺼냈다. "젊은 친구! 등뒤에 있는 주택이 뉘 집인지 아오?"

　"내가 어떻게 압니까?"

　그는 까닭도 모른 채 대답을 했다.

　"그 집이 바로 당대에 명성이 쟁쟁한 목수 노반의 주택이오,

그의 수예품이야말로 천하의 걸작이오, 젊은 친구 한 번 들어가서 구경을 해 보구려."

청년 목수는 그 집안으로 들어가 구경을 한 뒤 노반의 기교에 대해 탄복한 나머지 머리를 떨구었다. 자기보다 더 훌륭한 솜씨에 의하여 만들어진 작품인지라 그는 자기로서는 도저히 따라갈 수 없는 비범한 걸작에 부끄러움을 감추지 못하고 자기의 기구를 챙겨 가지고는 말없이 자리를 뜨고 말았다.

⊜ 반벽(反壁)
남에게 받은 선물을 정중히 사양하고 되돌려 주는 것. 혹은 부당한 뇌물성의 선물은 받지 않는다는 것.

⊜ 반복(反覆)
손바닥을 뒤집듯이 배반을 일삼는 것.

⊜ 반사반생(半死半生)
죽느냐, 사느냐 하는 기로에 선 상태를 이르는 말.

⊜ 반식재상(伴食宰相)
자리만 차지하고 있는 무능한 재상(대신)을 비꼬아 이르는 말.

⊜ 반신반의(半信半疑)
반은 믿고 반은 의심을 하는 것.

⊖ 반순(反脣)

불평을 늘어놓으며 욕지거리를 하다. 여기서 '반'은 젖힌다는 뜻으로 입술을 삐죽이 내민 상태를 말한다.

⊖ 반용린부봉익(攀龍鱗附鳳翼)

용의 비늘을 붙잡고 봉황의 날개에 붙는다는 뜻에서 천자(天子)나 영웅을 따라서 커다란 공을 세움의 비유.

⊖ 반의희(斑衣戲)

알록달록한 옷을 이비고 논다는 말로, 어버이에게 효도하는 것을 뜻한다.

출전(出典) 알아 보기

⊖ 반의희(斑衣戲)

춘추시대(春秋時代) 노(魯)나라에 노래자(老萊子)라는 사람이 살고 있었다. 그는 젊었을 때부터 효심이 지극하여 부모님을 봉양하는 일에 정성을 다하였다. 그의 나이 70의 백발 노인이 되었지만, 그의 부모님은 정성껏 보살피는 아들의 효성 때문인지 그때까지 정정하게 살아 계셨다.

노래자는 항상 어린아이들처럼 알록달록한 문양이 있는 옷을 입고 천진난만한 표정을 지으며 부모님 앞에서 재롱을 떨었다. 그의 재롱에 부모님들 역시 자신들의 나이가 어느 정도 되는지 헤아리려고 하지 않았다.

노래자 역시 나이 많은 부모님 앞에서는 자신의 나이를 밝히지 않았다. 그리고 부모님의 식사는 손수 갖다 드렸으며, 식사를 마칠 때까지 마루에서 엎드려 있었다. 이것은 갓난아이가 울고 있는 모습을 흉내낸 것이다.

초나라 왕실이 혼란에 빠졌을 때, 노래자는 몽산(蒙山) 남쪽에 숨어 밭을 갈아 생활하며 저술 작업을 했다. 이때부터 '노래자'라고 부르게 되었다.

● 반포지효(反哺之孝)

까마귀 새끼가 자라서 늙은 어미에게 먹이를 물어다 주는 효성이라는 뜻으로, 자식이 자라서 어버이를 봉양하며 그 길러주신 은혜를 갚는 효행을 이르는 말. 여기서 '반포'란 것은 까마귀 새끼가 커서 어미의 입에다 먹이를 물어다 주는 것을 말한다.

● 반풍멸화(反風滅火)

선정을 베푼다는 뜻.

● 반한(反汗)

한번 내린 명령을 취소하는 것. 또한 약속을 깨뜨리는 것을 말한다.

● 발군출류(拔群出類)

다른 사람들보다 뛰어나게 똑똑한 것. 흔히 우리는 발군이라고도 한다.

⊖ 발란반정(撥亂反正)

뛰어난 정치력을 발휘하여 난세를 다스려 질서 있게 바른 세상으로 만들어 놓는 것. 어지러운 세상을 평화스런 세상으로 되돌리는 것을 말한다.

⊖ 발본색원(拔本塞源)

나무의 뿌리를 뽑아 그 근원을 해결한다는 뜻으로 근본적인 차원에서 문제를 처리하는 것을 말함. 본디 '근본을 망치는 행위'였는데, 지금은 폐단의 근원을 '근본적으로 제거하는 것'을 뜻한다.

⊖ 발분망식(發憤忘食)

무엇을 얻기 위해 끼니조차 잊는다는 말로, 무엇에 열중하기를 좋아한다는 뜻. 여기에서 '분망식'은 공자가 학문을 몹시 좋아함을 말한다. 문제를 발견하여 그것을 해결하는 데에 뜻을 두는 것이 발분이다.

⊖ 발상(發祥)

하늘의 명을 받아 천자(天子)가 될 좋은 조짐이 나타나는 것을 말함.

⊖ 발운견일(撥雲見日)

장해를 없애고 하는 일이 제대로 되게 하는 것의 비유.

⊖ 발원규(拔園葵)

청백리의 행위를 비유하여 말함.

● 발전치후(跋前疐後)

앞으로 나아갈 수도 없고 뒤로 물러날 수도 없는 진퇴양난을 비유함.

● 발호(跋扈)

발호(跋扈)의 발(跋)은 뛰어넘는다는 뜻이고, 호(扈)는 대나무로 엮은 통발이다. 작은 물고기들은 통발에 남지만, 큰 물고기들은 그것을 뛰어넘어 도망쳐버리듯 제 마음내키는 대로 행동하는 것이나 아랫사람이 권력을 휘둘러 윗사람을 벌하는 것을 말한다.

● 방기(方技)

기술이나 기술에 관한 내용을 적은 책이나 의사, 혹은 점을 치는 사람을 가리킨다.

● 방명(方命)

현재의 왕의 명령일 수도 있으나 선왕의 가르침을 어기는 것을 말한다.

● 방민지구심어방수(防民之口甚於防水)

백성의 입을 막는 것은 물이 넘치는 것을 막는 것보다 더 어렵다는 뜻이다.

● 방약무인(傍若無人)

주위에 아무도 없는 것처럼 남을 신경 쓰지 않는다. 즉, 언행이 방자하고 제멋대로 행동하는 것. 또는 그러한 사람을 말한다.

● 방언고론(放言高論)

자기가 하고 싶은 대로 말을 마구 지껄여대는 것. 또한 자기의 생각을 거르지 않고 마구 말하는 것.

● 방외(方外)

일정한 구역으로 마련된 이외의 곳. 원래의 뜻은 그 무엇에도 구속당하지 않고 자유를 누리면서 사는 경지로서 속세의 밖을 말하지만 상식 밖이라는 뜻으로도 쓰이는 말이다.

● 방촌이란(方寸已亂)

마음이 이미 혼란스러워졌다는 말로, 마음이 흔들린 상태에서는 어떠한 일도 계속할 수 없음을 비유한다. 어떤 일이든 간에 마음을 기울여 열중하면 안되는 일이 없지만, 마음이 번뇌로 가득 차 혼란스러워지면 뜻대로 일을 처리하지 못하는 경우가 대부분이다. 그러므로 일이나 공부를 할 때, 먼저 마음을 안정시키는 일이 중요하다.

● 배반낭자(杯盤狼藉)

술잔과 접시가 마치 이리에게 깔렸던 풀처럼 어지럽게 흩어져 있다는 뜻. 곧 술을 마시고 한창 노는 모양. 술자리가 파할 무렵 또는 파한 뒤 술잔과 접시가 어지럽게 흩어져 있는 모양을 말함.

● 배수지진(背水之陣)

물을 등지고 친 진지라는 뜻으로, 목숨을 걸고 어떤 일에 대처하는 경우의 비유.

● 배일병행(倍日並行)

밤낮없이 강행군을 하는 것. 이틀이 걸리는 길을 하루만에 간다는 뜻.

● 배중물(杯中物)

술잔 속에 들어 있는 것. 즉 술을 말한다.

● 배중사영(杯中蛇影)

술잔 속에 비친 뱀의 그림자란 뜻으로, 쓸데없는 의심을 품고 스스로 고민함의 비유.

출전(出典) 알아 보기

● 배중사영(杯中蛇影)

진(晉:265~316)나라에 악광(樂廣)이라는 사람이 있었다. 그는 집이 가난하여 독학을 했지만 영리하고 신중해서 늘 주위 사람들로부터 칭찬을 받으며 자랐다. 훗날 수재(秀才)로 천거되어 벼슬길에 나아가서도 역시 매사에 신중했다.

악광이 하남 태수(河南太守)로 있을 때의 일이다. 자주 놀러 오던 친구가 웬일인지 발을 딱 끊고 찾아오지 않았다. 악광은 이상하다는 생각이 들어 그를 찾아가 물어 보았다.

"아니, 자네 웬일인가? 요샌 통 얼굴도 안 비치니……."

그 친구는 이렇게 대답했다.

"저번에 우리가 술을 마실 때 얘길세. 그때 술을 막 마시려는데 잔 속에 뱀이 보이는 게 아니겠나. 기분이 언짢았지만 그냥 마셨지. 그런데 그 후로 몸이 좋지 않다네."

악광은 이상한 일도 다 있다고 생각했다. 지난번 술자리는 관가(官家)의 자기 방이었고, 그 방벽에는 활이 걸려 있었지? 그렇다. 그 활에는 옻칠로 뱀 그림이 그려져 있었다. 안광은 그 친구를 다시 초대해서 저번에 앉았던 그 자리에 앉히고 술잔에 술을 따랐다.

"어떤가? 뭐가 보이나?"

"응, 전번과 마찬가지네."

"그건 저 활에 그려져 있는 뱀 그림자일세."

그 친구는 그제야 깨닫고 병이 씻은 듯이 나았다고 한다.

⬤ 배칭지식(倍稱之息)

원금의 두 배의 이자를 물어야 하는 높은 이자라는 뜻.

⬤ 백구지과극(白駒之過隙)

흰말이 벽틈으로 지나간다는 말로, 인생이 빨리 지나가는 것을 비유한다. 흰말이 벽 틈으로 지나가는 시간만큼이나 빨리 지나가는 세월을 우리는 붙잡아 둘 수 없다. 단지 그 짧은 순간을 더없이 값지고 성실하게 사는 길만이 그 시간을 늘리는 방법이 될 것이다. 또한 세월이 빠르게 지나가는 것을 흐르는 물에 비유하기도 한다.

⬤ 백년하청(百年河淸)

백 년을 기다린다 해도 황하(黃河)의 흐린 물은 맑아지지 않는다는 뜻. 곧 아무리 오래 기다려도 사물(事物)이 이루어지기 어려움의 비유. 확실하지 않은(믿을 수 없는) 일을 언제까지나 기다림(기대함)의 ·비유.

⬤ 백두여신(白頭如新)

머리가 희게 될 때까지 오랫동안 사귀더라도 서로 상대방의 재능을 이해하지 못하면 새로 사귄 벗과 조금도 다를 것이 없다는 말.

⬤ 백락불상유(伯樂不常有)

자신을 잘 이해해 주고 자신을 잘 이끌어 주는 스승이나 군주가 언제까지나 존재하는 것이 아니라는 말.

⬤ 백락일고(伯樂一顧)

'백락의 한번 돌아봄'이라는 말로, 명마도 백락을 만나야 세상에 알려 지듯이 현명한 사람 또한 그 사람을 알아주는 자를 만나야 출세할 수 있음을 비유한다.

"옛날에 손양(孫陽)이라는 자가 말을 잘 알아봤기 때문에 그를 백락이라고 했다. 천리마가 있어도 알아볼 수 있는 백락이 없다면, 하찮은 주인을 만나 천대받고 혹사당하다가 결국에는 허름한 마굿간에서 죽게 될 것이다."

⬤ 백락자(伯樂子)

백락의 아들이라는 말로, 어리석은 자식을 뜻한다.

⬤ 백룡어복(百龍魚服)

흰 용이 물고기의 옷을 입는다는 말로, 신분이 높은 사람이 서민의 허름한 옷으로 갈아입고 미행하는 것을 비유한다.

● 백리부미(百里負米)
백리나 떨어진 먼 곳으로 쌀을 진다는 말로, 가난하게 살면서도 효성이 지극하여 갖은 고생을 하며 부모의 봉양을 잘하는 것을 뜻한다.

● 백리재(百里才)
그릇이 작다는 것에 대한 비유로 그닥지 않은 수완을 말한다.

● 백면서생(白面書生)
오로지 글만 읽고 세상 일에 경험이 없는 젊은이를 이르는 말.

● 백문불여일견(百聞不如一見)
백 번 듣는 것이 한 번 보는 것만 못하다는 뜻으로, 무엇이든지 경험해야 확실히 알 수 있다는 말.

● 백미(白眉)
흰 눈썹(白眉)을 가진 사람이 가장 뛰어났다는 뜻. 곧 형제 중에서 가장 뛰어난 사람. 여럿 중에서 가장 뛰어난 사람이나 물건을 일컫는 말.

● 백발백중(百發百中)
화살을 쏘면 쏘는 대로 전부 맞힌다는 뜻으로서 말한 일이나 계획한 일들이 모두 맞아떨어진다는 것을 말함.

● **백발삼천장**(白髮三千丈)

흰 머리털의 길이가 삼천 길(丈)이란 뜻으로, 중국 문학의 과
장적 표현으로 널리 인용되는 문구.

● **백벽미하**(白璧微瑕)

훌륭하지만 조그마한 흠집이 있어서 매우 안타깝다는 뜻.

● **백성지명불여일월지광**(百星之明不如一月之光)

한 사람의 현자에게는 하찮은 여러 사람이 모여도 당해낼 수
없다는 것. 많은 별들이 있어도 한 개의 달빛을 당해내지 못한다
는 말에서 연유되었다.

● **백세지후**(百歲之後)

죽은 후를 말한다. 인생 백년을 세는 일이 드문 데서 말한다.

● **백수북면**(白首北面)

재주와 덕이 없는 사람은 나이를 먹어도 스승 앞에서 북향(北
向)하고 앉아 가르침을 바란다는 것. 백발이 되도록 나이가 들었
어도 아직 스승의 가르침을 받고 있는 것을 말한다. 학문이나
기량을 높이는데 나이나 신분이 필요치 않다는 말.

● **백아절현**(伯牙絶絃)

백아가 거문고의 줄을 끊었다는 뜻. 곧 서로 마음이 통하는
절친한 벗(知己)의 죽음을 이르는 말. 친한 벗을 잃은 슬픔.

● 백아절현(伯牙絶絃)

춘추 시대, 거문고의 명수로 이름 높은 백아(伯牙)에게는 그 소리를 누구보다 잘 감상해 주는 친구 종자기(鐘子期)가 있었다. 백아가 거문고를 타며 높은 산과 큰 강의 분위기를 그려내려고 시도하면 옆에서 귀를 기울이고 있던 종자기의 입에서는 탄성이 연발한다.

"아, 멋지다. 하늘 높이 우뚝 솟는 느낌이 마치 태산(泰山)같군."

"응, 훌륭해. 넘칠 듯이 흘러가는 그 느낌은 마치 황하(黃河)같군."

두 사람은 그토록 마음이 통하는 연주자였고 청취자였으나 종자기가 병으로 죽고 말았다. 그러자 백아는 절망한 나머지 거문고 줄을 끊고 다시는 연주하지 않았다고 한다. 지기(知己)를 가리켜 지음(知音)이라 일컫는 것은 이 고사에서 나온 말이다.

● 백안시(白眼視)

남을 업신여기거나 냉대하여 흘겨봄.

● 백약지장(百藥之長)

백 가지 약 중에 으뜸이라는 뜻으로 술을 좋게 이르는 말이다.

● 백옥부조(白玉不彫)

아무런 치장도 하지 않은 있는 그대로의 아름다움을 말한다.

아름다운 옥은 아무런 장식을 하지 않아도 아름답다는 것이다.

⊖ 백의종군(白衣從軍)

흰옷(白衣)을 입고 군대(軍)를 따라(從) 전장에 나감. 벼슬 없이 군대를 따라 싸움터에 나감. 흰색의 옷은 서민의 옷을 뜻하거나, 아직 벼슬하지 아니하여 직위가 없는 사람을 뜻한다. 백의란 글자 그대로 흰옷 또는 흰옷을 입는 사람이란 뜻인데, 벼슬이나 직위가 없는 서민들이 입는 옷이었기에 서민을 뜻하는 말로 쓰였다.

⊖ 백인가도(白刃可蹈)

용기를 잃지 않고 열심히 하면 어떠한 어려운 일도 충분히 해낼 수 있다는 것. 칼날을 밟을 수 있는 용기를 말한다.

⊖ 백인한호흉즉목불견유시(白刃扞乎胸則目不見流矢)

커다란 재앙을 만났을 때에는 작은 재앙을 생각할 겨를이 없음을 비유함.

⊖ 백전백승(百戰百勝)

백 번 싸워 백 번 이긴다는 뜻으로, 싸울 때마다 반드시 이긴다는 말.

⊖ 백주지조(栢舟之操)

백주(栢舟) 라는 시에서 유래된 말로 남편을 일찍 잃은 아내가 굳은 절개를 지키는 것을 비유한 말이다.

출전(出典) 알아 보기

● 백주지조(栢舟之操)

위(衛)나라의 제후의 공자 공백이 일찍 세상을 떠나자 그의 아내 공강은 굳은 절개를 지키고 부모의 재가 권유를 끝까지 뿌리쳤다. 그러면서 그녀는 백주라는 시를 지어 자신의 굳은 지조를 나타내었다.

두둥실 저 잣나무 배
강 가운데 떠 있네.
두 갈래 다발머리
진실로 내 배필이었으니
죽어도 딴 마음 갖지 않으리.
어머니는 곧 하늘이신 데
어찌 내 마음 몰라주십니까

● 백중지세(伯仲之勢)

서로 어금 버금 하여 우열을 가리기 어려운 형세. 형과 동생 정도의 차이밖에 없다는 뜻. 백중이란 형제의 순서를 나타내는 말에서 나온 것으로, 형제는 비슷하게 닮았기 때문에, 비교 평가 하여도 서로 우열을 가릴 수 없을 때, '그들은 伯仲之間이다'라고 한다.

● 백천조우해(百川朝于海)

이익이 있는 곳엔 자연적으로 사람들이 들끓게 된다는 것.

● **백홍관일**(白虹貫日)

하얀 무지개가 해를 꿰뚫을 듯이 걸려 있다. 여기에서 '백홍'은 무기를 가리키고, '일'은 군주의 상징이라 해서 신하의 칼이 군주에게 위해를 가하는 천상(天象).

● **번수작운복수우**(翻手作雲覆手雨)

인정이란 변하기 쉽다는 것을 이르는 말로 인정이 각박함의 비유.

● **벌가**(伐柯)

사람의 도리는 바로 옆에 그 본보기가 있는 법이라는 것. 사람의 법칙이나 기준은 현실의 생활 속에 있다는 비유.

● **벌목지계**(伐木之契)

아주 가까운 우정을 말함. '벌목'은 나무를 자르는 것을 말하는데 벌목하는 소리로 인해 새가 서로 친구를 찾아 운다는 데서 가까운 친구 사이의 비유이다.

● **법삼장**(法三章)

한(漢)나라 고조(高祖) 유방(劉邦)이 통일을 한 후 제정한 삼장(三章)의 세 조목의 법만 규정한다는 말로서 더없이 간결한 법률을 말한다. 세 조목의 법은 살인한 자는 사형에 처하고, 사람에게 상해를 입힌 자는 그 정도에 따라 벌하겠으며 그 밖의 진나라 법은 모두 폐기한다는 것이 그것이다.

● **벽역**(辟易)
상대방의 기세에 눌려 겁을 먹고서 도망치듯 하는 것.

● **벽중서**(壁中書)
공자의 옛날 집의 벽 속에서 나온 책을 전부 일컬어 말함. 그 책은 진시황제 때 유가의 책을 모두 불태워 버리는 화를 모면하기 위해서 벽 속에 감추어 둔 것이라고 한다. 이 책들은 올챙이를 닮은 문자라고 하는 과두문자라 불리는 고자(古字)로 쓰여 있었다고 전해진다.

● **변족이식비**(辯足以飾非)
말솜씨가 아주 능함을 비유. 어찌나 논법을 잘 정리시켜 말하는지 자신의 과오도 꾸며서 가릴 수가 있다는 것.

● **별천지**(別天地)
이 세상이 아닌 또 다른 세상. 이상향을 말한다.

● **병가어소유**(病加於少愈)
군자가 사리사욕에만 사로잡혀 있지 않다면 남들에게서 결코 욕을 보는 일이란 없다. 사람은 출세를 하면 나태해지기 쉽고 병이 들었다가도 조금 나아지면 병을 소홀해 더 심한 병에 빠지기 쉽다.

● **병무상세**(兵無常勢)
싸움에는 일정한 형식이 있어 그대로 싸움을 벌이는 것이 아니라 상황에 따라 잘 판단해서 대처를 해야 한다는 것을 말함.

201

● 병문졸속(兵聞拙速)

용병(用兵)할 때는 졸렬하여도 빠른 것이 좋다는 뜻이다. 손자(孫子)가 싸움에 있어서는 지구전보다는 속전속결을 주장한 병법이다. 손자는 단기간에 나라의 존망을 걸고 병사들의 힘을 규합하여 싸우는 것이 가장 효과적인 싸움이 된다고 보았다.

● 병불염사(兵不厭詐)

전쟁에서는 모든 방법을 총동원해서라도 적군을 이겨야 한다는 뜻이다.

● 병사지야(兵死之也)

전쟁이란 사람이 죽는 것이라는 말로, 전쟁은 목숨을 던질 각오를 하고 해야 된다는 뜻이다.

● 병야불안침(丙夜不安枕)

생각에 잠겨 있거나 고민이 있어서 잠을 제대로 이룰 수가 없는 것을 말함.

● 병유화(兵猶火)

무력은 불과 같아서 쓰는 방법을 무시하면 자기 자신까지도 피해를 입는다는 뜻.

● 병이(秉彝)

사람으로서 지켜야 할 도리를 굳건하게 지키는 것을 말함. 여기에서 '이'는 어떠한 일이 있어도 변하지 않는 올바른 길을 말한다. '병'은 손에 쥐고서 가지고 있는 것. '이'는 종묘(宗廟)에 바치는 술을 담는 그릇을 말함.

● 병입고황(病入膏肓)

병이 고황(심장아래 횡경막 위)에 들었다는 뜻으로 병이 몸속 깊이 들어 고치기 어렵게 되었음을 이르는 말. 또한 한 가지 일에 지나치게 열중, 몰두하는 것의 비유.

● 병자흉기(兵者凶器)

무기는 사람을 해치는 무서운 도구이기 때문에 무기를 사용할 때는 신중을 기해야만 한다는 것.

● 병종구입(病從口入)

입조심을 해야 한다는 말. 병도 재앙도 모두 입조심을 하지 않은 데서 일어난다는 것이다.

● 병주지정(幷州之情)

제2의 고향이라는 뜻. 가도(賈島)라는 사람이 병주(幷州) 땅에 오랫동안 머물러 있다가 떠남에 못내 그리운 정이 간절하였다는 고사에서 나온 말.

● 병촉야유(秉燭夜遊)

인생의 덧없음을 알고 밤낮을 가리지 않으며 놀고 즐기는 것에만 탐닉하는 것.

● 보경(報瓊)

은혜를 입은 것에 대한 감사의 마음으로 보답을 하는 것: 여기에서 '경'은 옥을 말하는데 '시경'에 "모과를 주셨음에 보답으로 경을 드린다"고 되어 있어 여기에서 답례를 보경이라 하게 되었다.

● 보과습유(補過拾遺)
군주의 덕이 부족할 경우 그것을 보완해 주는 것이 신하된 도리이자 의무임을 말함.

● 보본반시(報本反始)
자신의 존재는 모두 하늘과 땅이 주는 은혜이며 조상이 받은 포상이나 공적의 덕이라는 것을 잊지 않도록 하는 것을 말함. 근본을 잊지 않는 것.

● 보우지탄(鴇羽之嘆)
너새 깃의 탄식이라는 말로, 신하나 백성이 전역(戰役)에 종사하여 부모님을 보살피지 못하는 것을 탄식하는 것을 비유한다. 너새는 날개가 60센티, 꽁지가 23센티 가량이나 되는데, 기러기와 비슷하지만 부리는 닭과 유사하고 뒷발톱은 없는 새이다.

출전(出典) 알아 보기

● 보우지탄(鴇羽之嘆)
진(晉)나라는 소공(昭公) 뒤로 오세(五世) 동안 더욱 정사가 어지러워졌다. 그리하여 전쟁터로 출정가는 일이 잦았는데, 이때 병사들이 부모님을 생각하며 부른 노래가 아래의 시이다.

푸드득 너새 깃 날리며 상수리나무 떨기에 내려앉네
나라 일로 쉴 새 없어 차기장 메기장 못 심었으니
부모님은 무얼 믿고 사시나
아득한 푸른 하늘이여 언제면 한 곳에 안착할 것인가!
푸드득 너새 날개 치며 대추나무 떨기에 내려앉네
나라 일로 쉴 새 없어 메기장 차기장 못 심었으니
부모님은 무엇을 잡숫고 사시나?
아득한 푸른 하늘이여 언제면 끝장이 날 건가!
푸드득 너새 줄지어 날아 뽕나무 떨기에 내려앉네
나라 일로 쉴 새 없어 벼 수수 못 심었으니
부모님은 무얼 잡숫고 지내시나?
아득한 푸른 하늘이여 언제면 옛날로 되돌아갈 건가?

● 보원이덕(報怨以德)

원수 갚기를 덕으로써 하라는 말이다. 큰 것은 작은 것에서 생기고 많은 것은 적은 것에서 일어난다. 원수를 덕으로 갚는다(報怨以德). 어려운 일은 쉬운 일에서 계획된다. 큰 일은 사소한 일에서 시작된다. 그러므로 천하의 모든 어려운 일은 반드시 쉬운 일에서 시작해야 한다.

● 복사허(腹笥虛)

학식이나 학력이 없는 것을 말하고 학문적인 소양이 없음을 비유한다. 여기에서 '사'는 갈대나 대나무로 엮어 만든 네모난

205

궤짝을 말한다. 여기서는 책을 넣는 궤짝을 말하는데 마음속의 책궤짝이 텅 비어 있음을 말한다.

☻ 복소무완란(覆巢無完卵)

엎어진 새집 밑에는 온전한 알이 없다는 말로, 근본이 썩으면 그 지엽(枝葉)도 따라서 썩는다는 뜻이다. 가령 나무의 근본인 뿌리가 썩어 문드러졌다면 어찌 여름날의 푸른 신록을 기대하고 아름답고 탐스러운 과실을 생각할 수 있을까?

☻ 복수불반분(覆水不返盆)

한번 엎지른 물은 다시 그릇에 담을 수 없다는 뜻. 곧 한번 떠난 아내는 다시 돌아올 수 없음의 비유. 일단 저지른 일은 다시 되돌릴 수 없음의 비유.

출전(出典) 알아 보기

☻ 복수불반분(覆水不返盆)

주(周)나라 시조인 무왕(武王:發)의 아버지 서백(西伯:文王)이 사냥을 나갔다가 위수(渭水 : 황하의 큰 지류)에서 낚시질을 하고 있는 초라한 노인을 만났다. 이야기를 나누어 보니 학식이 탁월한 사람이었다. 그래서 서백은 이 노인이야말로 아버지 태공(太公)이 '바라고 기다리던(待望)' 주나라를 일으켜 줄 바로 그 인물이라 믿고 스승이 되어 주기를 청했다.

이리하여 이 노인, 태공망(太公望 : 태공이 대망하던 인물이란 뜻) 여상(呂尙 : 성은 강(姜) 씨, 속칭 강태공)은 서백의 스승이 되었다가 무왕의 태부(太傅 : 태자의 스승) 재상을 역임한 뒤 제(齊)나라의 제후로 봉해졌다.

태공망 여상은 이처럼 입신 출세했지만 서백을 만나기 전까지는 끼니조차 제대로 잇지 못하던 가난한 서생이었다. 그래서 결혼 초부터 굶기를 부자 밥먹듯 하자 아내 마(馬)씨는 그만 친정으로 도망가고 말았다.

그로부터 오랜 세월이 흐른 어느 날, 그 마씨가 여상을 찾아와서 이렇게 말했다.

"전엔 끼니를 잇지 못해 떠났지만 이젠 그런 걱정 안해도 될 것 같아 돌아왔어요."

그러자 여상은 잠자코 곁에 있는 물그릇을 들어 마당에 엎지른 다음 마씨에게 말했다.

"저 물을 다시 그릇에 담으시오."

그러나 이미 땅 속으로 스며든 물을 어찌 다시 담을 수 있단 말인가. 마씨는 진흙만 약간 주워 담았을 뿐이었다. 그러자 여상은 조용히 말했다.

"한번 엎지른 물은 다시 그릇에 담을 수 없고(覆水不返盆) 한번 떠난 아내는 돌아올 수 없는 법이오."

● 복심질(腹心疾)

배나 가슴속에 있는 무거운 병이라는 뜻에서 어찌할 수 없는 근심이나 어찌할 수 없이 마음에 걸리는 일을 말한다.

⊖ 복장(覆醬)

책을 장독 뚜껑으로 사용한다는 데서 나온 말로 저서가 세상 사람들로부터 높이 평가받지 못한다는 것을 비유. 여기에서 '복'은 덮는다는 뜻이고 '장'은 된장과 간장과 같은 발효시킨 식품을 말한다.

⊖ 복차지계(覆車之戒)

앞의 수레가 넘어져 엎어지는 것을 보고 뒷수레는 미리 경계하여 엎어지지 않도록 한다는 뜻으로 이전 사람이 실패한 것을 거울로 삼아 조심하고 경계하라는 뜻.

⊖ 본래면목(本來面目)

타고난 그대로의 마음을 말하는 불교용어이다.

⊖ 본립이도생(本立而道生)

어떠한 일이든 근본이 확립되어 있으면 방법은 저절로 생겨나는 법이라는 것. 인(仁)을 행하기 위한 근본의 첫째는 효성을 다하는 것과 순종하는 것이라는 말.

⊖ 봉건(峰建)

임금이 벼슬과 토지를 신하들에게 분배해 주는 것. 정치제도로서 봉건제라는 말은 맨 처음 일본에서 사용되었고 이어서 중국으로 전해졌다.

⊖ 봉기(峰起)

경향 각지에서 병란이나 소요가 동시에 일어나는 것을 말함.

'봉기'는 벌집을 쑤셔놨을 때 벌들이 일제히 쏟아져 나오는 모습을 형용한다.

● 봉기불탁속(鳳飢不啄粟)

품위를 가장 중요하게 생각하는 사람. 자존심이 강한 사람은 아무리 배가 고파도 형편없는 음식은 먹질 않는다는 것으로 고고한 정신을 지키는 것을 말함.

● 봉두구면(蓬頭垢面)

겉모습을 꾸미지 않아서 형색이 말이 아니라는 것을 말함. 여기에서 '봉두'는 덥수룩한 머리를 말하고 '구면'은 때가 낀 얼굴을 말한다.

● 봉래약수지격(蓬萊弱水之隔)

아주 멀리 떨어져 있는 것. 여기에서 '봉래'는 동쪽 바다 위에 떠 있다고 생각되는 상상상의 섬으로 동쪽을 비유하고 '약수'는 중국 감숙성을 흐르는 강의 이름인데 서쪽을 비유한다.

● 봉루옹옥초부(奉漏甕沃焦釜)

만사를 제쳐두고 가장 먼저 해야 할 일. 여기에서 '누옹'은 물이 새는 독을 말하고 '초부'는 누른 솥을 말한다. 물이 새는 독을 써서라도 누른 솥에 물을 부어야만 할 만큼 아주 급하다는 것.

● 봉복대소(捧腹大笑)

배를 움켜잡고 크게 웃는 것.

◐ 봉복절도(捧腹絶倒)

배를 움켜잡고 데굴데굴 구르면서 웃는 것.

◐ 봉시장사(封豕長蛇)

잔인하고 탐욕스런 사람. 또는 그 행위. 여기에서 '봉시'란 큰 돼지로 탐욕스럽고 게걸스럽게 먹어대는 것을 비유. '장사'는 긴 뱀으로 음험하고 만족할 줄 모르며 마구 먹어치우는 것의 비유.

◐ 봉추(鳳雛)

앞으로 크게 성공을 거둘 수 있는 소질이 보이는 아이를 말한다. 또 크게 두각을 나타낼 수 있는 인물을 말한다.

◐ 봉호(蓬戶)

가난한 집을 이렇게 부름. 쑥으로 엮어서 지은 초라한 문을 말한다.

◐ 부귀재천(富貴在天)

부나 신분이라는 것은 하늘이 내리는 것으로 개인의 능력이나 노력만으로는 어떻게 할 수 없다는 것을 말함.

◐ 부급(負笈)

공부하기 위하여 다른 고장으로 유학을 가는 것. 여기에서 '급'은 대나무로 만든 함으로서 이것에다 책을 넣고 등에 지고 다닌다.

◐ 부급루(副急淚)

거짓으로 흘리는 눈물.

☻ 부동심(不動心)

부동심은 마음을 움직이지 않는다는 말이다. 마음이 어떤 일이나 외부의 충격으로 인해 동요되는 일이 없는 것을 뜻한다.

출전(出典) 알아 보기

☻ 부동심(不動心)

공손추가 물었다.

"선생님께서 제나라의 재상이 되어 도를 행하시게 되면, 패(覇)나 왕(王)을 이루시어도 이상할 것은 없습니다. 그러나 그렇게 되면 마음을 움직이게 되십니까? 그렇지 않습니까?"

맹자는 이렇게 대답했다.

"그렇지 않다. 나는 마흔에 마음을 움직이지 않게 되었다."

마흔 살 때부터 어떤 것에도 마음이 동요되는 일이 없었다는 말이다. 공자가 마흔에 의혹을 하지 않았다는 말과 같은 내용으로 사람들은 풀이하고 있다 의혹이 없으면 자연 동요하는 일이 없기 때문이다. 공손추는 다시 물었다.

"그럼 선생님께선 맹분과는 거리가 머시겠습니다."

맹분은 한 손으로 황소 뿔을 잡아 뽑아 죽게 만들었다는 그 당시의 이름난 장사였다.

"맹분과 같은 그런 부동심은 어려운 것이 아니다. 고자 같은 사람도 나보다 먼저 부동심이 되었다."

"부동심에도 도가 있습니까?"

이렇게 묻는 말에 맹자는 있다고 대답하고 몇 가지 예를 들어 설명한다. 그리고 끝으로 부동심을 위한 근본적인 수양 방법으로 공자의 말씀을 인용하여 이렇게 말했다.

"옛날 증자께서 자양을 보고 말씀하셨다. 그대는 용병을 좋아하는가. 내 일찍이 공자에게서 큰 용기에 대해 들었다. '스스로 돌이켜보아 옳지 못하면 비록 천한 사람일지라도 내가 양보를 한다. 스스로 돌이켜보아 옳으면 비록 천만 명일지라도 밀고 나간다.'고 하셨다."

즉 양심의 명령에 따라 행동을 하는 곳에 참다운 용기가 생기고 이러한 용기가 부동심의 밑거름이 된다는 이야기다.

● 부득요령(不得要領)
사물의 가장 중요한 부분을 파악하지 못하고 있는 것의 비유.

● 부마(駙馬)
임금의 사위. 공주의 부군(夫君).

● 부모재불원유(父母在不遠遊)
부모가 살아 계실 때에는 걱정을 끼치지 않기 위하여 될 수 있는 대로 멀리 가질 않고 부모의 곁에 있으면서 효도를 다하라는 가르침이다.

● 부목불가이위주(腐木不可以爲柱)
어리석은 자를 중요한 자리에 앉힐 수는 없다는 뜻.

⊖ 부미백리(負米百里)

비록 가난함을 면치는 못하고 있지만 부모에게는 효도를 다해야 하는 것.

⊖ 부부자자(父父子子)

아비가 아비로서의 도리를 다한다면 자식은 자식답게 성장하는 법이라는 뜻.

⊖ 부상(扶桑)

동쪽 바다에 있다고 전해지는 나라. 훗날에 일본을 가리켜서 말하기도 하였다.

⊖ 부생반일한(浮生半日閑)

인생을 살아가는 중에서 아주 짧은 동안 평온을 유지하는 상태. 덧없는 세상에서 잠시동안 평안과 한가로움을 느끼는 시간을 말한다.

⊖ 부생약몽(浮生若夢)

인생은 꿈처럼 덧없이 흘러가는 것이라는 것.

⊖ 부석침목(浮石枕木)

사물의 이치와는 다르게 반대가 되어 있음을 말함. 무책임한 말이 얼마나 무서운 결과를 초래하는지를 비유함.

⊖ 부수지소(膚受之愬)

되풀이하는 과정이 흐르면서 조금씩 상대방을 믿게 만드는

호소를 말함. 일설에는 피부에 조금씩 먼지나 때가 끼는 것을
말하기도 한다.

● **부여응지**(膚如凝脂)
미인을 가리키는 형용. 기름이 굳은 것처럼 아주 매끄러운
피부를 가진 여성을 비유한 말이다.

● **부용출수**(芙蓉出水)
청아하고 수려한 문장. 여기에서 '부용'은 연꽃이 수면에 아름
답게 피는 모습을 형용한다.

● **부우**(負嵎)
유리한 지형을 차지해 기세가 한껏 올라 있는 형용.

● **부유지명**(蜉蝣之命)
'부유'는 아침에 태어나 저녁에 죽는다는 하루살이처럼 목숨
이 덧없음을 비유함.

● **부윤옥덕윤신**(富潤屋德潤身)
내면이 충실한 사람은 자연적으로 겉으로도 드러나게 된다.
부자인 사람의 집은 훌륭하고 덕을 갖춘 사람은 행동거지도 훌
륭해진다는 말.

● **부인지인**(婦人之仁)
별스럽지 않은 일에는 동정을 베풀면서도 정작 중요한 일에
가서는 베푸는 것이 결여되어 있음을 말한다.

214

⬤ 부족치치아간(不足置齒牙間)

이빨 사이에 두기에는 충분하지 못하다는 말로, 입에 올릴 만한 가치가 없는 것을 뜻한다.

⬤ 부중지어(釜中之魚)

가마솥 안의 물고기란 뜻으로 곧 삶아지는 것도 모르고 솥 안에서 헤엄치고 있는 물고기. 눈앞에 닥칠 위험도 모른 채 쾌락에 빠져 있는 사람.

출전(出典) 알아 보기

⬤ 부중지어(釜中之魚)

후한(後漢)말께 20여 년 간 황제의 외척인 양익(梁翼)형제는 권력을 멋대로 휘둘렀다. 양익이 대장군이 되고 그의 아우 불의(不疑)가 하남 태수가 되었을 때 그들은 여덟 명의 사자(使者)를 각 고을에 파견, 순찰하도록 했다. 그 여덟 명의 사자 중에는 장강(張綱)이라는 사람이 있었다. 그는 낙양(烙陽) 숙소에다 수레바퀴를 묻어버리고는 이렇게 말했다.

"산 개와 이리 같은 양익 형제가 요직을 차지하고 설쳐대는데 여우나 살쾡이 같은 지방 관리들을 조사하며 돌아다닌들 무슨 소용이 있겠는가?"

그러면서 장강은 도처에 양익 형제를 탄핵하는 15개 조항의 상소문을 올렸다. 이 때문에 장강은 양익 형제의 미움을 사서

광릉군의 태수로 쫓겨났다. 더구나 광릉군은 양주와 서주 지방을 10여 년 간 휩쓸고 다니는 장영이 이끄는 도적 떼의 근거지다.

광릉군에 부임한 장강은 곧바로 혼자서 도적 떼의 소굴을 찾아가 장영에게 간곡히 귀순을 권했다. 장영은 장강의 설득에 깊은 감명을 받고 울면서 말했다.

"벼슬아치들의 가혹한 처사에 배기다 못해 모두가 모여서 도적이 되었습니다. 지금 이렇게 목숨이 붙어있지만 마치 솥 안에서 물고기(釜中之魚)가 헤엄치는 것과 같아 결코 오래 갈 수는 없겠지요."

이리하여 만여 명의 도적들은 모두 항복했고 장강은 그들에게 큰 잔치를 베푼 뒤 모두 풀어주었다.

● 부지기자시기우(不知其子視其友)

자식의 친구를 유심히 관찰해 보면 자기 자식의 일을 잘 알 수가 있다. 사귀고 있는 사람을 보면 그 사람을 잘 알 수 있다는 의미이다.

● 부지단예(不知端倪)

헤아릴 수가 없음을 말함.

● 부지류(不知類)

사물의 가치판단을 하지 못함을 말한다.

● 부지족이위구(不知足而爲屨)

같은 종류의 모든 것은 대체로 같다.

216

● 부착흔(斧鑿痕)

시문을 짓거나 서화를 그리는데 있어 아무렇게나 하질 않고 여러 번 손질을 거쳐 마무리하는 것. 완성된 작품.

● 부창부수(夫唱婦隨)

남편이 주장하면 아내가 따름. 부부 사이가 원만하게 잘 조화를 이루고 있는 것.

● 부화뇌동(附和雷同)

우뢰소리에 맞춰 함께 한다는 뜻으로, 자신의 뚜렷한 소신 없이 남이 하는 데로 따라감을 말한다. 타협과 절충보다 아집과 독선으로 일관하는 사람이 있는가 하면 뚜렷한 자기 주관 없이 맹목과 방종으로 일관하는 사람도 있다. 그것이 바로 부화뇌동 이다.

● 북당(北堂)

이 말뜻엔 여러 가지가 있는데 모친을 말하기도 하고 주부의 거실을 가리키기도 하며 사당 안의 위패를 놓는 자리도 가리킨 다.

● 북망(北邙)

사람이 죽으면 흙으로 돌아간다는 것을 말하는데 단지 묘지를 가리키기도 한다. '북망'은 중국 하남성의 낙양의 북쪽에 위치한 '망산(邙山)'을 가리키는데 이곳에는 한나라 이후부터 왕후귀족 의 묘가 많이 있다.

⬬ 북문쇄약(北門鎖鑰)

북쪽의 중요한 방비. 여기에서 '쇄약'은 열쇠와 자물쇠를 말하는데 성의 북문을 지키는데서 전하여 나라의 북쪽을 지키는 것을 말한다.

⬬ 북문지탄(北門之嘆)

벼슬자리에 나가기는 하였으나 뜻대로 성공하지 못하여 그 곤궁함을 한탄함. 또한 아무리 관직에 오르려고 해도 뜻을 이루지 못함의 비유.

⬬ 북방지강(北方之强)

용맹하기가 하늘을 찌를 듯해 죽음을 두려워하지 않고 강함을 보인다.

⬬ 북산지감(北山之感)

북산의 감개함이라는 말로, 북산은 궁궐의 상징이다. 나라 일에 힘쓰느라 부모님을 제대로 봉양하지 못하는 것을 슬퍼하는 마음을 비유한다.

⬬ 북창삼우(北窓三友)

북쪽으로 난 창가에서 거문고와 시(詩)와 술을 생각한다.

⬬ 분골(粉骨)

뼈가 가루가 되고 몸이 부서지도록 있는 힘을 다해 노력함을 말함.

● 분서갱유(焚書坑儒)
책을 불사르고 선비를 산채로 구덩이에 파묻어 죽인다는 뜻으로, 진(秦)나라 시황제(始皇帝)의 가혹한 법과 혹독한 정치를 이르는 말.

● 분여광(分餘光)
많이 가진 사람이 그렇지 못한 사람에게 자신의 것을 나누어 주는 일.

● 분토지언(糞土之言)
'분토'는 찰기가 없는 흙으로 벽을 바르는데 사용할 수 없는 흙으로서 쓸모 없는 말을 가리킴.

● 불가이무간이축불폐지구(不可以無姦而畜不吠之狗)
세상이 태평성대를 구가하고 있더라도 능력이 없는 사람을 등용해서는 안 되며 악한 사람이 없는 세상일지라도 짖지도 못하는 쓸모 없는 개는 기를 필요가 없다는 뜻.

● 불가이무서이양불포지묘(不可以無鼠而養不捕之猫)
무능한 사람은 보살필 필요가 없다는 것.

● 불고만사일생(不顧萬死一生)
만에 하나도 살아날 가망이 없는데도 모든 힘을 기울여 열심히 보살피는 것을 말함.

● 불괴우옥루(不愧于屋漏)

아무도 보고 있지 않은 집에 있더라도 부끄러운 행동을 하지 않는 것.

● 불구대천지수(不俱戴天之讐)
함께 하늘을 이고 살 수 없는 원수란 뜻으로, 반드시 죽여야 할 원수를 일컫는 말.

● 불긍세행종루대덕(不矜細行終累大德)
하찮은 일을 손대면 그 동안 자신이 쌓아올린 덕에까지 흠집이 날 수 있다.

● 불념구악(不念舊惡)
청렴결백한 사람은 악을 미워하지만 그것을 관용으로써 용서하고 과거의 좋지 못한 행동을 결코 마음에 두는 법이 없다.

● 불능수습(不能收拾)
큰 실수를 저질렀지만 수습이 되질 않는 것을 말한다.

● 불능판숙맥(不能辨菽麥)
지극히 어리석은 것을 말함. 얼마나 어리석은지 콩과 보리를 구별하지 못함.

● 불동일이론(不同日而論)
비교할 수 없는 사물을 놓고서 비교우위를 따지는 것. 차이가 심하고 서로 전혀 다른 것.

⬬ 불로장생(不老長生)

늙지 않고 오래 산다.

출전(出典) 알아 보기

⬬ 불로장생(不老長生)

　　동서고금을 막론하고 오래 살고 싶다는 인간의 욕망은 한결같다. 천하를 손에 넣은 진시황은 영화를 천년 만년 누리고 싶었다. 그래서 서복(徐福)의 건의로 동남동녀(童男童女) 3000명을 동해의 三神山(蓬萊山, 方丈山, 瀛洲山)에 보내 불로초를 구하게 했지만, 실패하고 결국 환갑도 못 넘긴 50세의 나이로 요절하고 말았다.

　　그 뒤 서한(西漢)의 한무제(漢武帝)도 만년에 신선술(神仙術)에 미혹되어 국고를 탕진했지만 그런 대로 장수(70세)하는 데 그쳤을 뿐이다. 비록 전설이기는 하지만 아무 것도 먹지 않은 팽조(彭祖)는 700세나 살았다니 인간의 수명은 알다가도 모를 일이다. 진시황과 한무제 두 제왕의 죽음으로 중국 사람들은 불로초에 대한 허망한 꿈을 버리게 되었다.

⬬ 불모지지(不毛之地)

땅이 척박하기 때문에 초목이나 곡식이 잘 자라지 않는 땅. 여기에서 '모'는 초목과 곡식 등 땅에서 자라는 모든 것의 총칭이다.

● 불문마(不問馬)

비상이 발동하였을 때 다른 무엇보다도 가장 중요시되는 것을 사람의 생명으로 삼는 것.

● 불벌기장(不伐己長)

자신의 장점을 결코 자랑하지 않는 것을 말함. 남의 단점을 말하지 말고 자신의 장점을 자랑하지 말라는 형태로 쓰이는 경우 사용한다.

● 불비불명(不蜚不鳴)

날지도 않고 울지도 않는다는 말로, 큰 일을 하기 위해 오랫동안 조용히 때를 기다린다는 뜻이다.

● 불사주야(不舍晝夜)

끊임없이 계속함을 비유. 밤낮없이 시간이 흐르는 모습을 형용한 말이다.

● 불선종(不旋踵)

어떠한 경우에도 절대 뒤로 물러서지 않는 것을 말함. 또는 적에게 후퇴하는 모습을 보이지 않는 것.

● 불속지객(不速之客)

초대받지 않은 손님. 환영받지 못하는 손님.

남의 수염에 붙은 티끌을 털어 준다는 뜻. 곧 윗사람이나 권력자에게 아부(아첨)함의 비유. 상사(上司)에 대한 비굴한 태도의 비유.

222

불속지객(不速之客)

송(宋: 北宋, 960~1127)나라의 4대 황제인 인종(仁宗:1022~1063) 때 강직하기로 유명한 구준(寇準)이라는 정의파 재상이 있었다. 그는 나라를 위해 여러 유능한 인재를 발탁, 천거했는데 참정(參政:從二品) 정위(丁謂)도 그중 한 사람이었다.

어느 날 구준이 정위를 포함한 중신들과 회식을 하는데 음식찌꺼기가 수염에 붙었다. 이것을 본 정위는 자리에서 벌떡 일어나 자기 소맷자락으로 공손히 털어 냈다. 그러자 구준은 웃으며 이렇게 말했다.

"어허, 참. 참정이라면 나라의 중신인데, 어찌 남의 '수염에 붙은 티끌을 털어 주는(拂鬚塵)' 그런 하찮은 일을 하오?"

정위는 부끄러워 고개도 들지 못한 채 도망치듯 그 자리를 물러갔다고 한다.

불식태산(不識泰山)

'태산을 몰랐다'는 뜻으로 인재를 알아보지 못한다는 말.

여기에서 말하는 태산은 산의 이름이 아니라 춘추시대 노나라 노반(魯班)의 제자를 말한다.

불야성(不夜城)

마치 낮처럼 불빛이 어둠을 환하게 비추는 것을 말함. 일설에는 밤에 해가 비추는 것이 보였다는 데서 이 이름이 생겨났다는 전설이 있는 한나라 시대의 불야현을 가리킨다고 하기도 한다. 불야현은 현재의 산동성 문등현의 동북쪽을 말함.

⬬ 불어괴력난신(不語怪力亂神)

괴이함, 폭력과 무질서와 귀신에 관한 일은 사람으로서 입에 담을 일이 아니다라는 말. 인간을 뛰어넘는 일, 불합리한 일, 파괴적인 일, 초자연적인 일을 공자는 입에 담지 않았다는 논어의 말에서 유래되었다.

⬬ 불예(不豫)

기쁘지 아니하고 불쾌함. 임금의 병환을 말하기도 한다.

⬬ 불오정식즉오정팽(不五鼎食則五鼎烹)

공을 세워서 영화롭게 살지 못할 바에야 차리리 아무렇게나 자기 멋대로 살다가 죄를 짓고 죽는 편이 낫다는 말.

⬬ 불의이부차귀어아여부운(不義而富且貴於我如浮雲)

옳지 못한 방법으로서 취득한 재산이나 지위는 덧없는 것이다.

⬬ 불이소양해기소양(不以所養害其所養)

수단 때문에 결코 목적을 잃지는 않는다는 것. 입을 것과 먹을 것을 위해서 소중한 생명을 희생으로 거는 것과 같은 짓은 하지 않겠다는 것.

⬬ 불이인폐언(不以人廢言)

상대의 인품이 좋지 않다고 해서 상대가 말하는 말까지 무시하지 않는다는 것.

● 불입호혈 부득호자(不入虎穴不得虎子)

호랑이 굴에 들어가지 않고는 호랑이 새끼를 못 잡는다는 뜻으로, 모험을 하지 않고는 큰 일을 할 수 없음의 비유.

출전(出典) 알아 보기

● 불입호혈 부득호자(不入虎穴不得虎子)

후한(後漢) 초기의 장군 반초(班超)는 중국 역사서의 하나인 《한서(漢書)》를 쓴 아버지 반표(班彪), 형 반고(班固), 누이동생 반소(班昭)와는 달리 무인(武人)으로 이름을 떨쳤다.

반초는 후한 2대 황제인 명제(明帝) 때(74년) 서쪽 오랑캐 나라인 선선국에 사신으로 떠났다. 선선국왕은 반초의 일행 36명을 상객(上客)으로 후대했다. 그런데 어느 날, 후대가 갑자기 박대로 돌변했다. 반호는 궁중에 무슨 일이 있음을 직감하고 즉시 부하 장수를 시켜 진상을 알아보라고 했다. 이윽고 부하 장수는 놀라운 소식을 갖고 왔다.

"지금 신선국에는 흉노국의 사신이 와 있습니다. 게다가 대동한 군사만 해도 100명이 넘는다고 합니다."

흉노는 예로부터 한족(漢族)이 만리장성을 쌓아 침입을 막았을 정도로 영리하고 용맹한 유목민족이다. 반초는 즉시 일행을 불러모은 다음 술을 나누며 말했다.

"지금 이곳에는 흉노국의 사신이 100여 명의 군사를 이끌고 와 있다고 한다. 신선국왕은 우리를 다 죽이거나 흉노국의 사신에게 넘겨 줄 것이다. 그러면 그들에게 끌려가서 개죽음을 당할 텐데 어떻게 하면 좋겠나?"

"가만히 앉아서 죽을 수야 없지 않습니까? 싸워야 합니다!"

모두들 죽을 각오로 싸우자고 외쳤다.

"좋다. 그럼 오늘밤에 흉노들이 묵고 있는 숙소로 쳐들어가자. '호랑이 굴에 들어가지 않고는 호랑이 새끼를 못 잡는다(不入虎穴不得虎子)'는 말도 있지 않은가!"

그날 밤 반초 일행은 흉노의 숙소에 불을 지르고 닥치는 대로 죽였다. 이 일을 계기로 선선국이 굴복했음은 물론 인근 50여 오랑캐의 나라들도 한나라를 상국(上國)으로 섬기게 되었다.

● 불지지호(不脂之戶)

말수가 적은 것에 대한 비유의 말. 여기에서 '지'는 기름을 말하는데, 기름을 바르지 않은 문은 여닫이가 삐걱거리며 잘 열려지지 않듯이 말이 걸려서 잘 나오지 않는다는 뜻.

● 불천노(不遷怒)

화가 나는 일이 있더라도 그 화를 남에게 내지 않는다. 감정에 치우쳐 그 감정이 지시하는 대로 하지 않는다.

● 불초(不肖)

자기의 아버지를 닮지 않았다는 말로, 매우 어리석다는 뜻이며 자식이 부모에게 자신을 낮추어 부르는 것이다.

● **불취동성**(不娶同姓)

성(性)이 같은 사람과는 결혼하지 않는다. 중국에서는 예로부터 성이 같은 사람 끼린 조상이 같다고 하여 결혼이 허용되지 않았다. 지금은 그런 규제는 없어졌지만 우리 나라에서는 법으로 금지되어 있다.

● **불치하문**(不恥下問)

자기보다 나이가 적고 지위가 낮은 사람일지라도 모르는 것을 묻고 가르침을 청하는 것을 부끄럽게 생각하지 않는다는 것.

● **불탐위보**(不貪爲寶)

욕심이 없는 것이야말로 최고의 가치라는 것.

● **불통수화**(不通水火)

이웃과 친하게 사귀질 않고 내왕이 없는 것.

● **불편부당**(不偏不黨)

어느 당, 어느 주의에도 가담하거나 기울지 아니함. 곧 공정 중립의 위치에 섬을 말함.

● **불평지명**(不平之鳴)

불평불만을 말하는 것.

● **불한이율**(不寒而慄)

춥지 않아도 벌벌 떨 정도로 몹시 두려운 상황을 형용해서 한 말.

⊜ 불해의대(不解衣帶)

쉬지도 않고 잠도 자지 않으면서 일에 열중하는 것에 대한 비유.

⊜ 불혹(不惑)

미혹(迷惑)하지 아니함. 나이 마흔 살을 일컬음.

⊜ 불환인지부지기환부지인(不患人之不知己患不知人)

결코 남을 탓하지 말고 자신의 어두움을 탓하라는 것이다. 남이 자신의 능력을 알아주지 않는 것이 문제가 아니라, 자신이 뛰어난 능력을 가진 사람을 알아보지 못하는 것을 걱정해야 한다는 것.

⊜ 붕우(朋友)

친구를 말함. 여기에서 '붕'은 동문(同門), '우'는 동지를 말한다.

⊜ 붕정만리(鵬程萬里)

붕새를 타고 만리를 난다는 뜻. 곧 앞길이 매우 멀고도 큼. 오늘날에는 비행기를 타고 바다 건너 멀리 여행함의 비유.

출전(出典) 알아 보기

⊜ 붕정만리(鵬程萬里)

228

북쪽바다에 큰고기가 있으니, 그 이름을 곤이라 한다. 곤의 큰 것은 그 몇 천리나 되는지 알지 못한다. 화하여 새가 되니, 그 이름을 붕새라 한다. 붕새의 등은 몇 천리인지 도저히 알지 못한다. 성내어 날면 그 날개는 하늘에 드리운 구름과 같다. 이 새는 바다의 기운으로 장차 남쪽바다로 옮기는데, 남쪽 바다는 하늘의 연못이다. 재해라는 사람이 있어 다음과 같이 괴이한 이야기를 기록한 것이 있다.

붕새가 남쪽 바다로 옮김에, 물을 치기를 삼천리나 하고, 거기서 일어나는 선풍을 타고 위로 올라가기를 구만리나 하며, 6개월이나 걸려서 남쪽 바다에 가선 쉰다. 아지랑이와 티끌과 먼지와, 생물들이 뿜어내건만, 하늘은 푸르고 푸르니, 그것이 올바른 색깔인가? 그 멀어서 끝간데가 없는 까닭인가? 그 내려다봄에 또한 이와 같을 뿐이다. 또한 물의 쌓임이 두텁지 않으면, 큰배를 띄울 힘이 없고, 술잔의 물을 뜰의 파인 곳에 부으면, 지푸라기는 배가되어 뜨지만, 잔을 놓으면 엎어진다. 물은 얕은데 배는 크기 때문이다. 바람의 쌓임이 두텁지 못하면, 그 큰 날개를 띄움에 힘이 없다. 그러므로 9만리면 바람이 그 아래에 있다. 그리하여 뒤에 곧 바람을 타고 푸른 하늘을 등지고서, 아무것도 걸리는 것이 없다. 이리하여 지금 비로소 붕새는 남쪽으로 날아가려는 것이다.

● **비감후야마부진야**(非敢後也馬不進也)
자신이 세운 공적을 자랑하지 아니하고 겸손한 것을 말함.

● **비견계종**(比肩繼踵)
어깨를 나란히 하고 발뒤꿈치를 이음. 계속해서 끊이지 않고

잇달아 속출함을 말함. 여러 사람을 줄지어 세우는 것을 말하기
도 함.

◐ **비근불열무무수원**(比近不說無務修遠)

가까이에 있는 사람과 친해지는 것이 무엇보다 중요하다는
것. 주변의 것을 모두 중하게 여기는 것. 여기에서 '수원'은 아주
먼 곳의 뜻으로 멀리 있는 사람과의 교분을 말한다.

◐ **비기지수지불생**(非其地樹之不生)

사람은 자기에 알맞은 소질이나 환경에 의해서 성장해 가는
법이라는 것.

◐ **비례지례**(非禮之禮)

예의에 맞지 않는 예의를 말함. 얼핏 보기에는 예의가 바른
것 같지만 실은 예와 의에서 어긋나 있는 것을 말함.

◐ **비룡승운**(飛龍乘雲)

용이 구름을 타고 하늘을 날 듯이 현자나 영웅이 시대의 추세
를 타고 자신의 재능을 맘껏 발휘하는 것을 말함.

◐ **비막비혜생별리**(悲莫悲兮生別離)

사람의 슬픔 가운데서 가장 슬픈 일은 생이별이라는 것.

◐ **비목석**(非木石)

사람은 나무나 돌과 달라 희로애락의 감정을 갖고 있다는 것.

◐ **비방지목**(誹謗之木)

헐뜯는 나무라는 말이다.

● 비봉승풍(飛蓬乘風)
바람에 불려 구르며 날아다니는 쑥처럼 사람이 기세를 타고 성해지는 것을 말함. 여기에서 '비봉'이란 마른 쑥이 공 모양으로 둥글게 되어 땅 위를 굴러다니는 것을 말한다.

● 비부감대수(蚍蜉撼大樹)
자신의 재능은 파악하지 못하고 엉뚱한 짓을 꾸미고 행하는 것.

● 비석지심(匪石之心)
조금도 움직이지 않는 마음. 마음은 돌이 아니므로 돌멩이처럼 마음대로 할 수는 없다는 것.

● 비아이당자오사야(非我而當者吾師也)
자신의 결점을 당당하게 비판해 주는 사람이야말로 자신의 스승이다.

● 비우상(飛羽觴)
술잔을 활발하게 주고받는 것. 여기에서 '우상'은 참새 날개 모양을 단 술잔을 말함. 그 술잔을 멀리 날려버리듯이 사람들에게 돌리는 것을 말함.

● 비육지탄 (脾肉之嘆)
안일하게 있어 공명을 이룰 수 없음을 한탄하는 말이다 .

231

● 비육지탄 (脾肉之嘆)

유비는 한나라 황족으로서 황건적을 토벌하기 위한 의용군에 가담한 것을 첫 출발로 하여, 차츰 세력을 얻어 마침내는 한나라 정통을 계승한 것으로 자처하는 촉한의 첫 황제가 되었었다.

그는 한때 조조와 협력하여 여포를 하비에서 깨뜨리고 임시 수도였던 허창으로 올라와 조조의 주선으로 헌제를 배알하고 좌장군에 임명된다. 그러나 조조 밑에 있는 것이 싫어 허창을 탈출하여 같은 황족인 형주의 유표에게 몸을 의지하게 된다.

그리하여 신야라는 작은 성을 얻어 사년 동안을 그곳에서 보내게 되는데, 이 사이 북쪽에서는 조조와 원소가 맞붙어 불 튀기는 싸움을 되풀이하고 있었기 때문에 유비가 있는 남쪽지 방은 소강상태에 놓여 있었다.

어느 날 유비는 유표의 초대를 받아 가게 되었다. 술자리에 서 일어나 잠시 변소를 가게 된 그는 우연히 전에 느끼지 못했 던 넓적다리의 살이 유난히 뒤룩뒤룩한 것을 보게 되었다. 순 간 그는 슬픈 생각이 치밀어 눈물이 주루루 쏟아졌다. 자리로 돌아온 그는 눈물 자국을 완전히 감출 수 없어 유표의 캐물음 을 당하게 되었다. 유비는 이렇게 대답했다.

"나는 언제나 몸이 말안장을 떠날 겨를이 없어 넓적다리 살 이 붙은 일이 없었는데, 요즘은 말을 타는 일이 없어 넓적다리 안쪽에 살이 다시 찌지 않았겠습니까. 세월은 달려가 머지 않 아 늙음이 닥쳐올 텐데 공도 일도 이룬 것이 없어 그래서 슬퍼 했던 것입니다."라고 하였다.

☻ 비이소사(匪夷所思)

보통사람의 생각으론 생각이 미치지 못하는 것.

☻ 비이장목(飛耳長目)

관찰력이 있고 사물을 바라보는 날카로움에 비유.

☻ 비익연리(飛翼連理)

'비익'은 암수가 눈과 날개가 하나씩이어서 짝을 지어야만 비로소 날 수 있는 새이며, '연리'는 한 나무의 가지가 다른 나무의 가지와 잇닿아서 결이 서로 통하여 있다는 뜻으로 부부의 사이가 좋음을 이름.

☻ 비정(秕政)

나쁜 정치를 말함. 여기에서 '비'는 벼쭉정이를 말하는데 이것이 전하여 껍질뿐이고 알맹이가 없이 실속이 하나도 없는 것을 말한다.

☻ 비조(鼻祖)

일이나 사물의 맨 처음. '비'는 처음이라는 뜻이다. 그런데 왜 하필이면 코를 뜻하는 鼻자를 사용하여 '처음'이라는 의미를 부여했는지 선뜻 이해가 가지 않지만 까닭이 있다. 옛날 중국 사람들의 의학 상식으로는 임신을 했을 때 인간의 신체기관 중에서 제일 먼저 형성되는 것이 코라고 여겼기 때문이다.

☻ 비주(比周)

많은 사람들과 서로 친밀하게 마음을 통하는 것.

233

● **비택시복유린시복**(非宅是卜唯隣是卜)
이사를 할 때에는 이사할 집을 먼저 보는 것이 아니라 이사갈 집의 이웃을 살펴보는 것이 더 중요하다.

● **빈계지신**(牝鷄之晨)
암탉이 새벽을 알리느라고 운다. 여자가 남편을 업신여겨 집안 일을 자기 마음대로 처리함. 새벽을 알리는 것은 수탉이 할 일인데 암탉(牝鷄)이 수탉 대신 때를 알리는 것은 음양의 이치가 바뀌어 질서가 없어졌다는 뜻이며 예로부터 집이나 나라가 망할 징조로 보았다.

● **빈도골**(貧到骨)
매우 가난한 것. 가난이 뼈에 사무치는 것.

● **빈빈군자**(彬彬君子)
문명이 가져오는 예의와 교양과 있는 그대로의 질박함이 어우러져 있는 훌륭한 인물을 말한다.

● **빈사다연**(鬢絲茶烟)
노후에 맞이하게 된 한적한 생활을 말함.

● **빈자일등**(貧者一燈)
불전에 바치는 가난한 사람의 정성어린 한 등이 부자의 만등보다 낫다는 뜻으로 물질의 많고 적음보다 정성이 소중함을 비유함.

☺ 빈천불능이(貧賤不能移)

어려운 처지에 놓여 있으면서도 지조를 굳게 지키는 것.

☺ 빙탄간(氷炭間)

얼음과 숯이 서로 어울리지 않는다는 뜻으로, 사물의 성질이 정반대여서 도저히 서로 융합될 수 없는 사이를 '빙탄간' 이라고 한다.

출전(出典) 알아 보기

☺ 빙탄간(氷炭間)

우리가 말하고 있는 '빙탄불상용(氷炭不相容)'이란 말은 이 글에는 상병으로 되어 있다. 서로 같이 있을 수 없다는 말이 무생물의 자연법칙을 말하고 있는데 반해 서로 용납하지 않는다는 불상용은, 얼음과 숯을 의인화시켜 의식적인 대립을 강조한 느낌이 없지 않다. 그래서 '불상병'이란 말이 불상용으로 바뀌게 된 것인지도 모른다. 그것이 인간관계를 표현하는 말인 다음과 같은 내용이다.

굴원은 간신들의 모함을 받아 나라를 위하고 임금을 위하는 일편단심을 안은 채 멀리 고행을 떠나 귀양살이를 하는 신세가 되었다. 자신을 모함하는 간신들과 나라를 사랑하는 자신은, 성질상 얼음과 숯이 함께 있을 수 없는 그런 운명을 지니고 있다. 나는 내 목숨이 날 데부터 길게 타고나지 않은 것을 알고 있다. 그러나 그 길지 않은 일생이나마 낙이란 것을 모르고 고

생만 하던 끝에 결국은 길지 않은 나이마저 다 살지 못하고 객지에서 죽어갈 것을 생각하면 그저 안타깝기만 하다.

● 빙탄불용(氷炭不容)

서로 용납할 수 없는 얼음과 숯. 두 사물이 서로 화합할 수 없음.

● 빙호지심(氷壺之心)

청렴결백한 마음. 맑고 투명한 마음. '호'는 백옥으로 만든 항아리를 가리키는 것으로서 백옥으로 만든 항아리에 한 조각의 얼음을 넣은 것처럼 깨끗하고 맑은 마음이라는 뜻.

ㅅ

● **사기종인**(舍己從人)

자신의 생각에만 치우치지 않고 남의 생각을 받아들이는 것을 말함.

● **사기포서**(使驥捕鼠)

저마다의 능력에 따라 능력의 용도가 서로 다름을 비유함. 사람을 잘못 쓰면 유능한 사람도 무능해진다는 뜻.

● **사단취장**(舍短取長)

결점이나 단점은 버리고 좋은 점을 받아들이는 것. 옳고 그름을 잘 판단하여 뛰어난 점을 받아들여 자기의 것으로 만드는 것.

● **사면초가**(四面楚歌)

사면에서 들려 오는 초나라 노래란 뜻. 곧 사방 빈틈없이 적에게 포위된 고립무원(孤立無援)의 상태. 주위에 반대자 또는 적이 많아 고립되어 있는 처지. 사방으로부터 비난받음의 비유.

● **사무사**(思無邪)
생각에 사념이 없는 것, 진심을 보이며 사심을 드러내지 않는 것.

● **시미옥**(社未屋)
나라가 망하지 않도록 드센 기운을 피하여 보호하는 것의 비유.

● **사민이시**(使民以時)
나라의 노역에 백성을 동원할 때에는 농한기를 택해서 한다는 것. 이것은 나라를 다스리는 데에 가장 근본적인 태도를 말하는데 백성의 입장을 잘 헤아려서 선택하는 것.

● **사방지지**(四方之志)
여러 나라를 돌아다니면서 사업을 성취시키려는 것. 천하를 공격하여 내 나라로 만들려고 하는 지대한 꿈.

● **사백년하청**(俟百年河淸)
아무리 기다려도 허사인 것을 말함. 여기에서 '하'는 황하를 가리키는데 황하는 항상 누렇게 탁한 물을 하고 있는데 이 황하는 천년에 한번 맑아진다는 전설을 믿고 기다린다는 것으로 도저히 실현가능성이 없는 일을 기다리고 있는 것을 말함.

● **사병**(謝病)

병이 났다는 것을 구실로 하여 임금이나 남으로부터의 부탁을 정중하게 사양하는 것.

● 사불급설(駟不及舌)

한번 내뱉은 말은 빠른 사두 마차로도 따라잡지 못한다는 뜻으로, 말을 조심해야 한다는 경계의 말.

출전(出典) 알아 보기

● 사불급설(駟不及舌)

당나라 명재상 풍도(馮道)는 그의 설시(舌詩)에서 '입은 화의 문이요, 혀는 몸을 베는 칼이다'라고 했다. 우리가 흔히 쓰는 화자구출(禍自口出)이요, 병자구입(病自口入)이란 문자도 다 같은 뜻에서 나온 것이다. 여기에 나오는 사불급설도 말을 조심해야 한다는 비유로 한 말이다. 사(駟)는 네 마리의 말이 끄는 빠른 수레를 말한다. 아무리 빠른 수레로도 한 번 해버린 말을 붙들지는 못한다는 뜻이다. 이것은 논어의 안연편에 나오는 자공의 말이다. 극자성이란 사람이 자공을 보고 말했다. 군자는 질만 있으면 그만이다. 문이 무엇 때문에 필요하겠는가? 그러자 자공은, 안타깝도다, 사도 혀를 미치지 못한다. 문이 질과 같고, 질이 문과 같다면 호랑이나 표범의 가죽이 개나 양의 가죽과 같단 말인가? 라고 그의 경솔한 말을 반박했다. 질은 소박한 인간의 본성을 말하고, 문은 인간만이 가지고 있는 예의범절 등 외면치레를 극자성은 말하고 있는 것 같다. 실상 그로서는 호랑이 가죽이나 개가죽을 같이 보았는지도 모른다.

☻ 사생유명(死生有命)

운명은 사람의 힘으로는 어떻게 할 수 없다는 것의 비유. 사람이 살고 죽는 것은 하늘에 달려 있다.

☻ 사생이취의(舍生而取義)

정의와 진리는 사람의 목숨보다 더 소중하고 값진 것이다. 사람은 삶에 집착을 한 나머지 사람으로서의 도리를 잊어버리고 욕망을 드러내기 쉽다는 것을 경계한 말이다.

☻ 사석위호(射石爲虎)

돌을 범으로 잘못 보고 화살을 쏘았다는 말로, 일념을 가지고 하면 어떤 일이든 간에 성취할 수 있음을 비유한다.

☻ 사소이당대동(捨小異當大同)

하찮은 견해는 빨리 떨쳐 버리고 많은 사람이 동의하는 견해를 따르는 것.

☻ 사숙(私淑)

실제로 만나보기가 어려운 사람을 멀리서나마 존경을 하며 그 사람의 학문을 본보기로 정진하며 따르는 것.

☻ 사시이비(似是而非)

겉은 그럴 듯하게 제법 비슷하나 속은 전혀 다름. 눈으로 그냥 보이기는 진짜같이 보이나 실은 가짜임.

☻ 사시지서(四時之序)

공을 세우고 명성을 얻은 사람은 춘하추동의 사계절이 차례로

240

바뀌어 가듯이 깨끗하게 그 자리를 후진에게 물려주어야 한다
는 것을 말함.

● **사양장랑**(使羊將狼)
힘이 약한 사람을 강한 군대를 가진 나라의 장수를 삼는 것을
말함.

● **사양지심**(辭讓之心)
겸손히 마다하며 받지 않거나 남에게 양보하는 마음. 이것은
예(禮)의 근본이다.

● **사엄도존**(師嚴道尊)
가르치는 사람이 자신에게 엄격해야만 비로소 학문의 도도
존귀한 것이 된다. 제자들에게 존경을 받는 스승은 학문이 도를
가장 중요하게 여기게 된다.

● **사위지기자사**(士爲知己者死)
남자는 자기를 알아주는 사람을 위해서 목숨을 걸고 그에게
충성을 다한다.

● **사유종시**(事有終始)
사물에는 반드시 처음과 끝이 있다. 어떤 일에도 시작이 있으
면 반드시 끝이 있는 법, 또한 무슨 일을 할 때에도 일의 중요성
에 따라 먼저 할 일이 있고 나중에 할 일이 있는 법이다.

● **사이망기처**(徙而亡其妻)

중요한 것을 잘 잊어버리는 어리석은 사람을 말하는 것으로 건망증이 심한 사람을 가리킨다.

● 사이무회(死而無悔)
분별없이 무턱대고 덤벼드는 것으로 무모함을 말함.

● 사이불망(死而不亡)
육체는 세상에서 사라질지라도 후세에 덕을 남기는 것이야말로 진정 장수하는 것이라는 뜻.

● 사이불후(死而不朽)
명성은 죽은 후에 평가되고 남는 것이다. 비록 육체는 죽어 흙이 될지라도 그 사람이 이룬 덕행은 영원히 남는 법이라는 말이다.

● 사이후이(死而後已)
하나의 이념을 가지고 죽는 날까지 그 이념의 성취를 위해 끊임없이 노력하는 것. 사람이 살아 있는 동안에는 한시도 쉬지를 않고 인(仁)과 도(道)를 실천하기 위하여 노력해야 하며 죽어서야 비로소 그친다.

● 사인선사마(射人先射馬)
상대방을 쓰러뜨려 굴복시키려면 그 사람이 의지하고 있는 것을 먼저 쓰러뜨려라. 목적을 달성하기 위한 가장 효과적인 방법으로는 그 핵심을 찾는 일이다.

● 사자후(獅子吼)

불가(佛家)에서 부처님의 위엄스런 설법(說法)을 말함. 뭇 짐승이 사자의 울부짖는 소리에 떤다는 뜻으로 불교에서 일체를 엎드려 승부케 하는 부처님의 설법을 이르는 말. 사자가 포효해서 백수를 놀라게 하는 위력에 비유해서 하는 말로 크게 열변을 토하는 것. 질투심이 강한 여자가 남편에게 암팡스럽게 욕설을 퍼붓는 것의 비유.

출전(出典) 알아 보기

● 사자후(獅子吼)

전등록(傳燈綠)의 기록에 의하면, 석가는 태어나자 곧 한 손은 하늘을 가리키고 한 손은 땅을 가리키며 7보를 돌더니 사방을 바라보고 '천상천하 유아독존(天上天下唯我獨尊 : 우주 가운데 나 하나만이 존귀하다)'이라고 말했다. 이 '천상천하 유아독존'이라고 한 석가의 말을 "사자후"라고 표현했다.

● 사정곡(射正鵠)

사건의 핵심을 정확하게 찌르고 있음이 비유.

● 사제갈주생중달(死諸葛走生仲達)

중국 삼국시대 촉나라의 제갈공명은 오장원(五丈原)의 진지에서 숨을 거두었는데 부하인 강유가 공명의 죽음을 숨기고 진을 철수시키고 있었다. 그때 위나라의 장수 사마의가 촉군의 후퇴소식을 듣고 공격을 감행하였지만 촉군이 반격을 하는 듯이 하자 이것이 공명의 지략이라 생각하곤 두려움에 후퇴하였다는 고사에서 나온 말이다.

● **사족**(蛇足)
뱀의 발. 곧 쓸데없는 것. 무용지물의 비유. 있는 것보다 없는 편이 더 나은 것을 비유하고 또 공연히 쓸데없는 일을 하다가 실패함의 비유.

● **사중구생**(死中求生)
죽음이 눈앞에 닥쳐온 것을 알고 있는 절망적인 상태라 할지라도 살아날 수단을 강구하는 것.

● **사중우어**(沙中偶語)
신하가 역모를 꾸미는 것.

● **사지**(四知)
세상에 비밀이 없다는 말. 천지(天知), 지지(地知), 자지(子枝), 아지(我知). 하늘이 알고 땅이 알고 네가 알고 내가 안다는 뜻.

● **사직지신**(社稷之臣)
국가의 중신으로 국가의 중요한 임무를 관장하는 대신.

● **사표**(師表)
세상의 본보기가 될 정도로 훌륭한 사람. 또한 스승이 될 만한 본보기가 되는 인물을 말한다.

☯ 사해위가(四海爲家)

세상 발길이 닿는 곳을 자기 집처럼 여기며 사는 사람을 비유. 여기에서 '사해'는 동서남북의 바다를 가리키는 것으로서 그 사해에 둘러싸인 나라를 가리키는데 곧 온 세상을 말한다.

☯ 사혹중어태산혹경어홍모(社或重於太山或輕於鴻毛)

목숨을 버리는 것도 경우에 따라선 가벼이 여길 경우와 중히 여길 경우가 있다. 여기에서 '태산'은 천자가 보위에 오를 때, 천지에 제사지내는 의식을 올리는 산으로서 무거운 것을 비유하며, '홍모'는 기러기의 깃털로서 가벼운 것을 가리킨다.

☯ 사회복연(死灰復然)

권세를 잃어버렸던 사람이 다시 권세를 되찾는 것을 말함. 혹은 모두 타버린 재가 다시 타오르는 것을 말함.

☯ 산고수장(山高水長)

산은 높고 물은 유유히 흐른다는 뜻으로, 군자의 덕이 높고 큼을 이르는 말로서 인물이나 재능이나 인품이 청렴고결하여 후세에까지 그 명성이 잘 알려질 정도인 형용.

☯ 산우욕래풍만루(山雨欲來風滿樓)

어떤 일이 막 벌어지기 전의 좋지 않은 분위기, 낌새. 여기에서 '산우'는 산에서부터 내리기 시작한 비를 말하고 '누'는 높은 집, 누각을 말함.

● 산유맹수임목위지불참(山有猛獸林木爲之不斬)

골짜기의 구름이 뭉게뭉게 피어오르려고 할 때 해는 누각 뒤로 진다. 산에서 비가 쏟아지려고 할 때 바람이 누각 가득히 불어닥친다.

● 산중무력일(山中無曆日)

산 속에서 조용히 사는 사람은 세월이 빠르게 지나가는 것을 모른다는 뜻.

● 살신성인(殺身成仁)

몸을 죽여 어진 일을 이룬다는 뜻으로, 다른 사람 또는 대의를 위해 목숨을 버린다는 말.

● 삼경(三徑)

은둔 속에 사는 사람의 집의 뜰.

● 삼고초려(三顧草廬)

초가집을 세 번 찾아간다는 뜻. 곧 사람을 맞이함에 있어 진심으로 예를 다함(三顧之禮). 윗사람으로부터 후히 대우받음의 비유.

출전(出典) 알아 보기

● 삼고초려(三顧草廬)

후한 말엽, 유비와 관우, 그리고 장비는 의형제를 맺고 한실(漢室) 부흥을 위해 군사를 일으켰다. 그러나 군기를 잡고 계책을 세워 전군을 통솔할 마땅한 사령관이 없어 늘 조조군(曹操軍)에게 고전을 면치 못했다. 어느 날 유비가 은사(隱士)인 사마휘에게 군의 사령관을 맡아 줄 사람을 천거해 달라고 청하자 그는 이렇게 말했다.

　　"복룡(伏龍)이나 봉추(鳳雛) 중 한 사람만 얻으시오."

　　"대체 복룡은 누구고, 봉추는 누구입니까?"

　　그러나 사마휘는 말을 흐린 채 대답하지 않았다. 그후 제갈량의 별명이 복룡이란 것을 안 유비는 즉시 수레에 예물을 싣고 양양(襄陽) 땅에 있는 제갈량의 초가집을 찾아갔다. 그러나 제갈량은 집에 없었다. 며칠 후 또 찾아갔으나 역시 출타하고 없었다.

　　"저번에 다시 오겠다고 했는데. 이거, 너무 무례하지 않습니까? 듣자니 나이도 젊다던데……."

　　"그까짓 제갈공명이 뭔데. 형님, 이젠 다시 찾아오지 마십시오."

　　마침내 동행했던 관우와 장비의 불평이 터지고 말았다.

　　"다음에 너희들은 따라오지 말아라."

　　관우와 장비가 극구 만류하는데도 그러나 유비는 단념하지 않고 세 번째 방문 길에 나섰다. 그 열의에 감동한 제갈량은 마침내 유비의 군사가 되어 적벽대전(赤壁大戰)에서 조조의 100만 대군을 격파하는 등 많은 전공을 세웠다. 그리고 유비는 그후 제갈량의 헌책에 따라 위(魏)나라의 조조, 오(吳)나라의 손권(孫權)과 더불어 천하를 삼분(三分)하고 한실(漢室)의 맥을 잇는 촉한(蜀漢)을 세워 황제에 올랐으며, 지략과 식견이 뛰어나고 충의심이 강한 제갈량은 재상이 되었다.

● **삼년무개어부지도가위효의**(三年無改於父之道可謂孝矣)

아버지가 돌아가신 지 3년 동안은 아버지의 생전의 의사를 존중하는 것이 자식의 도리라는 것. '삼년'은 부모가 돌아가신 후 복상(服喪)하는 기간을 말함.

● **삼년불규원**(三年不窺園)

자기 집 뜰에도 나가질 않고 방에만 틀어 박혀서 공부에만 열중하는 것.

● **삼년불비우불명** (三年不飛又不鳴)

3년 동안 날지도 않고 울지도 않는다는 뜻으로, 훗날 웅비(雄飛)할 기회를 기다리고 있음을 이르는 말.

● **삼락**(三樂)

군자가 가지는 세 가지의 낙. 부모가 모두 살아 계시고 형제들이 평안한 것, 하늘에 대해서도 사람에 대해서도, 부끄러운 일도 떳떳치 못한 일도 없는 것, 세상에서 정말 필요한 인물의 제자를 가르치는 것 등의 세 가지를 말한다.

● **삼령오신**(三令五申)

세 번 명령하고 다섯 번을 거듭 말하다. 같은 것을 몇 번이고 되풀이해서 명령하고 계고(戒告)하다.

● **삼마태수**(三馬太守)

청백리를 가리킴. 한 고을의 수령이 부임지로 나갈 때나 또는 임기가 끝날 때 감사의 표시로 보통 그 고을에서 가장 좋은 말

여덟 마리를 바치는 것이 관례로 되어 있었다. 그런데 조선 중종 때 송흠(宋欽)이라는 사람은 새로 부임해 갈 때 세 마리의 말만 받았으니, 한 필은 본인이 탈 말, 어머니와 아내가 탈 말이 각각 한필, 그래서 총3필을 받아 그 당시 사람들이 송흠을 가리켜 삼마태수라 불렀는데 이것이 바로 청백리를 가리킨다.

☻ 삼복백규(三復白圭)
백규를 세 번 반복한다는 말로, 말이 신중한 것을 뜻한다.

☻ 삼부지양(三釜之養)
아주 적은 수입으로 살아가고 있음에도 불구하고 부모에게 효도를 게을리 하지 않는 것.

☻ 삼분정족(三分鼎足)
천하를 삼분(三分)하여 솥의 세 발처럼 삼자(三者)가 나란히 서는 것을 말함.

☻ 삼불혹(三不惑)
미혹하여 빠지지 말아야 할 음주욕, 색욕, 재물욕의 세 가지 욕심을 끊는 것. 이런 욕심들에 마음이 흔들리지 않는 것을 말함.

☻ 삼사이후행(三思而後行)
지나치게 신중한 것도 결단을 내리는데 장애가 된다. 이것이 지나쳐서 결단력이 떨어진다면 의미가 없다는 것.

☻ 삼생유행(三生有幸)

삼생의 행운이 있다는 말이다.

출전(出典) 알아 보기

● 삼생유행(三生有幸)

원택이라는 화상이 있었다. 그는 불학(佛學)에 조예가 깊었고 남다른 우정을 나누는 이원선(李源善)이라는 친구가 있었다.

어느 날 두 사람이 함께 여행을 하게 되었는데, 어느 마을을 지나가다 만삭이 된 여인이 물긷는 것을 보게 되었다. 원택은 그 부인을 가리키면서 이원선에게 말했다.

"저 부인은 임신한 지가 3년이 되었소. 그녀는 내가 환생하여 그의 아들이 되길 기다리고 있다네. 나는 그 동안 환생을 피해 왔는데 오늘 그녀를 만났으니 더 이상 피할 수가 없을 것 같네. 3일이 지나면 저 부인이 아이를 낳을 테니 자네가 그녀의 집에 한번 가 보게. 만약 아이가 자네를 보고 웃으면 그것이 바로 나일세. 그리고 13년뒤의 중추절 밤에 나는 항주(杭州)의 천축사(天竺寺)에서 자네를 기다리겠으니, 그때 가서 우리는 다시 만나세."

이원선은 원택의 말을 듣고는 웃었다. 아기가 3년이나 뱃속에 있다는 것도 말도 안되거니와 그 아이가 원택이라는 것은 아무리 생각해도 황당한 것이었다.

이원선은 원택 화상이 입적했다는 소식을 듣고는 화들짝 놀라 원택의 말을 상기하였다. 이원선은 그로부터 3일 후 만삭이었던 부인의 집으로 가서 아기를 보자, 아기는 그를 보고 빙그레 미소를 지었다.

그로부터 13년의 세월이 흘러 중추절 밤이 되었다. 이원선은 약속에 따라 항주의 천축사를 찾아갔다. 그가 막 절 문에 도착하였을 때, 목동이 소의 등위에서 이렇게 읊조렸다. '삼생의 인연으로 맺어진 영혼인데 멀리서 찾아왔네.'

이 성어는 서로간에 각별한 인연이 있음을 비유한다. 어떤 사람이 자신을 도와주었을 때, '삼생유행'이라고 고마운 말을 전한다.

● **삼성**(三省)

몇 번이나 아주 자주, 자신의 행동을 반성한다.

● **삼시도하**(三豕渡河)

비슷비슷하게 생긴 모양의 글자를 잘못 쓰거나 잘못 읽거나 함의 비유이다.

● **삼십육계주시상계**(三十六計走是上計)

이것저것 계책을 세우기보다 불리할 때는 달아나서 안전을 꾀하는 것이 최고의 상책이다. 또한 귀찮은 일이 있을 때는 그 일을 피하는 것이 좋다.

● **삼십폭공일곡**(三十輻共一轂)

쓸모 없는 것을 두고서 그것을 쓸모 있게 하려면 어떻게 할까를 설명한 말.

● 삼외여(三畏餘)

훌륭한 인물을 뒷받침하는 생활이념으로서 권위 있는 것을 존중하는 기본적인 태도를 말한다.

● 삼인성호(三人成虎)

거짓말이라도 여러 사람이 말하면 남이 참말로 믿기 쉽다는 비유. 즉 한두 사람이 거리에 범이 나타났다고 말하면 곧이듣지 않아도 세 사람까지 그렇게 말하면 곧이듣게 된다는 말.

● 삼인행필유아사(三人行必有我師)

세 사람이 어떤 일을 같이 하면 반드시 스승으로서 배울만한 사람이 있다는 말. 나쁜 본보기이든 좋은 본보기이든 거기에는 분명 배울 것이 있다. 스승이 없더라도 다른 두 사람의 행동을 관찰해 분석한 다음 본받을 만한 본보기와 그렇지 않은 본보기를 분간한다면 어떠한 사람의 행동도 모두 내 스승이 될 수 있다.

● 삼일천하(三日天下)

짧은 동안 정권을 잡았다가 곧 실패함을 이름. 영화가 짧음. 이조 인조때 이괄이 평안병사로 있다가 영변에서 군을 일으켜 조정에 모반하고 서울을 함락한 다음 선조의 왕자 홍안군으로 왕위에 올라 그 경축으로 과거까지 보이었다. 그러나 이괄의 군사가 정충신에게 패함으로써 사흘만에 잡혀 대역부도라는 죄명으로 죽으니, 그 때 사람들이 그 사흘 동안 정권 잡았던 것을 조롱하여 이르게 된 말.

● 삼재(三才)

천(天), 지(地), 인(仁)을 일컫는다. 하늘의 운행, 땅의 법칙, 인간의 도의를 말한다. 혹은 세 사람의 뛰어난 재능을 가진 인물을 가리킨다.

● 삼절굉지위양의(三折肱知爲良醫)

쓰라린 경험을 함으로써 남의 아픔을 알 수 있고 원숙한 인물이 될 수 있다는 것이다. 자신의 팔꿈치를 여러 번 부러뜨려 치료의 경험을 쌓음으로써 비로소 명의가 될 수 있다는 뜻이다.

● 삼종지도(三從之道)

봉건시대, 여자가 지켜야 할 세 가지 도리. 곧 어려서는 아버지를 좇고, 시집가서는 남편을 좇고, 남편이 죽어서는 아들을 좇음.

● 삼천제자(三千弟子)

제자가 많음을 과장되게 말한 것. 삼천이란 많다는 것에 대한 비유이다.

● 삼천총애재일신(三千籠愛在一身)

천자의 총애를 한 몸에 모으고 독점하는 것. 삼천이란 여기서는 삼천 명이나 되는 많은 궁녀를 말한다. 양귀비가 현종 황제의 총애를 한 몸에 모은 데서 나온 말.

● 삼촌불률(三寸不律)

한낱 세 치밖에 되지 않는 붓을 말한다.

● 삽혈이위맹(歃血而爲盟)

서로 맹세를 굳게 하는 것. 옛날 중국에서는 굳은 맹세를 할 때 희생의 피를 마셨던 데서 온 것이다.

☺ 상가지구(喪家之狗)
평성(平聲)으로 읽으면 상갓집의 개라는 뜻이고, 거성(去聲)으로 읽으면 집을 잃어버린 개라는 뜻.

☺ 상간복상(桑間濮上)
나라를 망칠 만한, 음탕한 음악을 말한다. 여기에서 '상간'은 위나라에 있는 복수(濮水)라는 강가의 지명이다. 여기에서 천하를 잃은 은나라 주왕이 남긴 음탕한 음악이 유행한 데서 망국의 음악을 말한다.

☺ 상구재신잔목(上求材臣殘木)
윗자리에 있는 사람의 신중치 못한 요구는 커다란 재앙을 불러일으킨다. 그것은 밑에서 섬기는 자에게 절도에 어긋난 행위를 강요하여 큰 폐해와 손실을 초래하는 결과가 되기 쉽다는 것이다.

☺ 상궁지조(傷弓之鳥)
한 번 화살에 맞은 새는 구부러진 나무만 봐도 놀란다는 뜻으로 한 번 혼이 난 일로 인해 항상 의심과 두려움을 품는 것을 말함.

☺ 상마교(桑麻交)
뽕나무와 삼나무를 벗삼아 지낸다는 말로 전원에 은거하여 농군들과 사귀어 지낸다는 말. 여기에서 '상마'는 뽕나무와 삼을 가리킨다.

◓ **상마실지수**(相馬失之瘦)

사람은 겉으로 드러난 모습만을 보고서 판단하기 쉽다는 것. 겉으로 드러난 것에만 사로잡혀 있으면 진정한 가치판단을 내릴 수 없다.

◓ **상봉지지**(桑蓬之志)

남자가 천하에 웅비하는 것을 말한다. 고대 중국에서 아들이 태어나면 뽕나무로 만든 활로 쑥대 화살을 천지사방으로 쏘아대면서 축하했던 데서 나온 말.

◓ **상분**(嘗糞)

아주 비굴하게 보일 정도로 아첨을 떠는 것.

◓ **상사병**(相思病)

서로 생각하는 병이라는 뜻으로, 남녀 사이에 서로 그리워하여 생기는 병을 말함.

출전(出典) 알아 보기

◓ **상사병**(相思病)

중국 춘추 전국 시대의 송(宋)나라는 강왕의 포악으로 인해 망하고 말았다. 이 강왕은 그의 뛰어난 용맹으로 한때 영토를 확장하는 등 대단한 위세를 떨쳤다. 그래서 그런지 강왕은 천하에 무서울 것이 없다는 교만함을 가지고 분수에 벗어난 짓을 마구 하였다. 강왕은 술로 밤을 새우고 여자를 많이 거느리는 것을 자랑으로 삼고, 이를 간하는 신하가 있으면 모조리 사형에 처했다.

강왕의 시중에 한빙이라는 사람이 있었는데 그의 아내 하씨(河氏)가 절세미인이었다. 우연히 그녀를 보게 된 강왕은 하씨를 강제로 데려와 후궁으로 삼았다. 한빙이 원망하지 않을 리 없었다. 그러자 강왕은 한빙에게 죄를 씌워 변방으로 보내 낮에는 도둑을 지키는 군사, 밤에는 성을 쌓는 인부가 되는 고된 벌을 내렸다.

아내 하씨는 강왕 몰래 남편 한빙에게 짧은 편지를 보냈다. "당신을 그리워하는 마음은 어찌할 길 없으나 방해물이 너무 많아 만날 수 없으니 죽고 말 것을 하늘에 맹세합니다."라는 글이었으나 불행히도 그 편지는 강왕의 손에 들어가고 말았다.

얼마 후 한빙은 자살했다. 그러자 하씨는 자신의 옷을 썩게 만들었다가 성 위를 산책하는 척하다 몸을 던졌다. 신하들이 급히 옷소매를 잡았으나 소매만 끊어지고 하씨는 떨어졌다. 소매에는 이런 유언이 적혀 있었다.

"임금은 사는 것을 다행으로 여기지만 나는 죽는 것을 다행으로 압니다. 저의 시체를 한빙과 같이 묻어 주십시오."

노한 강왕은 고의로 무덤을 서로 떨어지게 했다. 그러나 밤 사이에 두 무덤에서 각각의 나무가 자라 큰 아름드리 나무가 되어 뿌리가 서로 얽히고 가지가 맞닿았다. 그리고 나무 위에 한 쌍의 원앙새가 앉아 서로 목을 안고 슬피 울었다 한다.

송나라 사람들은 이를 슬피 여겨 그 나무를 상사수(相思樹)라고 했는데, 相思病은 여기에서 유래되었다고 한다.

● 상산사세(常山蛇勢)

병법에서 임기응변으로 대응할 수 있고 틈이나 결점이 없는 진법(陣法).

● 상산지설(常山之舌)

포로로 잡힌 몸일지라도 지조를 잃지 않고 목숨이 끊어질 때까지 상대방을 준엄하게 꾸짖는 것.

● 상수(上壽)

술잔을 어른에게 올리고 장수를 비는 것.

● 상유호자하필유심(上有好者下必有甚)

윗사람이 좋아하는 걸 아랫사람은 더 좋아한다는 것. 아랫사람은 윗사람의 인덕에 따라 어떤 모양이 만들어진다는 뜻임.

● 상의의국(上醫醫國)

가장 뛰어난 의사는 나라의 전란이나 나쁜 풍습 등의 병을 먼저 고치고 제거하는 것이며 사람의 병을 고치는 것은 그 다음의 일이라는 것이다.

● 상전벽해(桑田碧海)

뽕나무밭이 변하여 푸른 바다가 된다는 뜻으로 세상일이 덧없이 바뀜을 이르는 말.

● 상중지희(桑中之喜)

남녀간의 밀회, 음사(淫事), 간통(姦通)을 이름.

● 상중지희(桑中之喜)

　　우리말에 님도 보고 뽕도 딴다 라는 말이 있다. 남녀 유별이 철칙으로 되어 있고, 문 밖 출입을 마음대로 할 수 없었던 옛날에는 남녀가 서로 만날 수 있는 기회가 주로 뽕을 따는 사이에 이루어졌던 것은 당연한 일이다. 시경 용풍에 삼장으로 된 상중(桑中)이란 시가 있는데 그 첫장은,

　　여기에 풀을 뜯는다.
　　매란 마을에서.
　　누구를 생각하는가
　　아름다운 맹강이로다
　　나와 뽕밭 속에서 약속하고
　　나를 다락으로 맞아들여
　　나를 강물 위에서 보내준다.

　　둘째 장과 셋째 장도 풀이름과 장소, 이름과 사람 이름만 틀릴 뿐 똑같은 말로 되어 있다. 풀을 베러 어느 마을 근처로 한 남자가 간다. 그는 풀을 베러 간 것이 아니라 아름다운 어느 남의 아내를 생각하고 있는 것이다. 그녀는 그를 뽕나무밭에서 만나기로 약속을 했던 것이다. 거기서 사내를 만난 그녀는 그를 데리고 높은 집으로 맞아들인 다음 그를 기라는 냇가에까지 바래다준다는 이야기다. 혹자는 이 시에 나오는 뽕밭과 다락집과 강물을 성애(性愛)의 과정을 암시하고 있다고 심각하게 풀이하기도 한다.

● **상지여하우불이**(上知與下愚不移)
현명함을 지니고 태어난 사람과 어리석음을 가지고 태어난 사람은 어떠한 처지에서도 변하지 않는다.

● **상치**(尙齒)
노인을 존경하며 존중한다는 뜻.

● **새옹지마**(塞翁之馬)
세상 만사가 변전무상(變轉無常)하므로, 인생의 길흉화복을 예측할 수 없다는 뜻. 길흉화복의 덧없음의 비유.

● **생사육골**(生死肉骨)
남의 은혜에 감사할 때나 궁지에 몰린 사람을 구할 때를 말함.

● **생어우환이사어안락**(生於憂患而死於安樂)
마음이 괴로울 때에는 그것에서 벗어나고자 힘을 쓰지만, 마음이 편안할 때에는 방심하고 해이해져 커다란 화를 당해 죽음에 이르기 쉽다는 뜻이다.

● **생지안행**(生知安行)
사람이 실천해야 할 도리를 선천적으로 지니고 태어나 힘들이지 않고도 실천을 하는 것.

● **서리**(黍離)
세상이 변했음을 한탄하는 말. 나라를 잃었을 때의 탄식.

● 서망벽벽불망서(鼠忘壁壁不忘鼠)

가해자는 남을 가해한 것을 금방 잊어버리지만 피해자는 언제까지나 잊지 않고 원한을 품는다. 쥐는 벽에다 구멍을 낸 것을 잊어버리지만 구멍은 언제까지나 남아 있다는 데서 나온 말이다.

● 서부진언언부진의(書不盡言言不盡意)

글로는 하고 싶은 말을 다 할 수 없으며 말은 마음에 담긴 것을 다 전할 수는 없다.

● 서삼사어성로(書三寫魚成魯)

글자의 모양이 서로 비슷하여 잘못 쓰는 것.

● 서시빈목(西施嚬目)

서시가 눈살을 찌푸린다는 뜻. 곧 영문도 모르고 남의 흉내를 냄의 비유, 남의 단점을 장점인 줄 알고 본뜸의 비유.

● 서시효빈(西施效嚬)

앞뒤 생각도 없이 무조건 남의 흉내를 내는 것. 이렇듯 무턱대고 흉내를 내는 것은 의미가 없다는 비유.

● 서자여사부불사주야(逝者如斯夫不舍晝夜)

세상의 변하기 쉬움과 덧없음을 한탄해 이르는 말. 또 사람의 진보는 끊임없이 계속되어야 함을 말한다.

● 서제막급(噬臍莫及)

사람에게 잡힌 노루가 배꼽 때문에 잡힌 줄 알고 배꼽을 물어 뜯는 것과 같이, 무슨 일이 지난 뒤에는 후회해도 늦음을 비유하는 말.

● **서제신**(書諸紳)

잊지 않기 위하여 글로 남겨 두는 것. 여기에서 '신'은 높은 벼슬아치들이 하던 장식용의 넓은 띠를 말하는데 동여매서 앞으로 길게 늘어뜨린다. 공자의 제자가 공자가 한 말을 잊어버리지 않기 위해서 그것에다 글을 적었던 데서 나온 말이다.

● **서족이기명성이이**(書足以記名姓而已)

글이란 자기 이름정도만 쓸 수 있으면 되고 그 이상으로 알기 위하여 흥미를 가질 필요는 없다.

● **석계등천**(釋階登天)

실행이 불가능한 일을 하려고 함의 비유. 밟아야 할 절차를 생략하는 것.

● **석권**(席卷)

돗자리를 마는 것과 같이 토지 등을 공략하여 쉽게 차지함.

● **석근관지**(釋根灌枝)

본질은 생각질 않고 현상에만 얽매이는 것을 말한다.

● **석촌음**(惜寸陰)

짧은 시간일지라도 아껴서 헛된 시간을 보내선 안 된다는 것.

● **석파천경**(石破天驚)

단단한 돌도 깨뜨리고 하늘도 놀랄 정도로 절묘한 음악으로서 아름다운 음악을 비유한다.

● **석학홍유**(碩學鴻儒)

학문이 깊고 넓은 위대한 대유학자를 말한다.

● **석획지신**(石劃之臣)

커다란 계책을 꾸미는 신하. 또는 흔들림이 없는 계획을 세우는 신하를 말함.

● **선각자**(先覺者)

학식이 아주 뛰어난 사람으로서 세상의 이치에 누구보다 먼저 눈을 뜨고 실행하는 사람을 말한다.

● **선난이후획**(先難而後獲)

하기 힘든 일이나 싫은 일을 먼저 하고 이익이 되고 편한 일은 나중으로 미루는 것.

● **선달**(先達)

학문이나 지위가 자신보다 위에 있는 인물을 가리키는데 고승(高僧)을 말하기도 한다.

● **선악지보약영수형**(善惡之報若影隨形)

선과 악은 그 각각의 행위에 따라 응보가 반드시 나타나는 법인데 그것은 형체에 그림자가 따라붙듯이 따라다닌다는 비유이다.

⊖ 선양방벌(禪讓放伐)
고대 중국에서 임금의 자리를 물려주는 것을 말하는데 '선양'은 천자가 살아있을 적에 자기의 제위를 천자가 되기에 충분한 인물에게 물려주는 것을 말함.

⊖ 선어무망(羨魚無網)
갖고 싶은 것을 가질 만큼의 능력도 없으면서 그것을 갖고 싶어함의 비유. 또한 그것을 경계해야 한다는 의미로도 쓰인다.

⊖ 선언난어포백(善言爛於布帛)
교훈이 될 만한 좋은 말은 무엇보다 유익함의 비유. 여기에서 '포백'은 무명과 비단을 가리키는데 유익한 말이라는 것은 무명이나 비단으로 몸을 감싸서 따뜻하게 하는 것보다도 사람에게 더 유익하다는 것을 말함.

⊖ 선우후락(先憂後樂)
근심할 일은 남보다 먼저 근심을 하고 즐길 일은 남보다 나중에 즐긴다는 뜻으로 군자의 마음가짐을 이르는 말. 또한 남보다 높은 자리에 있는 사람은 먼저 누구보다 나라의 일을 먼저 생각해야 하고 백성이 편안하게 살게 된 연후에 자기의 인생을 즐겨야 한다. 흔히 위정자가 가져야 할 교훈의 말이다.

⊖ 선유자익선기자타(善遊者溺善騎者墮)
사람은 자기가 자신 있는 일을 할 수록 더 많은 실수를 한다.

이는 방심이 원인인데 이를 탓해 경계하라는 뜻이다. 기량을
믿는 마음이 지나치면 객관성을 잃게 되어 파멸을 초래한다.

☻ 선의후리(先義後利)
먼저 도리에 합당한 가를 생각하고 이익은 그 다음에 생각해
야 한다.

☻ 선입위주(先入爲主)
맨 먼저 본 것이나 들은 것이나 배운 것이 자신의 생각이나
판단의 기준이 되기 쉽다는 것. 선입관, 고정관념과 같은 것이다.

☻ 선종외시(先從隗始)
저 외(곽외)부터 시작하라는 고사에서 나온 말로 큰 뜻을 이루
려면 우선 비근한 일에서부터 시작하라는 의미이다.

출전(出典) 알아 보기

☻ 선종외시(先從隗始)

전국시대 연(燕)의 소왕(昭王)이 인재를 찾던 중 어느 날 재
상 곽외를 찾아갔다. 소왕을 만난 곽외는 다음과 같은 얘기를
했다.
옛날 어떤 왕이 하루에 천리를 달리는 명마를 구하고 있었
습니다. 왕의 명을 받은 사람이 그 말을 구했을 때 말은 이미

죽어 있었으나 그래도 그 사나이는 그 값으로 5백금을 지불하였는데 이 말을 들은 왕은 '내가 바란 것은 죽은 말이 아니라 산 것이다.' 라고 말하면서 호통을 쳤습니다.

이 말을 듣자 사나이는 이렇게 대답했습니다.

"천리마라면 죽었더라도 5백금이나 지불하는데 살아있는 것이라면 얼마나 비싼 값을 줄 것인가라고 사람들이 생각할 것이므로 반드시 천리마를 가진 자가 찾아올 것입니다."

과연 그의 말대로 1년도 채 되지 않아서 천리마가 세 마리나 들어왔다고 합니다. "지금 왕께서 진정한 인재를 찾으신다면 먼저 외(곽외)부터 시작하십시오. 그러면 외보다 뛰어나다고 생각하는 많은 인재들이 몰려들 것입니다."

이 말을 듣고 소왕은 외를 위해 궁전을 세우고 스승으로 우대하자 이 사실을 안 많은 인재들이 앞을 다투어 몰려들기 시작했다고 한다.

● 선즉제인(先則制人)
선수를 치면 남을 제압할 수 있다는 뜻.

● 선지부지설(蟬之不知雪)
자신이 보고 듣지도 않았다고 해서 남의 말을 믿으려고 하지 않는 것은 마치 매미가 여름에만 살다 가기 때문에 겨울에 눈이 없다고 말하는 것과 같다고 하는, 견문이 좁은 것을 비유한다.

● 선침온석(扇枕溫席)
부모에게 효도를 하고 효성스러운 것. 여름에는 부모의 베갯머리에서 부채질을 해드리고 겨울에는 자신의 체온으로 부모의 이부자리를 따뜻하게 해드린다는 뜻.

⬛ 선하(先河)
사물의 시초가 되는 것을 말하는데 선례를 말한다.

⬛ 선행무철적(善行無轍迹)
좋은 행실은 남의 눈에 드러나지 않는다는 것. 진정한 뜻의 선행은 남의 눈에 띄는 것을 바라지 않고 남몰래 이루어지는 법이라는 뜻.

⬛ 설경(舌耕)
강의나 연설을 하면서 살고 그것을 생업으로 삼는 것.

⬛ 설례(設醴)
자기를 찾아온 손님에게 경의를 표하면서 반가이 맞이하는 것. 또는 스승에 대하여 경의를 표하는 것.

⬛ 설병지지(挈餠之知)
지혜가 아주 적음의 비유.

⬛ 설상존(舌尙存)
불우한 처지나 낮은 지위에 있더라도 성공할 가능성이 있음의 비유.

⬛ 설월풍화(雪月風花)
시를 읊조리거나 남녀간의 애정의 비유로도 쓰이는데 자연의 경치가 매우 아름다움도 비유한다.

● 설중송백(雪中松栢)
송백은 눈 속에서도 그 색이 변하지 않는다 하여 사람의 지조와 절개가 굳음을 비유함. '송백'은 상록수를 가리키는데 아무리 혹독한 추위 속에서도 결코 색이 변하지 않음에 비유한다.

● 섭우춘빙(涉于春氷)
아주 위험하고 불안함의 비유. 여기서 '춘빙'이란 봄에 녹는 얼음이란 것으로 녹기 쉬움을 말함.

● 섭족부이(躡足附耳)
남이 모르게 상대방의 잘못을 지적하는 것으로서 상대방의 발을 몰래 밟아 주의를 할 것을 전달하고 귀에다 입을 대고 살짝 귀뜸을 해준다는 것.

● 성공지하불가구처(成功之下不可久處)
성공해 명예를 얻었으면 자리에서 깨끗이 물러나야만 한다는 비유. 높은 자리에 오래 앉아 있으면 주위로부터 시기를 받아 끝내 재앙을 만나게 된다는 뜻.

● 성년부중래(盛年不重來)
청춘은 한번 가면 다시 오지 않는다. 젊었을 때 공부를 해두어야지 기회를 잃으면 후회를 한다는 것으로 젊었을 때 헛되이 시간을 보내지 말라는 것.

⊜ 성대공자불모어중(成大功者不謀於衆)

기업을 이룩하는 사람은 자신의 판단에 의존해 과감히 추진을 하며 남에게 의논하지 않는다는 것. 이것은 많은 사람과 의논을 하면 논의가 많아 결론을 내리기가 어렵다는 것.

⊜ 성동격서(聲東擊西)

동쪽을 칠 듯이 말하고 실제로는 서쪽을 친다는 뜻으로, 상대 방을 속여 교묘하게 공략함을 비유한 말

출전(出典) 알아 보기

⊜ 성동격서(聲東擊西)

초(楚)나라와 한(漢)나라가 서로 다투던 시기, 위왕(魏王) 표 (豹)의 투항으로 한나라 유방은 항우와 위왕 표의 협공을 당하 는 국면이 되어 매우 위험한 형세에 처하였다. 그는 곤경을 벗 어나기 위해 한신(韓信)을 보내어 정벌에 나섰다.

이에 위왕 표는 백직(柏直)을 대장으로 임명하여, 황하의 동 쪽 포판(蒲坂)에 진을 치고, 한나라 군대의 도하(渡河)를 저지하 였는데 한신은 포판의 공격이 어렵다고 판단하였으나, 사병들 로 하여금 낮에는 큰 소리로 훈련하게 하고 밤에는 불을 밝혀 강공의 의사를 나타내도록 하였다. 백직은 한나라 군대의 동태 를 살펴보고 그들의 어리석은 작전을 비웃었다. 한편으로 한신 은 비밀리에 군대를 이끌고 하양에 도착하여, 강을 건널 뗏목 을 만들었는데 뗏목으로 황하를 건넌 한나라 군사들은 신속하

게 진군하여 위왕 표의 후방 요지인 안읍(安邑)을 점령하고, 그를 사로잡았다.

⬤ 성루구하(聲淚俱下)
너무 감격한 나머지 울면서 이야기를 하는 것.

⬤ 성문과정(聲聞過情)
실제보다 세상의 평판이 과장되어 있는 것.

⬤ 성문호(成門戶)
일가를 이루고 집안을 일으키는 것이나 정치나 학문의 일파를 이룸.

⬤ 성사부설(成事不說)
이미 저지른 일에 대해선 그 어떤 이야기도 하지 않는 것.

⬤ 성상근습상원(性相近習相遠)
교육의 무한한 가능성을 말한 것.

⬤ 성수자지명(成豎子之名)
완패를 인정하였을 때 쓰는 말로 풋내기에 당했을 때 하는 말.

⬤ 성어중형어외(誠於中形於外)
마음에 성의가 있으면 말하지 않아도 남과 통할 수 있다는

것.

⊖ 성하지맹(城下之盟)
성(城) 밑에서 강화의 맹약을 체결한다는 뜻으로 대단히 굴욕적인 항복이나 강화를 의미한다.

⊖ 성혜(成蹊)
샛길이 생긴다는 뜻. 곧 덕(德)이 높은 사람은 자기 선전을 하지 않아도 자연히 사람들이 흠모하여 모여듦의 비유.

⊖ 성호사서(城狐社鼠)
군주를 가까이서 섬기며 군주의 권세를 믿고 나쁜 짓만을 일삼는 신하. 자신의 장치를 단단히 해두고 못된 짓을 하는 자에 비유한다.

⊖ 성화요원(星火燎原)
작은 나쁜 짓이라고 해서 그것을 그대로 내버려두면 점차 커져서 나중에는 걷잡을 수 없게 됨의 비유. 또 불이 들판을 태워가듯이 나쁜 짓의 기세가 너무 커서 어떻게 손을 쓸 수 없음의 비유.

⊖ 세군(細君)
본래는 제후의 부인을 일컫던 말인데, 남에게 자기의 아내를 말하거나, 남의 아내를 말할 때 이렇게 불렀다.

⊖ 세단의장(世短意長)
사람의 일생은 짧고 사람의 고민은 많다는 것.

270

● 세요(細腰)

미인을 비유할 때 쓰는 말인데 여성의 날씬한 허리를 일컬음.

● 세월부대인(歲月不待人)

세월은 사람을 기다리지 않는다는 말로, 세월이란 한번 흘러 가면 다시 돌아오지 않음을 뜻한다.

출전(出典) 알아 보기

● 세월부대인(歲月不待人)

도연명은 진(晋)나라 때의 시인으로 이름은 잠(潛)이고 연명은 그의 자(字)이다. 도연명이 살던 때는 동진(東晋)의 왕실이나 사족(士族)들의 세력이 약화되고 차츰 신흥 군벌들이 대두하여 서로 각축을 다투던 때였다. 군벌들은 동진의 왕을 유폐시키거나 사살하는 행위를 자행했으며, 자기들끼리 엎치락뒤치락하며 흥망성쇠를 거듭하였다. 그리고 외부로부터의 이민족의 침략과 내부에서의 농민봉기 등이 끊이질 않아 국가와 사회와 백성들의 생활은 문자 그대로 도탄에 빠져 허덕이고 있었다.

그 당시 도연명의 집안은 대단하지는 않았으나, 사족에 속했고, 그의 학식은 보수적 문인 계층에 속했다. 그는 신흥 군벌들과 어울릴 수 없어 관직을 떠나게 된다.

그는 귀거래사(歸去來辭)를 쓰고 전원으로 들어가 몸소 농사를 지었으며, 때때로 술에 취해 '동쪽 울타리에 국화를 따며 우

271

연히 남산을 바라보던' 은일(隱逸)의 풍류를 즐겼다. 그의 '잡시'또한 그러한 마음을 담고 있다.

인생은 뿌리 없이 떠다니는 밭두렁의 먼지같이 표연한 것
바람 따라 흐트러져 구르는 인간은 원래가 무상한 몸
땅에 태어난 모두가 형제리니 어찌 반드시 골육만이 육친일소냐
기쁨 얻거든 마땅히 즐겨야 하며 말 술 이웃과 함께 모여 마셔라
젊은 시절은 거듭 오지 않으며 하루에 아침 두 번 맞지 못한다
때를 놓치지 말고 부지런히 일해라 세월은 사람 안 기다리고 지나노라

이 시에서 알 수 있듯이, 젊은 시절은 훌쩍 흘러가게 마련이다. 흐르는 세월을 가로막을 수 없는 것이기에 오늘 하루하루를 의미 있게 살아갈 필요가 있다.

● **세이**(洗耳)
자기의 행실을 깨끗이 함의 비유. 더러운 말을 들었을 때 귀를 씻어 깨끗이 하는 것.

● **세한연후지송백지후조**(歲寒然後知松栢之後凋)
그 사람의 진가는 그 사람이 어려운 일을 만났을 때 그의 대처하는 행동을 보고서 알 수 있다는 말의 비유.

● **소년이로학난성**(少年易老學難成)
소년은 늙기 쉬우나 학문을 이루기는 어렵다는 말.

● **소림일지**(巢林一枝)
조그마한 집에 살면서도 만족을 하는 것. 제분수를 알고 만족함을 비유해서 말한다. 새가 집을 짓는 것은 숲 속의 단 하나의 가지에 지나지 않음에서 나온 말이다.

● **소비하청**(笑比河淸)
근엄해서 어지간한 일에는 웃지 않는 것.

● **소살**(笑殺)
크게 웃는 것을 말함. 여기서 '살'은 의미를 강조하기 위해서 쓰였다.

● **소심익익**(小心翼翼)
마음을 작게 하고 공경한다는 말로, 대단히 조심하고 삼가는 것을 말한다.

● **소인궁사람의**(小人窮斯濫矣)
덕과 교양이 없고 사려가 얕은 사람이 곤궁하면 자제심을 잃고 법에 어긋나는 일을 저지르고 만다.

● **소인지과필문**(小人之過必文)
덕과 교양이 없는 사람은 자신의 과오를 고치려고 하지 않고 애써 덮어둠으로써 숨기려 한다.

● 소인지교감여례(小人之交甘如醴)

생각이 얕고 인격이 낮은 사람과의 사귐은 쉽고 편안하기는
하나 아울러 그만큼 깨지기가 쉽다.

● 소인지용(小人之勇)

사려가 깊지 않은 사람의 어리석은 용기를 말함.

● 소인한거위불선(小人閑居爲不善)

소인을 혼자 놔두게 되면 남이 보이지 않는 것을 알고 나쁜
짓을 하기가 쉽다.

● 소자불가측(笑者不可測)

욕을 하면서 화를 내는 사람은 보통의 감정을 가진 사람이기
때문에 그다지 위험하지는 않지만, 화를 잘 내지 않고 웃고 있는
사람은 마음속으로 어떤 생각을 하고 있는지 알 수가 없어 위험
한 존재이다. 또 어떤 일이 있어도 웃고 있는 사람은 무엇을
생각하고 있는지 헤아릴 수가 없음에도 비유한다.

● 소중도(笑中刀)

겉으론 온화해 보이고 좋은 사람처럼 보이나 실제로는 음험함
의 비유이다.

● 소지(掃地)

쓰레기를 치워버리듯이 몽땅 없어져 버리는 것.

● 소획불여소망(所獲不如所亡)

이익보다 손실이 월등하게 많음을 이르는 말.

● 속수지례(束脩之禮)

묶은 육포의 예절이라는 말로, 스승을 처음 만나 가르침을 청할 때 작은 선물을 함으로써 예절을 갖추는 것을 말한다. 이 속수는 예물 가운데서 가장 약소한 것이다.

● 속지고각(束之高閣)

오랫동안 쓰지를 않고 그냥 방치해 두는 것. 또한 사람을 오랫동안 임용하지 않고 그대로 두는 것을 말함.

● 손여지언(巽與之言)

자신을 낮추고 조심스럽게 그러나 분명하게 하는 말.

● 송양지인(宋襄之仁)

송나라 양왕(襄王)의 인정이란 뜻. 곧 쓸데없는 인정을 베푸는 것의 비유. 무익한 동정이나 배려. 양왕이 초나라와 싸움을 벌일 때 적의 군대가 아직 정비되기 전에 공격하는 것은 '군자는 남의 약점을 노리지 않는다'라고 하여 공격하고 있지 않다가 결국 초나라에게 패하고 말았다는 고사에서 이 말이 유래되었다.

● 수갈불완(短褐不完)

가난하여 입고 있는 의복이 해져 있는 것.

● 수경무사(水鏡無私)

사심이 없고 공평함의 비유. 여기에서 '수경'은 물과 거울을 말하는데 물과 거울은 모두 현실을 있는 그대로 비춰내는 것으로 생각되고 있었다.

● 수경지인(水鏡之人)
맑고 밝게 사람을 비춘다는 수경처럼 모범이 되고 총명한 사람의 비유.

● 수공명어죽백(垂功名於竹帛)
이름을 후세에 길이 남기는 것으로 역사에 그 사람의 이름과 공이 기록되어서 남는 것을 말함.

● 수구여병(守口如甁)
입을 병마개 막듯이 봉하라는 뜻으로, 비밀을 잘 지키라는 말.

● 수구초심(首丘初心)
여우는 죽을 때 머리를 자기가 살던 굴로 향한다는 말로써, '고향을 그리워하는 마음'을 일컫는 말. 옛사람의 말에 이르되, 여우가 죽을 때에 머리를 자기가 살던 굴 쪽으로 바르게 향하는 것을 바로 인(仁)이라고 하였다.

● 수기(數奇)
불행, 불우, 불운.

● 수도거성(水到渠成)
조건이 모두 갖추어져 있으면 그 일은 모두 성사된다는 비유.

여기에서 '거'는 물이 통하는 도랑을 말하는데 물이 흐르면 저절로 흙이 깎이면서 도랑이 만들어진다는 것.

● 수독오거서(須讀五車書)
읽어야 할 책들이 너무 많은 것. 여기에서 '오거'는 다섯 대의 수레에 실을 만큼 많은 책을 말한다.

● 수락석출(水落石出)
물이 빠지니 강바닥의 돌이 드러남. 곧 흑막이 걷히고 진상이 드러남.

● 수렴청정(垂簾聽政)
보위에 오른 임금의 나이가 어리거나 몸이 약한 경우 임금의 모친이나 황태후, 또는 조모인 태황태후가 임금 대신 정사를 보는 것.

● 수망상조(守望相助)
모두가 힘을 한데 합쳐 도둑 등을 감시하고 막아내는 것.

● 수미이취(數米而炊)
도가(道家)의 입장에서 유가(儒家)를 비판한 말.

● 수복난재수(水覆難再收)
엎지러진 물은 다시 담을 수 없다는 말로 한번 실수는 다시 돌이킬 수 없다는 말.

⬤ 수사심복(輸寫心腹)

하나도 숨기는 일이 없이 마음에 두었던 것을 모두 털어놓는 것을 말함.

⬤ 수상(垂裳)

특별한 방책을 따로 강구하지 않더라도 세상이 잘 다스려지는 것을 말함.

⬤ 수서양단(首鼠兩端)

구멍에서 머리만 내밀고 좌우를 살피는 쥐라는 뜻. 곧 진퇴 거취를 정하지 못하고 망설이는 상태. 두 마음을 가지고 기회를 엿봄.

⬤ 수석침류(漱石枕流)

돌로 양치질하고 흐르는 물을 베개로 삼는다는 뜻. 곧 실패를 인정하려 들지 않고 억지를 씀. 억지로 발라 맞춰 발뺌을 함. 남에게 지기 싫어서 좀처럼 체념을 안하고 억지가 셈의 비유.

출전(出典) 알아 보기

⬤ 수석침류(漱石枕流)

진(晉:265~317)나라 초엽, 풍익 태수(馮翊太守)를 지낸 손초 (孫楚)가 벼슬길에 나가기 전, 젊었을 때의 일이다. 당시 사대부간에는 속세의 도덕 명문(名聞)을 경시하고 노장(老莊)의 철리(哲理)를 중히 여겨 담론하는 이른바 청담(清談)이 유행하던 때였다. 그래서 손처도 죽림칠현처럼 속세를 떠나 산림에 은거하기로 작정하고 어느 날, 친구인 왕제에게 흉금을 털어놓았다.

이때 '돌을 베개삼아 눕고, 흐르는 물로 양치질하는 생활을 하고 싶다(枕流漱石)'고 해야 할 것을, 반대로 '돌로 양치질하고, 흐르는 물을 베개로 삼겠다(漱石枕流)'고 잘못 말했다. 왕제가 웃으며 실언임을 지적하자 자존심이 강한 데다 문재까지 뛰어난 손초는 서슴없이 이렇게 강변했다.

"흐르는 물을 베개로 삼겠다는 것은 옛날 은사인 허유(許由)와 같이 쓸데없는 말을 들었을 때 귀를 씻기 위해서이고, 돌로 양치질한다는 것은 이를 닦기 위해서라네."

● 수수방관(袖手傍觀)
팔짱을 끼고 곁에서 보고만 있다는 뜻으로 간섭하지 않고 그냥 내버려 둠.

● 수수방원기(水隨方圓器)
사람의 성격은 환경에 의해 형성이 되어지고 변한다는 것. 또 사회는 위정자들에 의해 좌우되고 있음을 비유.

● 수신제가치국평천하(修身齊家治國平天下)
천하를 다스리기 전에 자기의 행실을 올바르게 하고 가정을 잘 돌보아야 한다는 것.

● 수어지교(水魚之交)
물과 물고기의 사귐이란 뜻으로 임금과 신하 또는 부부사이처럼 매우 친밀한 관계를 이르는 말. 물고기가 물을 떠나 살 수 없듯이 아주 친밀하여 떨어질 수 없는 사이.

출전(出典) 알아 보기

● 수어지교(水魚之交)

　당시 위나라의 조조는 강북의 땅을 평정하고, 오나라의 손권은 강동의 땅에서 세력을 얻어, 위나라와 오나라는 점점 근거지를 굳히고 있었지만, 유비에게는 아직도 근거할 만한 땅이 없었다. 또 유비에게는 관우와 장비와 같은 용장이 있었지만, 천하의 계교를 세울 만한 지략이 뛰어난 선비가 없었다. 이러한 때에 제갈공명과 같은 사람을 얻었으므로, 유비의 기쁨은 몹시 컸다. 그리고 제갈공명이 금후에 취해야 할 방침으로서,
　형주와 익주를 눌러서 그곳을 근거지로 할 것과, 서쪽과 남쪽의 이민족을 어루만져 뒤의 근심을 끊을 것과 내정을 다스려 부국강병의 실리를 올릴 것과, 손권과 결탁하여 조조를 고립시켜, 시기를 보아 조조를 토벌할 것 등을 말하자, 유비는 전적으로 찬성하여 그 실현에 힘을 다하게 되었다. 이리하여 유비는 제갈공명에게 절대적인 신뢰를 두고, 두 사람의 교분은 날이 갈수록 친밀해졌다.
　그러자 관우나 장비 등이 불만을 품었다. 새로 참여한 젊은 사람(제갈공명이 유비의 휘하에 들어온 것은 28세였다)인 제갈공명만이 중하게 여겨지고, 자기들은 가볍게 취급되는 줄로 생각했기 때문이다. 이리하여 유비는 관우와 장비등을 위로하여

280

말했다. '내가 제갈공명을 얻은 것은 물고기가 물을 얻은 것과 같다. 즉 나와 제갈공명은 물고기와 물과 같은 사이이다. 아무말도 하지 말기를 바란다.' 이렇게 말하자, 관우와 장비 등은 불만을 표시하지 않게 되었다.

● **수오지심**(羞惡之心)
자신의 그릇됨을 부끄러워하고 남의 바르지 못함을 미워하는 마음.

● **수욕정이풍부지**(樹欲靜而風不止)
나무가 조용해지길 원하나 바람이 멈추질 않는다. 이것은 효도를 하고 싶은데 정작 부모는 세상을 떠나고 없어 효도를 할 수 없다는 한탄을 말한다.

● **수우**(守愚)
자기의 재능을 숨기고 어리석은 사람처럼 행동을 하는 것. 또한 자신의 재능이나 지식을 남에게 자랑하지 않는 것.

● **수유가효불식부지기지**(雖有嘉肴弗食不知其旨)
실제로 해보지도 않고 그 효능을 알 수 없다는 것을 말함. 실천하는 것이 매우 중요함을 이르는 말.

● **수유지혜불여승세**(雖有智慧不如乘勢)
지혜가 아무리 뛰어나더라도 일의 추세나 정세에 따라 잘 적응해 나가는 것보다 못하다.

● 수이부실(秀而不實)

학문에 뜻을 두고서 노력을 해보았지만 별다른 성과를 거두지 못하고 중도에서 포기해 버리고 마는 것.

● 수일주(輸一籌)

아주 근소한 차이로 패배함을 비유. 여기에서 '주'는 수를 계산할 때에 쓰던 가늘고 길다란 대나무 막대기를 말한다. 그러니까 그 막대기만큼 졌다는 뜻이다.

● 수자부족여모(竪者不足興謀)

아이와는 함께 일을 도모할 수 없다는 말로, 풋내기와는 큰일을 꾀할 수 없음을 비유한다.

● 수적천석(水滴穿石)

물방울이 돌을 뚫는다는 뜻. 곧 물방울이라도 끊임없이 떨어지면 종내엔 돌에 구멍을 뚫듯이, 작은 노력이라도 끈기 있게 계속하면 큰 일을 이룰 수 있음의 비유. 작은 것이라도 모이고 쌓이면 큰 것이 됨의 비유. 큰 힘을 발휘함의 비유.

출전(出典) 알아 보기

● 수적천석(水滴穿石)

북송(960~1127) 때 숭양현령(崇陽縣令)에 장괴애(張乖崖)라는 사람이 있었다. 어느 날 그는 관아를 돌아보다가 창고에서 황급히 튀어나오는 한 구실 아치를 발견하여 잡아서 조사해 보니 상투 속에서 한 푼짜리 엽전 한 닢이 나왔다. 엄히 추궁하자 창고에서 훔친 것이라고 했다. 즉시 형리에게 명하여 곤장을 치라고 하자 그 구실 아치는 장괴애를 노려보며 이렇게 말했다.

"이건 너무 하지 않습니까? 사또, 그까짓 엽전 한 푼 훔친 게 뭐 그리 큰 죄라고."

이 말을 듣자 장괴애는 화가 머리끝까지 치밀었다.

"네 이놈! 티끌 모아 태산(塵合泰山)이란 말도 못 들었느냐? 하루 한 푼(一文)이라도 천 날이면 천 푼이요, 물방울도 끊임없이 떨어지면 돌에 구멍을 뚫는다(水滴穿石)고 했다."

장괴애는 말을 마치자마자 층계 아래 있는 죄인 곁으로 다가가 칼을 빼어 목을 치고 말았다. 이 같은 일은 당시 상관을 무시하는 구실 아치의 잘못된 풍조를 고치려는 행위였다고 《옥림학로(玉林鶴露)》는 쓰고 있다.

● 수전노(守錢奴)
아주 인색한 사람을 말한다.

● 수족이처(手足異處)
처형되는 것을 말함. 직접적으로는 손과 다리가 잘리는 것을 말함.

● 수졸(守拙)
세상에서 아부를 하면서 사느니 차라리 고지식함을 끝까지 지키며 살아가기를 고집하는 것.

● 수주대토(守株待兎)

나무그루터기를 지키며 토끼를 기다림의 뜻으로, 노력하지 않고 득을 보려 하지 말라는 비유. 융통성이 없는 어리석은 사람. 옛날 춘추시대 송나라의 한 농부가 밭을 갈고 있는데 갑자기 토끼 한 마리가 뛰어와 밭가의 나무 그루터기에 부딪쳐 죽는 것이 아닌가. 농부는 아무런 힘도 들이지 않고 토끼를 잡게 되었다. 그 뒤부터 그는 농사일을 팽개치고는 매일 그루터기만 지켰다. 그러나 토끼는 두 번 다시 나타나지 않았고 밭에는 잡초만 무성하게 자랐다. 송나라 사람들의 웃음거리가 되었음은 물론이다.

● 수중견해차오지(水中見蟹且惡之)

어떤 사람에 대한 심한 분노를, 그 사람에 관계되는 다른 것에까지 미치는 것.

● 수즉다욕(壽則多辱)

오래 살면 욕된 일이 많다는 뜻으로, 오래 살수록 망신스러운 일을 많이 겪게 된다는 말.

● 수즉재주수즉복주(水則載舟水則覆舟)

군주나 통치자는 백성들에 의해 좌우된다는 이야기다. 여기에서 '수'는 백성을, '주'는 군주나 통치자 등에 비유한다. 물은 배를 띄우고 있지만 배를 전복시키는 것 또한 물이다. 이처럼 군주는 백성에 의해 권세를 얻고 있지만 또한 백성에 의해 권세를 잃을 수도 있다.

● 수지오지자웅(誰知烏之雌雄)

누가 까마귀의 암수를 분간할 수 있겠는가라는 뜻으로 사물의 옳고 그름을 구분하기가 어렵다는 말.

● 수천만인오왕의(雖千萬人吾往矣)

옳다고 판단한 경우에는 아무리 반대하는 사람이 많더라도 굽히지 않고 자신의 견해를 주장하고 관철시킨다는 것.

● 수청무대어(水淸無大魚)

물이 너무 맑으면 큰 물고기가 몸을 숨기지 못해 살 수 없다는 뜻으로, 사람이 너무 야박하거나 지나치게 똑똑하면 다른 사람들이 그를 두려워하고 피하여 벗을 사귀지 못함을 비유하는 말로 쓰인다.

● 수택(手澤)

너무 오래 써서 물건에 묻은 손때를 말함. 전하여 유품을 말한다.

● 수행병하(數行並下)

독서력이 뛰어나고 독해력 또한 뛰어난 것을 비유. 눈물이 여러 줄기로 흘러내림의 형용도 된다.

● 숙수지환(菽水之歡)

콩을 먹고 물을 마시는 가난한 생활을 하면서도 부모를 기쁘게 해드리고 효도를 하는 것.

● **숙야비해**(夙夜匪解)

아침 일찍부터 밤늦게 까지 쉬지 않고 계속해서 일을 하는 것.

● **숙흥야매**(夙興夜寐)

아침 일찍 일어나고 밤늦게 잔다는 뜻.

● **순덕자창역덕자망**(順德者昌逆德者亡)

도덕이 지시하는 데에 따라서 행동을 하는 사람은 번영을 이룰 수 있지만 도덕을 지키지 않고 행동하는 사람은 망하게 된다.

● **순망치한**(脣亡齒寒)

입술이 없으면 이가 시리다는 뜻. 곧 이웃 나라가 가까운 사이의 한쪽이 망하면 다른 한쪽도 온전하기 어려움의 비유. 서로 도우며 떨어질 수 없는 밀접한 관계, 또는 서로 도움으로써 성립되는 관계의 비유.

● **순우추요**(詢于芻蕘)

아랫사람의 의견이나 비판일지라도 그것이 옳은 것이면 순수하게 받아들이고 결코 그것을 부끄럽게 여기지 않는 것.

● **순천응인**(順天應人)

하늘의 도리를 따르며 백성의 믿음에 부응하는 군주의 자세를 말함.

● **순천자존역천자망**(順天者存逆天者亡)

자연의 이치를 거스르지 않고서 사는 사람은 오래 존속할 수
가 있고 그것을 거스르는 사람은 결국 망하게 된다는 것을 말함.

● **순치보차**(脣齒輔車)
이해관계가 서로 맞아떨어짐의 비유.

● **순풍이호**(順風而呼)
바람이 부는 방향으로 소리를 지른다는 말로, 좋은 기회를
타서 일을 행하면 성사(成事)하기 쉬움을 이름.

● **순피박**(脣皮薄)
입이 가벼워서 말이 많음의 비유.

● **술이부작**(述而不作)
옛날의 성인이나 현자의 가르침을 받아 이것을 개인적인 창작
의 보탬이 하나도 없이 그대로 후세에 전하는 것을 말함. 공자의
학문을 나타낸 말로서 아주 유명하다.

● **슬지처곤중**(蝨之處褌中)
틀에 박힌 식견을 가지고서 만족스러운 듯이 생각하고 있음의
비유.

● **슬처두이흑**(蝨處頭而黑)
이는 원래 희지만 검은 머리카락 속에 있으면 절로 검어진다
는 뜻. 환경에 따라 사람은 감화됨을 비유.

⊖ 습관약자연(習慣若自然)

습관도 너무 몸에 깊이 배어 있으면 천성처럼 된다.

⊖ 습여성성(習與性成)

습관을 자꾸 반복하면 끝내는 그 사람의 타고난 성질과 같아진다.

⊖ 습인체타(拾人涕唾)

시문(詩文) 등을 짓는데 있어 남의 것을 모방하는 것, 남의 이야기를 자신의 견해인 것처럼 서술하는 것.

⊖ 승당입실(升堂入室)

학문이나 예술 등의 교양을 취득해 그것을 마음껏 활용할 수 있는 수준에 도달해 있음을 비유.

⊖ 승묵(繩墨)

'승묵'은 목수가 직선을 그을 때에 쓰는 먹줄로서 규칙이나 규범, 혹은 사물의 표준을 말함.

⊖ 승패병가사불기(勝敗兵家事不期)

승부에서 이기고 지는 것은 아무도 예측할 수 없다는 말이다.

⊖ 시난득이이실(時難得而易失)

기회를 얻는다는 것은 매우 어려운 일이고 기회를 얻더라도 잃기 쉬우므로 소중하게 여겨야만 한다는 것이다.

● **시도교**(市道交)
이해득실을 따져서 남과 사귀는 것을 말한다.

● **시록**(尸祿)
자신의 직분을 게을리 하였으면서 그저 봉록만 꼬박꼬박 챙겨
받는 것.

● **시불가실**(時不可失)
한 번 밖에 오지 않는 기회를 놓치지 말라는 뜻.

● **시비지심**(是非之心)
시비를 가릴 줄 아는 마음.

● **시사약생**(視死若生)
죽음을 조금도 두려워 하지 않는 것.

● **시생여사**(視生如死)
생사를 뛰어넘어 속세를 벗어나 마음에 아무런 근심이 없어지
는 것.

● **시세장**(時世粧)
그 시대에 유행한 화장이나 복장.

● **시여처녀후여탈토**(始如處女後如脫兎)
처음에는 마치 처녀처럼 연약하게 보이며 얌전하게 행동하다
나중에는 토끼가 달아나듯이 재빨리 행동하여 가지고 있는 힘

을 발휘하는 것.

🙂 시오설(視吾舌)

'내 혀를 보아라'는 뜻. 곧 혀만 있으면 천하도 움직일 수 있다
는 뜻으로 한 말.

출전(出典) 알아 보기

🙂 시오설(視吾舌)

　전국 시대, 위(魏)나라에 장의(張儀)라는 한 가난한 사람이
있었다. 언변과 완력과 재능이 뛰어난 그는 권모술수에 능한
귀곡자(鬼谷子)에게 배웠다. 따라서 합종책(合從策)을 성공시켜
6국이 재상을 겸임한 소진(蘇秦)과는 동문이 된다. 장의는 수업
을 마치자 자기를 써 줄 사람을 찾아 여러 나라를 돌아다니다
가 초나라 재상 소양(昭陽)의 식객이 되었다.
　어느 날, 소양은 초왕이 하사한 '화씨지벽(和氏之璧)'이라는
진귀한 구슬을 부하들에게 피로연을 하는 잔치를 베풀었다. 그
런데 어찌 된 일인지 그 피로연에서 구슬이 감쪽같이 없어졌
다. 모두가 장의를 범인으로 지목했다. '가난뱅이인 장의가 훔
친 게 틀림없다'고
　그래서 장의는 수십 대의 매질까지 당했으나 끝내 부인했다.
마침내 그가 실신하자 소양은 할 수 없이 방면했다. 장의가 초
주검이 되어 집에 돌아오자 아내는 눈물을 흘리며 말했다.
　"어쩌다가 그래, 이런 변을 당했어요?"

그러자 장의는 느닷없이 혀를 쑥 내밀어 보인 다음 이렇게 물었다.

　　"내 혀를 봐요(視吾舌). 아직 있소, 없소?"

　　이 무슨 뚱딴지같은 소린가. 아내는 어이없다는 듯이 웃으며 대답했다.

　　"혀야 있지요."

　　"그럼 됐소."

　　몸은 가령 절름발이가 되더라도 상관없으나 혀만은 상(傷)해선 안 된다. 혀가 건재해야 살아갈 수 있고 천하도 움직일 수 있기 때문이다. 장의는 그 후 혀 하나로 진나라의 재상이 되어 연횡책(連衡策)으로 일찍이 소진이 이룩한 합종책을 깨는 데 성공했다.

　　[註] 합종책 : 전국시대, 강국인 진나라에 대항하기 위한 6국
　　　　　　　　동맹책.
　　　　귀곡자 : 전국시대의 종횡가(縱橫家:모사).
　　　　연횡책 : 6국이 개별적으로 진나라를 상국으로 섬기게
　　　　　　　　하는 정책.

● **시위소찬**(尸位素餐)

　이루어 놓은 것은 아무 공적도 없이 관록만 먹음을 일컫는 말.

● **시이사거**(時移事去)

　빠르게 지나가는 세월의 무상함을 말함. 세월이 흘러 사물에 변화가 생기는 것.

● **시작용자기무후호**(始作俑者其無後乎)

최초로 사람의 도리에 반하는 일을 부르짖은 사람은 반드시 불행해진다.

● **식객삼천**(食客三千)

자기 집에 식객이 많음을 비유.

● **식기일부지기이**(識其一不知其二)

사물의 한 단면만을 이해하고 다른 반면이나 응용을 모르는 것을 말함.

● **식마불음주상인**(食馬不飮酒傷人)

말고기를 먹고 술을 마시지 않으면 사람을 해치게 된다.

● **식무구포거무구안**(食無求飽居無求安)

군자는 배불리 먹는 것을 바라지 않으며 사는 집이 쾌적하기를 원하지 않는다는 공자의 말처럼 생활을 간소하게 해야 한다는 것을 말함.

● **식삼괴**(植三槐)

자손 중에서 고관대작이 나오길 바라고 장래의 출세를 지향하는 것.

● **식소사번**(食少事煩)

먹을 것은 적은데 할 일은 많은 것.

출전(出典) 알아 보기

◓ 식소사번(食少事煩)

제갈량이 두 번째 출사표를 내고 비장한 각오로 힘겨운 위 나라 공략을 시작했을 때의 이야기다. 제갈량은 사마의를 끌어 내려 빨리 승패를 결정지으려 했으나 사마의는 지구전으로 제 갈량이 지칠 때만을 기다리고 있었다. 이렇게 서로 대치해 있 는 가운데 사자들은 자주 오고 갔다. 언젠가는 사마의가 제갈 량이 보낸 사자에게 물었다. 공명은 하루 식사를 어떻게 하며, 일 처리를 어떻게 하시오? 그러자 사자는 음식은 지나치게 적 게 들고, 일은 새벽부터 밤중까지 손수 일일이 처리한다는 이 야기를 했다. 그러자 사마의는 '먹는 것은 적고 일은 많으니 어 떻게 오래 지탱할 수 있겠소' 하고 진담 반 농담 반으로 말했 다. 사자가 돌아오자 제갈량은 사마의가 무슨 하는 말이 없던 가 하고 물었다. 사자가 들은 그대로 전하자 제갈량은, '중달의 말이 맞다. 나는 아무래도 오래 살 것 같지가 않다.'고 말했다는 것이다. 그러더니 결국 그 길로 병이 들어 세상을 떠났다.

◓ 식언(食言)
약속한 말을 지키지 않는다는 뜻.

◓ 식옥신계(食玉薪桂)
물가가 아주 비싼 것을 말함. 물가가 옥보다도 비싸고 땔감이 계수나무보다 비싸다는 것.

● **식우지기**(食牛之氣)

어렸을 때부터 커다란 기상이 있음이 보이는 것. 이 다음에 큰 인물이 될 사람은 어렸을 때부터 다르다는 것.

● **식이부지기미**(食而不知其味)

마음이 집중되어 있질 않고 흐트러져 있으면 무엇을 먹어도 그 진정한 맛을 모른다는 것.

● **식자우환**(識字憂患)

서투른 지식 때문에 도리어 일을 망치는 경우가 많다.

● **식지동**(食指動)

식지(집게손가락)가 움직인다는 뜻으로 음식이나 사물에 대해 일어나는 욕심 또는 야심을 품는 것을 비유한 말이다.

● **신공귀부**(神工鬼斧)

귀신이 만들었다 할만큼 아주 정교한 솜씨를 말함.

● **신목자필탄관**(新沐者必彈冠)

청렴결백한 사람은 속세의 먼지를 싫어하는 법이다. 여기에서 '신목'은 막 머리를 감았다는 뜻이다.

● **신미**(伸眉)

근심이 없어져 마음을 놓는 것.

● **신상필벌**(信賞必罰)

294

공이 있는 사람에겐 반드시 상을 내리고 죄를 짓는 사람에겐 반드시 벌을 내린다는 것.

⬤ 신수지로(薪水之勞)
그날그날 하는 일상의 잡다한 일을 말함. 여기에서 '신수'는 땔감과 물이라는 뜻으로 나무를 하고 물을 긷는다는 뜻이다.

⬤ 신약불승기의(身若不勝其衣)
몸이 허약함. 겁을 먹고 몸이 움츠러드는 형용.

⬤ 신인공분(神人共憤)
사람뿐만 아니라 신까지 화나게 하여 원한을 품는다는 것.

⬤ 신장즉영장(身長則影長)
키가 크면 그림자도 길어지듯이 훌륭한 인물은 자신도 모르게 좋은 평가가 주어짐의 비유.

⬤ 신진대사(新陳代謝)
묵은 것은 점점 사라지고 새로운 것이 나타나는 것.

⬤ 신체발부수지부모(身體髮膚受之父母)
자신의 몸은 부모로부터 받은 것이다. 효도는 먼저 부모로부터 물려받은 신체를 손상시키지 않는 일이며 이것은 '효경(孝經)' 첫머리의 구절에서 나온 말이다. '신체발부'는 몸뚱아리 전체를 말하며 '발부'는 머리카락과 피부의 뜻이다.

● 신출귀몰(神出鬼沒)

귀신과 같이 홀연히 나타났다가 감쪽같이 없어짐. 자유자재로
출몰하여 그 변화를 헤아릴 수 없는 일을 말함.

● 실도(失圖)

분별이 없음. 준비가 제대로 되지 않아 실패한다는 뜻에서
전해진 말이다.

● 실비저(失匕箸)

깜짝 놀라는 형용. 여기에서 '실'은 떨어뜨리다의 뜻을 가지고
있고 '비저'는 숟가락과 젓가락을 뜻함.

● 실사구시(實事求是)

사실에 토대를 두어 진리를 탐구하는 일.

출전(出典) 알아 보기

● 실사구시(實事求是)

한서(漢書) 하간헌왕전(河間獻王傳)에는 학문을 즐겼던 한
왕에 관한 기록이 있다. 한(漢)나라의 경제(景帝)에게는 유덕(劉
德)이라는 아들이 있었다. 유덕은 하간(河間 : 지금의 하북성 하
간현)에 봉하여지고 하간왕이 되었다. 그는 고서를 수집하여
정리하기를 좋아하였다. 진시황이 모든 책을 태워버린 이후 고

296

서적을 찾아보기 어려웠기 때문에, 적지 않은 책들은 비싼 값을 치르고 사오기도 하였다.

이렇다 보니, 많은 사람들도 하간왕 유덕이 학문을 좋아한다는 소식을 듣게 되었다. 그들은 선조들이 물려준 진(秦)나라 이전의 옛책들을 그에게 받쳤으며, 일부 학자들은 직접 하간왕과 함께 연구하고 정리하기도 하였다. 한무제(漢武帝)가 즉위하자, 유덕은 한무제를 비롯한 여러 학자들과 고대의 학문을 연구하여 많은 사람들로부터 칭송을 받았는데, 사람들은 그를 가리켜 '그는 학문 탐구를 즐길 뿐만 아니라 옛날 책을 좋아하며, 항상 사실로부터 옳은 결론을 얻어낸다(修學好古, 實事求是)'라고 말했다.

● 심광체반(心廣體胖)
마음을 깨끗이 하면 몸도 편안하고 여유로워진다. 마음에 비춰 부끄러움이 조금도 없음을 말한다.

● 심근고저(深根固柢)
기초가 튼튼한 것을 말함. 또는 사물의 근본이 단단한 것.

● 심복지환(心腹之患)
인체의 중요한 부분인 가슴과 배에 생긴 병으로 받는 고통. 외부가 아닌 내부의 화근으로 생긴 병폐.

● 심부재언시이불견청이불문식이부지기미(心不在焉視而不見聽而不聞食而不知其味)
마음이 집중되어 있지 않으면 아무 것도 할 수 없다는 말.

무슨 일에나 집중력을 가지고 임하면 못할 것이 없다.

● 심산대택생용사(深山大澤生龍蛇)
보통과 다른 곳에는 특별한 것이 있다. 또 큰 인물은 평범한 곳이 아닌 특별한 장소에서 태어남을 비유.

● 심정즉필정(心正則筆正)
마음이 바른 사람은 붓을 사용하는 것부터가 다르다.

● 십년마일검(十年磨一劍)
실력을 발휘할 수 있는 날을 위해 오랫동안 무술의 기량을 연마하는 것. 십년 동안 한 자루의 칼을 계속 갈고 있는 것. 전하여 복수할 기회를 엿보고 있는 뜻으로도 쓰인다.

● 십목소시(十目所視)
열 사람의 눈이 보는 바라 함이니 올바른 판단은 신중하게 내려야 함의 비유. 사람의 행동은 많은 사람의 공정한 비판을 받음으로써 공정해진다.

● 아미(蛾眉)

아름다운 눈썹을 가진 미인을 말함.

● 아부(亞父)

아버지 다음으로 존경하는 사람을 말함. 큰아버지, 작은아버지를 친밀하게 부르는 호칭이기도 하다.

● 아부영합(阿附迎合)

상대방의 비위를 맞추어 상대방의 마음에 들도록 하는 것, 아첨하는 것을 말한다.

● 아비규환(阿鼻叫喚)

지옥 중에서도 고통이 가장 심한 아비(阿鼻)와 규환(叫喚)은 모두 불가에서 말하는 8대 열지옥(熱地獄)의 하나다. 지옥 중에서도 고통이 가장 심한 곳이다.

● 아비규환(阿鼻叫喚)

아비는 범어(梵語) 'avici'의 음역(音譯)으로 阿는 無, 鼻는 구(求)의 뜻이다. 그것은 '전혀 구제 받을 수 없다'는 뜻을 지니고 있다. 또 이것은 8대 지옥 중 가장 아래에 있는데 고통이 잠시도 그칠 날이 없다고 해 무간지옥(無間地獄)이라고도 한다.

이곳에 떨어지면 옥졸이 죄인의 살가죽을 벗기는가 하면 그 벗긴 가죽으로 죄인을 꽁꽁 묶어 불수레의 훨훨 타는 불 속에 던져 태우기도 한다. 또 야차(夜叉-악마)들이 큰 쇠창을 불에 달구어서 지지고 입, 코, 배, 등을 꿰어 던지기도 하며 쇠로 된 매가 죄인의 눈을 파먹기도 한다. 그래서 이곳에 떨어지는 순간부터 하루에 수천 번씩 죽고 되살아나는 고통을 받게 되는데 잠시의 평온도 누릴 수 없다. 고통은 죄의 대가를 다 치른 후에야 끝난다.

규환은 '울부짖다'는 뜻이다. 역시 범어 'raurava'에서 유래된 말로 8대 지옥중 네 번째 지옥인데 누갈(樓喝)이라고 음역하기도 한다. 이곳엔 전생에 살생, 질투, 절도, 음탕, 음주를 일삼은 자들이 떨어지게 되는데, 물이 펄펄 끓는 거대한 가마솥에 빠뜨리거나 불이 활활 타오르는 쇠로 된 방에 들어가 뜨거운 열기에 고통을 받아야 한다. 워낙 고통스러워 규환지옥(叫喚地獄)이라고 한다. 이렇듯 아비규환은 너무도 고통스러워 지옥임을 알 수 있다. 그래서 차마 눈뜨고 보지 못하는 참상을 두고 아비규환 같다고 표현한다.

● 아수라장(阿修羅場)

피비린내 나는 아수라의 싸움터. 아수라는 범어(梵語) 'asura'의 음역(音譯)이다. 약칭 수라(修羅)라고도 하며 또 아소라(阿素羅), 아수륜(阿須侖)이라고도 하는 '추악하다'라는 뜻을 가지고 있다. 그는 수미산(須彌山) 아래 거대한 바다 밑에 살며 수억만리나 되는 크기에다 수백억년이나 장수하는 귀신이다. 모습도 흉측하기 그지없어 얼굴이 셋이고 팔이 여섯 개다.

● 아지언(我知言)

남의 말을 듣고서 그 진의를 파악하고 시비나 선악을 가린다.

● 아향(阿香)

아향은 진나라 여자의 이름인데, 뇌신을 가리킨다.

출전(出典) 알아 보기

● 아향(阿香)

진(晉)나라 의흥(義興)사람으로 성이 주(周)인 자가 있었다. 그는 영화(永和) 연간에 성곽 문을 나와 먼길을 떠났다. 날이 저물 무렵, 그의 발길이 이른 곳은 길가에 위치한 어떤 외딴 집이었는데, 막 자라난 작은 풀이 있었다.

그 집 앞에 어떤 여자가 나와 먼 곳을 바라보는 것이 보였다. 그녀의 나이는 대략 16, 7세 가량 되었으며, 용모는 단정하였고, 옷차림이 깔끔했다. 주가 아무 생각 없이 그 집 앞을 지나치자, 그녀가 주에게 이렇게 말했다.

"날이 이미 저물었고, 앞마을은 매우 먼데, 어떻게 가시려고 하십니까?"

이에 주는 하룻밤 묵어갈 수 있도록 해달라고 부탁을 하였다. 그녀는 주를 위해 불을 피우고 음식을 준비했다. 밤 여덟 시가 되자, 밖에서 어린아이가 부르는 소리가 들려왔다.

"아향(阿香)!"

그러자 그녀가 대답을 했고, 그 어린아이는 또 이런 말을 했다.

"관리가 당신을 불러 오랬어요. 뇌거(雷車)를 밀라고 합니다."

그녀는 인사를 하고 갔다. 밤이 되자 큰 우레 소리가 들리더니 비가 내렸다. 다음날, 새벽이 되어 그녀가 돌아왔을 때, 주는 이미 말에 올라 있었다. 어제 묵었던 곳을 돌아보니 새로 만든 무덤이 하나 눈에 띄었을 뿐이었다.

● 악목불음(惡木不蔭)

나쁜 나무에는 그늘이 생기지 않는다는 말로, 덕망이 있어야만 주변에 따르는 무리들이 많다는 뜻이다. 사람이 나쁜 심사를 품고 있으면, 그 주위에는 사람이 모여들지 않는다. 그것은 덕이 부족한 것이므로 남을 탓하기에 앞서 자신을 스스로 반성해야 한다.

● 악부지존(握符之尊)

천자의 자리를 말한다. 여기에서 '부'는 제왕이 된 자의 표지로서 그 사람에게 하늘이 내린 상서로운 상징이다.

302

● **악양수한**(握兩手汗)

아주 긴박한 상황에 처해 마음을 졸이는 것. 또 긴장이 심해 손바닥에 땀이 배어 나올 정도인 것.

● **악의악식**(惡衣惡食)

좋지 못한 옷을 입고 맛없는 음식을 먹음. 또는 그러한 옷과 음식.

● **안가**(晏駕)

천자의 영구차가 해가 진 다음에 출발한다는 것. 일설에는 천자는 해가 진 다음에 가마를 타고 조정에 나와 정사를 돌보는 데 천자가 세상을 떠났을 때에는 나오지 못하므로 '행차가 늦다' 고 말했던 데서 나온 말이라고도 한다.

● **안거포륜**(安車蒲輪)

노인을 공경하는 마음으로 조심스럽게 대하는 것.

● **안도**(安堵)

담 안(집안)에서 편안히 살다. 어떤 어렵고 중대한 일의 한 고비를 넘기고 마음을 놓게 되었다는 뜻임.

● **안도색준**(按圖索駿)

실정에 맞지 않는 행동을 하는 것을 말한다. 그러니까 실제 말을 보지 않고 그림이나 책에서 준마를 찾고 있다는 것.

● **안보이당거**(安步以當車)

높은 벼슬자리와 설사 가난하게 살지라도 자유로운 야인으로 살 것인가를 고르라면 야인이 되기를 원한다는 것을 말한다.

● **안서**(雁書)
철따라 이동하는 기러기가 먼 곳에 소식을 전한다는 뜻으로, 편지를 일컫는 말.

● **안석불출여창생하**(安石不出如蒼生何)
'안석이 나오지 않는다면 창생들을 어찌하겠는가'라는 뜻. 이는 현인이 나와야지만 도탄에 빠져 있는 백성들을 구할 수 있다는 간절한 뜻을 말하는 것이다.

● **안신**(雁信)
소식. 편지를 말함.

● **안우반석**(安于盤石)
매우 튼튼하고 안정되어 있는 것, 나라가 평안하고 태평함을 말한다.

● **안유태산**(安猶泰山)
'안'은 평안, '태산'은 중국의 오악(五岳)의 하나로 산동성에 있는 명산이다. 듬직한, 안정되어 있음의 비유로 흔히 쓰인다.

● **안자지어**(晏子之御)
안자의 마부. 변변치 못한 지위를 믿고 우쭐대는, 기량이 작은 사람을 말함.

● 안중지정(眼中之釘)

눈에 박힌 못이라는 뜻. 곧 나에게 해를 끼치는 사람의 비유. 몹시 싫거나 미워서 항상 눈에 거슬리는 사람(눈엣가시)의 비유.

● 안택정로(安宅正路)

'안택'은 마음놓고 있을 수 있는 집의 뜻으로 인(仁)에 비유되고 '정로'는 올바른 길로 의(義)를 비유한다.

● 알악양선(遏惡揚善)

악을 누르고 선을 드높인다. 그것이 군자가 해야 할 일이라는 것이다.

● 암중모색(暗中摸索)

어둠 속에서 손으로 더듬어 찾는다는 뜻으로, 어림짐작으로 찾는다(혹은 추측한다)는 말.

● 암혈지사(巖穴之士)

세상을 피해 굴속에 숨어서 사는 사람. 마음을 깨끗이·하여 세속에 물들지 않은 사람을 말함.

● 앙급지어(殃及池魚)

성문(城門)의 불을 끄느라 못물이 다하여 물고기까지 다 죽었다는 고사에서 유래한 말로 재난이 뜻하지 아니한 곳까지 미침을 비유하여 이르는 말. 즉 이해 당사자들의 싸움으로 엉뚱한 제3자가 피해를 입는 경우를 이른다.

● 앙불괴어천부부작어인(仰不愧於天俯不怍於人)

하늘을 우러러보아도 조금도 부끄럽지 않음. 양심에 어긋나는 일이 없어 무엇에도 조금도 부끄러움이 없음을 말한다.

● 앙비식(仰鼻息)
남의 기분이나 표정을 살피면서 신경을 모두는 것.

● 애년(艾年)
50세를 달리 이르는 말. 50세가 되면 머리가 쑥처럼 희끗희끗해지는 데서 나온 말이다.

● 애다즉법불립(愛多則法不立)
위정자에겐 법률을 엄격하게 적용시켜야 한다.

● 애다증지(愛多憎至)
남에게 총애를 많이 받으면 받을수록 다른 사람들로부터는 미움을 사게 되는 법이다. 특별하게 받는 총애는 자칫 파멸을 부를 수도 있으니 조심해야 한다는 경계의 뜻이다.

● 애석폐고(愛惜弊袴)
신상필벌을 실천하는 것을 말함. 여기에서 '폐고'는 다 떨어진 헌 바지를 일컬음. 다 떨어진 바지를 소중히 간직하여 공이 있는 사람에게 줄 때가 올 때까지 기다리듯이 어떠한 것이라도 그에 상응한 공에 따라서 준다는 것을 말한다.

● 애애(藹藹)
인품이나 분위기가 따뜻하고 아름다우며 부드러움을 말함.

사람과 사람 사이의 친밀하고 부드러운 분위기를 화기애애라 부른다.

● 애애부모(哀哀父母)

부모에게 효도를 하지 못하였는데 부모가 갑자기 돌아가셔서 슬퍼하는 말.

● 애이지기악(愛而知其惡)

아무리 아끼고 사랑하는 사람일지라도 이성을 가지고 상대방의 장단점을 냉철히 파악해야 한다는 교훈의 뜻.

● 애일(愛日)

겨울 해를 비유하기도 하고 또 시간을 아끼는 것을 말하기도 한다. 여기에서 '일'은 태양과 시간의 두 가지 뜻이 담겨져 있다. 겨울 해에 비유를 하는 것은 추운 겨울 햇빛을 아끼기 때문이며 반대로 한여름의 햇빛은 너무 따가워 이를 싫어하는 데서 여름 해를 '외일(畏日)'이라고 하여 무서운 것에 비유한다.

● 액항부배(搤亢拊背)

앞뒤에서 적의 급소를 공격하여 완벽하게 쓰러뜨려 승리를 하는 것.

● 앵무능언불리비조(鸚鵡能言不離飛鳥)

앵무새가 아무리 사람의 말을 흉내내고 있어도 사람일 수는 없다. 사람이 사람다운 행동을 하지 못한다면 금수와 조금도 다를 게 없음을 말한다.

● 야기(夜氣)

새벽의 맑은 공기와 같은 기분이라는 데에서 사욕에 빠지지 않고 맑고 깨끗한 심정을 말함.

● 야랑자대(夜郎自大)

자신의 분수를 모르고 분별력도 없이 거만한 것.

● 야무유현(野無遺賢)

뛰어난 인물은 모두 등용을 시켜서 정사를 돌보게 해야 나라가 안정된다는 것을 말함.

● 야무청초(野無靑草)

기근이 얼마나 심한지 들판에 난 풀 한 포기도 남아나지 않았다는 것.

● 야서지혼(野鼠之婚)

들쥐의 혼인이란 뜻. 곧 들쥐에게는 들쥐가 가장 좋은 배필이라는 뜻으로, 동류는 동류끼리 가장 잘 어울린다는 말이다. 또는 자기 분수를 모르는 인간의 허영심을 풍자함.

출전(出典) 알아 보기

● 야서지혼(野鼠之婚)

두더지가 그 자식의 좋은 혼처를 고르고자 하여 처음에 오직 하늘이 가장 높다라고 생각하여 혼처를 하느님에게 구했다. 하늘이 말하기를 '나는 비록 두루 만물을 포함하나 저 해와 달이 아니면 나의 덕을 나타낼 수 없다'라 하니 다시 해와 달에게서 구했다. 해와 달이 말하기를 '나는 비록 두루 비치나 오직 구름이 나를 가리운다. 저 구름이 나보다 높다'라 하니 두더지는 구름에게 구했다. 구름이 말하기를 '나는 비록 해와 달로 하여금 빛을 일게 하지만 오직 바람이 불면 흩어진다. 저 바람이 나보다 높다'라 하니 두더지가 바람에게 구하니 바람이 말하기를 '나는 비록 구름을 흩어지게 할 수 있으나 오직 밭사이 돌부처는 불어도 넘어뜨리지 못한다. 저 돌부처가 높다'라 했다. 두더지가 다시 돌부처에게 혼처를 구하니 돌부처가 말하기를 '나는 비록 바람을 두려워하지 않으나 오직 두더지가 발밑을 뚫으면 곧 넘어지고 자빠진다. 그러니 두더지가 나보다 높다.' 그리하여 두더지가 거만스레 스스로 만족하여 '천하의 높은 것이 우리 만한 것이 없다'라 하고 드디어 두더지에게 결혼을 시켰다.

● **야심**(野心)
야성이 있어 사람을 해치고자 하는 마음.

● **야우대상**(夜雨對牀)
형제, 혹은 친구들과 친밀해짐을 비유함. 여기에서 '대상'은 잠자리를 나란히 하고 잔다는 뜻이다.

● **야우전춘구**(夜雨剪春韭)
친구가 찾아온 것을 기뻐하며 대접을 하는 것으로 우정이 매우 두터움을 비유함.

◒ 야이계일(夜以繼日)
낮부터 밤까지 쉬지 않고 계속 일만 해대는 것.

◒ 야학(野鶴)
속세와의 인연을 끊고 초연하게 살아가는 사람을 말한다.

◒ 야호선(野狐禪)
얕은 선의 수행을 하였으면서도 마치 득도라도 하기나 한 것처럼 착각을 하고 자만에 빠져 있는 사람을 말한다.

◒ 약대한지망운예(若大旱之望雲霓)
진심으로 바라고 또 바라는 것. 특히 좋은 신하가 나타나기를 간절히 바라는 것.

◒ 약롱중물(藥籠中物)
약롱 속의 약품이란 뜻으로, 항상 곁에 없어서는 안 될 긴요한 인물(심복)을 이르는 말.

◒ 약백구지과극(若白駒之過隙)
시간이 빠름을 비유함. 여기에서 '백구'는 백마의 뜻인데 햇빛에 비유되고 '극'은 틈이나 구멍을 가리키는데 백마가 벽의 틈새로 순간적으로 스쳐 지나는 것이 보이는 것과 같이 아주 짧은 동안을 말한다.

● **약불계지주**(若不繫之舟)

생각이나 행동에 일정한 방향이 없고 허탈함에 비유. 방랑하며 떠돌아다니는 사람을 말하기도 한다.

● **약석무공**(藥石無功)

온갖 약을 다 써서 치료를 해도 소용이 없는 것. 병이 위독하거나 병으로 죽는 뜻으로도 쓰인다.

● **약석지언**(藥石之言)

병을 치료하는 약처럼 효험이 있는 말로 남을 훈계하여 그 사람으로 하여금 자신의 결점을 고치게 하는 말. 아주 이로운 말.

● **약섭대수**(若涉大水)

아주 위험함에 비유. 여기에서 '대수'란 큰 강을 말한다.

● **약신발어형**(若新發於硎)

튼튼히 잘 만들어진 물건은 아무리 오랜 시간이 흘러도 변하지 않는다. 사용법을 올바르게 하여 쓴 물건은 오래 되어도 유용하게 쓰인다.

● **약월인시진인지비척**(若越人視秦人之肥瘠)

무관심과 무책임한 것.

● **약육강식**(弱肉强食)

약자는 강한 자에게 먹힘을 당한다는 것. 강대한 것이 약소한

311

것을 학대하고 희생시키는 것을 말함.

● 약추지처낭중(若錐之處囊中)
재능이 있는 사람은 저절로 그것이 겉으로 드러난다.

● 약합부절(若合符節)
사물이 조금의 오차도 없이 딱 들어맞는 것을 말하고 또한 서로가 똑같음에도 비유한다. 여기에서 '부절'이란 팻말의 한가운데에 증거가 되는 도장을 찍고 그것을 둘로 나누어 각각 하나씩을 나누어 가진 다음 후일의 증거로 삼는 것을 말한다.

● 약환지무단(若環之無端)
모든 것이 연결이 되어 끊기는 일이 없다는 것.

● 약후삭지어육마(若朽索之馭六馬)
매우 곤란하고 위험함의 비유이다. 여기에서 '후삭'은 썩은 밧줄을 가리킴.

● 양고심장약허(良賈深藏若虛)
진정으로 훌륭한 사람은 그 뛰어난 점을 과시하거나 뽐내지 않는다는 것. 아울러 훌륭한 장사꾼은 상품을 잘 간직해서 마치 아무 것도 가지고 있지 않은 것처럼 보인다는 뜻이다.

● 양관곡(陽關曲)
송별의 노래를 말함.

● 양금택목서(良禽擇木棲)

재능을 키워 줄 훌륭한 사람을 가려서 섬김의 비유. 현명한 새는 좋은 나무를 가려서 둥지를 친다는 뜻으로, 여기에서 '금'은 새를 가리키는데 현명한 새는 살기에 알맞은 나무를 골라서 산다는 뜻이다.

● 양두구육(羊頭狗肉)

밖에는 양 머리를 걸어 놓고 안에서는 개고기를 판다는 뜻. 곧 거짓 간판을 내건다는 뜻인데 좋은 물건을 내걸고 나쁜 물건을 팔 때도 마찬가지이다. 겉과 속이 일치하지 않음의 비유. 겉으로는 훌륭하나 속은 전혀 다른 속임수의 비유.

● 양병(養病)

병으로 쇠약해진 몸을 건강하도록 잘 돌보는 것.

● 양산박(梁山泊)

야심가. 호걸연(豪傑然)하는 사람들이 모이는 곳을 비유한다. 여기에서 '양산'은 산 이름, '박'은 호수, 늪의 뜻이다.

● 양상군자(梁上君子)

도둑을 말하는데 들보 위에 숨은 도둑을 가리켜 '양상군자'라 부른 데서 나온 말이다.

● 양약고구(良藥苦口)

좋은 약은 입에 쓰다는 뜻으로, 충언(忠言)은 귀에 거슬린다는 말.

● **양웅불구립**(兩雄不俱立)

두 영웅이 함께 설 수는 없다. 반드시 어느 한 쪽이 쓰러질 때까지 싸운다는 뜻이다.

● **양이천석**(良二千石)

뛰어나고 선량한 지방관을 말하는데 중국 한나라 때의 군의 태수의 녹이 일 년에 이 천석이었던 데서 나온 말이다.

● **양장**(羊腸)

양의 창자라는 뜻에서 꼬불꼬불 구부러진 것의 비유.

● **양주몽**(揚州夢)

화려하고 즐겁던 지난날의 추억, 꿈과 같은 생활의 추억을 말한다.

● **양지지효**(養志之孝)

항상 부모의 뜻을 받들어 마음을 기쁘게 해드리는 효행을 말함.

● **양질호피**(羊質虎皮)

겉모양은 번지르르한데 속은 그러치 않은 것. 호랑이 가죽을 하고 있는데 실질은 양이라는 것을 말한다. 겉은 얼마든져 치장을 해서 꾸밀 수 있지만 본질은 바꿀 수 없음을 말한다.

● **양춘백설화자과**(陽春白雪和者寡)

뛰어난 사람의 행동과 말은 보통 사람이 흉내내기 어렵다는

314

것을 말함.

● 양출이제입(量出而制入)

나가는 것을 측량해서 들어오는 것을 제한한다는 뜻. 곧 필요한 양을 재서 미리 수입의 양을 조정한다는 말이다. 수입과 지출을 잘 계획해서 조정함을 뜻하는 말이다.

● 양포지구(楊布之狗)

양포라는 사람의 개. 겉이 달라졌다고 해서 속까지 달라진 걸로 알고 있는 사람을 가리켜 양포지구라고 한다.

출전(出典) 알아 보기

● 양포지구(楊布之狗)

양주(楊朱)의 아우 양포(楊布)가 아침에 나갈 때 흰옷을 입고 나갔었는데, 돌아올 때는 비가 오기 때문에 흰옷을 검정 옷으로 갈아입고 들어왔다. 그러자 집에 기르고 있는 개가 낯선 사람으로 알고 마구 짖어댔다. 양포가 화가 나서 지니고 있던 지팡이로 개를 때리려 하자 형 양주가 그것을 보고 양포를 이렇게 타일렀다.

"개를 탓하지 마라. 너도 마찬가지일 것이다. 만일 너의 개가 조금 전에 희게 하고 나갔다가 까맣게 해 가지고 들어오면 너는 이상하게 생각지 않겠느냐?"

양주는 전국시대 중엽의 사상가로 묵자와 대조적인 사상을 주창하고 있었다. 묵자는 온 천하 사람을 친부모 친형제처럼 사랑하라고 외친 데 대해 양주는 남을 위하여 그런 부질없는 짓은 그만두고 저마다 저 하나만을 위해 옳게 살아가면 천하는 자연 무사태평한 법이라고 주장했다. 그래서 맹자는 말하기를 양자는 나만을 위하니 아비가 없고, 묵자는 똑같이 사랑하니 임금이 없다. 아비가 없고 임금이 없으면 이는 곧 날짐승과 다를 것이 없다고 했다. 양주는 인간의 본능을 전면적으로 걱정하는 낙천주의자로 보고 있으나, 그의 근본사상은 도가의 무위자연에 있다. 그는 모든 것을 있는 그대로 보려 했기 때문에 양포의 개를 긍정적으로 너그럽게 볼 수 있었던 것이다.

⊖ 양호유환(養虎遺患)

빨리 없애버려야 할 것을 그대로 두어 불안함을 남겨 두는 것.

⊖ 양호이환(養虎貽患)

호랑이를 키웠다가 그 호랑이에게 물린다는 뜻으로, 은혜를 베풀었다가 도리어 해를 당함을 비유하여 이름. 믿는 도끼에 발등 찍힌다.

⊖ 양후지파(陽侯之波)

'양후'란 중국 진나라의 양릉국의 군주. 양후가 물에 빠져 죽었는데 그가 수신(水神)이 되어 풍파를 일으켜서 배를 전복시키게 하는 해를 입혔다는 고사에서 나온 말이다.

● **어부지리**(漁父之利)

어부의 이득이라는 뜻으로, 쌍방이 다투는 사이에 제삼자가 힘들이지 않고 이득을 챙긴다는 말.

● **어불견수**(魚不見水)

중요한 것인데도 너무나 가깝기 때문에 오히려 그것을 깨닫지 못하게 됨을 비유.

● **어사우**(御史雨)

초목을 적시는 단비를 말함. 또는 억울한 누명을 벗는 일.

● **어상망호강호**(魚相忘乎江湖)

속세의 일에 얽매이지 않고 자연의 경지에 몸을 맡기는 것의 비유.

● **어실수**(魚失水)

분수없이 남의 눈에 띄려고 하면 곤경에 빠지기 쉽다.

● **어언이불상**(語焉而不詳)

자세하게 말하지 않음. 자신의 견해를 말하기는 하지만 하나 하나 소상한 점에 대해서까진 밝히지는 않는다.

● **억병사**(憶餠師)

헤어진 남편을 생각하는 마음을 일컬음.

● **언무수문**(偃武修文)

전쟁이 끝나고 평화롭게 됨의 비유이다.

● 언서음하불과만복(偃鼠飮河不過滿腹)
사람은 제 분수를 알아야 한다는 것. 사람은 저마다 자기 분수를 알고 그 분수에 만족할 줄 알아야 한다.

● 언지이이행지난(言之易而行之難)
입으로 말하기는 쉽지만 그것을 실천에 옮기기는 어렵다는 것.

● 언지자무죄문지자족이계(言之者無罪聞之者足以戒)
문(文)이나 시(詩)는 읽는 사람이 그 의도를 스스로의 마음의 양식으로 삼는 방향으로 읽어야 한다는 것.

● 언행군자지추기(言行君子之樞機)
남으로부터 존경을 받는 군자의 말과 행동은 남들에게 끼치는 영향이 커서 한번 잘못되면 돌이킬 수 없을 만큼 중요하다는 것을 말함.

● 엄목포작(掩目捕雀)
눈을 가리고 참새를 잡으려 한다. 일을 성취하려면 성실하게 하지 않으면 안 된다는 뜻. 그때뿐인 잔재주를 부림. 어리석은 사람.

● 엄이도령(掩耳盜鈴)
제 귀를 막고 종을 훔친다. 자기만 듣지 않으면 남도 듣지

못한다고 생각하는 어리석은 행동을 뜻한다. 또는 결코 넘어가
지 않을 얕은 수로 남을 속이려 한다는 말.

출전(出典) 알아 보기

● 엄이도령(掩耳盜鈴)

진(晉)나라 육경(六經)중의 한 사람인 범씨(范氏)는 중행씨(中行氏)와 함께 다른 네 사람에 의해 망하게 되었다. 범씨가 망하자 혼란을 틈타 범씨의 종을 훔치러 들어온 자가 있었다. 그러나 종이 너무 무거워 지고 갈 수가 없자 종을 깨뜨려 가지고 가면 되겠다고 생각하고 망치로 그것을 치니 종이 '쨍' 하는 소리가 울렸다. 그러자 사람들이 그것을 듣고 자기의 종을 빼앗을까 두려워 재빠르게 자신의 귀를 막았다고 한다.

● 여귀시(如歸市)
시장바닥에 많은 사람들이 모여들 듯이 훌륭한 사람에게는 많은 사람들이 모여든다.

● 여도(如堵)
많은 사람이 빙 둘러싸서 울타리를 이룬다는 것을 말함.

● 여도지죄(餘桃之罪)
'먹다 남은 복숭아를 먹인 죄'란 뜻으로, 애정과 증오의 변화가

심함의 비유.

⊖ 여련왕(厲憐王)

남의 동정을 받을 사람이 오히려 자신보다 유리한 입장에 있는 사람을 불쌍하게 여기는 것을 말함. 여기에서 '여'는 나병. 나병을 앓고 있는 사람이, 권력을 함부로 휘두르고 언제 목숨을 빼앗길지 전전긍긍하고 있는 왕을 불쌍히 여긴 데서 나온 말.

⊖ 여리박빙(如履薄氷)

얇은 살얼음판을 걸어가듯이 조심하는 것. 매우 위험한 것을 뜻함.

⊖ 여림심연(如臨深淵)

깊은 웅덩이를 들여다볼 때처럼 조심스럽게 몸가짐을 갖추는 것. 또 아주 위험한 상황에 직면해 있을 때를 비유하기도 한다.

⊖ 여비아지부화(如飛蛾之赴火)

위험이나 재앙 속으로 스스로 자기 몸을 내던지는 것.

⊖ 여산진면(廬山眞面)

여산(廬山)의 참모습. 여산은 보는 방향에 따라 다르게 보이는 데다 늘 구름에 가려져 있어 좀처럼 본모습을 볼 수 없다고 해서 사물의 진상을 알기 어려움에 비유.

● 여산진면(廬山眞面)

중국 강서성(江西省) 북부에 있는 여산은 높이 1600m로 3면이 양자강과 포양호에 연해 있는데 경치가 매우 뛰어난 명산이다.

주(周)나라 무왕(武王)때 광속(匡俗)이라는 도사가 이 산 깊숙이 조그마한 오두막집을 지어 은거하면서 선도(仙道)를 닦고 있었다. 무왕이 소문을 듣고 사람을 보내어 그를 찾아 벼슬을 시키려고 했으나 그가 거처하던 오두막집만 찾아냈을 뿐 광속의 행방은 묘연했다. 사람들은 광속이 살던 오두막집이란 뜻으로 산 이름을 광려산(匡廬山)이라고 불렀으나 뒤에 여산이 되었다.

이 산 곳곳에는 명승과 고적들이 감추어져 있는데 특히 불교에 관련한 유적이 많은 걸로 유명하다. 한여름에도 서늘하여 중국에서 손꼽히는 피서지이기도 한다. 그러나 안타까운 대목은 이 산이 늘 구름에 싸여있어 좀처럼 그 모습을 볼 수 없다는 것이다. 이 곳 사람 중에는 여산의 본모습을 본 사람은 얼마 되지 않는다고 한다.

● 여상산지사(如常山之蛇)

서로 밀접한 관계를 이루고 있음을 말한다. 여기에서 '상산'은 산의 이름인데 이 산에는 머리와 꼬리가 서로 돕는 뱀이 살고 있다고 전해진다.

● 여세추이(與世推移)

세상이 돌아가는 대로 따라서 살아가는 것. 형편이 돌아가는 대로 몸을 내맡기는 것.

● 여월지항(如月之恒)

사물이 날로 성해져 가고 좋은 상황으로 발전해 나가는 것. 초승달이 밤마다 차서 커지는 모습에 비유한다.

● 여위열기자용(女爲說己者容)

여자는 자기를 사랑하는 사람에게 더욱 아름답게 보이려고 노력한다.

● 여의수야행(如衣繡夜行)

부와 명성을 얻었다 하더라도 고향에 돌아가지 않으면 의미가 없다는 것. 아름답게 수를 놓은 옷을 입고 밤거리를 돌아다니는 것.

● 여인성여즉욕인지부귀(與人成與則欲人之富貴)

사람은 저마다 자기의 이익을 위해서 욕심을 갖고 있는 법이라는 것.

● 여입지란지실(如入芝蘭之室)

몸도 마음도 여유로워 기분이 아주 좋은 것. 또한 좋은 사람과 사귀면 자신도 모르는 사이에 감화되어서 자신도 착한 사람이 된다는 말.

● **여자여소인위난양**(女子與小人爲難養)

여자와 하인을 다룬다는 것은 몹시도 어려운 일임을 비유.

● **여재춘풍중좌**(如在春風中座)

스승의 가르침이 훌륭함을 말한다. 여기에서 '춘풍'은 모든 것
을 기르고 키운다는 데서, 스승의 가르침에 비유한다.

● **여조과목**(如鳥過目)

시간이 새가 빠르게 날아가듯이 빨리 지나감의 비유.

● **여족여수**(如足如手)

형제는 몸에서 떼어놓을 수 없는 팔다리와 같다는 말. 의가
두터움을 비유함. 또한 우정이 깊은 비유로도 쓰인다.

● **여좌우수**(如左右手)

서로 돕는 것을 비유함.

● **여주옥재와석간**(如珠玉在瓦石間)

훌륭한 것이 보잘 것 없는 것 가운데에 있는 것을 말함.

● **여지**(如砥)

도로 등이 마치 숫돌처럼 평평함을 비유. 여기서 '지'는 숫돌을
말함.

● **여추풍지과이**(如秋風之過耳)

바람이 마치 귓전을 스치듯이 아무런 관심도 보이지 않음을

일컫는데 무관심을 형용함.

● 여탐낭중물(如探囊中物)

간단히 할 수 있는 것을 말함. 여기서 '낭중'은 주머니를 말하는데 주머니 속에 있는 물건을 손으로 더듬어 손쉽게 찾는 것처럼 간단히 할 수 있는 것.

● 여택지계(如澤之契)

친구간에 서로 논쟁을 통해 배움이나 수양에 힘을 쏟는 것을 말함.

● 여호모피(與虎謀皮)

상대방이 불리해지는 일에 대해 논해 봤자 일이 잘 될 리가 없다는 것에의 비유.

출전(出典) 알아 보기

● 여호모피(與虎謀皮)

주(周)나라 때, 어떤 사나이가 천금(千金)의 가치가 있는 따뜻한 가죽 이불을 만들고자 하였다. 그는 여우 가죽으로 이불을 만들면 가볍고 따뜻하다는 말을 듣고, 곧장 들판으로 나가 여우들과 이 가죽 문제를 상의하였다. 자신들의 가죽을 빌려달라는 말을 듣자마자 여우들은 깜짝 놀라서 모두 깊은 산 속으로 도망쳐 버렸고. 얼마 후, 그는 맛좋은 제물(祭物)을 만들어

귀신의 보살핌을 받고 싶은 생각이 들어 이에 그는 곧 양들을 찾아가 이 문제를 상의하며, 그들에게 고기를 요구하였다. 그의 말이 다 끝나기도 전에 양들은 모두 숲속으로 들어가 숨어 버렸다.

⊜ 역린(逆鱗)

거꾸로 붙어 있는 비늘이라는 뜻으로 임금의 진노. 또는 남의 분노를 비꼬아 이르는 말.

용이란 짐승은 잘 친하기만 하면 올라탈 수도 있다. 그러나 그의 목 아래에 붙어 있는 직경 한 자쯤 되는 역린(逆鱗)을 건드리기만 하면 반드시 사람을 죽이고 만다. 임금도 또한 역린이 있다. 말하는 사람이 임금의 역린만 능히 건드리지 않을 수 있다면 목적을 달성할 수 있을 것이다.

⊜ 역발산기개세(力拔山氣蓋世)

힘은 산을 뽑고 기상은 세상을 덮을만 하다. 항우(項羽)의 힘센 기상을 비유한 말. 영웅의 힘이 세고 기상이 큰 것을 일컬음. 세상을 모두 덮어버릴 만큼의 패기와 세상을 압도할 정도의 재능과 기개를 말함.

⊜ 역부지몽(役夫之夢)

역부의 꿈이라는 말로, 인생의 부귀영화는 꿈과 같은 것임을 뜻한다.

⊜ 역성혁명(易姓革命)

왕조가 바뀌는 것을 말함. 여기서 '역성'은 성을 바꾸는 것을 말하는데 한 성을 가진 임금이 다른 성을 가진 임금으로 바꾸는 것. '혁명'은 하늘의 명을 받아서 임금의 자리에 오른 자가 덕이 없어져 하늘이 명을 혁파하여 다른 자에게 임금의 명을 내리는 것.

● 역여(逆旅)
여관이나 여인숙을 말한다.

● 역이지언(逆耳之言)
충고를 말한다. 여기에서 '역이'는 충고가 귀에 거슬린다는 뜻이다.

● 역자석해(易子析骸)
식량이나 물자가 형편없이 모자람의 비유.

● 역지즉개연(易地則皆然)
자신의 입장이나 처지에 따라서 행동함을 말한다. 입장이나 처지가 바뀌면 똑같은 짓을 한다는 것.

● 역책(易簀)
침상을 바꾼다는 말로, 학덕이 높은 사람이 죽는 것을 뜻한다.

● 역자이교지(易子而敎之)
자식을 서로 바꾸어 가르친다는 뜻으로 결국 부모가 직접 자기 자식을 가르치기는 매우 어렵다는 말.

● 역자이교지(易子而敎之)

맹자 이루상(離婁上)에 보면 맹자와 제자 공손추(公孫丑)와의 사이에 다음과 같은 문답이 행해지고 있다. 군자가 자기 아들을 직접 가르치지 않는 것은 어떤 이유에서입니까 하고 공손추가 물었다.

논어에 보면 공자가 그의 하나밖에 없는 아들 이를 직접 가르치지 않은 이야기가 나온다. 맹자도 아마 아들을 직접 가르치지 않았을 것이다. 그래서 공손추는 그 이유가 궁금했던 것이다.

맹자는 이유를 이렇게 설명했다. 형편이 그렇게 될 수 없기 때문이다. 가르치는 사람은 반드시 바르게 하라고 가르친다. 바르게 하라고 가르쳐도 그대로 실행하지 않으면 자연 노여움이 따르게 된다. 그렇게 되면 도리어 부자간의 정리가 상하게 된다. 자식이 속으로 생각하기를, 아버지는 나보고 바른 일을 하라고 가르치지만 아버지도 역시 바르게는 못하고 있다 한다. 이것은 부자가 다같이 정리를 상하게 하는 것이 된다. 그러기에 옛날 사람들은 자식을 바꾸어 가르쳤다. 부자 사이에는 잘못한다고 책하지 않는 법이다. 잘못한다고 책하게 되면 서로 정리가 멀어지게 된다. 정리가 멀어지면 그보다 더 불행한 일이 어디 있겠는가?

● 연경거종(延頸擧踵)

사람이 찾아오는 것을 기다리는 것을 말하고 또한 목을 길게 빼고 뒤꿈치를 들어 찾아올 사람을 기다린다는 것.

⬛ 연곡하(輦轂下)

임금이 사는 수도를 말한다. 여기에서 '연'은 사람의 힘으로 끌어서 움직이는 수레인데 특히 임금이 타는 수레를 말한다. '곡'은 바퀴의 중심인 바퀴 통을 말함.

⬛ 연년세세화상사세세년년인부동(年年歲歲花相似歲歲年年人不同)

자연은 언제나 변하질 않고 그대로인데 사람이 사는 세상은 덧없이 변한다는 것. 변해 가는 세상을 한탄하고 해마다 나이를 먹어 가는 자신의 몸을 슬퍼하는 말.

⬛ 연년춘초생(年年春草生)

자연은 아무런 변함이 없이 봄기운은 감도는데 사람의 생명은 덧없다는 것을 한탄한 말.

⬛ 연대지필(椽大之筆)

당당하게 쓴 대문장(大文章)을 말한다.

⬛ 연도일할(鉛刀一割)

납으로 만든 칼도 한 번은 자를 힘이 있다. 자기의 힘은 미약하다고 겸손하게 하는 말로도 쓰이며, 소인배도 한 번은 착한 일을 할 수 있으나 두 번은 계속해서 할 수 없다는 말.

⬛ 연두월미(年頭月尾)

시험문제를 출제할 때 전체에 대한 이해도를 묻지 않고 문장 중의 괄호를 열어 놓고 그것을 채우게 하든지 사소한 자의 해석 따위를 출제하는 것을 말한다. 또는 전체 중에서 본질과는 상관 없는 미세한 존재에 불과한 것을 말한다.

⬥ 연리지(連理枝)
뿌리가 다른 두 그루의 나무가 사이좋게 합쳐진 나뭇가지. 다정한 연인. 부부의 애정이 지극히 깊음

출전(出典) 알아 보기

⬥ 연리지(連理枝)

중국의 전설에 의하면 동쪽의 바다에 비목어(比目漁)가 살고 남쪽의 땅에 비익조(比翼鳥)가 산다고 한다. 비목어는 눈이 한 쪽 하나밖에 없기 때문에 두 마리가 좌우로 달라붙어야 비로소 헤엄을 칠 수가 있고, 비익조는 눈도 날개도 한쪽에만 있어 암수가 좌우 일체가 되어야 비로소 날 수 있다고 한다.

⬥ 연목구어(緣木求魚)
나무에 올라 물고기를 구한다는 뜻. 곧 도저히 불가능한(가당 찮은) 일을 하려 함의 비유. 잘못된 방법으로 목적을 이루려 하는 것과 수고만 하고 아무것도 얻지 못함의 비유.

● **연벽**(連璧)
두 사람의 친구의 재능이 함께 뛰어남을 말함.

● **연보**(蓮步)
미인이 품위 있게 곱게 걸어가는 모습.

● **연부**(蓮府)
대신(大臣)의 저택. 여기서 '부'는 저택의 뜻임.

● **연비어약**(鳶飛魚躍)
솔개(鳶)가 날고(飛) 물고기(魚)가 뜀(躍)-하늘에 솔개가 날고 물 속에 고기가 뛰노는 것과 같은 천지조화의 오묘한 작용.
솔개가 하늘에서 날고 고기가 연못 속에서 뛰고 있다는 것은 성군(聖君)의 다스림으로 정도(正道)에 맞게 움직여지는 세상을 표현한 것이다. 새는 하늘에서 날아야 자연스러운 것이며, 물고기는 물에서 놀아야 자연스럽다. 이는 천지의 조화 바로 그 자체인 것이다. 만물이 우주의 이치에 순응하여 살아가는 모습들을 집약한 표현이라 할 수 있다.

● **연성지벽**(連城之璧)
명옥(名玉)의 이름. 15개 성시(城市)와 바꾸어도 하나도 아깝지 않을 정도의 명옥을 말함.

● **연수**(燃鬚)
사소한 일에는 개의치 않음을 비유함. 도량이 큰 것.

● **연안짐독**(宴安酖毒)

　안일하게 살아가는 것은 독약처럼 위험하다는 말. 여기에서 '연안'은 쓸데없이 놀고 즐기는 것을 말하고 '짐독'은 짐새라는 새의 깃을 술에 담근 독약을 말함.

● **연작불생봉**(燕雀不生鳳)

　평범한 부모에게서 뛰어난 아이는 태어나지 않음.

● **연작안지홍곡지지재**(燕雀安知鴻鵠之志哉)

　'제비나 참새 따위가 어찌 기러기나 고니의 큰 뜻을 알리요'라는 뜻으로 소인(小人)은 군자나 대인(大人)의 큰 뜻을 헤아리지 못한다는 말.

● **연저지인**(吮疽之仁)

　부하를 극진히 사랑함을 비유한 말.

● **연하고질**(煙霞痼疾)

　자연을 사랑하는 마음이 병처럼 깊음을 뜻하는 말이다. 여행을 좋아함.

● **연함투필**(燕頷投筆)

　문사정책(文事政策)을 그만두고 무단정책을 취하는 것.

● **연함호두**(燕頷虎頭)

　인상이 출세할 상이고 귀인의 상의 비유.

● **열이불치**(涅而不緇)

청렴하고 의지가 굳은 사람은 나쁜 환경에 있더라도 영향을 받지 않음.

● **열풍소고엽**(烈風掃枯葉)

눈 깜짝 할 사이에 적군을 크게 무찌름.

● **염거지감**(鹽車之憾)

능력이 있는 사람이 불우한 처지에 놓인 사람을 한탄하는 비유.

● **염철지리**(鹽鐵之利)

국가가 소금과 철을 전매제로 하여 얻는 소득을 말한다.

● **영객창양춘**(郢客唱陽春)

고상한 것은 일반대중에게 이해되지 않음의 비유.

● **영과이후진**(盈科而後進)

물이 흐를 때는 조금이라도 오목한 데가 있으면 우선 그 곳을 가득 채우고 아래로 흘러간다. 배움의 길도 속성으로 이루려 하지 말고 처음부터 차근차근 닦아야 함을 비유하는 말이다.

● **영만지구**(盈滿之咎)

가득 차면 기울고 넘친다. 만사가 다 이루어지면 도리어 화를 가져오게 될 수 있음을 뜻하는 말이다. 차면 반드시 이지러진다는 것.

● 영서연설(郢書燕說)

이치에 부합하지 않는 것을 억지로 끌어다 붙여 도리에 맞는 것처럼 말한다는 것으로서, 꿰맞추는 것을 뜻한다.

출전(出典) 알아 보기

● 영서연설(郢書燕說)

초(楚)나라의 수도 영(郢) 사람으로 연(燕)나라 재상에게 편지를 보내려는 자가 있었다. 밤에 편지를 쓰는데 불이 밝지 않았으므로 등불을 가진 자에게 말했다.

"등불을 들어라."

그리고는 '등불을 들어라'고 썼다. '등불을 들어라'는 편지의 본의가 아니었다. 그렇지만 연나라 재상은 편지를 받고 오히려 기뻐하며 말했다.

"등불을 들라고 하는 것은 밝음을 존중한 것이다. 밝음을 존중하는 것은 현명한 사람을 천거하여 임용한다는 것이다."

연나라 재상은 왕에게 아뢰었고, 왕은 매우 기뻐하였으며, 나라는 다스려졌다. 나라가 다스려지긴 했지만, 편지는 본의가 아니었다. 이 고사로부터 '등불을 들어라'는 현인을 편거한다는 뜻으로 사용되는 것이다.

● 영서일점통(靈犀一點通)

서로의 마음에 한 줄기 서로 통하는 것을 말한다.

● 영설지재(詠雪之才)
재원을 비유해서 말한다. 문재에 뛰어난 여성.

● 영수(領袖)
집단의 우두머리를 말함. 여기에서 '영'은 깃을 말하고 '수'는 소매를 말하는데, 두 가지가 모두 남의 눈에 띄기 쉽다는 데서 전하여 사람들의 위에서는 대표자, 두목의 비유로 쓰인다.

● 영어공(囹圄空)
정사가 잘 이루어져 나라가 잘 다스려지고 있음에 비유함. 여기에서 '영어'는 감옥의 뜻.

● 영원지정(鶺原之情)
형제간에 이겨내기 어려운 곤란이 있을 때는 서로 도와야만 한다는 것. 여기에서 '영원'은 물새인 척령(鶺鴒=할미새)이 물기가 없는 들판에 있다는 뜻.

● 영인이해(迎刃而解)
기세가 어찌나 거센지 감히 대항할 사람이 없다는 것을 말함. 별다른 힘을 들이지 않아도 능히 적을 무찌를 수 있는 기세를 가지고 있음을 말함.

● 영장(靈長)
만물의 우두머리라는 뜻으로 인류, 인간을 말한다. 원래는 물을 가리킨다.

334

⊜ 영착(郢斲)

시나 문장의 첨삭을 남에게 부탁할 때에 쓰는 말. '영정'이라고
도 한다. 두터운 신뢰관계가 있고서야 비로소 충분한 능력을
발휘할 수가 있다는 뜻.

⊜ 영형불상의(影形不相依)

두 사람이 멀리 떨어져 있는 것을 말함. 여기서 '영'은 상대방
의 기억 속의 모습, '형'은 자신의 모습.

⊜ 영형아(寧馨兒)

뛰어난 아이를 가리키는데 현재에는 주로 남의 자식을 칭찬하
는데 쓰인다.

⊜ 예미도중(曳尾塗中)

꼬리를 진흙 속에 끌고 다닌다는 뜻으로 부귀를 누리면서 구
속된 생활을 하는 것보다는 비록 가난하더라도 자유로운 생활
을 누리는 것이 낫다는 말의 비유.

출전(出典) 알아 보기

⊜ 예미도중(曳尾塗中)

초(楚)나라 왕이 어느 날 사람을 보내어 낚시를 즐기고 있는
장자를 청하였다. 그러나 장자는 뒤도 돌아보지 않고 다음과
같이 물었다.

"초나라에는 3천년 묵은 죽은 거북을 계단으로 싼 상자 안에 넣어 묘당(廟堂)에 소중히 보관하고 있다고 듣고 있소. 거북이의 생전에 자신이 그렇게 죽어서 소중히 간직되길 바라겠소? 아니면 살아 꼬리를 진흙 속에 넣고 끌고 다니기를 바라겠소(曳尾塗中)?"

"물론 진흙 속에 꼬리를 넣고 끌고 다니길 바라겠지요."

이렇게 대신이 대답하자 장자는 말했다.

"그렇다면 이제 얘기가 된 것 같소. 나 역시 진흙 속에 꼬리를 넣고 다니는 길을 택하겠소."

● 예백(曳白)
시험을 보는데 답안지를 백지로 제출하는 것.

● 예상왕래(禮尙往來)
예는 서로 주고받는 것이 중요하다는 말.

● 예수지교(醴水之交)
덕과 교양이 있는 사람과의 사귐은 담담하기 때문에 오래 가지만 평범한 사람의 사귐은 그저 달콤하고 끈적끈적하기 때문에 금방 서먹서먹하고 멀어진다. 바로 덕과 교양이 있는 사람과 평범한 사람과 사귀는 차이에 대해서 하는 말.

● 예의삼백위의삼천(禮儀三百威儀三千)
예의범절이 올바로 갖추어져 있음의 비유이다. 여기에서 '예의'는 예법이며 제도로서 나라나 조직을 질서 있게 하는 중요한 규범을 말하며 '위의'는 사람이 사회생활 속에서 행해야 할 범절의 세세한 행동규범을 말한다.

🔴 **예주부설**(醴酒不設)
손님에 대한 예의를 다 지키지 못하고 대접이 소홀한 것. 또한 스승에 대한 공경하는 마음이 조금씩 사라지는 것.

🔴 **예지용화위귀**(禮之用和爲貴)
모든 일에는 조화가 우선시 되어야 할 만큼 중요하다는 뜻이다.

🔴 **오구지혼**(梧丘之魂)
죄없이 살해를 당하는 것.

🔴 **오기의불오기인**(惡其意不惡其人)
죄를 지은 그 마음은 미워하지만 그 사람은 미워하지 않는다는 것.

🔴 **오당지사**(吾黨之士)
같은 동아리, 같은 고향, 한집안 사람을 일컬음.

🔴 **오도남의**(吾道南矣)
훌륭한 가르침을 받은 제자가 자신을 그렇게 가르쳐 준 스승의 곁을 떠나는 것을 아쉬워하는 말.

🔴 **오도동의**(吾道東矣)
우수한 제자가 학문을 닦고서 떠나는 것을 아쉬워하는 것.

또한 자신의 학문이 다른 곳으로 옮겨가 버리는 것.

● **오두백마생각**(烏頭白馬生角)

있을 수 없는 일의 비유. 또는 있을 수 없는 일을 실현함의
비유.

● **오리무중**(五里霧中)

사방(四方) 5리에 안개가 덮여 있는 속이라는 뜻으로, 깊은
안개 속에서 사물의 행방이나 사태의 추이를 알 길이 없음의
비유.

● **오사필의**(吾事畢矣)

'나의 일은 끝났다.'라는 뜻. 곧 담담히 죽음을 맞는 사람의
마지막 일성(一聲)을 말한다. 오늘날은 그저 일반적으로 자신의
역할을 다 끝냈을 때 쓴다.

● **오색무주**(五色無主)

공포에 질려 낯빛이 여러 가지로 변하는 것을 말함. 여기에서
'오색'은 청, 황, 적, 백, 흑의 다섯 가지색을 말하는데 여기서는
사람들이 두려워하는 나머지 얼굴빛이 다섯 색의 어느 색도 되
지 않는다는 것을 말하고 있다.

● **오서지기**(鼫鼠之技)

잔재주를 부리다 오히려 그것으로 말미암아 대성하지 못함의
비유. 한 가지 일에 몰두하지 않으면 절대 성공하지 못한다는
것.

⬛ 오손공주(烏孫公主)

정략 결혼의 희생이 된 슬픈 운명의 여인.

오손은 전한(前漢) 때 서역(西域) 지방에 할거하던 터키계(系)의 유목 민족으로, 그 세력권은 천산(天山) 산맥 북쪽의 이시크를 호수 부근으로부터 이리하(伊犁河:일리 강) 유역의 분지를 포함하여 아랄해로 흘러 들어가는 시르 강 상류의 나린 강 계곡에 있던 적곡성(赤谷城:본거지)에까지 이르렀다.

⬛ 오십보백보(五十步百步)

오십 보 도망친 사람이 백 보 도망친 사람을 비웃는다는 뜻으로, 정도의 차이는 있으나 본질적으론 마찬가지라는 말. 별로 다를 것이 없으며 또한 본질적인 차이도 없다는 말. 근소한 차이에 지나지 않는다는 말이다.

⬛ 오십이지사십구년비(五十而知四十九年非)

인생이란 뒤돌아보고 반성하면 후회할 일이 많다는 것을 말함.

⬛ 오약롱중물(吾藥籠中物)

약롱 속의 약이라고 해서 주변 가까이에 두고 있다가 언제든지 필요할 때에 쓸 수 있는 물건이나 사람의 비유.

⬛ 오우천월(吳牛喘月)

지나친 생각으로 쓸데없는 걱정을 하는 것. 혹은 과잉반응을 보이는 것. 여기에서 '오우'는 물소를 말하는데, 중국에서는 주로 남방에 많고 농경에 쓰이고 있다. 이 소는 유난히 더위를 싫어하는데 오죽하면 달을 보고도 해인 줄 알고 허덕거린다.

⬛ 오월동주(吳越同舟)
사이가 좋지 않은 사람끼리 함께 같은 장소, 같은 처지에 놓이게 된 것을 말한다. 여기에서 '오월'은 오나라와 월나라를 말하는데 이 두 나라는 오랫동안 적대적인 관계에 있었다.

출전(出典) 알아 보기

⬛ 오월동주(吳越同舟)

예로부터 서로 적대시해 온 '오나라 사람과 월나라 사람이 같은 배를 타고(吳越同舟)' 강을 건넌다고 하자. 강 한 복판에 이르렀을 때 큰바람이 불어 배가 뒤집히려 한다면 오나라 사람이나 월나라 사람은 평소의 적개심을 잊고 서로 왼손 오른손이 되어 필사적으로 도울 것이다. 바로 이것이다. 전차(戰車)의 말(馬)들을 서로 단단히 붙들어 매고 바퀴를 땅에 묻고서 적에게 그 방비를 파괴당하지 않으려 해 봤자 최후의 의지가 되는 것은 그것이 아니다. 의지가 되는 것은 오로지 필사적으로 하나로 뭉친 병사들의 마음이다.'

⬛ 오월자불양(五月子不養)
중국에서 예로부터 내려오는 속된 믿음으로 5월생의 자식은 부모에게 해를 끼침으로 기르지 않는다는 말이 있다. 이 5월은 음력으로 따진다.

● 오유선생(烏有先生)
상식적으로는 도저히 있을 수 없는 사람.

● 오장군(烏將軍)
돼지를 말한다.

출전(出典) 알아 보기

● 오장군(烏將軍)

당나라 곽원진(郭元振)은 개원(開元) 연간에 시험에 낙제하여 진(晉)으로부터 분(汾)으로 갈 때, 밤길에 길을 잃어 사당으로 들어가게 되었는데, 어떤 여자가 대성통곡을 하고 있었다.

그 여자는 곽원진을 보고는 이렇게 말했다.

"이 마을 사당에 오장군(烏將軍)이라는 것이 있는데, 해마다 와서 재앙을 뿌리고 갑니다. 마을 사람들은 이에 아름다운 처녀를 뽑아 오장군에게 시집을 보내기로 했습니다. 그런데 불행히도 제가 가게 되었습니다."

곽진원은 크게 분개하며 말했다.

"그것이 언제쯤 옵니까? 반드시 힘을 다해 구하겠습니다."

오래지 않아 오장군이 들어왔다. 곽진원은 주머니 속에 넣고 칼로 그의 팔을 붙잡고 잘랐다.

잠시 후 날이 막 밝았다. 그의 손을 보니 돼지 발자국이 보였

341

다. 사람들로 하여금 활과 칼을 가지고 피의 흔적을 뒤따라가게 하자, 커다란 묘안으로 들어가게 되었다. 그 묘를 파헤쳐 보니, 앞쪽의 왼쪽 다리가 없는 큰 돼지 한 마리가 그 속에서 죽어 있었다.

◐ 오조사정(烏鳥私情)

까마귀가 자라면 그 어미에게 먹이를 물어다 먹이듯 그처럼 부모를 모시는 지극한 효심을 이르는 말.

◐ 오지자웅(烏之雌雄)

까마귀의 암컷과 수컷은 모두 색깔이 검어서 구별하기 힘들다는 데서 사물의 시비나 선악의 판단이 어렵다는 것을 함유한다.

◐ 오척지동(五尺之童)

어린아이를 말한다.

◐ 오취이강주(惡醉而强酒)

모순의 정도가 매우 심함을 비유함. 뜻하는 바와 실제의 행위가 서로 상반되어 있는 것. 여기에서 '강주'는 강제로 술을 마시게 하는 것을 말함.

◐ 오토총총(烏兎匆匆)

세월이 빠르게 지나감을 말하는데 여기에서 '총총'은 바쁘다는 형용.

⊖ 오풍십우(五風十雨)

닷새에 한 번씩 바람이 불고 열흘에 한 번씩 비가 온다는 뜻으로, 기후가 순조롭고 풍년이 들어 천하가 태평함을 일컫는 말.

⊖ 오하아몽(吳下阿蒙)

옛날이나 지금이나 무식한 것이 그대로이고 학문의 진전이 조금도 없는 사람을 말함.

⊖ 오합지중(烏合之衆)

까마귀떼 같이 질서 없는 무리라는 뜻. 곧 규율도 통일성도 없는 군중. 갑자기 모인 훈련 없는 군세(軍勢).

⊖ 오획지임(烏獲之任)

힘이 센 사람을 말함. 여기에서 '오획'은 전국시대 진나라 무왕 때의 역사(力士).

⊖ 옥불탁불성기(玉不琢不成器)

옥도 쪼지 않으면 그릇이 될 수 없다는 뜻으로, 천성이 뛰어난 사람이라도 학문이나 수양을 쌓지 않으면 훌륭한 인물이 될 수 없음을 비유하여 이르는 말.

⊖ 옥상가옥(屋上架屋)

쓸데없이 중복시켜 볼품없게 만듦.

⊖ 옥석구분(玉石俱焚)

옥과 돌이 함께 불에 탄다는 뜻으로 선한 사람이나 악한 사람이나 다 같이 재앙을 받음을 비유한 말.

⬤ 옥석혼효(玉石混淆)

옥과 돌이 뒤섞여 있다는 뜻. 곧 훌륭한 것과 쓸데없는 것이 뒤섞여 있음. 선과 악, 현(賢)과 우(愚)가 뒤섞여 있음.

옛사람들은 재능을 얻기 어려움을 탄식하여 '곤륜산(崑崙山: 중국 전설상의 산)의 옥이 아니라 해서 야광주(夜光珠)를 버리거나 성인(聖人)의 글이 아니라 해서 수양에 도움이 되는 말'은 버리지 않았다.

⬤ 옥오지애(屋烏之愛)

사랑하는 사람이 사는 집 위의 까마귀까지 귀엽다는 뜻으로, 그 사람을 사랑하면 그 주위의 모든 것을 사랑하게 된다는 말이다.

⬤ 옥지유하(玉之有瑕)

아무리 좋은 구슬일지라도 조그마한 흠집은 있다는 것을 말함.

⬤ 옥하가옥(屋下架屋)

집 아래 집을 다시 짓는다. 부질없이 모방만 하고 새로운 발전이 없음을 가리키는 말이다. 여기에서 '가'는 걸치다의 뜻. 이미 있는 것 위에 똑같은 것을 덧붙이는 일의 부질없음을 말한다.

⬤ 온고지신(溫故知新)

옛 것을 익혀 새로운 것을 안다. 옛 것을 익혀 그것을 토대로 새로운 지식과 도리를 발견하다.

● **온공**(溫恭)
온화하고 조신함을 말함.

● **온유돈후**(溫柔敦厚)
매우 부드럽고 온화한 형용.

● **와각지쟁**(蝸角之爭)
달팽이 촉각 위에서의 싸움이란 뜻. 곧 대국(大局)에는 아무런 영향이 없는 작은(쓸데없는) 다툼의 비유. 하찮은 일로 승강이 하는 짓. 인간 세계의 비소(卑小 : 보잘 것 없이 작음)함의 비유.

● **와룡봉추**(臥龍鳳雛)
뛰어난 능력을 가지고 있으면서 그 능력을 발휘할 기회를 얻지 못해 초야에 묻혀 살고 있는 큰 인물이나 영웅을 말한다.

● **와명선조**(蛙鳴蟬噪)
개구리와 매미의 울음소리가 시끄러운 데서 그저 울어대기만 하는, 의미가 없는 시끄러움을 말한다.

● **와신상담**(臥薪嘗膽)
섶 위에서 잠을 자고 쓸개를 맛본다는 뜻으로, 목적을 달성하기 위해 온갖 고난을 참고 견딤의 비유.

● **와우각상지쟁**(蝸牛角上之爭)

달팽이의 뿔 위에서의 싸움이란 뜻으로 아무런 이득이 없는 사소한 일로 다투는 것을 비유한 말.

● 완물상지(玩物喪志)
쓸데없는 물건을 가지고 노는데 정신이 팔려 소중한 자기의 의지를 잃음. 물질에만 너무 집착한다면 마음속의 빈곤을 가져와 본심을 잃게 됨을 비유한 말이다.

● 완벽(完璧)
흠이 없는 환상의 옥(玉)으로 결점 없이 훌륭함. 빌려 온 물건을 온전히 돌려보냄.

● 완화자분(玩火自焚)
무모한 일로 남을 해치려다 결국 자신이 해를 입게 됨을 비유한 말.

● 왈난언(曰難言)
말로 설명하기 어렵다는 것.

● 왕가(枉駕)
일반적인 예에 반하는 것으로서 지체가 높은 사람이 일부러 탈것을 들게 하여 지체가 낮은 사람을 찾아가는 것.

● 왕사묘망도사몽(往事渺茫都似夢)
과거의 일은 희미하여 모두가 꿈만 같다는 것을 말함. 길을 가다가 옛 친구와 우연한 만남에 기쁜 나머지 읊은 시의 한 구절이다.

● **왕신건건비궁지고**(王臣蹇蹇匪躬之枯)
신하가 군주를 위하여 아무런 사심 없이 헌신 노력하며 충성을 다하는 것.

● **왕자불가간**(往者不可諫)
지나간 일은 아무래도 돌이킬 수가 없다는 것을 말함.

● **왕자불추**(往者不追)
자신과 서로 다른 길을 가려는 자를 억지로 붙들지 않겠다는 것. 자신과 함께 할 뜻이 없는 자를 말리지 않겠다는 뜻.

● **왕척이직심**(枉尺而直尋)
큰 일을 이루기 위해 작은 것을 버리는 것.

● **왕후장상영유종호**(王侯將相寧有種乎)
왕후나 장상이 되는 것은 가문이나 혈통에 있는 것이 아니고 그 사람의 재능이나 노력에 의한 것이라는 말. 여기에서 '영유종호'는 종자가 따로 있다더냐, 그런 것은 없다의 뜻이다.

● **왜자간희**(矮子看戱)
난쟁이가 키 큰 사람 틈에서 구경한다는 뜻으로 아무 것도 모르면서 남들을 따라하는 것을 비유. 줏대가 없고 스스로의 생각이 없는 것을 말함.

🔴 외수외미(畏首畏尾)

머리와 꼬리를 두려워한다 함이니, 못된 짓을 하고 나서 남이 알까봐 두려워 함.

🔴 외영오적(畏影惡迹)

발자국이나 그림자가 자신의 뒤를 쫓아오는 것을 싫어한 데서, 진정한 자기 자신의 모습을 잃어버리고 스스로의 고뇌로 망상에 사로잡혀서 번민하는 것을 말함.

🔴 요고순목(堯鼓舜木)

남의 충고를 잘 받아들임의 비유. 여기에 '요'와 '순'은 중국 고대의 전설상의 임금이다. 요는 왕에게 간할 때에 치기 위한 북을 두드렸고 순은 왕에게 간하려는 사람에게 간언을 쓸 팻말을 걸어 두어 백성의 소리를 잘 들었다. 그리고 그 소리를 국정에 잘 반영하여 태평성대를 이루었다는 고사에서 이 말이 생겨났다고 전해진다.

🔴 요동지시(遼東之豕)

'요동의 돼지'라는 뜻으로, 견문이 좁고 오만한 탓에 하찮은 공을 득의 양양하여 자랑함의 비유.

출전(出典) 알아 보기

🔴 요동지시(遼東之豕)

후한(後漢) 건국 직후, 어양태수(漁陽太守) 팽총(彭寵)이 논공 행상에 불만을 품고 반란을 꾀하자 대장군 주부(朱浮)는 그의 비리를 꾸짖는 글을 보냈다.

"그대는 이런 이야기를 들어본 적이 있는가? '옛날에 요동 사람이 그의 돼지가 대가리가 흰(白頭) 새끼를 낳자 이를 진귀하게 여겨 왕에게 바치려고 하동(河東)까지 가보니 그곳 돼지는 모두 대가리가 희므로 크게 부끄러워 얼른 돌아갔다.' 지금 조정에서 그대의 공을 논한다면 폐하(光武帝)의 개국에 공이 큰 군신 가운데 저 요동의 돼지에 불과함을 알 것이다."

팽총은 처음에 후한을 세운 광무제(光武帝) 유수(劉秀)가 반군을 토벌하기 위해 하북(河北)에 포진하고 있을 때에 3000여 보병을 이끌고 달려와 가세했다. 또 광무제가 옛 조(趙)나라의 도읍 한단(邯鄲)을 포위 공격했을 때에는 군량 보급의 중책을 맡아 차질 없이 완수하는 등 여러 번 큰공을 세워 좌명지신(佐命之臣 : 천자를 도와 천하 평정의 대업을 이루게 한 공신)의 한 사람이 되었다.

그러나 오만 불손한 팽총은 스스로 연왕(燕王)이라 일컫고 조정에 반기를 들었다가 2년 후 토벌당하고 말았다.

☻ 요령부득(要領不得)

사물의 중요한 부분을 잡을 수 없다는 뜻으로, 말이나 글의 요령을 잡을 수 없음을 이르는 말.

☻ 요목불생위(橈木不生危)

현명한 사람은 정치가 안정되지 못하고 어지러운 나라에서는 벼슬을 하지 않음. 또한 충신일 수록 나라가 어지러우면 그 지위나 생명이 더 위태로워짐의 비유.

● 요미이걸련(搖尾而乞憐)
개가 꼬리를 흔들어 사람에게 아첨하듯이 상대방의 마음에 들게 하기 위해서 비굴하게 아첨하는 것. 짐승이 꼬리를 치며 아양을 떠는 데서 나온 말이다.

● 요불승덕(妖不勝德)
어떠한 귀신일지라도 덕앞에서는 꼼짝하지 못하고 그것을 이길 수가 없다. 올바른 덕을 가지고서 정치를 하면 그 어떠한 것도 물리칠 수 있다는 것을 말함.

● 요원지화(燎原之火)
무서운 기세로 불타고 있는 벌판. 곧, 세력이 막강해서 막을 수 없음을 비유해서 이르는 말.

● 요조숙녀군자호구(窈窕淑女君子好逑)
'그윽하고 정숙한 숙녀는 군자의 좋은 짝이로다'라는 뜻으로, 행실과 품행이 고운 여인은 군자의 좋은 배필이 된다는 말로서 <시경> '주남(周南)'편에 나오는 노래 구절이다.

● 요호두편호수(料虎頭編虎鬚)
겁도 없이 호랑이 수염을 잡는 무모한 짓.

● 욕불필강해요지거구(浴不必江海要之去垢)
필요한 요건만 충족이 된다면 그 이상은 아무 것도 바라지 않음. 여기에서 '강해'는 양자강과 바다를 말하는데 한 몸을 씻는데에 그 많은 물이 필요 없다는 뜻이다. 그러니까 몸을 씻는데 필요한 만큼의 물만 있으면 된다는 것이다.

● 욕속부달(欲速不達)
서두르면 도리어 목적에 도달하지 못하게 된다는 것을 뜻함.

● 욕인물문막약물언(欲人勿聞莫若勿言)
입을 다물고 있는 것이 비밀을 유지하는 것의 비밀이라는 것. 쓸데없는 말을 하거나 행동을 하지 않는다면 훗날 고민거리가 생기지 않는다는 것.

● 욕적지색(欲炙之色)
남의 물건을 탐내는 것이 얼굴에 그대로 나타나는 것을 말함. 여기에서 '적'은 구운 고기를 말하고 '색'은 얼굴빛을 가리킴.

● 욕투서이기기(欲投鼠而忌器)
군주 곁에서 간신 노릇을 하고 있는 신하를 제거해 버리려 해도 자칫 군주가 다칠 것이 두려워 그러지 못함을 비유함.

● 용두사미(龍頭蛇尾)
용의 머리에 뱀의 꼬리라는 말로, 시작은 거창했지만 결국엔 보잘 것 없음을 뜻한다.

● 용사행장(用舍行藏)
전진과 후퇴하기가 시의 적절한 것.

● 용양호시(龍驤虎視)

천하통일을 꿈꾸며 기세가 중천한 형용. 용이 하늘 높이 오르고 호랑이가 사냥감을 노려보듯이 천하에 위세를 과시하는 것을 말함.

● 용자불구(勇者不懼)

용기가 있는 사람은 아무리 무서운 일이 있어도 두려워서 벌벌 떨거나 하지 않는다는 것.

● 용장하무약졸(勇將下無弱卒)

용장 밑에는 약한 병사가 없다는 말.

● 용주익수(龍舟鷁首)

임금이 타는 배를 말함. 선체에다 용의 문양을 새기고 선수(船首)에다 '익'이라는 큰 새를 그린 큰배를 말함.

● 우각가(牛角歌)

높은 벼슬에 오르기 위해 수단을 부리는 것. 벼슬자리에 오르기 위해 소의 뿔을 두드리면서 임금의 주의를 끌었다는 고사에서 나온 말이다.

● 우고좌면(右顧左眄)

남의 평가가 어떤지를 신경써 몸둘 바를 모르는 것을 말함. 원래는 의기양양하여 좌우를 둘러본다는 뜻이었는데 이것이 전하여 좌우 어디에서건 똑같이 좋은 말을 하여 이것도 저것도 아닌 우유부단한 태도를 말한다.

● **우공문**(于公門)

우공의 문이라는 뜻으로, 음덕 있는 집안의 자손은 번창한다
는 말이다.

출전(出典) 알아 보기

● **우공문**(于公門)

우정국(于定國)의 자는 만천이고 동해담 사람이다. 그의 아
버지 우공은 현의 옥리(獄吏)였으며, 군의 결조(決曹)로써 감옥
에 갇힌 죄인들의 죄를 판결하는 일을 하였다. 법률을 조목조
목 늘어놓은 자들 가운데 우공이 내린 판결을 원망하는 이는
한 명도 없었다. 군에서는 그를 위해 사당을 세웠다. 처음 그
마을의 입구에 세워 놓은 문이 무너졌을 때, 부로(父老)들이 나
서서 수리를 했다. 이때 우공이 이렇게 말했다.

"문을 높고 크게 하고, 말 네 마리와 덮개가 높이 솟아 있는
수레를 꾸미십시오. 나는 감옥의 죄수들을 다스리면서 음덕을
많이 쌓아 원수를 진 일이 없습니다. 자손들은 반드시 흥할 것
입니다."

정국은 선제(宣帝) 때 승상(丞相)이 되고 서평후(西平侯)로
봉해졌으며, 아들 영(永)은 어사대부(御史大夫)가 되었으며 제
후로 봉해져 대대로 전해졌다.

● **우공이산**(愚公移山)

우공이 산을 옮긴다는 뜻으로, 어리석게 보이는 일도 꾸준하게 끝까지 한다면 아무리 큰 일이라도 할 수 있다는 비유.

● **우기청호**(雨奇晴好)
날씨가 화창할 때나 비가 내릴 때나 모두 경치가 뛰어나다는 것을 말함.

● **우도할계**(牛刀割鷄)
소 잡는 칼로 닭을 잡는다. 작을 일을 하면서 동작이 지나치게 큼. 작은 일을 도모하는데 격식에 맞지 않게 일을 크게 벌리는 경우라 할 수 있겠다.

● **우로지은**(雨露之恩)
비나 이슬은 대지를 골고루 적셔 주지만 쑥의 숲은 그 성질에 따라 마르기도 하고 우거지기도 하는 것을 말하는데 즉, 자연의 은혜나 커다란 은총에 비유한다.

● **우맹의관**(優孟衣冠)
우맹이란 배우가 손숙오(孫叔敖)의 의관을 한다는 뜻으로, 배우가 등장하여 어떤 일을 풍자함을 일컫는 말.

출전(出典) 알아 보기

● **우맹의관**(優孟衣冠)

초(楚)나라의 어진 재상 손숙오가 죽자 그 집안 형편이 어려워져 아들이 나무를 해 연명할 지경이 되었는데도 장왕(莊王)은 돌보아 줄 생각을 하지 않았다. 그러자 우맹이 그때부터 생전에 손숙오와 같은 의관을 하고 다니다 하루는 장왕이 베푼 술자리에 찾아가 잔을 올리며 헌수(獻壽)했다. 이에 장왕은 손숙오가 다시 살아난 것으로 생각하고 말하기를

"그대를 다시 재상으로 임명하고자 하는데 어떤가?"

하니, 손숙오(우맹)는 집에 돌아가 아내와 의논해 보겠다고 대답했다. 며칠 뒤 장왕을 찾아간 손숙오는 말하기를

"아무래도 안되겠습니다. 제 아내가 말하기를 '손숙오는 일생 나라를 위해 일해 초나라를 패국(霸國)을 만들었는데도 그가 죽자 한 뙈기의 전답도 없어 그 아들이 나무를 해 생활하고 있습니다. 손숙오같은 재상이 되느니 자살하는 것이 더 낫겠소' 하였습니다."

라고 하였다. 장왕은 그제서야 잘못을 깨닫고 그의 아들에게 봉지(封地)를 주어 손숙오의 제사를 받게 하였다.

● 우불파괴(雨不破塊)

세상이 평화롭고 평온이 유지되는 것.

● 우사생풍(遇事生風)

일을 만나고 바람을 만난다는 뜻으로, 본래는 젊은이들의 날카로운 예기를 말하는 것이었으나 시간이 흐르면서 시비를 일으키기를 좋아하는 것을 일컫는 말이 되었다.

● 우수마육(牛首馬肉)

겉과 속이 다름의 비유. 겉만 번지르르 하고 내용은 비어있는 것. 말하는 것과 행동이 일치하지 않는 것을 말함.

● 우수화원좌수화방(右手畵圓左手畵方)
임금과 신하가 한 몸과 마음이 되어 정사를 베푸는 것이 필요함의 비유. 또한 한꺼번에 두 가지 일을 하려고 하나 마음먹은 대로 잘 되지 않는 것.

● 우예지소(虞芮之訴)
자신들의 소견이 좁았음을 깨닫고 소송을 벌였던 일을 취하하는 것.

● 우우(友于)
형제간에 우애가 좋은 것.

● 우이효지(尤而效之)
남의 잘못을 비난해 놓고서 자신도 그와 똑같은 잘못을 저지르는 것을 말함.

● 우익이성(羽翼已成)
깃과 날개가 이미 자랐다는 말로 성숙해졌다는 뜻이다.

● 우자일득(愚者一得)
어리석은 사람일지라도 여러 일을 하거나 생각하다 보면 간혹 슬기로운 생각을 내놓는 수도 있다.

● 우정지의(牛鼎之意)

처음에는 상대방의 뜻에 맞추어 신임을 얻은 다음에 정도로 이끄는 것을 비유해서 말한다.

● 우정팽계(牛鼎烹鷄)

뛰어난 능력을 지닌 사람은 좀처럼 이해를 받지 못함의 비유. 또한 뛰어난 능력을 지닌 사람은 자질구레한 일에는 적합하지 않다는 비유.

● 우직지계(迂直之計)

그냥 보기에는 멀리 돌아가고 있는 듯이 보이지만 실제로는 지름길이라는 계책.

● 우행순추(禹行舜趨)

겉으로 훌륭한 사람을 흉내낼 뿐이고 실제는 따르지 않음의 비유.

● 우화등선(羽化登仙)

중국의 도교와 신선술에서 몸에 날개가 달리고 신선이 되어서 하늘로 오르는 것을 말한다. 또한 도사의 죽음을 뜻하기도 하며 혹은 술에 취하여 기분이 좋아짐의 비유로도 쓰인다.

● 운니지차(雲泥之差)

구름과 진흙의 차이. 천지지차와 같은 말. 사정이 크게 다름을 말한다.

● **운연과안**(雲烟過眼)

사물에 집착하지 않는 것을 구름이나 안개가 눈앞을 지나가는 모습에 비유를 한 것.

● **운연비동**(雲烟飛動)

쓰여진 글씨체가 아주 힘차고 생동감이 있음을 비유함.

● **운용지묘**(運用之妙)

宋나라의 용장 악비(岳飛)가 한 그때그때 변하는 상황에 따라 활용하고 대처하는 것은 사람의 마음에 달린 것이다란 말에서 나옴. 아무리 좋은 제도라도 그것을 운용하는 사람의 마음 여하에 달린 것이기 때문에 임기응변이나 융통성의 중요함을 강조한 말이다.

출전(出典) 알아 보기

● **운용지묘**(運用之妙)

여진족이 세운 金나라 대군이 남쪽으로 밀고 내려와 송나라 수도 개봉을 함락시켰다. 황제 휘종과 그 아들 흠종 그리고 황후 고관들이 사로잡혀 북방으로 끌려갔다. 이로써 송나라는 사실상 멸망한 것이다. 이 때까지의 9대 168년간을 북송(北宋)이라 하고 흠종의 동생인 고종이 강남으로 난을 피해 항주에 도읍하여 송나라를 이은 후부터 남송이라 한다.

이때 남쪽으로 내려가지 않고 금나라에 항전한 사람이 종택(宗澤)이었다. 그의 휘하에 악비라고 하는 젊은 장수가 있었다. 그는 과감한 작전으로 수차례 공을 세웠다. 어느 날 종택은 악비에게 말했다.

"그대의 용기와 능력은 옛 맹장도 못 미칠 것 같네. 하지만 한가지 해주고 싶은 게 있어. 그대는 야전(野戰)을 좋아하는데 그건 최상책이라고는 할 수 없네."

이렇게 말하면서 종택은 군진을 펴는 방식을 그린 진도(陳圖)를 펼쳐 보였다. 그러나 악비는 수긍하지 않고 말했다.

"진을 쳐놓고 싸우는 건 전술의 상식입니다. 하지만 그 진을 운용하는 묘는 마음 하나에 달려 있다(運用之妙 存乎一心)고 생각합니다."

악비는 백성들의 추앙을 받는 명장이 되어 금나라 군사를 무찔렀지만 금나라와 화친을 주장하는 진회(秦檜)의 모함으로 목숨을 잃는다.

● 운우무산(雲雨巫山)
남녀나 부부 사이에 하는 맹세.

● 운우지락(雲雨之樂)
초회왕(楚懷王)이 꿈에 무산(巫山)의 선녀를 만나 하룻밤을 같이 지냈는데 그녀가 헤어지면서 '저는 아침에는 구름이 되고 저녁이면 비가 됩니다'라고 했다는 고사에서 온 말로, 남녀간의 정사(情事)를 비유하는 말.

● 운주책유장지중(運籌策帷帳之中)

진영에 있으면서 작전을 세우는 것. 여기에서 '주책'은 작전, '유장'은 장수의 진영, 천막. 직접 전장 터에 나가 싸우지 않고 작전을 세우는 것을 말함.

● 운중백학(雲中白鶴)

구름 속의 학이란 뜻으로, 뛰어난 인물을 말하는데 속세를 떠난 하늘 높은 곳에 있는 흰 두루미를 고상한 인물에 비유한다.

● 운증용변(雲蒸龍變)

물이 증발하여 구름이 되고 뱀이 변하여 용이 되어 하늘로 오른다는 뜻으로 영웅호걸이 기회를 얻어 흥성함의 비유.

● 운집무산(雲集霧散)

구름이나 안개처럼 많은 것이 모였다 흩어졌다 하는 것의 비유. 또 흔적도 없이 사라짐을 말하기도 한다.

● 운행우시품물유형(雲行雨施品物流形)

구름이 하늘을 떠다니면서 고마운 단비를 내리며 만물이 제각기 형체를 취하는 것.

● 웅거사호(熊渠射虎)

정신을 집중해서 한 가지 일에 몰두하면 이루지 못할 일이 없다.

● 웅경조신(熊經鳥申)

호흡운동에 의한, 혈기왕성하게 하는 체조를 말한다.

● **원고증금**(援古證今)

현재의 사물에 대하여 과거의 일을 예로 들어서 증거로 삼는 것을 말함.

● **원교근공**(遠交近攻)

먼 나라와 친교를 맺고 가까운 나라를 공략하는 정책.

● **원목경침**(圓木警枕)

학문을 연구하기 위해서는 어떠한 어려움도 이겨냄의 비유. 깊은 잠에 빠져 있으면 공부나 출진(出陣)할 때에 문제가 생길 수 있다 해서 통나무를 베개삼아 깊이 잠드는 것을 경계했다.

● **원부재대역부재소**(怨不在大亦不在小)

큰 일이든 작은 일이든 원한을 살 만한 일은 하지 말아야 한다는 것을 말함. 사소한 일로 원한을 사는 경우가 있으니 매사 신중해야 한다는 것.

● **원비지세**(猿臂之勢)

군대의 위세가 멀리까지 소문남의 비유.

● **원사해골**(願賜骸骨)

벼슬아치가 자리에서 물러나기를 청원하는 것. 군주를 섬기는 것은 자신의 목숨이나 몸을 바치는 것이므로 자리에서 물러날 때에는 해골만이라도 돌려달라고 말했던 것.

● **원수불구근화**(遠水不救近火)

'먼 데 있는 물은 가까운 곳에서 난 불을 끄지 못한다'는 뜻으로, 먼 데 있으면 급할 때 아무 소용이 없다는 말.

출전(出典) 알아 보기

● 원수불구근화(遠水不救近火)

한비자(韓非子)에는 다음과 같은 이야기가 실려 있다.

춘추 시대, 노나라 목공(穆公)은 아들들에게도 진(晉)나라와 형(荊)나라를 섬기게 했다. 그 무렵 노나라는 이웃 나라인 강국제(齊)나라의 위협을 받고 있었다. 그래서 위급할 때 진나라와 형나라 같은 강국의 도움을 받으려는 속셈에서였다. 목공의 그런 속셈을 이서가 간했다.

"사람이 물에 빠진 경우, 먼 월(越)나라에서 사람을 청해다가 구하려 한다면 월나라 사람이 아무리 헤엄을 잘 친다 해도 때는 이미 늦사오며, 또 집에 불이 난 경우, 발해(渤海)와 같이 먼 바다에서 물을 끌어다가 끄려 한다면 바닷물이 아무리 많다 해도 때는 역시 늦사옵니다. 이처럼 '먼 데 있는 물은 가까운 곳에서 난 불을 끄지 못한다(遠水不救近火)'고 했듯이 노나라가 이웃 제나라의 공격을 받았을 경우, 먼 진나라와 형나라가 강국이긴 해도 노나라의 위난은 구하지 못할 것이옵니다."

● 원언도(袁彦道)

노름이나 투전을 말한다. 옛 중국의 동진 시대에 원탐이란

362

자가 있었는데 그는 자(字)를 언도라고 했는데 그는 투전의 명인이었다. 그래서 투전을 가리켜 원언도라 부르게 되었다.

⬥ 원유전궐이실목지(猿狖顚蹶而失木枝)
아무리 그 어떤 일에 뛰어난 사람일지라도 때로는 실수하는 수가 있다.

⬥ 원입골수(怨入骨髓)
원한이 뼈에 사무친다는 뜻으로, 원한이 마음 속 깊이 맺혀 잊을 수 없다는 말.

⬥ 원청즉유청(原淸則流淸)
근원이 맑고 올바르면 말단까지도 맑고 깨끗하다는 뜻. 윗자리에 있는 사람이 몸가짐을 바로 하면 아랫사람의 몸가짐도 올바를 수 있다는 말이다.

⬥ 원하구(轅下駒)
속박이 되어 있어서 마음대로 할 수 없음의 비유.

⬥ 원헌지빈(原憲之貧)
청빈함을 비유함. 청빈에 만족하고 인격이 고결함.

⬥ 월견폐설(越犬吠雪)
식견이 낮은 사람이 식견이 높은 사람의 행위를 비난함의 비유.

● **월계**(月桂)

달에 있다고 생각되는 계수나무를 말한다.

● **월단평**(月旦評)

그 달의 초하룻날이라는 뜻으로 허소전에서 유래한 말인데 매월 초하루에 인물평을 한다는 뜻으로 사용됨.

● **월만즉휴**(月滿則虧)

사물은 가장 융성한 때를 지나면 반드시 쇠퇴기가 있음을 비유함. 달도 차면 이지러진다는 뜻으로 무슨 일이든 성하면 쇠퇴하게 된다는 뜻이다.

● **월명성희**(月明星稀)

달이 밝으면 별빛은 희미해진다는 뜻. 곧, 한 영웅이 나타나면 다른 군웅(群雄)의 존재가 희미해짐의 비유. 능력이 있는 사람이 출현을 하면 주위의 사람들의 존재가 약해진다는 뜻이다.

● **월반지사**(越畔之思)

자신의 직분에 충실하고 남의 직분을 침범하는 일이 없도록 하는 것. 즉 자신의 분수를 지키는 것.

● **월왕노와식**(越王怒蛙式)

용감한 병사를 우러러 사기를 진작시키는 것. 또 남을 칭찬하는 것만으로도 그 목숨을 버리게 할 수 있음의 비유.

● **월조**(越俎)

자신의 직분을 넘어 남에게 간섭을 하는 것. 월권행위를 말한다.

● **월조소남지**(越鳥巢南枝)
고향을 그리워 함.

● **월하빙인**(月下氷人)
월하로(月下老)와 빙상인(氷上人)이 합쳐진 것으로, 결혼 중매인을 일컫는 말.

● **위극인신**(位極人臣)
신하로서는 가장 높은 자리에 오르는 것. '인신'은 남의 신하라는 뜻.

● **위급존망지추**(危急存亡之秋)
나라가 망하느냐, 아니면 위기를 잘 넘겨 살아 남느냐의 기로에 섰음을 말함.

● **위무경문**(緯武經文)
국정의 기본은 문무(文武)에 있다는 것을 말함.

● **위무불굴**(威武不屈)
어떠한 위압이나 무력에도 굴하지 않고 스스로의 의지를 관철하는 것을 말함.

● **위백옥루중인**(爲白玉樓中人)
문인이 죽는 것을 비유함.

● 위빈기(渭濱器)

장군이나 대신이 될 만한 재능이나 인물을 말함.

● 위선무근명위악무근형(爲善無近名爲惡無近刑)

남의 눈에 띄는 행동은 삼가라는 뜻. 선과 악, 어느 것을 행하더라도 극단을 피하고 중도를 택하라는 것.

● 위소지회(葦巢之悔)

정착할 곳이 없어 불안하고, 의지할 곳이 없어 허전함을 말한다.

● 위수강운(渭樹江雲)

위수(渭樹)에 있는 나무와 위수를 지나와 강수(江水) 위에 떠 있는 구름. 떨어져 있는 두 곳의 거리가 먼 것을 이르는 말로서, 멀리 떨어져 있는 친구끼리 서로 상대방을 그리워하는 것의 형용.

● 위수진적(渭水盡赤)

끔찍하고 비참한 것을 말함.

● 위아(爲我)

자기 위주로 자신의 이익만을 위해 행동하며 남을 위해서는 배려도 없고 위함도 없는 이기주의를 말한다.

● 위약조로(危若朝露)

잠깐의 유예도 할 수 없는 위태로운 지경을 말한다. 여기에서

'조로'는 아침이슬을 말하는데 해가 뜨면 햇빛에 사라지므로 덧없는 것에 비유한다.

● 위오두미절요(爲五斗米折腰)
하잘 것 없는 녹을 얻기 위해서 비굴한 태도를 마다하지 않는 것.

● 위이불맹(威而不猛)
위엄은 있으나 위압적이지 않고 위엄은 있으나 뽐내지는 않음을 말함. 원래는 공자를 평한 말로 군자의 이상적인 인품을 말한다.

● 위편삼절(韋編三絶)
한 책을 되풀이하여 숙독함의 비유. 공자가 만년에 역경(易經)을 좋아하여 즐겨 읽는 바람에 책을 맨 가죽끈이 세 번이나 끊어졌다는 고사에서 나온 말.

출전(出典) 알아 보기

● 위편삼절(韋編三絶)

고대 중국에서의 책은 대나무를 직사각형으로 잘라(竹簡-죽간) 거기에 글씨를 쓴 여러 장을 가죽끈으로 엮어 이은 것이었다. '위편'은 그 가죽끈을 가리키고 '삼절'은 세번만 끊어지는 것이 아니라 여러 번 끊어진다는 뜻이다. 이 말은 《史記》의

'孔子世家'에 나온다.

"공자가 만년에 역경(易經) 읽기를 좋아하여 '책을 엮은 죽간의 끈이 여러 번 끊어지도록 역경을 읽었다(讀易韋編三絶)'. 그리고 말하기를 내게 몇 년의 수명이 더해진다면 주역에 대해서 그 가르침을 밝혀낼 수가 있을 것이다'라고 말했다."

공자는 늙어서도 책읽기를 게을리하지 않아 '역경'을 열심히 뒤지다보니 책을 묶은 가죽끈이 몇 번이나 끊어졌다는 것이다. 독서를 권장하는 말에 개권유익(開卷有益)이란 것도 있다. 이 말은 책은 읽지 않고 펼치기만 해도 유익하다는 뜻이다.

● 위표리(爲表裏)

둘이 합해서 하나의 사물을 이루는 것. 말하자면 서로 돕고 서로 보완을 이루는 것을 말함.

● 위학불가자수가역불능학의(謂學不暇者雖暇亦不能學矣)

시간이 없어 공부할 시간이 없다고 말하는 사람은 설사 시간이 있더라도 공부를 하지 않는다.

● 위현지패(韋弦之佩)

자신의 결점을 고치기 위한 노력을 하는 것을 말함. 기질을 바꾸고 몸을 수양하는 경계로 삼는 것을 말함.

● 위호부익(爲虎傳翼)

세력이 있는 사람에게 더욱 기세를 넣어 줌의 비유. 또 어리석은 사람에게 쓸데없이 기세를 더 넣어 줌의 비유.

● 유교무류(有敎無類)

가르침이 있으면 종류가 없다는 말로, 가르침만 있다면 모든 사람이 선(善)한 곳으로 돌아올 수 있어 차별이 없다는 뜻이다.

● 유구박호복계박리(乳狗搏虎伏鷄搏狸)

자기 자식을 위하여 약함을 강하게 하는 것. 무엇보다 모성애가 강함을 비유함.

● 유기계자필유기사(有機械者必有機事)

지혜나 재능을 올바르게 쓰질 않고 교묘하게 이용하려는 사람은 반드시 나쁜 짓을 하게 된다.

● 유기지지교필유기지지패(有機地之巧必有機知之敗)

재능에 능한 사람은 자신의 재능을 과신하여 끝내는 실패한다는 비유. 기계의 기능을 잘 아는 사람은 자신의 능력만을 믿고 노력을 기울이지 않기 때문에 오히려 실패한다는 것.

● 유나환자필유마괴(有羅紈者必有麻蒯)

인생을 살다보면 아름다운 흰 명주를 입을 때도 있으나 또 삼베로 된 상복을 입을 날도 온다는 것. 여기에서 '나환'은 얇은 비단과 흰 명주로서 아름다운 옷을 비유하며 '마괴'는 삼베와 사초로 짠 베로 허름한 옷이나 상복을 비유한다.

● 유능제강(柔能制剛)

부드러운 것이 능히 강하고 굳센 것을 누른다. 어떤 상황에 대처할 때 강한 힘으로 억누르는 것이 이기는 것 같지만 부드러움으로 대응하는 것에 당할 수는 없다는 뜻.

출전(出典) 알아 보기

⊜ 유능제강(柔能制剛)

병서(兵書)인 '삼략'에는 이런 대목이 있다.

"군참(軍讖)에서 이르기를 '부드러움은 능히 굳셈을 제어하고(柔能制剛) 약한 것은 능히 강함을 제어한다. 부드러움은 덕(德)이고 굳셈은 적(賊)이다. 약함은 사람들의 도움을 받고 강함은 사람들의 공격을 받는다."

'군참'이란 전쟁의 승패를 예언적으로 서술한 병법서다. 이와 비슷한 말이 노자(老子)에도 더러 실려있다. '노자 76장'에는 다음과 같은 글이 실려 있다.

"사람은 생명을 유지하고 있을 때에는 부드럽고 약하지만 죽음을 당하게 되면 굳고 강해진다. 풀과 나무도 살아있을 때는 부드럽고 연하지만 죽게 되면 마르고 굳어진다. 그러므로 굳고 강한 것은 죽음의 무리이고 부드럽고 약한 것은 삶의 무리다. 그렇기 때문에 군대가 강하게 되면 멸망하고 나무가 강해지면 꺾이게 된다. 강하고 큰 것은 아래에 자리하게 되고 부드럽고 약한 것이 위에 자리를 잡는다."

'노자 78장'에는 이런 글도 보인다.

"이 세상에서 물보다 더 부드럽고 약한 것은 없다. 그렇지만 굳고 강한 것을 치는 데 물보다 나은 것은 없다. 물의 역할을 대신할 만한 것은 없는 것이다. 약한 것이 강한 것을 이기고 부드러운 것이 굳센 것을 이긴다는 것은 세상 사람 모두가 알건만 그 이치를 실행하는 사람은 없다."

● 유덕자필유언(有德者必有言)
덕이 있는 사람은 반드시 본받을 만한 훌륭한 말을 한다는 것.

● 유련황망(流連荒亡)
환락에 빠져서 그 자리를 빠져나오지 못하고 계속 그 자리에 머물러 있음의 비유.

● 유록화홍(柳綠花紅)
버들은 푸르고 꽃은 붉다. 자연에 조금도 인공을 가하지 않음을 일컫는 말이다. 또 봄의 아름다운 경치의 형용으로도 쓰인다.

● 유맥(流麥)
독서나 공부에 열중해서 다른 일은 거들떠보지도 않음을 비유. 이 말은 후한(後漢)의 고봉(高鳳)이란 사람이 책을 보는데 어찌나 열중이던지 비가 많이 내려 보리가 떠내려가는 것을 모르고 있었다는 고사에서 나온 말이다.

● 유명시청(唯命是聽)
무슨 일이든지 간에 시키는 대로 하겠다는 뜻.

● 유무당지옥치(猶無當之玉卮)

371

아무리 귀중한 물건이라도 쓸모가 없다면 아무런 가치가 없다는 것의 비유. 또 신하가 한 말을 군주가 지켜주질 않고 함부로 남에게 말해 버린다면 신하가 자기의 능력을 발휘할 수 없게 된다는 말.

● 유무상통(有無相通)
있는 것과 없는 것을 적절히 교환해서 사용한다는 것. 서로 보완하고 빌려주는 것을 말함.

● 유문사자필유무비(有文事者必有武備)
문무는 어느 한쪽으로만 치우쳐서는 안 된다는 뜻.

● 유방후세(流芳後世)
명성을 후세에 길이 전함.

● 유붕자원방래(有朋自遠方來)
동문(同門)을 말하는데 같은 학문에 뜻을 둔 사람들은 어디서든 모여서 서로 배운다.

● 유설(縲絏)
잡혀서 감옥에 갇히는 것. 여기에서 '유'는 검은 밧줄, '설'은 맨다의 뜻으로 밧줄로 묶여서 옥에 갇히는 것을 말한다.

● 유시자필유종(有始者必有終)
모든 사물은 반드시 처음과 끝이 있게 마련이고 그 상태가 영원히 지속되는 일은 있을 수 없다는 것이다. 무상, 덧없음을 말한다.

● **유안무주**(有眼無珠)

진실과 허위를 분간하지 못하는 것. 일의 좋고 나쁨과 선악을 구별 못하는 말의 비유. 눈은 있는데 눈동자가 없다는 뜻이 담겨 있다.

● **유암화명**(柳暗花明)

아름다운 들판의 봄날의 경치를 비유하는 말. 버드나무가 어슴푸레하게 우거진 봄안개 속에서 꽃이 또렷하게 밝게 피어 있는 것. 또한 화류계를 말하기도 한다.

● **유어화서국**(遊於華胥國)

편안한 상태에서 낮잠을 자는 것을 말함. 그때 꾸는 꿈도 가리킨다. 낮잠을 자다가 화서국에서 노는 꿈을 꾸었다는 데서 연유한 말이다.

● **유연지소우막상**(猶燕之巢于幕上)

위험한 장소에 있거나 위험한 상황에 있음의 비유. 제비가 천막 꼭대기에 집을 지어 언제 떨어질지 모르는 상태에 있음을 말한다.

● **유영**(柳營)

장수가 있는 진영을 말한다.

● **유예**(猶豫)

꾸물대며 망설이고 주저하는 말의 형용. 여기에서 '유'도 '예'도 의심이 많아서 결단을 내리지 못하고 있는 형용. 또한 날짜를 미루는 뜻으로도 쓰인다.

⊜ 유유낙락(唯唯諾諾)
일의 좋고 나쁨의 상관없이 무조건 따르고 복종하는 것을 말함.

⊜ 유유상종(類類相從)
같은 처지에 있는 사람끼리는 서로 잘 어울린다는 것. 선한 사람한테는 선한 사람이 모이고 악한 사람에게는 악한 사람이 모이게 된다는 것.

⊜ 유음덕자필유양보(有陰德者必有陽報)
남이 알아주지 않더라도 남몰래 착한 일을 하는 사람은 반드시 좋은 보답을 받는다.

⊜ 유인유여지(遊刃有餘地)
뛰어난 수완과 기교를 가지고 여유 있게 일을 함의 비유.

⊜ 유일부족(惟日不足)
해야 할 일이 너무 많아 하루해로는 부족하다는 것.

⊜ 유자(猶子)
'유자'는 조카란 말로 조카는 자기 자식과 마찬가지라는 것을 말함.

● 유자가교(孺子可敎)

젊은이는 가르칠 만하다는 것으로, 열심히 공부하려는 아이를 칭찬하는 말이다.

출전(出典) 알아 보기

● 유자가교(孺子可敎)

한(漢)나라 장량(張良)의 조상은 3대째 한나라의 재상을 지냈으나 6국이 진(秦)나라에 의해 멸망한 이후부터는 상황이 달랐다.

장량은 본래 회양(淮陽) 지방에서 예제(禮制)를 배우다가 조국인 한나라를 위해 복수하고자 가산을 정리하고 회양에서 힘을 쓰는 장사 한 사람을 사서 진시황을 죽이라고 시켰다. 때마침 진시황제가 박랑사(博浪沙)를 순시하러 왔다. 장사는 120근이나 되는 철퇴로 시황제를 공격하려다가 호위병에게 붙들려 결국 장량의 지시를 받았다고 자백하였다. 그러자 전국에 수배령이 내려졌고, 장량은 이름을 바꾸고 하비(下丕)로 가서 기회를 엿보기로 했다.

어느 날 장량이 하비교로 산보를 갔는데, 한 노인이 장량의 맞은 편에서 걸어오더니 일부러 신발 한 짝을 다리 밑으로 떨어뜨리고서 주워 달라고 했다. 장량은 내심 화가 치밀어 올랐으나 범상치 않은 노인임을 알고는 신발을 주워다가 주었다. 그러자 노인은 장량에게 발을 내밀어 신발을 신기라고 하였다. 장량은 무릎을 꿇고는 신을 신겨 주었다. 이 모습을 바라보던 노인은 빙그레 웃더니 말없이 가버렸다.

장량은 다리 위에서 노인의 모습을 바라보았는데, 그 노인이 다시 돌아와서 장량에게 '유자가교'라는 말을 하고는 닷새 후 아침에 다리 위에서 자신을 기다리라고 말하고는 훌쩍 가버렸다. 장량은 갑작스런 노인의 말에 어리둥절해졌다. 그로부터 닷새가 지난 후 장량이 날이 밝자마자 다리 위로 나가니 노인은 벌써 나와 기다리면서 몹시 화를 냈다. 그리고는 내일 다시 나오라고 말하고 가버렸다.

　　그 다음날 장량은 새벽에 다리로 나왔다. 그러나 노인이 먼저 나와 기다렸다. 사흘째 되는 날에도 장량보다 먼저 나와 그를 기다리고 있었다. 노인은 장량에게 약속한 시간을 지키지 않는다며 욕을 하곤 그에게 닷새 후에 다시 나오라고 했다. 장량은 노인이 말한 날 캄캄한 새벽에 다리 위로 갔는데 노인은 아직 도착하지 않았다. 그가 한참 동안 기다리자 노인이 어둠 속에서 나타났다.

　　그는 기뻐하며 장량에게 책 한 권을 주고는 10년 후에 제북(齊北)의 곡성산(穀城山) 아래로 와서 그를 찾으라고 하였다. 그 책은 강태공의 병법이었으며 노인은 바로 황석공(黃石公)이었다. 그 후 장량은 그 책을 공부하여 유방의 모사가 되었고, 결국 한나라를 개국하는 데 큰 공헌을 하였다.

● 유종지미(有終之美)

끝을 잘 맺는 아름다움이라는 뜻으로 시작한 일을 끝까지 잘 하여 결과가 좋음을 이르는 말.

● 유좌지기(有坐之器)

항상 곁에 두고 보는 그릇이라는 말로, 마음을 적당히 가지기 위해 곁에 두고 보는 그릇을 가리킨다. '유좌지기'란 속이 비거나 가득 차면 한쪽으로 기울어지지만, 적당하게 차면 중심을 잡고 곧게 서 있을 수 있는 그릇을 말한다. 그 그릇을 곁에 두는 것은 마음을 알맞게 적정선에서 조정하라는 뜻이다.

● 유주(遺珠)

세상에 알려지지 않은 뛰어난 인물, 세상에 알려지지 않은 현자를 말함. 여기에서 '유주'란 잊혀진 귀중한 옥을 말한다.

● 유지무지삼십리(有知無知三十里)

재능이 있는 사람과 없는 사람의 차이는 크다는 것을 말함. 서로의 재능에 차이가 있는 것을 말함.

● 유지자사경성(有志者事竟成)

뜻을 세우고 중도에 포기하는 일없이 밀고 나가면 반드시 성공을 거두게 된다.

● 유취만재(遺臭萬載)

좋지 않은 평을 후세에 남기는 것.

● 유치인무치법(有治人無治法)

세상이 평화롭게 되는 것은 사람의 힘에 의해서 되는 것이지 법의 힘에 의해 되는 것은 아니다.

● 유편지술(兪扁之術)

명의의 의술을 말한다. '유'는 황제(黃帝) 때의 명의인 유부(兪

跗). '편'은 전국시대, 괵(虢)나라의 태자를 그만의 치료법으로 살려냈다는 명의 편작(扁鵲)을 말한다. 두 사람은 모두 중국 고대부터 이름이 높았던 명의이다. 그 두 사람의 의술을 말한다.

⊖ 유호(乳虎)

성질이 포악한 것의 비유. '유호'는 새끼를 가진 호랑이를 말하는데 새끼를 보호하기 위한 보호본능으로 성미가 예민해져 있음을 말한다.

⊖ 육단부형(肉袒負荊)

사죄를 하거나 복종과 항복하는 것을 말함. 여기에서 '육단'은 웃옷을 벗고 몸을 드러내는 것. '형'은 가시나무 지팡이, 가시나무 채찍. 윗통을 벗을 테니 가시나무 채찍으로 쳐서 벌해 달라고 사죄의 뜻을 표하는 예법, 태도를 말한다.

⊖ 육부생충(肉腐生蟲)

고기가 부패하면 거기서 벌레가 생긴다. 사물의 시초에는 반드시 그 원인이 있다는 것을 비유한다.

⊖ 육산포림(肉山脯林)

호화스런 연회를 말한다. 여기에서 '육산'은 산더미처럼 쌓인 고기를 말하며 '포림'은 숲처럼 많이 차려진 육포를 말한다. 아주 잘 차려진 술자리를 말한다.

⊖ 육식(肉食)

사치스럽고 부귀한 사람을 말하며 녹을 먹는 벼슬아치나 사치에 익숙한 부자를 말한다.

● **윤문윤무**(允文允武)
문무를 겸비한 사람을 말한다.

● **윤필**(潤筆)
문장을 짓거나 서화를 쓰거나 그리거나 하는 일을 말함. 또는
그런 것들에 대한 보수나 휘호료.

● **은감불원**(殷鑑不遠)
은(殷)나라 왕이 거울로 삼아야 할 멸망의 선례는 먼데 있지
않다는 뜻으로, 다른 사람의 실패를 보고 자신의 거울로 삼으라
는 말.

● **은근**(殷懃)
아주 정중하고 공손하며 예의바른 것을 말함. 남녀의 사모의
정 등의 뜻으로도 쓰인다.

● **은약일적국**(隱若一敵國)
결코 얕잡아 볼 수 없는 상대를 말한다. 방심할 수 없는 상대라
는 뜻으로도 사용된다.

● **은위병행**(恩威竝行)
포상과 형벌이 어느 한쪽으로 치우침이 없이 동시에 내려지는
것을 말함.

● **음갈인어월하**(蔭喝人於樾下)

곤경에 처한 사람을 도와주고 지켜 주는 것을 말하는데 남에 대한 배려의 마음을 비유한다.

● **음기수자부절기지**(陰其樹者不折其枝)

남으로부터 은혜를 입은 사람은 결코 은혜를 베푼 사람에게 해를 가하는 일이 없다.

● **음빙**(飮氷)

얼음을 마시는 뜻을 가진 이 말은 가난함을 말한다.

● **음풍농월**(吟風弄月)

바람을 맞으며 시를 읊으며 달을 감상하는 것.

● **음회세위**(飮灰洗胃)

재를 마시고 위를 깨끗이 씻어내는 데서 온 말로서 마음속 깊이 회개하는 것을 말함.

● **읍양**(揖讓)

두 손을 모으고 머리를 가볍게 숙이는 예법으로 겸손의 태도를 보이는 것.

● **읍장**(泣杖)

부모를 공경하는 마음과 효성이 지극함의 비유. 여기에서 '장' 은 벌을 내리며 매를 때릴 때에 쓰는 회초리를 가리킨다.

● 읍참마속(泣斬馬謖)

울면서 마속을 벤다는 뜻. 곧 법의 공정을 지키기 위해 사사로운 정(情)을 버림. 큰 목적을 위해 자기가 아끼는 사람을 가차없이 버림의 비유.

● 읍피주자(挹彼注玆)

어려운 사람을 배려함을 말한다. 여기에서 '읍'은 물을 긷는다는 뜻으로 멀리서 물을 길어다가 물이 필요한 사람에게 준다는 데서 남을 배려하는 마음이 강함을 말한다.

● 응대여류(應對如流)

물 흐르듯 응대한다는 뜻으로 언변이 능수 능란하다는 의미이다.

● 응전지지(鷹鸇之志)

약자에게 맹위를 떨쳐 해치려고 하는 것.

● 응접불가(應接不暇)

아름다운 경치가 계속 나타나 인사할 틈도 없다는 뜻으로 여유가 없을 만큼 매우 바쁜 상황을 비유한 말.

출전(出典) 알아 보기

● 응접불가(應接不暇)

중국 진(晉)나라의 왕헌지는 문필에 능한 서예가로서 중서령(中書令)이란 관직에 오른 인물이었다.

그가 어느 날 산음도(山陰道)의 아름다움에 감탄하여 다음과 같이 그 아름다움을 표시하고 있다.

"산음(山陰)의 길을 가자면 치솟은 산과 강이 끊임없이 아름다움을 다투며 나타나 응접에 틈이 없을(應接不暇) 정도이다."

● 의금지영(衣錦之營)
입신출세를 하여 고향으로 돌아가는 것을 말함.

● 의기양양(意氣揚揚)
아주 자랑스럽게 행동하는 모양.

출전(出典) 알아 보기

● 의기양양(意氣揚揚)

춘추시대. 제(齊)나라의 국상인 안자(晏子)가 수레를 타고 외출했을 때였다. 안자 수레를 끄는 마부의 아내는 문틈으로 남편의 행동을 엿보았다. 남편은 재상의 마부로서 수레 위에 씌운 큰 차양을 끼고 의기양양하게 네 마리 말에 채찍질을 하면서 수레를 몰았다. 마부의 아내는 그날 저녁 남편이 돌아오자마자 느닷없이 헤어지자고 했다. 이유는 '국상께서는 육척도 안 되는 몸이지만 그분이 외출하는 모습을 보니 깊은 생각에 잠긴 듯 겸허하신 모습이었습니다. 그런데 당신은 팔 척의 체구로 국상의 수레를 몰면서도 그렇게 의기양양하게 뽐내니 당신 곁을 떠나고자 하는 것입니다.'

⊜ 의돈지부(猗頓之富)
막대한 재산을 가진 커다란 부자를 말함. 여기에서 '의돈'은 '의(猗)'라는 땅에서 사는 '돈'이라는 사람. 한편으론 의돈의 이름이라고도 알려지고 있는데 춘추전국시대에 하동(河東)에서 제염 업으로 많은 재산을 모은 대부호를 가리킨다.

⊜ 의마지재(倚馬之才)
문재(文才)가 매우 뛰어난 것을 말함.

⊜ 의막약신인막약고(衣莫若新人莫若故)
오랜 친구의 우정은 소중하게 여겨야 한다. 친구는 오래 사귄 친구일수록 귀중한 것이다.

⊜ 의미심장(意味深長)
겉으로 드러난 뜻 외에 딴 뜻이 감추어져 있는 것을 말함.

⊜ 의방지교(義方之敎)
사람으로 지켜가야 할 올바른 길로 자식을 인도하려면 절도 있는 엄격한 교육을 시켜야만 한다.

● 부의중백(衣不重帛)

'백'은 명주옷을 말하는데 명주옷을 두 벌 겹쳐서 입지 않는다는 뜻으로 검소함을 가리킨다.

● 의불경신 하유이고(衣不更新 何由而故)

옛것도 새것이었을 때가 있다는 말이다.

출전(出典) 알아 보기

● 의불경신 하유이고(衣不更新 何由而故)

진(晉)나라의 환거기(桓車騎;桓沖)는 새옷 입기를 무척 싫어하여 항상 낡은 옷만 입고 다녔다.

하루는 환거기가 목욕을 한 후에 부인에게 옷을 가져오라고 하자, 그의 부인은 일부러 새옷을 가져다주었다. 환거기는 새옷을 보자마자 몹시 노하여 빨리 가져가라고 소리쳤다. 부인은 다시 옷을 가져다주며 이렇게 말했다.

"옷은 새것이 낡아서 헌옷이 되는 것, 그렇잖으면 무슨 방법으로 헌옷이 되리요?"

그러자 환공은 크게 웃으며 새옷을 입었다.

● 의식족즉지영욕(衣食足則知榮辱)

의식이 풍족해야 영욕(榮辱)을 안다는 뜻으로 의식이 풍족한 생활의 안정이 있어야 절로 도덕과 예절을 알게 된다는 말이다.

● **의심암귀**(疑心暗鬼)

의심하는 마음이 있으면 있지도 않은 귀신이 나오는 것처럼 느껴진다는 뜻. 곧 마음속에 의심이 생기면 갖가지 무서운 망상이 잇달아 일어나 불안해짐. 선입관은 판단을 빗나가게 함.

● **의이지참**(薏苡之讒)

근거 없는 비방과 중상하는 것을 말함.

● **의장참담**(意匠慘憺)

고심해서 궁리를 벌이는 것을 말함.

● **의재언외**(意在言外)

말을 하지 않아도 말하고자 하는 것을 알아차리는 것을 말함. 여기에서 '언외'는 말로 표현된 내용 이외의 것을 가리킨다.

● **의중인**(意中人)

마음속에 두고 있는 사람이란 뜻.

● **의합즉호월위형제**(意合則胡越爲兄弟)

생각이 일치하면 서먹서먹하게 지낸 사람일지라도 형제와 마찬가지이다.

● **의양화호로**(依樣畵葫蘆)

순전히 모방을 한 것뿐이고 독창성이 있는 것은 하나도 없음의 비유.

385

● 이공사석(李公射石)

정신을 하나로 집중을 하면 어떠한 돌조차도 꿰뚫을 수가 있다는 말로 불가능을 가능함으로 만들 수 있다는 말의 비유이다.

● 이관규천(以管窺天)

대롱 구멍으로 하늘을 엿보다. 좁은 소견으로 사물을 살펴보았자 그 전체의 모습을 파악할 수 없다.

출전(出典) 알아 보기

● 이관규천(以管窺天)

춘추시대 말기의 일이다. 뒷날 동양 의학의 원조이자 의성(醫聖)으로도 일컬어지는 편작(扁鵲)이 괵이라는 나라에 갔을 때였다. 마침 병을 앓던 이 나라의 태자가 숨졌다는 소식을 듣고 편작은 궁정의 의사를 찾아갔다. 태자의 병이 무슨 병인가를 물어보고 현재의 상태를 알아낸 편작은 말했다.

"그럼 내가 태자를 소생시켜 보겠습니다."

편작이 팔을 걷고 나서자 궁정의사는 어이없다는 듯이 말했다.

"그런 무책임한 말씀은 삼가시오. 어린애도 그런 말은 곧이 듣지 않을게요."

그러자 편작은 하늘을 우러르며 탄식하듯 말했다.

"당신의 의술 따위는 '대롱으로 하늘을 엿보며(以管窺天)' 좁은 틈새로 무늬를 보는 것과 같소."

잠시 뜸을 들였다가 편작은 말을 이었다.

"당신이 내 말을 정 믿지 못하겠다면 다시 한번 태자를 살펴보시오. 그의 귀가 울고 코가 벌름거리는 소리가 들려올게요. 그리고 양쪽 사타구니를 쓰다듬다가 음부에 손이 닿으면 그곳은 아직 따뜻할 것이오."

고개를 갸웃거리며 다시 진찰해보니 편작이 말한 그대로이자, 궁정의사는 딱 벌어진 입을 다물지 못했다. 괵나라 임금은 편작에게 매달렸다. 편작이 침을 놓자 태자는 소생했고 치료를 더하자 20일 후에는 일어날 수 있게 되었다. 사람들은 편작이 죽은 사람도 소생시킬 수 있다고 말하자 편작은 이렇게 말했다.

"죽은 사람을 소생시킨 게 아니라 아직 죽지 않은 사람을 고친 것뿐이오."

● 이기소호반자위화(以其所好反自爲禍)
사람은 자신이 좋아하는 일이나 잘하는 일을 할 때에 오히려 실수를 많이 하는 법이다.

● 이기포과(以杞包瓜)
높은 자리에 있는 사람이 현자를 찾는 것을 말함.

● 이단(異端)
정통이 아닌 생각을 말함. 여기에서 '단'은 끝이라는 뜻으로 정통의 입장에서 보아 다른 한 끝에 있다는 뜻.

● 이도살삼사(二桃殺三士)

두 개의 복숭아가 세 명의 용사를 죽였다는 뜻으로 교묘한 계략으로 상대를 자멸하게 하는 일을 비유한 것이다.

● 이두창지(以頭搶地)

머리를 땅에 부딪치며 용서를 비는 것을 말함. 또는 몹시 분한 모양을 형용.

● 이란격석(以卵擊石)

계란으로 바위를 친다는 뜻이니, 이는 곧 약한 것으로 강한 것을 이기려는 어리석음의 비유.

● 이려측해(以蠡測海)

좁은 시야로 큰 사물을 헤아리려고 한다는 것의 비유.

● 이루지명(離婁之明)

안력(眼力)과 시력이 아주 밝은 것을 말한다. 여기에서 '이루'는 황제(黃帝) 때의 사람으로 시력이 아주 뛰어났던 사람의 이름이다.

● 이립(而立)

서른 살을 말한다.

● 이매망량(魑魅魍魎)

산이나 물에 사는 모든 마물(魔物)을 말한다. 여기에서 '이매'는 산에서 사는 요괴, '망량'은 물 속에 사는 요괴를 말한다.

🥟 이모상마(以毛相馬)
겉으로만 판단하여 실질을 놓쳐 버렸음을 비유.

🥟 이모취인(以貌取人)
겉만 보고서 사람의 가치를 판단하는 것을 말함.

🥟 이목지신(移木之信)
위정자가 나무 옮기기로 백성들을 믿게 한다는 뜻. 곧 남을 속이지 아니한 것을 밝힘. 약속을 실행함.

출전(出典) 알아 보기

🥟 이목지신(移木之信)

진(秦)나라 효공(孝公) 때 상앙이란 명재상이 있었다. 그는 위(衛)나라의 공족(公族) 출신으로 법률에 밝았는데 특히 법치주의를 바탕으로 한 부국 강병책을 펴 천하 통일의 기틀을 마련한 정치가로 유명했다.

한 번은 상앙이 법률을 제정해 놓고도 즉시 공표하지 않았다. 백성들이 믿어 줄지 그것이 의문이었기 때문이다. 그래서 상앙은 한 가지 계책을 내어 남문에 길이 3장(三丈:약 9m)에 이르는 나무를 세워 놓고 이렇게 써 붙였다.

"이 나무를 북문으로 옮겨 놓는 사람에게는 십금(十金)을 주리라."

그러나 아무도 옮기려 하는 사람이 없었다. 그래서 오십 금

(五十金)을 주겠다고 써 붙였더니 이번에는 옮기는 사람이 있었다. 상앙은 즉시 약속대로 오십 금을 주었다. 그리고 법령을 공표하자 백성들은 조정을 믿고 법을 잘 지켰다고 한다.

● 이문회우(以文會友)
학문에 뜻을 두고 있는 사람들을 친구로 모으는 것을 말함.

● 이상견빙지(履霜堅氷至)
서리가 내리면 이윽고는 단단한 얼음이 얼게 된다는 데서 나온 말로 악을 그대로 놔두면 처음에는 작은 것일지라도 나중에는 커다란 악이 된다는 뜻이다.

● 이서위어자부진어마지정(以書爲御者不盡於馬之情)
아무리 지식을 많이 가지고 있더라도 그것을 활용하는 연구를 하지 않는다면 쓸모가 없다. 책에서 얻은 지식 만으론 쓸모가 없다는 것.

● 이세교자세경즉절(以勢交者勢傾則絶)
상대방의 세력만을 생각하고 사귄 사귐은 그 세력의 힘이 떨어졌을 때에는 그 사귐도 함께 쇠퇴해 버린다.

● 이소인지복위군자지심(以小人之腹爲君子之心)
만족할 줄을 아는 것. 또 자신의 소견을 기준으로 해서 남의 속을 헤아린다는 뜻으로도 쓰인다.

● 이수신불가어수(履雖新不加於首)

사물에는 제각각 그 쓰임의 용도가 있듯이 사람에게도 각각 자기에 맞는 분수가 있어 함부로 그 분수를 넘어서선 안 된다는 것을 말함.

● 이수주탄작(以隋珠彈雀)

얻는 것보다 잃는 것이 적음을 말함. 손실이 이익보다 많은 것.

● 이순(耳順)

60세를 말한다. 귀 '이'를 쓴 것은 어떤 사람의 의견이라도 순수하게 받아들일 수 있는 나이가 되었다는 뜻이다.

● 이승양석(以升量石)

어리석은 자나 소견이 좁은 사람이 현자의 넓은 마음을 이해할 수는 없다. 여기에서 '승'은 되를 말하고 '석'은 섬을 말한다. 한 되는 한 섬의 100분의 1에 해당하는데 되가 섬이 될 수는 없다는 뜻이다.

● 이식위천(以食爲天)

백성에게 있어 먹는 일이 가장 중요하다는 것이다.

● 이식지도(耳食之徒)

얄팍한 지혜를 가진 사람을 비유하는 말. 귀로들은 것만으로 음식의 맛이 어떻다고 말하는 사람.

🔴 **이신순리**(以身殉利)

목숨을 던져가면서까지 이익을 쫓는 것을 말함. 이익을 쫓다가 몸을 망치는 것.

🔴 **이신역물**(以身役物)

물욕을 떨치지 못하고 현혹되어 있는 것. 행동이 물욕의 지배를 받는 것.

🔴 **이심전심**(以心傳心)

마음에서 마음으로 뜻이 통한다는 말.

출전(出典) 알아 보기

🔴 **이심전심**(以心傳心)

송나라의 중 도언(道彦)이 석가 이후 고승들의 법어를 기록한 《전등록(傳燈錄)》에서 보면 석가가 제자인 가섭(迦葉)에게 말이나 글이 아니라 '이심전심'의 방법으로 불교의 진수를 전했다는 이야기가 나온다. 이에 대해 송나라의 중 보제(普濟)의 《오등회원(五燈會元)》에는 다음과 같이 적혀 있다.

어느 날 석가는 제자들을 영산(靈山)에 불러 모았다. 그리고 그들 앞에서 손가락으로 '연꽃 한 송이를 집어들고 말없이 약간 비틀어 보였다(華).' 제자들은 석가가 왜 그러는지 그 뜻을 알 수 없었다. 그러나 가섭만은 그 뜻을 깨닫고 '빙긋이 웃었다(微笑).' 그제야 석가는 가섭에게 말했다.

"나에게는 정법안장(正法眼藏 : 인간이 원래 갖추고 있는 마음의 묘덕(妙德-매우 뛰어난 덕)과 열반묘심(涅槃妙心 : 번뇌(煩惱)를 벗어나 진리에 도달한 마음), 실상무상(實相無相 : 불변의 진리), 미묘법문(微妙法門 : 진리를 아는 마음), 불립문자 교외별전(不立文字 教外別傳 : 모두 언어나 경전에 의하지 않고 '이심전심'으로 전하는 오묘한 뜻. 곧, 진리는 마음에 의해서만 전해지고 받아들여지기 때문에 이렇게 말함)이 있다. 이것을 너에게 전해 주마."

● **이양역우**(以羊易牛)

양을 가지고 소와 바꿈. 작은 것으로 큰 것의 대용으로 삼는 것을 말함.

● **이어반장**(易於反掌)

사람의 태도가 손바닥을 뒤집듯이 일변해 버리는 것.

● **이열**(耳熱)

술에 취함을 말함. 술에 취하면 귀에서 열이 나는 것에서 나온 말.

● **이용후생**(利用厚生)

편리한 기구를 잘 사용하여 살림에 부족함이 없게 함. 또는 그러한 일.

● **이우지유**(犂牛之喩)

아들이 훌륭하면 설사 아버지에게 부족한 점이 있더라도 그 아들은 반드시 등용을 하게 된다.

☻ 이원(梨園)
연극계와 같은 집단의 사회를 가리킨다. 연극이나 음악의 연습장 같은 곳을 가리킨다.

☻ 이위구실(以爲口實)
남에게 구실이나 변명을 하도록 빌미를 제공해 주는 것.

☻ 이위이아위아(爾爲爾我爲我)
자신의 소신에 따라 그 길을 향해 나아가는 것을 말함. 또한 남에게 영향을 받질 않고 자신의 길을 향해 가는 것.

☻ 이유애수무애(以有涯隨無涯)
끝없는 인생 속에서 끝없는 지식을 추구하려고 하는 사람의 행위의 어리석음을 말한다.

☻ 이육거의(以肉去蟻)
수단과 방법을 그르치면 오히려 역효과를 불러일으키는 것을 말함.

☻ 이이란기간성지장(以二卵棄干城之將)
유능한 인물의 작은 과오를 문제 삼아 그 인물을 잃어버리게 되는 것. 또 하찮은 과실에 집착해 본질적인 능력을 인정치 않는 데서 상황에 따른 올바른 가치판단을 하지 못함의 비유.

⊖ 이이제이(以夷制夷)

다른 나라끼리 서로 싸우게 만들어 놓고 자국의 이익과 안전을 노리는 외교정책을 말한다.

⊖ 이인위경(以人爲鏡)

사람으로써 거울을 삼는다는 뜻이니, 훌륭한 품행을 지닌 사람을 본받는다는 뜻.

⊖ 이일궤장강하(以一簣障江河)

무리한 일이나 불가능한 일의 비유. 또 작은 힘으로 큰 일을 이루려고 함의 비유를 말함.

⊖ 이일대로(以佚待勞)

충분한 휴식을 취해 힘을 비축하고 있다가 지친 적을 기다렸다가 공격을 하는 것. 이것은 손자(孫子)가 역설한 전쟁의 필승법이다.

⊖ 이전투구(泥田鬪狗)

진흙 수렁에서 싸우는 개의 추악한 모습을 말함.

출전(出典) 알아 보기

⊖ 이전투구(泥田鬪狗)

田은 논둑이나 밭둑의 모습에서 나온 상형문자이다. 답(畓)

자가 있어 田을 밭으로만 알고 있는데 사실은 논밭을 총칭한다. 참고로 답은 우리가 만든 한자로 밭(田)위에 물(水)이 있는 모습의 會意字다. 우리 선조의 뛰어난 기지를 엿볼 수 있다. 전답, 염전, 유전, 탄전(炭田)의 말이 있다. 투(鬪)는 싸워서 갈라지는 것을 의미한다. 투사, 투쟁, 투혼, 전투, 혈투가 있다.

狗는 개(犬)가 발을 들고 서 있는 모습이다. 사실 '犬'도 甲骨文을 보면 같은 모습인데 뒤바뀌었다. 그러니까 犬과 狗는 같은 글자임을 알 수 있다. 굳이 차이를 든다면 몸집이 큰 개를 犬, 작은 개를 狗라고 구별했지만 후에는 통용되고 있다. 양두구육(羊頭狗肉), 해구신(海狗腎)이 있다.

그러니까 이전투구는 개가 진흙 수렁에서 싸우고 있는 모습을 뜻한다. 본디 싸우는 모습은 보기가 좋지 않다. 특히 개가, 그것도 진흙 속에서 뒤엉켜 싸운다면 얼마나 꼴불견이겠는가. 그것은 추악한 싸움일 뿐이다.

● **이중련**(泥中蓮)

아주 더럽혀진 환경에도 물들지 않고 결백한 마음을 가지고 살아감의 비유이다.

● **이천균지노사궤옹**(以千鈞之弩射潰癰)

강대한 무기로 작은 종기를 터뜨리는 것을 말함.

● **이천리외고인심**(二千里外故人心)

'고인'은 오랜 친구의 뜻으로 멀리 떨어져 있는 친구를 그리워하는 마음을 말한다.

● 이천석(二千石)

지방장관을 지칭하는 다른 이름으로 한(漢)나라 시대에 지방
장관인 군수의 녹이 이천 석이었던 데서 나온 말이다.

● 이추도타태산(以錐刀墮泰山)

작은 힘으로 강력한 상대를 대항해 싸운다는 것은 무리라는
것을 말함.

● 이취(泥醉)

술에 만취함의 비유. 술에 취해서 진흙처럼 엉망이 되어 버리
는 것을 말함. 여기에서 '이'란 남쪽바다에 산다는 벌레로서 뼈가
없고 물에서 나오면 흐물흐물 물러져 버린다고 함.

● 이판사판(理判事判)

뾰족한 방법이 없어 될 대로 되라는 식으로 막다른 상황에
이름.

● 이포역포(以暴易暴)

폭력으로 폭력을 다스린다는 말로, 정치를 함에 있어 덕(德)으
로 하지 않고 힘(力)으로 다스린다는 말이다.

● 이풍역속(移風易俗)

풍속을 고쳐 세상을 깨끗이 하는 것을 말함.

● 이하부정관(李下不整冠)

자두나무 밑에서 관을 고쳐 쓰지 말라는 뜻으로 남의 의심을

받을 일은 아예 하지 말라는 말의 비유.

● **이호미**(履虎尾)
호랑이의 꼬리를 밟아 버려 아주 위태로움을 비유함.

● **이화구화**(以火救火)
잘못된 점을 고치려다 똑같은 잘못을 반복하는 것의 비유.

● **이화위귀**(以和爲貴)
어떤 일에서든 조화가 가장 중요하다. 또 사람들이 사이좋게
지내는 것이 중요하다.

● **익불사숙**(弋不射宿)
무슨 일에나 정도를 넘지 않는 훌륭한 사람의 태도를 말한다.

● **익애**(溺愛)
맹목적인 사랑을 말함.

● **익자삼요손자삼요**(益者三樂損者三樂)
사람의 즐거움에는 유익한 것과 해로운 것에 각기 세 가지씩
있다. 즐거운 것의 세 가지는 예의와 아악(雅樂)을 절도 있게
하는 것을 즐기고, 훌륭한 친구가 많음을 즐기는 것, 교만하고
욕망을 채우는 것을 즐기고 게으름을 피우며 놀기를 좋아하고
술자리를 즐기는 것은 해로운 것이다. 여기에서 '樂'은 당나라
육덕명의 '經典釋文'에서 '요'라 읽은 이래로 '요'라고 읽혀지고
있다. 그 뜻에 대해선 '요'로 읽을 경우 좋아하다, 원하다의 뜻이

되고 '낙'으로 읽을 경우는 기뻐하다, 즐거워하다의 뜻인데 함께 통하는 것이다.

● 인구자책(引咎自責)
자기 스스로 잘못을 인정하고 그 잘못에 대한 책임을 스스로 지는 것을 말함.

● 인금구망(人琴俱亡)
가까운 이들의 죽음에 대한 애도의 정을 비유한 말.

● 인능홍도(人能弘道)
사상이나 도덕은 사람에 의하여 형성이 되고, 사람에 의해 그것이 널리 퍼지는 것으로서 독자적으로 존재하는 것은 아니라는 것이다. 인간중심주의를 말한다.

● 인도(引導)
이끌고 길 안내를 하는 것을 말함. 불교에서 이 말이 사용되고 있는데 이것은 죽은 사람의 장사를 지내기 전에 승려가 관 앞에서 죽은 사람에게 전미개오(轉迷開悟)를 설법하는 것을 말함.

● 인랑입실(引狼入室)
스스로 재앙을 불러오는 것을 말함.

● 인령망지(引領望之)
목을 길게 빼고서 기다리는 것을 말함.

● 인만(引滿)

술잔에 가득 따른 술을 단숨에 들이키고 마는 것을 말함.

● 인만물지령(人萬物之靈)

사람은 만물의 우두머리라는 것. 인간이 모든 생물 중에서 가장 영묘하고 뛰어난 것이라는 뜻.

● 인면수심(人面獸心)

얼굴은 사람의 모습을 하였으나 마음은 짐승과 같다는 뜻으로, 남의 은혜를 모름. 또는 마음이 몹시 흉악함을 이르는 말.

출전(出典) 알아 보기

● 인면수심(人面獸心)

한서(漢書) 흉노전(匈奴傳)에는 한대(漢代) 흉노들의 활동 상황 등이 기록되어 있다. 흉노족은 서한(西漢) 시대 중국의 북방에 살았던 유목 민족이었다. 당시 한나라는 흉노족과는 비교할 수 없을 정도로 사회적으로 안정되어 있었으며 경제적으로도 풍부하였으므로, 흉노족들은 자주 한나라를 침입하였다. 흉노족의 수십만 기마병은 해마다 한나라의 북방 국경을 넘어 들어와 농가를 기습하여 가축을 약탈하고 무고한 백성들을 죽이고 납치하였던 것이다. 기원전 133년, 한 무제(武帝)는 흉노 정벌에 나서서 수년 동안의 전투를 겪으며 그들의 침공을 막아내었다. 동한(東漢) 시대의 역사가인 반고(班固)는 자신의 역사 서에서 흉노족의 잔악함을 묘사하여 '오랑캐들은 매우 탐욕스럽게 사람과 재물을 약탈하는데, 그들의 얼굴은 비록 사람 같으나 성질은 흉악하여 마치 짐승 같다(人面獸心)'라고 기록하였다.

인면수심(man in face but brute in mind)이란 본시 한족(漢族)들이 흉노를 멸시하여 쓰던 말이었으나, 후에는 성질이 잔인하고 흉악한 짐승 같은 사람을 가리키는 말로 쓰이게 되었다.

● 우인무원려필유근(人無遠慮必有近憂)

사람이 멀리 내다보는 생각이 없다면 반드시 가까운 근심이 있게 된다는 뜻. 줄여서 '무월려필근우'라고도 한다. 여기에서 '원려'는 먼 앞날까지 바라보는 깊은 생각이라는 뜻이다.

● 인무천일호화무백일홍(人無千日好花無百日紅)

사람과의 가까운 사귐이 오래 가지 않음을 비유함. 이 말의 뜻을 해석하자면 사람과 사람의 사귐이 아무리 좋아도 천 일이나 가는 법이 없으며, 아무리 예쁜 꽃도 백 일 동안 계속해서 붉은 꽃을 피우고 있는 것이 없다는 것이다.

● 인불학부지도(人不學不知道)

사람이 배우지 않으면 사람이 걸어 나가야 할 도를 알지 못한다.

● 인상교득채근즉백사가주(人常咬得菜根則百事可做)

사람은 가난한 생활을 하면서 크게 성공할 소지를 얻는다. 여기에서 '채근'은 채소 뿌리로 전하여 검소한 식사, 혹은 가난함을 비유한다.

● 인생감의기(人生感意氣)
인생은 의기(意氣)에 느긴다는 뜻. 곧 사람이란 의기가 상투함을 중요하게 여긴다는 말이다.

● 인생식자우환시(人生識字憂患始)
학문을 높게 쌓으면 시야가 넓어짐과 동시에 이치를 알게 되어 도리어 우환이 많아짐으로 차라리 무식한 편이 더 마음이 편하다는 것이다.

● 인생여구과극(人生如駒過隙)
인생은 마치 흰 망아지가 문틈 사이로 빠르게 지나는 것과 같다는 뜻. 인생은 순식간에 슬쩍 지나가고 만다는 말이다.

● 인생조로(人生朝露)
인생은 아침 이슬과 같이 짧고 덧없다는 말.

출전(出典) 알아 보기

● 인생조로(人生朝露)

전한 무제(武帝) 때(B. C.100) 중랑장(中郎將) 소무(蘇武)는 포로 교환차 사절단을 이끌고 흉노의 땅에 들어갔다가 그들의 내란에 말려 잡히고 말았다. 흉노의 우두머리인 선우는 한사코 항복을 거부하는 소무를 '숫양이 새끼를 낳으면 귀국을 허락하겠다'며 북해(北海:바이칼 호) 변으로 추방했다. 소무가 들쥐와 풀뿌리로 연순망치하던 어느 날, 고국의 친구인 이릉(李陵) 장군이 찾아왔다.

이릉은 소무가 고국을 떠난 그 이듬해 5000여의 보병으로 5만이 넘는 흉노의 기병과 혈전을 벌이다가 중과 부적으로 참패한 뒤 부상, 혼절 중에 포로가 되고 말았다. 그 후 이릉은 선우의 빈객으로 후대를 받았으나 항장(降將)이 된 것이 부끄러워 감히 소무를 찾지 못하다가 이번에 선우의 특청으로 먼길을 달려온 것이다. 이릉은 주연을 베풀어 소무를 위로하고 이렇게 말했다.

"선우는 자네가 내 친구라는 것을 알고, 꼭 데려오라며 나를 보냈네. 그러니 자네도 이제 고생 그만하고 나와 함께 가도록 하세. 인생은 아침 이슬과 같다(人生如朝露)고 하지 않는가."

이릉은 끝내 소무의 절조를 꺾지 못하고 혼자 돌아갔다. 그러나 소무는 그 후(B. C.81) 소제(昭帝 : 무제의 아들)가 파견한 특사의 기지로 풀려나 19년 만에 다시 고국 땅을 밟았다.

● 인순(因循)

오래 전부터 몸에 배인 습관을 지키기만 하고 고치려 하질 않는 것. 또한 우유부단하여 결단을 내리지 못하는 형용.

● 인심지부동여기면(人心之不同如其面)

저마다 사람의 마음이 다른 것은 마치 사람마다 얼굴이 서로 다른 것과 마찬가지이다.

● **인유구구기비구구유신**(人惟求舊器非求舊惟新)

사람은 오래 사귄 사람이 좋으나 그릇과 같은 물건은 새것이 좋다는 것.

● **인유실의**(引喩失義)

잘못된 전례에 비추어 올바른 이치를 잃어버리는 것을 말함.

● **인일능지기백지**(人一能之己百之)

노력에 노력을 더해야만 자신의 목적에 도달할 수 있다는 것을 말함.

● **인자무적**(仁者無敵)

어진 사람은 남을 사랑하고 인정을 베풀기 때문에 적이 생기지 않는다.

● **인자불우**(仁者不憂)

어진 사람은 도리에 따라 행동을 하기 때문에 양심에 부끄러운 일은 하질 않는다.

● **인자요산**(仁者樂山)

어진 사람은 중후한 인격을 가지고 있기 때문에 그와 같은 듬직한 경관을 지닌 산의 경치를 즐긴다. 어지러운 세상에 살면서 명성이나 이득을 쫓지 않고 진중하게 처신함을 비유한 말이다.

● **인재배출**(人才輩出)

재능이 뛰어난 사람이 잇따라 계속해서 배출되는 것을 말함.

● **인중자승천**(人衆者勝天)
사람이 많이 모여지고 세력이 강대하면 하늘의 도리에도 이길 수가 있다는 것.

● **인중즉식랑**(人衆則食狼)
사람의 수가 많아지면 뜻밖의 힘을 발휘하는 것을 말하는 것으로서 수가 많은 쪽이 강함을 비유.

● **인중지용**(人中之龍)
남달리 뛰어난 재능을 가지고 있는 사람을 일컬음.

● **인지장사기언야선**(人之將死其言也善)
사람이 죽을 때에 하는 말이 본연의 진실이라는 것이다.

● **인지찰즉무도**(人至察則無徒)
사람이 지나치게 깨끗하고 현명하면 오히려 친구가 생기지 않는다는 것을 말함.

● **인지환재호위인사**(人之患在好爲人師)
무슨 일이나 남의 위에 서서 지시감독하고 싶어하는 마음은 아주 나쁜 버릇이라는 것이다. 맹자가 사람에게 있어 가장 나쁜 버릇은 학식이나 기량도 갖추지 않았으면서 남의 스승이 되고 싶어하는 것이라는 것이다.

● 인추자고(引錐刺股)

오로지 학문에만 몰두하고 있는 것을 말함. 아무리 졸음이 쏟아져도 계속 책을 읽는 것.

● 인필자모연후인모지(人必自悔然後人悔之)

남으로부터 받는 재앙은 분명 자신에게 그 원인이 있다는 것.

● 인후지지(咽喉之地)

매우 중요한 땅. 사람의 목에 해당할 만큼 나라의 중요한 요지나 통로를 뜻한다.

● 일가부귀천가원(一家富貴千家怨)

집안이 부귀해지면 세상사람들의 시기와 원한을 사서 도리어 위험에 직면할 수 있다.

● 일각삼추(一刻三秋)

하루가 삼년같은 그리움을 나타냄.

출전(出典) 알아 보기

● 일각삼추(一刻三秋)

고대 중국에서는 하루의 낮과 밤을 일백각(一百刻)으로 나누었는데, 절기나 주야에 따라 약간 다르다. 예컨대, 동지에는 낮이 45각, 밤이 55각이었고, 하지에는 낮 65각, 밤 35각이었다.

춘분과 추분에는 낮이 55각반이었고, 밤은 44각반이었다. 청(淸)대에 이르러서는 '시종(時鐘)'으로 시간을 나타내게 되었으며, 현대 중국어에서는 15분을 일각(一刻)이라 한다. 하지만 옛사람들은 일각이라는 말로써 매우 짧은 시간을 표현하였다. 일각삼추란 짧은 시간도 삼년같이 느껴질 정도로 그 기다리는 마음이 간절함을 나타낸 말이다.

⊜ 일간풍월(一竿風月)

유유자적하며 살아가는 여유를 말한다. 여기에서 '간'은 낚싯대로 낚싯대 하나를 들고서 속세를 떠나 자연 속에서 유유자적하며 살아가는 것을 말함.

⊜ 일개서생(一介書生)

아무런 쓸모가 없는 책을 읽는 사람을 말함.

⊜ 일거수일투족(一擧手一投足)

하나하나의 동작이나 행동. 한번 손을 들어올리고 한번 발을 움직인다는 데서 본래는 하찮은 노력이라는 뜻으로 쓰인 말이다.

출전(出典) 알아 보기

⊜ 일거수일투족(一擧手一投足)

당(唐)나라 때의 한유는 당대의 대표적인 산문가였다. 당시 시험은 예부와 이부의 2단계로 되어 있었는데 한유는 25세에 예부에 합격했지만 이부에는 여러 번 낙방하였다. 그리고 나서 정보의 한 고관에게 보낸 응과목시여인서(應科目時與人書)라는 편지에서 다음과 같이 적고 있다.

"그대와 같이 힘있는 자가 이를 가엾게 여겨 궁한 처지에서 옮겨주는 것은 손이나 발을 한 번 옮기는 것에 지나지 않소."

● 일거양득(一擧兩得)
한 가지 일로써 두 가지 이익을 거둔다는 뜻.

● 일거월제(日居月諸)
군주와 신하를 비유해서 말함. 또 아버지와 어머니, 군주와 그의 아내인 비를 말한다.

● 일견여구식(一見如舊識)
한번 보았을 뿐인데도 오래 전부터 사귄 친구처럼 마음이 통하고 한번 이야기를 나누었을 뿐인데도 그 올바른 마음을 알 수 있는 것을 말함.

● 일견폐형백견폐성(一犬吠形百犬吠聲)
한 마리의 개가 짖는 시늉을 하면 백 마리의 개가 소리내어 짖는다. 한 사람이 거짓으로 한 말이 퍼지고 퍼지면 정말 사실인 것처럼 와전된다는 것을 비유하는 말로 쓰인다.

🔵 일괴육(一塊肉)

유일한 자손을 가리키는 것으로서 외동아들이나 외동딸과 같은 한 점의 혈육.

🔵 일국삼공(一國三公)

많은 사람들이 저마다 구구한 의견을 제시함

출전(出典) 알아 보기

🔵 일국삼공(一國三公)

춘추좌전 희공(僖公) 5년조에는 다음과 같은 기록이 있다.

춘추시기, 진(晋)나라의 군주인 헌공(獻公)은 공자(公子) 중이(重耳)와 이오(夷吾)를 위하여 대부(大夫)인 사위(士蔿)를 시켜서 포(蒲)땅과 굴(屈)땅에 성을 쌓게 하였다. 그의 축성작업에 불만을 품은 이오는 헌공에게 호소하였다. 크게 노한 헌공의 문책에 사위는 다음과 같이 대답하였다.

'전쟁이 없는데도 성을 쌓으면 그 성은 적군에게 이용된다고 들었습니다. 만약 제가 견고하게 쌓아 훗날 적에게 진지로 이용당한다면, 이는 곧 불충의 죄가 될 것입니다. 그렇다고 부실하게 쌓는다면 이는 임금에 대한 불경의 죄를 범하게 되는 것입니다. 저는 이미 불충불경의 죄를 범하였으니 어떻게 해야 합니까? 덕으로 나라가 안정되어 후대가 견고하다면, 이보다 나은 성이 어디 있겠습니까?'

그는 집에 돌아와서 '여우가죽 옷 갈래갈래 찢어지듯, 한 나

409

라에 세 임금 있으니, 내 누구를 따라야 할꼬!'라는 시를 읊었다. '一國三公'이란 '많은 사람들이 저마다 구구한 의견을 제시함'을 비유한 말이다.

● **일궤**(一軌)
같은 길을 걸어가는 것.

● **일궤십기**(一饋十起)
한 끼 식사에 열 번 일어서기. 즉 위정자가 백성들을 위하여 수고로움을 아끼지 않음.

● **일궤지공**(一簣之功)
마지막을 장식하는 노력, 완성을 이루기 직전의 마지막 노력을 말한다. 여기에서 '궤'는 흙을 퍼담아 나르는 삼태기를 말하는데 학문을 닦고 덕을 쌓아 가는 것을 삼태기로 흙을 퍼 날라 산을 만드는 데에 비유한 것. 이 말에서 공자는 마지막 한 삼태기의 노력을 하지 않고 완성을 보지 못한 것은 자기 자신이 포기하였기 때문이라고 하였다.

● **일기가성**(一氣呵成)
무슨 일을 빨리 해치우는 것. 문장을 단숨에 지어내는 것.

● **일기당천**(一騎當千)
한 기병이 천 명의 적을 당할 정도로 힘이나 용기가 있는 것을 말함.

● **일농불경민혹위지기**(一農不耕民惑爲之飢)

한 사람이라도 태만하게 일을 하면 그 폐는 전체에 미친다는 말.

● **일단사일표음**(一簞食一瓢飮)

한 주먹의 밥과 한 표주박의 물이란 뜻. 곧 누추한 생활, 혹은 청빈한 생활을 표현하는 말이다.

● **일단유완급**(一旦有緩急)

일단은 가정이며 국가적인 큰 사변이 일어날 경우를 가정하는 그런 뜻이다.

● **일도양단**(一刀兩斷)

단칼로 베어버리듯 어떤 일이 있을 경우 망설임 없이 단호한 태도로 해결하는 것.

● **일룡일저**(一龍一豬)

배우는 방식에 따라 현명하고 어리석음의 차이가 심해진다는 것. 여기에서 '용'은 뛰어난 사람으로 출세하는 사람을 비유하고, '저'는 돼지를 가리키는 것으로서 둔한 사람, 출세가 느린 사람을 비유한다.

● **일마지분무일모이부동**(一馬之奔無一毛而不動)

지도자가 움직이는 것에 따라 부하들도 일제히 따라서 움직이는 것을 말함. 말이 달리면 말의 털이 일제히 움직인다는 뜻임.

● 일망타진(一網打盡)

한 번 그물을 쳐서 물고기를 다 잡는다는 뜻. 곧 범인들이나 어떤 무리를 한꺼번에 모조리 잡는다는 말.

● 일명경인(一鳴驚人)

평소에 묵묵히 있던 사람이 갑자기 사람을 놀라게 할 만한 일을 해내는 것을 말함

● 일모도원(日暮途遠)

나이가 늙어서도 할 일이 많음. 날은 저물었는데 아직 갈 길은 멀다는 뜻으로 너무 늦어 뜻하는 일을 쉽게 달성할 수 없다는 말의 비유.

● 일목난지(一木難支)

큰집이 무너지는 것을 나무 기둥 하나로 떠받치지 못하듯 이미 기울어지는 대세를 혼자서는 더 이상 감당할 수 없음을 비유한 말.

출전(出典) 알아 보기

● 일목난지(一木難支)

위(魏)나라 명제(明帝)의 사위인 임개(任愷)는 가충(賈充)이라는 사람과의 불화로 그만 면직 당하고 말았다. 그는 권세를 잃게 되자, 자신을 돌보지 않고 무절제한 생활을 하게 되었는데 이에 어떤 사람이 임개의 친구인 화교(和嶠)에게 이렇게 말하

였다.

　"당신은 어찌 친구인 임개의 방탕함을 보고도 구하지 않고 좌시만 하는 거요?"라고 물었다. 중서령(中書令)을 지냈던 화교는 "임개의 방탕은 마치 북하문(北夏門)이 무너질 때와 같아서 나무 기둥 하나로 떠받쳐 될 일이 아니기 때문이오."라고 대답하였다.

● 일미일악지언(溢美溢惡之言)

　과장된 칭찬의 말이나 욕을 말함. 과장이 되어서 하는 말은 객관성을 잃어 거짓이 되기 쉬우므로 조심하라는 뜻이다.

● 일반지덕(一飯之德)

　고마움을 느끼지 못할 정도의 은덕을 말함. 그러나 설사 한 끼의 식사를 대접받은 작은 고마움일지라도 그 고마움을 반드시 갚아야 한다는 것을 말함.

● 일부당관만부막개(一夫當關萬不莫開)

　아주 험한 산길을 말함. 방어하기는 쉽고 공략하기는 어려운 요새나 견고한 지형을 말한다.

● 일빈일소(一顰一笑)

　표정의 아주 작은 변화를 말함.

● 일사일생(一死一生)

　죽음과 삶. 보통 순탄함과 그렇지 않음, 행과 불행이 반복하는 데에 비유함.

⬤ 일사천리(一沙千里)
강물의 흐름이 빨라 단숨에 천리밖에 다다른다는 뜻으로, 일의 진행이 거침없이 진행됨의 비유.

⬤ 일시동인(一視同仁)
모든 사람을 차별 없이 평등하게 대하고 똑같이 사랑을 베푸는 것.

⬤ 일시명류(一時名流)
당대에서 명성이 자자한 사람.

⬤ 일양래복(一陽來復)
불행은 가고 좋은 일만 찾아오는 것. 본래의 뜻은 추운 겨울은 끝나고 따뜻하고 화창한 봄날이 온다는 것을 말함.

⬤ 일언이폐지(一言以幣之)
길고 복잡한 내용을 한마디 말로 능히 그 뜻을 다함.

⬤ 일엽락 천하지추(一葉落 天下知秋)
나뭇잎 하나가 떨어지는 것을 보고 천하가 가을이 온 것을 안다는 뜻으로 하찮은 조짐을 보고도 앞으로 일어날 일을 미리 알 수 있다는 말.
나뭇잎이 하나 떨어지는 것을 보고 장차 해가 저무는 것을 알고, 병 속에 있는 얼음을 보고 천하의 추위를 아니 가까운 것으로써 먼 것을 논한다.

● **일엽폐목불견태산**(一葉蔽目不見太山)
눈앞의 일에 얽매이다 보면 보다 큰 일을 할 수 없다는 말. 본래는 귀, 눈 등의 감각기관으로서 사물을 판단해서는 안 된다는 뜻.

● **일월무사조**(日月無私照)
해와 달은 만물을 공평하게 비춘다는 말로 은혜를 베풀 때는 사심이나 개인의 사정에 의하지 않고 공평하게 한다는 의미의 비유.

● **일월서의세불아여**(日月逝矣歲不我與)
세월은 빠르게 지나가서 사람을 기다려 주지 않는다는 뜻.

● **일월욕명부운폐지**(日月欲明浮雲蔽之)
욕정에 사로잡혀 있으면 사람의 본성이 더러워진다는 의미. 아무리 마음을 깨끗하게 가지려고 해도 욕망에 사로잡혀 있으면 그 욕망이 사람의 마음을 흐리게 만들어 버린다는 것을 말함.

● **일월쟁광**(日月爭光)
업적이 뛰어나고 인덕이 풍부함의 비유. 해와 달의 빛에 필적할 만큼 고결한 인품을 말한다.

● **일의대수**(一衣帶水)
한 줄기 띠와 같이 좁은 강물이나 바닷물이라는 뜻. 곧 간격이 매우 좁음. 강이나 해협을 겸한 대안(對岸)의 거리가 아주 가까움.

⊖ 일이관지(一以貫之)
하나의 이치로써 모든 일을 꿰뚫는다는 말.

⊖ 출전(出典) 알아 보기

⊖ 일이관지(一以貫之)

어느 날 공자는 증자에게 이렇게 말했다.
"삼아 나의 도는 하나로써 꿰었니라(參乎吾道一以貫之)."
그러자 증자가 "네." 하고 대답했다. 공자가 돌아간 후 제자들이 증자에게 물었다.
"공자께서 무엇을 이르신 것입니까."
그러자 증자는 이렇게 대답했다.
"선생님의 도는 충(忠)과 서(恕)일 뿐이다."

⊖ 일인선사백부결습(一人善射百夫決拾)
한 사람의 뛰어난 인물에 자극이 되어서 많은 사람들이 분기함을 비유. 한 사람이 활을 잘 쏘면 다른 사람들도 이에 자극을 받아 열심히 활을 쏠 마음이 생긴다는 것.

⊖ 일인제어불승중초휴(一人齊語不勝衆楚咻)

교육에는 환경이 제일 중요하다는 비유. 제(齊)나라 사람이 초(楚)나라 사람에게 제나라 말을 가르치려고 하나 주위에는 모두 제나라 사람들뿐이어서 아무리 열심히 가르치려고 노력을 해도 잘 이루어지지 않음을 말함.

● 일인지검즉일가부(一人知儉則一家富)
한 집안에 근검 절약하는 사람이 한 사람이라도 있으면 그 집안은 부유해진다.

● 일일구천(一日九遷)
군주의 총애를 받아 하루 사이에 아홉 번이나 직위가 올라간다는 뜻으로 승진이나 승급이 아주 빠름을 비유.

● 일일난재신(一日難再晨)
하루에 아침이 두 번 오지 않으니 만큼 시간을 아끼며 노력을 해야 한다는 것.

● 일일부작백일불식(一日不作百日不食)
농민이 농번기에 하루를 쉬고 일을 하지 않으면 백일 분의 식량을 잃게 된다는 뜻으로 아무리 군주라도 농번기에 농민을 동원해 사역을 시켜선 안 된다는 뜻이다.

● 일일삼추(一日三秋)
하루라도 만나지 않으면 '삼추'가 지날 만큼 긴 시간으로 여겨져 애타는 마음을 비유. 여기에서 '삼추'는 맹추(孟秋)라 해서 음력 7월, 중추(仲秋)라 해서 음력 8월, 계추(季秋)라 해서 음력

9월로 삼 개월이라고도 하고 3개월이 세 번으로 9개월이라고도 하고, 또 세 번의 가을이라 해서 3년이라고도 한다.

⬤ 일일지계우신(一日之計于晨)

하루의 일은 아침에 계획을 세워야 한다. 일은 시작이 중요한 것이다.

⬤ 일일지장(一日之長)

아주 근소한 차이로 연상인 것. 하루 먼저 태어난 것에 비유하고 또한 경험이나 지식이 상대방보다 아주 근소하게 조금 앞서 있음을 비유한다.

⬤ 일자지사(一字之師)

시나 문장의 잘못된 곳을 지적하거나 틀린 글자의 사용법을 올바로 가르쳐 주는 사람을 일컬음.

⬤ 일자지포폄(一字之襃貶)

글자 하나하나의 쓰임새의 중요성을 말한다.

⬤ 일자천금(一字千金)

한 글자엔 천금의 가치가 있다는 뜻으로, 아주 빼어난 글자나 시문(詩文)을 비유하여 이르는 말.

⬤ 일장공성만골고(一將攻成萬骨枯)

장군 한 사람의 공은 만 사람의 뼈가 부러진 끝에 이룩된다는 뜻. 곧 한 사람 장군의 공은 무수한 병사의 희생 끝에 이루어지는

것이라는 말이다. 조송(曹松)의 시 '기해세(己亥歲)'의 한 구절
이다.

● **일장일단**(一長一短)
장점이 있으면 단점도 있다는 뜻.

● **일장일이**(一張一弛)
사람을 대할 때 엄격하기도 하고 관대하기도 해 조절을 해서
다루는 것을 말함. 나라를 다스릴 때에는 완급의 조절이 중요하
다는 것. 이 말의 뜻은 거문고나 활의 시위를 팽팽하게 당겼다
느슨하게 했다 하는 것을 말함.

● **일장춘몽**(一場春夢)
'일장'은 그 자리뿐, '춘몽'은 봄날 밤에 꾸는 덧없는 꿈으로
헛된 영화나 인생의 덧없음을 비유한 말이다.

● **일전쌍조**(一箭雙雕)
한 대의 화살로 두 마리의 새를 맞춘다는 말로, 단 한번의 조치
로 두 가지의 수확을 거두는 것을 의미한다.

● **일조일석**(一朝一夕)
아주 짧은 시간을 말함. 여기에서 '일조'는 하루 아침의 뜻,
'일석'은 하룻밤을 말하는 것으로서 모두 짧은 시간의 비유로
쓴다.

● **일제인부지 중초인휴지**(一齊人傅之 衆楚人休之)

제나라 사람 한 명이 그를 스승으로 삼고 초나라 사람 여럿이서 떠든다는 말로, 환경의 영향이 크다는 것을 뜻한다.

● **일조지분망기신**(一朝之忿忘其身)
한때의 노여움으로 인해 자신의 처지를 망각하는 것을 말함.

● **일지반해**(一知半解)
수박 겉핥기 식으로 익힌 어설픈 지식을 말함. 여기에서 '일지'는 하나밖에 모르는 것, '반해'는 반밖에 이해하지 못하는 것을 말함.

● **일창삼탄**(一唱三歎)
뛰어난 시문(詩文)을 칭찬하는 말로서 시문을 한번 소리내어 읽으면 그 시문이 어찌나 훌륭하던지 절로 감탄사가 나오는 것.

● **일척안**(一隻眼)
두 눈을 제외한 또다른 하나의 눈. 그러니까 여기서 또다른 눈은 사물을 꿰뚫어 보는 뛰어난 식견을 말한다.

● **일척천금**(一擲千金)
큰마음을 먹고 대담한 일을 함의 비유. 노름할 때 한번에 천금을 걸만큼 배짱이 두둑한 것.

● **일출고삼간**(日出高三竿)
아침해가 꽤 떠올랐을 무렵인 아침 여덟 시경을 말한다. 늦잠을 자는 사람을 비유해서 쓰이기도 한다.

◓ 일파재동만파수(一波纔動萬波隨)
처음에는 한 작은 물결에 지나지 않더라도 점차 파도가 번져서 많은 물결이 된다는 것.

◓ 일패도지(一敗塗地)
단 한번 싸움에 패하여 전사자의 으깨진 간과 뇌가 흙과 범벅이 되어 땅을 도배하다. 여지없이 패하여 재기불능이 된 상태를 말함.

출전(出典) 알아 보기

◓ 일패도지(一敗塗地)

진나라 시황제가 죽자 견고한 것 같던 진나라도 흔들리기 시작했다. 2세 황제 원년에 벌써 진승(陳勝)이 진나라에 반항하는 군사를 일으켰고 이것이 도화선이 되어 곳곳에서 반란이 일어났다.

패현(沛縣)의 현령은 세력이 막강해진 진승편에 붙어야 목숨을 부지할 수 있다고 판단하고 측근에게 의견을 물었다. 측근이 명망 높은 유방(劉邦)을 끌어들이는 게 더 낫다는 의견을 내놓자 현령은 이를 받아들여 유방을 성으로 불렀다. 부하들을 거느리고 성밖에 다다른 유방을 보고 현령은 갑자기 유방에게 당할 것 같은 예감이 들어 성문을 열지 않고 유방일행을 되돌려 보냈다. 이렇게 되자 유방은 성안의 유지들에게 봉기할 것을 호소하는 편지를 써서 화살에 매달아 쏘아보냈다. 그러자

유지들은 이에 호응해서 현령을 죽이고 유방을 맞이하고는 그에게 새 현령이 되어 줄 것을 간청했다. 그러나 유방은 사양하며 이렇게 말했다.

"지금 천하는 혼란에 빠져 있고 제후는 곳곳에서 일어나고 있소. 이때 훌륭한 인물을 가려 장수로 삼지 않는다면 '일패도지'하고 말 것이오. 나는 내 몸의 안전만을 생각해서 이러는 게 아니오. 내 능력이 부족하여 여러분의 생명을 보호해 낼 수 있을지 두려워하기 때문이오. 이는 중대한 문제인 만큼 더 신중히 생각해서 적임자를 뽑도록 하시오."

그래도 유지들이 유방을 극구 추대해서 마침내 현령이 되었는데 이것이 뒷날 난세를 평정하고 한(漢)나라의 高祖가 되기까지 파란만장한 역정의 시작이었다.

● 일편빙심재옥호(一片氷心在玉壺)

얼음처럼 깨끗한 마음은 옥으로 만든 듯이 깨끗한 몸에 있다는 뜻.

● 일호천금(一壺千金)

비록 하잘 것 없는 물건이라도 때와 경우에 따라서는 아주 쓸모가 있을 때가 있다는 것.

● 임갈천정(臨渴穿井)

일이 벌어져 황급히 대책을 강구해 보았지만 이미 때가 늦었음을 말한다.

● 임기응변(臨機應變)

그때그때 상황에 따라 적절하게 대처를 해나가는 것.

● 임난이거주병(臨難而遽籌兵)

난리가 난 다음에 서둘러서 황급히 무기를 만든다는 뜻.

● 임중이도원(任重而道遠)

책무는 무겁고 실행을 하는 것은 그다지 쉽지 않다는 것을 말함.

● 입경이문금(入境而問禁)

남의 나라에 가는 경우, 그 나라에 들어서면 먼저 그곳에서 해선 안 되는 금지되어 있는 것을 물어보고 거리에 나서면 그곳 사람들의 습관을 물어보는 것이 예의라는 것이다.

● 입기국자종기속(入其國者從其俗)

다른 나라나 지방에 가면 그 고장의 풍속이나 습관을 따르는 것이 순리라는 것.

● 입립개신고(粒粒皆辛苦)

한 톨, 한 톨의 낟알에는 수확할 때까지의 농부의 땀이 배여 있다는 것을 말함.

● 입막빈(入幕賓)

장수의 휘하에서 기밀에 속하는 일을 함께 의논하는 사람.

● 입목도(入木道)

서도(書道)를 말한다. 필체가 뛰어나고 힘이 있는 비유로 쓰인다. 진나라 왕희지가 축제를 위한 글씨를 나무 액자에다 썼더니 묵이 나무 깊숙이 스며들었다는 고사에서 이 말이 나오게 되었다.

● 입실(入室)
학문이나 예술의 깊은 뜻에 통달해 있음의 비유.

● 입어불패지지(入於不敗之地)
미리 필승을 예감해 그 상황을 판단하고 태세를 갖추고 있는 것.

● 입추지지(立錐之地)
작은 구멍을 뚫는 가느다란 송곳을 세우는 것을 '입추'라고 하는데 그만큼 빈틈을 말한다. 이 말이 오늘날에는 '입추의 여지가 없다'는 말로 많이 사용되고 있다.

ㅈ

● **자강불식**(自彊不息)

스스로 노력하고 쉬지 않음. 자기의 수양을 위해서 게으르지 않은 것을 말함.

● **자두연두기**(煮豆燃豆其)

콩을 삶는데 콩깍지를 땐다는 뜻으로 골육인 형제가 서로 다투어 괴롭히고 죽이려 함을 비유한 말.

출전(出典) 알아 보기

● **자두연두기**(煮豆燃豆其)

삼국지의 영웅 조조는 맏아들 조비와 셋째 아들 조식과 더불어 문장이 뛰어나 삼조(三曹)라고 불려졌다.

그런데 조비, 조식 두 형제는 누구보다 경쟁심이 강해 서로 조금도 양보하지 않았다. 이는 조비가 후계자가 되어 위(魏)나라의 문제가 된 후에도 계속되었다.

어느 날 조비는 아우 조식에게 일곱 발짝을 걷는 사이에 시를 지으라고 말하고 이 사이에 시를 짓지 못하면 큰 벌을 내리겠다고 말했다. 그러나 조식은 다음과 같은 시를 지어 조비가 부끄러움을 느끼도록 했다.

콩을 삶는데 콩깍지를 때니 煮豆燃豆萁(자두연두기)
콩이 솥 안에 있어 운다. 豆在釜中泣(두재부중읍)
본래 이들은 같은 뿌리에서 나왔는데 本是同根生(본시동근생)
서로 삶기를 어찌하여 급하게 구는가. 相煎何太急 (상전하태급)

● 자모유패자(慈母有敗子)

자식을 맹목적으로 사랑하는 어머니에게서 올바로 된 자식은 자라지 않는다. 애정도 지나치면 자식을 키우는데 해가 된다.

● 자박(自縛)

자기 한 말이 자신에게 화가 되어 돌아와 아주 곤란한 처지에 빠진 것. 원래는 진퇴유곡이 되어 죄인의 표시로서 자기 몸을 묶고 용서를 청하는 것.

● 자복(雌伏)

참고 견디면서 남에게 복종하는 것. 복종하면서도 자신의 힘을 길러 장차 자기의 뜻을 굽힐 날을 기다리는 것.

● **자승자강**(自勝者强)

진정한 강자는 자신을 이기는 자이다. 사람은 게으르고 온갖 욕망에 사로잡히기 쉬우나 그런 것들을 다 물리치고 이겨내야만 비로소 강한 자가 되는 것이다.

● **자아득지자아연지**(自我得之自我捐之)

자기 힘으로 얻은 것을 자신이 스스로 버리는 것을 말함.

● **자아작고**(自我作古)

낡은 관습이나 습관에 얽매이지 않고 새로운 방식이나 제도를 만들어 내는 것을 말함.

● **자위부은**(子爲父隱)

아버지는 자식의 잘못을 감싸고 자식은 아버지의 잘못을 감싸는 것을 말함. 그것이 곧 인지상정이라는 것.

● **자자불식**(孳孳不息)

'자자'는 부지런하고 근면함을 형용하는데 열심히 힘쓰는 것을 말함.

● **자지탈주**(紫之奪朱)

옳지 못한 것이 옳은 것을 이기고 소인이 현자를 능가함을 말함.

● 자포자기(自暴自棄)

스스로 몸을 학대하고 몸을 아무렇게나 팽개치는 것을 말함.

● 자포자기(自暴自棄)

전국 시대를 살다간 아성(亞聖) 맹자는 '자포'자기'에 대해 《맹자》〈이루편(離婁篇)〉에서 이렇게 말했다.

"자포(自暴 : 스스로를 학대)하는 사람과는 더불어 대화를 나눌 수가 없다. 자기(自棄 : 스스로를 버림)하는 사람과도 더불어 행동을 할 수가 없다. 입만 열면 예의 도덕을 헐뜯는 것을 자포라고 한다. 한편 도덕의 가치를 인정하면서도 인(仁)이나 의(義)라는 것은 자기와는 무관한 것이라고 생각하는 것을 자기(自棄)라고 한다. 사람의 본성은 원래 선한 것이다. 그러므로 사람에게 있어서 도덕의 근본 이념인 '인'은 편안한 집(安)과 같은 것이며, 올바른 길인 '의'는 사람에게 있어서의 정로(正路:正道)이다. 편안한 집을 비운 채 들어가 살려 하지 않으며 올바른 길을 버린 채 그 길을 걸으려 하지 않는 것은 실로 개탄할 일이로다."

● 자현자불명(自見者不明)

자신을 세상에서 드러내고자 과시하는 사람은 오히려 세상에 드러나지 않는 법이다. 진정으로 현명한 사람은 자신의 능력을 과신하지 않고 겸허한 태도로 살아간다.

⊜ 작각서아지쟁(雀角鼠牙之爭)

참새에게 뿔이 나서 지붕에 구멍을 뚫고 쥐에게 어금니가 있어 벽에다 구멍을 뚫는다는, 말도 되지 않는 구실로 소송을 벌이는 것을 말함. 원전에선 남자가 여자에게 마음을 두고 있어 그 사실을 거짓으로 대내 외에 알림으로써 두 사람의 관계를 인정시키려 하는 것.

⊜ 작소대리정(鵲巢大理庭)

세상이 평화를 구가해 죄를 짓는 사람이 없는 것을 말함. 태평성대를 누리는 세상에선 죄를 지어 잡혀오는 사람이 없어 감옥에도 까치가 집을 지을 정도가 된다는 데서 나온 말이다.

⊜ 작용(作俑)

나쁜 선례를 만드는 것. 여기에서 '용'은 나무나 흙으로 만든 인형을 말하는데 부장품으로서 시신과 함께 매장되었다. 비록 나무나 흙으로 만든 인형이기는 하나 사람의 모습을 닮은 인형을 함께 시신과 매장하는 것은 부도덕한 행위라는 비난에 근거를 두고 있다.

⊜ 작입대수위합(爵入大水爲蛤)

계절의 변화에 따라서 사물이 변화하는 데 대한 중국 속신(俗信)의 일종이다. 늦은 가을에 참새가 바닷속으로 들어가서 대합 조개로 변한다고 한다.

● **잠식**(蠶食)

남의 영토나 남의 재산을 조금씩 조금씩 먹어 가는 것을 말함.

● **장경오훼**(長勁烏喙)

긴 목과 뾰족하게 나온 입, 범려기 월왕(越王) 구천(句踐)을 평한 말로, 환난은 같이 할 수 있으나 안락은 같이 누릴 수 없는 인상(人相)을 이른 말이다. 인물됨이 좁고 의심이 많아서, 성취하고자 하는 일을 이루고 나면 협력자나 동지에게 등을 돌릴 인상을 일컫는다.

● **장광설**(長廣舌)

뛰어난 말솜씨로 장황하게 늘어놓는 것을 말한다.

● **장금어산장주어연**(藏金於山藏珠於淵)

금은보화를 본래 있었던 산이나 물로 되돌려 버리는 것을 말함. 재물을 탐하지 않는 것을 비유함.

● **장단설**(長短說)

때와 상황에 따라서 교묘하게 말을 바꾸는 것을 말함.

● **장면이립**(牆面而立)

아무것도 보이지 않고 앞으로 나아가지도 못하는 것을 말함. 배우지 못한 무식한 자의 비유.

● **장문필유장상문필유상**(將門必有將相門必有相)

좋은 가문에서는 그에 걸맞는 인재가 나온다는 말로서 장수의 가문에선 장수가 나오고 재상의 집에서는 재상이 나온다는 말.

☻ 장삼이사(張三李四)

지극히 흔해빠진 사람으로서 평범한 사람을 말한다. 이씨 성과 장씨 성은 중국에서 가장 흔한 성으로써 장씨 집의 셋째 아들과 이씨 집의 넷째 아들이란 뜻이다.

☻ 장설(長舌)

말을 길게 늘어놓는 것을 말하는 것으로서 수다를 떠는 것을 말한다.

☻ 장세(壯歲)

30세를 이름한다.

☻ 장수선무 다전선고(長袖善舞 多錢善賈)

소매가 길면 춤추기가 수월하고 재물이 많으면 장사를 잘 한다는 뜻으로 조건이 좋은 사람이 성공하기도 쉽다는 말의 비유.

출전(出典) 알아 보기

☻ 장수선무 다전선고(長袖善舞 多錢善賈)

비언에 말하기를 鄙諺曰(비언왈)
긴소매는 춤을 잘 추고   長袖善舞(장수선무)
재물이 많으면 장사를 잘한다.   多錢善賈(다전선고)
이는 자본이 풍부하면 공업에 쉬움을 말한다. 比言多資之易
爲工也(비언다자지역위공야)

431

> 따라서 다스림에 있어서 강하면 도모하기 쉽고 故治强易爲謨(고치강역위모)
>
> 약하고 어지러우면 계획하기가 힘들다. 弱亂難爲計(약난난위계)

⊖ 장어국(杖於國)

70세를 말한다. 노인을 공경하기 위해 노인이 지팡이를 짚고 다녀도 안전한 장소를 나이에 따라 정했던 데서 나온 말이다.

⊖ 장어어복(葬於魚復)

강이나 바다에 투신자살하는 것을 말한다. 물에 빠져 죽으면 고기밥이 되므로 이렇게 비유해서 말한다.

⊖ 장욕탈지필고여지(將欲奪之必固與之)

빼앗으려 마음을 먹었다면 잠시동안 상대방에게 주어도 좋다는 뜻이다.

⊖ 장중주(掌中珠)

가장 아끼는 자식이나 물건을 말함.

⊖ 장지괴야어극(牆之壞也於隙)

순간의 방심이 커다란 화를 불러오는 것. 여기에서 '장'은 돌이나 흙으로 쌓은 담장이라는 뜻이다.

⊖ 장편불급마복(長鞭不及馬腹)

아무리 강한 힘이 있더라도 그 힘이 미치지 못하는 일이 있다는 것. 긴 채찍이라도 말의 배까지는 미치지 못한다는 뜻.

● 재귀일거(載鬼一車)
괴기한 것은 무서움에 떨고 있는 사람에게만 보이는 법이라는 것.

● 재덕부재험(在德不在險)
나라가 평안한 것은 군주의 덕에 의한 것이지 지세(地勢)가 있어서 그런 것은 아니라는 뜻.

● 재유여이식부족(才有餘而識不足)
재기는 누구보다 뛰어나고 넘치지만 식견이 부족하다는 것을 말함.

● 재조(才藻)
시나 문장을 짓는 재능이 남보다 뛰어난 것.

● 재천원작비익조(在天願作比翼鳥)
부부 금실이 아주 좋고 또 남녀가 서로 그리워함을 나타낸다. 여기에서 '비익'은 항상 암컷과 수컷이 한 몸이 되어 날아다니는 상상상의 새로서 서로 떨어질 수 없는 남녀간의 사이를 말한다.

● 쟁어자유(爭魚者濡)
은밀하게 꾸미는 계략은 언젠가 반드시 들통이 남. 또 이익을 얻으면 반드시 손해도 따르는 법이라는 말.

⊜ 쟁형(爭衡)

서로 우열을 가리기 위해 다투고 싸우는 것을 말함.

⊜ 저구지교(杵臼之交)

신분의 높고 낮음에 상관없이 귀하고 천함에 상관없이 교분을 깊게 나누는 것.

⊜ 저수하심(低首下心)

머리를 낮게 하고 마음을 아래로 향하게 한다는 뜻으로, 남에게 머리 숙여 복종하는 것을 비유한다.

출전(出典) 알아 보기

⊜ 저수하심(低首下心)

당나라 중기에 고문 운동을 일으켰던 한유(韓愈)가 있었다. 그는 문학에 능하였을 뿐만 아니라 이부시랑까지 오른 정치가이기도 하다.

그는 불교에 대해서는 강하게 배척한 유학자였는데, 헌종(獻宗)이 부처님 사리를 조정에 들여놓으려 하자, "논불골표(論佛骨表)"를 써서 신랄하게 비판했다.

이로 인하여 헌종의 노여움을 사 사형에 처할 운명이었으나 주위 사람들의 도움으로 겨우 사형을 면하고 조주자사(潮州刺史)로 좌천되는 정치적 비운을 겪게 된다. 그가 임지에 부임하여 보니, 백성들의 골칫거리가 하나 있었으니 악어가 골짜기에

434

모여 있다가 불시에 가축을 잡아먹고, 인명까지 해친다는 것이었다.

한유는 "제악어문(祭鰐魚文)"이란 글을 썼다. 악어들에게 1주일 시간의 여유를 주어 남쪽의 바다에 가 살도록 명했다. 만일 말을 듣지 않는다면, 명사수를 시켜 모두 죽여 버리겠다는 으름장이었다.

이 글 가운데 다음과 같은 말이 있다.

"자사인 내가 비록 어리석고 약하지만, 또한 어찌 악어를 위하여 머리를 낮게 하고 마음을 아래로 하여 듣겠는가?"

한유의 이런 다짐은 악에 대한 결전의 표시이기도 하지만, 어쨌든 이 성어에는 이런 염원이 있다.

● 저양족번(羝羊觸藩)

역량이 부족함을 알면서도 무리하게 밀고 나가다가 이러지도 저러치도 못하는 난처한 처지에 놓이게 됨을 말한다. 여기에서 '저양'은 수컷 양으로 고집불통의 성질을 가졌는데 이 수컷 양이 산울타리에 머리를 처박아 꼼짝 못하게 되었다는 것을 말함.

● 적부인지자(賊夫人之子)

가르치는 방법을 잘 못하면 한창 자라나는 청소년을 망쳐 버리는 결과를 초래한다.

● 적빈(赤貧)

마치 물로 씻어낸 듯이 아무것도 없이 가난하다는 것을 말함.

● 적선지가필유여경(積善之家必有餘慶)

선행을 많이 한 사람의 집안은 반드시 그 착한 일을 행한 덕으로서 그 복이 자손에게까지 미친다는 것을 말함.

● 적악지여앙(積惡之餘殃)

불의와 악한 일을 저지른 사람의 집안에는 반드시 재앙이 자손에까지 미친다는 것을 말함. 여기에서 '여앙'은 남은 재앙이라는 뜻으로서 자손에게까지 미치는 재앙을 가리킴.

● 적이능산(積而能散)

재산을 알뜰하게 모아서 그 재산을 아주 유익한 것에 쓰는 것을 말함.

● 적자지심(赤子之心)

타고난 천성이 순수하고 진실한 마음.

● 적토성산(積土成山)

조그마한 것이 모여 큰 것이 된다는 것. 학문이나 인격은 작은 노력이 쌓여서 훌륭하게 된다는 말.

● 전거가감(前車可鑑)

앞수레는 뒷수레의 거울이 될 수 있다는 뜻이다. 이 말은 본래 앞수레가 엎어진 것을 보고 뒷수레가 경계하여 넘어지지 않도록 한다는 말로, 전인(前人)의 실패를 보고 후인(後人)은 이를 경계로 삼아야 한다는 의미이다.

● 전거후공(前倨後恭)

이전에는 거만하다가 나중에는 공손하다는 뜻으로, 상대편의 입지에 따라 대하는 태도가 상반되는 것을 비유한다.

● **전서화위여**(田鼠化爲鴽)
춘삼월을 말한다.

● **전수미**(展愁眉)
안심하고 마음을 놓음의 비유.

● **전원석어천인지산**(轉圓石於千仞之山)
둥근 돌을 높은 산 위에서 굴리면 가속도가 붙어 점점 맹렬한 속도로 내려오듯이 기세가 너무 강하여 도저히 막을 길이 없음의 비유.

● **전자구즉논략**(傳者久則論略)
전해져 계승된다는 것은 점점 시간이 지날수록 간략해져 버리는 것이다.

● **전전긍긍**(戰戰兢兢)
두려워서 벌벌 떨며 조심하는 모양. 여기에서 전전(戰戰)이란 몹시 두려워서 벌벌 떠는 모양이고, 긍긍(兢兢)이란 몸을 움츠리고 조심하는 모양을 말한다.

● **전전반측**(輾轉反側)
누워서 이리저리 뒤척이며 잠을 이루지 못한다는 말.

☻ 전차복철(前車覆轍)

앞 수레가 엎어진 바퀴 자국이란 뜻. 곧 앞사람의 실패. 실패의 전례. 앞사람의 실패를 거울삼아 주의하라는 교훈.

☻ 전화위복(轉禍爲福)

화(禍)를 바꾸어 오히려 복(福)이 되게 함. 불이익이나 실패를 거울삼아 성공이나 행복의 계기로 삼는 것을 말함. 어떤 불행한 일이라도 끊임없는 노력과 강인한 의지로 힘쓰면 불행을 행복으로 바꾸어 놓을 수 있다는 말이다.

☻ 전호후랑(前虎後狼)

전호후랑이란 전문거호(前門据虎) 후문진랑(後門進狼)의 줄임 말로 앞문의 호랑이를 막으니 뒷문의 이리가 나온다는 말로 하나의 재난을 피하자 또다른 재난이 나타나는 것을 비유.

출전(出典) 알아 보기

☻ 전호후랑(前虎後狼)

후한(後漢)의 장제(章帝)가 죽자 열 살의 어린 나이로 제위에 오른 이가 화제(和帝)이다. 나이 어린 임금이 자리에 오르게 되면 외척이나 환관들이 득세하는 경우가 적지 않은데, 이 당시 또한 예외는 아니다.

장제의 황후였던 두태후(竇太后)와 그녀의 오빠 두헌(竇玄)

이 정권을 잡게 되자, 화제는 명목상의 임금에 불과하게 되었다.

얼마 후 권력의 맛을 알게 된 두현은 한 걸음 나아가 화제를 시해하고 자신이 직접 제위에 오르기 위해 음모를 꾸미기 시작했다. 그러나 이 사실은 화제에 의해 발각되었고, 화제는 당시 실력을 갖고 있던 환관 정중을 시켜 두씨 일족을 제거하도록 했다. 뜻을 이루지 못한 두현은 체포 직전에 자살을 한다.

두씨 일족의 횡포가 사라졌다고 해서 화제의 지위가 공고해진 것은 아니었다. 이번에는 두씨 일족을 대신하여 정중히 권력을 쥐고 정사에 관여하기 시작한 것이다.

이로 인해 후한은 결국 자멸하게 된다.

명(明)나라 때 조설항(趙雪航)이라는 자가 이 당시의 상황을 다음과 같이 비유적으로 말하고 있다.

"두씨가 제거되자 환관의 세력이 일어나게 되었다. 앞문의 호랑이를 막으니 뒷문의 이리가 나온다는 속담은 바로 이것을 두고 한 말인 것 같다."

● **절각**(折角)

뿔을 부러뜨린다는 말로, 기세를 누르거나 콧대를 납작하게 만드는 것을 뜻한다.

● **절류이륜**(絶類離倫)

보통사람들과 멀리 떨어져 있는 것.

● **절부지의**(竊鈇之疑)

의심을 가지고 남을 보면 의심스럽게 보인다는 것을 말함.

439

또한 아무런 근거도 없이 남을 의심하는 것.

● **절영**(絶纓)

갓의 끈을 끊는다는 뜻으로, 남에게 너그러운 덕(德)을 베푸는 것을 비유함.

● **절장보단**(絶長補短)

긴 것은 끊고 짧은 것은 더 보탬이니, 알맞게 맞춘다는 뜻. 사물의 넓이나 폭을 바로 잡는 것으로서 균형이 잡히게 하는 것을 말한다.

● **절전**(折箭)

화살을 부러뜨린다는 말로, 힘을 한 군데로 합하여 서로 협력하는 것을 비유한다.

● **절중**(折中)

한편으로 치우치질 않고 요리조리 알맞게 조화를 시키는 것을 말함.

● **절진**(絶塵)

먼지조차 일어나지 않을 정도로 빠르게 달린다는 뜻에서 전하여 인격과 덕행이 남달리 뛰어나 있는 것.

● **절차탁마**(切磋琢磨)

뼈, 상아, 옥, 돌 따위를 깎고 갈고 닦아서 빛을 낸다는 뜻. 곧 수양에 수양을 쌓음의 비유. 학문과 기예 따위를 힘써 갈고 닦음의 비유.

● **절충**(折衝)

외교상의 담판이나 교섭을 벌이는 것을 말함.

● **절치액완**(切齒額腕)

원통하고 분해서 이를 갈며 분개하는 형용. 여기서 '절치'는 이를 가는 것을 말하고 '액완'은 한쪽 소매를 걷어올리고 왼손으로 오른팔을 잡는 것을 말함.

● **절함**(折檻)

난간을 부러뜨린다는 말로, 간곡하게 충간(忠諫)하는 것을 말한다.

● **점액**(點額)

황하의 상류에 있는 용문(龍門)은 물살이 어찌나 거세던지 물고기가 이 거센 물살을 뚫고 올라가면 용이 될 것이고 그렇지 못한 것은 이마에 상처만 나고 돌아간다는 뜻에서 시험에 낙방함을 비유함.

● **점입가경**(漸入佳境)

경치나 문장, 사건이 갈수록 재미있게 전개됨.

출전(出典) 알아 보기

● **점입가경**(漸入佳境)

고개지(顧愷之 · 344~405)는 중국 동진(東晉)시대 명화가로 서예의 왕희지와 함께 당시 예림(藝林)의 쌍벽을 이뤘다. 그는 다재다능한 화가였으며 여기에다 독특한 인품으로 사안은 그를 '천지개벽 이래 최고의 인물'이라고 했다. 당시는 불교가 성했는데 절을 짓는 것이 유행처럼 돼있었다. 그는 불교 인물화에 뛰어났다.

365년 남경에 있던 승려들이 와관사(瓦棺寺)를 짓기로 했다. 하지만 돈이 모자라 헌금자를 모으기로 했는데 몇 달을 노력했지만 예정 액의 10분의 1에도 미치지 못했다. 고민하고 있던 어느 날 초라해 보이는 20세의 청년이 와서는 말했다.

"내가 백만 전을 내겠소. 그러니 절이 완공되거든 알려주시오."

드디어 절이 완공되었다. 그 청년은 불당 한 칸을 깨끗이 정리시키고는 불당의 벽에다 유마힐(維摩詰)의 불상을 그렸다. 뛰어난 필치로 얼마나 정교하게 그렸던지 마치 살아 움직이는 것 같았다. 그의 그림은 삽시간에 알려져 이를 보러 오는 이들의 보시가 금세 백만 전을 넘었다고 한다. 이 청년이 바로 고개지였다. 또 하나의 대표작 여사잠도(女史箴圖)는 현재 대영 박물관에 소장돼 있다. 이처럼 그는 그림에 뛰어났을 뿐만 아니라 문학과 서예에도 능해 훌륭한 작품을 남겼다. 여기에다 시속(時俗)과 맞지 않는 특이한 언행과 해학으로 당시 사람들은 그를 삼절(畵絶·才絶·痴絶)이라고 불렀다. 치절(痴絶)은 그의 독특한 기행과 유머를 가리키는 말이다.

그는 사탕수수를 즐겨 먹었는데 늘 가느다란 가지부터 먼저 씹어 먹었다. 사실 사탕수수는 뿌리 부분으로 내려갈수록 단맛이 더한 법이다. 이상하게 생각한 친구들이 묻자 태연하게 말했다.

"그야 점점 갈수록 단맛이 나기 때문이지(漸入佳境)."

이 때부터 점입가경은 경치나 문장, 또는 어떤 일의 상황이 갈수록 재미있게 전개되는 것을 뜻하게 됐다. 줄여서 가경이라고도 한다.

● 점철성금(點鐵成金)
선인의 시구를 써서 보다 나은 명구를 만드는 것.

● **접경해**(接謦欬)
만나는 상대를 높여서 말하는 경우에 쓰이는데 귀인을 만남의 겸양어이다.

● **접종**(接踵)
사람들이 연이어서 몰려드는 것을 말함.

● **정가노비개독서**(鄭家奴婢皆讀書)
평소에 듣고 배우는 것은 일부러 특별히 배우려 하지 않아도 됨.

● **정기의불모기리**(正其誼不謀其利)
사리를 분명히 하는 데에 힘을 쓰며 이익이 있고 없음을 따지지 않는다.

● **정녀불경이부**(貞女不更二夫)
절개가 굳은 여자는 남편이 죽은 뒤라도 다시 남편을 가지는 법이 없다는 뜻임.

● **정립**(鼎立)
'정'은 발이 세 개가 달린 솥으로 세 사람이 세 발처럼 서로 병립함의 비유. 혹은 세 방향으로 나란히 서로 대립을 하는 것을 말함.

● **정명**(正名)
일의 시비나 정사를 판단하는 것을 말함. 대의명분을 분명하게 하는 것.

⊜ 정불가이지옥(筵不可以持屋)
사람에 따라 알맞은 능력을 부여해 일을 맡겨야 한다는 것을 말함.

⊜ 정비(鼎沸)
솥의 물이 끓듯이 소란함의 형용. 천하가 어지러움의 비유.

⊜ 정삭(正朔)
한해의 첫날과 달의 첫날을 말한다. 또는 달력 그 자체를 말하기도 한다. 고대 중국에서는 왕조가 바뀌면 달력을 함께 바꾸는 습관이 있었는데 그것을 개정 삭이라 하였다.

⊜ 정설불식(井渫不食)
재능이 있음에도 불구하고 등용이 되지 않음을 말함.

⊜ 정성(鄭聲)
원래는 정나라의 노래라는 뜻인데 위나라의 음악과 함께 음탕하여 인심을 어지럽혔다고 여겨져 왔다. 음탕한 음악을 말한다.

⊜ 정신(挺身)
많은 사람들 중에서 자신의 몸을 빼내다. 곧 어려운 사정에 처했을 때 앞장서서 그 곤란에 대처한다.

⊜ 정신일도하사불성(精神一到何事不成)
정신력을 한 곳에 집중시키면 어떤 일이라도 성취할 수 있다는 말.

● **정와불가이어어해**(井蛙不可以語於海)
좁은 세계에 갇혀 있는 사람은 세상을 넓은 시야로 바라볼
수 없음을 말하는 것. 세상물정을 모르는 것을 말함.

● **정운낙월**(停雲落月)
친구를 그리는 심정을 비유함.

● **정쟁상유이**(鼎鐺尙有耳)
누구나 알고 있고 뻔한 일을 이해하지 못하는 사람을 비난하
는 말. 천하의 귀가 있는 사람이라면 모두 알고 있는 이야기라는
것.

● **정저은병**(井底銀瓶)
두레박줄이 그대로 끊어져 버림을 받은 남녀의 인연에 비유해
서 말하는데 부부의 인연이 끊어져 헤어짐을 비유한다.

● **정정**(定鼎)
도읍을 정하는 것.

● **정정당당**(正正堂堂)
한점 부끄러움 없이 모든 일에 당당한 것을 말함.

● **정중시성**(井中視星)
우물 속처럼 좁은 곳에 있으면서 밤하늘 전체의 별을 보려고

하는 것은 불가능하다는 것.

● 정중지와(井中之蛙)
우물 안 개구리라는 뜻으로, 식견이 좁음의 비유.

출전(出典) 알아 보기

● 정중지와(井中之蛙)

'정중지와'란 말은 《장자(莊子)》 〈추수편(秋水篇)〉에 다음 과 같이 실려 있다.

북해(北海)의 해신(海神)인 약(若)이 황하(黃河)의 하신(河神) 인 하백(河伯)에게 말했다.

"우물 안 개구리가 바다에 대해 말할 수 없는 것은 자기가 살고 있는 곳에 구애하기 때문이다. 여름 벌레가 얼음에 대해 말할 수 없는 것은 여름 한 철밖에 모르기 때문이다. 한 가지 일밖에 모르는 사람과 도(道)에 대해 말할 수 없는 것은 자기가 배운 것에 속박되어 있기 때문이다."

● 정책국로 문생천자(政策國老 門生天子)
국가의 정책을 좌지우지하는 국로(國老 : 국가의 어른)와, 자 기들이 만들어낸 천자라는 뜻. 이는 권력을 주무르던 환관들이 자기들을 스스로 국가의 중대사를 정하는 국로라고 칭하고, 천 자를 자신들이 만들어 내었다고 했던 것에서 비롯된 말로서,

국정을 전횡하는 환관들의 오만한 태도를 표현하는 말로 인용된다.

● **정훈**(庭訓)
가정교육을 말한다. 공자가 자신의 아들인 백어(伯魚)를 집의 정원에서 시간이 나는 대로 가르쳤던 데서 나온 말이다.

● **제동야인지어**(齊東野人之語)
사물의 이치를 모르는 사람이 하는 황당한 말이나 헛소리, 동방에 있는 제나라의 동쪽에 있는 벽촌을 말하는데 중원의 문화와는 동떨어진 시골 사람의 망설이라는 것.

● **제사명**(制死命)
'사명'은 죽느냐, 사느냐의 운명. 급소를 제압하여 상대방을 꼼짝달싹 못하게 하는 것.

● **제세지**(濟世志)
어지러운 세상을 바로잡고 백성의 어려움을 구하고자 하는 뜻.

● **제제다사**(濟濟多士)
훌륭한 인재가 많은 것.

● **제포연연**(綈袍戀戀)
친구가 추위에 떠는 것을 동정하여 옷을 주었다는 고사에서 유래한 것으로 우정이 깊음을 이르는 말. 여기에서 '제'는 거친

448

명주, '포'는 솜을 넣어 만든 웃옷, '연연'은 그리워함의 형용.

● 조강지처(糟糠之妻)

가난을 함께 헤쳐 나온 아내를 말한다. 여기에서 '조강'은 술지게미와 쌀겨, 이것이 전하여 가난하여 보잘 것 없는 것을 먹으며 고생을 함께 하면서 살아온 아내를 말한다.

● 조고(操觚)

문장을 짓는 것.

● 조구부아문모수비마진(朝扣富兒門暮隨肥馬塵)

신분이 높고 부자인 사람에게 아첨을 하는 것. 이 말의 뜻은 아침엔 부귀하고 신분이 높은 사람에게 찾아가 문안을 드리며 저녁에는 그 사람이 출입하는 뒤를 따라가 말이 일으키는 흙먼지를 뒤집어쓴다.

● 조균부지회삭(朝菌不知晦朔)

'조균'은 아침에 생겨서 저녁에 죽는 버섯을 말하고 '회삭'은 저녁과 아침으로 하루를 말한다. 이렇듯 하루의 목숨이라는 데서 목숨이 짧은 것을 말한다.

● 조대(措大)

가난한 서생이나 가난한 유생을 가리킴, 또는 장차 서생이나 유생이 큰일을 할 가능성이 많다는데서 생긴 말이라고도 하는데 정설은 없다.

● 조령모개(朝令暮改)

아침에 내린 명령을 저녁에 다시 바꾼다는 말로, 일관성 없는 정책을 빗대어 쓰는 말이다.

출전(出典) 알아 보기

● 조령모개(朝令暮改)

전한(前漢) 시기에 재정 경제에 밝았던 어사대부 조착이라는 인물이 있었다. 그는 그 당시 흉노족이 자주 북방을 침략하여 끊임없는 곡식 약탈을 자행하는 현실을 직시하고 변방의 부족한 곡식 문제를 해결할 수 있는 묘책을 내놓았다.

그가 상소한 글은 '논귀속소(論貴粟疏 : 곡식의 귀함을 논의한 상소문)'라는 것으로서 여기에 보면 백성들이 농사짓느라고 얼마나 고통에 시달렸는지를 기록하고 있다.

즉 대략 다섯 가족인 농가에서 부역에 나가야 하는 사람이 두 사람이나 되어 춘하추동 쉴 날이 없다는 것이다. 여기에 관청에서는 세금을 제멋대로 매기자 개인적으로는 조문도 가야 하고 아이들을 길러야 하는 일이 한두 가지가 아니라는 것이다.

그리고 조착은 이렇게 썼다.

"홍수와 가뭄을 당하여 갑자기 세금을 징수하고 부역을 동원하니, 세금과 부역의 시기가 정해지지 않은 것은 아침에 영을 내리고 저녁에 고치는 결과를 초래하게 되는 것입니다."

즉 법령을 지나치게 자주 바꿔서는 안 된다는 것이다. 그러

나 조착의 이러한 노력은 결국 귀족들이 시기를 사서 죽임
을 당하고 말았다. 조령모개는 갈팡질팡하는 행정 업무를 꼬집
어 말할 때 쓰는 성어다.

● 조명시리(朝名市利)
명성은 조정에서 다투고 이익은 저자(市場)에서 다투라는 뜻
으로, 무슨 일이든 적당한 장소에서 행하라는 말.

● 조문도석사가의(朝聞道夕死可矣)
아침에 진리가 무엇인지 들을 수 있다면 당장 저녁에 죽어도
여한이 없다는 말로서 인생을 값있게 살아야 한다는 말의 비유.

● 조불모석(朝不謀夕)
아침에는 아침의 일을 생각할 여유밖에 없다. 그러니까 앞으
로의 일은 알 수가 없으며 그때뿐인 삶을 말한다.

● 조삼모사(朝三暮四)
간사한 꾀로 남을 농락함을 이르는 말. 송나라 저공(狙公)이
원숭이들에게 열매를 아침에 세 개, 저녁에 네 개씩 주겠다고
하자 원숭이들이 불평하므로, 그러면 아침에 네 개, 저녁에 세
개씩 주겠다고 하니 기뻐하였다는 고사에서 나온 말.

● 조상육(俎上肉)
상대방의 뜻에 따라 움직일 수밖에 없어 상대방에게 운명을
맡기는 무기력한 존재를 말한다.

● **조술**(祖述)

선인의 말을 이어받아 그것을 그대로 전하고 알리는 것.

● **조승모문**(朝蠅暮蚊)

아침에는 파리가 몰려들고 저녁에는 모기가 몰려들 듯이 하찮은 것들이 만연한다.

● **조아지사**(爪牙之士)

군주의 수족이 되어서 일하는 부하로서 군주를 보필하는 신하를 말한다.

● **조예**(造詣)

학문이나 기예 등이 깊은 경지에 올라 있는 것.

● **조유륜석승차**(朝揉輪夕乘車)

일을 하는 데에 있어 너무 서두르는 것.

● **조이불강**(釣而不綱)

살아있는 생물을 불쌍하게 여겨 살생하지 않음의 비유. 무자비한 짓을 하지 않음을 말함.

● **조장**(助長)

의도적으로 어떤 한 경향이 더 심하여지도록 도와서 자라나게 한다는 뜻이지만 조급히 키우려고 무리하게 힘들여 오히려 망친다는 경계의 뜻을 지닌 말이기도 하다.

● 조장(助長)

맹자가 제자인 공손추와 정치에 대한 이야기를 하다가 호연지기(浩然之氣)란 말이 나왔다. 맹자는 호연지기에 대해 설명하고 기를 기르는 방법을 일러주었다.

"호연지기를 기르는데 있어서 첫째 유념해야 할 것은 그 행하는 것이 모두 도의에 맞아야 한다. 기(氣)만을 목적으로 해서 길러서는 안 된다. 그렇다고 해서 양기(養氣)의 방법을 전혀 잊어버리는 것도 좋지 않다. 송나라의 어떤 사람처럼 너무 서둘러 무리하게 조장하려고 해서는 안된다."

맹자는 여기서 재미있는 예를 들어 설명했다.

송나라의 어떤 농부가 모를 심었는데 그 모가 좀처럼 잘 자라지 않았다. 어떻게 하면 빨리 자랄까 하고 궁리한 끝에 손으로 뻗게 해주기로 했다. 그래서 모를 하나씩 뽑아서 늘여주었다. 그 많은 모를 하나 하나 뽑아 늘이자니 얼마나 힘이 들었겠는가. 녹초가 된 농부는 집으로 돌아와 말했다.

"아, 피곤해. 모가 하도 작아서 잘 자라도록 도와주고(助長) 왔지."

집안 사람들이 놀라 논으로 뛰어 가봤더니 모가 전부 말라 죽어 있었다.

"처음부터 기를 기르는 것은 쓸데없는 것이라고 내버려두는 것도, 그렇다고 기는 길러야 하는 것이라 믿고 그 성장을 조장하는 것도 모두 좋지 않다."

이것이 맹자의 결론이었다.

● 조제모염(朝薺暮鹽)
아침밥은 냉이, 저녁밥은 소금을 찬으로 하여 먹는다는 말로서 몹시 가난한 생활을 이름.

● 조차전패(造次顚沛)
'조차'는 급한 때, '전패'는 발이 걸려 넘어질 것 같은 위급한 상황을 말하는데 전하여 발이 걸리는 그런 잠깐 동안을 말한다.

● 조충전각(雕蟲篆刻)
문장을 짓는 데에 벌레 모양이나 전각을 새기듯이 하나하나 세밀하게 자구를 만들어 가는 것을 말함.

● 존양(存養)
타고난 천성으로 정신을 수양하고 다듬는 것.

● 종남첩경(終南捷徑)
출세와 영달의 지름길. 목적 달성의 지름길.

● 종명루진이야행(鐘鳴漏盡而夜行)
나이가 들어서도 아직 벼슬자리에 그대로 머물러 있는 것을 말함.

● 종명정식지가(鐘鳴鼎食之家)
부귀한 집과 부귀한 생활을 비유.

● 종사지화(螽斯之化)

자연의 섭리를 따라 베짱이처럼 자손이 번영하기를 바라는
것.

◒ 종선여류(從善如流)
선이 무엇인가를 깨달았으면 얼른 선을 행해야 하는 것을 말
함.

◒ 종심(從心)
70세를 달리 이르는 말.

◒ 종옥(種玉)
구슬을 심는다는 뜻으로, 아름다운 여인을 아내로 맞이하는
것을 말한다.

◒ 종용유상(從容有常)
얼굴에 따른다. 안색, 행동 등을 바꾸지 않고 소신대로 행함.

출전(出典) 알아 보기

◒ 종용유상(從容有常)

예로부터 군자가 희로애락의 감정을 얼굴에 나타내는 것은
금물이었다. 얼굴은 인격을 나타낸다고 보았으므로 늘 변치
않는 안색을 지녀야 했다. 그러기 위해서 안색은 늘 움직임이
없는 조용한 상태를 유지해야 한다.

유상(有常)은 무상(無常)의 반대로 늘 변치 않는 상도(常道)를 지니고 있음을 뜻한다. 그러니까 '종용유상'이란 외부의 어떠한 상황에도 안색과 행동을 바꾸지 않고 평소의 소신에 따라 정도를 걷는다는 것을 의미한다. 『예기(禮記)』에 나오는 공자의 말이다.

그는 지도자의 태도가 그래야 한다고 보았다. 행동거지가 항상 조용하고(從容) 법도에 벗어나서는 안되며(有常), 심지어는 옷도 자주 바뀌어서는 안된다고 했다. 그래야만 백성을 다스릴 수 있고 백성 또한 그의 덕에 감화 받아 불변의 충성심을 보인다는 것이다.

● 좌단(左袒)

웃옷의 왼쪽 어깨를 벗는다는 뜻으로, 남에게 편들어 동의함을 이르는 말.

● 좌명지사(佐命之士)

천명을 받아서 천자가 된 사람을 도와 공을 세운 신하를 말함.

● 좌언(左言)

도리에 어긋난 말. 또는 미개인의 말이라는 뜻이기도 하다. 고대 중국에서는 우(右)를 숭상하고 좌(左)를 비하했던 데서 온 말.

● 좌옹자상좌투자상(佐雍者嘗佐鬪者傷)

좋은 일을 돕는 사람은 좋은 보답을 받고 나쁜 일을 도운 사람은 나쁜 보답을 받음.

⬤ 좌우명(座右銘)
반성의 자료로 삼는 격언이나 경구.

좌우명이란 자리 오른쪽에 붙여 놓고 반성의 자료로 삼는 격언이나 경구를 말한다.

⬤ 좌이대단(坐以待旦)
잠을 자지 않고 날이 밝기를 기다리는 것을 말함.

⬤ 좌정이관천(坐井而觀天)
우물 속에 앉아 하늘을 쳐다보면 하늘이 우물의 크기로밖에 보이질 않지만 하늘이 그렇게 작은 것은 아니라는 말.

⬤ 좌지우오(左支右吾)
좌우 양쪽의 균형을 잡아서 떠받치는 것.

⬤ 좌천(左遷)
현재보다 낮은 벼슬로 떨어뜨리는 것. 또한 벼슬을 낮추어 먼 곳으로 임무지를 명하는 것.

⬤ 죄감일등(罪減一等)
죄를 한 등급 가볍게 감해 주는 것.

⬤ 죄불용어사(罪不容於死)
참수형을 시켜도 죄를 다하지 못할 만큼 대단히 큰 죄를 말한다.

● **죄의유경**(罪疑惟輕)
죄상이 확실하게 밝혀지지 않았을 때는 벌을 극히 가볍게 하는 것을 말함.

● **주공삼태**(周公三笞)
주공의 세 차례 매질이라는 뜻으로, 자식들을 엄하게 교육시키는 것을 의미한다.

● **주마등**(走馬燈)
사물이 덧없이 빨리 돌아감.

● **주무량불급란**(酒無量不及亂)
음주에 대한 공자의 절도 있는 태도를 말함.

● **주석**(柱石)
집의 주춧돌이나 기둥처럼 국가나 조직을 지탱하는 중심인물을 말한다.

● **주욕신사**(主辱臣死)
군주가 욕을 보면, 신하는 목숨을 걸고서 군주의 치욕을 씻어준다는 것.

● **주이불비**(周而不比)
군자는 사람들을 널리 두루 사귀지만 자신의 이익을 위해서 결코 동아리를 만들지는 않는다는 뜻.

● **주자천지미록**(酒者天之美祿)

술을 찬양할 때 사용하는 말로서 술은 하늘이 내린 선물이라는 뜻이다.

● **주지육림**(酒池肉林)

술로 못(池)을 이루고 고기로 숲을 이룬다는 뜻으로, 극히 호사스럽고 방탕한 주연(酒宴)을 일컫는 말.

출전(出典) 알아 보기

● **주지육림**(酒池肉林)

고대 중국의 하나라 걸왕(桀王)은 지략과 용맹을 겸비한 현주(賢主)였으나 말희라는 희대의 요녀독부에게 빠져 사치와 주색에 탐닉하다가 결국 폭군음주라는 낙인이 찍힌 채 나라를 망치고 말았다.

하나라 걸왕은 자신이 정복한 오랑캐의 유시씨국(有施氏國)에서 공물로 바친 희대의 요녀 말희에게 반해서 보석과 상아로 장식한 궁전을 짓고 옥으로 만든 침대에서 밤마다 일락(逸樂)에 빠졌다. 걸왕은 그녀의 소망에 따라 전국에서 선발한 3000명의 미소녀들에게 오색 찬란한 옷을 입혀 날마다 무악(舞樂)을 베풀기도 했다.

또 무악에 싫증이 난 말희의 요구에 따라 궁정 한 모퉁이에 큰못을 판 다음 바닥에 새하얀 모래를 깔고 향기로운 미주(美酒)를 가득 채웠다. 그리고 못 둘레에는 고기로 동산을 쌓고 포육으로 숲을 만들었다. 걸왕과 말희는 그 못에 호화선을 띄우고, 못 둘레에서 춤을 추던 3000명의 미소녀들이 신호의 북이 울리면 일제히 못의 미주를 마시고 숲의 포육을 탐식 하는 광경을 바라보며 마냥 즐거워했다.

이 같은 사치음일(奢侈淫佚)의 나날이 계속되는 가운데 국력은 피폐하고 백성의 원성은 하늘에 닿았다. 이리하여 걸왕은 하나라에 복속(服屬)했던 은나라 탕왕(湯王)에게 주벌(誅伐)당하고 말았다.

● 죽림칠현(竹林七賢)

삼국의 위(魏)나라 말에서 진(晉)나라 시대에 걸쳐서 세상을 피하고 노자나 장자의 허무사상을 숭상하며, 예법을 가볍게 생각하고 술을 마시며 풍아를 논하고 청담(淸談)을 나누기 위하여 죽림에 모인 일곱 명의 현명한 은자를 말한다. 세상은 그들을 죽림칠현이라 불렀다.

● 죽마고우(竹馬故友)

어릴 때 같이 죽마(대나무로 만든 말)를 타고 놀던 벗이란 뜻. 곧 어렸을 때의 벗. 소꿉동무. 어렸을 때 친하게 사귄 사이. 어렸을 때부터의 오랜 친구를 말함.

● 죽백지공(竹帛之功)

역사에 이름이 남길 만큼 커다란 공을 말한다.

● 죽원(竹園)
왕가의 친족이나 황족을 달리 이르는 말.

● 준양시회(遵養時晦)
제일선에서 물러나 때를 기다리는 것을 말함.

● 준조절충(樽俎折衝)
'술자리(樽俎·間)'에서 유연한 담소로 적의 창끝을 꺾어 막는다(折衝)는 뜻으로, 외교를 비롯하여 그 밖의 교섭에서 유리하게 담판하거나 흥정함을 이르는 말.

● 중과부적(衆寡不敵)
수효가 적음은 수효가 많음을 대적하지 못한다는 뜻.

● 중구난방(衆口難防)
여러 사람의 말을 다 막기가 어렵다는 말로 많은 사람이 마구 떠들어대는 소리는 감당하기 어려우니 행동을 조심해야 한다는 뜻.

● 중구삭금(衆口鑠金)
많은 사람들의 말은 그 영향력이 커서 사람의 굳은 마음까지도 움직이게 한다.

● 중도이폐(中道而廢)
도중에서 힘이 다 빠져 버리는 것을 말함. 또 힘을 사용하기 전에 중도에 포기해 버리는 것.

● 중석몰촉(中石沒鏃)

쏜 화살이 돌에 깊이 박혔다는 뜻으로, 정신을 집중해서 전력을 다하면 어떤 일에도 성공할 수 있음을 이르는 말.

● 중소성다(衆少成多)

티끌 모아 태산이라는 뜻이다. 소량이라도 많이 모이면 다량이 된다는 것.

● 중심성성(衆心成城)

여러 사람이 마음을 합하면 성과 같이 굳게 된다는 말.

● 중원축록(中原逐鹿)

중원(天下)의 사슴(帝位)을 쫓는다는 뜻. 곧 제위(帝位)를 다투고 정권을 다툼. 어떤 지위를 얻기 위해 서로 경쟁함을 말함.

● 중취독성(衆醉獨醒)

모두 취해 있는데 홀로 깨어 있다. 세상의 모든 사람이 불의와 부정을 저지르고 있지만 혼자 깨끗한 삶을 산다는 뜻.

● 즉시일배주(卽時一杯酒)

훗날에 이름을 남길 일을 생각하기보다는 현재 눈앞에 놓인 한 잔의 술을 더 즐기는 것을 말함. 훗날의 큰일을 생각하기보다는 눈앞의 작은 일을 택한다는 비유.

● 즐풍목우(櫛風沐雨)

부는 바람으로 머리를 빗고 내리는 비로 목욕을 한다는 뜻으로 객지를 돌아다니면 온갖 풍상을 다 겪고 살아가는 것의 비유.

● 증삼살인(曾參殺人)

공자의 제자이자 효행으로 이름 높은 증삼이 사람을 죽이다. 곧 터무니없는 말이라도 여러 사람이 되풀이하면 믿지 않을 수 없음.

출전(出典) 알아 보기

● 증삼살인(曾參殺人)

어느 날 증삼과 동명이인(同名異人)인 사람이 살인을 했다. 이 때문에 사람들은 증삼이 살인한 걸로 오해를 하게 되었다. 한 사람이 증삼의 어머니에게 뛰어와서 '증삼이 사람을 죽였습니다'고 했다. 그러자 증삼의 어머니는 '내 아들은 살인을 할 사람이 아니야'하고는 태연히 베틀에서 계속 베를 짜고 있었다. 조금 있다가 또 한 사람이 달려와서 '증삼이 사람을 죽였습니다'고 해도 아들을 믿는 증삼의 어머니는 여전히 베를 짜는 것이었다. 또 얼마 있다가 어떤 사람이 와서 같은 소식을 전했다. 증삼의 어머니는 그제야 그 말을 믿지 않을 수 없었다. 너무나 놀란 증삼의 어머니는 베틀에서 황급히 내려와 담을 넘어 도망 갔다는 것이다.

증삼과 같은 도학군자(道學君子)라 할지라도 또 그것을 굳게 믿는 어머니라 할지라도 세 사람이 같은 말을 되풀이할 때는 어쩔 수 없이 당하게 된다는 말이다. 그래서 아닌 거짓말을 퍼뜨려 남을 모해하는 것을 증삼살인이라고 하게 되었다.

● 증타불고(甑墮不顧)

메고 있던 시루를 떨어뜨려도 상관치 않는다는 것으로 사물에 대하여 단념이 빠른 것을 말함.

● 지강급미(舐糠及米)

처음에는 겨를 핥다가 마침내 쌀까지 먹어치운다는 뜻으로, 외부의 침범이 마침내 내부에까지 미침을 비유하거나 사람의 욕심이 끝이 없는 것을 비유한다.

● 지과(止戈)

전쟁을 끝내는 것으로 어지러운 세상을 평화롭게 함의 비유.

● 지구지계(持久之計)

'지구'는 오래 견딘다는 뜻으로 승부를 단판에 결판내지 않고 농성이나 적을 포위하면서 오래 견디어 적을 탈진시켜 압박해 가는 전술.

● 지극비난봉소서(枳棘非鸞鳳所棲)

훌륭한 사람은 자신이 있을 자리를 찾는다. 뛰어난 사람은 낮은 지위에 있어선 안 된다는 뜻이다. 여기에서 '지극'은 탱자나무와 가시나무, 모두 가시가 있는 나무로서 말주변이 좋고 교활한 사람에 비유한다.

● 지기기신호(知幾其神乎)

사물을 예지할 수 있으면 재앙을 막을 수 있음의 비유임.

464

● **지난이퇴**(知難而退)

형세가 불리한 것을 알면 마땅히 물러서야 함.

● **지낭**(智囊)

지혜가 뛰어난 사람을 말한다.

● **지당춘초몽**(池塘春草夢)

연못의 둑에 나 있는 파릇한 봄풀 위에 누워 깜빡 잠이 들었다가 꾼 소년시절의 꿈에서 세월의 흐름이 덧없음을 비유한다.

● **지대어본필피**(枝大於本必披)

아랫자리에 있는 사람이 윗자리에 있는 사람보다 강해지면 위험함의 비유.

● **지독지애**(舐犢之愛)

부모가 자식을 맹목적으로 사랑함을 비유.

● **지란생어심림**(芝蘭生於深林)

인격을 갖춘 사람은 아무리 어려운 일이 닥쳐도 지조가 꺾이질 않으며 절조를 가지고 있음의 비유. 또 인격을 갖춘 사람은 남이 보지 않는 곳에서도 항상 행실을 바르게 갖고 있음을 말함.

● **지록위마**(指鹿爲馬)

사슴을 가리켜 말(馬)이라고 한다는 뜻. 어른을 속이고 위세를 마음대로 하는 것을 가리키는 것으로, 진나라 조고(趙高)가 2세 황제에게 사슴을 말이라고 속이어 바친 일에서 나온 말.

● 지리멸렬(支離滅裂)
갈가리 흩어지고 찢기어 갈피를 잡을 수 없이 됨.

● 지리불여인화(地利不如人和)
일을 성취하기 좋은 여건은 아무리 조건이 좋은 땅이라도 나라가 평안하여 단결해 있는 곳만 못하다는 것임.

● 지만(持滿)
준비를 철저히 하고 기다리는 것.

● 지명(知命)
50세를 달리 이르는 말.

● 지불가만(志不可滿)
소망한 것이 무엇이든 다 이루어지는 것은 그다지 좋은 것만은 아니다라는 것을 말함.

● 지사인인무구생이해인(志士仁人無求生以害仁)
지사나 인인은 자신의 뜻과 덕을 반드시 행한다는 것을 말함.

● 지상담병(紙上談兵)
종이 위에서 병법을 말한다는 뜻으로, 이론에만 밝을 뿐 실제적인 지식은 없는 경우에 사용되는 성어다.

● 지상담병(紙上談兵)

전국시대 조(趙)나라에 조괄(趙括)이라는 사람이 있었다. 그는 아버지가 저 유명한 대장 조사(趙奢)였으며, 조사의 그늘에 있으면서 수많은 병법서를 읽어 병법에 능통했다. 그런데 조사는 아들에게 병권을 조금도 이양하지 않았다. 그러자 조사의 아내는 어찌하여 아들을 홀대하느냐고 묻자, 조사는 이렇게 말하는 것이었다.

"군대를 다스리는 것은 국가의 존망과 관련된 일이거늘, 그놈은 이 일을 너무 가볍게 생각하고 있으니, 만일 그에게 병권을 주면 조나라를 망하게 할 것이오."

그 후에 조사는 세상을 떠나게 되었다.

얼마 후에 진(秦)나라가 공격해 오자, 조정에서는 마땅한 인물을 고르다가 결국 조괄을 대장으로 삼았다. 조괄의 어머니는 조정으로 달려가 조괄은 대장의 그릇이 못되니 철회해 달라고 간청했다. 그 당시 재상으로 있던 인상여(藺相如)도 간언했으나 효왕(孝王)은 듣지 않았다.

조괄은 자신만만하게 싸움에 나섰으나 결국 전사하고 말았다. 그의 군대 역시 몰살당한 것은 말할 것도 없었다

● 지성여신(至誠如神)
지극한 정성이 있는 사람은 그 힘이 신과 같다는 뜻.

● 지어사고연(池魚思故淵)

자신이 태어난 고향을 그리워함을 말한다.

● 지어지앙(池魚之殃)

성문이 타서 못 속의 고기도 타 죽었거나 또는 송나라 성문이 타는데 옆의 못물을 퍼다 부었기 때문에 물이 없어져 고기가 죽었다는 데서 유래한 말로, 뜻밖에 닥쳐오는 재앙을 비유한 말.

● 지언(知言)

이치에 맞는 말이라는 뜻. 남의 말을 올바로 이해하는 것.

● 지연중어자불상(知淵中魚者不祥)

정치는 윤곽만 파악하고 있으면 된다는 비유. 또 사물의 구석구석까지 전부 알고 있다는 것은 위험하다는 비유.

● 지원이부지근(知遠而不知近)

한 가지 일에만 정신이 팔려 주변에서 일어나는 일을 모르는 것을 말함. 또한 남의 일은 알면서 정작 자신의 일은 모르는 것.

● 지음(知音)

음악을 잘 아는 친구라는 데서 자신을 가장 잘 이해해 주는 친구를 말함. 소리를 잘 알아듣는 것.

● 지인무기(至人無己)

도의 경지에 오른 사람은 욕심이 전혀 없다는 뜻.

468

● **지인자지자지자명**(知人者智者知者名)

남이 현명하고 어리석은 것을 알아보기보다는 자기 자신을 알고 이해하는 자가 최고이며 정말로 총명한 사람이라는 뜻이다.

● **지일**(遲日)

봄날을 말한다.

● **지자막약부**(知者莫若父)

자식에 관한 일은 세상에서 그 아버지가 가장 잘 알고 있다는 뜻.

● **지자불언언자부지**(知者不言言者不知)

사물을 올바로 이해를 하고 있는 사람은 이러쿵저러쿵 말이 없지만 그러치 못한 사람들은 오히려 말이 많다.

● **지자요수인자요산**(智者樂水仁者樂山)

지혜로운 자는 물을 좋아하고 어진 사람은 산을 좋아한다는 말이다.

공자가 말했다. "지혜로운 자는 물을 좋아하고 어진 자는 산을 좋아하며, 지혜로운 자는 움직이고 어진 자는 고요하며, 지혜로운 자는 즐기고 어진 자는 오래 산다(智者樂水, 仁者樂山, 智者動, 智者樂, 仁者壽)."

● **지장**(指掌)

손바닥을 들여다보듯이 누구나 알 수 있는 일을 비유함.

● **지재천리**(志在千里)

천리 앞을 내다보는 큰 뜻을 가지고 있는 것.

● **지족불욕**(知足不辱)

자신의 몸을 위해서는 집착을 버리고 모든 일에 만족할 줄 알아야 한다. 만족할 줄 아는 사람은 몸을 망치지 않는다는 뜻으로도 쓰인다.

● **지족이식비**(智足以飾非)

사악한 지혜로 나쁜 일을 선한 일처럼 꾸밀 수가 있다는 것.

● **지족자부**(知足者富)

비록 가난하기는 하나 현실에 만족을 할 줄 아는 사람은 정신적으론 아주 부자인 사람이라는 것.

● **지지불태**(知止不殆)

분수를 알고서 행동하는 사람은 위태로운 일에서 벗어날 수 있다는 것.

● **지지위지지부지위부지시지야**(知之爲知之不知爲不知是知也)

알지도 못하면서 아는 체를 해선 안 된다는 경계의 말로서 알고 있는 것과 모르는 것을 잘 구별하여야 한다는 것.

● **지진이부지퇴**(知進而不知退)

융통성이 없이 무모하게 일을 밀고 나가는 것. 변화가 없이

470

임기응변으로 대처해 나가지 못하는 것.

● 지척지지(咫尺之地)
지극히 좁은 땅.

● 지천사어(指天射魚)
수단과 방법이 잘못되어 있으면 목적을 달성할 수 없음의 비유.

● 지초북행(至楚北行)
초나라에 이르려고 하면서 북쪽으로 간다는 말로, 생각과 행동이 상반되는 것, 혹은 방향이 틀린 것을 뜻한다.

● 지피지기백전불태(知彼知己百戰不殆)
상대를 알고 나를 알면 백 번 싸워도 위태롭지 않다는 뜻. 곧 상대방과 자신의 약점과 강점을 알아보고 승산이 있을 때 싸워야 이길 수 있다는 말.

● 지필(舐筆)
붓끝을 핥는 정도로 붓끝을 가볍게 쓰는 것을 말함.

● 지학(志學)
15세를 달리 이르는 말.

● 지행합일(知行合一)
참된 지식은 반드시 실행이 뒤따라야 한다는 말.

● 직궁증부(直躬證父)

정직하지 않은 부정직 속에 참된 정직이 있다는 것을 말함. 이 말은 공자가 한 말로서 부정직이라 여겨지는 행위 속에서도 정이 들어 있는 참된 정직이 있다는 말이다.

● 직목선벌감정선갈(直木先伐甘井先竭)

효용가치가 있는 것은 먼저 이용되어 그 결과 몸을 망치거나 없어져 버린다는 것.

● 직불보곡(直不輔曲)

정직한 사람은 악인을 돕지 않는다는 것. 현명한 사람은 정치가 어지러운 나라에서는 결코 벼슬하지 않음을 말함.

● 직정경행(直情徑行)

감정을 감추거나 꾸미지 않고 자신의 생각대로 그대로 행동하는 것을 말함.

● 진금부도금(眞金不鍍金)

재능이 뛰어난 사람은 굳이 꾸밀 필요가 없다는 뜻.

● 진선미(盡善美)

외면뿐만 아니라 내면도 아름답고 훌륭하다는 것을 말함.

● 진신서즉불여무서(盡信書則不如無書)

아무리 책일지라도 거기에 쓰여 있는 것이 모두 진실이라고는 생각할 수 없다는 뜻.

● **진인사청천명**(盡人事聽天命)

자신의 일에 최선을 다하고 담담하게 그 결과를 기다린다는 뜻이다.

● **진천동지**(震天動地)

천지를 뒤흔들 만큼 세력이 거셈.

● **진환이환**(盡歡而還)

많은 사람들이 함께 모여서 놀다가 돌아가는 것.

● **질여풍**(疾如風)

신속한 대응을 말한다. 앞으로 전진을 하거나 뒤로 후퇴를 하거나 그 대응이 아주 빠름을 말함.

● **질풍신뢰**(疾風迅雷)

사태의 급변이나 행동이 빠르고 신속함을 말한다.

● **질행무선적**(疾行無善迹)

서둘러서 일을 한 거치고 좋게 이루어진 일은 없다는 뜻이다.

● **집대성**(集大成)

모을 수 있는 자료는 모두 모아서 정리하는 것. 여기에서 '성'은 원래 음악용어로서 일정한 순서를 따라서 처음부터 끝까지 연주하는 것.

● **집열불탁**(執熱不濯)

일을 하는데 노력을 아껴서 실패를 해 커다란 손실을 보는 것을 말함. 또한 찬물로 씻는 것이 열을 식히는데 도움이 되듯이 나라가 위태로워졌을 때에는 유능한 인물이 필요하다는 뜻이다.

● 집우이(執牛耳)

어떤 일에서 주도권을 잡는 것. 춘추시대의 제후가 동맹을 맺을 때 맹주가 소의 왼쪽 귀를 잘라내 다른 동맹 자와 함께 그 피를 마셨다는 고사에서 유래된 말이다.

● 징갱취채(懲羹吹菜)

뜨거운 국에 데어서 냉채를 후후 불고 먹는다는 뜻으로, 한 번 실패한 데서 모든 일을 지나치게 조심함의 비유.

출전(出典) 알아 보기

● 징갱취채(懲羹吹菜)

초나라에서는 태자가 왕위에 오르고 동생인 자란이 재상이 되었다. 굴원은 회왕을 죽음에 이르게 한 자란에게 책임을 물었으나 이는 도리어 참소(讒訴)를 초래하는 결과가 되어 또다시 추방당하고 말았다. 이때 그의 나이는 46세였다.

그 후 10년간 오직 조국애에 불타는 굴원은 망명도 하지 않고 한결같이 동정호(洞庭湖) 주변을 방랑하다가 마침내 울분이 복받친 나머지 멱라(汨羅 : 동정호 남쪽을 흐르는 강)에 몸을 던져 수중 고혼이 되었다. 이후 사람들은 굴원의 넋을 '멱라의 귀(汨羅之鬼)'라 일컫고 있다.

《초사(楚辭)》에 실려 있는 굴원의 작품 중 대부분은 이 방랑 시절에 씌어진 것들이다. 그는 늘 위기에 처한 조국을 걱정하고 나라를 그르치는 영신을 미워하며 그의 고고한 심정을 정열적으로 노래했는데 '징갱취제'는 《초사》 <9장>중 '석송(惜誦)'이란 시의 첫 구절이다.

뜨거운 국에 데어서 냉채까지 불고 먹는데 [懲於羹者 而吹兮(징어갱자 이취제혜)]

어찌하여 그 뜻(나약함)을 바꾸지 못하는가 [何不變此志也(하불변차지야)]

'석송'은 굴원이 자기 이상으로 주군(主君)을 생각하고 충성을 맹세하는 선비가 없음을 슬퍼하고, 그럼에도 불구하고 뭇사람들로부터 소외된 것을 분노하며 더욱이 어쩔 수 없는 고독을 한탄하면서도 그 절조만은 변절하지 않겠다는 강개지심(慷慨之心)을 토로한 시이다.

차계기환(借鷄騎還)

닭을 빌려 타고 돌아간다는 뜻. 손님을 박대하는 것을 비꼬는 데 인용하는 말이다.

차래지식(嗟來之食)

야! 하고 부르면 와서 먹는 음식. 남을 업신여겨 무례한 태도로 주는 음식. 여기에서 '차'는 감탄사로 '야!' '자!' '옜다'의 뜻. 상대를 아주 업신여겨 아무렇게나 던져 주는 음식을 뜻한다.

출전(出典) 알아 보기

차래지식(嗟來之食)

춘추시대의 어느 해 제나라에 큰 기근이 들었다. 많은 사람들이 초근목피로 연명을 하거나 그것도 못하는 사람은 주린 배를 움켜잡고 죽음을 기다리는 수밖에 없었다. 이를 보다 못한 검오라는 부자가 음식을 해다가 길가에 벌여놓고 굶주린 사람들에게 나누어주고 있었다.

어느 날 얼마나 굶었는지 걸음도 제대로 옮기지 못하는 어떤 남자가 다 해어진 옷소매로 얼굴을 가리고 짚신을 질질 끌면서 걸어오고 있었다. 그 초라하고 기진맥진한 모습을 바라보고 있던 검오는 왼손에 음식을, 오른손엔 마실 것을 들고 말했다.

"야! 이리 와서 먹어(嗟來食)"

검오는 당연히 그 남자가 허겁지겁 다가와서 음식물을 움켜쥘 줄 알았다. 그러나 그 남자의 태도는 너무나 뜻밖이었다. 그는 눈을 치켜 뜨고 한참 동안 검오를 쳐다보더니 입을 열었다. "나는 지금까지 이따위 남을 업신여기며 던져주는 음식을 먹지 않았기 때문에 이 꼴이 되었소(予不食嗟來之食 以至於斯也). 당신의 이같은 적선은 받아들일 수가 없소."

검오는 머리를 한대 얻어맞은 기분이었다. 한방 쏘아주고는 뒤도 돌아보지 않고 걸어가는 그 남자를 검오는 쫓아가서 무례를 사과하고 음식을 받아주기를 간청했다. 그러나 그는 끝내 음식 받기를 거절하면서 몇 걸음 더 걷다가 쓰러지고 말았다. 주려 죽은들 '차래지식'은 받아먹을 수 없었기에 그는 마침내 허기져 죽은 것이다.

● **차재두량**(車載斗量)

수레에 싣고 말로 잰다는 뜻. 아주 흔하거나 쓸모 없는 평범한 것만이 많이 있음.

● **차질**(蹉跌)

발이 걸려 넘어지는 것. 생각지도 않던 실패를 말한다.

● **찬수**(鑽燧)

송곳으로 나무를 뚫는 것처럼 불을 비벼서 지피는 것을 말함. 여기에서 '수'는 부싯돌, '수'는 송곳으로 구멍을 뚫는 것처럼 비비는 것을 말함.

● **찬혈극**(鑽穴隙)

벽이나 담에다 구멍을 내고서 서로 들여다본다는 뜻에서 남녀가 서로 남몰래 정을 통한다는 것을 말한다.

● **참연현두각**(嶄然見頭角)

남들보다 재능이 아주 뛰어난 것.

● **창랑지수청혜가이탁오영**(滄浪之水淸兮可以濯吾纓)

사회의 상황에 따라 적응을 하면서 살아가야 한다는 것. 무슨 일이나 그 때의 시세에 따라 대처를 해나가야 한다는 것.

● **창름실이지예절**(倉廩實而知禮節)

생활이 풍족해져야만 비로소 사람으로서의 예의범절을 차릴 수가 있다는 것. 여기에서 '창름'은 쌀을 채워둔 광을 말한다.

● **창승부기미이치천리**(蒼蠅附驥尾而致千里)

평범한 사람이 뛰어난 사람의 뒤를 쫓아 공을 이루는 것을 말함. 쉬파리는 자기 힘으로 천리를 날 수는 없어도 준마의 꼬리에 붙어서 가면 능히 천리를 갈 수 있다는 것.

● **창업수성**(創業守成)

일을 시작하기는 쉬우나 이룬 것을 지키기는 어렵다는 말.

● **창응**(蒼鷹)

가혹하게 법을 집행하는 관리를 말한다.

● **창이미추**(創痍未瘳)

상처가 채 가시지 않았다는 것. 여기에서 '창이'는 칼에 의한 상처로 전쟁에서 입은 상처가 아직 낫지 않았다는 것은 전쟁이 끝난 지 얼마 안됐다는 것을 말함.

● **창해일속**(滄海一粟)

천지간의 사람의 존재가 넓은 바다 속의 좁쌀같이 미미하다는 말. 아주 작고 보잘것없는 것을 의미한다. 구우일모(九牛一毛)와 비슷한 말임.

출전(出典) 알아 보기

● **창해일속**(滄海一粟)

《적벽부》의 한 내용이다.

"‥‥그대와 나는 강가에서 고기 잡고 나무하면서 물고기와 새우들과 짝하고, 고라니, 사슴들과 벗하고 있다. 작은 배를 타고 술바가지와 술동이를 들어 술을 서로 권하니, 우리의 인생이 하루살이처럼 짧고 우리 몸은 푸른 바닷속에 있는 한 톨 좁쌀(滄海一粟)같구나. 아, 우리의 삶이란 너무도 짧구나. 어찌하여 장강(長江)처럼 다함이 없는가."

● 채미가(采薇歌)

끝까지 정절을 지키려다 백이 숙제가 지은 노래. 백이와 숙제의 형제는 신하가 천자를 치는 것은 도의에 어긋나며, 폭군에게 무력을 쓴다는 것은 도의에 어긋나며 폭군에게 무력을 쓴다는 것은 폭력이 없어 그와 같은 군주로부터 녹을 받는 것을 치욕으로 여겨, 수양산에 숨어 고비를 뜯어먹으면서 목숨을 연명하다가 끝내 굶어 죽었다. 그 마지막 노래를 말한다.

● 채신급수(採薪汲水)

잡다한 일상에 얽매어 몸을 아끼지 않고 일하는 것을 말함.

● 채신지우(采薪之憂)

아파서 나무를 할 수 없다는 뜻으로 자신의 병을 겸손하게 하는 말.

● 채의이오친(綵衣以娛親)

부모에게 효도하는 것을 말한다.

● 책선붕우지도야(責善朋友之道也)

선을 권고하고 구하는 것은 친구로서 해야 할 책무이다.

● 척벽비보(尺璧非寶)
한 자나 되는 옥보다도 시간이 더 소중함을 비유. 시간의 귀중함을 말한 것임.

● 척지구폐요(跖之狗吠堯)
일의 선악에 상관없이 자신이 섬기고 있는 주인에게 충성을 다함의 비유.

● 척포두속지기(尺布斗粟之譏)
형제간의 우애가 좋지 않음을 비난하는 말.

● 척확지굴이구신(尺蠖之屈以求信)
성공하기 위해서는 인내가 필요하다. 여기에서 '척확'은 자벌레를 말하는데 자벌레가 몸을 구부리는 것은 장차 몸을 펴기 위해서라는 것이다.

● 천경지의(天經地義)
세상에 존재하는 정상적이고 바른 길.

● 천고마비(天高馬肥)
하늘이 높고 말이 살찐다는 뜻. 곧 하늘이 맑고 오곡백과가 무르익는 가을을 형용하는 말. (흉노에게 있어, 전하여 오늘날에는 누구에게나) 활약(동)하기 좋은 계절을 이르는 말.

● **천고청비**(天高聽卑)

하늘은 높은 곳에 있지만 하계(下界)의 말을 잘 들으며 옳고
그름을 엄정하게 잘 판단하여 보답해 준다는 것을 말함.

● **천공해활**(天空海闊)

마음이 하늘과 같이 넓어 사소한 일에는 개의치 않는 것을
말함.

● **천교지망**(遷喬之望)

영전이나 승진을 바라는 마음.

● **천균득선즉부**(千鈞得船則浮)

무슨 일이든지 간에 기세를 타지 않으면 성공하기 어렵다는
비유.

● **천금지구비일호지액**(千金之裘非一狐之腋)

큰일을 이룩하려면 한 두 사람만의 힘으로는 불가능하며 많은
사람들이 힘을 한데 모아야만 그것이 가능하다는 것.

● **천금지자불사어시**(千金之子不死於市)

부자의 자식은 경솔한 행동을 하지 않는다는 뜻.

● **천도시비**(天道是非)

하늘의 뜻은 옳은 것이냐 그른 것이냐. 가장 공명정대하다고
여겨지는 하늘은 과연 바른 자의 편인가 아닌가. 세상의 불공정
을 한탄하고 하늘의 정당성을 의심하는 말이다

482

● **천려일득**(千慮一得)

천 번 생각하면 한 번은 얻는 것이 있다는 뜻으로, 많이 생각하다 보면 가끔 쓸 만한 것도 있다는 의미이다.

출전(出典) 알아 보기

● **천려일득**(千慮一得)

한나라에 한신이 있었다. 그는 젊었을 때는 이렇다할 만한 업적도 없었다. 훗날 대장군으로 승진하여 유방에게 혁혁한 공을 세운 인물이다.

한신이 조나라 군대 20만 명을 물리치고 조나라 재상 성안군을 죽이고, 조왕과 그의 모사 이좌거를 사로잡았다. 한신은 이좌거의 능력을 익히 알고 있었기에 그를 불러 북쪽의 연나라와 동쪽의 제나라를 공격하여 승리할 수 있는 방법에 관해 물었다. 이좌거는 자신은 대답할 만한 능력이 없다고 하면서 거듭 사양했다.

한신이 계속해서 설득하자 이렇게 말했다.

"신이 들으니, 슬기로운 사람도 천 번 생각에 한 번의 실수가 있을 수 있고, 어리석은 사람도 천 번 생각하면 한 번은 맞을 수 있다라고 하였습니다. 그래서 '미치광이의 말도 성인은 가려서 듣는다'라고 하였습니다. 신의 계책이 반드시 채용될 만한 것은 못 되지만 그래도 충심껏 아뢰겠습니다."

아무리 어리석은 사람이라도 쓸만한 것을 생각해 낼 수 있다는 자신에 대한 자부심이 깔려 있다. 이좌거는 아울러 거듭

된 싸움에서 승리하여 백성과 병사들의 사기는 올라 있지만, 너무 지쳐 있으므로 제 기량을 발휘하기 어렵다고 지적하고, 싸우기보다는 한신의 장점을 연나라와 제나라에 알려 복종시키는 것이 좋다고 말했다.

⊖ 천리동풍(千里同風)
천하가 태평한 것. 또 먼 곳까지도 풍속이 같음을 비유.

⊖ 천리마상유이백락불상유(千里馬常有而伯樂不常有)
아무리 재능이 있는 사람도 그 재능을 알아주는 사람이 없으면 재능을 다 펼칠 수 없다는 뜻. 세상에 말의 능력을 잘 알아보는 백락이 있음으로써 비로소 천리나 달리는 명마라는 것이 있을 수 있다는 것이다. 명마는 많지만 그것을 알아보는 사람은 많질 않다.

⊖ 천리안(千里眼)
천리 밖을 보는 눈이란 뜻으로 먼 곳에서 일어난 일을 직감적으로 알아맞히는 능력을 말함.

⊖ 천리절적(千里絶迹)
천리나 되는 먼 거리에 걸쳐서 다른 것과 비교할 만한 것이 없다는 것. 다른 것과 동떨어져서 독자적인 형용으로 유례가 없음의 비유.

⊖ 천리지행시어족하(千里之行始於足下)

어떠한 일도 첫발을 내딛는 것이 중요하다는 것을 말함.

● **천마행공**(天馬行空)
자유분방하게 행동하는 것의 비유. 여기에서 '천마'는 하늘에 산다는 신화상의 동물, '행공'이란 하늘을 뛰어다닌다는 것을 말함.

● **천망회회소이부실**(天網恢恢疎而不失)
선은 반드시 흥하고 악은 반드시 망한다는 말.

● **천무이일**(天無二日)
하늘에 해가 둘이 있을 수 없는 것처럼 한 나라에 왕이 둘이 있을 수가 없다는 뜻이다.

● **천벽독서**(穿壁讀書)
아주 가난함에도 불구하고 뜻을 세워 열심히 학업에 정진하는 것을 말함. 흔히 고학하는 것.

● **천보간난**(天步艱難)
아직 하늘의 운이 닿질 않아 불리함을 면치 못하는 것.

● **천봉어항석류수**(天篷魚缸石榴樹)
한결같이 똑같아서 변화가 하나도 없음의 비유.

● **천부지저**(天府之儲)
'천부'는 천자의 창고를 말하는데 천자가 비축한, 또 수확이

풍부한 땅을 말한다.

● 천상여(天喪予)
'하늘이 나를 망하게 하였구나!'라는 말. 공자가 사랑하는 제자 안연의 죽음을 접하고 애통해 하면서 한 말이다. 이는 곧 자신의 도를 이어갈 후계자가 없어졌음을 슬퍼하는 말이다.

● 천서만단(千緒萬端)
온갖 잡다한 일들이 어지럽게 얽혀져 있는 형용.

● 천시불여지리, 지리불여인화(天時不如地利, 地利不如人和)
하늘이 주는 좋은 때는 지리적 이로움만 못하고 지리적 이로움도 사람의 화합만 못하다.

● 천애약비린(天涯若比隣)
아무리 멀리 떨어져 있더라도 마음만 함께 하고 있으면 옆에 있는 것이나 마찬가지라는 뜻.

● 천양지피불여일호지액(千羊之皮不如一狐之腋)
평범한 천 사람보다 뛰어난 한 사람이 더 낫다는 것을 말함. 그러니까 천 장의 양가죽보다 한 장의 여우 겨드랑이 털이 더 값나간다는 것.

● 천여불취반수기구(天與弗取反受其咎)
하늘이 내려 준 것은 순수하게 받아들여야 하며 받지 않으면

486

도리어 천벌을 내린다는 것을 말함.

● 천의무봉(天衣無縫)

선녀(仙女)의 옷은 솔기나 바느질 한 흔적이 없다는 뜻으로 시가(詩歌)나 문장이 꾸밈없이 매우 자연스럽게 잘 되어 흠이 없음을 비유한 말. 사물이 완전무결함을 비유하는 말.

출전(出典) 알아 보기

● 천의무봉(天衣無縫)

곽한이란 사나이가 더위를 식히기 위해 뜰에 나와 낮잠을 즐기고 있는데 하늘에서 젊고 아름다운 여자가 훨훨 내려왔다. 곽한은 놀라 몸을 일으켜 누구신가라고 묻자 여자는 이렇게 대답했다.

"저는 하늘에서 온 직녀로 잠시 땅을 내려온 것입니다."

곽한이 가까이 다가가 훑어보니 그녀의 옷 어느 곳에도 꿰맨 자국이 없었다. 아무리 생각해도 이해할 수가 없어 그 까닭을 물어본 즉 천녀는 이렇게 대답했다.

"저희들이 입은 천의(天衣)라는 것은 원래 실이나 바늘을 사용하지 않는답니다."

● 천인소지무병이사(千人所指無病而死)

많은 사람들에게 손가락질을 받으면 설사 병에 걸리지 않더라

487

도 죽는다는 것. 남의 원한을 사는 일이 그만큼 무섭다는 것을
말한다.

⬬ 천인지낙락불여일사지악악(天人之諾諾不如一士之諤諤)
줏대 없이 그저 시키는 대로 따르는 사람보다는 당당하게 정
론을 말하는 한 사람의 의견이 훨씬 유익하다는 것을 말함. 여기
에서 '악악'은 그 어떤 권력도 두려워하지 않고 바른 말을 직언하
는 것.

⬬ 천작얼유가위자작얼불가환(天作孽猶可違自作孽不可逭)
천재(天災)는 마음가짐에 따라서 어떻게든 피할 수가 있지만
스스로 불러들인 재앙은 피할 수가 없음을 비유한 말이다.

⬬ 천장지구(天長地久)
하늘과 땅이 영원하듯이 사물이 아주 오래 계속되는 것을 말
함.

⬬ 천장지제이누의지혈궤(千丈之堤以螻蟻之穴潰)
작은 결함이나 부주의가 커다란 실패와 손해를 불러온다는
뜻. 여기에서 '누의지혈'은 땅강아지나 개미의 구멍을 말함.

⬬ 천재일우(千載一遇)
천 년(千載)에 한 번 만날 수 있는 기회란 뜻으로, 좀처럼 만나
기 어려운 기회를 이르는 말.

⬬ 천정역능파인(天定亦能破人)

어지러운 세상에는 악이 하늘을 이기는 듯이 보이기도 하지
만, 하늘이 안정되어 본래의 힘을 발휘하게 되면, 하늘은 악을
멸하는 법이라는 것.

● **천조초매**(天造草昧)
하늘이 만물을 만들어 낼 때의 혼돈스럽고 아무것도 갖추어져
있지 않은 상태를 말한다. 여기에서 '초매'란 만물이 창조되기
시작하는 상태를 말하며 아직 질서가 서기에 이르지 않았다는
뜻이다.

● **천지자만물지역여**(天地者萬物之逆旅)
천지는 온갖 만물이 거쳐가는 여인숙과 같은 것이다. 사람은
이 천지를 임시적인 거처로 삼고 있는데 지나지 않으며 덧없는
인생은 눈 깜짝할 사이에 지나가고 만다는 것.

● **천지현황**(天地玄黃)
하늘의 색은 현(黑), 땅의 색은 황(黃)이라는 데서, 천지의 색
의 상징.

● **천진난만**(天眞爛漫)
있는 그대로를 그대로 나타내서 조금도 꾸밈이 없는 것.

● **천추만세**(千秋萬歲)
천년만년 오랜 세월.

● **천침석**(薦枕席)

여자가 남자의 잠자리 시중을 드는 것을 말함. 여기에서 '침석'은 베개와 이부자리의 뜻에서 잠자리를 말함.

● 천편일률(千篇一律)
여러 시문의 격조가 비슷비슷하다는 뜻으로 개성이 없음을 말하고, 여러 사물이 특색이 없음을 비유한 말.

● 천하란충신현(天下亂忠臣見)
충신은 나라가 어지러울 때에 나타난다는 것.

● 천하위일가(天下爲一家)
천하가 통일이 되어 세상사람들이 한 가족처럼 평온하게 사는 것.

● 천행건군자이자강불식(天行健君子以自彊不息)
하늘의 운행이 한시도 쉬지 않듯이 군자도 한시도 쉼없이 덕을 쌓기를 게을리 해선 안 된다는 것.

● 천향국색(天香國色)
나라에서 가장 예쁜 미인을 칭찬하는 말로서 모란꽃을 뜻한다.

● 철두철미(徹頭徹尾)
머리부터 꼬리까지 관통한다는 뜻으로 처음부터 끝까지 초지일관으로 생각이나 방식을 일관함.

● 철면피(鐵面皮)

얼굴에 철판을 깐 듯 수치를 수치로 여기지 않는 사람. 뻔뻔스러워 부끄러워할 줄 모르는 그런 사람. 낯가죽이 두꺼워 부끄러움이 없음. 후안무치(厚顔無恥).

출전(出典) 알아 보기

● 철면피(鐵面皮)

왕광원(王光遠)이란 사람이 있었다. 학재가 뛰어나 진사시험에도 합격했으나 출세욕이 지나쳐 그는 고관의 습작 시를 보고도 '이태백(李太白)도 감히 미치지 못할 신운(神韻 : 신비롭고 고상한 운치)이 감도는 시'라고 극찬할 정도로 뻔뻔한 아첨꾼이 되었다.

아첨할 때 그는 주위를 의식하지 않았고 상대가 무식한 짓을 해도 웃곤 했다. 한 번은 고관이 취중에 매를 들고 이렇게 말했다.

"자네를 때려 주고 싶은데, 맞아 볼 텐가?"

"대감의 매라면 기꺼이 맞겠습니다. 자 어서……."

고관은 사정없이 왕광원을 매질했다. 그래도 그는 화를 내지 않았다. 동석했던 친구가 집으로 돌아오는 길에 질책하듯 말했다.

"자네는 쓸개도 없나? 만좌(滿座) 중에 그런 모욕을 당하고서도 어쩌면 그토록 태연할 수 있단 말인가?"

"하지만 그런 사람에게 잘 보이면 나쁠 게 없지."

친구는 기가 막혀 입을 다물고 말았다. 당시 사람들은 그를 가리켜 이렇게 말했다고 한다.
"광원의 낯가죽은 두껍기가 열 겹의 철갑(鐵甲)과 같다."

● **철부지급**(轍鮒之急)
수레바퀴 자국에 괸 물에 붕어가 오래지 않아 말라죽는 것과 마찬가지로, 사람이 매우 급한 경우를 당하였을 때 이르는 말.

● **철심석장**(鐵心石腸)
쇠로 된 마음에다 돌로 된 창자라는 뜻으로 강인한 의지와 정신력을 말한다.

● **철중쟁쟁**(鐵中錚錚)
평범한 사람들 가운데서 다소 뛰어난 사람을 말함.

● **첨전고후**(瞻前顧後)
앞뒤를 잘 생각해서 어떠한 결단을 내림.

● **철환천하**(轍環天下)
수레(轍)를 타고 온 세상(天下)을 돌아다님(環) -교화(敎化)를 위하여 온 세상을 돌아다님. 철환(轍環)이란 수레바퀴 자국을 내며 돌아다닌다는 말이다.

● **첩경**(捷徑)
지름길 혹은 어떤 일에 이르기 쉬운 방법을 말한다. '첩경'이란 어떤 목적이나 목표에 도달하기 위한 가장 바른 수단을 지칭하는 것이다.

● **첩이**(帖耳)

'첩'은 늘어뜨리다의 뜻으로 개 등이 귀를 늘어뜨리고 얌전하게 복종하고 있는 것을 말함. 아첨함의 비유이다.

● **첩혈**(喋血)

전쟁터에서 싸우다 죽은 사람이나 부상당한 사람이 흘린 유혈속을 밟고 다닌다는 데서 싸움터로 향하는 것을 말한다.

● **청금**(靑衿)

학생을 말함. 여기서 '금'은 학생들이 옷깃을 푸른색으로 테두리를 두른 의복을 입고 있었던 데서 연유한 말이다.

● **청담**(淸談)

명리(名利) 명문(名聞)을 떠난 청아한 이야기. 고상한 이야기. 위진 시대에 유행한 노장(老莊)을 조술(祖述)하고 속세를 떠난 청정무위(淸淨無爲)의 공리공론(空理空論).

출전(出典) 알아 보기

● **청담**(淸談)

위진 시대(魏晉時代 : 3세기 후반)는 정치가 불안정하고 사회가 혼란해서 자칫하면 목숨을 잃는 난세였다. 게다가 정치적 권력자와 그에 추종하는 세속적 관료들의 횡포도 극심했다. 그래서 당시 사대부간에는 오탁(汚濁)한 속세를 등지고 산림에 은거하여 노장의 철학이라든가 문예 등 고상한 이야기를 하는 것이 유행이었다.

그 중에서도 죽림 칠현(竹林七賢), 곧 산도(山濤) 완적(阮籍) 혜강(惠康) 완함(阮咸) 유령(劉伶) 상수(尙秀) 왕융(王戎)은 도읍 낙양(洛陽) 근처의 대나무 숲에 은거하여 아침부터 밤까지 술에 취한 채 '청담'-청신기경(淸新奇警 : 산뜻하고 기발함)한 이야기, 곧 세속의 명리(名利) 명문(名聞) 희비(喜悲)를 초월한, 고매한 정신의 자유 세계를 주제로 한 노장(老莊)의 철학-을 논하며 명교(名敎:儒敎) 도덕에 저항했다.

⊖ 청사(靑史)
역사를 뜻함.

⊖ 청산가매골(靑山可埋骨)
대장부는 어디에 있더라도 뼈를 묻을 각오가 되어 있다는 말.

⊖ 청산일발(靑山一髮)
멀리 수평선상에 희미하게 나타나 보이는 청산을 한 올의 머리카락에 비유한 말이다.

⊖ 청안(靑眼)

친밀한 사람을 대할 때 호의에 찬 눈을 말한다.

● **청어무성시어무형**(聽於無聲視於無形)
자식은 조심스럽게 주의를 기울여서 부모를 섬겨야 한다. 부모의 심중을 부모의 태도로 알아차린다는 것.

● **청운지지**(靑雲之志)
청운의 뜻. 푸른 구름의 뜻을 품다. 청운은 높은 벼슬을 가리키는 말로 청운의 뜻은 입신 출세의 대망(大望)을 의미함.

● **청천백일**(靑天白日)
푸른 하늘에 쨍쨍하게 빛나는 해라는 뜻. 곧 맑게 갠 대낮. 원죄가 판명되어 무죄가 되는 일. 푸른 바탕의 한복판에 12개의 빛살이 있는 흰 태양을 배치한 무늬를 말함.

● **청천벽력**(靑天霹靂)
맑게 갠 하늘의 벼락(날벼락)이란 뜻. 약동하는 필세(筆勢)의 형용. 생각지 않았던 무서운 일. 갑자기 일어난 큰 사건이나 이변의 비유.

● **청청자아**(菁菁者莪)
교육하는 즐거움을 말하며 인재를 찾아 길러내는 즐거움을 말한다.

● **청출어람**(靑出於藍)
쪽(藍)에서 나온 푸른 물감이 쪽빛보다 더 푸르다는 뜻으로,

제자가 스승보다 더 나음을 이르는 말.

● 청탁(淸濁)

맑은 물과 흐린 물.

● 청탁병탄(淸濁倂呑)

특정의 가치관에 흔들리지 않고 있는 그대로를 자연스럽게
받아들이는 것으로 포용력이 큰 것을 말함.

● 청풍래고인(淸風來故人)

가을이 찾아오기 직전에 부는 늦여름의 시원한 바람. 여기에
서 '고인'은 옛친구를 말함.

● 청풍명월(淸風明月)

맑은 바람과 밝은 달이라는 뜻으로, 결백하고 온건한 성격을
평하여 이르는 말. 또는 풍자와 해학으로 세상사를 논함을 비유
하여 이르는 말.

● 초량지주(招凉之珠)

전국시대의 연나라 소왕이 가지고 있던 옥의 이름. 몸에 대면
더운 여름이라도 절로 서늘함을 느낀다고 한다.

● 초록몽(樵鹿夢)

인생의 득실은 꿈과 같은 것임을 비유한다.

정나라에 어떤 사람이 들에서 나무를 하다가 놀란 사슴을 보
고는 때려잡았다. 그는 남이 그것을 볼까 두려워서 엉겁결에

구덩이 속에 감추어 놓고서 땔나무로 덮었다. 그는 기쁨을 이기지 못하고 있다가 사슴을 숨겨 놓은 곳을 잊어버렸는데 그것이 꿈이 아니었던가 생각했던 데서 나온 이야기이다.

🔵 초만영어(草滿圄圉)
세상이 평안해 감옥에 든 사람이 없어 감옥에 풀이 자랄 정도로 비어 있는 것을 말함.

🔵 초망지신(草莽之臣)
벼슬을 하지 않은 평범한 사람. 여기에서 '초망'이라는 것은 풀숲을 뜻하는데 바로 벼슬하지 않고 풀이 우거진 시골에 들어가 묻혀 사는 사람을 말함.

🔵 초미지급(焦眉之急)
눈썹에 불이 붙은 급한 것 같이 아주 위급
한 상태.

출전(出典) 알아 보기

🔵 초미지급(焦眉之急)

불혜선사(佛慧禪師)는 고승이다. 그의 수행은 당대의 어느 고승보다 뛰어나다는 평을 받았다. 그러한 그가 왕명을 받고 대상국 지혜선사라는 절에 주지승으로 임명되었다. 어명을 받고 그는 사문을 불러 모아 물었다.

"내가 왕명을 받들어 주지로 가는 것이 옳으냐, 아니면 이곳에 눌러 앉아 불도에 정진함이 옳으냐?"

대답하는 자가 없었다. 그러자 선사는 붓을 들어 게(偈)를 썼다. 사르르 눈을 감더니 앉은 채 입적하여 사문을 놀라게 했다. 선사는 살아 있을 때에 사문으로부터 많은 질문을 받고 답해 주었다.

어느 날 한 사문이 물었다.

"선사님, 이 세상에서 가장 다급한 상태가 많을 것입니다만, 어느 경지가 가장 다급합니까?"

"그것은 눈썹을 태우는 일이다."

● 초삼호(楚三戸)
수가 적지만 충분히 적을 무찌를 수 있음의 비유.

● 초심고려(焦心苦慮)
속을 태우면서 끊임없이 걱정을 하고 있는 것.

● 초왕실궁 초인득지(楚王失弓 楚人得之)
초나라 임금이 잃은 활을 초나라 사람이 얻는다는 말이다. 도량이 좁은 것을 비유한다.

출전(出典) 알아 보기

● 초왕실궁 초인득지(楚王失弓 楚人得之)

춘추시대 초나라 공왕이 하루는 사냥을 나갔다가 활을 잃어 버렸다. 공왕을 모시고 함께 사냥을 나선 신하들은 활을 찾아 오겠다고 말했다. 그러자 공왕은 이렇게 말했다.

"찾지 마시오. 초나라 왕이 잃은 활을 초나라 사람이 줍게 될 텐데, 무엇 하러 찾으려 하느냐?"

신하들은 임금의 도량이 매우 넓다고 말했다. 그러나 공자는 이 이야기를 듣고 길게 탄식하며 말했다.

공자는 초나라 공왕이 잃은 활을 반드시 초나라 백성들이 주울 것이라고 한정한 것을 좁은 생각이라고 보았다. 그가 초나라 백성이 아니라 국적을 떠난 모든 사람이 주울 것이라고 했다면 좀더 마음이 넓은 사람이었을 것이라는 것이다.

● 초왕호세요이국중다아인(楚王好細腰而國中多餓人)

윗사람이 좋아하는 것에 아랫사람은 비위를 맞추려고 하는 법이고 그 결과는 여러 가지 나쁜 일들이 생기기 마련이라는 것이다.

● 초윤이우(礎潤而雨)

주춧돌이 축축해지면 비가 온다는 말로서, 원인이 있으면 반드시 그에 상응하는 결과가 있다는 것을 말함.

● 초지광자초언(楚之狂者楚言)

자기 나라말은 태어나서부터 했기 때문에 몸에 배어 있어 잊어버리는 법이 없다는 뜻. 미친 자조차도 자기 나라말을 한다는 뜻이다. 이것은 습관이 사람에게 미치는 영향이 그만큼 크다는 뜻으로서 학문의 중요성을 말한다.

● 초초가련(楚楚可憐)

태도가 분명하고 행동이 시원시원해 마음이 끌리는 형용.

● 촉견폐일(蜀犬吠日)

중국 촉나라는 산이 높고 안개가 짙어 해가 보이는 날이 적기 때문에 개들이 해를 보면 이상히 여겨 짖는다는 데서 나온 말로 식견이 좁아 보통의 일을 보고도 놀라는 것이나 어진 자를 의식하고 비난하는 것을 가리키는 말.

● 촉역린(觸逆鱗)

제왕의 분노를 사는 일. 또는 윗사람의 분노를 사 심한 꾸지람을 들음을 비유함.

● 촉혼(蜀魂)

두견새를 달리 이르는 말. 옛날 두우(杜宇)라는 왕이 있었는데 흔히 망제(望帝)라고 불렀다. 촉나라에 물난리가 일어났을 때 재상인 개명(開明)이 물난리를 잘 극복하는 공을 세웠으므로 망제는 개명에게 왕위를 물려주고 서산(西山)에 들어가 은둔하고 살았다 한다. 그 때가 마침 2월이어서 소쩍새가 우는 계절이었으므로 소쩍새의 울음소리가 들리면 촉나라 사람들은 한결같이 망제를 생각했다고 한다. 여기에서 소쩍새를 두견(杜鵑)이라고 불렀다.

● 촌마두인(寸馬豆人)

그림을 그릴 때의 기교를 말하는데 그림의 원경(遠鏡)의 인마(人馬)는 작게 그리도록 한다는 것.

● 촌지이측연(寸指以測淵)

실현이 불가능한 일을 하려고 하는 어리석음을 비유한 말이다.

● 촌진척퇴(寸進尺退)

얻는 것은 적고 잃는 것은 많음을 비유. 앞으로 조금 나아가고 크게 물러난다는 것을 말함.

● 촌철살인(寸鐵殺人)

단 한 치밖에 되지 않는 칼로써 사람을 죽인다는 뜻. '촌철살인'은 날카로운 경구(驚句)를 비유한 것으로, 상대방의 허를 찌르는 한 마디의 말이 수천 마디의 말을
능가한다는 뜻임.

출전(出典) 알아 보기

● 촌철살인(寸鐵殺人)

남송(南宋)에 나대경(羅大經)이라는 학자가 있었다. 그가 밤에 집으로 찾아온 손님들과 함께 나눈 담소를 기록한 것이 《鶴林玉露(학림옥로)》이다. 거기에 보면 종고선사(宗藁禪師)가 선(禪)에 대해 말한 대목에 촌철살인이 나온다.

"어떤 사람이 무기를 한 수레 가득 싣고 왔다고 해서 살인을 할 수 있는 것이 아니다. 나는 오히려 한 치도 안 되는 칼만 있어도 사람을 죽일 수 있다."

이는 선(禪)의 본바탕을 파악한 말로, 여기서의 '살인'이란 물론 무기로 사람을 죽이는 것이 아니라 마음속의 속된 생각을 없애고 깨달음에 이름을 의미한다. 번뇌를 없애고 정신을 집중하여 수양한 결과에서 나오는 아주 작은 것 하나가 사물을 변화시키고 사람을 감동시킬 수가 있는 것이다.

● 촌초춘휘(寸草春暉)

어버이의 은혜에 보답할 수 없는 것의 비유. 여기에서 '촌초'는 길이 한 치 정도의 어린 풀을 말함. '춘휘'는 따뜻한 봄날의 햇살을 말함.

● 촌탁(忖度)

남의 마음을 미루어 헤아리는 것.

● 총각지호(總角之好)

어렸을 때부터의 친구를 말함. 여기에서 '총각'은 아이들의 머리 모양의 하나로, 머리를 좌우로 갈라서 올려, 말아서 맨 모양이 뿔처럼 생긴 데서 생긴 명칭. 혼례를 올리기 전의 아이를 말한다.

● **총란욕무추풍패지**(叢蘭欲茂秋風敗之)

훌륭한 것이나 좋은 것이, 하찮은 것이나 좋지 않은 것에 방해가 되어 본령을 발휘할 수 없음을 비유.

● **총령**(總領)

전체를 거느리고 통괄하는 것, 또 그것을 맡는 관직을 말한다.

● **총중고골**(冢中枯骨)

무덤 속의 마른 뼈라는 뜻으로, 무능한 사람을 비웃는 말. 여기에서 '총'은 무덤을 말하는데 여기에서 전하여 아무 것도 하질 못하는 무능한 사람을 비유함.

● **최거**(摧車)

사람의 마음은 믿을 수 없다는 것의 비유.

● **최폐간**(摧肺肝)

몸과 마음을 모두 기울여서 고심하는 것.

● **추고마비**(秋高馬肥)

가을 하늘이 높으니 말은 살찐다는 뜻.

출전(出典) 알아 보기

● **추고마비**(秋高馬肥)

두심언이 친구 소미도가 중종때, 참군으로 북녘에 있을 때, 하루빨리 장안으로 돌아오기를 원하여 다음과 같이 지은 시이다.

구름은 깨끗한데 요사스런 별이 떨어지고 가을 하늘이 높으니 변방의 말이 살찌는구나
말안장에 의지하여 영웅의 칼을 움직이고 붓을 휘두르니 격문이 날아든다.

● 추기급인(推己及人)

자신의 처지를 미루어 다른 사람의 형편을 헤아린다는 뜻이다.

출전(出典) 알아 보기

● 추기급인(推己及人)

춘추시대 제나라에 사흘 밤낮을 쉬지 않고 대설이 내렸다. 제경공은 따뜻한 방안에서 여우털로 만든 옷을 입고 설경의 아름다움에 빠져 있었다. 그는 눈이 계속 내리면 온 세상이 더욱 깨끗하고 아름다울 것이라고 생각하고 그렇게 되기를 바랐다. 그때 안자가 경공의 곁으로 들어와 창문 밖 가득 쌓인 눈을 지그시 쳐다보았다. 경공은 안자 역시 함박눈에 흥취를 느낀 것이라고 생각하고 들뜬 목소리로 말했다.

"올해 날씨는 이상하군. 사흘 동안이나 눈이 내려 땅을 뒤덮었건만 마치 봄날처럼 조금도 춥지 않아."

안자는 경공의 여우털 옷을 물끄러미 바라보더니, 정말로 날씨가 춥지 않은지 되물었다.

경공은 안자의 질문의 의미를 되새겨 보지도 않고 웃음을 짓기만 했다. 그러자 안자는 안색을 바꾸어 이렇게 말했다.

"옛날의 현명한 군주들은 자기가 배불리 먹으면 누군가가 굶주리지 않을까를 생각하고, 자기가 따뜻한 옷을 입으면 누군가가 얼어죽지 않을까를 걱정했으며, 자기의 몸이 편안하면 누군가가 피로해 하지 않을까 염려했다고 합니다. 그런데 경공께서는 다른 사람을 조금도 생각하지 않는군요."

안자의 폐부를 찌르는 듯한 이 말에 경공은 부끄러워 얼굴을 붉히며 아무 말도 하지 못했다.

⬤ 추도지말(錐刀之末)

지극히 작은 일의 비유. 전하여 작은 이익의 뜻으로도 쓰인다.

⬤ 추로학(鄒魯學)

공자, 맹자의 가르침을 말한다.

⬤ 추만(推輓)

남을 추천하는 것. 또 남이 사물을 성취하는 것을 돕는 것을 말함.

⬤ 추불서(騅不逝)

막다른 곤경에 빠져서 세력도 다하고 힘도 다한 경우의 비유.

한(漢)나라의 유방과 함께 패권을 다투고 있던 항우가 해하(垓下)의 싸움에서 한나라 군에게 포위되어, 죽음을 각오했을 때 읊은 시의 한 구절이다. 이제까지 고난을 함께 해온 애마 추(騅)조차도 앞으로 나아가지 않게 되었다는 뜻.

● **추선**(秋扇)

여름에 쓰이던 부채는 가을이 되면 필요가 없게 되어, 쓸모가 없어져 버려진다는 데서, 남편의 애정을 잃고 버려진 여인을 비유하여 말한다.

● **추어지**(隊於地)

권위와 명성이 땅에 떨어져 점점 쇠퇴하는 것을 말함.

● **추염부열**(趨炎附熱)

권력이 있는 사람에게 빌붙어서 입신출세를 노림.

● **추우**(椎牛)

아랫사람을 다독이는 것. 소를 몽치로 쳐죽여서 잡아먹는 것.

● **추적심치인복중**(推赤心置人服中)

자신이 남에게 성의를 다하고 있기 때문에 남도 똑같이 내게 성의를 다하고 있을 것이라는 믿음.

● **추지**(錐指)

송곳의 가느다란 끝으로는 땅의 표면밖에 찌를 수가 없다. 좁은 시야로 깊디깊은 사물의 이치, 진리를 구할 수 없다는 것.

● **추지선**(秋之扇)

사랑을 잃게 된 처지를 뜻하는 말.

● **추파**(秋波)

가을의 맑고 잔잔한 물결의 뜻에서 전하여 미인의 곁눈질에 비유한다. 여성의 교태 어린 눈짓.

● **추호**(秋毫)

가을이 되어 털갈이를 한 짐승의 가느다란 털의 뜻으로 아주 미세한 것의 비유.

● **축록**(逐鹿)

정권이나 선거에서 다툼의 비유, 제왕의 자리를 얻고자 다투는 것을 말함.

● **축록자불견산**(逐鹿者不見山)

사슴을 쫓는 사람은 산을 보지 못한다는 뜻이다. 곧 명예와 이욕(利慾)에 미혹된 사람은 도리도 저버림. 이욕에 눈이 먼 사람은 눈앞의 위험도 돌보지 않고 또는 보지도 못함. 한 가지 일에 마음을 빼앗기는 사람은 다른 일을 생각하지 않는다는 뜻임.

● **축록자불고토**(逐鹿者不顧兎)

큰 이익을 추구하는 사람은 작은 이익을 문제삼지 않는다는 뜻.

● **축융지재**(祝融之災)

화재를 일컫는다. 여기에서 '축융'은 불을 지배하는 신의 이름
이며 또 여름의 신, 남방의 신이기도 하다.

● **춘래불사춘**(春來不似春)

봄이 와도 봄같지 않다.

● **춘소일각직천금**(春宵一刻直千金)

무엇과도 바꿀 수 없는 귀중한 시간을 말함.

● **춘일지지**(春日遲遲)

봄날의 해가 지는 것이 늦다는 것.

● **춘추부**(春秋富)

앞날이 길게 많이 남아 있다는 것.

● **춘추필법**(春秋筆法)

오경(五經)의 하나인 춘추(春秋)와 같이 비판의 태도가 썩 엄
정함을 이르는 말. 대의명분을 밝히어 세우는 사실의 논법을
일컫기도 한다.

● **춘풍춘수일시래**(春風春水一時來)

갑자기 봄기운이 완연하게 감도는 것.

● **출류발췌**(出類拔萃)

동류 중에서 출중하게 빼어남을 말한다.

● **출만사이우일생**(出萬死而遇一生)

거의 죽음 직전에 놓일 정도의 위기를 간신히 벗어나 살아나는 것을 말한다.

● **출이반이**(出爾反爾)

너에게서 나온 것은 너에게로 돌아온다. 자기가 뿌린 씨는 자기가 거두게 된다 자업자득, 인과응보와 비슷한 말이다.

출전(出典) 알아 보기

● **출이반이**(出爾反爾)

전국시대 추(芻)나라와 노(魯)나라 사이에 전쟁이 벌어졌다. 싸움의 결과는 노나라의 승리였다. 싸움에 진 추나라 임금인 목공이 맹자에게 물었다.

"이번 전쟁에서 우리 편 지휘관이 33명이나 죽었는데도 백성들은 그것을 보고만 있었지 누구 하나 지휘관을 위해서 죽은 자가 없었습니다. 이 괘씸한 자들을 죽이자니 모두 다 죽일 수도 없고 그렇다고 그냥 내버려두자니 앞으로도 지휘관의 죽음을 보고서도 구원하지 않을 것이 뻔하니 이것을 어떻게 하면 좋겠습니까?"

맹자가 입을 열었다.

"흉년이 들어 먹을 것이 부족한 해에 임금의 백성들 중에서 노약자는 시궁창에 굴러 떨어져 죽고 젊은이들은 사방으로 흩어졌는데 그 수가 수 천명이나 되었지요. 그러면서도 임금의 창고에는 곡식과 보물이 가득했습니다. 그런데도 지휘관들은 이것을 꺼내어 백성을 구하자고 간청하지도 아니하였으니 이것이야말로 윗사람이 게을러서 아랫사람을 죽이는 것입니다."

맹자는 잠시 뜸을 들였다가 다시 말을 이었다.

"증자가 말씀하시길 '조심하고 조심하라. 너에게서 나온 것은 너에게로 돌아온다(出乎爾者 反乎爾者也)'고 했습니다. 백성들은 지난 날 지휘관들한테 당한 것을 이렇게 보답한 것이니 어찌 백성들을 나무랄 수 있겠습니까? 임금께서는 그들을 탓하지 마십시오. 임금께서 어진 정치를 행하시면 앞으로 백성들은 윗사람들과도 친하게 되어 그들을 위해서 죽을 것입니다."

세상 모든 게 뿌린 대로 거둔다.

● 출일두지(出一頭地)
학문의 수준이 남보다 더 뛰어나다는 것을 말함.

● 출장입상(出將入相)
전쟁이 일어날 시에는 싸움터에 나가서 장군이 되고 평시에는 재상이 되어 정치를 하는 것을 말함. 문무를 겸비한 사람을 말한다.

● 출척(黜陟)
공이 있는 사람은 승진시키고 공이 없는 사람은 강등을 시키는 것.

● 출호이자반호이자(出乎爾者反乎爾者)
선악이나 화복(禍福)은 모두 자신이 행한 행동의 결과이고 자신이 초래한 것임을 말한다.

● 충구이출(衝口而出)

미리 생각지도 않았던 말들이 순간적으로 튀어나오는 것을 말함.

● 충신불사이군(忠臣不事二君)

충성스런 신하는 두 사람의 임금을 섬기지 않는다.

● 취구지몽(炊臼之夢)

아내를 잃음의 비유. 또한 아내의 죽음을 알리는 꿈을 말하기도 한다.

● 취금찬옥(炊金饌玉)

음식의 대접을 받았을 때 감사를 표시하는 말로 쓰이는 경우가 있는데 사치스런 음식을 비유한다.

● 취렴지신(聚斂之臣)

무거운 세금을 가혹하게 거둬들이는 신하의 비유.

● 취모구자(吹毛求疵)

털을 불어 헤쳐서 그 속의 흉을 찾는다는 뜻. 곧 남의 조그만 잘못을 샅샅이 찾아내는 것을 이른다.

● 취생몽사(醉生夢死)

술에 취한 듯 살다가 꿈을 꾸듯이 죽는다는 뜻으로, 아무 뜻없이 한평생을 흐리멍덩하게 살아감을 비유하여 이르는 말.

● **취세**(就世)

세상을 떠나는 것. '세'는 원래 30년의 뜻을 나타내는 글자인데 서, 부모가 자식에게 물려주기까지의 30년을 의미하여 1세대를 나타낸다.

● **측은지심**(惻隱之心)

남의 불행을 불쌍히 여겨 동정하는 마음은 인(仁)의 싹틈이라 는 것.

● **치국평천하**(治國平天下)

나라가 잘 다스려져야만 비로소 천하가 평화스러워진다는 것 을 말함.

● **치대국약팽소선**(治大國若烹小鮮)

나라를 통치하는 마음가짐을 말하는 것으로서 나라를 다스리 는 중요한 요체는 무위를 존중하여 작은 생선을 삶듯이 거의 손을 대지 않는다는 것.

● **치망설존**(齒亡舌存)

부드러운 것이 강한 것보다 오래도록 남는다는 것을 말함.

● **치이불망란**(治而不忘亂)

태평성대를 누리는 세상에서도 항상 전쟁이 일어날 것을 대비 해 게을리 하지 않는 것.

512

● 치인설몽(癡人說夢)

바보에게 꿈 이야기를 해준다는 뜻. 곧 어리석기 짝이 없는 짓의 비유. 종작없이 지껄이는 짓. 이야기가 상대방에게 이해되지 않음의 비유.

● 치인전부득설몽(痴人前不得說夢)

어리석은 자에게 꿈이야기를 하면 제멋대로 해석해 버리기 때문에 상대할 수가 없다는 뜻이다.

● 치천하가운지장상(治天下可運之掌上)

천하를 다스리는 것이 아주 쉬움을 비유해서 말한 것으로서 손바닥 위에다 놓고 무엇을 움직이듯이 아주 간단하다는 것을 말함.

● 치한로이축건토(馳韓盧而逐蹇兎)

발이 빠른 개가 절름발이 토끼를 쫓는다는 것을 말함.

● 치휴야촬조(鴟鵂夜撮蚤)

부엉이는 낮엔 아무 것도 볼 수가 없지만 밤이 되면 작은 벼룩을 잡을 수 있을 만큼 잘 보인다는 것으로서 사물에는 제각각 사물만의 고유 성질이 있다는 것의 비유.

● 칙이관덕(則以觀德)

사람의 덕이 예의에 어긋나지 않으면 미덕으로 삼는다는 말로 법도에 맞느냐 그렇지 않느냐가 사람의 덕이 얼마만큼 있느냐를 판가름하는 기준이 된다는 것을 말함.

⊜ 친자(親炙)

사람을 직접 접하여 감화를 받는 것. 여기에서 '자'는 고기를 불 위에다 놓고 굽는 것으로 불이나 열을 직접 받는 것을 말함.

⊜ 칠거지악(七去之惡)

여자가 가져서는 안되는 일곱 가지의 악.

즉 시부모를 잘 섬기지 않는 것(不順父母), 무자식(無子), 부정(不貞), 질투(嫉妬), 못된 병(惡疾), 수다(多言), 훔치는 것(竊盜)등.

⊜ 칠년지병구삼년지애(七年之病求三年之艾)

평소에 준비를 해두지 않으면 오랜동안 있었던 나쁜 상황이 금세 호전되진 않는다는 것을 말함.

⊜ 칠보지재(七步之才)

일곱 걸음을 옮기는 사이에 시를 지을 수 있는 재주라는 뜻으로, 아주 뛰어난 글재주를 이르는 말.

⊜ 칠신탄탄(漆身呑炭)

몸에 옻칠을 하고 불붙은 숯을 삼킨다는 뜻으로, 복수를 위하여 몸을 괴롭힘을 비유함.

⊜ 칠종칠금(七縱七擒)

제갈공명의 전술로 일곱 번 놓아주고 일곱 번 잡는다는 말로 자유자재로운 전술을 가리킨다.

⬤ 침어낙안(沈魚落雁)

여인이 너무 아름다워 물고기는 잠기고 기러기는 떨어진다. 아름다운 미인을 형용하는 말.

"모장과 여희는 사람들이 아름답게 여기는 미인들이다. 그러나 물고기들은 그들을 보면 들어가고, 새는 그들을 보면 높이 난다. 또한 큰 사슴과 작은 사슴도 그녀를 보면 결단코 도망을 갈 것이다. 이 넷 가운데 어느 누가 색을 바르게 알겠는가?"

⬤ 침중서(枕中書)

베개 속에 숨겨 둔 책을 말한다.

ㅋ

● **쾌도난마**(快刀亂麻)

잘 드는 칼로 엉클어진 삼실을 자른다는 뜻으로, 어지럽게
뒤얽힌 사물이나 말썽거리를 단번에 시원하게 처리함의 비유.

출전(出典) 알아 보기

● **쾌도난마**(快刀亂麻)

남북조(南北朝)시대 북제(北齊)의 창시자 고환(高歡)은 선비
족화(鮮卑族化)한 한족(漢族)으로 그의 부하도 대부분 북방 변
경지대의 선비족이었다. 선비족의 군사는 난폭했지만 전투에
는 용감했기 때문에 고환은 이러한 선비족 군사의 힘을 배경으
로 정권을 유지하고 있었다. 고환은 아들을 여럿 두고 있었는
데 하루는 이 아들들의 재주를 시험해 보고 싶어 한 자리에 불
러들였다. 그는 아들들에게 뒤얽힌 삼실 한 뭉치씩을 나눠주고

추려내 보도록 했다.

다른 아이들은 모두 한 올 한 올 뽑느라 진땀을 흘리고 있었는데 양(洋)이라는 아들은 달랐다. 그는 잘 드는 칼 한 자루를 들고 와서는 헝클어진 삼실을 싹둑 잘라버리고는 득의에 찬 표정을 짓는 것이었다. 눈을 휘둥그렇게 뜨고 있는 아버지 앞에 나아간 고양은

"어지러운 것은 베어버려야 합니다(亂者須斬·난자수참)"고 말했다. 이런 연유로 해서 '쾌도난마'란 성어가 생겨났는데 오늘날의 쓰임새와는 달리 당초에는 통치자가 백성들을 참혹하게 다스리는 것을 가리키는 말이었다.

그러나 큰 일을 해낼 인물이 될 것이라는 아버지의 기대와는 달리 뒷날 문선제(文宣帝)가 된 고양은 백성들을 못살게 군 폭군이 되었다. 게다가 술김에 재미로 사람을 죽이곤 했기 때문에 보통 일이 아니었다. 중신들도 어떻게 할 수 없어 머리를 짜낸 것이 사형수를 술취한 고양(문선제) 옆에 두는 것이었다.

ㅌ

● **타면자건**(唾面自乾)

남이 내 얼굴에 침을 뱉으면 그것이 저절로 마를 때까지 기다린다는 뜻으로 처세에는 인내가 필요함을 강조한 말.

● **타산지석**(他山之石)

다른 산의 거친(쓸모 없는) 돌이라도 옥(玉)을 가는 데에 소용이 된다는 뜻. 곧 다른 사람의 하찮은 언행일지라도 자기의 지식이나 인격을 닦는 데에 도움이 됨의 비유. 쓸모 없는 것이라도 쓰기에 따라 유용한 것이 될 수 있음의 비유.

● **타압경원앙**(打鴨驚鴛鴦)

오리를 매질하여 원앙을 놀라게 한다는 말로, 한 사람을 벌줌으로써 다른 많은 사람들을 놀라게 하는 것을 뜻한다.

● **타운**(朶雲)

원래는 늘어진 구름의 뜻인데, 후에 남의 편지의 경칭이 되었

518

다.

● **타장**(唾掌)

일을 시작할 때 용기를 불러일으키기 위해 하는 동작을 말한다. 이것이 전하여 만반의 준비를 하고 기다린다는 뜻이다.

● **타초경사**(打艸驚巳)

풀을 두들겨서 뱀을 놀라게 한다는 말로, 생각 없이 한 일이 뜻밖의 결과를 낳는 것을 뜻한다. 또 이 사람을 훈계하여 다른 사람을 깨우친다는 의미도 있다

출전(出典) 알아 보기

● **타초경사**(打艸驚巳)

<수호전(水滸傳)>에 이런 이야기가 있다.

송강(宋江)이라는 자가 양산박(梁山泊)에 근거지를 두고 동평부(東平府)를 공략하려고 할 때의 일이다. 송강을 따르던 사진이 계책을 한가지 제시했는데,

자신이 다니던 가기의 집을 거점으로 삼아 성안에 불을 질러 아군이 공격하도록 하자는 것이었다. 송강은 이 계책을 받아들였다. 사진은 먼저 자신의 신분을 노출시키지 않기 위해 변장을 하고 가기의 집을 찾았다. 가기라는 사람은 사진이 산채에 있는 사람이라는 사실을 알고 있었다. 그런데 할머니와 이런저런 이야기를 주고받다가 사진의 신분을 말하게 되었고,

할머니는 펄쩍 뛰며 빨리 관가에 고발해야 한다고 했다. 이때 곁에 있던 할아버지가 할머니를 만류하며 이렇게 말했다.

"돈을 많이 받았는데 어떻게 밀고를 하겠소?"

그렇지만 할머니는 당장 관가로 달려갈 기세였다. 이에 할아버지는 할머니를 진정시키며 말했다.

"그렇게 합시다. 풀을 두들겨서 뱀을 놀라게 하지 말라는 속담이 있지 않소. 소란을 피워 그가 도망치도록 하면 일을 그르치게 되오. 그를 체포할 수 있도록 한 연후에 관가에 고발하겠소."

⬤ 탁려풍발(踔厲風發)
언변이 뛰어나서 말이 힘차게 나오는 것.

⬤ 탁족만리류(濯足萬里流)
혼탁한 속세에 살고 있으면 올바른 마음까지 악에 물들어 있기 때문에 깨끗한 강물로 속세에서 더럽혀진 발을 씻자는 것을 말함.

⬤ 탁타사(槖駝師)
나무를 심는 것을 직업으로 삼고 있는 사람을 말함.

⬤ 탄성(吞聲)
소리를 내지 않고 입을 다무는 것, 또는 울음을 참고 마음속으로 흐느껴 우는 것.

☻ 탄핵(彈劾)

죄나 부정을 조사하고 폭로하여 위에 알리고 고발하는 것.
여기에서 '탄'은 탄알을 쏘는 활, '핵'은 죄를 파헤치고 고발하는
것을 말함.

☻ 탄환지지(彈丸之地)

얼마 되지 않는 작은 땅을 말함.

☻ 탈참(脫驂)

남이 상(喪)을 당했을 때 부조를 많이 하는 것.

☻ 탈토지세(脫兎之勢)

'탈토'는 맹렬한 기세로 덫에서 달아나는 토끼를 말함. 우리를
빠져 도망하는 토끼의 기세라는 뜻으로 동작이 재빠름을 이름.

☻ 탐부순재(貪夫徇財)

욕심이 많은 사람은 재물을 위해서라면 목숨까지도 버린다.
이는 재물을 위해서라면 목숨의 위험까지도 개의치 않는다는
것.

☻ 탐천지공(貪天之功)

하늘의 공을 탐내다. 남의 공로도 자기 것으로 하는, 남의 공을
도용함을 이름.

☻ 탐탕(探湯)

나쁜 짓에서 빨리 손을 떼는 것을 말함. 매사에 나쁜 일엔

손을 대지 않고 몸을 신중하게 돌보는 것을 말함.

● **탐호구**(探虎口)
아주 커다란 위험을 무릅쓰는 것.

● **탕지반명**(湯之盤銘)
은(殷)나라 탕왕(湯王)이 목욕에 쓰는 대야에 새긴 자계(自戒)의 말을 말함.

● **태공망**(太公望)
낚시질을 즐기는 사람.

● **태산북두**(泰山北斗)
태산과 북두칠성을 가리키는 말. 곧 권위자. 제일인자. 학문 예술 분야의 대가. 세상 사람들로부터 우러러 받듦을 받거나 가장 존경받는 사람.

● **태산불사토양**(泰山不辭土壤)
태산은 흙을 사양하지 않는다는 말로, 사소한 의견이나 인물을 수용할 수 있는 자만이 큰 인물이 될 수 있음을 비유한다.

● **태산압란**(泰山壓卵)
매우 강하여 상대가 없거나 일이 매우 용이함을 비유한 말로서 거대한 태산이 작은 달걀을 눌러 깨듯이 아주 손쉬운 것을 말함.

☻ 태산퇴양목괴(泰山頹梁木壞)

태산이 무너지고 대들보가 꺾인다는 말로, 한 시대의 스승이
나 존경하는 사람의 죽음을 뜻한다.

출전(出典) 알아 보기

☻ 태산퇴양목괴(泰山頹梁木壞)

공자가 일찍 일어나 손을 등뒤로 돌려 지팡이를 끌고 문 앞
을 거닐면서 노래했다. '태산이 무너지려나 대들보가 꺾여지려
나 철인(哲人)이 병들려나' 그리고는 방으로 들어가서 문을 마
주하고 앉았다.

자공(子貢)은 노랫소리를 듣고 이렇게 중얼거렸다.

"태산이 무너진다면 나는 누구를 사모하고 우러러볼 것인가.
대들보가 꺾여지고 철인이 병든다면 나는 장차 어디에 의지할
것인가. 부자께서는 아마 장차 병들려는 것이다"

자공이 방으로 들어가자 공자가 말했다.

"사(賜)야, 너는 어찌하여 그다지도 오는 것이 더딘가, 사람
이 죽었을 때 하후씨는 동계 위에 안치했다. 동계는 주인이 오
르내리는 계단이므로 죽은 자를 주인으로 대우하는 것이다."

☻ 태산지류천석(泰山之霤穿石)

나약한 힘이라 할지라도 끈기를 가지고서 하면 언젠가 성취할
수 있다는 것.

523

☻ 태액부용(太液芙蓉)

당나라 현종 황제의 비로서 양귀비의 아름다움을 비유해서 한 말이다.

☻ 태창지제미(太倉之梯米)

넓은 바다의 물 한 방울에 비유한 것으로서 어마어마하게 넓은 곳의 지극히 작은 한 부분을 말한다.

☻ 태평무상(太平無象)

세상이 태평스러울 때는 별다른 현상이 나타나지 않는다. 그건 아무 일도 없는 것이 즉 태평한 것이라는 것.

☻ 토계삼등(土階三等)

흙으로 된 계단이 3단밖에 되지 않는다는 것으로 궁전이 검소함을 비유함.

☻ 토목형해(土木形骸)

겉치레에 개의치 않고 꾸밈이 없음을 비유. 깨끗하게 옷치장을 하지 않고 흙이나 나무처럼 있는 그대로의 모습으로 있는 것을 말함.

☻ 토무이왕(土無二王)

중심이 되는 것은 하나라는 것으로서 한 나라에 왕이 둘일 수는 없다는 것을 말함.

☻ 토붕와해(土崩瓦解)

사물이 근본에서부터 무너져 있어 손을 어떻게 쓸 수 없음을 비유함. 여기에서 '토붕'은 흙이 무너져 내리는 것을 말하고 '와해'는 기와가 산산조각이 나서 흩어져 버린 것.

● 토사구팽(兎死狗烹)
토끼 사냥이 끝나면 사냥개는 삶아 먹힌다는 뜻. 곧 쓸모가 있을 때는 긴요하게 쓰이다가 쓸모가 없어지면 헌신짝처럼 버려진다는 말.

출전(出典) 알아 보기

● 토사구팽(兎死狗烹)

초왕(楚王) 항우(項羽)를 멸하고 한(漢)나라의 고조(高祖)가 된 유방은 소하(蕭何) 장량(張良)과 더불어 한나라 창업 삼걸(三傑)의 한 사람인 한신(韓信:?~B. C.196)을 초왕에 책봉했다(B. C.200).

그런데 이듬해, 항우의 맹장이었던 종리매(鍾離昧)가 한신에게 몸을 의탁하고 있다는 사실을 안 고조는 지난날 그에게 고전한 악몽이 되살아나 크게 노했다. 그래서 한신에게 당장 압송하라고 명했으나 종리매와 오랜 친구인 한신은 고조의 명령을 어기고 오히려 그를 숨겨 주었다. 그러자 고조에게 '한신은 반정을 품고 있다'는 상소가 올라왔다. 진노한 고조는 참모 진평(陳平)의 헌책(獻策)에 따라 제후들에게 이렇게 명했다.

"제후는 초(楚) 땅의 진(陳:하남성 내)에서 대기하다가 운몽

호(雲夢湖)로 유행(遊幸)하는 짐을 따르도록 하라."

한신을 진에서 포박하던가 나오지 않으면 제후(諸侯)의 군사로 주살(誅殺)할 계획이었다.

고조의 명을 받자 한신은 예삿일이 아님을 직감했다. 그래서 '아예 반기를 들까'하고 생각해 보았지만 '죄가 없는 이상 별일 없을 것'으로 믿고 순순히 고조를 배알하기로 했다. 그러나 불안이 싹 가신 것은 아니었다. 그러던 어느 날, 교활한 가신(家臣)이 한신에게 속삭이듯 말했다.

"종리매의 목을 가져가시면 폐하께서 기뻐하실 것이옵니다."

한신이 이 이야기를 하자 종리매는 크게 노했다.

"고조가 초나라를 치지 않는 것은 자네 곁에 내가 있기 때문일세. 그런데도 자네가 내 목을 가지고 고조에게 가겠다면 당장 내 손으로 잘라 주지. 하지만 그땐 자네도 망한다는 걸 잊지 말게."

종리매가 자결하자 한신은 그 목을 가지고 고조를 배알했다. 그러나 역적으로 포박당하자 그는 분개하여 이렇게 말했다.

"교활한 토끼를 사냥하고 나면 (쓸모가 없어져) 좋은 사냥개는 삶아 먹히고[狡兎死良狗烹(교토사양구팽)], 하늘 높이 나는 새를 다 잡으면 좋은 활은 곳간에 처박히며[高鳥盡良弓藏(고조진양궁장)], 적국을 쳐부수고 나면 지혜 있는 신하는 버림을 받는다[敵國破謀臣亡(적국파모신망)]고 하더니 한나라를 세우기 위해 분골쇄신한 내가, 이번에는 고종에게 죽게 되었구나." 고조는 한신을 죽이지 않았다. 그러나 회음후(淮陰侯)로 좌천시킨 뒤 주거를 도읍인 장안(長安)으로 제한했다.

● **토원책**(兎園冊)

통속적이거나 아주 저질스러운 책을 말함. 자신의 저서를 겸손하게 말할 때 이 말을 쓴다.

● **토적성산**(土積成山)

아주 적은 흙이라도 모으고 모으면 커다란 산을 이룬다는 것을 말함. 이는 작은 것을 쉽게 생각해선 안 된다는 말이다. 또한 낭비를 경계한 말이기도 하다.

● **토포악발**(吐哺握髮)

중국의 주공이 식사 때나 목욕 때 내객이 있으면 먹던 것을 뱉고 감고 있던 머리를 거머쥐고 맞이했다는 고사에서 나온 말로 잠시도 편안할 시간이 없음을 비유함.

● **통양**(痛痒)

자신의 몸에 미치는 영향이나 이해를 말하는데 고통을 비유한 말이다.

● **통자**(通刺)

먼저 명함 등으로 자신이 누군가를 밝히고 나서 상대방에게 만남을 청하는 것.

● **퇴고**(推敲)

민다, 두드린다는 뜻으로, 시문(詩文)을 지을 때 자구(字句)를 여러 번 생각하여 고침을 이르는 말. 글을 짓는 데에 고심함을 말한다.

● **투과득경**(投瓜得瓊)

변변치 않은 선물을 주고서 아주 많은 답례를 받는 것을 말함.

● 투몌이기(投袂而起)

힘차게 분연히 일어서는 것. 여기에서 '몌'는 소맷자락을 말하는데 소매 밑으로 길게 늘어진 부분을 가리킨다. 소맷자락을 후두르면서 힘차게 일어서는 것을 말한다.

● 투생(偸生)

치욕을 당하면서도 치욕으로 생각지 않고 목숨을 부지하는 것. 하는 일도 없이 그럭저럭 살아가는 것을 말하기도 하고 구차하게 살아가는 것을 말하기도 함.

● 투안(偸安)

한때의 편안함과 쾌락에 빠져 뒷날의 걱정은 하나도 하지 않는 것을 말함.

● 투편단류(投鞭斷流)

채찍을 던져 강의 흐름을 막는다는 뜻으로 병력에 있어서의 강대함을 비유한 말.

● 투서기기(投鼠忌器)

쥐를 잡으려다 그릇을 깨뜨린다. 밉긴 하지만 큰 일을 그르칠까 염려되어 그렇게 하지 못함.

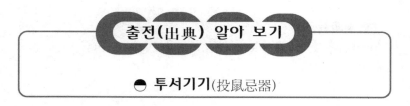

출전(出典) 알아 보기

● 투서기기(投鼠忌器)

서한(西漢) 경제(景帝) 때의 정치가 가의는 황제의 측근에 위세를 부리는 한 무리의 신하들이 있는 것을 보았다. 그러나 사람들은 간접적으로 황제에게 죄를 범하는 일이 될까 두려워하며 감히 그들을 건드리지 못했다. 이에, 가의는 한 가지 방법을 생각해 냈다.

어느 날, 가의는 경제를 알현한 후, 일부러 경제에게 이렇게 말했다.

"폐하, 폐하께서는 세간에서 말하는 '쥐를 때려잡고 싶지만 그릇을 깰까봐 겁낸다(俚諺曰, 欲投鼠而忌器)'라는 말을 들어보셨습니까?"

가의는 천천히 말을 시작했다.

"쥐 한 마리가 조용한 밤중에 구멍에서 나와 무엇을 먹고 있다가 주인에게 발견되었습니다. 그러자 그 쥐는 쌀 항아리로 들어가 숨었습니다. 주인은 그 쥐를 때려잡고 싶었지만, 항아리를 깨뜨리게 될까 무서워 잠시 어떻게 해야 할지 몰랐습니다."

경제는 이야기를 듣고 고개를 끄덕이며 말했다.

"쥐를 때려잡으면서 항아리를 깨지 않는다는 것은 사실 어려운 일일 것이오."

가의는 말을 계속하였다.

"같은 이치입니다. 지금 폐하의 주위에는 많은 신하들이 있는데, 그들 가운데 많은 이들이 잘못을 저지르고 있지만, 아무도 감히 그들을 비평하지 못하고 있습니다. 이것은 그들이 항상 황제의 곁에 있으므로, 폐하께 아뢰지 못하기 때문입니다."

경제는 이 말에 비로소 깨달은 바가 있었다.

● 투향(偸香)

향을 훔친다는 뜻으로, 남녀간에 사사롭게 정을 통하는 것을 말한다.

● **파경**(破鏡)

깨진 거울이란 뜻으로 부부의 이별 또는 이혼을 비유하여 이르는 말.

● **파고착조**(破觚斲雕)

복잡하게 조각한 것의 모난 부분을 모나지 않게 깎아내는 것. 이것이 전하여 가혹한 형벌을 없애고 복잡한 법률을 간략하게 고치는 것.

● **파과지년**(破瓜之年)

여자의 나이 열 여섯 살, 남자의 나이 예순 네 살을 이르는 말. 진(晉)나라 손작의 시 정인벽옥가에서 비롯된 것으로 파과 (破瓜)는 외를 깨트린다는 뜻으로 여자의 첫 생리를 의미하는데 과(瓜)자를 쪼개면 팔(八)자가 둘이 된다고 해서 여자의 나이 16세를 가리키며 또 팔(八)을 곱하면 64가 되므로 남자의 나이 64세를 가리키기도 한다.

● 파담(破膽)

간이 떨어질 정도로 몹시 놀라는 것.

● 파렴치(破廉恥)

염치가 없어 도무지 부끄러움을 모름. 염치는 청렴하고 수치를 아는 마음이다. 따라서 파렴치하면 그 반대의 뜻으로 잘못을 범하고도 도무지 부끄러움을 느끼지 못하는 마음이라 하겠다. '몰염치한 사람', '후안무치한 사람'.

● 파부침선(破釜沈船)

짓는 가마솥을 부수고 돌아갈 배도 가라앉히다. 결사의 각오로 싸움터에 나서거나 최후의 결단을 내림을 비유하는 말.

● 파심중적난(把心中賊難)

마음속의 도적을 부수기 어렵다. 그 만큼 마음을 다스리기 어렵다는 말이다. '산 속의 도적을 부수기는 쉽지만, 마음속의 도적을 부수기는 어렵다(破山中賊易 破心中賊難)'는 구절에서 따온 말이다.

● 파안(破顔)

얼굴에 활짝 웃음을 짓는 것을 말한다.

● 파죽지세(破竹之勢)

아주 맹렬한 기세를 말한다. 대나무는 한 마디를 쪼개면 그 다음부터는 저절로 쪼개지는 데서 나온 말이다. 세력이 강대하여 적대하는 자가 없음의 비유. 무인지경을 가듯 아무런 저항도

받지 않고 진군함의 비유.

● 파천황(破天荒)

천지가 아직 열리지 않은 혼돈된 상태인 천황(天荒)을 깨트리고 새로운 세상을 만든다는 뜻으로, 인재가 나지 아니한 땅에 처음으로 인재가 나거나, 아무도 한 적이 없는 큰 일을 제일 먼저 한 것을 비유해서 쓰는 말임

출전(出典) 알아 보기

● 파천황(破天荒)

중국에서 관리가 되려면 먼저 지방 정부의 시험인 향시(鄕試)를 치르고 여기서 합격하면 회시(會試)라는 중앙정부의 시험을 치른다. 이렇게 합격한 자를 거인(擧人)이라 하며 두 시험을 거쳐야만 비로소 의젓한 관리가 될 수 있었다.

당나라 형주(荊州)에는 해마다 많은 선비가 과거를 보러 갔지만 아직 거인이 나온 일이 없었다. 이를 두고 사람들이 말했다.

"형주는 천황의 지방이라 인지(人智)가 발달되지 않은 곳이다."

그런데 유세(劉稅)라는 어느 집 서생이 형주의 향시에 합격하고 이어 중앙 정부의 회시에도 합격하여 보기 좋게 처음으로 거인이 되었다. 그러자 사람들이 기뻐 말했다.

"파천황이다. 드디어 형주도 개명(開明)될 때가 왔다."

● **판탕**(板蕩)

정치가 어지럽고 국정이 아주 무질서하며 서로 비방을 일삼고 비판이 난무하는 것을 말함.

● **팔굉**(八紘)

천지의 팔방을 가리키는 것으로서 전세계를 말한다.

● **팔원**(八元)

여덟 사람의 훌륭한 인물을 말한다. 여기에서 '원'은 최선이라는 뜻. 선덕을 지닌 여덟 사람의 인물이라는 뜻으로 쓰인다.

● **팔황**(八荒)

팔방(八方)의 먼 끝이라는 뜻으로 전세계를 말하는데 '팔굉'의 뜻과 같은 뜻으로 쓰인다.

● **패군지장 불어병**(敗軍之將 不語兵)

싸움에 진 장수는 병법을 말하지 않는다는 뜻으로 패한 자는 구차한 변명을 늘어놓지 않는다는 말.

● **패이입자역패이출**(悖而入者亦悖而出)

자신이 한 말은 반드시 자신에게 되돌아온다는 뜻으로 말이란 신중하게 해야 한다. 도리에 어긋난 짓을 하면 도리에 어긋난 결과를 초래한다는 것을 말함.

● **팽조지수**(彭組止水)

장수를 누림의 비유. 여기에서 '팽조'는 신선의 이름이다.

● 편사시(鞭死屍)

죽은 사람을 비난하는 것. 시신에 채찍을 가함으로써 생전에 그에게 품은 원한을 푸는 것.

● 편작(扁鵲)

뛰어난 명의를 말한다. 여기에서 '편작'은 전국시대의 명의를 말한다.

● 편청생간(偏聽生姦)

두 사람 중의 한쪽 말만 들으면 공평하지 못하여 나쁜 결과를 가져오게 하는 원인이 되니 한쪽으로만 치우쳐서 이야기를 들어선 안 된다는 것.

● 편포(編蒲)

고생을 하면서 학업에 열중하는 것의 비유. 여기에서 '포'는 부들을 가리키는데 늪과 연못이 많은 땅에서 나며 이것의 잎과 줄기로 발 따위를 엮는데 쓴다. 부들을 엮어 공책 삼아 공부한 노온서(路溫舒)의 고사에서 나온 말이다.

● 평단지기(平旦之氣)

새벽에 느끼는 맑고 깨끗한 기분을 말한다. 양심을 비유한 말이다.

● 평수상봉(萍水相逢)

길을 가다가 우연히 만남의 비유. 여기에서 '평'은 부평초를 가리키는데 부평초가 물에 떠서 빙빙 떠돌아다니다가 어딘가에서 우연히 하나로 합치는 것을 가리켜서 한 말이다.

⬣ 평지파란(平地波瀾)

평평한 땅에 파도가 일어난다는 말로, 잘되던 일을 일부러 어렵게 만들거나 또는 분쟁을 일으키기를 즐겨할 때 쓰는 말이다. 중당의 대표적 시인 유우석은 '죽지사'에서 이렇게 읊고 있다. 구당은 시끄럽게 열두 여울인데 사람들은 말하기를 길이 예로부터 힘들다고 한다. 사람들 마음이 물과 같지 않음을 길게 한탄하여 한가히 평지에서 파란을 일으킨다.

⬣ 폐이후이(斃而後已)

쓰러져 죽을 때까지 포기하지 않는 것. 목숨이 붙어 있는 한 노력을 계속한다는 것을 말함.

⬣ 포관격탁(抱關擊柝)

비천한 신분을 가리킴.

⬣ 포락지형(炮烙之刑)

은(殷)나라 주왕(紂王)이 쓰던 형벌로 불에 달군 쇠기둥을 맨발로 걸어가게 하던 형벌.

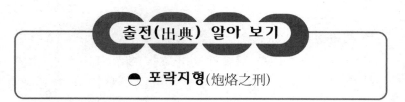

출전(出典) 알아 보기

⬣ 포락지형(炮烙之刑)

536

은(殷)나라의 주왕은 유소씨(有蘇氏) 나라로부터 얻은 달기라는 여자와 밤낮으로 음락의 생활에 빠져 백성들의 생활은 도탄에 빠지고 원성은 높아지게 되었다. 그러나 주왕은 계속 새로운 세법을 제정하여 백성들을 착취하자 여기에 반기를 드는 사람도 생기게 되었다.

이에 주왕은 기름칠한 구리 기둥을 숯불 위에 놓고 그를 비방하는 자를 건너게 하는 형벌인 포락지형을 만들어 기둥에서 미끄러져 떨어져 타죽는 것을 보고 즐거워했다고 한다.

● 포류지질(蒲柳之質)

갯버들 같은 체질이라는 뜻으로 몸이 쇠약하여 병이 잘 걸리는 체질을 비유한 말.

● 포말몽환(泡沫夢幻)

세상이 무상함을 비유. '포말'은 물의 표면에 뜨는 거품, '몽현'은 현실이 아닌 꿈과 환상을 말하는데 이 세상에 존재하는 것의 덧없음의 비유.

● 포범무양(布帆無恙)

배가 무사한 것을 말함. 여행이 무사 평온하게 이루어지고 있다는 뜻으로도 쓰인다.

● 포복심(布腹心)

가슴속에 담겨 있는 말을 있는 그대로 솔직하게 털어놓는 것.

● 포복절도(抱腹絶倒)

배꼽을 잡고 데굴데굴 구르면서 참을 수 없을 만큼 웃어대는 것.

● 포식난의(飽食暖衣)

배부르게(飽) 먹고(食) 따뜻하게(暖) 입음(衣). 생활이 넉넉함을 이르는 말.

출전(出典) 알아 보기

● 포식난의(飽食暖衣)

맹자는 사람이 배부르게 먹고 따뜻하게 입으며 편히 생활하면서 가르침이 없으면 인간으로서의 도를 잃어 방만하고 게을러져서 동물과 같아지니, 이렇게 되지 않기 위해서는 가르침이 필요하다고 하였다. 그 가르침은 이른바 오륜(五倫)으로 사람이 지켜야 할 다섯 가지 윤리인 것이다.

사람에게 도가 있으니, 배불리 먹고 따뜻이 입으며 편안하게 살면서도, 가르침이 없으면 곧 짐승에 가까워진다. 성인이 이를 근심하시어 말을 사도로 삼아 인륜으로써 가르치게 하셨다. 부자간은 친함이 있으며(父子有親), 군신간은 의가 있으며(君臣有義), 부부간은 분별이 있으며(夫婦有別), 어른과 아이들은 차례가 있으며(長幼有序), 친구 사이에는 믿음이 있는 것이다(朋友有信).

● **포신이구화**(抱薪而救火)

불을 진화하는 데에 땔나무를 안고 불을 끈다면 오히려 불이 커져 버린다는 것으로 해악을 없애려다 도리어 피해를 크게 함의 비유이다.

● **포어지사**(鮑魚之肆)

건어물전, 전하여 신분이 낮은 사람들이 모이는 장소를 비유한다.

● **포의지우**(布衣之友)

신분이나 빈부의 차이를 극복하고 진정한 우정으로 사귀는 친구, 또는 서민끼리 사귀는 것을 말함.

● **포잔수결**(抱殘守缺)

학자의 흉내를 내고 있는 사람이 전집의 권수가 빠져 있는 것을 모르고 그 책을 소중하게 간직하고 있는 것.

● **포저**(苞苴)

선물을 말함. 전하여 뇌물의 뜻으로도 쓰이고 있다. 여기에서 '포'는 남에게 물건을 선물할 때 짚으로 쌌던 것을 가리키는데 고대 중국에서는 생선이나 고기를 짚으로 싸는 습관이 있었다.

● **포정해우**(捕丁解牛)

포정이 소를 잡는다는 말이다. '포정'은 고대에 요리를 잘하던 사람의 이름이고, '해우'는 소를 잡아 살코기와 뼈를 구분하는 것을 말한다. 그래서 '포정해우'라고 하면 기술이 매우 뛰어나

거의 달인의 경지에 들어선 경우를 가리킨다.

● **포편**(蒲鞭)

고통이 따르지 않는 형벌을 말한다. 여기에서 '포'는 부들을 말하는데 이것으로 만든 채찍으로 매질을 해서 하나도 아프지 않은 데서 말한다.

● **포호빙하**(暴虎馮河)

맨손으로 범에게 덤비고 걸어서 황하를 건넌다는 뜻. 곧 무모한 행동. 죽음을 두려워하지 않는 무모한 용기의 비유.

● **폭주**(輻輳)

사물이 온갖 방향에서 한 군데로 집중되는 형용. 바퀴의 바퀴살이 중심의 바퀴 통으로 모이듯이 사물이 한 군데로 집중하는 것을 말한다.

● **폭호빙하**(暴虎憑河)

앞뒤 생각 없이 무모하게 벌이는 행동을 말함. 여기에서 '폭호'는 맨손으로 호랑이에게 덤벼드는 것을 말하고, '빙하'는 황하와 같은 큰 강을 걸어서 건너가려는 것.

● **표박**(漂泊)

거주지가 일정치 않고 정처 없이 떠돌아다니는 것을 말함. '표'는 물에 둥둥 떠서 돌아다니는 것, '박'은 머물러 묵는 것을 말함.

● 표사유피 인사유명(豹死留皮 人死留名)

표범은 죽어서 가죽을 남기고 사람은 죽어서 이름을 남긴다는 뜻.

출전(出典) 알아 보기

● 표사유피 인사유명(豹死留皮 人死留名)

왕언장은 양의 용장으로서 그의 하늘을 찌를 듯한 패기와 용기로 인하여 감히 그를 가로막을 자가 없어 왕철창(王鐵槍)이라고 불렸다.

그는 주전충의 부하가 되어 곁에서 보좌했으나 당제(唐帝)가 대군을 이끌고 침략해오자 중상을 입고 포로가 되고 말았다. 이때 당제는 그를 자신의 휘하에 두고자 했으나 '아침에 양을 섬기다 저녁에 당을 섬길 수는 없다.' 라고 거절하면서 스스로 죽음의 길을 택했다. 당시 그는 글을 읽지 못했는데 이 때문에 '표범은 죽어서 가죽을 남기고 사람은 죽어서 이름을 남긴다(豹死留皮 人死留名).' 라는 속담을 언제나 인용해 말하곤 했다고 한다.

● 표적(剽賊)

남의 문장이나 어구, 표현 등을 제 것인 냥 마구 훔쳐서 쓰는 것.

● 풍년지동필유적설(豊年之冬必有積雪)

눈이 많이 내리는 것은 곡식이 풍년이 들 징조라는 것을 말함.

● 풍마우불상급(風馬牛不相及)

암내낸 말과 소는 서로 미치지 못한다는 말로, 서로 멀리 떨어져 있어 관계가 없음을 뜻한다.

● 풍불명조(風不鳴條)

세상이 평화롭게 다스려지고 있음을 비유. 폭풍이 몰아치는 것도 없이 고요한 것.

● 풍성학려(風聲鶴唳)

바람 소리와 울음소리란 뜻으로, 겁을 먹은 사람이 하찮은 일이나 작은 소리에도 몹시 놀람의 비유.

● 풍소소역수한(風蕭蕭易水寒)

'바람은 쓸쓸하고 역수는 차도다'라는 뜻.

시의 한 구절로써, 장부가 큰 뜻을 품고 먼길을 떠나는 마음을 표현한 것이다.

● 풍수지탄(風樹之嘆)

바람과 나무의 탄식이란 말로, 효도를 다 하지 못한 자식의 슬픔 '나무는 조용하고자 하지만 불어오는 바람이 그치지 않는다'는 '수욕정이풍부지(樹欲靜而風不止)'에서 가져온 말로 부모가 살아 있을 때 효도하지 않으면 뒤에 한탄하게 된다는 말이다.

출전(出典) 알아 보기

● 풍수지탄(風樹之嘆)

　　공자가 자기의 뜻을 펴기 위해 이 나라 저 나라로 떠돌고 있을 때였다. 그날도 발걸음을 재촉하고 있는데 어디선가 몹시 슬피 우는 소리가 공자의 귀에 들려왔다. 울음소리를 따라가 보니 곡성의 장본인은 고어(皐魚)라는 사람이었다. 공자가 우는 까닭을 물어보았다. 울음을 그친 고어가 입을 열었다.

　　"저에게는 세 가지 한(恨)이 되는 일이 있습니다. 첫째는 공부를 한답시고 집을 떠났다가 고향에 돌아가 보니 부모는 이미 세상을 떠났고 둘째는 저의 경륜을 받아들이려는 군주를 어디에서도 만나지 못한 것입니다. 셋째는 서로 속마음을 터놓고 지내던 친구와 사이가 멀어진 것입니다."

　　고어는 한숨을 쉬고는 다시 말을 이었다.

　　"아무리 바람이 조용히 있고 싶어도 불어온 바람이 멎지 않으니 뜻대로 되지 않습니다(樹欲靜而風不止). 마찬가지로 자식이 효도를 다하려고 해도 그때까지 부모는 기다려 주지 않습니다(子欲養而親不待). 돌아가시고 나면 다시는 뵙지 못하는 것이 부모입니다. 저는 이제 이대로 서서 말라죽으려고 합니다."

　　고어의 말이 끝나자 공자는 제자들을 돌아보며 이렇게 말했다.

　　"이 말을 명심해 두어라. 훈계로 삼을 만하지　않은가?"

　　이날 충격과 함께 깊은 감명을 받은 공자 제자 중 고향으로 돌아가 부모를 섬긴 사람이 열세 명이나 되었다.

543

☻ 풍어지재(風魚之災)

해상(海上)에서 일어난 재해를 말함.

☻ 풍운지지(風雲之志)

영웅호걸이 어진 임금을 만나 시운을 타고 이름을 떨치고자 하는 소망.

☻ 풍전등화(風前燈火)

바람 앞의 등불이란 뜻으로, 사물이 오래 견디지 못하고 매우 위급한 자리에 놓여 있음을 비유하여 이르는 말.

☻ 풍진(風塵)

바람이 일어나면 온통 먼지투성이가 되는 데서 속세와 속세의 일 등을 가리키는 뜻으로 쓰인다.

☻ 피간담(披肝膽)

간담은 간장과 담낭을 가리키는 것으로서 뱃속까지 열어 보인다는 뜻으로 진심을 보일 때 자주 쓰이는 말.

☻ 피갱낙정(避坑落井)

구멍을 피하다가 우물에 빠진다는 말로 한 가지 일에만 신경을 쓰다가 위험한 지경에 빠진다는 말.

☻ 피견집예(被堅執銳)

무장(武裝)하는 것을 말함.

● **피리양추**(皮裏陽秋)

입 밖으로 표현하지 않고 마음속으로 냉정하게 시비나 선악을 비판하는 것.

● **피마불외편추**(疲馬不畏鞭箠)

가난에 굶주린 사람은 어떤 형벌도 두려워하지 않고, 어떤 나쁜 짓이라도 서슴없이 저지른다는 것.

● **피발좌임**(被髮左衽)

중국 오랑캐들의 풍속을 말함. '피발'은 머리를 묶지 않았다는 뜻. 머리를 잘라 더벅머리 그대로의 모습을 말한다.

● **피삼사**(避三舍)

겸손한 태도를 보이는 것. 상대방에게 경의를 표하는 것을 말함.

● **피상**(皮相)

사물의 겉만 보고 마음이 사로잡히는 사람, 또한 얄팍한 견해를 가지고 있음을 말한다.

● **피세금마문**(避世金馬門)

산 속에 파묻혀 은둔하고 사는 것이 아니라 조정에 나와 일을 보면서 속세의 번잡한 일에서 벗어난다는 것.

● **피심간**(披心肝)

마음속에 아무 것도 숨기지 않는 것을 말함.

⬓ 피운무이도청천(披雲霧而覩靑天)
구름이나 안개가 걷힌 푸른 하늘을 바라보는 것.

⬓ 피일시차일시(彼一時此一時)
그때는 그때고 지금은 지금이라는 것으로서 모습은 달라졌지만 본질은 하나도 달라지지 않았다는 것을 말함.

⬓ 피장부아장부(彼丈夫我丈夫)
상대도 대장부고 나도 대장부인 이상 그가 하는 일을 나라고 못할 리 없다는 말.

⬓ 피지부존 모장안부(皮之不存 毛將安附)
가죽이 없는데 털이 어찌 붙을 수 있겠는가라는 말로, 평소 친분이 없으면 조금의 도움도 받을 수 없다는 뜻이다. 또 근본이 없으면 지엽의 노력도 효과가 없음을 뜻한다.

⬓ 필경(筆耕)
글자를 써주고 돈을 받는 것. 또는 문필로 생계를 유지하는 것을 말함. 여기에서 '경'은 문필을 농사일에 비유한 말이다.

⬓ 필력강정(筆力扛鼎)
문장의 필력이 아주 강한 것을 말함.

⬓ 필로남루(篳路藍縷)
검소함이 몸에 밴 생활, 고생하여 어렵게 일을 시작하는 것, 고난을 딛고 일어서 사업을 성공시킴. 초(楚)나라의 조상 약오와 분모의 검소한 생활을 전하는 말.

● 필부불가탈지(匹夫不可奪志)

한 인간의 의지를 외부에서 강압하여 바꾸게 할 수는 없다는 뜻. 사람의 뜻은 존귀하다는 것을 비유함.

● 필부무죄(疋夫無罪)

보통 사람은 죄가 없다는 말이다. 착한 사람일지라도 그 신분에 어울리지 않는 물건을 갖고 있으면 재앙을 부르게 된다는 역설적인 뜻이 있다.

출전(出典) 알아 보기

● 필부무죄(疋夫無罪)

이 말은 <춘추좌씨전(春秋佐氏傳)> '환공' 10년에 나온다. 춘추시대 우나라를 다스리던 우공은 동생 우숙이 가지고 있는 명옥을 갖고 싶어했다.

하루는 우숙을 불러 명옥을 자신에게 달라고 했다. 그러자 우숙은 자신이 애지중지하던 옥이었으므로 주고 싶지 않았으나, 우공의 간청이 끈질기게 계속 되었으므로 하는 수 없이 그에게 주면서 이렇게 말했다.

"주나라의 속담에 '보통 사람은 죄가 없다. 옥을 갖고 있는 것이 죄이다.'라는 말이 있습니다. 내가 이것을 가져서 스스로 화를 불러들일 이유는 없습니다."

우숙이 말한 주나라 속담은, 보통사람의 신분으로 옥을 갖고 있는 것은 훗날 화를 초래할 수 있다는 것으로, 우공에게 준 것은 바로 화근을 넘겨준 것이라는 말이다.

며칠 후, 우공은 또 우숙에게 칼을 달라고 요구했다. 우숙은 불쾌해져 고개를 흔들며 말했다.

"형님은 만족할 줄을 모르는군요. 결국에는 내 목숨까지 달라고 할 것입니다."

우숙은 우공을 들어 홍지(洪池)로 집어 던졌다.

이는 '匹夫無罪 德壁有罪(필부무죄 덕벽유죄 : 필부는 죄가 없다. 목을 갖고 있는 것이 죄다.)'라는 말에서 따온 것이다.

● 필부지용(匹夫之勇)
소인의 혈기만 믿고 함부로 덤비는 경솔한 행동.

● 필삭(筆削)
쓸 것은 쓰고 삭제할 것은 삭제하는 것.

하갈동구(夏葛冬裘)

저마다 각각의 풍속과 습관을 말한다. 또한 계절에 따른 생활
이 있다는 것을 말함.

하도락서(河圖洛書)

경사스런 일이 생겨날 조짐을 말한다. 또한 성왕(聖王)이나
명군(明君)이 출현할 길조를 말하기도 함.

하량지별(河梁之別)

강의 다리 위에서 사람을 배웅하며 헤어지는 것. 송별의 뜻임.

하로동선(夏爐冬扇)

여름의 화로와 겨울의 부채라는 뜻으로, 철에 맞지 않는 물건
또는 격에 어울리지 않는 물건을 이름.

하불병촉유(何不秉燭遊)

시간이 빠르게 지나가자 인생의 덧없음을 아쉬워하며 밤이 깊도록 불을 밝히며 즐기고 노는 것을 말함.

⊜ 하불출도(河不出圖)

성인(聖人)이 세상에 출현하지 않음을 한탄해서 하는 말로서 '도'는 주역(周易)의 팔괘(八卦)의 근원이 되었다고 하는 그림.

⊜ 하수견호행방도(河水見狐行方渡)

강이 얼어붙었을 때는 여우가 건너가는 것을 보고 사람이나 말이 건넌다는 것. 여우는 의심이 많아 안전을 확인한 후에 행동한다는 데서 신중하고 안전하게 일을 해야 함을 말한다.

⊜ 하어지질(河魚之疾)

복부에 생겨난 병을 말한다. 물고기는 썩을 때에 뱃속부터 썩기 시작하는 데서 나온 말이다. 이 말이 전하여 물고기가 배에 병이 걸리듯이, 나라나 조직의 내부가 부패하는 데에 비유하기도 한다.

⊜ 하옥(瑕玉)

흠이 없으면 완전한 것인데, 아깝게도 흠이 있어 결점이 된다는 뜻. 옥에도 티가 있다는 말.

출전(出典) 알아 보기

⊜ 하옥(瑕玉)

<희남자> '세림훈(說林訓)'에 다음과 같은 말이 나온다.

"쥐구멍이 있다고 하여 그것을 뜯어고치려고 한다면 동네 대문을 부수게 되고, 여드름을 짜다 보면 뾰루지나 종기가 된다. 이것은 흠이 있는 진주와 티가 있는 구슬을 그대로 두면 온전할 것인데, 흠과 티를 제거하려다가 오히려 이지러뜨리고 깨뜨리는 것과 같은 일이다."

이것은 구슬의 티를 제거하기 위해 서투른 솜씨로 나섰다가는 도리어 망가뜨려 전혀 가치가 없는 물건으로 만들고 만다는 말이다.

또 이런 글도 보인다.

"표범의 털가죽이라도 복잡하면 여우 털가죽의 순수함만 못하다. 흰 구슬이 티가 있으면 보배로 만들지 못한다. 이것은 순수하기가 매우 어려움을 말하는 것이다."

● 하우불이(下愚不移)

교육의 가능성에는 한계가 있음을 말함.

● 하이위사고능원(河以委蛇故能遠)

서두르지 않고 침착하게 일을 해나가면 반드시 성공을 거둔다. 강물은 구불구불 굽어서 흐르기 때문에 멀리까지 도달할 수 있다는 데서 큰 사업을 이룩하기 위해선 일직선으로 서둘러 도달하려고 하면 실패하기 쉽다는 것의 비유.

● 하족치지치아간(何足置之齒牙間)

논의 대상조차 되지 않을 정도로 하잘 것 없는 것을 비유한 말.

● 하충불가이어어빙(夏蟲不可以語於氷)

여름의 벌레는 겨울의 것인 얼음을 모른다는 것. 자기의 잣대로만 사물을 판단하기 때문에 세상 물정을 모르며 식견이 좁음을 말한다.

● 하학상달(下學上達)

배우기 쉬운 것부터 배우기 시작하여 점점 어려운 것을 배우면서 학문에 도달하는 것.

● 하한지언(河漢之言)

종잡을 수 없도록 두서없이 마구 지껄여대는 말. 여기에서 '하한'은 은하수, 또 황하(黃河)와 한수(漢水)를 가리킨다. 일반적인 상식으로는 생각할 수 없는 큰 강처럼 부풀려서 하는 말이라는 뜻이다.

● 하해불택세류(河海不擇細流)

강이나 바다가 작은 흐름을 삼키고 큰 강이나 바다가 되듯이 마음을 넓게 가져 남의 하찮은 의견일지라도 들어주고 그것을 참고로 하여 더욱 더 높은 식견을 가져야만 큰 인물이 될 수 있다는 말.

● 학경불가단(鶴脛不可斷)

사물에는 저마다 본연의 개성이 있으며 그 개성은 존중이 되어야 한다는 말.

● 학구소붕(鷽鳩笑鵬)

비둘기와 같이 작은 새가 큰 붕새를 보고 웃는다는 뜻으로 되지 못한 소인이 위인의 업적과 행위를 비웃음의 비유. 여기에서 '학구'는 비둘기새끼를 말하고 '붕'은 상상상의 큰 새를 말함.

⊖ 학망(鶴望)
두루미처럼 목을 길게 빼고서 간절히 바라고 소망하는 것을 말함.

⊖ 학명우구고성문우천(鶴鳴于九皐聲聞于天)
인격이 훌륭한 사람은 반드시 그 명성이 세상에 알려지게 되어 있다는 뜻. 학은 깊은 산 속의 늪에서 울어도 그 소리는 하늘까지 들린다는 것.

⊖ 학여불급(學如不及)
학문을 할 때에는 끊임없이 앞에서 걸어가는 사람을 따라잡는다는 마음가짐으로 쉬지 않고 열심히 해야 한다는 것을 말함.

⊖ 학이불사즉망(學而不思則罔)
스승으로부터 가르침을 받는 것만으로 만족을 하고 자기 스스로의 학문을 게을리 하면 그물에 갇힌 듯이 더 이상의 발전이 없음을 말하고 진정한 지식과 학문을 취득할 수 없다는 것을 말함.

⊖ 학이불염회인불권(學而不厭誨人不倦)
학문에도 교육에도 열심을 말함.

● **학이시습지불역열호**(學而時習之不亦說乎)

시간이 날 때마다 배운 것을 복습하면 확실하고 깊이가 있는 학문을 가질 수 있다는 것, 그것이 곧 학문의 기쁨이라는 것이다.

● **학이우즉사**(學而優則仕)

학문을 하고 남는 힘이 있다면 벼슬을 한다. 그러나 학문을 하고 있는 동안은 남을 여력이 없다는 것.

● **학자여우모성자여인각**(學者如牛毛成者如麟角)

배우는 사람은 소의 털같이 대단히 많으나 그 배움을 성취하는 사람은 기린의 뿔과 같이 아주 드물다. 여기에서 '우모'는 쇠털로 수가 아주 많음을 비유하고 '인각'은 기린의 뿔로 아주 적음을 비유한다.

● **한단지몽**(邯鄲之夢)

한단에서 여옹이 낮잠을 자면서 꾼 꿈이라는 뜻으로, 사람의 일생에서 덧없음과 영화(榮華)의 헛됨의 비유.

● **한단지보**(邯鄲之步)

조나라의 한단 사람이 보행을 잘하는 것을 보고 연나라의 한 청년이 그 곳으로 걸음걸이를 배우러 갔는데, 한단의 멋진 걸음걸이도 배우지 못하였을 뿐만 아니라 고국의 걸음까지도 잊어버리고 기어 돌아왔다는 고사. 자신의 능력은 고려치 않고 남의 흉내만 내고 있으면 중동무이가 되어 결국은 자신의 몸을 망치게 된다는 것.

● 한마지로(汗馬之勞)

전쟁터에서 세운 공을 말한다. 또한 말에다 무거운 짐을 지워서 운반시키는 것과 같은 노동의 뜻으로도 쓰인다.

● 한발(旱魃)

가뭄. 가뭄을 몰고 오는 신화 속의 여신

● 한송천장지절(寒松千丈之節)

겨울의 추위 속에서도 뚜렷한 색깔을 그대로 간직하고 높은 벼랑 위에 의연하게 서서, 사람이 우러러보는 강한 지조를 지님.

● 한식(寒食)

불에 익히는 것을 금지하고 찬 음식을 먹는 것.

● 한우충동(汗牛充棟)

소가 땀을 흘릴 만큼 실은 무게와 용마루에 받힐 만큼 쌓인 양이라는 뜻으로 책이 매우 많음을 이름.

● 한자이수갈(寒者利短褐)

추위에 떨고 있는 사람은 짧은 반소매의 허름한 옷이라도 입는다. 사람이 곤궁에 처해 있을 때에는 찬밥, 더운밥을 가리지 않는다는 말이다.

● 한청(汗靑)

책을 말한다. 옛날 종이가 없었던 시대에 푸른 대나무를 불에 쬐어 기름과 습기를 없애고 글자를 썼던 데서 나온 말이다. 또

사서(史書)를 말하기도 한다.

⬤ 할계 언용우도(割鷄 焉用牛刀)

닭 잡는 데 어찌 소 잡는 칼을 쓰겠는가라는 말이다. 작은 일 처리에 큰 인물의 손을 빌릴 필요가 없다는 비유.

출전(出典) 알아 보기

⬤ 할계 언용우도(割鷄 焉用牛刀)

공자의 제자 자유(子由)는 노나라의 작은 읍 무성을 다스리고 있었다. 그는 이곳에서 공자에게서 받은 예악(禮樂)에 의해 백성들을 교화하는 데 힘을 다했다.

하루는 공자가 두세 명의 제자를 데리고 자유를 찾아왔다. 그때 마을 곳곳에서 거문고 소리에 맞추어 노래하는 소리가 들렸다. 공자는 빙그레 웃으며 말했다.

"닭을 잡는 데 어찌 소 잡는 칼을 쓰리오?"

자유가 대답했다.

"이전에 선생님께서 말씀하시기를, '군자가 도를 배우면 사람을 사랑하고, 소인이 도를 배우면 부리기가 쉽다.'고 하셨습니다."

공자가 말했다.

"제자들아, 자유의 말이 옳다. 조금 아까 한 말은 농담으로 한 것일 뿐이다."

사실 공자가 '닭 잡는 데 어찌 소 잡는 칼을 쓰겠는가.'라고

한 것은 자유가 나라를 다스릴 만한 인재인데도 이런 작은 읍
에서 성실하게 하는 것이 보기 좋다는 뜻으로 한 말이다.

● **할고이담복**(割股以啖腹)

자기의 허벅다리 살점을 도려내어 자기 배를 채운다는 뜻으로
서 결국은 자기에게 손해가 되는 일을 함의 비유.

● **할애**(割愛)

아깝지만 미련 없이 버리는 것. 아쉬워하면서 포기하는 것을
말함.

● **함로안**(銜蘆雁)

어떠한 것이라 할지라도 자기 자신을 지키는 수단만큼은 몸에
지니고 있다는 것의 비유.

● **함매**(銜枚)

입을 다물고 소리를 내지 않음의 비유. 여기에서 '매'는 양끝에
달린 젓가락과 같은 막대기인데 가로로 입에 물고서 뒤통수에
서 끈을 매는 것. 옛날 전쟁터에서 밤에 적을 습격할 때 입에
물어 소리를 내지 않도록 병사와 말 등에 사용하였다.

● **함사사영**(含沙射影)

'모래를 머금어 그림자를 쏘다'란 말로 암암리에 사람을 해치
는 것을 비유한 말. 일명 사공(射工), 사영(射影), 축영(祝影)이
라 한다. 등은 딱딱한 껍질로 되어 있고 머리에는 뿔이 있다.

날개가 있어 날 수 있다. 눈은 없으나 귀는 매우 밝다. 입안에는 활과 같은 것이 가로로 걸쳐 있는데, 사람의 소리를 들으면 숨기운을 화살처럼 뿜는다. 물이나 모래를 머금어 사람에게 쏘는데, 이것을 맞으면 곧 종기가 나게 되며 그림자에 맞은 사람도 병이 나게 된다.

● **함소입지**(含笑入地)
안심하고 미련 없이 죽는 것을 말함.

● **함양시상탄황견**(咸陽市上嘆黃犬)
처형을 당하게 된 사람의 다시는 자유스러운 행동을 할 수 없음을 비유한 말.

● **함흥차사**(咸興差使)
조선조 때 태조 이성계가 정종에게 임금자리를 물려주고 함흥으로 가버린 뒤 태종이 보낸 사신을 죽이고 혹은 잡아두어 돌려보내지 않으므로 한번 가기만 하면 깜깜 소식이라는 옛일에서 온 것으로 심부름을 가서 돌아오지 않거나 아무 소식이 없음을 비유하는 말.

● **합종연형**(合從連衡)
다른 나라들과 서로 동맹을 맺는 것. 여러 가지 외교적 수단을 총동원하여 정략을 꾸미는 것.

● **합포주환**(合浦珠還)
좋은 정치가 이루어져 나라가 안정을 되찾자 나라를 떠났던 사람들이 다시 되돌아오는 것. 또 한번 잃어버린 것을 찾게 되는 것.

● **항려**(伉儷)
배우자, 배필.

● **항룡유회**(亢龍有悔)
'항룡'은 하늘 끝까지 올라간 용. 그 이상 더 올라갈 수 없어 이젠 내려갈 도리밖에 없다는 의미. 부귀를 다한 자는 더 이상 오를 수 있는 길도 없으며, 쇠퇴할 염려가 있으므로 삼가라는 말.

● **항백지상**(巷伯之傷)
남에게 모함을 받아 억울한 죄를 뒤집어 쓴 사람의 슬픔을 말함.

● **항산항심**(恒産恒心)
재산이 있어야 마음의 여유가 생김.

● **항안이위사**(抗顔而爲師)
뻔뻔스럽게 자기 자신이 스승이라고 주장하는 것을 말함.

● **해내무쌍**(海內無雙)
천하에 비길 자가 없는 제일이라는 뜻.

● **해내존지기**(海內存知己)

자신을 알아주는 사람이 주변에 널려 있는 것.

⬤ **해당수미족**(海棠睡未足)

'해당'은 봄에 피는 장미과의 나무이름인데 여기서는 미인을 비유한다. 미인이 잠에서 덜 깨어났을 때의 요염한 모습을 형용함.

⬤ **해락**(偕樂)

임금도 신하도 모두 함께 즐기는 것.

⬤ **해로**(薤露)

인생이 덧없음을 말한다.

⬤ **해로동혈**(偕老同穴)

살아서는 함께 늙고 죽어서는 같은 무덤에 묻힌다. 생사를 같이 하는 부부의 사랑의 맹세.

'詩經'에 실린 황하(黃河) 유역에 있던 주민들의 민요에서 유래한 말이다. 먼저 '격고(擊鼓)'라는 詩에,

(죽으나 사나 만나나 헤어지나, 그대와 함께 하자 언약하였지. 그대의 손을 잡고, 그대와 함께 늙겠노라.) 生死契闊 與子成說, 執子之手 與子偕老

⬤ **해불파일**(海不波溢)

천하가 잘 다스려지고 있음을 비유함.

⬤ **해시지와**(亥豕之訛)

한자의 '亥'자와 '豕'자는 자체(字體)가 비슷하여 혼동하기가 쉽다는 뜻으로, 서적을 베끼거나 책을 간행할 때 비슷한 글자는 잘못 쓰기 쉽다는 뜻.

● 해어화(解語花)

말을 알아듣는 꽃으로 양귀비 같은 미인.

해어화란 '말을 알아듣는 꽃'으로 후에는 미인(美人)을 뜻하게 되었다.

● 해여산쟁수해필득지(海與山爭水海必得之)

보나마나 이기게 되어 있는 뻔한 승부를 말함.

● 해옹호구(海翁好鷗)

바다 노인이 갈매기를 좋아한다는 말로, 사람에게 야심(野心)이 있으면 새도 그것을 알고 가까이하지 않는다는 말이다.

● 해의추식(解衣推食)

자신이 입고 있는 옷을 불쌍한 사람에게 벗어주고, 자신의 음식을 주는 것과 같은 따뜻한 정을 말한다.

● 해이(解頤)

턱이 빠지도록 크게 웃는 것을 말한다.

● 해인수(解印綬)

관직에서 물러나는 것. 여기에서 '인'은 벼슬아치의 관직이나 위계 등의 신분을 증명하는 인감을 말함. '수'는 그 인감에 달려 있는 끈을 말함.

● **해제지동**(孩提之童)
2, 3세의 유아를 말한다. '해'는 유아의 웃음, '제'는 손을 잡고 걸음마를 시키는 것.

● **해타성주**(咳唾成珠)
입에서 나온 하찮은 말이라도 주옥같이 아름답다는 말.

● **행림**(杏林)
의사의 미칭(美稱).

● **행백리자반어구십**(行百里者半於九十)
사물을 이루는 데에 있어서 한시도 방심하지 말고 끝까지 노력을 하라는 말.

● **행불유경**(行不由徑)
지름길이나 뒤안길을 가지 않고 큰길을 걷는다는 말로, 정정당당히 일함.

출전(出典) 알아 보기

● **행불유경**(行不由徑)

공자의 제자 자유(子遊)가 무성(武城)이라는 작은 도시의 장관으로 임명되었다. 축하 겸 애제자가 일하는 모습을 보러 간 공자가 그에게 물어 보았다.

"일을 잘하려면 좋은 협력자가 필요하다. 너도 부하 중에 훌륭한 인물이 필요할 터인데, 이렇다 할 인물이 있느냐?"

"예, 안심하십시오. 성은 담대(澹臺), 이름은 멸명(滅明)이라는 자가 있습니다. 이 사람이야말로 훌륭한 인물로, 언제나 천하의 대도를 가고, 결코 지름길이나 뒤안길을 가지 않습니다(行不由徑). 정말 존경할 만한 인물입니다."

"그런 인물을 얻어서 다행이다. 소중히 대하려무나."

공자는 기뻐하며 자유를 격려했다.

● 행비서(行秘書)

지식이 넓고 풍부한 사람을 행비서라고 부르는데 즉 '움직이는 도서관'이라 부른다.

● 행운유수(行雲流水)

떠가는 구름과 흐르는 물이란 뜻으로, 일정한 형태가 없이 늘 변하는 것. 또는 어떤 것에도 구애됨이 없는 자유로운 삶의 비유. 사물의 추이에 따라서 행동하는 것을 말함.

● 행재소(行在所)

황제가 서울을 떠났을 때 임시로 묵는 거처를 말함.

● 향당상치(鄕黨尙齒)

시골에서는 나이가 많은 사람을 존경한다는 것.

● 향벽허조(向壁虛造)

납득할 만한 근거도 없이 무엇인가를 만들어 내는 것을 말함. 위조품을 비유.

● 향원덕지적(鄕原德之賊)

모든 것을 다 잘 하는 팔방미인은 오히려 덕을 손상시킨다. 즉 사이비 군자를 말한다.

● 허실생백(虛室生白)

아무것도 놓여 있지 않은 방을 열면 저절로 햇빛이 풍부하게 든다는 것을 말함. 또한 그 어떤 사물에 얽매이지 않고 무념무상에 들면 진리에 도달할 수 있다는 말로도 쓰인다.

● 허유괘표(許由挂瓢)

속세의 번잡한 일들을 뿌리치면서 살아감.

● 헌체(獻替)

좋은 일은 권하고 나쁜 일은 버리면서 군주를 돕는 것을 말함.

● 헌훤(獻喧)

따뜻한 것을 바친다는 말로, 남에게 크게 소용이 되지 않는 물건을 바치는 것을 뜻한다. 또한 남에게 물건을 줄 때의 겸손한 말이기도 하다.

● 현거(懸車)

나이가 많아서 벼슬에서 물러나는 것.

● 현두각(見頭角)

어려서부터 남보다 뛰어나 있는 것. 많은 사람들 중에서 재능이 유달리 뛰어나 있는 것.

● 현두자고(懸頭刺股)

머리를 노끈으로 묶어 높이 걸어 잠을 깨우고 또 허벅다리를 찔러 잠을 깬다. 학업에 매우 힘쓰는 것을 말한다.

● 현양두매구육(懸羊頭賣狗肉)

푸줏간에서 간판에다가는 양의 머리를 판다고 해놓고 실제로는 개고기를 파는 것을 말하는데 겉과 내용이 일치하지 않음을 비유한 것이다.

● 현월석(現越石)

선정이 베풀어짐의 비유. 월왕석(越王石)이라는 돌이 있는데 평상시에는 구름과 안개에 가려져 보이지 않지만 청렴한 관리가 나올 때에는 반드시 나타난다는 전설이 있다.

● 현하지변(懸河之辯)

언변이 물이 도도하게 흐르듯이 막힘이 없는 것의 비유. 빈틈없는 논리성을 가진 말이 막히지 않고 술술 나오는 것을 말함.

● 현현역색(賢賢易色)

미인을 사랑하듯이 현자를 사랑하라는 것.

● 혈구지도(絜矩之道)

자신의 마음을 가지고 남의 마음을 헤아려 바라는 것을 들어
주는 것.

● **협광**(挾纊)
남의 따뜻한 은혜를 느끼고 추위를 잊는 것.

● **협력동심**(協力同心)
큰일을 이루기 위해서는 마음을 함께 하고 힘을 합해야만 한
다는 것을 말함.

● **협태산이초북해**(挾太山而超北海)
불가능한 일의 비유.

● **형명참동**(形名參同)
신하를 평가하는데 있어서는 말과 행동이 일치를 기준으로
상과 벌을 결정해야 한다는 것.

● **형설지공**(螢雪之功)
어려운 환경 속에서도 열심히 공부함.

출전(出典) 알아 보기

● **형설지공**(螢雪之功)

중국 역사상 12열국 중 하나인 동진(東晉)은 귀족 문화가 어느 나라보다도 개화한 나라였다. 詩에서는 유명한 도잠(陶潛-陶淵明), 회화(繪畵)에는 고개지(顧愷之), 書에는 왕희지(王羲之) 등이 활약하여 훌륭한 문화 업적을 남긴 나라이다.

이 동진에 차윤(車胤)이라는 선비가 있었다. 자(字)가 무자(武子)라 했는데, 그는 어려서부터 태도가 공손하고 부지런하여 온갖 책을 많이 읽었다. 그러나 집안이 가난하여 독서할 때 밝힐 등불의 기름을 구하지 못하는 형편이었다. 그래서 차윤은 여름이 되면 깨끗한 비단 주머니를 만들어 그 속에다 수십 마리의 개똥벌레(螢)를 잡아넣고 밤이 되면 이것으로 책을 비추어 가며 읽기를 계속했다. 그 결과 후에 벼슬이 상서랑(尙書郞 : 황제의 측근에서 조서를 맡음)에 이르렀다.

또 같은 시대에 손강(孫康)이라는 사람이 있었다. 그는 젊어서부터 성정이 맑고 깨끗하여 세상 사람들과 어울림에 잡스런 데가 없었다. 그러나 집안 형편이 어려워 등불을 밝힐 기름이 없었다. 할 수 없이 겨울이면 눈(雪)에 비추어서 책을 부지런히 읽었다. 그 결과 뒤에 벼슬이 대사헌에 이르렀다. 현재 책상을 설안(雪案)이라 함은 여기에서 유래한다.

● **형영상조**(形影相弔)

고독하며 의지할 사람도 없고 또한 찾아오는 사람도 없음의 형용.

● **형이상**(形而上)

무형의 것, 추상적인 것을 말한다. 또한 정신이나 우주의 근본 원리 등도 가리킨다.

● 형제혁우장(兄弟鬩于牆)

형제간에 우애가 있음을 비유. 여기에서 '혁'은 다투는 것을 말하는데 설사 다툼이 있더라도 형제는 사이가 좋은 법이라는 뜻이다.

● 형처(荊妻)

남에게 자기 아내를 낮추어 일컫는 말.

● 혜고부지춘추(蟪蛄不知春秋)

단명함을 비유하기도 하고 또 세상물정을 모르는 것을 비유하기도 한다.

● 혜전탈우(蹊田奪牛)

남의 소가 내 밭을 짓밟았다고 그 소를 빼앗음. 가벼운 죄에 대한 처벌이 혹독하다는 뜻.

● 호가호위(狐假虎威)

여우가 호랑이의 위세를 빌어 다른 짐승을 놀라게 한다는 뜻으로, 남의 권세를 빌어 위세를 부림에 비유.

● 호계삼소(虎溪三笑)

학문이나 예술에 몰두한 나머지 그만 갈 길이 멀다는 것을 모르고 있음.

● 호구몽융(狐裘夢戎)

신분이 높은 사람이 예의를 잊고 법도를 지킬 줄 몰라 나라가 어지럽게 되는 것.

● **호구지계**(狐丘之戒)

호구의 경계라는 말로, 다른 사람으로부터 원망을 사는 일이
없도록 하라는 경계를 뜻한다.

● **호기단**(護其短)

남의 결점이나 단점을 감싸주는 것을 말함. 또한 자신의 단점
을 드러내지 않는 것.

● **호도**(糊塗)

분명치 않고 애매하게 얼버무리는 것을 말함.

● **호랑지국**(虎狼之國)

남의 나라를 끊임없이 계속해서 침략을 일삼는 나라를 말함.

● **호모부가**(毫毛斧柯)

수목(樹木)을 어릴 때 베지 않으면 마침내 도끼를 사용하는
노력이 필요하게 된다는 뜻으로, 화근은 크기 전에 예방해야
함을 비유한 말. 여기에서 '호모'는 짐승이 털갈이를 할 때에 새
로 나는 가느다란 털을 말함.

● **호박불취부개**(琥珀不取腐芥)

어떠한 경우에도 청렴결백을 유지하며 신념을 굽히지 않음의
비유.

● 호복간상(濠濮間想)

속세의 일들에서 벗어나 유유히 한가로움을 즐기는 경지를 말한다.

● 호복기사(胡服騎射)

'호복(胡腹 : 유목 기마족의 복장)을 입고 기사를 초청한다.'라는 뜻에서 따온 말. 이는 싸움터로 나갈 태세를 갖춘다는 것을 의미하는 말로서, 어떤 일에 착수할 만전의 태세를 갖추는 것을 가리킨다.

● 호불개의(毫不介意)

조금도 개의치 않는 것을 말함.

● 호사수구(狐死首丘)

여우가 평소에 구릉에다 굴을 파고 살기 때문에 죽을 때도 구릉을 쳐다봄은 근본을 잊지 않는다는 뜻으로, 근본을 잊음은 인자(仁者)의 마음이 아님을 이른 말.

● 호사유피인사유명(虎死留皮人死留名)

호랑이는 죽어 가죽을 남기고, 사람은 죽어 이름을 남긴다는 말. 사람에게는 재물보다도 명예가 소중함을 비유한 것이다.

호사유피인사유명(虎死留皮人死留名)

오대사(五代史) '왕언장전(王彦章傳)'에 이런 이야기가 있다.

당나라가 멸망한 뒤, 오대(五代)가 교체하던 시기의 양나라에 왕언장이라는 장수가 있었다. 그는 우직하고 솔직한 성격으로 싸울 때마다 항상 쇠창을 들었으므로 와철창이라고 불렸다. 산서(山西)에 위치한 진나라가 국호를 다시 당으로 고치고 양나라로 공격해 들어왔다. 이 때 왕언장은 출전하였다가 크게 패하여 파면되었다. 그 후 당나라 군사가 다시 침입하였을 때, 또 다시 기용되었지만 포로가 되고 말았다. 당나라 임금이 왕언장의 용맹성을 아까워하여 귀순할 것을 종용하자, 그는 이렇게 말했다.

"아침에는 양나라를 섬기고 저녁에는 진나라를 섬기는 일은 할 수 없소."

결국 사형을 당했다. 왕언장은 평소 속담을 통해 자신의 생각을 말하기를 좋아하였다. 그가 항상 입버릇처럼 하던 말은 이러했다.

"호랑이는 죽어 가죽을 남기고, 사람은 이름을 남긴다."

왕언장은 비록 학문을 하지는 않았지만 한 나라의 장수로서 지켜야 할 명예만은 소중히 여기고 있었음을 알 수 있다. 그렇기에 당나라 임금의 제의를 주저 없이 거절하고 죽음을 택할 수 있었을 것이다.

● **호사토읍**(狐死兎泣)

주위의 고통을 자신의 고통으로 안다는 비유이다. 동족의 고난은 바로 내게도 미친다는 것을 말함.

● **호손이아**(壺飧餌餓)

남이 어려울 때 도와주면 내가 어려움에 처했을 때 남의 도움을 받게 된다는 것.

● **호시탐탐**(虎視眈眈)

호랑이가 눈을 부릅뜨고 노려본다는 말이다. 날카로운 눈빛으로 형세를 바라보며 기회를 노린다는 뜻으로, 어떤 일에 대비하여 방심하지 않는 모습을 말한다.

● **호연지기**(浩然之氣)

하늘과 땅 사이에 가득 찬 넓고도 큰 원기. 도의에 뿌리를 박고 공명 정대하여 조금도 부끄러울 바 없는 도덕적 용기. 사물에서 해방되어 자유롭고 즐거운 마음.

● **호우고슬**(好竽鼓瑟)

남의 취향에 맞지 않는 일의 비유.

● **호우호마**(呼牛呼馬)

남이 뭐라 하든지 간에 상관하지 않는 것을 말함.

● **호위인사**(好爲人師)

조금이라도 아는 것이 있으면 우쭐해서 남을 가르치려 한다는

것을 말함.

⊕ 호유기미(狐濡其尾)

경솔한 행동을 해서 실패함을 비유. 또한 처음이 쉬우면 반드시 끝은 어렵게 된다는 비유.

⊕ 호의(狐擬)

일을 하기에 앞서 의심이 가 마음을 정하지 못하는 것을 말하며 주저하는 것을 말함.

⊕ 호중천(壺中天)

별천지를 말하기도 하고 술을 마시고 속세를 잊어버리는 즐거움에 비유하기도 한다.

⊕ 호질이기의(護疾而忌醫)

자신에게 과오가 있으나 그 과오에 대한 남의 충고를 듣지 않음의 비유. 병에 걸려 있음에도 불구하고 의사 앞에 나가기를 싫어해 피한다는 뜻임.

⊕ 호접지몽(胡蝶之夢)

나비가 된 꿈이란 뜻. 곧 물아 일체(物我一體)의 경지. 물아의 구별을 잊음의 비유. 만물일체의 심경. 인생의 덧없음의 비유. 꿈.

⊕ 호학근호지(好學近乎知)

학문을 남보다 즐겨하는 것은 지자(知者)에 한 걸음 더 다가서는 것을 말함.

● **호한**(浩瀚)
물이 광대한 것, 사물이 많고 풍부함의 형용.

● **호해지사**(湖海之士)
장대한 기상을 가지고 초야에 묻혀 있는 사람을 말함. '호해'는 호수와 바다의 뜻을 가지고 있지만 여기서는 이 세상의 뜻으로 쓰인다.

● **혼돈**(混沌)
천지가 아직 열리지 않아 흐릿한 상태를 말하는데 여기서는 광대한 천지의 한가운데에 있는 제왕의 이름에 빗대고 있다.

● **홍안미소년**(紅顏美少年)
나이가 어린 소년.

● **홍어**(紅於)
단풍의 또다른 이름.

● **홍엽지매**(紅葉之媒)
단풍이 결혼의 중매 구실을 하는 것을 말함. 단풍이 우우와 궁녀 한씨와의 결혼을 맺게 해 주었다는 고사에서 나온 말로서 여기서 '홍엽'은 중신아비의 뜻으로 쓰인다.

● **홍일점**(紅一點)

여럿 가운데서 오직 하나 이채를 띠는 것. 많은 남자들 틈에 오직 하나뿐인 여자. 여러 하찮은 것 가운데 단 하나 우수한 것.

⬤ 화광동진(和光同塵)
빛을 부드럽게 하여 속세의 티끌과 같이 한다는 뜻으로 자기의 재능을 감추고 속세의 사람들과 어울려 동화함을 이르는 말.

⬤ 화근(禍根)
재앙이 일어나는 근본을 말한다.

⬤ 화룡점정(畵龍點睛)
용을 그리는데 눈동자도 그려 넣는다는 뜻. 곧 사물의 가장 중요한 부분을 완성시킴. 끝손질을 함. 사소한 것으로 전체가 돋보이고 활기를 띠며 살아남의 비유.

⬤ 화막대어경적(禍莫大於輕敵)
적을 과소평가 하면 커다란 손실을 보게 되니 적을 결코 깔보아선 안 된다는 것.

⬤ 화발다풍우(花發多風雨)
꽃이 필 무렵이면 바람이 불거나 비가 오는 경우가 많은 것을 비유해서 꽃도 덧없이 지고 만다는 것.

⬤ 화병(畵餠)
그림으로 그린 떡이라고 하는 이 말은 실제로 소용이 닿지 못하고 공염불로 끝나버리는 일을 말한다.

● 화복무문유인소초(禍福無門唯人所招)
자신의 행동 여하에 따라서 행도 불행도 맞닥뜨리게 된다는 것. 불행이나 행복이 찾아오는 데에 일정한 입구가 있는 것이 아니다.

● 화복약규묵(禍福若糾墨)
성공과 실패, 길흉화복은 마치 꼬아 놓은 새끼줄처럼 어지럽게 변화하는 법이라는 것.

● 화생자섬섬(禍生自纖纖)
재앙은 아주 하찮은 일에서 발원이 되어 일어난다는 것을 말함.

● 화서지몽(華胥之夢)
화서의 꿈이란 뜻으로, 좋은 꿈이나 낮잠을 이르는 말.

출전(出典) 알아 보기

● 화서지몽(華胥之夢)

먼 옛날 중국 최초의 성천자(聖天子)로 알려진 황제(黃帝) 공손헌원(公孫軒轅)은 어느 날, 낮잠을 자다가 꿈속에서 화서씨

(華胥氏)의 나라에 놀러 가 안락하고 평화로운 이상경(理想境)을 보았다.

그곳에는 통치자도 신분의 상하도 연장(年長)의 권위도 없고, 백성들은 욕망도 애증도 이해의 관념도 없을 뿐 아니라 삶과 죽음에도 초연하다. 또 물 속에 들어가도 빠져 죽지 않고 불 속에 들어가도 타 죽지 않으며, 공중에서 잠을 자도 침대에 누워 자는 것과 같고 걸어도 땅 위를 걷는 것과 같다. 또한 사물의 미추(美醜)도 마음을 동요시키지 않고 험준한 산골짜기도 보행을 어렵게 하지 않는다. 형체를 초월한 자연 그대로의 자유로 충만한 이상경인 것이다.

이윽고 꿈에서 깨어난 황제는 퍼뜩 깨닫는 바 있어 중신들을 불러 모았다. 그리고는 꿈 이야기를 한 다음 이렇게 말했다.

"짐은 지난 석 달 동안 방안에 들어앉아 심신 수양에 전념하며 사물을 다스리는 법을 터득하려 했으나 끝내 좋은 생각이 떠오르지 않았소. 그런데 짐은 이번에 꿈속에서 비로소 그 도(道)를 터득한 듯싶소."

그 후 황제가 '도'의 정치를 베푼 결과 천하는 잘 다스려졌다고 한다.

● **화씨지벽**(和氏之璧)
천하 명옥(天下名玉)의 이름.

● **화유중개일인무재소년**(花有重開日人無再少年)
꽃은 봄이 되면 다시 피지만 사람에게는 한번 간 젊은 날은 두번 다시 오지 않는다는 뜻으로서 인생은 지나가면 그만이라는 뜻이다.

● 화이부동(和而不同)

군자는 사람들과 친화하되 부화뇌동하지 않는다는 뜻. 곧 대인관계에 있어 중용의 덕을 지켜, 다른 사람과의 친화를 도모하되 한 무리를 편중하는 태도를 짓지 않음을 말한다. 비슷한 말로 중용에 '화이불류(和而不流 : 화합하되 휩쓸리지는 않는다)'라는 말이 있다.

● 화이부실(華而不實)

사람이나 사물이 겉으로는 좋아 보이지만 알맹이가 없음을 비유한 말.

● 화종구출(禍從口出)

말을 많이 하지 않도록 입을 조심하라는 말이다. 재앙의 원인은 하지 말아야 할 말을 한 데서 오는 것이라는 것.

● 화주(華胄)

신분이 높은 귀족의 자손이라는 뜻.

● 화지루빙(畵脂鏤氷)

아무리 노력을 해본들 기름 위에다 그림을 그리고 얼음 위에다 조각을 한다면 그것은 소용없는 일이라는 것.

● 화촉(華燭)

결혼을 상징하는 붉은 색 양초. 여기에서 화(華)는 가지에 피어 있는 예쁜 꽃의 모습으로 본다 뜻은 꽃이다. 그래서 '화려하다' '빛나다'라는 뜻도 가지게 되어 화려 · 화사 · 번화 · 부귀영화·호화라는 말이 있다.

● 화패이입자역패이출(貨悖而入者亦悖而出)
부정한 방법으로 취득한 재물은 결코 의로운 일에 쓰이는 법이 없으며 본질적인 이익을 잃어버리고 만다.

● 화혜복지소의(禍兮福之所倚)
재앙이 도리어 복이 되는 것을 말함.

● 화호유구(畵虎類狗)
호랑이를 그린 것이 개 모양이 되었다는 뜻으로, 소양이 없는 사람이 호걸의 풍도를 모방하다가 도리어 경박한 사람이 됨을 비유한 말. 곧 서툰 솜씨로 어려운 일을 하려다 도리어 잘못되는 것. 결과가 목적과 어긋남.

● 확금자불견인(攫金者不見人)
돈을 움켜쥐려는 자에게는 돈 외에는 아무것도 보이지 아니한다는 말로, 물욕에 가리우면 의리나 염치를 모르는 것을 뜻한다.

● 확호불가발(確乎不可拔)
어떠한 사태가 발생을 하더라도 조금도 동요하질 않고 신념을 끝까지 지켜나가는 것을 말함.

● 환고불아사유관다오신(紈袴不餓死儒冠多誤身)
부귀한 집안에서 태어난 사람들은 무엇을 하든지 간에 굶어죽는 법은 없지만 학문을 열심히 쌓은 사람들은 대개 불우한 처지에 빠지는 경우가 많다.

● **환골탈태**(換骨奪胎)
뼈를 바꾸고 태를 벗긴다는 뜻으로 본디 도가(道家)에서 나온 말이다. 그들에 의하면 사람과 신선이 외형상에서 다른 점은 뼈와 태에 있다고 한다. 따라서 신선이 되기 위해선 인간이 가지고 있는 속된 뼈(俗骨)와 평범한 태(凡胎)를 일신(一新)하지 않으면 안된다. 또한 남의 시나 문장 따위의 발상이나 표현을 본뜨되 자기 나름의 창의를 보태어 자기가 쓴 것처럼 꾸미는 것.

● **환과고독**(鰥寡孤獨)
늙고 아내 없는 홀아비, 늙고 남편 없는 과부, 어리고 부모 없는 아이, 늙고 자식 없는 사람을 가리키는 말. 의지할 데가 없는 고독한 사람을 말함.

● **환락극애정다**(歡樂極哀情多)
너무 기쁘면 오히려 슬픈 마음이 솟구쳐 오른다는 것을 말함.

● **황구**(黃口)
병아리의 주둥아리라는 뜻으로 어린아이를 가리킴.

● **황당무계**(荒唐無稽)
말이나 생각에 종잡을 수가 없을 정도로 두서가 없어 엉터리인 것.

● **황도길일**(黃道吉日)

좋은 날로서 길일을 말한다.

● **황량일취지몽**(黃粱一炊之夢)

조밥을 짓는 동안에 꾼 꿈으로서 잠시의 꿈을 말한다. 여기서 '황량'은 메조, '일취'는 쌀이나 조 등으로 밥을 짓는 시간을 말한다.

● **황망지행**(荒亡之行)

노는 데에 정신이 팔려 자신의 생활을 돌보지 않는 행위를 말함.

● **황작풍**(黃雀風)

음력 5월경에 부는 바람을 말한다.

● **회광란어기도**(廻狂瀾於旣倒)

쇠퇴해진 것을 다시 일으켜 세우는 것을 말함.

● **회록지재**(回祿之災)

화재를 말한다.

● **회뢰공행**(賄賂公行)

도덕심이 붕괴하여 부정한 금품의 수수가 만연이 되어 세상에 거리낌없이 자행되는 것.

● **회벽기죄**(懷璧其罪)

뛰어난 재능을 가지고 있기 때문에 남들로부터 시기와 질투의 대상이 되는 것을 말함.

● 회사후소(繪事後素)

그림 그리는 일은 흰 바탕이 있은 이후에 한다는 말로, 본질이 있은 연후에 꾸밈이 있음을 말한다.

출전(出典) 알아 보기

● 회사후소(繪事後素)

자하가 물었다.

"교묘한 웃음에 보조개여, 아름다운 눈에 또렷한 눈동자여, 소박한 마음으로 화려한 무늬를 만들었구나. 하였으니 무엇을 말한 것입니까?"

공자가 말했다.

"그림 그리는 일은 흰 바탕이 있은 후이다."

"예는 나중입니까?"

"나를 일으키는 자는 그대로다. 비로소 함께 시를 말할 수 있게 되었구나."

동양화에서 하얀 바탕이 없으면 그림을 그리는 일이 불가능한 것과 마찬가지로 소박한 마음의 바탕이 없이 눈과 코와 입의 아름다움만으로는 여인의 아름다움은 표현되지 않는다는 것이 공자의 말이다. 이에 자하는 밖으로 드러난 형식적인 예보다는 예의 본질인 인(仁)의 마음이 중요하므로 형식으로서의 예는 본질이 있은 후에라야 의미가 있는 것임을 알게 되었다.

582

● 회자인구(膾炙人口)

많은 사람들의 입에 오르내리는 것, 사람들에게 널리 알려지는 것을 말함.

● 회총시위(懷寵尸位)

임금의 총애만을 믿고서 벼슬에서 물러나야 할 때를 모르고 그 자리에 머물러 있는 것.

● 회회(晦晦)

진리를 터득한 사람은 평범한 사람의 눈으로 보면 어딘가 멍청하고 조금 모자란 듯이 보인다는 것.

● 획지위뢰(劃地爲牢)

인심이 순박하고 형벌이 느슨하여 감옥 대신 땅에다 금을 그어놓고 죄인을 그 안에 가두어도 도망하지 않는다는 뜻으로, 태평한 시대를 상징하거나 행동을 어떤 범위 안으로 한정하더라도 어기지 않고 지킨다는 비유. 주문왕(周文王)의 정사가 훌륭하여 땅에 금을 그어 감옥을 삼고, 나무로 옥리(獄吏)의 형상을 깎아 세우더라도 죄수가 도망하지 않았으며 감옥이 언제나 텅 비어 있었다.

● 횡류(橫流)

세상이 어지러움을 말한다.

● 횡행천하(橫行天下)

자기 멋대로 방자하기 이를 데 없을 정도로 행동하는 것을 말함.

● 효빈(效顰)
남이 찡그리는 얼굴을 보고 자기도 흉내내는 것을 말한다. 월(越)나라의 이름난 미녀 서시(西施)가 눈썹을 찡그리고 다니는 것을 보고 아름답다고 여긴 한 추녀가 그것을 흉내내어 눈썹을 찡그리고 다녀서 더 못 생기게 보였다는 고사에서 유래한 말이다. 옳고 그름과 착하고 악함을 생각지 않고 함부로 남의 흉내를 내는 것을 비유하는 말.

● 효시(嚆矢)
우는 화살이라는 뜻으로, 옛날에는 먼저 우는 화살을 쏘아 병사들에게 전쟁의 시작을 알렸다. 여기에서 사물의 시초 혹은 최초의 선례를 뜻하는 단어가 되어, 시초와 유사어로 쓰이고 있다.

● 효자불궤(孝子不匱)
한 사람이 부모에게 효도를 하면 이를 본받아 잇따라 효자가 나온다는 것을 말함.

● 효행(孝行)
부모를 정성을 다해 모시는 것.

● 후고지우(後顧之憂)
후에 남을 걱정을 말한다. 또한 마음에 걸리는 일을 말한다.

584

● **후곤**(後昆)

후세 사람, 또는 자손을 말한다.

● **후목분장**(朽木糞牆)

썩은 나무에 조각하거나 부패한 벽토에 흙칠을 하여도 소용이 없다는 뜻으로 지기(志氣)가 썩은 사람은 가르칠 수 없음을 뜻함. 쓸모 없는 사람을 비유하기도 하고 혼란한 세상을 비유하기도 한다.

● **후생가외**(後生可畏)

젊은 후배들은 두려워할 만하다는 뜻. 곧 젊은 후배들은 선인 (先人→先生)의 가르침을 배워 어떤 훌륭한 인물이 될지 모르기 때문에 가히 두렵다는 말.

● **후조지절**(後凋之節)

끊임없이 찾아오는 어려움을 굳건히 참고 견디며 지조를 지켜 나가는 것. 또 역경에 처한 모습을 보아야 비로소 지조가 높은지 얕은지를 알 수 있다는 것.

● **후안무치**(厚顔無恥)

두꺼운 얼굴에 부끄럼은 없다. 후안이란 두꺼운 낯가죽을 뜻하는데, 여기에 무치를 더하여 후안무치라는 말로 자주 쓰인다. 이는 '낯가죽이 두꺼워서 부끄러운 줄을 모르는 사람'을 가리킨다.

● **후후**(煦煦)

'후후'는 아주 적은 햇빛으로 따뜻하게 하는 것으로서 작은 은혜에 비유한다.

● 훈유부동기(薰蕕不同器)
착한 사람과 악한 사람은 한 장소에 같이 머무를 수 없다는 말.

● 훈이향자소(薰以香自燒)
재능이 뛰어난 사람은 주위로부터 주목을 받게 되어 그로 말미암아 스스로를 망치는 결과를 가져오기 쉽다.

● 휘과반일(揮戈反日)
적과 한창 싸우던 중에 손에 든 창을 휘둘러서 서산을 넘으려는 해를 불러들였다는 회남자(淮南子)의 고사에서 나온 말로서 노력에 따라 어떤 일이든 해낼 수 있다는 말이다.

● 흉유성죽(胸有成竹)
여가가 대를 그리고자 할 때, 흉중에는 이미 성죽이 있다. 대를 그리고자 할 때, 마음속엔 이미 대가 그려져 있다는 말로, 매사에 착수하기 전에 이미 충분한 복안이 서 있음의 비유

● 흑우생백독(黑牛生白犢)
검은 소가 흰 송아지를 낳았다는 말로, 재앙이 복이 되기도 하고 복이 재앙이 되기도 한다는 뜻이다.

● 흑우생백독(黑牛生白犢)

송나라 사람 중에 어질고 의로운 행동을 하기 좋아하는 사람이 있었는데, 삼대에 걸쳐 계속 이것에 힘썼다. 하루는 그 집에서 기르는 검은 소가 까닭도 없이 흰 송아지를 낳자 그것에 대하여 공자에게 물었다. 이에 공자는 다음과 같이 대답했다.

"이것은 길한 징조이니 그것을 하나님께 바치시오."

그로부터 일년 후, 그의 아버지가 까닭도 없이 눈이 멀었다. 그런데 그 집 소가 또다시 흰 송아지를 낳았다. 그의 아버지는 또 다시 그의 아들을 시켜 공자에게 물어보도록 하였다.

이때 아들은 말했다.

"먼젓번에 그 분에게 물어보고 눈이 멀었는데 또 무엇 때문에 물으려 하십니까?"

아버지가 말했다.

"성인의 말씀은 먼저는 어긋나다가도 뒤에는 들어맞는다. 다시 그분께 여쭈어 보거라."

그 아들이 또다시 공자에게 물어보니, 공자가 말했다.

"길한 조짐이로다."

그리고 다시 그 송아지로 제사를 지내도록 하였다. 아들이 돌아와 말을 아뢰니 그의 아버지가 말했다.

"공자님의 말씀대로 행하거라."

그로부터 일년 후, 그 집 아들도 또 까닭 없이 눈이 멀었다. 그 뒤에 초나라가 송나라를 공격하여 그들이 사는 성까지 포위하였다.

백성들은 자식을 바꾸어 잡아먹고 유해를 쪼개어 밥을 지었다. 장정들은 모두 성 위로 올라가 싸우다가 태반이 죽었다. 그러나 이들 부자는 모두 눈이 멀었기 때문에 화를 면할 수 있었다. 포위가 풀리게 되자 그들은 다시 눈이 회복되어 사물을 볼 수 있게 되었다.

인생이 행복만 있을 수 없을 뿐만 아니라 불행만 있을 수도 없다. 그러므로 견디기 어려운 불행을 만났다고 하여 실의에 빠져 있는 것은 바람직하지 못하다.

⊖ 흑의재상(黑衣宰相)
나라의 정치를 좌지우지할 만한 힘을 지닌 승려. 여기에서 '흑의'는 검정색을 물들인 옷으로 승려의 옷을 말한다.

⊖ 흡풍음로(吸風飮露)
곡식을 먹지 않고 바람을 마시며 이슬을 먹고산다는 신인(神人)의 생활을 말함.

⊖ 흥일리불여제일해(興一利不如除一害)
무슨 일에서나 이익이 되는 일을 시작하기보다는 해가 되는 일을 제거하는 것이 더 낫다는 뜻임.

⊖ 희기지마역기지승(晞驥之馬亦驥之乘)
그리워하고 존경하고 사모하는 것만으로 상대방과 한데 어울릴 수 있다는 것.

● **희노불형어색**(喜怒不形於色)

인품이 온화하고 중후함의 형용. 감정을 겉으로 드러내지 않고 냉정침착한 태도를 말한다.

● **희생**(犧牲)

종묘에 제사 지낼 때 바쳤던 소. 어떤 사물·사람을 위해 자기 몸을 돌보지 않음.

부록

漢字成語

呵呵大笑 [가가대소] : 우스워서 소리를 크게 내어 웃음.

家給人足 [가급인족] : 집집마다 살림이 넉넉하고, 사람마다 의식(衣食)에 부족함이 없음.

家徒壁立 [가도벽립] : 집안에 세간이라고는 하나도 없고 다만 사면에 벽만 있을 뿐이라는 뜻. 집안이 가난함을 비유한 말이다.

可東可西 [가동가서] : 동쪽이라도 좋고 서쪽이라도 좋다. 이러나 저러나 상관없다.

假弄成眞 [가롱성진] : 처음에 장난으로 한 일이 나중엔 정말인 것처럼 된다는 말로 거짓이 참인 것처럼 보이는 것을 뜻하는 말.

家無擔石 [가무담석] : 석(石)은 한 항아리, 담(擔)은 두 항아리라는 뜻으로 집에 모아 놓은 재산이 조금도 없음을 말한다.

加捧女 [가봉녀] : 전남편의 아들을 거느린 재가녀(再嫁女). 즉, 재혼한 여자를 말한다.

家和萬事成 [가화만사성] : 집안이 화목하면 모든 일이 평안하게 잘 이루어진다는 말.

刻鵠類鶩 [각곡유목] : 고니를 조각하였는데 그만 집오리가

되고 말았다. 높은 뜻을 갖고 어떤 일을 성취하려다가 중도에 그쳐 다른 사람의 조소를 받는 것을 비유해서 한 말이다.

刻骨難忘〔각골난망〕: 입은 은혜에 대한 고마움이 뼈에 깊이 새겨져 잊혀지지 아니함.

各得其所〔각득기소〕: 모든 것이 있어야 할 곳에 있게 됨. 원래 사람들이 자기 분수에 맞게 하고 싶은 일을 해도 후에는 각자의 능력과 적성에 맞게 적절한 배치를 받게 되는 것을 말한다.

各自圖生〔각자도생〕: 제각기 살길을 도모함.

各自爲政〔각자위정〕: 각각의 사람들이 자기 마음대로 한다면 전체와의 조화나 타인과의 협력을 생각하기 어렵게 된다는 뜻.

艱難辛苦〔간난신고〕: 갖은 고초를 다 겪으며 고생함.

肝腦塗地〔간뇌도지〕: 창살을 당해 간과 뇌가 땅에 으깨어졌다는 뜻으로 여지없이 패함을 이르는 말.

竿頭之勢〔간두지세〕: 대나무 가지 꼭대기에 서 있게 된 형세. 어려움이 극도에 달하여 아주 위태로운 상황을 말한다.

間不容髮〔간불용발〕: 머리털 하나 들어갈 틈이 없다는 뜻으로 조그마한 여유, 또는 빈틈도 없음을 비유한 말.

干城之材〔간성지재〕: 방패와 성의 구실을 하는 인재란 뜻으로, 나라를 지키는 믿음직한 인재를 이르는 말.

間世之材〔간세지재〕: 썩 뛰어난 인물.

奸惡無道〔간악무도〕: 간사하고 악독하며 도리에 어긋남.

渴而穿井〔갈이천정〕: 목이 마를 때 우물을 판다는 뜻으로, 준비하지 않다가 일이 생긴 뒤에 서둘러 봐도 이미 때가 늦음의 비유.

594

敢不生心 [감불생심] : 감히 엄두를 내지 못함.

甘言利說 [감언이설] : 비위를 맞추는 달콤한 말과 이로운 조건을 내세워 꾀는 말.

感之德之 [감지덕지] : 감사합니다, 덕분입니다. 몹시 고맙게 여기는 말, 또는 그렇게 여길만한 일.

甘呑苦吐 [감탄고토] : 달면 삼키고 쓰면 뱉는다는 뜻으로, 인정의 간사함을 이르는 말.

甲男乙女 [갑남을녀] : 신분이나 이름이 알려지지 아니한 평범한 사람들을 이르는 말.

甲論乙駁 [갑론을박] : 서로 자기의 의견을 주장하여 남의 의견을 반박함. 또는, 말다툼이 되어 논의가 되지 않음.

康衢煙月 [강구연월] : 평화스러운 대낮의 길거리 풍경과 저녁 짓는 굴뚝 연기가 달을 향해 피어오르는 풍경. 살기 좋고 평화로운 태평시대를 상징한다.

强近之親 [강근지친] : 도와줄 만한 가까운 친척.

江流石不轉 [강류석부전] : 강물은 흘러도 그 안의 돌은 물결 따라 이리저리 구르지 않는다. 제갈공명(諸葛孔明)의 팔진도(八陣圖) 중에 있는 말로 함부로 움직이지 않는 것을 의미한다.

剛木水生 [강목수생] : 마른나무에서 물을 내게 한다. 어려운 사람에게 없는 것을 내라고 억지를 부리며 강요하는 것을 비유한다.

强將下無弱兵 [강장하무약병] : 강한 장수 밑에 약한 병사가 없다는 뜻으로 유능한 인재 밑에는 유능한 인재가 모인다는 말.

江湖煙波 [강호연파] : 강이나 호수 위에 안개처럼 뿌옇게 이는 잔물결.

改過不吝 [개과불린] : 잘못을 고치려 함에 조금도 인색하지

말라는 말.

開門納賊〔개문납적〕: 문을 열고 도적에게 바친다. 스스로 재화(災禍)를 끌어들이는 것을 말함.

改善匡正〔개선광정〕: 좋도록 고치고 바로잡음.

改玉改行〔개옥개행〕: 차고 다닐 옥의 종류를 바꾸면 걸음걸이도 바꾸어야 한다. 법을 변경하면 일도 고쳐야 한다는 뜻.

客反爲主〔객반위주〕: 객이 도리어 주인 행세를 함.

客窓寒燈〔객창한등〕: 나그네가 묵고 있는 숙소 창가에 비치는 싸늘한 등불, 즉 나그네의 외로운 신세를 비유한 말.

擧棋不定〔거기부정〕: 바둑을 두는 데 포석(布石)할 자리를 결정하지 않고 둔다면 한 집도 이기기 어렵다는 뜻. 사물을 명확한 방침이나 계획을 갖지 않고 대함을 의미한다.

去頭截尾〔거두절미〕: 머리와 꼬리를 자른다는 뜻으로, 앞뒤의 잔사설을 빼고 요점만을 말함.

車水馬龍〔거수마룡〕: 거마의 왕래가 흐르는 물이나 길게 늘어진 용처럼 끊임없이 많은 것을 형용한다. 즉, 행렬이 성대한 모양을 말한다.

居安思危〔거안사위〕: 평안할 때에도 위험과 곤란이 닥칠 것을 생각하며 잊지 말고 미리 대비해야 함을 말한다.

擧案齊眉〔거안제미〕: 밥상을 눈 위로 받들어 올린다. 즉 아내가 남편을 지극히 공경하여 받들어 올림을 일컫는 말.

居移氣〔거이기〕: 사는 장소와 지위의 변화에 따라 사람의 마음이 변한다는 뜻으로 좋은 곳이나 높은 지위에 있게 되면 정신도 고상해지고 맑아진다는 의미.

去者不追 來者不拒〔거자불추 내자불거〕: 가는 사람 붙들지 않고 오는 사람 막지 않는다는 뜻.

去者日疎 〔거자일소〕: 죽은 사람에 대한 것은 날이 갈수록 잊어버리게 된다는 뜻으로 멀리 떨어져 있으면 점점 사이가 멀어지게 됨을 이르는 말.

車載斗量 〔거재두량〕: 수레에 싣고 말(斗)로 된다는 뜻으로, 물건이나 인재 등이 많아 귀하지 않음의 비유.

黔驢之技 〔검려지기〕: 자기의 기술이 졸렬함을 모르고 함부로 행동하다 욕을 봄.

隔世之感 〔격세지감〕: 많은 변화를 겪어서 아주 딴 세상처럼 느껴짐.

激濁揚淸 〔격탁양청〕: 탁류를 몰아내고 청파를 끌어들임. 악을 미워하고 선을 좋아함.

隔靴搔痒 〔격화소양〕: 신을 신었는데 발이 가려워 신발 등 위를 긁는다는 뜻으로, 어떤 일을 할 때 그 정통을 찌르지 못하고 겉돌기만 하여 안타깝다는 말.

牽强附會 〔견강부회〕: 도리에 맞지 않은 말을 억지로 끌어다 붙여 우겨댐.

見利思義 〔견리사의〕: 이익을 보거든 먼저 그것을 취함이 의리에 합당한 것인지를 생각하라는 말.

犬馬之勞 〔견마지로〕: 개나 말의 하찮은 수고라는 뜻으로, 윗사람에게 바치는 자기의 노력을 낮추어 말할 때 쓰는 말.

犬馬之養 〔견마지양〕: 개나 말을 기를 때에도 먹이기는 한다. 부모를 모시는 데 먹는 것이나 돌보고 만다면 개와 말을 기르는 것과 다를 바 없다. 즉, 부모를 소홀히 대접하고 공경하지 않음을 뜻함.

見蚊拔劍 〔견문발검〕: 모기를 보고 칼을 뺀다는 말로 보잘 것없는 일에 큰 대책을 세움을 비유.

見物生心 [견물생심] : 물건을 보면 갖고 싶은 욕망이 생김.

堅壁淸野 [견벽청야] : 견벽은 성벽을 견고히 지키는 것. 청야는 들의 작물을 거두거나 가옥을 철거하여 쳐들어오는 적에게 양식이나 쉴 곳의 편의를 주지 아니함을 말한다. 우세한 적에 대한 작전수단이다.

見善如渴 [견선여갈] : 착한 일을 보기를 마치 목마른 것 같이 하라.

見善從之 [견선종지] : 착한 일이나 착한 사람을 보면 그것을 따르라.

犬齧枯骨 [견설고골] : 개가 말라빠진 뼈를 핥음. 아무 맛도 없는 것을 뜻한다.

犬猿之間 [견원지간] : 개와 원숭이의 사이라는 뜻으로, 서로 사이가 나쁜 두 사람의 관계를 이르는 말.

見危授命 [견위수명] : 나라가 위기에 빠졌을 때 자기의 목숨을 바침.

見義不爲 無勇也 [견의불위 무용야] : 마땅히 해야 할 일인 줄 알면서도 실행하지 않는 것은 참된 용기가 아니라는 뜻.

堅忍不拔 [견인불발] : 굳게 참고 견뎌서 마음을 빼앗기지 아니함.

見兎放狗 [견토방구] : 토끼를 발견한 후 사냥개를 놓아서 잡아도 늦지 않다는 뜻으로 일이 일어나길 기다린 후 응해도 된다는 의미.

結者解之 [결자해지] : 매듭은 그것을 이은 사람이 풀어야 한다는 뜻으로, 일을 저지른 사람이 그 일을 해결해야 한다는 뜻.

驚弓之鳥 [경궁지조] : 화살에 놀란 새라는 뜻으로 있던 자

리에서 놀란 듯 후닥닥 일어섬을 이르는 말.

經世濟民 [경세제민] : 세상을 다스리고 백성을 구제함.

敬遠 [경원] : 존경하되 멀리함. 공경하되 가까이하지 않음.

敬而遠之 [경이원지] : 겉으로는 공경하는 체 하면서 속으로
는 멀리함.

敬人者人恒敬之 [경인자인항경지] : 다른 사람들을 공경하
는 사람은 다른 사람들도 자신을 공경해 준다.

輕敵必敗 [경적필패] : 적을 가볍게 보면 반드시 패배함.

輕佻浮薄 [경조부박] : 마음이 침착하지 못하고 행동이 신중
하지 못함을 일컫는다.

經竹書難 [경죽서난] : 고대(古代)엔 대나무가 종이 역할을
했다. 초(楚)나라와 월(越)나라에서 생산되는 모든 대나무 잎을
사용해 그 나쁜 행실을 기록하는데, 악행이 너무 많아 다 쓰기
어렵다는 뜻이다.

驚天動地 [경천동지] : 하늘이 놀라고 땅이 흔들린다는 뜻으
로, 세상을 깜짝 놀라게 함.

敬天愛人 [경천애인] : 하늘을 공경하고 사람을 사랑함.

鏡花水月 [경화수월] : 거울에 비친 꽃과 물에 비친 달. 볼
수만 있고 가질 수 없는 것.

計窮力盡 [계궁역진] : 꾀와 힘이 다하여 더 이상 어찌할 방
도가 없음.

鷄鳴狗吠相聞 [계명구폐상문] : 닭 울음소리와 개 짖는 소리
가 서로 들린다. 땅이 활짝 트여 있고, 이웃 지방이 잘 보이고
인가가 서로 이어져 있다는 뜻.

階前梧葉已秋聲 [계전오엽 이추성] : 섬돌 앞 오동나무 잎
이 가을을 알린다.

高官大爵 [고관대작] : 지위가 높은 큰 벼슬자리. 또는, 그 직위에 있는 사람.

孤軍奮鬪 [고군분투] : 수가 적고 지원이 없는 외로운 군대가 힘겨운 적과 싸움을 벌이는 것을 말함. 또는, 홀로 여럿을 상대로 싸움.

古今東西 [고금동서] : 예와 지금, 동양과 서양. 때와 지역을 통틀어 일컫는 말.

高談峻論 [고담준론] : 고상하고 준엄한 언론. 잘난 체하고 과장하여 말함을 이름.

高臺廣室 [고대광실] : 굉장히 크고 좋은 집.

叩頭謝罪 [고두사죄] : 머리를 조아려 사죄함.

膏粱珍味 [고량진미] : 기름진 고기와 좋은 곡식으로 만든 맛있는 음식.

孤立無援 [고립무원] : 고립되어 도움을 받을 데가 없음.

枯木死灰 [고목사회] : 외형은 마른나무와 같고 마음은 죽은 재와 같이 되어 생기가 없음의 비유.

枯木生花 [고목생화] : 마른나무에서 꽃이 핀다는 뜻으로, 곤궁한 사람이 뜻밖의 행운을 만나게 됨의 비유.

故事成語 [고사성어] : 옛날 있었던 일에서 만들어진 어구 (語句).

高聲放歌 [고성방가] : 큰소리로 떠들고 마구 노래 부름.

姑息之計 [고식지계] : 근본 해결책이 아닌 임시로 편한 것을 취하는 계책.

孤臣寃淚 [고신원루] : 외로운 신하의 원통한 눈물.

孤身隻影 [고신척영] : 외로운 몸과 그 몸의 그림자 하나뿐. 붙일 곳 없이 떠도는 외로운 신세라는 뜻이다.

600

苦肉之計〔고육지계〕: 적을 속이기 위해, 또는 어려운 사태를 벗어나기 위한 수단으로 제 몸을 괴롭혀 가면서 까지 짜내는 계책.

孤掌難鳴〔고장난명〕: 한 손으로는 손뼉을 울릴 수 없다는 뜻으로, 상대 없이 싸울 수 없고, 혼자서는 일을 이룰 수 없다는 말.

顧左右而言他〔고좌우이언타〕: 양의 혜왕이 맹자와의 대화에서 대답이 궁하게 되자 신하에게 엉뚱한 얘기를 꺼냈다는 고사에서 나온 말로 이야기를 딴 데로 돌리고 얼버무리는 것을 뜻함.

苦盡甘來〔고진감래〕: 쓴 것이 다하면 단 것이 온다는 뜻으로, 고생 끝에 낙이 옴을 이르는 말.

曲肱之樂〔곡굉지락〕: 팔을 베개 삼아 누워 사는 가난한 생활이라도 도에 살면 그 속에 즐거움이 있다는 말.

曲突徙薪〔곡돌사신〕: 화재(火災)를 예방하기 위하여 굴뚝을 꼬불꼬불하게 만들고 아궁이 근처의 나무를 딴 곳으로 옮긴다. 즉, 화(禍)를 미연에 방지함을 비유하는 말이다.

困窮而通〔곤궁이통〕: 손 쓸 도리가 없는 지경에 이르게 되면 오히려 활로가 생긴다는 뜻

困獸猶鬪〔곤수유투〕: 위급한 경우에는 짐승일지라도 적을 향해 싸우려 덤빔. 곧 궁지에 빠지면 약한 자가 도리어 강한 자를 해칠 수 있다는 뜻.

骨肉相殘〔골육상잔〕: 부자나 형제 또는 같은 민족간에 서로 싸움.

骨肉之親〔골육지친〕: 부모·자식·형제·자매 등의 가까운 혈족.

空理空論 〔공리공론〕 : 헛된 이치와 논의란 뜻으로, 사실에 맞지 않은 이론과 실제와 동떨어진 논의.

公明正大 〔공명정대〕 : 마음이 공평하고 사심이 없으며 밝고 큼.

公序良俗 〔공서양속〕 : 공공의 질서와 선량한 풍속.

空手來空手去 〔공수래공수거〕 : 빈손으로 왔다가 빈손으로 간다는 뜻으로, 사람의 일생이 허무함을 이르는 말. 또, 재물을 모으려고 너무 욕심을 내지 말라는 말.

共存共榮 〔공존공영〕 : 함께 살고 함께 번영함. 함께 잘 살아감.

過恭非禮 〔과공비례〕 : 지나친 공손은 오히려 예의에 벗어남.

誇大妄想 〔과대망상〕 : 현재의 분수보다 너무 지나치게 크게 생각하는 것, 제 맘대로의 생각을 말한다.

過麥田大醉 〔과맥전대취〕 : 밀밭을 지나가기만 해도 누룩 생각이 나서 취한다는 뜻으로 술을 마시지 못하는 사람을 조롱하는 말.

過而不改是謂過矣 〔과이불개시위과의〕 : 잘못을 하고도 고치지 않는 것, 그것을 '잘못'이라 하는 것이다.

瓜田不納履 〔과전불납리〕 : 오이 밭에서는 신을 고쳐 신지 않는다는 뜻으로, 의심받을 짓은 처음부터 하지 말라는 말.

寬仁大度 〔관인대도〕 : 마음이 너그럽고 인자하며 도량이 넓음.

官尊民卑 〔관존민비〕 : 관리는 높고 귀하며, 백성은 낮고 천하다는 사고 방식.

光陰如流 〔광음여류〕 : 세월이 흐르는 물과 같이 빠름.

曠日持久 〔광일지구〕 : 세월을 헛되이 오랫동안 보낸다. 긴

세월을 보내고 나니 헛되이 세월만 지났다는 말로 쓰인다. 그냥, 긴 시간을 보냈다는 의미로도 쓰임.

矯角殺牛 〔교각살우〕 : 소의 뿔을 바로 잡으려다가 소를 죽인다는 뜻으로, 결점이나 흠을 고치려는 일이 지나쳐 도리어 일을 그르침을 이르는 말.

矯枉過正 〔교왕과정〕 : 교왕은 구부러진 것을 바로잡는다는 뜻임. 잘못을 바로 고치려다 지나쳐 오히려 나쁜 결과를 가져옴을 의미한다. 곧 어떤 일이 극과 극인 모양을 말함.

九曲肝腸 〔구곡간장〕 : 굽이굽이 깊이 서린 마음속.

口蜜腹劍 〔구밀복검〕 : 입에는 꿀을 담고 뱃속에는 칼을 지녔다는 뜻으로, 말로는 친한 척하지만 속으로는 해칠 생각을 품고 있음을 비유하여 이르는 말.

九十春光 〔구십춘광〕 : 노인의 마음이 청년같이 젊음을 이름. 봄의 석달 구십일 동안.

苟安偸生 〔구안투생〕 : 한때의 편안을 꾀하여 헛되이 살아감.

九折羊腸 〔구절양장〕 : 아홉번 꺾이는 양의 창자처럼 험하고 꼬불꼬불한 산길. 길이 매우 험함을 비유하는 말이다.

救火投薪 〔구화투신〕 : 불을 끄는 데 장작을 집어넣는다는 뜻으로 근본을 다스리지 않고 성급히 행동하다가 도리어 해를 크게 함을 비유.

國利民福 〔국리민복〕 : 나라의 이익과 국민의 행복.

國泰民安 〔국태민안〕 : 나라가 태평하고 백성이 살기가 평안함.

群盲評象 〔군맹평상〕 : 여러 맹인이 코끼리를 평한다는 뜻으로 사물을 자신의 주관과 좋은 소견으로 잘못 판단한다는 의미의 말.

軍雄割據 〔군웅할거〕: 여러 영웅이 세력을 다투어 땅을 갈라 버티고 있는 형세.

君子務本 〔군자무본〕: 군자는 근본에 힘쓴다.

君子大路行 〔군자대로행〕: 군자는 큰길을 택해서 간다는 뜻으로, 군자는 숨어서 일을 도모하거나 부끄러운 일을 하지 않고 옳고 바르게 행동한다는 말.

君子有三戒 〔군자유삼계〕: 군자가 경계해야 할 세 가지 일. 젊었을 때는 색욕을 경계하고 장년기에는 다툼을 경계하고 노년기에는 탐욕을 경계해야 한다는 의미.

君子有三畏 〔군자유삼외〕: 군자가 갖는 세 가지의 두려움, 즉 천명을 거역하지 않는가, 대인을 거역하지 않는가, 성인의 말씀에 어긋나지 않는가.

窮寇莫追 〔궁구막추〕: 곤경에 빠져 있는 자를 건드리면 해를 입으니 건드리지 말라는 뜻.

窮年累世 〔궁년누세〕: 궁년은 자기의 한 평생, 누세는 자손 대대, 즉 본인의 한 평생과 자손 대대란 말.

窮餘一策 〔궁여일책〕: 막다른 처지에서 짜내는 한 가지 계책.

權不十年 〔권불십년〕: 권세는 십 년을 못 간다는 말. 권세가 오래 가지 못함을 이르는 말.

勸善懲惡 〔권선징악〕: 착한 일은 권장하고 악한 일은 징계함.

貴鵠賤鷄 〔귀곡천계〕: 먼 데 것을 귀하게 여기고 가까운 데 것을 천하게 여기는 것이 인지상정임을 말함.

龜背刮毛 〔귀배괄모〕: 없는 거북 등의 털을 벗겨 뜯는다. 없는 것을 애써 구하려고 하는 것을 비유한다.

隙駒光陰 [극구광음] : 달리는 말을 문틈으로 보는 것과 같다는 뜻으로, 세월이 빨리 흐름을 뜻함.

僅僅姉姉 [근근자자] : 매우 부지런하고 정성스러움.

近墨者黑 [근묵자흑] : 먹을 가까이 하면 검어진다는 뜻으로, 나쁜 사람을 가까이 하면 물들기 쉽다는 말.

勤將補拙 [근장보졸] : 서투른 것을 보충하는 데에는 부지런함이 으뜸임을 뜻한다.

槿花一日自爲榮 [근화일일자위영] : 아침에 피었다 저녁에 지는 무궁화 같이 사람의 영화는 덧없다.

金科玉條 [금과옥조] : 금옥과 같은 법률의 뜻으로, 소중히 여기고 지켜야 할 규칙이나 교훈.

金甌無缺 [금구무결] : 금으로 만든 단지처럼 완전하고 결점이 없음.

金蘭之契 [금란지계] : 사이 좋은 벗끼리 마음을 합치면 단단한 쇠도 자를 수 있고, 우정의 아름다움은 난의 향기와 같다는 뜻. 아주 친밀한 친구 사이를 이름.

錦上添花 [금상첨화] : 비단 위에 꽃을 더한다는 뜻으로, 좋은 일에 또 좋은 일이 더하여짐을 이르는 말.

金石牢約 [금석뇌약] : 금과 돌 같은 굳은 언약. 서로 언약함이 매우 굳음을 비유.

金石盟約 [금석맹약] : 금과 돌같이 굳게 맹세해 맺은 약속.

今昔之感 [금석지감] : 지금과 옛날을 비교할 때 차이가 매우 심하게 느껴지는 감정.

金石之交 [금석지교] : 쇠와 돌처럼 변함없는 굳은 사귐.

金舌蔽口 [금설폐구] : 금으로 혀를 만들어 입을 가린다. 입을 꼭 다물고 말하지 아니함.

金聲玉振 〔금성옥진〕 : 팔음을 합주할 때 먼저 종을 쳐서 그 소리를 베풀고 마지막에 경을 쳐서 그 운을 거두어 주악을 끝냄. 전하여 지덕을 겸비하고 있음을 비유한다.

金城湯池 〔금성탕지〕 : 금으로 만들고 끓는 물의 연못이 있어 가까이 가지 못하는 매우 견고한 성.

金烏玉兎 〔금오옥토〕 : 금까마귀와 옥토끼란 뜻으로, 해와 달을 가리키는 말.

錦衣還鄕 〔금의환향〕 : 비단옷을 입고 고향에 돌아간다는 뜻으로, 객지에서 성공하여 고향에 돌아감을 이르는 말.

金枝玉葉 〔금지옥엽〕 : 금으로 된 나뭇가지와 옥으로 만든 잎이란 뜻으로, 임금의 자손이나 집안, 또는 귀여운 자식을 이르는 말.

錦衣玉食 〔금의옥식〕 : 좋은 옷과 좋은 음식. 사치스러운 생활을 일컬음.

給水功德 〔급수공덕〕 : 물을 길어 목마른 사람에게 주는 공덕으로 불교에서 사용하는 말.

氣高萬丈 〔기고만장〕 : 일이 뜻대로 잘 되어 기세가 대단하거나, 또 화를 낼 때 지나치게 자만하는 형세.

起死回生 〔기사회생〕 : 죽을 뻔하다가 다시 살아남.

奇想天外 〔기상천외〕 : 보통으로는 생각할 수 없는 기발하고 엉뚱한 생각.

己所不欲 勿施於人 〔기소불욕 물시어인〕 : 자기가 하기 싫은 일은 남에게도 시키지 말아라.

起承轉結 〔기승전결〕 : 한시(漢詩) 구성법의 한 가지. 시의를 일으키는 첫 번째 '기(起)', 받아 주는 둘째 '승(承)', 변화를 주는 셋째 '전(轉)', 전체를 마무리하는 넷째 '결(結)'을 말함. 전하여,

일이 일어나고 발전하고 변하고 끝나는 과정을 이름.

既借堂 又借房 [기차당 우차방] : 대청 빌면 안방 빌자 한다. 체면 없이 이것저것 요구함.

樂極哀生 [낙극애생] : 즐거움이 극에 달하면 슬픔이 생김.

落膽喪魂 [낙담상혼] : 쓸개가 떨어지고 혼을 잃음. 몹시 놀라 정신이 없음을 일컫는다.

落落長松 [낙락장송] : 가지가 아래로 축축 늘어진 키 큰 소나무.

落眉之厄 [낙미지액] : 눈썹에 떨어진 액 즉 갑자기 들이닥친 재앙이라는 뜻.

樂生於憂 [낙생어우] : 즐거움은 근심하는 가운데에서 생긴다는 말.

洛陽紙價貴 [낙양지가귀] : 서진(西晉)의 문학자 좌사(左思)가 제도부(齊都賦)와 삼도부(三都賦)를 지었을 때 낙양(洛陽) 사람들이 너도나도 베꼈기 때문에 낙양의 종이가 모자라 비싸진 고사에서 유래. 저서가 많이 팔리는 것을 이르는 말로 쓰인다.

樂而不淫 [낙이불음] : 즐기되 빠지지 아니함. 즐거움의 도를 지나치지 아니함.

樂而思蜀 [낙이사촉] : 타향살이가 즐거워 고향 생각을 하지 못함을 이르는 말. 눈앞의 즐거움에 겨워 근본을 잊게 될 때를 비유하기도 함.

落人後 [낙인후] : 남보다 뒤지는 것이나 상대에 지는 것을 말함.

落花流水 [낙화유수] : 떨어지는 꽃과 흐르는 물이란 뜻으로, 가는 봄의 정경을 나타낸 말. 또한 낙화에 정이 있으면 유수 또한 정이 있어 그것을 띄워 흐를 것이란 뜻으로, 남녀가 서로 그리워하는 심정을 비유한 말.

難攻不落 [난공불락] : 공격하기 어려워 좀처럼 함락되지 아니함.

難事必作易 [난사필작이] : 어려운 일은 쉬운 일에서 일어난다는 말.

爛商公論 [난상공론] : 여러 사람들이 잘 의논함.

難上之木不可仰 [난상지목불가앙] : 오르지 못할 나무는 쳐다보지도 말라는 뜻.

爛商討議 [난상토의] : 낱낱이 들어 잘 토의함.

亂臣賊子 [난신적자] : 나라를 어지럽히는 신하, 또는 어버이를 해치는 자식.

南郭濫吹 [남곽남취] : 학문과 기예에 전문적 지식과 체계나 조리도 없이 함부로 날뛰는 사람을 비유하는 말이다.

南面之位 [남면지위] : 임금이 앉는 자리의 방향이 남향이었다는 데서 유래한 것으로 '임금의 자리'를 가리키는 말

男負女戴 [남부여대] : 남자는 등에 짐을 지고 여자는 머리에 인다는 뜻으로, 가난한 사람이나 재난을 당한 사람들이 살 곳을 찾아 떠돌아다님을 이르는 말.

濫竽 [남우] : 남(濫)은 실제로는 능력이 없으면서 함부로 한
다는 뜻. 우(竽)는 대나무로 만든 피리. 즉, '피리를 함부로 분다'
는 뜻이다. 무능한 사람이 재능이 있는 것처럼 속여 외람되이
높은 벼슬을 차지하는 것을 말함.

男尊女卑 [남존여비] : 남성을 존중하고 여성을 비천하게 여
기는 생각.

囊中取物 [낭중취물] : 주머니 속의 물건이란 뜻으로, 손쉽
게 얻을 수 있는 물건을 이르는 말.

內潤外朗 [내윤외랑] : 옥의 광택이 안에 함축된 것을 내윤
(內潤)이라 하고, 밖으로 나타난 것을 외랑(外朗)이라 함. 재주
와 덕망을 겸비한 것을 비유한다.

內淸外濁 [내청외탁] : 마음은 깨끗하나 행동은 흐린 것처럼
함. 군자(君子)가 난세(亂世)를 당하여 명철보신(明哲保身) 하
는 처세술.

怒甲移乙 [노갑이을] : 어떤 사람에게서 당한 노여움을 다른
사람에게 화풀이하다.

老當益壯 [노당익장] : 사람은 늙을수록 더욱 기운을 내어야
하고 뜻을 굳게 해야 한다. 줄여서 노익장(老益壯)이라고도 쓴
다.

老萊之戲 [노래지희] : 주나라의 노래자가 칠십세 때 어린아
이의 옷을 입고 어린애 장난을 하여 늙은 부모를 기쁘게 해드린
고사에서 나온 말.

路柳墻花 [노류장화] : 누구든지 꺾을 수 있는 길가의 버들
과 담 밑의 꽃이라는 뜻으로 '노는 계집' 또는 '창부'를 가리키
는 말

怒發大發 [노발대발] : 몹시 크게 성을 냄.

老生之夢 [노생지몽] : 한때의 헛된 부귀 영화.

怒蠅拔劍 [노승발검] : 모기보고 칼 빼기. 즉 작은 일로 노함을 비유한 말

勞心焦思 [노심초사] : 애를 쓰고 속을 태움.

老牛 舐犢之愛 [노우 지독지애] : 늙은 소가 송아지 새끼를 핥아 주는 사랑, 즉 자식에 대한 깊은 사랑의 비유.

鹿死不擇音 [녹사불택음] : 아름다운 목소리를 가진 사슴도 죽게 되었을 때는 그 아름다운 소리를 가려 낼 여유가 없다는 뜻으로 사람도 위급한 상황이 되면 악성이 나온다는 말.

綠衣紅裳 [녹의홍상] : 연두색 저고리와 다홍치마란 뜻으로, 젊은 여인의 고운 옷차림을 이르는 말.

農者 天下之大本 [농자 천하지대본] : 농업은 천하의 사람들이 살아가는 큰 근본이라는 말. 농업을 장려하는 말.

弄瓦之慶 [농와지경] : 질그릇을 갖고 노는 경사. 딸을 낳은 기쁨을 말한다.

弄璋之慶 [농장지경] : 장(璋)으로 만든 구기를 갖고 노는 경사. 아들을 낳은 기쁨을 말한다.

累卵之勢 [누란지세] : 쌓아올린 달걀이 금방 무너질 것 같이 몹시 위태로운 형세.

陵遲處斬 [능지처참] : 머리·몸·손·팔다리를 토막 쳐서 죽임.

ㄷ

多聞博識 [다문박식] : 많이 듣고 넓게 공부함. 견문이 넓고 학식이 많음을 말한다.

多事多難 [다사다난] : 여러 가지 일도 많고 어려움도 많음.

多事多忙 [다사다망] : 일이 많아 매우 바쁨.

多情多感 [다정다감] : 정이 많고 느낌이 많음.

多情佛心 [다정불심] : 정이 많은, 자비스러운 마음.

單刀直入 [단도직입] : 혼자서 칼을 휘두르며 적진으로 바로 쳐들어감. 말을 하거나 글을 쓸 때 바로 본론으로 들어감.

斷末魔 [단말마] : 불교용어. 임종시를 말함. 숨이 끊어질 때의 고통. 숨이 끊어질 때 내뱉는 짧은 비명.

簞食豆羹 [단사두갱] : 도시락에 담은 밥과 작은 나무그릇에 떠놓은 국이라는 뜻으로 변변치 못한 음식을 비유한 말.

簞食壺漿 [단사호장] : 도시락에 담은 밥과 병에 넣은 마실 것이란 뜻으로 백성들이 소박한 정성으로 군대를 환영함을 이르는 말.

丹脣皓齒 [단순호치] : 붉은 입술과 하얀 이라는 뜻으로, 매우 아름다운 여자의 얼굴을 일컫는 말.

斷長補短 [단장보단] : 긴 곳을 잘라 짧은 곳을 메워 들쭉날쭉한 것을 곧게 한다.

膽大心小 [담대심소] : 문장을 짓는 데에 조심할 일로 담력

을 크게 갖되 조심은 세심하게 하여야 한다는 말.

談笑自若〔담소자약〕: 위험이나 곤란에 직면해 걱정과 근심이 있을 때라도 변함없이 평상시와 같은 태도를 가짐.

堂狗風月〔당구풍월〕: 서당 개 3년이면 풍월을 읊는다. 비록 무식한 사람이라도 유식한 사람들과 오래 사귀면 자연히 견문이 생긴다는 뜻.

螳螂在後〔당랑재후〕: 눈앞의 욕심에만 눈이 어두워 덤비면 마침내 큰 해를 입게 된다는 뜻.

螳螂之斧〔당랑지부〕: 사마귀가 앞발을 들어 수레를 막는다는 고사에서 유래된 말로 제 분수도 모르고 강한 적에 반항하여 덤벼드는 것을 비유한 말.

大驚失色〔대경실색〕: 크게 놀라서 얼굴 색이 변함.

大道無門〔대도무문〕: 사람으로서 마땅히 지켜야 할 큰 도리(道理)나 정도(正道)에는 거칠 것이 없다는 뜻으로, 누구나 그 길을 걸으면 숨기거나 잔재주를 부릴 필요가 없다는 말.

大同團結〔대동단결〕: 많은 사람 또는 여러 당파가 하나로 뭉침.

代馬不思越〔대마불사월〕: 북쪽에 있는 대군에서 난 말은 남쪽의 월나라를 그리지 않는다는 뜻으로 고향을 그리워하지 않는다는 말.

大書特筆〔대서특필〕: 특히 드러나게 큰 글자로 적어 표시함.

大義名分〔대의명분〕: 사람으로서 마땅히 지켜야 할 중대한 의리(義理)와 명분. 떳떳한 명분.

大慈大悲〔대자대비〕: 그지없이 넓고 큰 자비.

德不孤必有隣〔덕불고필유린〕: 덕이 있으면 따르는 사람이 있으므로 외롭지 않다는 뜻.

大材小用 [대재소용] : 큰 재목(材木)이 작게 쓰이고 있다. 사람을 부리는 데 있어서 제 능력을 다 발휘할 수 있는 조건이 안됨을 뜻한다. 역설적으로 큰 재목은 큰 일에 쓰여야 한다는 말로도 쓰인다.

德無常師 [덕무상사] : 덕(德)을 닦는 데는 일정한 스승이 없다.

德本財末 [덕본재말] : 사람이 살아가는 데 덕(德)이 뿌리가 되고 재물은 사소한 부분이다.

道可道 非常道 [도가도 비상도] : 말로 형상화된 도(可道)는 늘 그러한 원래의 도(常道)가 아니다.

徒勞無益 [도로무익] : 헛되이 애만 쓰고 이로움이 없음.

桃李滿天下 [도리만천하] : 복숭아와 자두가 천하에 가득하다. 우수한 문하생(門下生)이 많음을 비유하는 말이다. 복숭아와 오얏은 그 열매의 맛이 좋아 따먹으러 오는 사람들이 많기에 후배를 교육하거나 자식을 가르치는 의미로 쓰이기도 한다.

道謀是用 [도모시용] : 집을 짓는 데 길가는 사람들에게 의견을 물으면 모두 달라 집을 지을 수 없다는 말로 주관 없이 남의 말만 따르면 일을 성사시킬 수 없다는 뜻.

刀折矢盡 [도절시진] : 칼이 부러지고 화살이 바닥났다는 뜻으로, 더 이상 싸울 힘이 없음의 비유.

陶朱之富 [도주지부] : 도주공의 부란 뜻으로 큰 부를 일컫는 말.

途中曳尾 [도중예미] : 거북이 진흙에서 꼬리를 끌며 오래 산다는 뜻으로 선비가 벼슬하지 않고 고향에서 가난하게 지냄의 비유.

盜憎主人 [도증주인] : 도둑은 주인이 밉게 마련이다. 즉 자기와 반대되는 입장에 있는 사람이 미워지는 것은 인간의 당연한 감정이다.

到處宣化堂 [도처선화당] : 가는 곳마다 대접을 잘 받음을 이르는 말이다. 선화당(宣化堂)은 관찰사가 사무를 보는 정당(政堂)을 말함.

獨木不成林 [독목불성림] : 홀로 선 나무는 숲을 이루지 못한다. 여럿이 힘을 합쳐야 일이 된다는 의미.

獨不將軍 [독불장군] : 남의 의견을 무시하고 혼자 모든 일을 처리하는 사람의 비유. 혼자서는 다 잘할 수 없으므로 남과 협조해야 한다는 뜻을 담고 있는 말.

讀書三昧 [독서삼매] : 오로지 책읽기에만 골몰함.

讀書三到 [독서삼도] : 독서를 하는 데 세 가지 행위에 이르러야 한다. 즉, 눈으로 보고, 입으로 읽고, 마음으로 습득해야 한다.

獨也靑靑 [독야청청] : 홀로 푸르다는 뜻으로, 홀로 높은 절개를 지켜 늘 변함이 없음을 이르는 말.

獨學孤陋 [독학고루] : 혼자 공부한 사람은 견문이 좁아서 정도(正道)에 들어가기 어렵다는 말.

突不燃不生煙 [돌불연불생연] : 아니 땐 굴뚝에 연기 나지 않는다는 뜻으로 소문에는 반드시 그 근원이 있다는 말.

同價紅裳 [동가홍상] : '같은 값이면 다홍치마'란 뜻으로, 이왕이면 보기 좋은 것을 택한다는 말.

同根連枝 [동근연지] : 같은 뿌리와 잇닿은 나뭇가지. 즉, 형제자매를 일컫는 말이다.

同氣相求 [동기상구] : 기풍과 뜻을 같이하는 사람은 서로

동류를 찾아 모인다.

洞洞屬屬〔동동촉촉〕: 매우 공경하고 삼가하여 조심스러운 모양.

同文同軌〔동문동궤〕: 천하를 통일하는 것을 뜻함. 여기에서 '동문'은 문자를 통일하게 하는 것이고, '동궤'는 법을 같게 한다는 것이다.

洞房華燭〔동방화촉〕: 혼례를 치른 뒤 신랑이 신부 방에서 자는 일.

東問西答〔동문서답〕: 묻는 말에 대하여 엉뚱하게 답함.

東奔西走〔동분서주〕: 동으로 서로 분주하다는 뜻으로, 이리저리 바쁘게 돌아다님을 이르는 말.

冬扇夏爐〔동선하로〕: 겨울 부채와 여름 화로란 뜻으로, 당장 소용이 없는 물건의 비유.

同聲相應〔동성상응〕: 같은 소리는 서로 응하여 어울린다. 의견을 같이 하면 자연히 서로 합치게 된다는 의미.

同而不和〔동이불화〕: 겉으로는 동의를 표시하면서도 내심은 그렇지 않음.

棟樑之材〔동량지재〕: 한 집안이나 한 나라의 기둥이 될 만한 인물.

冬溫夏淸〔동온하청〕: 부모를 섬김에 있어, 겨울에는 따뜻하게 여름에는 시원하게 해 드린다는 뜻.

童牛角馬〔동우각마〕: 뿔이 없는 송아지와 뿔이 있는 말이라는 뜻으로 도리에 어긋남을 비유한 말.

凍足放尿〔동족방뇨〕: 언 발에 오줌 누기란 뜻으로, 어떠한 사물이 한 때의 도움이 될 뿐 바로 효력이 없어지는 것을 일컫는 말.

同舟相救 [동주상구] : 아는 사이거나 모르는 사이거나 다급한 경우를 함께 만났을 때는 서로 도와주게 됨의 비유.

動輒見敗 [동첩견패] : 일을 하려고 움직이기만 하면 꼭 실패를 본다는 말.

斗南一人 [두남일인] : 두남은 북두칠성의 남쪽. 즉, 온 천하에서 제일 가는 현재(賢才)를 의미한다.

杜門不出 [두문불출] : 문을 닫아걸고 밖에 나가지 않음. 곧, 집안에만 틀어박혀 세상 밖으로 나다니지 아니함.

斗筲之人 [두소지인] : 한 말 두 되 들이의 대그릇 같은 사람. 즉, 사람의 식견이나 그릇이 좁은 것을 비유한다.

杜漸防萌 [두점방맹] : 애시당초 싹이 나오지 못하도록 막는다. 점(漸)은 사물의 처음. 맹(萌)은 싹. 곧 좋지 못한 일의 조짐이 보였을 때 즉시 그 해로운 것을 제거해야 더 큰 해(害)가 되지 않는다는 의미.

斗酒不辭 [두주불사] : 말술도 사양하지 않는다는 뜻으로 매우 주량이 큰 것을 일컬음.

得意滿面 [득의만면] : 뜻을 이루어 기쁜 표정이 얼굴에 가득함.

得一忘十 [득일망십] : 한 가지를 얻고 열 가지를 잃어버림. 기억력이 좋지 못함을 뜻한다.

登樓去梯 [등루거제] : 높은 누에 오르게 한 후 사다리를 치운다는 뜻으로 어려운 곳에 빠지게 함을 일컫는 말.

燈下不明 [등하불명] : 등잔 밑이 어둡다는 뜻으로, 가까이 있는 것을 도리어 잘 모름을 비유해 이르는 말.

ㅁ

摩拳擦掌 〔마권찰장〕: 단단히 벼르고 기운을 모아서 기회를 기다림.

磨鐵杵 〔마철저〕: 쇠로 만든 다듬이 방망이를 갈아서 침을 만들려 한다. 노력하면 아무리 힘든 목표라도 달성할 수 있음을 뜻한다.

馬行處 牛亦去 〔마행처 우역거〕: 말 가는데 소 간다. 즉 한 사람이 하는 일이면 다른 사람도 할 수 있다는 의미.

莫上莫下 〔막상막하〕: 낫고 못함을 가리기 어려울 정도로 차이가 거의 없음.

萬頃蒼波 〔만경창파〕: 한없이 넓고 푸른 바다.

萬古歷代 〔만고역대〕: 오래도록 흘러 내려온 세월.

萬古風霜 〔만고풍상〕: 사는 동안에 겪은 온 갖가지 많은 고생.

萬綠叢中 紅一點 〔만록총중 홍일점〕: 푸른 물 가운데 한 떨기 꽃이 피어 있음. 좌중(座中)에 한 사람의 예기(藝妓)가 있음. 많은 남자 가운데 오직 한 명의 여자를 일컫는 말로 쓰인다.

里長天 〔만리장천〕: 아득히 높고 먼 하늘.

萬事如意 〔만사여의〕: 모든 일이 뜻하는 대로 잘 됨.

萬事亨通 〔만사형통〕: 모든 일이 뜻한 바대로 잘 이루어짐.

萬壽無疆 〔만수무강〕: 수명이 끝이 없음. 장수(長壽)를 빌

때 쓰는 말.

晩時之歎 [만시지탄] : 기회를 놓친 탄식.

晩食當肉 [만식당육] : 때늦게 먹으면 고기맛 같다. 배고플 때는 무엇을 먹든지 고기를 먹는 것과 같다는 말이다.

滿室歡喜 [만실환희] : 집안에 환희가 넘침.

萬化方暢 [만화방창] : 봄날이 되어 만물이 나서 자람.

萬彙群象 [만휘군상] : 우주의 온갖 수많은 형상.

秣馬利兵 [말마이병] : 말에 먹이를 먹이고 칼을 갈아 출병 준비를 한다.

罔極之恩 [망극지은] : 지극한 은혜. 임금이나 부모의 한없는 은혜.

網漏吞舟 [망루탄주] : 그물이 세면 배도 그 사이로 지나갈 수 있다. 법령이 관대하여 큰 죄를 짓고도 피할 수 있게 됨을 비유.

亡羊得牛 [망양득우] : 양을 잃고 소를 얻는다. 즉 작은 것을 잃고 큰 것을 얻음의 비유.

亡子計齒 [망자계치] : 죽은 자식 나이 세기. 즉 지나간 쓸데 없는 일을 생각하여 애석해 함.

妄自尊大 [망자존대] : 아주 건방지게 자기만 잘났다고 뽐내어 자신을 높이고 남을 업신여김.

賣鹽逢雨 [매염봉우] : 소금을 팔다가 비를 만났다는 뜻으로, 일에 마(魔)가 끼었음을 일컫는 말.

盲龜遇木 [맹귀우목] : 눈먼 거북이 우연히 뜬 나무를 만났다는 뜻으로 어려운 때 우연히 좋은 일을 당하게 됨을 이르는 말.

盲者正門 [맹자정문] : 소경이 정문을 바로 찾아 들어간다는

뜻으로 어리석은 사람이 어쩌다 이치에 들어맞는 바른 일을 함의 비유.

盲玩丹靑 〔맹완단청〕: 장님의 단청 구경. 보이지 않는 눈으로 단청을 구경해 봤자 아무런 소득이나 분별이 있을 수 없듯이, 사물을 보아도 전혀 사리를 분별하지 못함의 비유.

猛虎伏草 〔맹호복초〕: 영웅은 일시적으로 숨어 있지만 언젠가는 세상에 드러나게 된다는 말.

面從腹背 〔면종복배〕: 겉으로는 복종하는 체하면서 속으로는 배반함.

名可名非常名 〔명가명비상명〕: 말로 형상화된 이름은 늘 그러한 실제의 이름이 아니다.

銘肌鏤骨 〔명기누골〕: 살과 뼈에 새긴다는 뜻으로, 잊지 않고 마음에 깊이 간직함을 이름.

名不虛傳 〔명불허전〕: 이름은 헛되이 전하여지지 않는다 함은, 명예로운 이름은 마땅히 들을 만한 실적이 있어야 퍼진다.

名實相符 〔명실상부〕: 이름과 실상이 꼭 들어맞음.

銘心鏤骨 〔명심누골〕: 마음에 간직하고 뼈에 새긴다는 뜻으로, 은덕을 입은 것을 잊지 않는다는 말.

命在頃刻 〔명재경각〕: 곧 숨이 끊어질 지경에 이름

明珠闇投 〔명주암투〕: 밤에 빛나는 구슬인 야광주(夜光珠)를 어두운 밤중에 집어던진다. 지극히 귀한 보물도 남에게 예(禮)를 갖추어서 주지 않으면 도리어 원한을 사게 됨을 뜻한다.

毛羽未成 〔모우미성〕: 아직 날개가 자라지 못했다 함이니 어리거나 모자란 사람을 말함.

木本水源 〔목본수원〕: 나무의 밑동과 물의 근원이란 뜻으로, 자식 된 자는 자기 몸의 근원인 부모를 생각해야 함을 이르는

말.

目不識丁 [목불식정] : '丁'자도 알아보지 못한다는 뜻으로, 글자를 전혀 모르거나 무식한 사람을 비유하여 이르는 말.

目不忍見 [목불인견] : 몹시 참혹하여 차마 눈뜨고 볼 수 없음.

木石草花 [목석초화] : 나무, 풀, 돌, 꽃이란 뜻으로, 자연을 일컫는 말.

夢寐之間 [몽매지간] : 자는 동안, 꿈을 꾸는 동안. 즉, 자나깨나.

猫頭縣鈴 [묘두현령] : 고양이 목에 방울 달기, 곧 실행할 수 없는 공론을 자청하는 말.

墓木已拱 [묘목이공] : 장례를 지낸 뒤 묘 옆에 나무를 심어 그 나무가 성장하여 아름드리로 굵었다는 뜻으로, 사람이 죽은 지 오래 되었음을 표시한 말.

描虎類犬 [묘호류견] : 호랑이를 그리려다 실패하여 개와 비슷하게 되었다. 높은 뜻을 갖고 어떤 일을 성취하려다가 중도에 그쳐 다른 사람의 조소를 받는 것을 비유하는 말이다.

無告之民 [무고지민] : 고아나 과부, 늙은이처럼 어려운 백성.

無念無生 [무념무생] : 사념하는 바도 없고 생명을 아끼지도 않고 일심이 되는 것을 말함.

武陵桃源 [무릉도원] : 도연명(陶淵明)의 도화원기에 나오는 전설적인 명승지. 세상과 동떨어진 별천지 또는 이상향의 비유.

無望之福 [무망지복] : 바라지 않아도 자연히 들어오게 되는 행복.

無不干涉 [무불간섭] : 간섭하지 않는 일이 없다. 함부로 남의 일에 간섭함을 말한다.

無不通知 [무불통지] : 무슨 일이든 모르는 것이 없음.

無所不爲 [무소불위] : 못 할 일이 없음.

無依無托 [무의무탁] : 의지하고 의탁할 곳이 없음.

無足之言 飛于千里 [무족지언 비우천리] : 발 없는 말이 천리 간다.

無恙 [무양] : 병이 없다 또는 탈이 없다 라는 뜻으로 모든 일이 평안함을 뜻하는 말.

無用之用 [무용지용] : 언뜻 보아 별 쓸모 없는 것으로 생각되는 것이 도리어 크게 쓰임.

無爲徒食 [무위도식] : 하는 일없이 먹고 놀기만 함.

無知蒙昧 [무지몽매] : 아는 것이 없고 사리에 어두움.

無偏無黨 [무편무당] : 어느 한 쪽에 기울지 않고 중정(中正), 공평(公平)함.

文房四友 [문방사우] : 서재에 갖추어야 할 네 벗, 곧 종이·붓·먹·벼루를 이르는 말.

門外漢 [문외한] : 어떤 일에 직접 관계가 없는 사람. 그 일에 전문가가 아닌 사람.

門前沃畓 [문전옥답] : 집 앞 가까이에 있는 좋은 논, 곧 많은 재산을 일컫는 말.

勿輕小事 [물경소사] : 조그만 일을 가볍게 여기지 말라. 작은 일에도 정성을 다하라.

勿頸之交 [물경지교] : 목이 잘리는 한이 있어도 마음을 변치 않고 사귀는 친한 사이.

物薄情厚 [물박정후] : 사람과 사귀는데 예물이나 식사 대접

은 박소(薄少)하더라도 정만은 깊고 두터워야 함을 이름.

物心一如 [물심일여] : 마음과 형체가 구분됨이 없이 하나로 일치한 상태.

物外閒人 [물외한인] : 세상의 시끄러움에서 벗어나 한가하게 지내는 사람.

勿失好機 [물실호기] : 좋은 기회를 놓치지 아니함.

物心一如 [물심일여] : 물체와 마음이 하나가 된 상태.

未覺池塘春草夢 [미각지당 춘초몽] : 연못가의 봄 풀이 채 꿈도 깨기 전에.

迷道不遠 [미도불원] : 그리 멀지 않은 곳에서 길을 헤맨다. 멀지 않다는 뜻. 즉, 곧 본 길을 찾게 됨을 의미.

密雲不雨 [밀운불우] : 짙은 구름이 끼어 있으나 비가 오지 않음. 어떤 일의 징조만 있고 그 일은 이루어지지 않는 것을 비유. 위에서 내리는 은택이 아래까지 고루 내려지지 않음을 뜻하기도 한다.

璞玉渾金 [박옥혼금] : '박옥'은 갈고 닦지 않은 옥, '혼금'은 아직 제련하지 않은 금. 곧 검소하고 질박한 사람을 칭찬하는

말로 쓰인다.

拍掌大笑 [박장대소] : 손바닥을 치면서 크게 웃음.

盤溪曲徑 [반계곡경] : 소반같이 좁은 시내와 꾸불꾸불한 지름길. 정당한 방법을 취하지 않고 옳지 않은 수단을 써서 억지로 일을 한다는 뜻이다.

半面之分 [반면지분] : 얼굴의 반만 아는 사이. 즉 약간 얼굴만 알지 그리 깊이 사귀지 않은 사이.

反面敎師 [반면교사] : 다른 사람이나 사물의 부정적인 측면에서 가르침을 얻음을 이르는 말.

半字不城 [반자불성] : 글자를 반만 쓰는 것은 아무 것도 아니라는 말로 일을 시작하면 끝까지 하여야 되지 무엇이나 하다 말면 아무 것도 안 된다는 말.

反哺報恩 [반포보은] : 까마귀 새끼가 자란 뒤에 늙은 어미에게 먹이를 물어다 줌이니, 자식이 부모의 은혜에 보답하는 일을 말함.

拔山蓋世 [발산개세] : 항우(項羽)의 힘을 비유. 산을 무너뜨리고 세상을 뒤엎을만한 힘과 기운.

拔萃抄錄 [발췌초록] : 여럿 속에서 뛰어난 것을 뽑아 간단히 적어둔 것.

跋扈將軍 [발호장군] : 폭풍을 의미한다.

防意如城 [방의여성] : 적을 방어하는 성처럼, 자기의 생각을 감춰 두고 표시하지 않을 때 쓰는 말.

方長不折 [방장부절] : 한창 자라는 나무는 꺾지 않는다. 앞길이 창창한 사람을 박해하지 말라, 혹은 잘 되어 가는 일을 방해하지 말라는 의미.

蚌鷸之爭 [방휼지쟁] : 조개와 황새가 서로 싸우다가 어부에

게 붙잡혔다는 우화. 두 사람이 이익을 위하여 싸우다가 제삼자에게 빼앗기는 것을 풍자한 말이다.

方枘圓鑿 [방예원조] : 모난 자루와 둥근 구멍이 맞지 않는다는 뜻으로, 사물이 서로 맞지 아니함을 비유한 말.

背恩忘德 [배은망덕] : 남에게 입은 은덕을 잊고 배반함.

百家爭鳴 [백가쟁명] : 많은 학자나 논객이 활발히 논쟁하는 일.

百計無策 [백계무책] : 어려운 일을 당하여 아무리 생각하여도 좋은 생각이 나지 않는다는 뜻.

白骨難忘 [백골난망] : 죽어 백골이 되어도 그 은덕을 잊을 수 없음.

百年佳約 [백년가약] : 부부가 되어 한평생을 함께 살자는 아름다운 약속.

百年偕老 [백년해로] : 부부가 되어 한평생을 서로 사이 좋고 화락하게 함께 늙음.

百祿是荷 [백록시하] : 하늘로부터 많은 복을 받음을 이름.

白馬非馬 [백마비마] : '백마는 말이 아니다'라는 말로, 억지 논리를 비유하여 이르는 말.

百般巧邪 [백반교사] : 온갖 간사한 꾀로 환심을 사려 애쓰는 것.

白髮漁樵 [백발어초] : 낚시질과 나무하기를 일삼는 노인.

百世之師 [백세지사] : 백세 후에까지 모든 사람들에게 본보기가 될 만큼 훌륭한 사람을 일컬음.

白首文 [백수문] : 중국 후량 주흥사가 하룻밤 사이에 만들고 머리털이 하얗게 세었다고 하는 옛일에서 온 말로 천자문을 달리 이르는 말.

白魚入舟 [백어입주] : 중국 주나라의 무왕이 은나라의 주왕을 치려고 강을 건널 때 백어가 배로 뛰어들어 은나라가 항복한다는 조짐을 보였다는 데서 온 말로 적이 항복함을 비유한 말.

百忍 [백인] : 중국 당나라 때 고종이 9세 동안 한 가족이 함께 산 장공예에게 그 도리를 물으니 인자 100개를 써서 올렸다는 고사에서 유래한 말로 아무리 어려운 일이 있어도 참고 견디어 냄을 이르는 말.

百折不屈 [백절불굴] : 어떠한 어려움에도 굴하지 않음.

百尺竿頭 [백척간두] : 백 자나 되는 높은 장대 위에 올라섰다 함이니, 위태로움이 아주 극도에 달하였다는 말.

百八煩惱 [백팔번뇌] : 불교용어로 인간이 과거·현재·미래에 걸친 108가지의 번뇌를 말한다.

伐齊爲名 [벌제위명] : 실속은 없는 데도 명분만을 위해 제(齊)나라를 친다. 뭔가를 하는 척하지만 실상은 딴 짓을 하고 있는 것을 일컫는 말로 쓰인다.

百花齊放 [백화제방] : 온갖 꽃이 일시에 핀다는 뜻으로, 갖가지 학문이나 예술이 함께 성함의 비유.

繁文縟禮 [번문욕례] : 규칙, 예절 따위가 지나치게 형식적이어서 번거롭고 까다로움.

兵家常事 [병가상사] : 전쟁에서 이기고 지는 일은 흔한 일이므로, 지더라도 낙담하지 말라는 말.

竝州故鄉 [병주고향] : 중국 당나라 가도가 병주에 오래 살다가 떠날 때 한 말로 오래 살아서 정든 타향을 고향에 견주어 이르는 말.

報以國士 [보이국사] : 남을 국사로 대우하면 자기도 또한 국사로서 대접을 받는다. 자기를 알아주는 사람의 은혜에 감동

하는 말로 쓰인다.

福過禍生 [복과화생] : 지나친 복은 재해를 가져오는 원인이 된다.

覆水不收 [복수불수] : 한 번 엎지른 물은 다시 담을 수 없음.

本末顚倒 [본말전도] : 일의 주된 것과 지엽적인 것이 서로 바뀜.

蜂蝶隨香 [봉접수향] : 벌과 나비가 향기를 따라옴.

不達時變 [부달시변] : 완고하여 변동이 없음.

俯仰無愧 [부앙무괴] : 하늘을 우러러보나 땅을 굽어보나 양심에 부끄러움이 없음.

父傳子傳 [부전자전] : 대대로 아버지가 아들에게 전함.

負荊請罪 [부형청죄] : 형(荊)은 가시나무. 가시나무를 등에 지고 때려 주기를 바란다. 즉, 사죄하는 것을 의미한다.

附和雷同 [부화뇌동] : 일정한 주관이 없이 남의 의견에 덩달아 행동함.

弗可赦也 [불가사야] : 용서할 수 없다는 말로서, 벌을 받는다는 뜻.

不可思議 [불가사의] : 상식으로는 헤아려 알 수 없음.

不敢生心 [불감생심] : 힘에 부쳐 감히 엄두를 내지 못함.

不敢請 固所願 [불감청 고소원] : 감히 청하지 못하지만(내가 먼저 뭐라고 부탁하지 못하지만), 진실로 원하는 것이라는 뜻.

不欺二字 [불기이자] : 일을 할 때에는 성심껏 한다는 뜻. 불기(不欺)는 참으로 한평생의 보물이라는 말임.

不眠不休 [불면불휴] : 자지도 아니하고 쉬지도 아니함.

不問曲直 [불문곡직] : 옳고(直) 그름(曲)을 가리지 않고 함

626

부로 일을 처리함.

不分晝夜 〔불분주야〕: 밤낮을 가리지 않고 노력함.

不勝忿怒 〔불승분노〕: 분노를 참지 못함.

不撓不屈 〔불요불굴〕: 어떠한 어려움에도 휘어지거나 굽히지 않음.

不爲福先 〔불위복선〕: 복을 남보다 먼저 차지하면 남한테 미움을 받으므로 남에 앞서서 차지하려 하지 않음.

不撤晝夜 〔불철주야〕: 밤낮을 가리지 않음.

不肖之父 〔불초지부〕: 선대(先代)의 덕망을 닮지 못한 어리석은 아버지. '불초(不肖)는 닮지 않았다는 뜻. 아버지의 덕망을 닮지 않아 어리석다는 뜻.'

朋友責善 〔붕우책선〕: 벗끼리 서로 좋은 일을 하도록 권함.

不怨天不尤人 〔불원천불우인〕: 하늘도 원망하지 않고 다른 사람도 원망하지 않는다. 자신의 처지를 잘 알기에 아무도 원망하지 않는다는 말이다.

非禮勿動 〔비례물동〕: 예(禮)가 아니면 행동으로 옮기지도 말아라.

非禮勿視 〔비례물시〕: 예(禮)가 아니면 보지도 말아라.

非禮勿言 〔비례물언〕: 예(禮)가 아니면 말하지도 말아라.

非禮勿聽 〔비례물청〕: 예(禮)가 아니면 듣지도 말아라.

非夢似夢 〔비몽사몽〕: 꿈인지 생시인지 알 수 없는 어렴풋함.

比比有之 〔비비유지〕: 드물지 않음.

非命橫死 〔비명횡사〕: 뜻밖의 재난이나 사고 따위로 죽음.

牝鷄之晨 〔빈계지신〕: 암탉이 새벽을 알리느라고 운다. 아내가 남편의 권리를 잡는 것을 일컫는 말이다.

賓至如歸 [빈지여귀] : 손님이 와서 내 집 같은 느낌을 가져 안심하는 것.

貧賤之交不可忘 [빈천지교 불가망] : 가난하고 어려운 때 사귄 친구는 언제까지나 잊어서는 안 된다는 말.

氷姿玉質 [빙자옥질] : 얼음같이 투명한 모습과 옥과 같이 뛰어난 바탕. 용모와 재주가 모두 뛰어남을 비유하는 말이다.

氷淸玉潤 [빙청옥윤] : 얼음처럼 맑고 구슬처럼 윤이 난다. 장인과 사위의 인물이 다 같이 뛰어남을 말한다.

徙家忘妻 [사가망처] : 이사할 때 자기의 아내를 잊고 두고 간다는 뜻으로 모든 사물을 잘 잊는다는 뜻.

四顧無親 [사고무친] : 사방을 둘러봐도 가족이나 친척이 없다. 친척이 없어 의지할 곳 없이 외로움.

死孔明 走生仲達 [사공명 주생중달] : 삼국시대 제갈공명이 죽자 촉나라의 군사가 후퇴하기 시작했는데 위나라의 사마중달이 이를 추격하자 촉나라의 군대가 도리어 반격을 하여 사마중달이 놀라 도망을 쳤던 옛일에서 유래한 것으로 죽은 공명이 산 중달을 패주시켰다는 뜻.

四君子 [사군자] : 동양화에서 품성이 군자와 같이 고결하다

는 매화·난초·국화·대나무를 일컫는 말.

士農工商 [사농공상] : 선비·농부·장인·상인의 네 가지 신분을 아울러 일컫는 말.

四面春風 [사면춘풍] : 사방으로 봄바람이 분다. 항상 좋은 얼굴로 남을 대하여 누구에게나 호감을 사는 것을 말한다.

四分五裂 [사분오열] : 소진이 진의 혜왕을 위해 위의 애왕에게 연형책을 설득한 고사에서 유래한 말로 여러 갈래로 갈기갈기 찢어짐을 의미.

沙上樓閣 [사상누각] : 모래 위에 세운 누각이라는 뜻으로, 겉모양은 번듯하나 기초가 약하여 오래 가지 못하는 것, 또는 실현 불가능한 일 따위를 비유하여 이르는 말.

死生決斷 [사생결단] : 죽고 삶을 돌보지 않고 끝장을 냄.

四時春風 [사시춘풍] : 언제나 누구에게나 좋은 낯으로 대하고 무사태평한 이를 이름. 사면춘풍(四面春風).

蛇心佛口 [사심불구] : 뱀의 마음에 부처님의 입. 마음은 간악하되 입으로는 착한 말을 꾸미는 일, 또는 그런 사람.

辭讓之心禮之端也 [사양지심예지단야] : 겸허하게 양보하는 마음은 예(禮)의 근본이다.

思而不學則殆 [사이불학즉태] : 생각만 하고 더 배우지 않으면 독단에 빠져 위태롭게 된다.

事人如天 [사인여천] : 천도교에서 '한울님'을 공경하듯, 사람도 늘 그와 같이 대하라는 교리.

四鳥別 [사조별] : 모자(母子)가 서로 이별함. 네 마리의 새끼 새가 그 어미를 떠난다는 고사에서 비롯됨.

四通五達 [사통오달] : 사방으로 왕래할 수 있는 편리한 곳.

事必歸正 [사필귀정] : 모든 일은 결국에는 바른 길로 돌아

감.

死後藥方文 [사후약방문] : 죽은 뒤에 약방문을 쓴다는 뜻으로, 이미 때가 지난 후에 대책을 세우거나 후회해도 소용없다는 말. 약방문은 약을 짓기 위해 약의 이름과 분량을 쓴 종이.

山溜穿石 [산류천석] : 졸졸 흐르는 냇물이 바위를 뚫는다 함이니, 끊임없이 노력하면 무슨 일이라도 성취할 수 있음.

山上垂訓 [산상수훈] : 예수가 산꼭대기에서 행한 설교. 예수의 사랑의 윤리가 표현되어 있다.

山紫水明 [산자수명] : 산수의 경치가 뛰어남을 이르는 말.

山戰水戰 [산전수전] : 산에서의 싸움과 물에서의 싸움이라는 뜻으로, 세상의 온갖 고난을 다 겪어 세상일에 경험이 많음을 이르는 말.

山海珍味 [산해진미] : 산과 바다의 산물(産物)을 다 갖추어 썩 잘 차린 귀한 음식.

三綱五倫 [삼강오륜] : 유교 도덕의 바탕이 되는 세 가지 강령과 다섯 가지의 인륜을 이르는 말. 삼강(三綱)은 군위신강(君爲臣綱), 부위자강(父爲子綱), 부위부강(夫爲婦綱)이며, 오륜(五倫)은 부자유친(父子有親), 군신유의(君臣有義), 부부유별(夫婦有別), 장유유서(長幼有序), 붕우유신(朋友有信).

三顧之禮 [삼고지례] : 중국 촉한의 임금 유비가 제갈양의 초옥을 세 번 찾아가 간청하여 드디어 제갈양을 군사로 맞아들인 일화에서 나온 말.

三冬文史 [삼동문사] : 빈한한 사람은 농사를 짓느라고 여가가 없고 다만 삼동에 학문을 닦는다는 뜻으로, 자기를 겸손하는 말임.

森羅萬象 [삼라만상] : 우주에 존재하는 온갖 사물과 현상.

三不去 [삼불거] : 칠거(七去)의 악이 있는 아내라도 버리지 못하는 세 가지 경우. 곧, 갈 데가 없거나, 부모상을 같이 치렀거나, 가난하다가 부귀하게 된 경우.

三三五五 [삼삼오오] : 서넛 또는 대여섯 사람씩 떼지어 있거나 일을 하는 모양.

三歲之習 至于八十 [삼세지습 지우팔십] : 세 살 버릇 여든까지 간다.

三旬九食 [삼순구식] : 한 달에 아홉번 식사를 함. 집안이 가난하여 먹을 것이 적음을 일컫는 말이다.

三損友 [삼손우] : 사귀어 손해가 되는 세 가지 유형의 벗. 곧, 편벽한 사람, 말만 앞세우고 성실하지 못한 사람, 착하기만 하고 줏대가 없는 사람.

三十而立 [삼십이립] : 공자가 한 말로 나이 삼십에 이르러 비로소 학문상 자립할 수 있게 되었다는 말.

三益友 [삼익우] : 사귀어서 이로운 세 유형의 벗. 곧, 정직한 사람, 성실한 사람, 견문이 넓은 사람.

三日遊街 [삼일유가] : 과거에 급제한 사람이 사흘 동안 온 거리로 돌아다녔던 관례.

三尺童子 [삼척동자] : 키가 석 자밖에 안 되는 아이. 곧, 어린 아이.

三遷之敎 [삼천지교] : 맹모삼천지교(孟母三遷之敎).

上德不德 [상덕부덕] : 높은 덕을 가진 자는 덕을 베풀더라도 이것을 덕이라고 자랑하지 아니함.

上山求魚 [상산구어] : 산 위에서 물고기를 찾는다. 당치 않은 데 가서 되지도 않는 것을 원한다는 말이다.

上壽如水 [상수여수] : 건강하게 오래 살려면, 흐르는 물처

럼 도리에 따라서 살아야 한다는 뜻.

霜風高節 [상풍고절] : 어떠한 난관이나 어려움에 처해도 결코 굽히지 않는 높은 절개.

色卽示空 空卽示色 [색즉시공 공즉시색] : 모든 유형(有形)의 사물은 공허한 것이며, 공허한 것은 유형의 사물과 다르지 않다는 말. 반야심경의 첫 구절에 나옴.

生口不網 [생구불망] : 산 사람의 목구멍에 거미줄 치지 않는다는 말.

生不如死 [생불여사] : 삶이 죽음만 못 하다는 뜻으로, 아주 곤란한 처지에 있음을 말함.

生者必滅 [생자필멸] : 생명이 있는 것은 죽을 때가 있음.

黍離之歎 [서리지탄] : 나라가 망하여 옛 대궐 터에 기장이 익어 늘어진 것을 보고 탄식한 고사에서 유래한 것으로 세상의 영고성쇠가 무상함에 대한 탄식을 이르는 말.

庶幾之望 [서기지망] : 앞으로 잘 되어 갈 듯한 희망.

書不借人 [서불차인] : 책을 아껴 남에게 빌려 주지 않음을 이름.

西施有所醜 [서시유소추] : 월(越)나라의 서시(西施)와 같은 이름난 미인도 추한 구석이 있다. 현명한 사람이라도 과실이 있을 수밖에 없다는 의미로 쓰인다.

鼠竊狗偸 [서절구투] : 쥐나 개처럼 가히 물건을 훔친다는 뜻으로 좀도둑을 욕으로 이르는 말.

石田耕牛 [석전경우] : 자갈밭을 가는 소란 뜻으로, 황해도 사람의 근면하고 인내심이 강한 성격을 평한 말.

石火光陰 [석화광음] : 돌을 마주 부딪칠 때 불빛이 번쩍하고 나는 것과 같이 빠른 세월이라는 말.

善供無德 [선공무덕] : 부처에게 공양을 잘하여도 아무 공덕이 없다는 뜻으로, 남을 위하여 힘써도 별로 소득이 없다는 뜻.

先見之明 [선견지명] : 앞일을 미리 내다보는 지혜.

先公後私 [선공후사] : 사(私)보다 공(公)을 앞세움. 사사로운 일이나 이익보다 공익(公益)을 앞세움.

先禮後學 [선례후학] : 먼저 예의를 배우고 나중에 학문을 배우라는 뜻. 예의의 중요성을 강조하는 말.

先發制人 [선발제인] : 본래는 전쟁에서 기선을 제압해야 승리할 수 있다는 뜻. 남보다 앞서 일을 도모하면 능히 남을 제어할 수 있다는 의미로 쓰인다.

仙姿玉質 [선자옥질] : 선녀 같은 모습과 옥같은 바탕. 용모가 아름답고 재질도 뛰어남을 뜻하는 말이다.

善始善終 [선시선종] : 처음이나 끝이나 한결같이 잘 함.

雪泥鴻爪 [설니홍조] : 눈 위에 지나간 기러기의 발자취가 눈이 녹은 뒤에는 흔적 없이 사라지는 것처럼 인생의 자취가 흔적이 없음의 비유.

舌芒於劍 [설망어검] : 혀가 칼보다 날카롭다. 논봉(論鋒)이 날카로움을 뜻한다.

雪膚花容 [설부화용] : 눈처럼 흰 살결과 꽃처럼 아름다운 얼굴이란 뜻으로, 아름다운 여인의 용모를 형용하는 말.

雪上加霜 [설상가상] : 눈 위에 또 서리가 내린다는 뜻으로, 어려운 일이 겹침을 이름.

說往說來 [설왕설래] : 옳고 그름을 따지느라고 서로 옥신각신함.

纖纖玉手 [섬섬옥수] : 가냘프고 고운 여자의 손을 형용하는 말이다.

聖供無德 [성공무덕] : 부처에게 공양하였으나 아무 공덕이 없다는 뜻이니, 곧 남을 위하여 노력하나 아무 소득이 없음을 뜻함.

盛者必衰 [성자필쇠] : 한 번 성한 자는 반드시 쇠할 때가 있다는 말.

洗踏足白 [세답족백] : 상전의 빨래에 종의 발꿈치가 희게 되었다는 말로 남을 위해 한 일이 자신에게도 이롭게 되었다는 뜻.

勢利之交 [세리지교] : 권세와 이익을 얻기 위한 교제.

細雨淸江 [세우청강] : 가는 비 내리는 맑은 강.

世有伯樂然後 有千里馬 [세유백락연후 유천리마] : 세상에 백락(伯樂)이 있어야 천리마도 있는 것이다. 아무리 재능이 있는 사람이라도 그 진가를 알아보는 사람이 없으면 재능은 세상에 나타나지 않고 그대로 썩어버린다. '천리마(재능)'는 항상 있지만, '백락(알아보는 사람)'은 항상 있는 것이 아니라는 뜻.

歲寒松柏 [세한송백] : 날씨가 추워진 후의 송백. 소나무와 측백나무는 한겨울에도 변색되지 않기에 날이 추워져야 그 지조와 절개가 굳음을 보여주는 진가가 드러난다.

世俗五戒 [세속오계] : 신라 진평왕 때 원광법사가 지은 화랑의 다섯 가지 계율. 곧, 사군이충(事君以忠), 사친이효(事親以孝), 교우이신(交友以信), 임전무퇴(臨戰無退), 살생유택(殺生有擇).

歲寒三友 [세한삼우] : 추운 겨울에 잘 견디는 소나무·대나무·매화나무를 일컫는 말.

笑裏藏刀 [소리장도] : 겉으로는 웃으면서 온화한 척 하지만, 마음속에는 음흉하게 칼을 품고 있음. 얼굴에 미소를 띄우고

있지만 속에는 해칠 뜻을 품고 있는 것을 비유하는 말이다.

所犯傷寒 〔소범상한〕: 방사의 피로로 생기는 상한증.

笑而不答 〔소이부답〕: 웃기만 하고 대답을 하지 않음.

騷人墨客 〔소인묵객〕: 시문(詩文)·서화(書畵)를 일삼는 사람. 곧, 시인·문인·서예가·화가를 이르는 말.

小貪大失 〔소탐대실〕: 작은 것을 탐하다가 오히려 큰 것을 잃음.

束手無策 〔속수무책〕: 손을 묶은 듯이 어찌할 방책이 없음.

孫康映雪 〔손강영설〕: 손강(孫康)이 집이 가난하여 기름을 구하지 못해서 쌓인 눈빛에 비추어 책을 읽었다는 고사. 어려운 가운데 고생하면서 공부한다는 비유로 쓰인다.

率性之謂道 〔솔성지위도〕: 하늘이 명(命)을 통해 부여해 준 자신의 '본성(本性)'을 잘 파악하고 발달시키는 것, 그것을 일컬어 '도(道)' 즉, 자신의 '길'이라고 한다.

送舊迎新 〔송구영신〕: 묵은 것을 보내고 새 것을 맞음. 또는, 묵은해를 보내고 새해를 맞음.

松茂栢悅 〔송무백열〕: 소나무가 무성하면 잣나무가 기뻐한다는 뜻으로 남이 잘 되는 것을 기뻐함을 비유한 말.

松柏之操 〔송백지조〕: 소나무와 잣나무의 푸름처럼 변하지 않는 지조.

松風山月 〔송풍산월〕: 솔숲을 스치어 부는 바람과 산에 걸린 달.

樹德務滋 〔수덕무자〕: 덕을 심어 가꾸는 데 끊임없이 번성하게 해야 한다는 뜻으로, 항상 덕을 쌓아야 한다는 말.

水到魚行 〔수도어행〕: 물이 이르르면 고기가 그 물 속을 가게 된다. 무슨 일이건 때가 되면 이루어진다는 의미.

修道之謂敎 [수도지위교] : 자신에게 주어진 명(命)을 파악
하고 본성을 발달시켜야 하는 자신의 길(道)을 꾸준히 다듬어
나가는 것, 그것을 일컬어 '본받음(敎)'이라고 한다.

水陸珍味 [수륙진미] : 산해진미와 같음. 세상의 온갖 맛있
는 음식.

水面天心 [수면천심] : 맑은 수면과 하늘의 한가운데, 마음
이 고요함.

壽福康寧 [수복강녕] : 오래 살고 행복하며, 건강하고 평안
함.

守分安拙 [수분안졸] : 분수를 지키고 편안함.

手不釋卷 [수불석권] : 손에서 책을 놓지 않는다는 뜻으로,
늘 글을 읽음을 이르는 말.

修身齊家 [수신제가] : 자기의 몸을 닦고 집안 일을 잘 다스
림.

水深可知 人心難測 [수심가지 인심난측] : 물의 깊이는 알
수 있으나 사람의 마음은 헤아리기 어렵다.

誰怨誰咎 [수원수구] : 누굴 원망하며 누굴 탓할 것인가. 남
을 원망하거나 책망할 것이 없음을 이르는 말이다.

修人事待天命 [수인사 대천명] : 사람의 힘으로 할 수 있는
일을 다하고 하늘의 명을 기다림.

手足之愛 [수족지애] : 형제 사이의 우애를 일컫는 말.

菽麥不辨 [숙맥불변] : 콩인지 보리인지 분간할 줄 모른다는
뜻으로 어리석고 못난 사람의 비유

熟柿主義 [숙시주의] : 감이 익어서 저절로 떨어지듯 일이
제풀에 잘 될 기회를 기다림.

宿虎衝鼻 [숙호충비] : 자는 호랑이의 코를 찌른다는 뜻으로,

636

공연히 화를 부르는 일을 이르는 말.

純潔無垢 〔순결무구〕 : 아주 깨끗하여 조금도 티가 없음.

脣齒之國 〔순치지국〕 : 이해관계가 밀접하여 입술과 치아와의 관계 같은 나라.

膝甲盜賊 〔슬갑도적〕 : 남의 시문(詩文)을 표절하여 쓰는 사람을 일컫는 말이다.

崇德廣業 〔숭덕광업〕 : 높은 덕과 큰 사업. 또, 덕을 높이고 업을 넓힘.

時不再來 〔시불재래〕 : 한 번 지난 때는 다시 돌아오지 아니함.

是非曲直 〔시비곡직〕 : 옳고 그르고 굽고 곧음. 곧, 잘잘못.

是是非非 〔시시비비〕 : 옳은 것은 옳고 그른 것은 그르다고 판단함.

是耶非耶 〔시야비야〕 : 옳으니 그르니 하고 시비를 가림.

視日不眩 〔시일불현〕 : 해를 보고도 눈이 부시지 아니하다는 뜻으로 안광이 번쩍번쩍 빛남을 이름.

食不二味 〔식불이미〕 : 일상의 먹는 밥은 찬을 두 가지 이상 놓지 아니한다는 뜻으로, 검약하다는 말.

植松望亭 〔식송망정〕 : 솔을 심어 정자를 삼는다 함이니, 원하는 일이 앞으로 기다리기 까마득하다는 뜻.

身言書判 〔신언서판〕 : 당나라 때 관리를 뽑는 기준으로 삼았던, 사람이 갖추어야 할 네 가지 조건. 곧, 신수·언사·문필·판단력.

身體髮膚 〔신체발부〕 : 몸·머리·피부. 곧, 몸 전체를 말함.

身土不二 〔신토불이〕 : 몸과 태어난 땅은 하나라는 뜻으로, 제 땅에서 생산된 것이라야 체질에 잘 맞는다는 말.

實踐躬行 [실천궁행] : 몸소 실천함.

心術去福 [심술거복] : 심술쟁이는 복을 받지 못한다는 말.

十伐之木 [십벌지목] : 열 번 찍어 안 넘어가는 나무가 없다는 말이니, 아무리 마음이 굳은 사람도 여러 번 치근거리면 마음이 움직이게 된다는 말.

十匙一飯 [십시일반] : 열 사람이 밥 한 숟갈씩 보태면 한 사람의 끼니가 된다는 뜻으로, 여럿이 한 사람을 돕기는 쉽다는 말.

兒童走卒 [아동주졸] : 철없는 아이들과 어리석은 사람들.

我田引水 [아전인수] : '제 논에 물대기'란 뜻으로, 자기에게 유리하게 생각하거나 행동함을 이르는 말.

惡木盜泉 [악목도천] : 더워도 나쁜 나무 그늘에서는 쉬지 않으며, 목이 말라도 도(盜)란 나쁜 이름이 붙은 샘물은 마시지 않는다는 뜻으로, 아무리 곤란해도 부끄러운 일은 하지 않음의 비유.

眼高手卑 [안고수비] : 눈은 높으나 실력은 그에 미치지 못한다는 뜻. 전에는 사치하게 살던 사람이 가난해져 눈은 높고 돈은 전처럼 쓰지 못할 경우를 일컫기도 한다.

惡因惡果 [악인악과] : 악한 일을 하면 반드시 그 결과가 나쁘게 나타난다는 말.

安分知足 [안분지족] : 자기 분수를 지키며 만족할 줄을 앎.

安不忘危 [안불망위] : 편안할 때도 마음을 놓지 않고 위태로움에 항상 대비함.

安貧樂道 [안빈낙도] : 가난한 생활에서도 편안한 마음으로 도를 즐김.

眼中之人 [안중지인] : 눈 속에 있는 사람. 정(情)든 사람을 뜻한다. 눈앞에 있는 사람을 가리켜 말하기도 하고, 눈앞에 없어도 평생 사귄 사람을 일컫기도 한다.

安心立命 [안심입명] : 천명(天命)을 깨닫고 생사·이해를 초월하여 마음의 평안을 얻음.

眼下無人 [안하무인] : 눈 아래에 사람이 없다는 뜻으로, 사람됨이 교만하여 남을 업신여김을 이르는 말.

壓卷 [압권] : 책이나 예술작품, 공연물 등에서 가장 뛰어난 부분 또는 여럿 중에서 가장 뛰어난 것을 일컫는 말.

愛國愛族 [애국애족] : 자기의 나라와 겨레를 사랑함.

愛別離苦 [애별리고] : 불교에서 말하는 팔고(八苦)의 하나. 사랑하는 사람과 헤어져야 하는 괴로움.

曖昧模糊 [애매모호] : 사물의 이치가 희미하고 분명치 않음.

愛人者 人恒愛之 [애인자 인항애지] : 다른 사람들을 사랑하는 사람은 다른 사람들도 늘 그를 사랑해준다.

愛人如己 [애인여기] : 남을 자기 몸같이 사랑함.

愛之重之 [애지중지] : 매우 사랑하고 소중히 여김.

佯狂佯醉 [양광양취] : 거짓으로 미치고 취한 체함.

陽臺 [양대] : 해가 잘 비치는 대. 남녀의 정교(情交)를 의미

한다.

　陽臺 不歸之雲 [양대 불귀지운] : 한 번 정교(情交)를 맺고 다시는 만나지 못하는 것을 비유하여 말한다.

　量自力 [양자력] : 자기 자신의 능력의 정도는 자신만이 안다는 의미. 어떤 일을 마음이 곧고 충실하게 탐구한다는 의미로도 쓰인다.

　良志良能 [양지양능] : 교육이나 체험에 의하지 아니하고 선천적으로 알고 행할 수 있는 능력.

　養志之孝 [양지지효] : 항상 부모의 뜻을 받들어 마음을 기쁘게 해드리는 효행.

　魚頭肉尾 [어두육미] : 생선은 대가리 쪽이, 짐승은 꼬리 쪽이 맛이 좋다는 말.

　魚目燕石 [어목연석] : 어목(魚目)은 물고기의 눈, 연석(燕石)은 연산(燕山)의 돌. 모두 옥과 비슷하여 옥으로 혼동함. 허위를 진실로 우인(愚人)을 현인(賢人)으로 혼동하는 것을 비유하는 말이다.

　魚網鴻離 [어망홍리] : 물고기를 잡으려고 쳐놓은 그물에 기러기가 걸린다는 뜻으로 구하는 것이 아닌 딴 것을 얻을 때를 비유한 말.

　魚變成龍 [어변성룡] : 물고기가 변하여 용이 된다는 말로 아무 보잘 것 없고 곤궁하던 사람이 부귀를 누리게 됨을 비유함.

　語不成說 [어불성설] : 말이 도무지 사리에 맞지 않음. 말이 되지 않음.

　魚遊釜中 [어유부중] : 솥 안에서 물고기가 논다는 뜻으로 살아 있기는 해도 생명이 얼마 남지 않았음을 비유함.

　抑强扶弱 [억강부약] : 강한 자를 누르고, 약한 자를 도와줌.

焉敢生心 [언감생심] : '어찌 감히 그런 마음을 먹을 수 있으랴'라는 뜻.

言飛千里 [언비천리] : 발 없는 말이 천리를 간다는 뜻으로, 말이 빠르게 멀리 퍼진다는 말.

偃鼠之望 [언서지망] : 쥐는 작은 동물이라서 강물을 마신다고 해도 자기 배 하나 가득히 밖에 더 못 마신다. 저마다 정해진 자기 분수가 있으니 안분(安分)하라는 말이다.

言語道斷 [언어도단] : 너무 엄청나게 사리에 어긋나 말문이 막힌다는 뜻으로, 어이가 없어 말로 나타날 수 없음을 이르는 말.

言猶在耳 [언유재이] : 들은 말이 아직도 귀에 쟁쟁하다는 말로, 여러 가지 들은 말을 귀에 담아두고 잊어버리지 않는다는 말.

言中有骨 [언중유골] : 예사로운 말속에 뼈 같은 속뜻이 있다는 말.

言則是也 [언즉시야] : 말이 사리에 맞는다.

言行一致 [언행일치] : 하는 말과 행동이 같음.

如鼓琴瑟 [여고금슬] : 거문고와 비파를 타듯이 부부 화락을 말함.

與民同樂 [여민동락] : 왕이 백성과 즐거움을 함께 나눔을 말한다.

如反掌 [여반장] : 손바닥을 뒤집는 것과 같이 매우 쉬움.

與朋友交而不信乎 [여붕우교이불신호] : 증자(曾子)가 하루에 세 가지를 돌아본 것 중의 하나로 벗과 사귀는 데에 신의로서 하지 않은 것이 있었는가?

如匪澣衣 [여비한의] : 빨지 않은 옷과 같이 마음이 깨끗하

지 아니한 것.

與子同袍 [여자동포] : 자네와 두루마기를 같이 입겠네. 친구 사이에 서로 허물없이 무관하여 하는 말.

如座針席 [여좌침석] : 바늘 방석에 앉은 것 같이 불안하다는 말.

如風過耳 [여풍과이] : 바람이 귀를 스쳐 감과 같다 함이니, 남의 말을 조금도 귀담아 듣지 않는다는 뜻.

易子而敎之 [역자이교지] : 자기 자식을 자기가 직접 가르치면 폐단이 많으므로 다른 사람의 자식을 자기가 직접 가르치고 자기의 자식을 다른 사람에게 맡기어 가르치게 함.

易地思之 [역지사지] : 상대편의 처지에서 생각함.

燕雁代飛 [연안대비] : 제비가 날아올 때는 기러기는 날아가고 기러기가 올 때는 제비가 날아가 각각 다른 방향으로 간다는 뜻.

燕趙悲歌士 [연조비가사] : 춘추전국시대 연나라와 조나라에 세상을 비관하여 슬픈 노래를 부른 사람이 많았다는 뜻으로 우국의 선비를 이르는 말.

燕鴻之歎 [연홍지탄] : 봄과 가을에 엇갈리는 제비와 기러기처럼 서로 반대의 입장이 되어 만나지 못함을 한탄하는 말이다.

炎涼世態 [염량세태] : 권세가 있을 때는 아부하고, 세력이 없어지면 푸대접하는 세상의 인심의 태도.

念力通巖 [염력통암] : 일을 함에 있어 온 정성을 들이면 무엇이나 안 되는 것이 없다는 뜻.

恬不爲愧 [염불위괴] : 옳지 않은 일을 하고도 전혀 부끄러워할 줄 모름.

拈華微笑 [염화미소] : 말로 하지 않고 마음에서 마음으로

전하는 일을 뜻하는 말. 석가가 설법 중에 연꽃을 들어 보였을 때 오직 제자 가섭(迦葉)만이 그 뜻을 알고 빙그레 웃었다는 옛일에서 유래.

曳尾塗中 [예미도중] : 꼬리를 진흙 속에 끌고 다닌다는 뜻으로 부귀를 누리면서 구속된 생활을 하는 것보다는 비록 가난하더라도 자유로운 생활을 누리는 것이 낫다는 말의 비유.

禮義廉恥 [예의염치] : 예절과 의리와 청렴함과 부끄러움을 아는 마음.

榮枯盛衰 [영고성쇠] : 사람의 일생이나 나라의 운명이 필 때도 있고 질 때도 있으며 융성할 때도 있고 쇠퇴할 때도 있음을 뜻한다.

梧桐一葉 [오동일엽] : 오동 한 잎을 보고 가을이 온 것을 안다. 한 가지 구실을 보면 일의 전말을 알 수 있다는 말로 쓰인다.

五車之書 [오거지서] : 다섯 수레에 가득 실을 정도로 장서가 많음.

寤寐不忘 [오매불망] : 자나깨나 잊지 못함.

吾不關焉 [오불관언] : 나는 그 일에 대하여 상관하지 않음.

烏飛梨落 [오비이락] : '까마귀 날자 배 떨어진다'는 뜻으로, 공교롭게 우연의 일치로 어떤 일이 일어나 의심을 받게 됨의 비유.

吾鼻三尺 [오비삼척] : '내 코가 석 자'라는 뜻으로, 내 사정이 급하여 남을 돌볼 여유가 없다는 말.

烏飛兎走 [오비토주] : 세월이 빨리 흘러감을 이르는 말.

傲霜孤節 [오상고절] : 서릿발 날리는 추운 때에도 굴하지 않고 외로이 지키는 절개를 뜻한다.

五言長城 [오언장성] : 오언시(五言詩)를 잘 짓는 것이나 만리장성(萬里長城)은 보통 사람으로서는 바랄 수 없는 일임을 비유하는 말이다.

烏雲之陣 [오운지진] : 까마귀가 흩어지는 것처럼, 또 구름이 모이는 것과 같이 모임과 흩어짐이 계속되면서 변화가 많은 진법(陣法)을 말한다.

玉石同櫃 [옥석동궤] : 옥과 돌이 한 궤짝 속에 있음. 좋은 것과 나쁜 것, 혹은 똑똑한 사람과 어리석은 사람이 한데 섞여 있는 경우를 말한다.

玉衣玉食 [옥의옥식] : 좋은 옷을 입고 맛있는 음식을 먹음.

瓦釜雷鳴 [와부뇌명] : 질그릇과 솥이 부딪치는 소리를 듣고 천둥이 치는 소리로 착각함. 무식하고 변변치 못한 사람이 아는 체하고 크게 떠들어댄 소리에 여러 사람이 혹하여 놀라게 된 것을 뜻한다.

王佐之才 [왕좌지재] : 왕을 보좌할 만한 훌륭한 재능.

王侯將相 [왕후장상] : 제왕과 제후와 장수와 재상을 함께 이르는 말.

外方之訓 [외방지훈] : 아버지가 아들에게 내리는 교훈.

外柔內剛 [외유내강] : 겉보기에 부드럽고 순한 듯하나 속은 꿋꿋하고 굳셈.

外親內疎 [외친내소] : 겉으로는 친한 척하면서 속으로는 멀리함.

樂山樂水 [요산요수] : 산을 좋아하고 물을 좋아한다는 뜻으로, 산수(山水)를 좋아함을 이르는 말.

窈窕淑女 [요조숙녀] : 착하고 얌전한 여자.

欲巧反拙 [욕교반졸] : 기교를 너무 부리면 도리어 못 하게

됨.

　欲死無地 〔욕사무지〕: 죽으려고 하여도 죽을 만한 땅이 없다는 뜻으로 매우 분하고 원통함.

　欲燒筆硯 〔욕소필연〕: 붓과 벼루를 태워버리고 싶다. 남이 지은 문장의 뛰어남을 보고 자신의 재주가 그에 미치지 못함을 탄식하는 말이다.

　龍蛇飛騰 〔용사비등〕: 용이 날아오르는 것같이 잘 쓴 글씨의 필세를 이르는 말.

　龍如得雲 〔용여득운〕: 용이 구름을 얻듯이 큰 인물이 활동할 기회를 얻음의 비유.

　龍虎相搏 〔용호상박〕: 용과 범이 서로 싸운다는 뜻으로, 두 강자의 싸움을 비유하여 이르는 말.

　憂國之士 〔우국지사〕: 나라의 앞일을 근심하고 염려하는 사람.

　牛溲馬勃 〔우수마발〕: 소의 오줌과 말의 똥이라는 뜻으로 아무 가치가 없는 말이나 글.

　迂餘曲折 〔우여곡절〕: 여러 가지로 뒤얽힌 복잡한 사정이나 변화.

　右往左往 〔우왕좌왕〕: 오른쪽으로 갔다 왼쪽으로 갔다 함. 어떤 일을 결정 짓지 못하고 망설임.

　優柔不斷 〔우유부단〕: 결단력이 부족함을 이름.

　牛耳讀經 〔우이독경〕: '쇠귀에 경 읽기'란 뜻으로, 우둔한 사람은 아무리 가르치고 일러주어도 알아듣지 못함을 비유하여 이르는 말.

　愚者千慮 〔우자천려〕: 어리석은 자의 많은 생각.

　雨後竹筍 〔우후죽순〕: 비 온 뒤에 죽순이 돋아나듯, 어떤 일

이 일시에 많이 일어남의 비유.

雲散霧散 〔운산무산〕: 구름이 흩어지고 안개가 사라지듯, 근심이나 걱정이 깨끗이 사라짐의 비유.

雲上氣稟 〔운상기품〕: 속됨을 벗어난 고상한 기질과 성품.

運數所關 〔운수소관〕: 모든 일이 능력이나 노력에 상관없이 운수에 달려 있다는 생각.

雲霓之望 〔운예지망〕: 큰 가뭄에 구름과 무지개를 바라듯 그 희망이 간절함을 비유하는 말로 쓰인다.

雲雨之情 〔운우지정〕: 남녀간의 육체적인 사랑.

猿猴取月 〔원후취월〕: 원숭이가 물에 비친 달을 잡으려다가 물에 빠져 죽는다는 뜻으로, 사람이 제 분수를 지키지 않고 욕심을 부리면 화를 입게 됨의 비유.

鴛鴦之契 〔원앙지계〕: 진나라 간보 수신기에 있는 한빙 부부의 슬픈 이야기에서 유래한 말로 금실이 좋은 부부를 비유하여 이르는 말.

圓鑿方枘 〔원조방예〕: 둥근 구멍에 모난 자루를 넣는다는 뜻으로, 사물이 서로 맞지 않음의 비유.

遠禍召福 〔원화소복〕: 화를 멀리하고 복을 불러들임.

遠親 不如近隣 〔원친 불여근린〕: 멀리 있는 친척은 가까운 이웃만 못하다.

遠禍召福 〔원화소복〕: 재난을 멀리하고 복을 불러옴.

月白風淸 〔월백풍청〕: 달은 밝고 바람은 선선함. 달이 밝은 가을밤의 경치를 형용한 말.

月盈則食 〔월영즉식〕: 달이 꽉 차서 보름달이 되고 나면 줄어들어 밤하늘에 안보이게 된다. 한번 흥하면 한번은 망함을 비유하는 말로 쓰인다.

月態花容〔월태화용〕: 달 같은 태도와 꽃 같은 얼굴. 미인을 가리키는 말이다.

爲鬼所笑〔위귀소소〕: 가난의 신이 비웃는다는 뜻으로, 가난을 면치 못함을 이름.

危機一髮〔위기일발〕: 눈앞에 닥친 아주 위급한 순간.

謂鹿爲馬〔위록위마〕: 사슴을 가리켜 말이라고 한다는 뜻으로 사리에 맞지 않는 억지 주장을 비유한 말.

爲富不仁〔위부불인〕: 치부하려면 자연히 어질지 못한 일을 하게 된다는 말.

危如朝露〔위여조로〕: 아침 이슬은 해가 뜨면 곧 사라지듯이 위기가 임박해 있음을 말함.

爲人謀而不忠乎〔위인모이불충호〕: 증자(曾子)가 행한 일일삼성(一日三省) 중 한 가지. 다른 사람을 위해서 일을 도모하는 데에 정성을 다하지 못한 점이 있었는가?

爲人設官〔위인설관〕: 어떤 사람을 위해 벼슬자리를 새로이 마련함.

有口無言〔유구무언〕: 입은 있으나 할말이 없다는 뜻으로, 변명할 말이 없음을 이르는 말.

有口不言〔유구불언〕: 입은 있으되 말을 하지 않는다는 뜻으로, 사정이 거북하거나 따분하여 특별히 하고 싶은 말이 있어도 하지 아니함을 이르는 말.

有名無實〔유명무실〕: 이름만 있고 실상이 없음. 또, 평판과 실제가 같지 않음.

類萬不同〔유만부동〕: 비슷한 것들은 수만 가지가 있어도 같지는 않다. 모든 것이 서로 같지 아니함을 뜻하는 말이다.

有朋自遠方來 不亦樂乎〔유붕자원방래 불역낙호〕: 벗이 있

어 먼 곳에서 온다면 이 또한 즐거운 일이 아닌가란 뜻.

有備無患 [유비무환] : 미리 준비가 되어 있으면 우환을 당하지 아니함.

流水不腐 [유수불부] : 흐르는 물은 썩지 않음.

唯我獨尊 [유아독존] : 이 세상에 나보다 존귀한 사람은 없다는 말. 또는, 자기만 잘 났다고 자부하는 독선적인 태도의 비유.

有耶無耶 [유야무야] : 있는지 없는지 모르게 희미함.

流言蜚語 [유언비어] : 아무 근거 없이 떠도는 소문. 남을 모략하려고 퍼뜨리는 뜬소문.

有爲變轉 [유위변전] : 세상은 항상 변화무쌍하여 잠시도 머물러 있는 법이 없다는 뜻.

悠悠自適 [유유자적] : 속세를 떠나 아무 것에도 속박 당하지 않고 편안히 살아감.

唯一無二 [유일무이] : 둘이 아니고 오직 하나뿐이라는 뜻으로, 오직 하나밖에 없음.

遊必有方 [유필유방] : 부모가 생존해 있을 때 자식은 그 슬하에서 모셔야 하며 유학을 할지라도 일정한 곳에 머물러야 함.

猶獲石田 [유획석전] : 돌밭 얻는 것 같다는 뜻으로, 아무 데도 쓸모 없음을 이름.

陸地行船 [육지행선] : 뭍으로 배를 저으려 한다 함이니, 불가능한 일을 고집한다는 뜻.

隱居放言 [은거방언] : 속세를 피하여 혼자 지내면서 품고 있는 생각을 거리낌없이 말하는 것을 일컫는다.

隱忍自重 [은인자중] : 속으로 참으며 몸가짐을 조심함.

陰德陽報 [음덕양보] : 남 모르게 덕을 베풀면 뒤에 보답을

받게 된다는 말.

飮馬投錢 〔음마투전〕 : 말에게 물을 먹일 때 먼저 돈을 물속에 던져서 물 값을 지불할 정도로 결백한 행실을 비유하는 말.

吟風弄月 〔음풍농월〕 : 시를 짓고 흥취를 자아내어 놀음.

衣錦輕衣 〔의금경의〕 : 비단 옷을 입고 그 위에 안을 대지 않은 홑옷을 또 입는다. 군자가 미덕을 갖추고 있으나 이를 자랑하지 않음을 비유한 말이다. (衣錦絅衣로도 쓴다)

意馬心猿 〔의마심원〕 : 뜻은 말처럼 날뛰어 다루기 어렵고 마음은 원숭이처럼 이 흉내 저 흉내 다 내어 걷잡을 수 없다. 사람의 번뇌와 욕심은 동요하기 쉽고 억누르기 어려움을 비유한 말이다.

倚門之望 〔의문지망〕 : 멀리 가 있는 아들을 매일 문에 기대어 기다리는 어머니의 정을 일컫는 말이다. 줄여서 의문(倚門)이라고도 한다.

疑人勿使 使人勿疑 〔의인물사 사인물의〕 : 사람을 의심하면 그 사람을 부리지 말고 사람을 부리면 그 사람을 의심하지 말아라.

衣食足 則知榮辱 〔의식족 즉지영욕〕 : 의식이 족해야 영욕을 안다는 뜻으로 의식이 족한 생활의 안정이 있어야만 절로 도덕과 예절을 알게 된다는 말.

疑心生暗鬼 〔의심생암귀〕 : 의심은 암귀(망상에서 오는 공포)를 낳는다는 뜻으로 선입관으로 인해 정확한 판단을 그르칠 수도 있다는 말.

邑犬群吠 〔읍견군폐〕 : 동네 개들이 떼지어 짖어 댄다는 뜻으로, 여러 소인배들이 남을 비방함의 비유.

以功報功 [이공보공] : 공은 공으로 갚는다 함이니, 은혜는 은혜로 갚아야 한다는 뜻.

異口同聲 [이구동성] : 입은 다르지만 하는 말은 같다는 뜻으로, 여러 사람의 말이 한결같음을 이르는 말.

離群索居 [이군삭거] : 동문의 벗들과 떨어져 외롭게 사는 것을 말함.

二毛之年 [이모지년] : 센 털이 나기 시작하는 나이란 말로 서른 두 살의 뜻.

以不解解之 [이불해해지] : 글의 뜻을 푸는 데 풀리지 않는 것을 억지로 풀어낸다. 즉, 안되는 것을 억지로 해석하면 곡해하기 쉽다는 말이다.

以恕己之心恕人 [이서기지심서인] : 자기를 용서하는 마음으로 남을 용서하라.

以黍雪桃 [이서설도] : 기장으로 복숭아를 닦는다는 뜻으로 귀천을 가리지 못함을 비유한 말.

以小成大 [이소성대] : 작은 일에서부터 시작해서 큰 일을 이룸.

以實直告 [이실직고] : 사실 그대로 고함.

以熱治熱 [이열치열] : 열로써 열을 다스림.

二律背反 [이율배반] : 서로 모순·대립하는 두 명제가 동등한 타당성을 가지고 주장됨.

以指測海 [이지측해] : 손가락으로 바다의 깊이를 잰다는 뜻.

以責人之心 責己 [이책인지심 책기] : 남을 꾸짖는 마음으로 자기를 꾸짖어라.

移天易日 [이천역일] : 나라의 정권을 도둑질하여 노략질함.

耳懸鈴鼻懸鈴 [이현령 비현령] : '귀에 걸면 귀걸이, 코에 걸

면 코걸이'란 뜻으로, 법령 등의 해석을 제 편리한 대로 함을 비유하여 이르는 말.

以血洗血 [이혈세혈] : 피로써 피를 씻으면 더욱 더러워진다는 뜻으로, 악사(惡事)를 다스리려다 더욱 악을 범함을 이름.

益者三樂 [익자삼요] : 사람이 좋아하여 유익한 세 가지. 곧, 예악(禮樂)을 적당히 좋아하고, 남의 착함을 좋아하고, 착한 벗이 많음을 좋아하는 것.

益者三友 [익자삼우] : 사귀어서 유익한 세 벗. 곧, 정직한 벗, 신의가 있는 벗, 지식이 있는 벗.

因果應報 [인과응보] : 과거 또는 전생의 선악의 인연에 따라서 뒷날 길흉화복의 갚음을 받게 됨을 이르는 말.

人口膾炙 [인구회자] : 사람들의 입맛에 맞는 회와 구운 고기라는 뜻으로, 많은 사람들 입에 자주 오르내림을 이르는 말.

人面獸心 [인면수심] : 얼굴은 사람의 모습을 하였으나 마음은 짐승과 같다는 뜻으로, 남의 은혜를 모름, 또는 마음이 몹시 흉악함을 이르는 말.

人不知而不慍 不亦君子乎 [인부지이불온불역군자호] : 다른 사람이 자신을 알아주지 않는다 해도 성내지 않으면 또한 군자가 아니겠는가?

人非木石 [인비목석] : 사람은 목석이 아니라 함이니, 사람은 누구나 정을 가지고 있다는 뜻.

人山人海 [인산인해] : 사람이 수없이 많이 모인 상태를 비유한 말.

人生七十古來稀 [인생칠십고래희] : 두보의 곡강시에서 유래한 말로 사람이 일흔 살까지 살기란 예로부터 드문 일이라는 말.

人心難測 [인심난측] : 사람의 마음은 헤아리기 어려움을 이름.

人心如面 [인심여면] : 사람의 얼굴이 각각 다름과 같이 마음도 또한 각기 다르다는 뜻.

人之常情 [인지상정] : 사람이라면 누구나 가지는 보통의 마음, 또는 생각.

忍之爲德 [인지위덕] : 참는 것이 덕이 됨.

一刻千金 [일각천금] : 극히 짧은 시간도 그 소중하고 아깝기가 천금과 같다는 말.

一竅不通 [일규불통] : 염통의 구멍이 막혔다는 뜻으로 사리에 어두움을 일컫는 말.

一龍一蛇 [일룡일사] : 어느 때는 용이 되어 하늘로 올라가고 어느 때는 뱀이 되어 못에 숨는다는 말로 난세에는 은거하여 재능을 나타내지 않고 태평한 시대에는 세상에 나와 일을 함.

一望無際 [일망무제] : 넓고 아득히 멀어서 끝이 없음.

一脈相通 [일맥상통] : 생각·성질·처지 등이 어느 면에서 한 가지로 서로 통함.

一目瞭然 [일목요연] : 한 번 보고도 환히 알 수 있을 만큼 분명함.

一般生意 [일반생의] : 일반 삶의 뜻.

一罰百戒 [일벌백계] : 한 가지 죄과 또는 한 사람을 벌줌으로써 여러 사람의 경각심을 불러일으킴.

一臂之力 [일비지력] : 남을 도와 줄 때 보잘 것 없는 힘이라고 낮추어 하는 말.

一絲不亂 [일사불란] : 한 오라기의 실도 흐트러지지 않았다는 뜻으로, 질서나 체계 따위가 잘 잡혀 있어서 조금도 흐트러짐

이 없음을 이르는 말.

一色疎薄 [일색소박] : 아름다운 여자일수록 소박당하는 수가 많음.

日新 日日新 又日新 [일신 일일신 우일신] : 날로 새로워지려거든 하루하루를 새롭게 하고 또 매일매일을 새롭게 하라.

一魚濁水 [일어탁수] : 물고기 하나가 물을 흐리게 한다는 뜻.

一葉知秋 [일엽지추] : 하나의 낙엽이 가을이 왔음을 알게 해준다. 한 가지 일을 보고 앞으로 있을 일을 미리 안다는 말로 쓰이기도 하고, 쇠망의 조짐을 비유해서 쓰이기도 한다.

一葉片舟 [일엽편주] : 한 조각 작은 배.

一牛鳴地 [일우명지] : 소의 울음소리가 들릴 정도의 거리라는 뜻으로, 매우 가까운 거리를 이르는 말.

一日三秋 [일일삼추] : 하루가 3년처럼 길게 느껴짐, 즉 몹시 애태우며 기다림을 비유하는 말로 쓰인다.

一朝之忿 [일조지분] : 한때의 분노.

一進一退 [일진일퇴] : 한 번 나아갔다가 한 번 물러섰다 함.

一觸卽發 [일촉즉발] : 한 번 닿기만 하여도 곧 폭발한다는 뜻으로, 조그만 자극에도 큰 일이 벌어질 것 같은 아슬아슬한 상태를 이르는 말.

一寸光陰不可輕 [일촌광음 불가경] : 아주 짧은 시간이라도 헛되이 보내지 말라는 뜻.

日就月將 [일취월장] : 날마다 달마다 성장하고 발전함. 학업이 날이 가고 달이 갈수록 진보함을 이름.

一炊之夢 [일취지몽] : 덧없는 부귀 영화. 인생의 허무함을 비유하는 말.

一片丹心 [일편단심] : 한 조각의 붉은 마음. 변치 않는 참된 마음을 이름.

一筆揮之 [일필휘지] : 단숨에 힘차게 글씨를 써내려 감.

日下 無蹊徑 [일하 무혜경] : 해가 비치고 있는 곳에는 눈을 피해 갈 수 있는 좁은 지름길이 없다. 나쁜 일이 행해지지 아니한 것을 탄미한 말.

一虛一盈 [일허일영] : 있는가 하면 없고 없는가 하면 있음. 곧, 변화가 무상함을 이름.

一狐之腋 [일호지액] : 한 마리의 여우 겨드랑이 밑에서 뜯어낸 희고 고운 모피라는 뜻으로 진귀한 물건을 비유한 말.

一攫千金 [일확천금] : 힘들이지 않고 한 번에 많은 재물을 얻음.

一喜一悲 [일희일비] : 기쁜 일과 슬픈 일이 번갈아 일어남.

臨渴掘井 [임갈굴정] : '목마른 자가 우물을 판다'라는 뜻으로, 준비 없이 일을 당하여 허둥지둥하고 애씀.

臨農奪耕 [임농탈경] : 농사 지을 시기에 임하여 경작자에게서 농토를 빼앗음. 즉 다 준비된 것을 빼앗는 것을 이르는 말.

林中不賣薪 [임중불매신] : 산중에서는 땔나무를 사는 자도 파는 자도 없다는 뜻으로 물건은 소용이 되는 곳에 써야함을 이름.

林中之衆鳥 不如手中之一鳥(임중지중조 불여수중지일조) : 숲 속의 많은 새들이 손안에 한 마리 새보다 못하다.

入幕之賓 [입막지빈] : 침실에 친 장막 속에 들어오는 손, 즉 가까운 손님.

立身揚名 [입신양명] : 출세하여 세상에 이름을 날림.

入耳不煩 [입이불번] : 듣기에 싫지 않다는 뜻으로, 아첨하

는 말을 이름.

ㅈ

自家撞着 〔자가당착〕: 자기의 문장이나 언행이 앞뒤가 맞지
않음.

自彊不息 〔자강불식〕: 스스로 힘써 가다듬고 쉬지 않음.

自激之心 〔자격지심〕: 자기가 한 일에 대하여 스스로 미흡
하게 여기는 마음.

自愧之心 〔자괴지심〕: 스스로 부끄럽게 여기는 마음.

子膜執中 〔자막집중〕: 전국시대 자막이란 사람이 변통성이
없이 항상 중용만을 지켰다는 고사에서 나온 말로 융통성이 없
는 사람의 행동을 가리키는 말.

自手成家 〔자수성가〕: 스스로의 힘으로 일가를 이룸. 곧, 스
스로의 힘으로 사업을 이룩하거나 큰 일을 이룸.

自繩自縛 〔자승자박〕: 자기가 꼰 새끼로 자기를 묶는다는
뜻으로, 자기가 한 말이나 행동 때문에 자기 자신이 구속되어
괴로움을 당하게 됨을 이름.

自勝之癖 〔자승지벽〕: 언제나 자기가 남보다 낫다고 여기는
버릇.

自業自得 〔자업자득〕: 자기가 저지른 일의 과보(果報)를 자

기가 받음.

自然淘汰 [자연도태] : 자연계에서 그 생활 조건에 적응하지 못하는 생물은 사라지는 현상.

自中之亂 [자중지란] : 한패 속에서 일어나는 싸움질.

自行自處 [자행자처] : 스스로 자각하여 행동하고 처리함.

自畵自讚 [자화자찬] : 자기가 그린 그림을 스스로 칭찬한다는 뜻으로, 자기가 한 일은 자기 스스로 자랑함을 이르는 말.

作心三日 [작심삼일] : 한 번 먹은 마음이 사흘을 가지 못한다는 뜻으로, 결심이 굳지 못함을 빗대어 이르는 말.

殘杯冷炙 [잔배냉적] : 마시다 남은 술과 식은 구이의 뜻으로, 변변하지 않은 주안상으로 푸대접을 이르는 말.

長生不死 [장생불사] : 오랫동안 살아 죽지 아니함.

莊周之夢 [장주지몽] : 장자(莊子)가 나비가 된 꿈을 꾸었는데 꿈이 깬 뒤에 자기가 나비가 된 것인지 나비가 자기가 된 것인지 분간이 가지 않았다는 고사에서, 자아(自我)와 외계(外界)와의 구별을 잊어버린 경지를 말함.

才秀名成 [재수명성] : 재주가 뛰어나 성공함.

在數天定 [재수천정] : 명수는 하늘이 정함.

才勝薄德 [재승박덕] : 재주는 있으나 덕이 없음.

賊謀難測 [적모난측] : 비밀히 하는 도둑의 일은 미리 알 수가 없다는 뜻.

賊反荷杖 [적반하장] : 도둑이 도리어 몽둥이를 든다는 뜻으로, 잘못한 사람이 도리어 잘한 사람을 나무라는 경우를 이르는 말.

積羽沈舟 [적우침주] : 가벼운 새털도 많이 쌓으면 무거워져서 배를 물 속에 가라앉힐 수 있다는 뜻으로, 여러 사람의 합한

힘의 무서움을 비유한 말.

適材適所 [적재적소] : 어떤 일에 알맞은 인재를 알맞은 자리에 앉힘.

前車覆 後車誡 [전거복 후거계] : 앞의 수레가 엎어지는 것은 뒤의 수레에 경계가 된다는 뜻으로 선인들의 잘못이 후세 사람들에게 경계가 된다는 뜻.

電光石火 [전광석화] : 번갯불이나 부싯돌의 불이 번쩍이는 것처럼 몹시 짧은 시간, 또는 매우 재빠른 동작의 비유.

前代未聞 [전대미문] : 지금까지 들어 본 적이 없음. 매우 놀라운 일이나 새로운 것을 두고 이르는 말.

前無後無 [전무후무] : 전에도 없었고 앞으로도 있을 수 없음.

專心致志 [전심치지] : 한결같은 뜻으로 한 가지 일에만 마음을 기울여 씀.

轉敗爲功 [전패위공] : 실패한 것을 거울 삼아 공을 이루는 계기로 삼음.

折槁振落 [절고진락] : 고목을 자르고 낙엽을 떤다는 뜻으로 도덕, 학문, 기술을 노력하여 닦음

絶代佳人 [절대가인] : 미모가 당대에 뛰어난 고운 여자.

切齒腐心 [절치부심] : 몹시 분하여 이를 갈고 속을 썩임.

切風沐雨 [절풍목우] : 바람으로 빗을 삼아 머리를 빗고 비로 머리를 감는다는 뜻으로 바람과 비를 무릅쓰고 고생을 돌보지 않고 큰 일을 이루기 위해 노력함을 이르는 말.

井臼巾櫛 [정구건즐] : 물긷고 절구질하고 수건과 빗을 받드는 일이라는 뜻으로 아내나 가정주부로서 응당 하여야 할 일을 이르는 말.

頂門金椎 [정문금추] : 쇠망치로 정수리를 두들긴다는 뜻으로 정신을 바짝 차리도록 깨우침을 이르는 말.

頂門一鍼 [정문일침] : 정수리에 침을 한 대 놓는다는 뜻으로, 핵심을 찌르는 비판이나 타이름을 이르는 말.

淨松汚竹 [정송오죽] : 깨끗한 땅에는 소나무를 심고 지저분한 땅에는 대나무를 심음.

政如魯衛 [정여노위] : 노나라의 태조 주공과 위나라의 태조 강숙은 형제 사이인데서 온 말로 정치가 서로 비슷함.

井中觀天 [정중관천] : 우물 속에 앉아서 좁은 하늘을 바라본다는 뜻으로, 소견이나 견문이 좁음을 이르는 말.

諸葛同知 [제갈동지] : 제가 스스로 가로되 동지라 한다는 뜻으로 말과 짓이 좀 건방지며 나잇살이나 먹고 터수도 넉넉하고 지체는 낮은 사람을 농으로 가리키는 말.

綈袍戀戀 [제포연연] : 벗이 추위에 떠는 것을 동정하여 의복을 주었다는 고사에서 유래한 것으로 우정이 깊음을 이르는 말.

濟河焚舟 [제하분주] : 적군을 공격하러 가는 마당에 배를 타고 물을 건넌 후 그 배를 태워버린다는 뜻으로 필사의 뜻을 나타내는 말.

諸行無常 [제행무상] : 우주 만물은 항상 돌고 변하여 잠시도 한 모양으로 머무르지 않음.

朝聞夕死 [조문석사] : 아침에 도를 들어 알았으면 그 날 저녁에 죽어도 한이 없다는 말이니, 도(道)를 알아야 함을 극언한 말.

朝變夕改 [조변석개] : 아침저녁으로 뜯어고친다는 뜻으로, 계획이나 결정 따위를 자주 바꾸는 것을 이름.

朝不慮夕 〔조불려석〕 : 형세가 급박하거나 딱하여 저녁 일을 헤아리지 못한다는 뜻으로 곧 당장을 걱정할 뿐이고 앞일은 돌아볼 겨를이 없음.

朝雲暮雨 〔조운모우〕 : 아침에는 구름이 되고 저녁에는 비가 된다 함은 남녀간의 애정이 깊음을 비유한 말.

鳥足之血 〔조족지혈〕 : '새 발의 피'란 뜻으로, 극히 적은 분량을 말함.

朝秦暮楚 〔조진모초〕 : 아침에는 북방의 진나라에서 저녁에는 남방의 초나라에서 거처한다는 뜻으로 이편에 붙었다 저편에 붙었다 함을 이르는 말.

朝出暮入 〔조출모입〕 : 집에 있을 동안이 얼마 되지 못한다는 뜻으로, 사물이 항상 바뀌어서 떳떳함이 없음의 비유.

足不履地 〔족불리지〕 : 발이 땅에 닿지 않을 정도로 급히 달아남.

足脫不及 〔족탈불급〕 : 맨발로 뛰어도 따라가지 못한다는 뜻으로, 능력이나 재질·역량 따위가 뚜렷한 차이가 있음을 이름.

種豆得豆 〔종두득두〕 : 콩 심은 데 콩 난다는 뜻으로, 원인에 따라 결과가 생긴다는 말.

終身誠孝 〔종신성효〕 : 부모 임종 때 옆에 모시는 효성.

從心所欲 〔종심소욕〕 : 마음에 하고 싶은 대로 함.

左顧右眄 〔좌고우면〕 : 이쪽저쪽을 돌아봄. 앞뒤를 재며 얼른 결단을 내리지 못함을 이르는 말.

坐不垂堂 〔좌불수당〕 : 마루 끝에 앉는 것은 위험하니 앉지 않는다는 뜻으로 위험한 일에 미리 대처함.

左之右之 〔좌지우지〕 : 제 마음대로 다루거나 휘두름.

主客顚倒 〔주객전도〕 : 사물의 경중이나 완급 또는 중요성에

있어서 주되는 것과 부차적인 것이 뒤바뀜.

晝耕夜讀 [주경야독] : 낮에는 농사 짓고 밤에는 공부한다는 뜻으로, 어렵게 공부함을 이르는 말.

走馬加鞭 [주마가편] : 달리는 말에 채찍질한다는 뜻으로, 잘하는 일에 더 잘 되도록 격려하거나 다그친다는 말.

走馬看山 [주마간산] : 말을 타고 달리면서 산을 바라본다는 뜻으로, 자세히 살펴보지 않고 대강 보고 지나감을 이름.

晝思夜度 [주사야도] : 밤낮으로 생각함.

做作浮言 [주작부언] : 터무니없는 말을 지어낸다는 말.

衆口鑠金 [중구삭금] : 뭇 사람의 입에 오르면 쇠같이 굳은 물건도 녹인다는 뜻으로 여러 사람의 말은 무섭다는 뜻.

衆怒難犯 [중노난범] : 뭇 사람이 노하는 데는 함부로 이에 대항하여 당해내기 어렵다는 말.

重言復言 [중언부언] : 한 말을 자꾸 되풀이 함.

舐糠及米 [지강급미] : 처음에는 겨를 핥다가 마침내 쌀까지 먹어치운다는 뜻으로, 좋지 못한 것에 맛들여서 심해지면 더 크게 나쁜 일까지 하게 됨을 비유한 말.

知己之友 [지기지우] : 자기를 가장 잘 알아주는 친한 친구.

至德要道 [지덕요도] : 지극한 덕과 중요한 도의.

舐犢之情 [지독지정] : 어미 소가 송아지를 핥아주며 귀여워 한다는 뜻으로 자녀에 대한 어버이의 사랑을 비유한 말.

芝蘭之交 [지란지교] : 벗끼리 좋은 감화를 주고받는 난초와 같은 맑고 아름다운 교제.

指腹之約 [지복지약] : 중국 후한의 광무제가 가복의 아내가 임신했다는 말을 듣고 자기 아들과 결혼시키자고 했다는 고사에서 유래한 것으로 뱃속의 태아를 가리켜 결혼 약속을 하는

것.

　地不生 無名之草 〔지불생 무명지초〕: 땅은 이름 없는 풀을 자라게 하지 않는다는 뜻으로 이 세상에 아무것도 쓸모 없는 물건이라고는 하나도 없음을 이르는 말.

　至誠感天 〔지성감천〕: 정성이 지극하면 하늘도 감동한다는 말.

　指日可期 〔지일가기〕: 다른 날 성공할 것을 꼭 믿음.

　知者不言 〔지자불언〕: 지자는 지식을 경솔히 드러내거나 함부로 말하지 않음.

　知者不惑 〔지자불혹〕: 지자는 도리를 깊이 알므로 어떠한 경우에도 미혹되지 아니함.

　知者樂水 〔지자요수〕: 지자는 사리에 통달하여 막힘 없이 흐르며 자유자재 하는 물을 좋아함.

　至情之間 〔지정지간〕: 지극히 가까운 정분 있는 사이라는 뜻.

　知足安分 〔지족안분〕: 족한 줄을 알아 자기의 분수에 만족함.

　進寸退尺 〔진촌퇴척〕: 한 치를 나아가다 한 자를 물러선다는 뜻으로, 소득이 없음을 이름.

　進退維谷 〔진퇴유곡〕: 앞으로 나아갈 수도 없고 뒤로 물러날 수도 없는 궁지에 빠짐.

　質朴天眞 〔질박천진〕: 꾸민 데가 없이 순박하고 거짓이 없음.

此日彼日 [차일피일] : 오늘내일 하며 일을 핑계하고 자꾸 기한을 늦춤.

借廳入室 [차청입실] : 대청을 빌어 있다가 차츰 안방으로 들어온다는 뜻으로 처음에는 남에게 의지하고 있다가 차차 남의 권리를 침범함의 비유.

借虎爲狐 [차호위호] : 호랑이의 위엄을 빌린 여우란 뜻으로 남의 권세를 빌어 뽐내는 것을 비유한 말.

鑿飮耕食 [착음경식] : 우물을 파서 마시며 밭을 갈아먹는다는 뜻으로 천하가 태평하고 생활이 안락함을 비유하여 이르는 말.

捉蟹放水 [착해방수] : 애만 쓰고 소득이 없음의 비유.

創業易守成難 [창업이수성난] : 일을 이루기는 쉬어도 지키기는 어렵다.

彰往察來 [창왕찰래] : 지난 일을 명찰(明察)하여 장래의 득실을 살핌을 이름.

倉卒之間 [창졸지간] : 어떻게 할 수 없이 급작스러운 동안이라는 말.

滄海桑田 [창해상전] : 푸른 바다가 변하여 뽕밭으로 된다는 말로 곧 덧없는 세상이라는 뜻.

662

創氏庫氏 〔창씨고씨〕: 옛날 중국에서 창씨와 고씨가 세습적
으로 곳집을 맡아보았다는 데서 온 말로 사물이 오래도록 변치
않음을 이르는 말.

滄海遺珠 〔창해유주〕: 큰 바다 가운데 캐지 못하여 남아 있
는 진주라는 뜻으로 세상에 알려지지 않음의 비유.

滄海一粟 〔창해일속〕: 넓고 큰 바다에 한 알의 좁쌀이란 뜻
으로 하찮은 작은 물건을 비유.

采色不定 〔채색부정〕: 풍채와 안색이 일정하지 않다는 뜻으
로, 희로(喜怒)를 억누르지 못하고 잘 나타냄을 이름.

采薪之憂 〔채신지우〕: 자기 병을 겸손하게 일컫는 말. 아파
서 나무를 할 수 없다는 뜻.

責己之心 〔책기지심〕: 스스로 제 허물을 꾸짖는 마음.

妻城子獄 〔처성자옥〕: 아내의 성과 자식의 감옥, 즉 아내와
자식에 얽매여 자유로이 행동할 수 없음.

千苦萬難 〔천고만난〕: 온갖 고난.

千金一約 〔천금일약〕: 천금과 같은 약속.

千年一淸 〔천년일청〕: 황하(黃河)같은 탁류(濁流)가 맑아지
기를 천년 동안 바란다. 가능하지 않은 일을 바라는 것을 일컬음.

千慮一失 〔천려일실〕: 여러 번 생각하여 신중하고 조심스럽
게 한 일에도 때로는 한 가지 실수가 있음.

千里他鄕 〔천리타향〕: 고향에서 멀리 떨어진 객지.

天命之謂性 〔천명지위성〕: 하늘이 하늘의 본성(天道)을 명
(命)이라는 프리즘을 통하여 만물에게 부여해 준 것을 본성이라
고 한다.

天方地方 〔천방지방〕: 방향을 모르고 쩔쩔매며 분주살스럽
게 돌아다님.

天方地軸 [천방지축] : 너무 바빠서 두서를 잡지 못하고 허둥대는 모습. 어리석은 사람이 갈 바를 몰라 두리번거리는 모습.

千變萬化 [천변만화] : 천 가지 만 가지 변화.

天生配匹 [천생배필] : 하늘에서 미리 정해 준 배필.

泉石膏肓 [천석고황] : 샘과 돌이 고황에 들었다. 고질병이 되다시피 산수 풍경을 좋아함을 일컫는 말이다.

千歲一時 [천세일시] : 다시 만나기 어려운 좋은 기회.

天壤之差 [천양지차] : 하늘과 땅 사이와 같이 큰 차이.

千仞斷崖 [천인단애] : 천 길이나 되는 깎아지른 듯한 벼랑.

千紫萬紅 [천자만홍] : 가지가지 빛깔로 만발한 꽃을 비유하는 말.

千載一遇 [천재일우] : 천 년에나 한번 만날 수 있는 기회, 곧 좀처럼 얻기 어려운 기회.

天定配匹 [천정배필] : 하늘이 정해 준 배우자.

天眞挾詐 [천진협사] : 어리석은 가운데 거짓이 끼임.

千差萬別 [천차만별] : 여러 가지 사물이 모두 차이가 있고 구별이 있음.

淺學菲才 [천학비재] : 학식이 얕고 재주가 보잘 것 없다는 뜻으로, 자기의 학식을 겸손하게 이르는 말.

徹天之冤 [철천지원] : 하늘에 사무치도록 크나큰 원한.

靑松白沙 [청송백사] : 푸른 소나무와 흰모래. 해안의 아름다운 경치를 이르는 말.

淸心寡慾 [청심과욕] : 마음을 깨끗이 하고 욕심을 적게 함.

晴雲秋月 [청운추월] : 맑은 하늘에 비치는 가을달. 깨끗한 마음을 비유하여 이르는 말.

靑出於藍而 靑於藍 [청출어람이 청어람] : 푸른색이 쪽에서

나왔으나 쪽보다 더 푸르다. 제자가 스승보다 나은 것을 비유하는 말.

草根木皮 [초근목피] : 풀뿌리와 나무껍질이란 뜻으로, 곡식이 없어 산나물 따위로 만든 험한 음식을 이르는 말. 또한 한약의 재료가 되는 물건을 이르는 말.

草露人生 [초로인생] : 풀잎에 맺힌 이슬처럼 덧없는 인생.

草綠同色 [초록동색] : 풀색과 녹색은 같다는 뜻으로, 이름은 달라도 성질이나 내용은 같음. 또 같은 처지나 같은 류의 사람들은 그들끼리 함께 행동함.

草木俱腐 [초목구부] : 초목과 함께 썩어 없어진다는 뜻으로 세상에 이름을 남기지 못하고 사라짐의 비유.

草材晉用 [초재진용] : 초나라의 목재를 진나라가 사용한다는 뜻으로 자체 안에서는 그 가치를 알아주지 못하고 남이 그것을 이용함을 이르는 말.

初志一貫 [초지일관] : 처음에 세운 뜻을 이루려고 끝까지 밀고 나감.

秋夜長長 [추야장장] : 가을밤이 길고도 깊.

追友江南 [추우강남] : 친구 따라 강남 간다. 주견 없는 행동을 뜻함.

秋風落葉 [추풍낙엽] : 가을바람에 우수수 떨어지는 잎이란 뜻으로, 세력이나 형세가 갑자기 기울어짐의 비유.

秋風扇 [추풍선] : 가을철의 부채란 뜻으로 철이 지나 쓸모가 없게 된 물건 또는 남자의 사랑을 잃은 여자를 비유한 말.

出嫁外人 [출가외인] : 출가한 딸은 남이나 마찬가지라는 말.

出口入耳 [출구입이] : 말하는 자의 입에서 나와 듣는 자의 귀에 들어갔을 뿐이라는 뜻으로, 다른 사람은 아무도 아는 이가

없다는 말.

出沒無雙 [출몰무쌍] : 들고 나는 것이 비할 데 없이 잦음.

出必告 反必面 [출필고 반필면] : 나갈 때는 부모님께 반드시 출처를 알리고 돌아오면 반드시 얼굴을 뵈어 안전함을 알려 드린다.

忠言逆耳 [충언역이] : 바른 말은 귀에 거슬린다는 뜻.

充然有得 [충연유득] : 마음에 부족함이 없음. 만족하게 생각함.

吹毛覓疵 [취모멱자] : 털 사이를 불어가면서 흠을 찾음. 남의 결점을 억지로 낱낱이 찾아내는 것을 말한다.

取捨選擇 [취사선택] : 취할 것은 취하고, 버릴 것은 버려서 골라잡음.

取適非取魚 [취적비취어] : 낚시질을 하는 참뜻이 고기잡이에 있지 않고 세상 생각을 잊고자 하는데 있다는 뜻으로 뜻하는 바가 다른 데 있음을 이르는 말.

側席而坐 [측석이좌] : 마음속에 근심이 있어 앉은 자리가 편하지 않음을 이름.

齒髮不及 [치발불급] : 배냇니나 배냇머리가 미치지 않았다는 말로 나이가 어리다는 말.

置之度外 [치지도외] : 내버려두고 문제로 삼지 않음.

治絲紛之 [치사분지] : 실을 급히 풀려고 하면 오히려 엉킨다. 가지런히 하려고 하나 차근차근 하지 못하고 급히 해서 오히려 엉키게 하는 것을 비유하는 말로 쓰임.

七顚八起 [칠전팔기] : 일곱 번 넘어지고 여덟 번 일어난다는 뜻으로, 여러 번 실패해도 굽히지 않고 다시 일어나 노력함을 이르는 말.

七顚八倒 [칠전팔도] : 일곱 번 넘어지고 여덟 번 엎어진다. 어려운 고비를 많이 겪음.

七縱七擒 [칠종칠금] : 제갈공명의 전술로 일곱 번 놓아주고 일곱 번 잡는다는 말로 자유 자재로운 전술을 가리킨다.

針小棒大 [침소봉대] : 바늘 만한 것을 몽둥이만 하다고 한다는 뜻으로, 심하게 과장하여 말함을 비유하여 이르는 말.

沈於酒色 [침어주색] : 술과 계집에 마음을 빼앗김.

卓上空論 [탁상공론] : 실현성이 없는 헛된 이론.

他尙何說 [타상하설] : 한가지 일을 보면 다른 일도 알 수 있다는 말.

呑舟之魚 [탄주지어] : 배를 삼킬 만큼 큰 고기란 뜻으로, 아주 못된 악인을 이름.

彈指之間 [탄지지간] : 손가락 끝을 튀길 동안이라 함이니, 세월의 흐름이 매우 빠름을 이름.

貪官汚吏 [탐관오리] : 탐욕이 많고 부정을 일삼는 벼슬아치.

探花蜂蝶 [탐화봉접] : 꽃을 찾는 벌과 나비라 함은 계집을 좋아하여 노니는 사람을 이름.

泰山鳴動鼠一匹 [태산명동서일필] : 태산이 떠나갈 듯 떠들

썩했으나 나타난 것은 생쥐 한 마리뿐이었다는 뜻으로, 크게 떠벌린 데 비하여 결과는 보잘 것 없음을 이르는 말.

太剛則折 [태강즉절] : 너무 강하면 부러지기 쉽다.

泰山北斗 [태산북두] : 중국 제일의 명산인 태산과 북두칠성이라는 뜻으로, 학문·예술 분야의 대가(大家), 또는 세상 사람들로부터 크게 존경받는 사람을 이르는 말.

太平烟月 [태평연월] : 세상이 평화롭고 안락한 시대.

兎角龜毛 [토각귀모] : 토끼의 뿔과 거북의 털이란 뜻으로, 세상에 있을 수 없는 것의 비유.

兎死狐悲 [토사호비] : 토끼의 죽음에 여우가 슬퍼한다란 뜻으로 동류의 불행을 슬퍼함을 비유.

兎營三窟 [토영삼굴] : 토끼는 숨을 수 있는 굴을 세 개는 마련해 놓는다. 자신의 안전을 위하여 미리 몇 가지 술책을 마련함을 비유하는 말이다.

吐盡肝膽 [토진간담] : 간과 쓸개를 모두 내뱉음. 솔직한 심정을 속임 없이 모두 말하는 것을 비유하는 말.

投杼疑 [투저의] : 옛날 증참의 어머니가 아들을 굳게 믿어 의심치 않고 베를 짜고 있던 중 어떤 자가 와서 증참이 사람을 죽였다고 고했으나 어머니는 이를 믿지 않았다. 그러나 세 번째 사람이 와서 같은 말을 고하자 어머니는 드디어 북을 던지고 뛰어 갔다는 고사에서 유래한 것으로 같은 말을 반복해 듣게 되면 믿게 된다는 말.

ㅍ

破鏡重圓 [파경중원] : 반으로 잘라졌던 거울이 합쳐져 다시 둥그런 본 모습을 찾게 됨. 살아서 이별한 부부가 다시 만나는 것을 상징하는 말로 쓰인다.

波瀾萬丈 [파란만장] : 물결이 만 길 높이로 인다는 뜻으로, 인생을 살아가는 데 있어서 기복과 변화가 심함을 이르는 말.

波瀾重疊 [파란중첩] : 일의 진행에 있어서 온갖 변화나 난관이 많음.

破邪顯正 [파사현정] : 사악한 생각을 깨뜨리고 올바른 도리를 뚜렷이 드러냄.

八年兵火 [팔년병화] : 옛날 중국의 항우와 유방이 팔 년 동안이나 싸움을 하였다 하여, 승패를 다투는 일이 오래 끌게 됨을 이름.

八方美人 [팔방미인] : 어느 모로 보아도 아름다운 미인. 여러 방면의 일에 능통한 사람을 가리키는 말로 쓰인다.

弊袍破笠 [폐포파립] : 해진 옷과 부러진 갓, 곧 너절하고 구차한 차림새를 말한다.

平地突出 [평지돌출] : 평지에 산이 우뚝 솟았다 함이니, 미천한 집안에서 돌보아 주는 사람도 없이 출세하여 훌륭하게 됨을 비유하는 말.

悖逆無道 [패역무도] : 패악하고 불순하여 사람다운 데가 없

음.

佩韋佩弦 [패위패현] : 성질이 급한 사람은 부드러운 가죽을 차고 성질이 느린 사람은 팽팽한 활시위를 차서 스스로 반성하고 수양함.

布德宣化 [포덕선화] : 하늘의 덕을 받들어 세상에 널리 펼침.

布衣之交 [포의지교] : 구차하고 어려운 시절의 사귐, 또는 신분, 지위, 명리(名利)를 떠나 순수한 벗으로 사귐을 이르는 말.

捕風捉影 [포풍착영] : 바람과 그림자를 잡는다는 뜻으로, 허망한 언행을 비유함.

咆虎陷浦 [포호함포] : 큰소리하던 사람이 실수함을 이름.

表裏不同 [표리부동] : 겉과 속이 같지 않음.

風雲之會 [풍운지회] : 밝은 임금과 어진 신하가 서로 만남을 말함. 훌륭한 사람들끼리 어울림, 또는 호걸(豪傑)이 때를 만나 뜻을 이룸을 뜻한다.

風月主人 [풍월주인] : 청풍명월의 주인공. 곧 자연을 좋아하는 사람.

風餐露宿 [풍찬노숙] : 바람과 이슬을 먹으며 한데서 먹고 잔다는 뜻으로, 떠돌아다니며 모진 고생을 함을 이름.

皮骨相接 [피골상접] : 살가죽과 뼈가 맞붙을 정도로 몹시 마름.

避實擊虛 [피실격허] : 적을 공격할 때 방비가 견고한 곳을 피하고 방비가 허술한 곳을 침.

匹夫之勇 [필부지용] : 소인의 혈기만 믿고 함부로 덤비는 용기.

670

匹夫匹婦 [필부필부] : 평범한 남자와 평범한 여자.

必有曲折 [필유곡절] : 반드시 어떠한 까닭이 있음.

夏爐冬扇 [하로동선] : 여름의 화로와 겨울의 부채라는 뜻으로, 철에 맞지 않는 물건 또는 격에 어울리지 않는 물건을 이름.

下石上臺 [하석상대] : 아랫돌을 빼서 윗돌 괴고 윗돌 빼서 아랫돌 괴기. 즉 임시 변통으로 이리 저리 둘러맞춤을 말한다.

下學上達 [하학상달] : 낮고 쉬운 것부터 배워 깊고 어려운 것을 깨달음.

鶴首苦待 [학수고대] : 학처럼 목을 길게 빼고 기다린다는 뜻으로, 몹시 기다림을 이르는 말.

漢江投石 [한강투석] : 한강에 돌 던지기. 지나치게 미미하여 전혀 효과가 없음을 비유하는 말.

邯鄲之步 [한단지보] : 연나라의 청년이 한단에서 걸음걸이를 배운 고사에서 나온 것으로 자기의 본분을 잊고 함부로 남의 흉내를 내면 두 가지를 다 잃음을 비유한 말.

寒霜白露 [한상백로] : 차가운 서리와 흰 이슬.

閑話休題 [한화휴제] : 쓸데없는 이야기는 그만둔다는 뜻으로, 한동안 본론에서 벗어났다가 다시 본론으로 돌아감을 이르

는 말.

割肉充腹 〔할육충복〕 : 제 살을 베어서 배를 채운다는 뜻으로 혈족(血族)의 재물을 빼앗아 먹는다는 것의 비유.

緘口無言 〔함구무언〕 : 입을 다물고 아무런 말이 없음.

含哺鼓腹 〔함포고복〕 : 배불리 먹고 배를 두드린다. 태평한 시대의 모습을 일컫는 말이다.

行尸走肉 〔행시주육〕 : 살아 있는 송장이요 걸어다니는 고깃덩이라는 뜻으로 배운 것이 없어 아무 쓸모 없는 사람을 이르는 말.

行有不得 反求諸己 〔행유부득 반구제기〕 : 행동을 해서 원하는 결과가 얻어지지 않더라도 자기 자신을 돌아보고 원인을 찾아야 한다.

享福無彊 〔향복무강〕 : 끝없이 복을 누림.

向隅之歎 〔향우지탄〕 : 그 자리에 모인 많은 사람들이 다 즐거워하나 자기만은 한탄한다. 좋은 때를 만나지 못하여 한탄하는 말.

虛無孟浪 〔허무맹랑〕 : 터무니없이 허황되고 실상이 없음.

虛心坦懷 〔허심탄회〕 : 마음에 아무런 거리 없이 솔직함.

虛張聲勢 〔허장성세〕 : 실력이 없으면서 허세로 떠벌림.

虛虛實實 〔허허실실〕 : 서로 재주와 꾀를 다하여 다툼.

孑孑單身 〔혈혈단신〕 : 의지할 곳 없는 외로운 홀몸.

形枉影曲 〔형왕영곡〕 : 물체가 구부러지면 그림자도 구부러진다는 뜻으로, 원인 결과가 반드시 일치한다는 말.

兄弟鬩墻 〔형제혁장〕 : 형제가 담장 안에서 싸운다. 동족상쟁(同族相爭)을 말한다.

惠焚蘭悲 〔혜분난비〕 : 혜초가 불에 타면 난초가 슬퍼한다는

뜻으로 벗의 불행을 슬퍼함.

糊口之策 [호구지책] : 입에 풀칠을 할 방책이라는 뜻으로, 겨우 먹고 살아가는 방책을 이르는 말.

虎狼之心 [호랑지심] : 사납고 모진 마음씨.

胡馬依北風 [호마의북풍] : 호나라의 말은 북풍이 볼 때마다 호나라를 그리워한다는 뜻으로 몹시 고향을 그리워 함.

毫毛斧柯 [호모부가] : 수목을 어릴 때 베지 않으면 마침내 도끼를 사용하는 노력이 필요하게 된다. 화(禍)는 미세할 때에 예방해야 함을 비유하는 말로 쓰인다.

好事多魔 [호사다마] : 좋은 일에는 흔히 나쁜 일이 끼여든 다는 말.

虎死留皮 [호사유피] : 호랑이는 죽어서 가죽을 남긴다는 뜻으로, 사람은 죽은 뒤에 명예를 남겨야 한다는 말.

豪言壯談 [호언장담] : 분수에 맞지 않는 말을 큰소리로 자신 있게 말함.

好衣好食 [호의호식] : 잘 입고 잘 먹음.

護疾忌醫 [호질기의] : 자신에게 과오가 있으나 그 과오에 대한 남의 충고를 듣지 않음의 비유.

虎擲龍拏 [호척용나] : 범과 용이 싸운다는 뜻으로, 영웅끼리 서로 싸우는 것을 비유한 말.

渾然一致 [혼연일치] : 차별 없이 서로 합치함.

惑世誣民 [혹세무민] : 세상 사람을 속여 미혹하고 세상을 어지럽게 만듦.

魂飛魄散 [혼비백산] : 혼백이 날아 흩어진다는 뜻으로, 몹시 놀라 어찌할 바를 모르는 지경을 이르는 말.

昏定晨省 [혼정신성] : 밤에는 어버이 잠자리를 펴드리고 아

침에는 문안을 드린다.

忽顯忽沒 〔홀현홀몰〕 : 문득 나타났다가 홀연 없어짐.

紅爐點雪 〔홍로점설〕 : 홍로상일점(紅爐上一點雪)의 준말. 뜨거운 불길 위에 한 점 눈을 뿌리면 순식간에 녹듯이 사욕이나 의혹이 일시에 꺼져 없어지고 마음이 탁 트여 맑음을 일컫는 말이다. 크나큰 일에 작은 힘이 조금도 보람이 없음을 가리키기도 한다.

鴻鵠 〔홍곡〕 : 큰 기러기와 고니. 또 큰 인물을 비유하여 이르는 말.

弘益人間 〔홍익인간〕 : 널리 인간 세계를 이롭게 한다는 뜻으로, 우리 나라의 건국 시조인 단군의 건국 이념.

花無十日紅 〔화무십일홍〕 : 열흘 붉은 꽃이 없다는 뜻으로, 권세나 세력의 성함이 오래 가지 않는다는 말.

禍福無門 〔화복무문〕 : 화나 복이 오는 문은 정하여 있지 않다는 뜻으로, 스스로 악한 일을 하면 그것은 화가 들어오는 문이 되고, 착한 일을 하면 그것은 복이 되어 들어오는 문이 된다는 뜻.

禍福無門 禍不單行 〔화복무문 화불단행〕 : 화(禍)와 복(福)이 들어오는 정해진 문이 없으며, 화는 한 번만 행해지지 않는다.

畫蛇添足 〔화사첨족〕 : 뱀을 그리는 데 실제 없는 발을 그려 넣어 원래 모양과 다르게 되었다는 뜻으로 쓸데없는 군일을 하다가 도리어 실패함을 비유.

花容月態 〔화용월태〕 : 꽃다운 얼굴과 달 같은 자태란 뜻으로, 아름다운 여자의 고운 자태를 이르는 말.

花田衝火 〔화전충화〕 : 꽃밭에 불을 지른다는 뜻으로, 젊은 이의 앞길을 막거나 그르치게 함의 비유.

花中君子 [화중군자] : 꽃 중의 군자라는 뜻. 곧, 연꽃을 달리 일컫는 말.

畵中之餠 [화중지병] : 그림의 떡. 보기는 근사하나 실제로는 아무 도움이 되지 않는 사물의 비유.

換腐作新 [환부작신] : 썩은 것을 바꾸어 새 것으로 만듦.

歡呼雀躍 [환호작약] : 기뻐서 소리치며 날뜀.

豁達大度 [활달대도] : 너그럽고 커서 작은 일에도 구애 않는 도량.

黃口小兒 [황구소아] : 어린아이라는 뜻. 참새 새끼의 황색 주둥이(黃口)에서 연유한 말.

會稽之恥 [회계지치] : 춘추 시대 월왕 구천이 오왕 부차와 회계산에서 회전하여 생포되어 굴욕적인 강화를 맺은 고사에서 온 것으로 뼈에 사무친 치욕을 이름.

會心之處 不必在遠 [회심지처 불필재원] : 자기 마음에 적합한 바는 반드시 먼 곳에만 있는 것이 아님.

會者定離 [회자정리] : 만나면 반드시 헤어진다는 뜻으로, 인생의 무상함을 이르는 말.

橫說竪說 [횡설수설] : 조리가 없는 말을 함부로 지껄임. 또는, 그 말.

孝弟 仁之本 [효제 인지본] : 효도와 공경은 인의 근본이다.

厚顏無恥 [후안무치] : 뻔뻔스러워 부끄러움을 모름.

胸中生塵 [흉중생진] : 가슴에 먼지가 생긴다. 사람을 잊지 않고 생각은 오래 하면서 만나지 못함을 일컫는 말이다.

凶蟲反凶 [흉충반흉] : 보기 싫은 것이 더 미운 짓을 할 때에 이르는 말.

興亡盛衰 [흥망성쇠] : 흥하고 망하고 성하고 쇠하는 일.

興盡悲來 [흥진비래] : 즐거움이 다하면 슬픔이 닥쳐온다는 뜻으로, 세상의 온갖 일에 너무 자만하거나 낙담하지 말라는 뜻.

喜怒哀樂 [희로애락] : 기쁨과 노여움과 슬픔과 즐거움. 인간이 갖고 있는 온갖 감정을 이르는 말.

嚆矢 [효시] : 싸움터에서 먼저 울리는 화살을 쏘아서 전투를 시작하였다는 고사에서 유래된 말로, 사물의 처음을 일컫는 말.

고사성어 대사전

1판 1쇄 발행 | 2002년 9월 15일
1판 4쇄 발행 | 2007년 2월 15일

엮은이 | 차종환
펴낸이 | 윤다시
펴낸곳 | 도서출판 예가

주소 | 서울시 영등포구 당산동 1가 191-10
전화 | 02) 2633-5462
팩스 | 02) 2633-5463
E-mail | yegabook@hanmail.net
등록번호 | 제 8-216호

ISBN 89-7567-401-0   03800